Halldór Laxness:
Sonorilo de Islando

La Nobel-premiita verkisto
Halldór Laxness en 1955

Fonto: Vikipedio

Halldór Laxness

Sonorilo de Islando
(Íslandsklukkan)

*Tradukita el la islanda lingvo
de Baldur Ragnarsson*

MONDIAL

Mondial
Novjorko

Sonorilo de Islando
de Halldór Laxness

Kopirajto:

Kovrilo: Mondial

ISBN 9781595695086

www.esperantoliteraturo.com

Enhavo

Enkonduko

En la jaro 1943 *Halldór Laxness* (1902-1998; Nobelpremiito pro literaturo 1955) aperigis la unuan parton de la historia romano pri Jón Hreggviðsson kaj lia batalo por sia vivo "kontraŭ Dio kaj homoj". La libro havis la nomon *Íslandsklukkan* – Sonorilo de Islando. Du pliaj partoj aperis en la postaj jaroj, *Hið ljósa man* – La damo de lumo, en 1944, kaj *Eldur í Kaupmannahöfn* – Fajro en Kopenhago, en 1946. En la dua eldono 1952 la tri partoj estis kunigitaj sub la komuna titolo *Íslandsklukkan* – *Sonorilo de Islando*, kiu nun aperas en Esperanta traduko. Antaŭe aperis en Esperanto alia granda romano de Halldór Laxness, *Sjálfstætt fólk* – Sendependaj homoj (Mondial, 2007).

La eventoj, sur kiuj baziĝas la romano, okazis malfrue en la 17-a jarcento kaj komence de la 18-a, kiam Islando estis subpremita de severa regado de la Danoj, epidemioj, malsato kaj komerca monopolo. La funda motivo de la romano estas la longdaŭra proceso de malriĉa farmisto *Jón Hreggviðsson*. Ĝia historio estas la sekvanta, malmultvorte: Jón Hreggviðsson estis kondamnita al skurĝado pro ŝtelo de fiŝhoka ŝnuro kaj en la posta jaro al ekzekuto, ĉar probablo montris, ke li mortigis la reĝan pendumiston Sigurður Snorrason. Antaŭ la ekzekuto Jón Hreggviðsson eskapis el la kaptiteco kaj sukcesis fuĝi el la lando per nederlanda fiŝŝipo al Roterdamo. Dum kelkaj monatoj li vagadis tra Holando ĝis li atingis al Glückstad kaj eniris la danan dungitaran armeon. Lia servado tie tamen baldaŭ finiĝis, li estis forpelita en la armeo, ĉar li ne komprenis la ordonojn de siaj superuloj. Fine li atingis Kopenhagon kaj eniris tie la reĝan danan armeon. Liaj samlandanoj en Kopenhago havigis por li permeson apelacii sian aferon al la Plej Supera Tribunalo kaj protektan leteron de la reĝo por iri al Islando kaj tie prezenti sian kazon. Je la reveno de Jón Hreggviðsson al Islando la aŭtoritatoj preterlasis la aferon, kaj li estis lasita vivi en paco en sia farmbieno sub sia kondamno ĝis 1703. Tiam Árni Magnússon – Arnas Arnæus en la romano – komisaro de la reĝo, proces-alvokis la koncernan aŭtoritatulon, leĝiston Sigurður Björnsson (nomita Eydalín en la romano), kaj Jón Hreggviðsson antaŭ tribunalon en la landa asembleo, la Alþingi. Tie la leĝisto estis senigita de sia ofico kaj al Jón Hreggviðsson ordonite havigi por si novan apelacion al la Plej Supera Tribunalo en Kopenhago. En 1710 Jón Hreggviðsson estis kondamnita en la Alþingi al la malliberejo Bremerholm en Kopenhago, sed Árni Magnússon sukcesis evitigi lian elsendon eksterlanden. En 1712 Jón Hreggviðsson tamen iris al Kopenhago, sed la afero tiam jam estis antaŭ la Plej Supera Tribunalo kaj definitiva juĝo atendebla en la sekvanta jaro. Tio tamen okazis nur en 1715. Estis Jón Hreggviðsson tiam fine juĝita senkulpa post pli ol tridekjara batalo kontraŭ maljusteco kaj justico.

El tiu historia materialo Halldór Laxness kreis laŭ la principoj de la rakonta arto unu el la plej memorindaj karakteroj de islanda literaturo, Jón Hreggviðsson el Rein sur Akranes. Li estas simpla homo en parolo kaj agoj, kiu fidas nur al si mem. Li ne estas ribelanto, estas fremda al lia penso ribeli kontraŭ la dana subjugado. "Se iu volas kalumnii mian Heredan Reĝon, tiam mi estas Lia Hereda servanto," li diras en la malliberejo en Bessastaðir. Aliaj ĉefpersonoj en la romano estas asesoro Arnas Arnæus kaj Snæfríður, filino de la leĝisto Eydalín. Ambaŭ estas bazitaj sur historiaj personoj, sed adaptitaj al la bezonoj de la rakonto. La modelo de Arnas Arnæus estas Árni Magnússon, islanda erudiciulo kaj kolektanto de antikvaj islandaj manuskriptoj, komisaro de la dana reĝo por ekzameni la plenumadon de justeco en komercaj kaj procesaj aferoj en Islando. La modelo de Snæfríður Eydalín ne estas tiel klara kiel en la kazoj de Jón Hreggviðsson kaj Arnas Arnæus. Ŝi elkreskis el Þórdís, edzino de la grandbienulo Magnús Sigurðsson en Bræðratunga, kiu ludas konsiderindan rolon en la romano. Tiu Þórdís laŭdire havis amrilaton kun Árni Magnússon, kio provizis la temon de la amafero inter Snæfríður kaj Arnas Arnæus. Leĝisto Eydalín, patro de Snæfríður, ankaŭ estas romana fikcio, tamen bazita sur leĝisto Sigurður Björnsson, antaŭe menciita.

En la historia tempo de la romano la reĝo de Danujo havis absolutan potencon super Islando. La regado de la lando estis direktita de la dana *Rentekammer* (Ministerio de Financoj) kaj la *Kancelli* (Kancelario), kiu respondecis pri direktado de ekleziaj aferoj. Respondeca al tiuj ministerioj estis la gubernatoro kaj en lia foresto la regento, kiu havis sian sidejon ĉe Bessastaðir. Distriktan aŭtoritaton havis la prefektoj. La leĝdona kaj juĝista branĉoj respondecis direkte al la dana reĝo, la ĉefa juĝista asembleo estis la *Alþingi* kun okdek-kvar reprezentantoj, el kiuj tridek-ses servis en la juĝista kortumo. La plej alta islanda aŭtoritato leĝista kaj juĝista estis la *lögmaður*, laŭlitere "leĝhomo", aŭ leĝisto, en la romano li funkcias precipe en sia rolo kiel juĝisto. La plej alta tribunalo en Islando estis la *yfirdómur*, "supera tribunalo", konsistanta el dudek-kvar juĝistoj sub direkto de la regento. Super ĝi estis la dana Plej Supera Tribunalo. En la distriktoj funkciis distriktaj tribunaloj kun juĝistoj alvokitaj de la distriktaj prefektoj.

En 1602 la dana reĝo establis komercan monopolon en la lando. En 1620 la Islanda Komerca Kompanio de danaj komercistoj estis fondita, kiu pagis luon al la dana reĝo. La lando estis dividita en kvar komercajn distriktojn. Ĉiun distrikton direktis dana komercisto. Islandanoj estis strikte malpermesitaj komerci ekster sia propra distrikto kaj estis severe punitaj, se ili rompis tiun leĝon. La komerca monopolo daŭris ĝis komenco de la jaro 1788 kiam la dana reĝo ĝin abolis kaj komercado kun aliaj nacioj estas libera al Islandanoj.

La rakonta maniero de la romano similas al tiu de la islandaj sagaoj, tiel ke la aŭtoro priskribas ĉion el ekstere, neniam klarigas pri la pensoj de personoj. Aliflanke, ke motivoj de la stilo estas trovitaj en la verkoj de la historia tempo de la romano, en la leĝista lingvouzo, procesaj dokumentoj, analoj, teologiaj verkoj, privataj leteroj kaj eksterlandaj verkoj pri Islando. Estis du "oficialaj" lingvoj en Islando en tiu tempo, la dana kaj la latina, uzataj respektive por sekularaj kaj ekleziaj aferoj. Eruditaj Islandanoj ofte intermiksis sian propran islandan per vortoj kaj frazoj en tiuj du lingvoj. Kie tiaj aperas en la romano ili estas tradukitaj en la **Notoj** fine de la libro.

Nomoj de lokoj kaj personoj aperas en la traduko en siaj islandaj formoj. Plejparte temas pri nomoj de bienoj en la sudokcidenta parto de Islando kaj pri islandaj personaj nomoj. Ankaŭ danaj loknomoj aperas. Kelkaj indikoj pri prononco de islandaj literoj helpas eldiri ilin proksimume ĝuste:

ð kiel **th** en angla **they**
Þ kiel **th** en angla **thing**
æ kiel **aj**
ei kiel **ej**
á (supersignita) kiel **aŭ** en Esperanto
í (supersignita) kiel i en Esperanto
ö kiel ö en la germana

Baldur Ragnarsson

Unua parto

Sonorilo de Islando

1

Estis tiu tempo, diras malnovaj libroj, kiam la islanda popolo havis nur unu posedaĵon komune, monvalore takseblan. Estis sonorilo.* Tiu sonorilo pendis ĉe la gablo de la kortuma domo en Þingvellir ĉe Öxará,* fiksita al trabo sub la firsto. Oni ĝin sonorigis por anonci kunsidojn kaj antaŭ ekzekutoj. Tiom malnova estis la sonorilo, ke neniu sciis kun certeco ĝian aĝon. Sed en tiu tempo, kiam komenciĝas tiu ĉi historio, tiu sonorilo jam de longe havas krevaĵojn, kaj maljunaj homoj kredis ke ili memoras ĝian sonoron pli klara. Tamen maljunuloj havis intiman ligon al tiu sonorilo En ĉeesto de la regento, leĝisto kaj ekzekutisto, kaj de viro senkapigota kaj virino dronigota, oni ofte povis aŭdi en kvieta tago mezsomere en la brizo el sub la monto Súlur kaj en la aromo el la arbustaro de Bláskógar* la sonadon de la sonorilo miksitan kun la zumado de la rivero.

Sed en la jaro, kiam venis al la lando la dekreto de la dana reĝo, ke la islanda popolo devas fordoni ĉiun latunon kaj kupron al la reĝo, ĉar Kopenhago devas esti rekonstruata post la milito*, tiam homoj estis senditaj por forpreni ankaŭ la malnovan sonorilon en Þingvellir ĉe Öxará.

Iujn tagojn post la fermo de la Alþingi du homoj alrajdis kun kelkaj ŝarĝĉevaloj sur la kutima vojo el okcidente laŭlonge de la lago, suben sur la ravina deklivo kontraŭ la rivera enfluejo kaj trans la vadejon. Ili deĉevaliĝis ĉe la lafeja rando* apud la kortuma domo, unu palvizaĝa kun vangoj pufitaj kaj malgrandaj okuloj, portanta la brakojn kurbaj kiel infanoj ludantaj altrangulojn, vestita per eluzita surtuto de potenculo multe tro strikta por li; la alia estis nigrabarba ĉifonulo malbela.

Maljuna farmisto venas kun sia hundo el ie en la lafkampo kaj iras al la homoj:

"Kiuj vi estas, bonaj homoj?"

La dikulo respondas: "Mi estas sendito kaj pendumisto de Lia Reĝa Moŝto".

---

* Vidu la notojn sur p. 378 kaj sekvaj

"Ja tiel," murmuris la maljunulo raŭka kiel voĉo el malproksimo. "La Kreinto estas tamen kiu regas."

"Mi havas leteron kaj sigelon por tion pruvi", diris la sendito de la reĝo.

"Povas esti," diris la maljunulo. "Leteroj estas multaj nuntempe. Multaj kaj diversaj."

"Ĉu vi aludas ke mi mensogas, vi maljuna diablo," diris la sendito de la reĝo.

La maljunulo ne riskis pli proksimiĝi al la homoj, sed sidigis sin sur duonfalintan mureton ĉe la domo kaj rigardis ilin. Li aspektis kiel ĉiuj maljunaj homoj: griza barbo, ruĝaj okuloj, pintoĉapo, kurbaj piedoj. Li streĉe tenis la bluajn manojn sur sia lambastono kaj klinis sin antaŭen kun tremetanta kapo. Lia hundo saltis trans la mureton kaj flaris la homojn sen bojado, kiel estas kutime ĉe kaŝkruelaj hundoj.

"En antikva tempo ne estis leteroj," murmuris la maljunulo.

Tiam vokis la nigrabarbulo, akompananto de la palvizaĝulo:

"Prave vi diras, kunulo. Gunnar de Hlíðarendi* havis neniun leteron."

"Kiu vi estas?" demandis la maljunulo.

"Tiu estas el Akranes*, ŝtelisto de hokŝnuro; li sidis en la sklavokesto en Bessastaðir* ekde pasko," respondis la sendito de la reĝo kaj malbonhumore piedfrapis la hundon.

La nigrabarbulo ekparolis denove kaj rikane montris siajn blankajn dentojn:

"Kaj tiu estas la reĝa pendumisto el Bessastaðir. Pisas sur lin ĉiuj hundoj."

La grizbarbulo sur la muro diris nenion kaj lia vizaĝo ankaŭ nenion esprimis, sed li daŭrigis rigardi ilin kaj iom palpebrumis, samtempe kaptremetante.

"Grimpu sur la domon, Jón Hreggviðsson, vi kanajlo," diris la pendumisto de la reĝo, "kaj trahaku la ŝnuron, kiu tenas la sonorilon. Ridigas min, ke en tiu tago, kiam mia Ĉiomilda Reĝo ordonas al mi meti ŝnuron ĉirkaŭ vian kolon en tiu ĉi loko, neniu sonorilo estos sonigata."

"Ne parolu malrespekte, bonaj homoj," diris la maljunulo. "Estas malnova sonorilo."

"Se vi estas homo de la pastro," diris la pendumisto de la reĝo,"tiam diru al li de mi, ke taŭgas ĉi tie nek plendoj nek veoj. Ni havas leteron kaj sigelon por dek ok sonoriloj kaj por tiu la dek naŭa. Ni rompas ilin kaj transportas al Hólm-ŝipo*. Mi respondecas al neniu krom al la reĝo."

Li metis sian tabakokornon al la nazo kaj snufis sen proponi ĝin al sia akompananto.

"Dio benu la reĝon," diris la maljunulo. "Ĉiujn preĝejajn sonorilojn, kiujn antaŭe posedis la papo, posedas nun la reĝo. Estas la sonorilo de la lando. Mi naskiĝis ĉi tie sur la Bláskógaheiði."

"Ĉu vi havas tabakon?" demandis la nigrabarbulo. "La malbenita pendumisto domaĝas doni al mi tabakon."

"Ne," diris la maljunulo. Miaj homoj neniam havis tabakon. La jaro estis malbona. Ambaŭ miaj nepoj mortis eksomere. Mi estas maljuna homo. Tiun sonorilon ĉiam posedis la lando."

"Kiu havas leteron pri tio?" demandis la pendumisto.

"Mia patro naskiĝis ĉi tie sur la Bláskógaheiði," diris la maljunulo.

"Neniu posedas ion sen letero por tion pruvi," diris la pendumisto de la reĝo.

"Mi kredas, ke en malnovaj libroj estas skribite," diris la maljunulo, "ke kiam la Orientuloj* venis ĉi tien al neloĝita lando, ili trovis tiun sonorilon en iu groto apud la maro, kune kun kruco*, kiu nun estas perdita."

"Mia letero estas de la reĝo, komprenu," diris la pendumisto. "Kaj grimpaĉu sur la tegmenton, Jón Hreggviðsson, vi nigra ŝtelisto."

"Tiun sonorilon neniu devas rompi," diris la maljunulo kaj jam ekstaris. "Neniu devas transporti ĝin al Hólm-ŝipo. Ĝi apartenas al la Alþingi ĉe Öxará ekde kiam ĝi estis fondita – longe antaŭ la tagoj de la reĝo, iuj diras antaŭ la tagoj de la papo."

"Tio ne koncernas min," diris la pendumisto. "Kopenhago devas esti rekonstruata. Estis tie milito kaj la Svedoj, kiuj estas diablaj friponoj kaj abomeninda popolo, bombardis la urbon."

"Mia avo loĝis en la farmobieno Fiflavellir, ne malproksime de ĉi tie, sur la Bláskógaheiði," diris la maljunulo, kvazaŭ komencante longan historion. Sed li ne povis daŭrigi.

Ne per dika brako reĝo tenos
junulinon je tali´
junulinon je tali´...

La nigra ŝtelisto Jón Hreggviðsson jam sidigis sin, piedojn ambaŭ-
flanke, sur la firston, svingante la piedojn super la gablon kaj kantis
strofon el Rimoj pri Pontus, la pli malnovaj.* La sonorilo estis fiksita
per dika ŝnuro al la trabo kaj li hakis per la hakilo sur la ŝnuron, tiel
ke la sonorilo falis sur la ŝtonan plataĵon antaŭ la pordo de la domo.

junulinon je tali´
krom ŝi estas riĉa pli-i-i,

kaj nun laŭdire mia Ĉiomilda Reĝo prenis por si la trian konkub-
inon," li aldonis de sur la tegmento kvazaŭ lastan novaĵon al la
maljunulo, kaj rigardis la eĝon de la hakilo: "Kaj ŝi laŭdire estas la
plej dika el ili ĉiuj. Tio estas io alia ol ĉe Siggi* Snorrason kaj mi, ĉu
ne?"
La maljunulo nenion respondis.
"Pro tiuj vortoj vi devos pagi, Jón Hreggviðsson," diris la pend-
umisto.
"Ne longan vojon fuĝus Gunnar de Hliðarendi pro blanka dik-
ventrulo de Álftanes," diris Jón Hreggviðsson.
La palvizaĝa sendito de la reĝo prenis martelegon el sia pakaĵo,
metis la antikvan sonorilon de Islando sur platŝtonon antaŭ la pordo
de la kortuma domo, svingis alten la martelegon kaj frapis. Sed la
sonorilo glitis de sub la martelego kun obtuze pretertrafa sono. Jón
Hreggviðsson vokis de sur la tegmento:
"Malofte rompiĝas osto sen kontraŭmeto", diris Axlar-Björn."*
Sed kiam la pendumisto de la reĝo estis aranĝinta la sonorilon
tiel, ke li povis frapi ĝin interne, kun plata ŝtono kiel kontraŭmeto, ĝi
rompiĝis ĉe krevaĵo. La maljunulo jam residis sur la muro. Li rigardis
sendirekte kun tremetanta kapo, liaj velkintaj manoj premitaj sur la
bastono.
La pendumisto denove snufis tabakon. Oni povis vidi la plandojn
de Jón Hreggviðsson, kie li sidis sur la tegmento.

"Ĉu vi intencas rajdi tie sur la tegmento dum la tuta tago?" vokis la pendumisto.

Jón Hreggviðsson kantis sur la tegmento de la kortuma domo:

Neniam mi per dika brako tenos
junulinon je tali´
junulinon je tali´
krom ŝi estas dika pli-i-i.

Ili metis la rompitaĵojn en sakon, kiun ili levis sur ŝarĝĉevalon kontraŭpeze al la martelego kaj la hakilo. Poste ili surĉevaliĝis. La nigrabarbulo kondukis per tirrimeno la vicon de la ĉevaloj. La palvizaĝulo rajdis libere flanke de la ĉevalara vico laŭ maniero de altranguloj.

"Vivu bone, maljuna Bláskógar-diablo," li diris. "Kaj transdonu al la pastro de Þingvellir la saluton de Dio kaj la mian, kaj diru ke ĉi tie estis la sendito de la Reĝa Moŝto kaj pendumisto Sigurður Snorrason."

Jón Hreggviðsson kantis:

Rajdas plu kun siaj galantuloj
reĝa moŝt´ kaj damoj kvar
reĝa moŝt´ kaj damoj kvar
reĝa moŝt´ kaj damoj kvar,
bridojn skuis ĉevalar´.

Ili reiris kun la ĉevaloj laŭ la sama vojo kiel antaŭe, trans la travadejon de Öxará, supren laŭ la ravina deklivo kontraŭ la elfluejo kaj laŭ la bordo de la lago okcidenten en direkto al Mosfellsheiði.*

2

Kompreneble nenio estis pruvita kontraŭ Jón Hreggviðsson pli ol kutime, tamen li devis porti la kulpon kiel ĉiam. Cetere ĉiuj provis en severaj printempoj laŭ siaj ebloj ŝteli ĉion ŝteleblan el la tenejoj de la boatposedantaj bienuloj de Skagi*, iuj fiŝojn, iuj ŝnurojn por fiŝhokoj. Ĉiuj printempoj estis severaj. Sed en Bessastaðir ĉiam estis manko de homoj, kaj la regento volonte akceptis ŝtelistojn por la labordomo, alinomita la Sklavkesto, kiujn sendis al li la distriktaj prefektoj, kaj estis suspektataj ŝtelistoj same kiel pruvitaj ŝtelistoj bonvenaj al tiu loko. Sed komence de la fojnada sezono la prefekto de la distrikto de Borgarfjörður sendis mesaĝon al la regento kun la peto, ke li resendu la bubaĉon Jón al lia hejmo Rein en Akranes, ĉar lia familio ne havas prizorganton kaj estas en mizera stato.

La farmodomo Rein staris sub monto en danĝera loko pro neĝlavangoj kaj terglitiĝoj. La bieneto apartenis al Kristo kun ses bovinvaloroj*. Iu episkopo de Skálholt* estis iam doninta la bieneton al tiu bienmastro kun subvencio uzota por bonfaroj al iu vidvina patrino de multaj infanoj en la komunumo de Akranes, pia kaj virta, sed se neniu tia estus trovebla en tiu komunumo, ŝi estu serĉata en la komunumo de Skorradalur. Neniu tia vidvino estis trovita dum longa tempo en tiuj du komunumoj, tiel ke Jón Hreggviðsson fariĝis farmisto de la bienposedanto Kristo.

La alveno hejmen estis kiel atendeble, ĉar la hejmanoj estis aŭ lepruloj aŭ idiotoj, aŭ ambaŭ. Jón Hreggviðsson estis ebria kiam li venis hejmen kaj tuj komencis bati sian edzinon kaj la idioton, sian filon. Sian dekkvarjaran filinon, kiu ridis pri li, li ne menciinde batis, nek sian maljunan patrinon, kiu brakumis lin kun larmoj. Liaj fratino kaj onklino, kiuj estis ambaŭ malsanaj de lepro, unu glata kaj sensenta en manoj kaj piedoj, la alia kun nodoj kaj vundoj, kaŭris kun nigraj kaptukoj sub stako da sekigitaj brutfekaĵoj*, kaj kuntenis reciproke la manojn kaj laŭdis Dion.

La postan matenon la farmisto prenis sian falĉilon por hardigo en forĝejo, poste komencis falĉi. Li kantis plengorĝe strofojn el la Rimoj pri Pontus. La nigrakaptukulinoj ŝoviĝis sur la bienkampon kaj klopodis labori per rastiloj. La idioto kaj la hundo sidis sur tufbulo. La filino iris nudpiede al la pordo en ŝirita robo por flari la odoron de freŝe falĉita herbo, nigrahara, blankvizaĝa, gracila. Fumo leviĝis el la fumtubo.

Poste pasis kelkaj tagoj.

Tiam okazis, ke juna rajdanto venis galopante al Rein kaj anoncis kun aroganta sinteno al Jón Hreggviðsson la mesaĝon, ke li prezentu sin al regiona tribunalo ĉe la prefekto en Skagi post unu semajno.

Jón selis sian ĉevalinon en la koncerna tago kaj rajdis al Skagi. Estis jam tie Sigurður Snorrason, la pendumisto. Al ili estis donita acida selakto. La tribunalo estis instalita en la gastoĉambro de la prefekto, kie Jón Hreggviðsson estis akuzita pri tio, ke li en Þingvellir ĉe Öxará ofendis Nian Plejaltan Moŝton kaj Grafon de Holstinio, Nian Ĉiomildan Reĝon kaj Altsinjoron per maldecaj vortoj kun la enhavo, ke tiu Nia Altsinjoro prenis por si tri konkubinojn. Jón Hreggviðsson forte rifuzis, ke li iam ajn uzis tiajn vortojn pri Sia Amata Moŝto kaj Ĉiomilda Reĝo kaj Grafo de Holstinio kaj demandis pri atestantoj. Sigurður Snorrason tiam ĵuris, ke li aŭdis tiujn vortojn de Jón Hreggviðsson. Jón Hreggviðsson tiam petis permeson kontraŭĵuri, sed kontraŭaj ĵuroj ne estis permesataj en unu kazo. Kiam ĵuro estis malpermesita al la farmisto, li diris ke tio estas ja ĝusta, ke li diris tiujn vortojn, la famo estas sur ĉies lipoj en la sklavkesto en Bessastaðir, sed estas absurde ke li per tiuj vortoj volis ofendi sian reĝon, tute kontraŭe, li volis laŭdi kiom elstara estas tiu reĝo, kiu kuŝas kun tri konkubinoj krom la reĝino; due, li volis ŝerci kun sia bona amiko Sigurður Snorrason, kiu onidire neniam kuŝis kun virino. Sed eĉ ke li uzis tiujn vortojn pri Sia Ĉiomilda Reĝo mem, li plene esperas, ke tiu Plej Alta Graco bonvole pardonos al unu malriĉa malsaĝulo kaj senkonsila almozulo tian deliraĵon. Poste la proceso estis finita kaj juĝo eldirita en la kazo tiaenhave, ke Jón Hreggviðsson pagu al la reĝo tri talerojn ene de unu monato, sed estu skurĝata ĝis haŭtperdo, se pago tiam mankus. En la juĝdeklaro estis dirite, ke la juĝo estis farita "ne tiom laŭ la nombro da atestantoj, sed pli laŭ la abunda enhavo kiu konsistigas la ateston." Post tio Jón Hreggviðsson rajdis hejmen. Nenio de intereso plu okazis dum la fojnada tempo. Sed ne multe koncernis sin Jón Hreggviðsson pri la punmono.

En la aŭtuno estis oficiala asembleo en Kjalardalur. Jón Hreggviðsson estis alvokita al la asembleo kaj du bienuloj estis komisie senditaj de la prefekto por alvenigi lin tien. La patrino de la farmisto riparis liajn ŝuojn antaŭ ol li iris. La ĉevalino de la farmisto estis lama kaj la irado estis malrapida, ili venis al Kjalardalur malfrue en la tago tuj antaŭ la fino de la asembleo. Tiam konatiĝis ke Jón Hreggviðsson estu skurĝata en la asembleo per dudek-kvar vipbatoj. Sigurður Snorrason jam estis surloke kun siaj viprimenoj kaj la pendumista mantelo. Multaj bienuloj estis jam forrajdintaj de

la asembleo, sed kelkaj junuloj el proksimaj farmbienoj estis venin-
taj por observi la skurĝadon por sia plezuro. Skurĝado estis farata
en sentegmenta intermurejo, kie ŝafinoj estis melkataj en la somero.
Malalta muro estis laŭlonge tra la mezo, sed transverse sur tiu muro
la fripono estis kuŝanta dum justeco estis plenumata. La plej dignaj
homoj staris dume en la ejo ambaŭflanke de la muro, sed infanoj,
hundoj kaj almozuloj sur la muroj ĉirkaŭe.

Ne malgranda grupo da homoj jam alkolektiĝis je la tempo kiam
Jón Hreggviðsson estis kondukita en la intermurejon. Sigurður
Snorrason estis butonuminta la pendumistan mantelon supren ĝis
la kolo kaj jam leginta la Patronian, sed la Kredkonfeson li ne legis
krom je senkapigo de homo. Li elprenis siajn viprimenojn el saketo
kaj karesis ilin kun respekto kaj preciza zorgo kaj provis la tenilojn
responsplene dum oni atendis la prefekton kaj laŭleĝajn atestantojn.
Liaj manoj estis bluaj kaj skvamaj, la haŭto taŭzita ĉe la ungoj. Du
bienuloj tenis Jón Hreggviðsson inter si dum Sigurður Snorrason
ordigis la rimenojn. Pluvis. La homoj aspektis distriĝemaj kiel
kutime dum pluvo, okuloj fiksitaj en la malsekaj junuloj, kopulemo
inter hundoj. Finfine Jón Hreggviðsson komencis enui:

"Sin trudas al ni ankoraŭ la konkubinoj, Sigurður Snorrason," li
diris.

Unu kaj unu vizaĝo disiĝis en malrapidema rideto, sed sen-
humore.

"Mi jam legis la Patronian," diris trankvile la pendumisto.

"Regalu nin ankaŭ per la Kredkonfeso, karulo," diris Jón
Hreggviðsson.

"Ne hodiaŭ," diris Sigurður Snorrason kaj ridetis. "Poste."

Li frotis la rimenojn zorge kaj karese, tre malrapide. "Vi devus
almenaŭ fari nodojn sur la rimenetojn, Siggi karulo," diris Jón
Hreggviðsson, – "se nur por honori la reĝinon."

La pendumisto diris nenion.

"Apenaŭ toleros tiel eminenta servisto de la reĝo defiajn vortojn
el la buŝo de Jón Hreggviðsson," diris iu vagabondo en klasika
sagastilo.

"La kore amata reĝo," diris Jón Hreggviðsson.

Sigurður Snorrason mordis sur la lipon kaj faris nodon sur
rimeno.

Jón Hreggviðsson ridis kun ekbrilo en la okuloj kaj la blankaj dentoj rebrilis en la nigra barbo, – "nun li nodis por la unua konkubino," li diris. "Ne mankas al tiu la kuraĝo. Nodu denove, karulo."

Ekvigliĝis la ĉirkaŭstarantoj kiel fariĝas ĉe homoj observantaj kartludantojn kiuj riskas multon.

"Ho servisto de la reĝo, memoru Nian Moŝton!" sonis prediko-tone tiu voĉo de sur la muro, kiu antaŭe parolis en antikva sagastilo, kaj la pendumisto imagis, ke la homoj estas liaj subtenantoj kaj de la reĝo en tiu ĉi loko kaj rigardis ridetante ĉirkaŭe de muro al muro; li havis malgrandajn dentojn kun grandaj interspacoj, multa dentokarno nuda.

"Venis la vico al la lasta – kaj la plej dika," diris Jón Hreggviðsson. "Multaj bonaj homoj sukcesis vendi sian varon je la tempo kiam ĝi ricevis la finan nodon."

En tiu momento alvenis la prefekto kaj du laŭleĝaj atestantoj, dignaj bienuloj; ili puŝis flanken la homojn kaj enpaŝis la inter-murejon. Ili vidis ke la pendumisto estis farinta nodojn sur la rime-noj, kaj laŭ la formulo, ke ĉi tie validas justeco, sed ne mokado, la prefekto ordonis al li malligi la nodojn. Poste li ordonis komenci la taskon.

Al la farmisto estis ordonite malfiksi siajn vestojn kaj estis lan-tuko sternita sur la transversan muron. Poste la homo estis kuŝigita laŭlonge surventre sur tiun muron kaj Sigurður Snorrason tiris malsupren lian pantalonon ĝis la kalkanoj kaj lian ĉemizon trans la kapon. La farmisto havis maldikan korpon sed bonstaturan, la muskoloj ovalaj kaj buliĝis je moviĝo, nigraj haretoj kreskis sur la firmaj sidvangoj malsupren ĝis la genukavoj, alie lia korpo estis blanka.

Sigurdur Snorrason sin krucsignis, kraĉis sur siajn manplatojn kaj eklaboris.

Jón Hreggviðsson ne reagis je la unuaj batoj, sed je la kvara kaj kvina bato rigidiĝis lia korpo tiel, ke leviĝis liaj ekstremaĵoj kaj videblis sub liaj gamboj, vizaĝo kaj la supra brusto, sed la pezo de la homo restis sur la streĉita ventro, la manoj pugnigitaj, la piedoj rektiĝis en la maleoloj, artikoj iĝis rigidaj kaj muskoloj malmolaj; la plandoj videbligis ke la homo surhavas nove riparitajn ŝuojn. La hundoj staris sur la randoj de la muroj kaj bojadis en la intermurejon. Post ok batoj la prefekto ordonis paŭzon, la kulpulo rajtas havi ripozon. Sed Jón Hreggviðsson ne volis ripozon, sed kriis kun la ĉemizo trans la kapo:

"Daŭrigu, homo, en la nomo de la diablo."

Tiam la skurĝado estis daŭrigata sen plia prokrasto.

Post dek du batoj la dorso de Hreggviðsson estas jam sanganta, je la dek-sesa bato la haŭto jam disŝiriĝis sur la skapoloj kaj la spino malsupre. La hundoj sur la muroj bojadis kiel frenezaj, sed la homo kuŝis kiel ligna trabo komplete rigida sen ia ajn moviĝo.

Je la dek-sesa bato la prefekto anoncis ke la kulpulo rajtas denove havi ripozon.

Jón Hreggviðsson aŭdigis krion:

"Mi defias lin, mi defias lin, mi defias lin."

La pendumisto de la reĝo denove kraĉis sur siajn manplatojn kaj pliĝustigis la rimenan tenilon en sia mano.

"Nun venis la vico al la lasta – kaj la plej dika," diris la homo sur la muro kaj komencis ridi senĉese.

Sigurður Snorrason movis antaŭen la maldekstran piedon kaj provis trovi per la dekstra laŭeble firman lokon sur la glita tero kaj mordis sur la lipon, kiam li levis la skurĝilon por bato. La ekbrilo en la duonpremitaj okuloj montris, ke li dediĉas sin plene al sia laboro; lia vizaĝo bluiĝis. La hundoj kontinue bojadis. Je la dudeka bato la sango fluetis preskaŭ ĉie laŭ la spinlongo de la farmisto kaj la rimeno jam estis malseka kaj glita, sed je la fino la sangŝprucaĵoj ĵetiĝis diversdirekten, kelkaj sur la vizaĝojn de la homoj, la viprimeno estis varma kaj ŝaŭmanta, kaj la dorso de la homo estis unu vasta sanganta vundo. Kiam la prefekto donis signon pri ĉesigo, la farmisto tamen havis sufiĉan forton rifuzi helpon por suprentiri la pantalonon, sed ridis kun fulmantaj okuloj al la homoj, hundoj kaj infanoj sur la muroj, kaj ekbrilis liaj blankaj dentoj en la nigra barbo. Dum li tiris sur sin la pantalonon li kantis plengorĝe tiun ĉi strofon el la Rimoj pri Pontus, la pli malnovaj:

Bonan feston papo donis al granduloj,
reĝoj kaj la alta caro
gajaj drinkis sen avaro.

Jam ekvesperis, kiam la malfruantoj rajdis hejmen de la asembleo, ĉiu grupo en diversajn direktojn. En la lasta grupo rajdis la prefekto kaj du laŭleĝaj atestantoj: la dignaj bienuloj Sívert Magnussen kaj Bendix Jónsson kaj kelkaj farmistoj el Skagi, krome Sigurður Snorrason pendumisto kaj, ne por forgeso, Jón Hreggviðsson el Rein.

Bendix Jónsson loĝis en la bieno Galtarholt, kaj ĉar la homoj el Skagi havis antaŭ si ankoraŭ longan vojon irotan, li invitis la grupon al sia hejmo por akcepti regalon antaŭ ol pluiri. Bendix posedis barelon kun brando sur trabaro en sia tenejo, ĉar li estis homo riĉa kaj komunumestro. Li proponis prunti al Jón Hreggviðsson fiŝhokan ŝnuron, kio estis grandanima propono, konsiderante la mankon de tiaj ŝnuroj en la lando kaj la mizeran staton de la popolo ĝenerale.

Apartigita planko kun ĉirkaŭaj vandoj estis en la interna fino de la tenejo kaj tien kondukis la bienmastro la prefekton kaj la pendumiston de la reĝo kaj sinjoron Sívert Magnussen. En la antaŭa parto de la tenejo al la tri malpli dignaj homoj kun la skurĝito estis proponitaj sidlokoj sur pakaĵ-selaj submetaĵoj kaj farunkestoj. Bendix verŝis seninterrompe en la pokalojn de la homoj kaj komenciĝis nun granda amuziĝo kaj ĝenerala gajeco. Baldaŭ ne plu havis sencon la apartigo inter la ligna planko kaj la antaŭa parto de la tenejo. Sidiĝis la homoj en rondo en la antaŭa parto kaj komencis distri sin per historioj, diskutoj, versaĵoj kaj aliaj amuzaĵoj. Forgesiĝis rapide ĉiutagaj malfacilaĵoj, sed fariĝis ĝenerala kunfrateco inter la homoj, manprenoj kaj brakumoj. La pendumisto de la reĝo kuŝigis sin sur la genuojn kaj kisis plorante la piedojn de Jón Hreggviðsson dum la farmisto svingis la pokalon kantante. Bendix estis la sola kiu estis sobra en la grupo, kiel decas al saĝa gastiganto.

Estis jam malluma nokto kiam la homoj rajdis el Galtarholt kaj estis ĉiuj tre ebriaj. Pro sia ebria stato ili perdis la vojon tuj post preteriro de la domkampa barilo kaj trovis sin subite en putra marĉo malbela kun profundaj putoj, ŝlimejoj, lagetoj kaj akvoplenaj torf-fosaĵoj. Tiu pejzaĝo ŝajnis havi neniun finon kaj plaŭdiris la vojaĝantoj en tiu antaŭhalo de infero longtempe dum la nokto. Grandsinjoro Sívert Magnussen enrajdis en torf-fosaĵon kaj alvokis la nomon de Dio. En tiaj akvoj estas granda kutimo dronigi hundojn, kaj penadis longe la kunvojaĝantoj antaŭ ol ili sukcesis eltiri la grandbienulon el la

— 23 —

fosaĵo, ĉar estis malfacile trovi kio estas vivanta homo kaj kio morta hundo. Finfine ili sukcesis eltiri la homon sur la bordon, plejparte pro la graco de Dio, kaj tie li endormiĝis. Tion lastan memoris Jón Hreggviðsson, ke li provis levi sin sur la dorson de la ĉevalino post kiam li eltiris grandsinjoron Sívert Magnussen el la fosaĵo. Sed al la selo mankis la piedingoj kaj krome la ĉevalo ŝajnis konsiderinde pli alta ol antaŭe kaj konstante prancis. Sed ĉu li sukcesis surdorsiĝi, aŭ ĉu okazis io alia, kio malhelpis lin en tiu cellaboro en la profunda mallumo de tiu aŭtuna nokto, li poste malklare memoris.

Li vekis la homojn en Galtarholt frumatene en mizera stato, malseka kaj kotkovrita kaj tremklakis al li la dentoj; li petis parolon kun sinjoro Bendix. Li rajdis sur la ĉevalo de la pendumisto kaj havis la ĉapelon de la pendumisto sur la kapo. Bendix helpis al la homo deĉevaliĝi kaj tiris lin en la biendomon kaj lin senvestigis por la lito, sed la farmisto estis dolore rigida kaj kuŝiĝis survizaĝe, ĉar la dorso estis sveliĝinta, kaj tuj endormiĝis.

Je tagiĝo li vekiĝis kaj petis al Bendix, ke li iru kun li sur la marĉon, ĉar li estis perdinta sian ĉapon kaj la gantojn, la vipon, la hokŝnuron kaj la ĉevalinon.

La ĉevalino troviĝis en grupo de ĉevaloj ne malproksime, la selo pendanta sub la ventro. La marĉo ne estis tiom vasta kiom ĝi estis en la nokto. Ili serĉis dum kelka tempo la perditajn objektojn laŭlonge de la tramarĉa rivereto, kie Jón Hreggviðsson duone memoris, ke li tie kuŝis, kaj ĝuste, ĉar ili trovis lian kuŝlokon sur la bordo de la rivereto, kaj estis tie la vipo en la teno de unu el liaj gantoj, kaj la hokŝnuro apude. Je kelkaj paŝoj pli malsupre li trovis la pendumiston morta. Li staris sur la genuoj, fiksita inter la bordoj de la rivereto, kiu estis tiel mallarĝa, ke la korpo de la homo sufiĉis por bari la akvon. Malgranda akvostaro formiĝis supre de la kadavro, tiel ke la akvo, kiu kutime nur atingis ĝis genuo, nun atingis ĝis subbrako. La okuloj kaj la buŝo de la kadavro estis fermitaj. Bendix rigardis tion dum kelka tempo, poste rigardis al Jón Hreggviðson kaj demandis:

"Kial vi havas lian ĉapelon sur la kapo?"

"Mi vekiĝis senĉapa," diris Jón Hreggvidsson. "Kaj kiam mi iris kelkajn paŝojn, mi trovis tiun ĉapelon. Poste mi vokis plenvoĉe ho-ho sed neniu respondis, tiel ke mi ĝin surmetis."

"Kial estas fermitaj al li la okuloj kaj la buŝo?" demandis sinjoro Bendix.

"Tion scias nur la diablo," diris Jón Hreggviðsson. "Ne faris mi al li la lastan servon."

Li volis preni sian vipilon kaj gantojn kaj la hokŝnuron, sed Bendix tion malhelpis kaj diris:

"Se mi estus vi, mi unue alvokus ateston de ses homoj por ekzameni la postsignojn."

Tio estis en dimanĉo. Evoluis tiel la aferoj, ke Jón Hreggviðsson rajdis al Saurbær-preĝejo kaj alvokis homojn el inter la diservaj ĉeestantoj por ekzameni la mortintan pendumiston en tiu pozicio en kiu li estis trovita. Granda nombro da homoj rajdis al la loko pro scivolemo rigardi la mortinton, kaj ses esprimis sin volontaj ĵuri, ke neniuj signoj estis videblaj sur la kadavro indikantaj perfortaĵon, escepte ke liaj okuloj, nazo kaj buŝo estis fermitaj.

La kadavro de la pendumisto estis transportita al Galtarholt kaj post tio la homoj rajdis for, ĉiu al sia hejmo.

3

En la posta tago estis hela vetero kaj kvieta, kaj la homoj faris diversajn laborojn sur lando kaj maro, sed Jón Hreggviðsson kuŝis surventre en la lito, malbenis sian edzinon kaj petis Dion kun doloraj ĝemoj doni al li tabakon kaj brandon kaj tri konkubinojn. La idioto taŭzis lanon sur la planko kaj ridis senĉese. La trudema odoro de la lepro regis en la ĉambro super aliaj odoroj.

Tiam okazas samtempe, ke la hundo saltas sur la tegmenton kun fervora bojado kaj ke ekstere bruadas hufoj de multaj ĉevaloj. Baldaŭ aŭdiĝas tintado de bridostangoj kaj sonado de homaj paroloj ekster la pordo; aŭtoritata voĉo ordonas al ĉevalistoj. Jón Hreggviðsson sin neniel movis. La edzino enkuris en la ĉambron kun rapidaj spiroj, tiel dirante:

"Dio Jesuo kompatu min, venis altranguloj."

"Altranguloj," diris Jón Hreggviðsson. "Ĉu ili min jam ne senhaŭtigis? Kion plian ili volas?"

Sed ne estis tempo por longaj paroloj; susuro de vestoj, piedpaŝoj kaj homvoĉoj aŭdiĝis el la enirejo. La vizitantoj invitis sin mem.

Unue transpaŝis la sojlon de la domo de Jón Hreggviðsson dikkreska altrangulo ruĝvanga, en vasta mantelo, kun ĉapelo ligita sub la mentono, peza orringo sur fingro, arĝenta kruco en kolĉeno kaj multekosta viptenilo en la mano. Lin sekvis virino kun flava ĉapelo alta, en malhelkolora rajtmantelo ĝisŝue longa, kaj ruĝa silktuko, submezaĝa, kun freŝaj vangoj, kvankam la elano de juneco estis cedanta en la sinteno, la korpa formo dikiĝanta, la aspekto jam modifita de mondumeco. Ŝiajn paŝojn sekvis alia virino, tre juna. Ŝi estis lirika bildo de la antaŭa en tiu senco, ke ŝi ne estis spertinta tiujn aferojn, kiuj faras virinon, sen ĉapelo, kaj lumis de la liberaj haroj. La fleksiĝo de la svelta korpo estis mola kiel ĉe infano, la okuloj ekstermondaj kiel la blua ĉielo. Ŝi estis dotita per la beleco de la aferoj, sed ne per ilia utileco, kaj tial ŝia rideto estis fremda al homa vivo, kiam ŝi enpaŝis tiun domon. Ŝia mantelo estis indigoblua kun arĝenta fiksilo ĉe la kolumo kaj streĉita supre de la talio, kaj ŝi tenis ĝin libera de la planko per delikataj fingroj; super la ŝuoj ŝi havis ruĝajn trikitajn ŝtrumpojn.

Lasta en tiu nobla kompanio paŝis eminenta sinjoro de trankvila sinteno, enpense atentema kaj memsufiĉa. Tiu sinjoro estis en bona stato kaj estis malfacile diveni lian aĝon, vizaĝo glata, nazo rekta, buŝa aspekto samtempe mola kaj trista, preskaŭ virineca kaj tamen sen malstabilo. La precizaj movoj atestis longan rutinon. Sed kvankam lia rigardo estis firma kaj trankvila, liaj okuloj estis atentoplenaj, grandaj kaj klaraj kvazaŭ ilia vidkampo estas pli vasta ol ĉe aliaj homoj, tiel ke malmulte povus eskapi ilian priatenton. Tiuj okuloj, kiuj ĉion vidis kaj tamen kiel kvieta akvo, pli laŭ karaktero ol scivolemo, pli laŭ naturdoto ol klopodado, estis la naturo de la homo. Fakte, la sinteno de la gasto similis pli al vulgara saĝulo ol al superulo, kiu ĉiel dependas de regado super homoj, se la vestoj ne estus farinta la diferencon. Ordinaran superulon oni konas laŭ ties afekta sinteno, sed ĉi tiu sin esprimis per sentrude preciza bongusto. Oni povis konstati la estetikiston en ĉiu kudraĵo, ĉiu faldo, ĉiu proporcio de la tajlado de liaj vestoj; la botoj estis el bona angla ledo. La peruko, kiun li portis sub la grandranda ĉapelo eĉ inter kruduloj kaj almozuloj, estis de bona kvalito kaj zorge kombita kvazaŭ li estus ironta antaŭ la reĝon.

Sekvis tiun noblan kompanion la animogardisto de Jón Hreggviðsson, la paroĥa pastro en Garðar, kun sia ŝafhundo kun ringigita vosto, snufanta. Estis kunpremite en la ĉambro pro tiu amaso da altranguloj kaj la edzino de Jón Hreggviðsson tiris la idioton sur la liton por fari spacon por la homoj.

"Nu nu, Jón Hreggviðsson en Rein, ja tio devus okazi al vi," diris la pastro, "ĉi tien estas venintaj la episkopo mem de Skálholt kaj lia sinjorino Jórunn kaj ŝia fratino, la floro de ĉiuj junulinoj, fraŭlino Snæfríður, filinoj de la leĝisto Eydalín; kaj laste, asesoro Arnas Arnæus, profesoro de Kopenhaga universitato, dekstramanulo de Nia Plejmilda Reĝo – venintaj sur la plankon de via ĉambro."

Jón Hreggviðsson iom blovetis rekone per la nazo, nenion pli.

"Ĉu la dommastro estas malsana?" demandis la episkopo, kiu sola el la gastoj etendis al li la manon, kun la peza ringo.

"Nu, mi apenaŭ dirus tion," diris Jón Hreggviðsson. "Mi estis skurĝita hieraŭ."

"Tion li mensogas, li estis skurĝita antaŭhieraŭ, sed estas vere, ke li mortigis homon hieraŭ, la aĉulo,"diris la edzino subite kaj akute kaj rapide sin elŝovis tra la pordo malantaŭ la gastoj.

Tiam diris Jón Hreggviðsson: "Mi petas miajn noblajn sinjorojn ne kredi tiun virinon, kian personon atestas tiu ŝia ido tie sur la lito, kaj iraĉu eksteren, idioto, kaj ne montru vin antaŭ respektindaj homoj. Gunna, Gunjo mia! Kie estas mia Gunna kiu havas almenaŭ miajn okulojn?"

Sed la knabino ne venis malgraŭ liaj vokoj kaj la episkopo sin turnis al la pastro kaj demandis, ĉu iu beneficium* estis farita por la idioto kaj ricevis la respondon, ke tio ne estis petita. La sinjorino kaptis la brakon de la episkopo kaj sin klinis al li. Snæfríður Eydalin rigardis al sia kvieta kuniranto, ŝia nature spontanea rideto forvelkis poiome ĝis timo ĝin anstataŭis.

La episkopo petis pastron Þorsteinn prezenti la celon de la vizito de la asesoro kaj poste kunvokis ĉiujn hejmanojn, ĉar li volis doni al ili sian benon.

Pastro Þorsteinn tiam komencis sian paroladon kaj ripetis tute aparte, ke ĉi tien venis tiu alte erudicia homo el tiu granda loko

Kopenhago, Arnas Arnæus, amiko de la reĝo, kolego de grafoj kaj baronoj kaj vera honoro de nia malriĉa lando inter la nacioj. Li volas aĉeti ĉiujn taŭzitajn restaĵojn de manuskriptoj el antikva tempo, ĉu pergamenajn, ĉu paperajn libraĉojn, ĉifaĵojn kaj ĉion ajn paperaĵan aŭ librosimilan, kio nun putriĝas plej rapide en posedo de la malriĉaj kaj mizeraj enloĝantoj de tiu ĉi kompatinda lando, ĉar ili ne havas iun ajn komprenon pri tio pro malsato kaj aliaj didevenaj punoj, kiujn devas suferi senpentaj homoj kaj tiuj sendankemaj al Kristo. Tiujn librojn li kolektas, diris la pastro, al difinita loko en sia granda palaco en tiu urbo Kopenhago por eterna konservo, por ke erudiciaj homoj de la mondo povu konvinkiĝi pri tio, ke en Islando iam vivis respektindaj homoj kiel Gunnar de Hlíðarendi, bienmastro Njáll* kaj liaj filoj. Plue klarigis pastro Þorsteinn pri tio, ke al lia sinjoro aperis en vizio, laŭ tiu aŭgura naturo per kiu estas dotitaj nur alte erudiciaj havantoj de didevena inteligenteco, ke la malklera Jón Hreggviðsson en Rein probable tenas sekrete iujn antikvajn pergamenajn pecojn kun skribaĵoj el la papisma tempo, kaj tial tiu altrespekta kompanio, kiu estas survoje al Skálholt el Eydalur okcidente, faris tiun devojon al Akranes por ekhavi parolon kun tiu mizera farmisto de Kristo, kiu ĉi tie kuŝas freŝe skurĝita sur sia lito. Estis la deziro de la asesoro, ke li povu vidi tian pergamenan ĉifaĵon, se ĝi ankoraŭ ekzistas, ĝin deprunti, se ĝi estas por prunto, aŭ ĝin aĉeti, se ĝi estas por vendo.

Jón Hreggviðsson ne rekonis, ke li posedas iujn pergamenajn pecojn, ĉifitajn aŭ taŭzitajn, kiuj tenas la memoron pri antikvuloj, bedaŭrinde, kaj esprimis sian ĉagrenon pri tio, ke tiel nobla kompanio iris tiom longan vojon sen rezulto. En tiu ĉi domo ne troviĝas libro krom ĉifita ekzemplero de la Graduale* kaj la malbone verk-ita Krosshóla-himnaro de pastro Halldór en Presthólar. Li diris ke flue legopova estas neniu en la hejmo krom lia patrino, kio klar-igeblas de tio ke ŝia patro estis librobindisto ĉe la mortinta pastro Guðmundur en Holt okcidente kaj kiu okupis sin pri libroj ĝis sia morto. Jón Hreggviðsson diris ke li mem ne legas escepte se devigita, sed ke li lernis de sia patrino ĉiujn necesajn historiojn kaj rimitajn rakontojn kaj malnovajn geneologiojn, kaj asertis sian virlinian devenon ekde la dana reĝo Haraldur Hilditönn. Li diris ke li neniam lasas el sia memoro tiel elstarajn antikvulojn kiel Gunnar de Hlíðarendi, reĝon Pontus kaj Örvaroddur*, kiuj staturis je dek du ulnoj kaj atingis aĝon de tri cent jaroj se nenio okazis por tion malhelpi, kaj se li posedus tian libron, li sendus ĝin senprokraste al la reĝo kaj la grafoj kiel pruvon ke ĉi tie en Islando iam vivis homoj. Aliflanke, li opiniis ke manko de pia pentemo ne estas la kaŭzo de la nuna mizera stato de Islandanoj, kiam pentis Gunnar de Hlidarendi? Neniam. Li diris ke lia patrino neniam laciĝis kantadi la Pentohimojn de pastro Halldór en Presthólar, kun malmulta utilo. Kontraŭe li opiniis, ke la manko de fiŝhokŝnuroj estis multe pli malutila al Islandanoj ol la manko de pentado, kaj ke la komenco de liaj misfortunoj estis la tento ŝteli hokŝnuron. Tamen neniu pensu, kaj malplej sinjoro episkopo, ke li estas maldankema al Kristo, aŭ ke li iam forkonsumos liajn bovinvalorojn, tute kontraŭe; li diris ke tiu bienposedanto kaj ĉielbienulo ĉiam estis milda kaj pardonema al sia malriĉa farmluanto kaj ke ĉiam estis bonaj iliaj rilatoj.

Dum la dommastro parolis la homoj envenis por akcepti la benon de la episkopo de Skálholt, la onklino, la nodoplena, kun la senkarnaj fingroj, la fratino, la ulcera, kun la forkonsumita vizaĝo, ili ne cedis sin trudi ĝis tuja proksimo al la altrangaj gastoj, kontraŭvizaĝe al la gloro de la mondo. Kriplulloj, kaj malmultaj kiel leprulloj, inklinas altrudi siajn ulcerojn, precipe al tiuj pli bonstataj, ofte kun defia fiero kiu senarmigas eĉ la plej bravan homon kaj faras la plej belan ridinda en siaj propraj okuloj: vidu, tion Dio donis al mi laŭ sia graco, jen estas mia merito antaŭ Dio, diras tiuj homformoj kaj demandas samtempe: Kio estas via merito, kiel Dio taksas vin? Aŭ eĉ: Dio frapis min per tiuj ulceroj por vi.

La idioto estis ĉiam ĵaluza kontraŭ la du leprulinoj kaj malŝatis ilian ĉeeston de grandaj okazoj, li incitis kaj molestis ilin ĉiamaniere per piedfrapoj, pinĉoj kaj kraĉoj, kaj Jón Hreggviðsson devis fojon post fojo ordoni al li foriraĉi. La hundo de pastro Þorsteinn metis la voston inter siaj piedoj kaj eliris. Sinjorino Jórunn provis rideti senĝene al la du leprulinoj, kiuj levis kontraŭ ŝi siajn nigrajn vizaĝojn, sed fraŭlino Snæfríður turnis sin kun elkrio for de tiu vidaĵo, metis reage la brakojn sur la ŝultrojn de Arnæus, kiu staris apud ŝi, subite sin premis tremante al lia brusto, sin retiris de li kaj provis regajni sian sintenon, poste diris kun dampita voĉo iom obskura:

"Amiko, kial vi kondukis min en tiun ĉi teruran domon?"

La restaĵo de la homoj nun aldoniĝis al la grupo por akcepti la benon de la episkopo, la patrino, la filino kaj la edzino. La maljuna patrino genuiĝis antaŭ la episkopo kaj kisis lian ringon laŭ antikva kutimo kaj Lia Ekscelenco helpis al ŝi ekstari. La malhelaj, timaj okuloj de la knabino, konveksaj kaj brilantaj, estis la ornamo de la domo. La edzino staris denove ĉe la pordo, pintnaza kaj akutvoĉa, preta malaperi, se io neatendita okazus.

"Tio ŝajnus, kiel mi multfoje diris al mia sinjoro, ke grandaj trezoroj ne estas troveblaj ĉi tie," diris pastro Þorsteinn. Eĉ la graco de Dio estas pli malproksima de tiu ĉi domo ol de aliaj en la paroĥo."

Estis unu en tiu nobla kompanio, kiun nenia malagrablaĵo impresis kaj nenio surprizis, nek en tiu loko, nek en iu alia, aŭ povis perturbi lian mondumecan memregon. Nenio en la sinteno de Arnas Arnæus indikis ion alian ol ke li sentas sin plej bone en tiu domo. Li jam turnis sin al la maljunulino, parolis malrapide, modeste kaj senafekte kiel kamparano kiu multe pensadis en soleco. La moleco de lia profunda voĉo pli parencis al la veluro ol al lanugo. Kaj okazis tiel strange, ke li, konfidanto de la reĝo, ĉetabla kompano de la grafoj kaj nia honoro inter la nacioj, tiu malproksima kosmopolito, kiu apenaŭ konsidereblus kiel Islandano escepte en sonĝoj kaj fabeloj, sciis perfekte la familion kaj originon de tiu sensignifa maljuna virino, povis nomi ŝiajn parencojn en la okcidenta landparto, diris kun trankvila rideto, ke pli ol unufoje li tenis enmane libretojn, kiujn ŝia patro estis bindinta por iu pastro Guðmundur kiu mortis antaŭ cent jaroj.

"Bedaŭrinde," li aldonis, kaj rigardis al la episkopo, " – bedaŭr-inde la mortinta pastro Guðmundur en Holt havis la kutimon disŝiri antikvajn pergamenajn manuskriptojn de famaj historioj, kies ĉiu folio kaj eĉ nur duonfolio, aŭ la plej mizera ĉifaĵo, estis auro carior*, kiuj kelkaj ne estus tro alte pagitaj per valoro de ĉefbieno, ĉiu aparte. Poste li uzis tiujn pergamenajn foliojn por kovriloj kaj involucra* de preĝlibroj kaj himnoj, kiujn li ricevis nebinditaj el la presejo de Hólar kaj vendis al siaj paroĥanoj interŝange por fiŝoj."

Post tio li turnis sian parolon denove al la maljunulino:

"Nun mi tre ŝatus demandi, ĉu tiu mia maljuna patrino povus indiki al mi iun lokon sub lito, en la kuirejo, en la tenejo aŭ en la teneja subtegmento, kie fojokaze estas lasitaj aŭ forgesitaj elflikita restaĵo de ĉifita felpantalono, aŭ eluzitaj malnovaj ŝuoj en anguloj, aŭ inter tegmento kaj muro de ŝafstalo, kien oni iafoje enpuŝas senutilajn ŝtofaĵojn en vintro por protekti kontraŭ neĝblovoj, por ne paroli pri ebla konservo de malnova felsaketo aŭ rubujo, kiujn mi povus iom traespiori, ĉu tie troveblus se nur ĉifaĵo de libreta kovrilo el la tempo de pastro Guðmundur en Holt."

Sed en tiu domo troviĝis neniu felsaketo nek rubujo kaj ankaŭ ne teneja subtegmento. Sed la asesoro ne montris sin pro tio pretema foriri, kaj kvankam la episkopo jam estis iom malkvieta kaj volis fini la benadon, la amiko de la reĝo daŭrigis sian simpatian rideton.

"Krom se eble la fundo de lito de mia patrino," diris Jón Hreggviðsson.

"Veron vi diras, sur kio ja kuŝas niaj noblaj maljunulinoj," diris la asesoro kaj elprenis sian flartabakujon kaj donis al ĉiuj snufi tabakon, ankaŭ al la idioto kaj ambaŭ leprulinoj.

Kiam Jón Hreggviðsson jam estis snufinta tiun bonegan tabakon, li subite ekpensis kio fariĝis pri la malnovaj felpecoj, kiujn ili trovis neuzeblaj por fliki lian pantalonon antaŭ iuj jaroj.

Polvo kaj fetoro elsaltis kiam oni komencis esplori en la kuŝejo de la maljunulino, ĉar la fojno estis malnova kaj dumlonge ŝimokovrita sur la fundo. Sed en la fojno abundis amaso da ĉiuspecaj rubaĵoj, kiel senfundaj felŝuoj, ŝuflikaĵoj, malnovaj ŝtrumpoj, putraj ŝtofpecoj, ŝnuretoj, fibroj, hufŝuaj rompaĵoj, kornoj, ostoj, brankoj, fiŝfinoj malmolaj kiel vitro, rompitaj lignorigliloj kaj alia lignofatraso, teksil-ŝtonoj, ŝeloj, konkoj kaj marsteloj. Tamen la litspaco enhavis ankaŭ utiligeblajn objektojn kaj eĉ eksterordinarajn, kiel selzonajn bukojn el kupro, marfabojn, viptenilajn metal-garniturojn, antikvajn kupromonerojn.

Jon Hreggvidsson mem eĉ elrampis el la lito por helpi al Professor Antiqvitatum* serĉfosi en la lito de la maljunulino. La belulinoj jam eliris sub liberan ĉielon, sed la leprulinoj restis ĉe la episkopo. La maljunulino staris flanke kaj ruĝo koloris ŝiajn ŝrumpintajn vangojn kiam ili komencis fosi, kaj ŝiaj pupiloj vastiĝis, kaj ju pli longe ili fosadis kaj tuŝis ĉiam pli multajn objektojn, des pli multajn nervojn ili tuŝis en ŝi mem, ĝis ŝi komencis tremi. Fine ŝi levis sian jupon al siaj okuloj kaj ploris silente. La episkopo de Skálholt staris flanke kaj observis skeptike la agadon de la asesoro, sed kiam li vidis ke la maljunulino ploras, li karesis ŝiajn malsekajn krudajn vangojn kun kristaneca kompato kaj provis konvinki ŝin, ke ili ne prenos de ŝi ion al ŝi valoran.

Post longa kaj detala serĉado venis al tio, ke la nobla gasto eltiris el fojnaĵo kelkajn kunvolvitajn pergamenaĵojn tiom krispigitajn, ŝrumpintajn kaj malmoliĝintajn, ke estis neeble ilin glatigi.

La modesta pardonpeta rideto en la okuloj de la trankvila altrangulo, dum li serĉadis en tiu rubujo, subite cedis al senpersona fakeca seriozo, kiam li levis sian trovitaĵon supren al la nebrilanta lumo de la fenestreto, kaj malaperis lia rideto. Li aŭ blovis la polvon de la la pergameno, aŭ fikse ĝin enrigardis, eltiris silkan tuketon el ŝia brustopoŝo kaj ĝin viŝis per ĝi aŭ senpolvigis.

"Membrana*" li fine diris kaj momente rigardis sian amikon, la episkopon, kaj ili ekzamenis ambaŭ la pergamenon: kelkaj bovinfelaj folioj kunfalditaj kaj kunkudritaj laŭ la spino, sed la fadeno antaŭ longe ŝirita aŭ putrinta; sed kvankam la ekstera supraĵo de la felo estis nigra kaj malpura, estis tie facile videbla teksto skribita per gotika literaro. Ilia intereso estis preskaŭ adora, ili tuŝis tiujn ŝrumpintan ĉifaĵon same zorgeme kiel senhaŭtan embrion kaj murmuris latinajn vortojn kiel "pretiosissima", "thesaurus" kaj "cimelium".*

"La skribo estas datebla ĉe ĉirkaŭ mil tricent", diris Arnas Arnæus. "Estas mia opinio, ke jen estas folioj el *Skálda** mem."

Tiam li turnis sin al la maljunulino, diris, ke jen estas ses folioj el antikva manuskripto, demandis kiom multaj ili eble estus originale.

La maljunulino ĉesis plori kiam ŝi vidis, ke ili ne volas preni ion pli valoran el ŝia litfundo, kaj respondis ke ili neniam estis krom je unu folio pli multaj ol nun, ke ŝi malklare memoras, ke ŝi iam antaŭ longe moligis per akvo tiun felaĵon kaj ŝiris el ĝi folion por fliki la pantalonon de sia filo Jón, sed ĝi pruviĝis tute senutila kaj ne povis teni fadenon. Kiam la gasto demandis, kio okazis al tiu folio, la virino respondis unue, ke neniam estis sia kutimo forĵeti ion utiligeblan, kaj plej certe nenion felecan en tiu tuta manko de ŝuoj, kiun ŝi devis elteni dum la vivo kun tiuj multaj piedoj en ŝia domo; estas malbona felpeco kiu ne havas iun utilon en malbona jaro, kiam multaj estas devigitaj manĝi siajn ŝuojn, kaj eĉ se nur estas ŝurimeno ĝi estas uzebla por infanoj por maĉi. Miaj sinjoroj ne pensu, ke tio estas pro neglekto, ke ŝi ne uzis por neceso tiun ĉifaĵon.

"Dum sep jaroj mi serĉis kaj demandis tra la tuta lando, ĉu iu scias pri loko kie eble troviĝus fragmento, eĉ se nur minutisma particula* el tiuj dek kvar folioj kiuj mankas al mi de *Skálda*, sed en tiu unika manuskripto estis skribitaj la plej belaj poemoj de la norda hemisfero. Ĉi tie mi trovis ses, cetere ĉifitajn, sed tamen sine exemplo*."

La episkopo gratulis al sia amiko kun manpremo.

Arnas Arnæus laŭtigis sian voĉon kaj turnis sin al la maljunulino: "Mi do prenas kun mi tiun misfortunan ĉifaĵon," li diris. Ĝi ne estas uzebla por fliki pantalonon aŭ por ripari ŝuojn, ĉiaokaze; kaj neprobable ke tia malsatego trafos Islandon ke ĝi estos konsiderata manĝebla. Sed arĝentan moneron vi akceptu de mi pro la ĝeno, bona virino."

Li envolvis la pergamenan ĉifaĵon en la silkan mantukon kaj metis tion sub sian mantelon kaj diris samtempe al pastro Þorsteinn kun tia gajeca kaj senzorga tono, kian kutime oni uzas en kamaradeca konversacio kun komplezema kompano al kiu oni ne estas deve ligita:

"Estas nun tia la stato, kara pastro Þorsteinn, ke tiu popolo, kiu iam posedis la plej elstarajn literas post antiqui* en la norda parto de la mondo, nun preferas paŝi sur bovidfelo kaj manĝi bovidfelon ol legi malnovan skribon sur bovida felo."

Post tio la episkopo finis doni al la hejmanoj sian benon.

La eminentaj virinoj estis atendantaj siajn kavalirojn ekstere en la ruĝa brilo de la vespero kaj iris kontraŭ ilin kun ridetoj. Dekoj da liberaj ĉevaloj mordetis la domkampeton viglaj kaj blovternantaj. La ĉevalistoj kondukis kvar el ili sur la antaŭdoman plataĵon. Poste la altranguloj surĉevaliĝis kaj ekgalopis for sur la ŝtonoza tretvojo.

4

Kelkajn tagojn poste Jón Hreggviðsson rajdis malsupren al Skagi por kolekti honorarion pro vulpkaptado, ĉar li detruis vulpejojn por la kamparanoj. Li ricevis la honorarion pagitan per fiŝoj kiel estis la kutimo, sed estis manko de hokŝnuroj kiel kutime, tiel ke li ekhavis la ideon rajdi al la biendomo de la prefekto por prunti de li ŝnurpecon por kunligi la fiŝojn. La prefekto staris ekstere kun kelkaj farmistoj el Skagi, kiam Jón Hreggviðsson rajdis al la domo kun siaj fiŝoj.

"Bonan tagon al vi ĉiuj," diris Jón Hreggviðsson.

La homoj akceptis malvigle lian saluton.

"Mi deziras peti al via aŭtoritato prunti al mi peceton da ŝnuro," diris Jón Hreggviðsson.

"Certe vi havos vian peceton da ŝnuro, Jón Hreggviðsson," diris la prefekto kaj turnis sin al siaj homoj kun jenaj vortoj: "Kaj kaptu lin en la nomo de Jesuo."

Ili estis tri kune krom la prefekto, ĉiuj bonaj konatoj de Jón. Du el ili kaptis lin, la tria staris flanke. Jón tuj kontraŭbatalis, atakis la farmistojn alterne, batis ilin kaj puŝis ilin kaj rulis ilin en la koto, tiel ke la tasko estis por ili malfacila ĝis la prefekto, kiu estis fortegulo, venis por ilin helpi. Tiel post kelka tempo ili sukcesis lin superpovi, sed la fiŝoj estis jam distretitaj en la koto sub iliaj piedoj dum la luktado. La prefekto tiam alportis ĉenojn kaj katenis la farmiston kun la vortoj, ke li neniam plu kuŝigu sian kapon sub doma tegmento. La katenito estis kondukita en antaŭpordejon inter la loĝejo de la domservistoj kaj la ĉefdomo de la prefektejo, tra kiu la homoj eniris kaj eliris tra la tuta tago, kaj estis tie tenita en piedĉenoj sub gardado dum du semajnoj. Oni igis lin taŭzi ĉevalharojn aŭ mueli grenon. Nokte li devis dormi sur kesto. Buboj kaj bubinoj lin mokis por amuzo kaj unu maljunulino verŝis sur lin el urinpoto, ĉar li kantis el la Rimoj pri Pontus en la nokto kaj malhelpis dormadon al la homoj. Sed maljuna vidvino kaj du ŝiaj infanoj lin kompatis kaj donis al li varman grason kaj frititajn krustaĵojn.

Fine oni rajdis kun la farmisto al Kjalardalur kaj distrikta tribunalo estis starigita pri lia kazo. La prefekto deklaris lin laŭleĝe arestita, akuzita pro la murdo de Sigurður Snorrason pendumisto. Estis al li kondiĉita forĵuri tiun akuzon per atesto de dek kvin homoj, kiujn li mem devas provizi. La ses preĝejaj gastoj el Saurbær ĵuris, ke kiam ili venis al la kadavro de Sigurður Snorrason en la rivereto, liaj okuloj, naztruoj kaj buŝo estis fermitaj. Grandsinjoro Sívert Magnussen, la sama kiu estis eltirita el la enmarĉa fosaĵo, ĵuris ke la pendumisto kaj Jón Hreggviðsson estis rajdantaj for de la ceteraj homoj en la mallumon en tiu difinita vespero. Neniu ĵuro estis farita favore al Jón Hreggviðsson. Post dutaga proceso li estis juĝita al ekzekuto pro la murdo de Sigurður Snorrason. Al li estis permesite apelacii la juĝon de la tribunalo al la supera tribunalo en la Alþingi.

Estis jam malfrue en la aŭtuno kaj la neĝo malmola pro frosto kaj facile surpaŝebla, kaj ili iris piede krom la prefekto kaj lia skribisto. Survoje hejmen de la tribunala kunveno al Skagi la prefekto rajdis al Rein kaj la malliberulo devis stari katenita ĉe la barilo ekster la domkampo sub gardo, dum la prefekto eniris la domon.

La hejmanoj antaŭe eksciis pri la alveno kaj la patrino de Jón Hreggviðsson melkis la bovinon kaj portis al la farmisto varman lakton en bovlo. Kiam li jam trinkis ŝi movis la harojn for de liaj okuloj. La knabino, lia filino, venis ankaŭ al la barilo kaj staris apud la homo kaj lin rigardis.

La prefekto iris en la loĝĉambron de Rein sen frapo sur la pordo.

"Via edzo estis kondamnita pro murdo," diris la prefekto.

"Jes, li estas aĉulo," diris la edzino, "Tion mi ĉiam diris."

"Kie estas lia pafilo," diris la prefekto. "Murdiloj ne havu lokon en tiu ĉi domo."

"Jes, estas ja mirinde, ke li ne estis multfoje mortiginta nin ĉiujn per tiu pafilo," diris la edzino kaj donis al li la pafilon.

Post tio ŝi prenis novajn lanŝtofan ĉemizon nete kunfalditan, ĝin etendis al la prefekto kaj diris:

"Mi estas kiel ĉiuj vidas jam peze graveda kaj krome malsana kaj neniel plaĉa vidaĵo kaj certe li ne multe deziras vidi min. Sed tiun ĉi vestaĵon mi volas peti la prefekton doni al li, ĝi estas varma se li estos longe for."

La prefekto kaptis la ĉemizon, frapis la virinon per ĝi kaj diris ĝin forĵetante:

"Mi ne estas via servisto, la kanajlaro de Rein."

La knabo ridis neregeble, ĉar li ĉiam trovis tion tre amuza kiam oni malbone traktis lian patrinon, egale kiu tion faris. La leprulinoj sidis kune sur unu lito, unu nodita, la alia ulcera, ili tenis reciproke la fingrajn ostojn tremante kaj laŭdis Dion.

Ĉar vintro jam ekregis kaj fino ne atendebla en la kazo de Jón Hreggviðsson antaŭ la Alþingi, estis decidite ke la malliberulo estu transportita al Bessastaðir, ĉar en aliaj lokoj ne estis ebleco konservi krimulojn dum longa tempo. Homoj estis senditaj per boato suden al Álftanes kun la katenito en la pobo. La vetero estis malvarma kaj la ondoj ŝprucis super la boaton. La homoj tenis sin varmaj per remado kaj akvoŝovelado. Jón Hreggviðsson kantis el la Rimoj pri Pontus. Kiam oni rigardis al li, li ĉesis kanti por momento kaj ekbrilis liaj okuloj kaj li ridis defie al la homoj kaj glimbrilis liaj blankaj dentoj en la nigra barbo, poste li daŭrigis la kantadon.

Ĉe Bessastaðir lin akceptis la intendanto de la regento, sekretario kaj du danaj servistoj. Ĉi-foje la farmisto ne estis lokita en la sklavkesto; li estis metita direkte en la karceron. Sur senforma ŝtonamaso simila al putoŝirmejo estis pezaj tabuloj kun rigliloj kaj nerompeblaj seruroj, sed malsupre estis profunda truo kun kalkitaj muroj. Ŝnurŝtuparo estis sinkigita en la profundon kaj al Jón estis ordonita grimpi malsupren ĝis la fundo, poste la servistoj de la regento lin sekvis por lin kateni. Neniaj komfortaĵoj estis tie krom mallarĝa tabulo kun ŝafa felo, ujo por necesbezonoj kaj hakŝtipo, kaj kuŝis granda hakilo sur la ŝtipo, sed apud ĝi argila kruĉo kun akvo. La lanterno de la intendanto prilumis por momento tiun bildon, la hakŝtipon, la hakilon kaj la argilkruĉon. Kiam la homoj regrimpis supren, ili eltiris la ŝtuparon, remetis la tabulojn, fiksis la riglilojn el ekstere, turnis ŝlosilon en la seruro. Poste ĉio estis silenta. Estis peĉnigre, ne eblis eĉ vidi sian manon. Jón Hreggviðssson kantis:

Fama bardo por sukces´
ŝin rigardis kun kares´,
amo ardis ĝis eksces´,
amo ardis ĝis eksces´,
tamen tardis ŝia jes´.

En tiu karcerputo Jón Hreggviðsson kantis la Rimojn pri Pontus, la pli malnovajn, tra la tuta vintro kaj la frusomero.

La tempo ne pasis laŭ la kutimaj okonaj periodoj de la tagnokto, des malpli laŭ diurnoj, estis nenia distingo inter tago kaj nokto kaj li havis nenion por fari por distri sin, sed manĝaĵo estis sinkigita al li en korbo unufoje en la tago, iam dufoje. Kontakton kun la ekstera mondo li havis malmultan kaj hazardan.

Fakte li jam forgesis kio estas homoj, kiam la unuaj gastoj estis metitaj malsupren al li, tiel ke li salutis ilin kun ĝojo. Ili estis du kune kaj ambaŭ en peza humoro kaj akceptis malvigle lian saluton. Li demandis pri iliaj nomoj kaj hejmlokoj, sed ili nepreteme respondis. Fine li sukcesis eltiri el ili, ke unu estis el Seltjarnarnes, Ásbjörn Jóakimsson laŭ nomo, la alia el Hraun, Hólmfastur Guðmundssson.

"Jes," diris Jón Hreggviðsson. "La homoj de Hraun ĉiam estis damnitaj krimuloj. Sed mi ĉiam pensis ke la homoj de Seltjarnarnes estis netrudiĝemaj laŭ naturo."

Ambaŭ homoj atendis skurĝadon. Estis evidente, kaj laŭ iliaj nepretemaj respondoj kaj laŭ ilia aroganta parolmaniero, kaj ankaŭ laŭ ilia serioza sinteno al sia sorto, ke tiuj estis eminentaj homoj. Jón Hreggviðsson ne ĉesis demandi kaj babili. Finfine klariĝis, ke Ásbjörn Jóakimsson rifuzis remi mesaĝiston de la regento trans la fjordon Skerjafjörður*. Hólmfastur Guðmundsson estis juĝita al skurĝado, ĉar li liveris kvar fiŝojn interŝanĝe de hokŝnura peco en Hafnarfjörður anstataŭ liveri la fiŝojn ĉe la komercisto en Keflavík, sed al ĉi tiu komerca distrikto apartenis lia farmbieno laŭ nova reglamento de la reĝo dividi la komercadon laŭ distriktoj.

"Kial vi ne liveris la fiŝojn en tiu distrikto en kiu vi devas komerci laŭ la ordono de Nia Ĉiomilda Sinjoro?" demandis Jón Hreggviðsson.

La homo diris, ke hokŝnuroj ne estis haveblaj ĉe tiu komercisto, al kiu la reĝo donis komercan monopolon por Keflavík, fakte ankaŭ ne ĉe la komercisto en Hafnarfjörður, sed bonvolema homo en la komercejo donis al li peceton de ŝnuro interŝanĝe de tiuj kvar fiŝoj. "Kaj ke tio devis okazi al mi, Hólmfastur Guðmundsson," diris fine la homo.

"Prefere vi estus vin pendiginta per la ŝnurpeco,"diris Jón Hreggviðsson.

Ásbjörn Jóakimsson estis malpli parolema ol lia skurĝota kunfrato.

"Mi estas laca," li diris. "Ĉu ne estas iu loko por sidiĝi."

"Ne," diris Jón Hreggviðsson. "Tiu ĉi loko ne estas ia sidoĉambro. Tiu tabulo estas por mi sola kaj ĝin mi ne lasos. Kaj ĉesu vagaĉi ĉirkaŭ la hakŝtipo, vi povus renversi mian kruĉon kun mia akvo."

Sekvis silento ĝis aŭdiĝis peza suspiro en la mallumo:

"Kaj mi kiu nomiĝas Hólmfastur Guðmundsson."

"Kio pri tio?" diris la alia. "Ĉu ankaŭ mi ne havas nomon? Ĉu ni ĉiuj ankaŭ ne havas nomon? Mi kredas ke ne gravas kiel ni nomiĝas."

"Kiam iu legis en la antikvaj libroj, ke la Danoj juĝis al skurĝado homon kun mia nomo en lia propra lando Islando?"

"La Danoj senkapigis espiskopon Jón Arason* mem," diris Ásbjörn Jóakimsson.

"Se iu volas kalumnii mian Heredan Reĝon, tiam mi estas lia hereda servanto," diris Jón Hreggviðsson.

Poste sekvis longa silento. Fine aŭdiĝis ke la homo de Hraun diris sian nomon kiel ian obskuran orakolon: "Hólmfastur Guðmundsson."

Poste denova silento.

"Kiu diris ke la Danoj senkapigis episkopon Jón Arason?" demandis Hólmfastur Guðmundsson.

"Mi," diris Ásbjörn Jóakimsson. "Kaj ĉar ili senkapigis Jón Arason, ĉu tio iel gravas, ke la reĝo ordonas skurĝi farmistojn kiel nin?"

"Estas honoro esti senkapigita," diris Hólmfastur Guðmundsson. "Ordinarulo fariĝas homo, ĉar li estis senkapigita. Ordinarulo povas reciti versaĵon, kiam li estas kondukata al la hakŝtipo, kiel Þórir Jökull* kiu recitis sian versaĵon kaj estis senkapigita kaj vivos lia nomo dum loĝas homoj en la lando. Tute kontraŭe etiĝas ĉiu homo, ĉar li estis skurĝita. Ne ekzistas tiu galantulo kiu ne fariĝas ridinda, ĉar li estis skurĝita."

Li aldonis mallaŭtavoĉe: "Hólmfastur Guðmundsson, ĉu oni iam aŭdis pli islandan nomon? Kaj al tiu nomo estos ligita la memoro pri dana skurĝilo dum jarcentoj pasas en la menso de popolo kiu skribas ĉion en librojn kaj neniam povas forgesi ion ajn."

"Tio ne etigis min esti skurĝita," diris Jón Hreggviðsson. "Kaj neniu min priridis. Mi estis la sola kiu ridis."

"Faras nenion al unu homo, oni mem, esti skurĝita," diris Ásbjörn Jóakimsson. "Sed tion mi ne povas nei ke estus iom malagrabla por liaj infanoj aŭdi kiam ili maturiĝas, ke ilia patro estis skurĝita. Aliaj infanoj fingromontras al ili kaj diras: Via patro estis skurĝita. Mi havas tri knabinetojn. Sed en la tria kaj kvara generacio tio estas forgesita, almenaŭ mi ne povas imagi, ke Ásbjörn Jóakimsson estas tia rimarkinda nomo, ke ĝi estos skribita en librojn kaj legata dum pasas jarcentoj, tute kontraŭe, mi estas kiel kiu ajn sennoma homo, de mizera sano, baldaŭ morta. Aliflanke, la islanda popolo vivos dum jarcentoj, se ĝi ne cedos, kio ajn okazos. Mi rifuzis transporti la homon de la reĝo trans Skerjafjörður, tio estas vera. 'Nek vivanta, nek mortinta', mi diris. Mi estos skurĝata, kaj tio estas bona. Sed se mi estus cedinta, se nur en tio, kaj se ĉiuj cedus ĉiam kaj ĉie, cedus al la komercisto kaj la regento, cedus al fantomo kaj diablo, cedus al la pesto kaj la variolo, cedus al la reĝo kaj la pendumisto, – kie tiam havos sian lokon la homoj? Eĉ Infero estus tro bona por tiuj homoj."

Hólmfastur nenion respondis sed daŭrigis mallaŭte ripeti sian nomon. Jón Hreggviðsson estis firma en sia decido ne lasi al li uzi sian kuŝtabulon. Post kelka tempo ĉesis klaktinti liaj ferkatenoj kaj la unuaj ronksonoj komenciĝis per spasmecaj elspiroj sur la surfaco de la sensoj, sed iom post iom ili profundiĝis kaj fariĝis pli takte kontinuaj.

En la pasado de la vintro ofte okazis, ke estis ĵetitaj malsupren al Jón Hreggviðsson ŝtelistoj, iafoje pluraj samtempe, kaj estis tie tenataj dum la nokto antaŭ ili estis brulstampitaj aŭ iliaj manoj forhakitaj. Li konstante timis ke ili ŝtelu de li la kruĉon aŭ eĉ la hakilon. Aliaj homoj estis enĵetitaj kiuj devis atendi punon pli longe, ĉefe homoj el Gullbringa-distrikto. Etfarmisto estis rifuzanta prunti sian ĉevalon al la regento kun la vortoj, ke al homoj kiuj ne povas movi sin eĉ unu spanon sen helpo de naŭdek ĉevaloj, sed mem posedas neniun, al tiuj plej decus sidi hejme; – alia, Halldór Finnbogason el Mýrar, estis rifuzinta akcepti la sakramentojn kaj estis akuzita kiel publika blasfemanto kaj profananto de la sankta relikvo; ambaŭ estis kondamnitaj al eltranĉo de la lango. La dua blasfemis kaj sakris dum la tuta nokto antaŭ la eltranĉo, malbenante inter alie siajn patron kaj patrinon, tiel ke Jón Hreggviðsson ne havis pacon por dormi kaj estis fine tiom kolera, ke li diris al ĉiu kiu ne iras al la altaro estas idioto kaj komencis kanti la Rimojn pri Jesuo kiun li tamen ne tre bone sciis. Escepte de ŝtelistoj plej multaj el la gastoj agis kontraŭ la leĝoj pri la reĝa komerca monopolo. Ĉe unu oni trovis anglan tabakon. Alia enmiksis sablon en sian lanon por ĝin plipezigi. Iuj kontraŭlege aĉetis farunon en Eyrarbakki, ĉar la faruno en Keflavik estis ŝima kaj plena de vermoj. Unu aŭ du nomis sian komerciston ŝtelisto. Tiel senfine, kaj ĉiuj estis skurĝitaj.

La vipo de la reĝo kontinuis vigle flagri super sternitaj nudaj korpoj de malgrasaj Islandanoj. Fine estis alportitaj tien por gastigo kelkaj senpentemaj krimuloj de sama speco kiel Jón Hreggviðsson mem, homoj kiuj atendis aŭ ekzekuton aŭ forsendon al Bremenholm* en Danujo, tiu loko kiu estis al la islanda popolo la plej konata el ĉiuj lokoj en tiu malproksima lando.

Neniam dum tiuj dudek kvar semajnoj estis permesite al Jón Hreggviðsson vidi taglumon krom la nesignifa lumeto je Kristnasko kaj Pasko kiam oni kondukis lin en preĝejon por aŭskulti la vortojn de Dio. En ambaŭ tiuj festotagoj la homoj de la regento venis malsupren al li en la karcerputon, tiris sakon sur lian kapon, malligis de li la katenojn kaj kondukis lin al la preĝejo kie li estis sidigita sur angulbenkon inter du dikmuskolaj homoj kaj devigita aŭskulti la konvencian mesaĝon kun la sako sur sia kapo. La ŝnuro tamen ne estis tro firme tirita ĉirkaŭ lian kolon, tiel ke li povis kun lerto kapti ekvidon de sia mano kie li sidis tie en la domo de Dio. Plion li ne vidis dum tiu vintro.

Proksime al Pasko oni sinkigis malsupren al la farmisto homon el la Orientaj Fjordoj, kiu estis kondamnita al Bremenholm pro unu el la plej senhontaj krimoj iam farita en Islando; li remis al holanda fiŝŝipo kaj aĉetis bobenon de kudrofadeno. Lia kazo estis persekutita en la aŭtuno kaj li estu sendita eksterlanden en la printempo per ŝipo kiu restis dum la vintro ĉe la ankro ĉe Suðurnes.* Dum la vintro li estis sendita de unu prefekto al alia tra la tuta lando ĝis fine li alvenis ĉi tien.

"Ne," diris Guttormur Guttormsson. "Ili neniam sukcesis pruvi plion kontraŭ mi ol pri tiu sola bobeno. Aliflanke, la servistaĉoj de la komercisto spionis pri miaj iroj al la ŝipo. En mia hejmregiono ĉiuj iras al la ŝipoj. Homo kiu neniam vidis holandan ordukaton ne scias kion signifas vivo."

Tiu estis homo de varma voĉo kiu ĉiam emociiĝis ĝis larmoj kaj spasmaj enspiroj kiam li menciis holandajn monerojn.

"Ili estas tiom grandaj," li diris kaj prenis la ŝultron de Jón Hreggviðsson kaj faris cirklon sur lian frunton en la mallumo.

"Neniam mi tiel pensus trompi mian Heredan Reĝon kaj Sinjoron pro tia judasa monero," diris Jón Hreggviðsson.

"Holandanoj estas popolo de oro," diris la homo. "En la noktoj, se mi vekiĝas, mi pensas pri tiuj benataj grandaj moneroj kaj tiam mi denove ekfartas tiom bone. Kiomaj grandoj. Kiomaj pezoj. Kiomaj briloj."

"Ĉu vi havas multajn da tiaj?" demandis Jón Hreggviðsson.

"Multajn?" diris Guttormur Guttormsson. "Ĉu mi havas multajn aŭ malmultajn, kaj tio ne koncernas vin, kamarado, mi scias kion tio signifas vivi. Mi vivis multajn feliĉajn tagojn. La homoj de Sudurnes neniam vivas feliĉan tagon."

"Tion vi mensogas," diris Jón Hreggviðsson. "Ni amas kaj honoras nian reĝon."

"Ni Orientfjordanoj neniam estis popolaĉo de sklavoj," diris Guttormur Guttormsson.

Kiam ili pli konatiĝis, la Orientfjordano iom post iom rivelis, ke kvankam li neniam faris alian krimon ol aĉeti bobenon de kudrofadeno de la ŝipanoj, ĉar krimo estas nur tio kio estas pruvita, li dum jaroj havis prosperan komercon kun la Holandanoj. Lia edzino trikis por ili lanaĵojn dum la vintro, en la somero li portis al ili buteron kaj fromaĝon, bovidojn, ŝafidojn kaj infanojn. Kiel pagon li ricevis de ili bonan farunon, hokŝnurojn kaj ŝnuregojn, gisferon, hokojn, tabakon, tukojn, ruĝan vinon, alkoholaĵon faritan el greno; kaj ordukatojn pagitajn por infanoj.

"Infanoj?" diris Jón Hreggviðsson.

"Jes, dukaton por knabino, du dukatojn por knabo," diris Guttormur Guttormsson.

Por ĉirkaŭ cent jaroj estis la kutimo de la Orientfjordanoj vendi infanojn al la eksterlandaj ŝipanoj kun tiu rezulto, ke infanmurdoj estis multe pli maloftaj en la Orientfjordoj ol en aliaj partoj de la lando. Guttormur Guttormsson estis vendintaj du infanojn, sepjaran knabon kaj blondharan knabinon kvinjaran.

"Mi do havas nur tri dukatojn," diris Jón Hreggviðsson.

"Kiom da dukatoj vi havas," diris Guttormur Guttormsson.

"Du," diris Jón Hreggviðsson. "Mi havas du dukatojn en mia hejmo en Rein en Akranes, "du vivantajn dukatojn kiuj min rigardas."

"Kion vi donis por tiuj?" demandis la Orientfjordulo.

"Se vi pensas ke mi ricevis ilin per vendo de fiŝlogaĵo vi draste mistrafas," diris Jón Hreggviðsson.

Evidentiĝis laŭ la paperoj pri la homo, ke li estas majstra metiisto pro kio li estis eltirita el la kancerputo post mallonga restado en tiu loko kaj lokita en la Sklavokesto por fari utilon dum li atendas transporton al Bremerholm, tiel ke Jón Hreggviðsson nek vidis nek aŭdis plu tiun elstaran homon.

Aliflanke en la lastaj monatoj de la vintro aldoniĝis al li nova kompano, kiu restis. Tiu estis magiisto el la Okcidentaj fjordoj, nomita Jón Þeófílusson. Li estis homo altkreska kaj maldika, en siaj kvardekaj jaroj, kaj estis loĝanta kun sia pliaĝa fratino en farmbieneto en ekstervoja valo. Li havis malmultan sukceson kun virinoj, ĉefe pro manko de ŝafoj, kaj volis plibonigi ambaŭ per magio, kiel longtempe estis kutimo en la Okcidentaj fjordoj, tamen kun variaj rezultoj. Alia farmisto, riĉa je ŝafoj, gajnis la koron de tiu filino de pastro, al kiu Jón Þeófílusson havis amdeziron, kaj li elvokis fantomon kontraŭ tiun homon. Sed tiel maloportune okazis ke la fantomo eniris la bovinon de la pastro kaj ĝin mortigis. Iom poste dronis juna ĉevalo de lia rivalo en iu marĉputo. Tiam Jón Þeófílusson estis arestita kaj estis trovitaj en lia hejmo la magiaj objektoj ventgapulo kaj pantalono de kadavro. Dum la enketo de la kazo malsaniĝis la frato de la rivalo kaj mortis. La Diablo, kiun la magiisto nomis Pokur, aperis al tiu homo sur lia mortolito kaj rivelis, ke Jón Þeófílusson promesis, ke li havu lian animon interŝanĝe pro la malsano de lia frato, kaj same pro la misokazoj pri la bovino kaj la ĉevalo. La homo ĵuris pri la vero de la aperaĵo en sia mortotago, kaj tiel la Diablo mem fariĝis la ĉefa atestanto en la kazo kontraŭ Jón Þeófílusson, kaj estis tiu atesto la kaŭzo de lia kondamno.

Jón Þeófílusson multe antaŭtimis sian bruligon kaj ofte parolis pri tio murmurete, li diris ke li preferus esti senkapigita.

"Kial ili transportis vin ĉi tien suden, sed ne bruligis vin tie okcidente," diris Jón Hreggviðsson.

"La homoj de Þorskafjörður rifuzis liveri la brullignon," diris la homo.

"Tio estas io nova ke ili havas sufiĉe da brulligno ĉi tie en la sudo por uzi por iu el alia landparto," diris Jón Hreggviðsson. "Vi devus peti esti senkapigita kun mi kaj prefere sur la hakŝtipo ĉi tie, ĉar mi estas certa ke ne troviĝas pli bona hakŝtipo en la lando. Mi pasigis la tempon kiam mi enuis dum la vintro mezurante mian kolon je ĝia entranĉo."

"Mi preĝis al Dio dum la tuta vintro ke mi estu senkapigita anstataŭ esti bruligita," diris la homo.

"Kial vi ne alvokas la helpon de la Diablo?" diris Jón Hreggviðsson.

"Li trompis min." diris la homo plore. "Kiam la Diablo trompas homon oni komencas preĝi al Dio."

"Ŝajnas al mi ke vi estas malbravulo," diris Jón Hreggviðsson. "Ĉesu tiun ploraĉon, prefere montru al mi viajn magiajn rimedojn."

"Ne, " diris la homo kun ploro.

"Vi povas almenaŭ montri al mi kiel alvoki la Diablon." diris Jón Hreggviðsson.

"Mi neniam sukcesis en tio mem," diris la homo. "Kaj kvankam la Diablo tion asertis kaj faligis min per tio antaŭ tribunalo, tio estas mensogo. Aliflanke, mi ja havigis al mi ventgapulon kaj provetis iom fingrumi ĝin pro virino. Mi havis ankaŭ kadavran pantalonon."

"Kio?" diris Jon Hreggviðsson. "Ventgapulon? Pro virino?"

"Jes," diris la homo. "Sed tio malsukcesis."

"Ĉu vi havas kun vi tiun ventgapulon ĉi tie?" demandis Jón Hreggviðsson. "Neniam indas cedi pri elprovo. Kiu scias, eble ni povas alsorĉi ĉi tien iun inkorpon. Ofte estis bezono, sed nun neceso."

Sed la aŭtoritatoj jam konfiskis de li la ventgapulon.

"Ĉu ni povas fari por ni ventgapulon ĉi tie?" demandis Jón Hreggviðsson. "Ĉu ni ne povas elgrati la magian signon per la hak-pinto sur la hakŝtipon kaj havigi al ni belan virinon ĝustamezure dikan tuj ĉi-nokte, prefere tri?"

"Ne estas facile fari tian signon, por tio necesas plia alireblo al la bestoregno kaj la naturfortoj ol haveblas en tiu ĉi loko; ventgapulo estas skribita per galo de korvo sur ruĝbrunan felon de hundino internaflanke kaj poste la signo devas esti kovrita per sango el nigra virkato al kiu virgulino tranĉis la kolon sub plena luno."

"Kiel vi povis igi virgulinon tranĉi nigran virkaton?"demandis Jón Hreggviðsson.

"Mia fratino tion faris," diris la homo. "Ni uzis tri jarojn por havigi al ni galon de korvo. Sed en la unua nokto, kiam mi grimpis sur la tegmenton de la dormejo de la filino de la pastro kaj levis la ventgapulon kaj recitis la magian formulon, mi estis kaptita kaj ĉio estis finita por mi; krome estis jam morta la bovino."

"Sed kio pri la virino?" demandis Jón Hreggviðsson.

"Dormis kun ŝi homo," respondis Jón Þeófílusson kun ploro.

Jín Hreggviðsson skuis sian kapon.

"Cetere, ĉu vi ne ion diris pri pantalono de kadavro? Mi ne povas kompreni kiel vi trovas vin en tia mizera stato, se vi posedas tian pantalonon, ĉar mi aŭdis ke ĉiam troviĝas en ĝi mono, se oni bone serĉas."

"Mi estis jam haviginta al mi la magian signon de la pantalono kaj ŝtelinta moneron de la vidvino por meti en ĝin. Sed la pantalonon mem mi neniam ekhavis, ĉar la homo kun kiu mi kontraktis pri la senhaŭtigo post lia morto ankoraŭ bone vivas, preskaŭ naŭdekjara. Ĉiukaze estis jam tro malfrue, ĉar la bovino estis morta kaj la ĉevalo droninta en la marĉputo. Kaj mallonge poste la Diablo aperis al Sigurður sur la mortolito kaj atestis kontraŭ mi."

Sekvis kelktempa silento escepte de la plorsingultaj sonoj de la magiisto en la karcera mallumo. Post kelkaj minutoj Jón Hreggviðsson diris mallaŭte:

"Vi plencerte estos bruligita."

La magiisto daŭrigis plorsingultadi.

5

Maljunulino deziras vojaĝi.

En la matenoj, kiam la fiŝistoj ekŝovas siajn boatojn sur la maron, ŝi jam sidas sur la bordo. Ŝi alparolas ilin, unu post alia, kaj diras ke ŝi bezonas iri suden. Kaj kvankam ĉiuj rifuzas la transporton hodiaŭ, ŝi venas tien morgaŭ. Ŝiaj ŝafelaj ŝuoj estas novaj, ruĝbruna ŝalo volvita ĉirkaŭ ŝia kolo, tiel ke nur elstaras ŝia nazopinto. Ŝi tenas molfelan saketon kaj bastonon kaj portas suprenfaldita la jupon laŭ kutimo de virinoj de longdistancaj vojaĝoj.

"Tio apenaŭ antaŭsignas grandan malfeliĉon permesi al unu mizerulino flosi kun vi kaj ŝin meti surborden ieloke tie sur terlanga pinto."

"Estas pli ol sufiĉe da almozpetuloj tie sude," ili diris.

La tempo pasas, jam estas preter la transloĝigaj tagoj.* Kaj ankoraŭ iras trenpaŝe la virino malsupren al la bordo en la matenoj kaj deziras vojaĝi. Finfine iu el la boatmastroj cedas, prenas ŝin malbonhumore en sian boaton, ellasas ŝin surborden ĉe Grótta*, tuj poste ili remis for. Ŝi rampas supren sur algokovritaj rokoj kaj marbatitaj ŝtonoj ĝis ŝi atingis herbejeton. Nu nu, jen ŝi venis trans la maron. La montoj de ŝia hejmo, Akrafjall kaj Skarðsheiði, bluaj en la distanco.

Ŝi ekiris de la marbordo en direkton al la ĉeflando. La printempa tago estis klara kaj kvieta kaj ŝi supreniris la altaĵon en la mezo de la duoninsulo por ĉirkaŭrigardi. La farmdometoj kaŭris inter la algotrunkoj ĉe la tajdolimo. Trans la fjordo sudflanke de la duoninsulo ekbrilis la suno sur la blanka rezidejo de Bessastadir, kie regis la homoj de la reĝo; nordflanke de la duoninsulo estis oblongaj konstruaĵoj sur malaltaj, plataj rifoj en la maro, komercŝipo en la haveno: la komerca stacio de Hólmur. Distance bluaj montopintoj formis fonan cirklon post malhelaj montetoj kun verdaj strioj.

Ŝi iris laŭlonge de la marbordo dum pliparto de la tago, trans ŝtonplenajn altaĵojn kaj tramalsekajn marĉojn ĝis ŝi venis al rivero kiu fluis en du viglaj branĉoj en golfeton; ekbrilis sur la blanka blua fluo. Ŝi sciis ke ne estas multa espero, ke ŝi povus transiri per sia propra forto. Piedforta homo en plej oportuna aĝo eble deprenus siajn ŝtrumpojn kaj transvadus, sed ŝi estis maljuna virino. Ŝi decidis sidiĝi kaj reciti pentofaran himnon de pastro Halldór de Presthólar. Ŝi prenis vostparton de fiŝo el sia saketo kaj ĝin maĉetis dum ŝi recitis la himnon kaj trinkis la bluan akvon de la rivero el sia manplato dum ŝi provis memori kiu verso venas poste, ĉar Dio faras la postulon por plenumo de preĝpeto, ke oni recitu korekte. Ŝi ankaŭ zorgis eldiri la himnon per konvene ĝusta tono, tiris la voĉon malĝoje je ĉiu dua verso, kvazaŭ glitis fingro sur frapita kordo.

Kiam ŝi finis reciti la himnon alvenis homoj kun ŝarĝĉevaloj kaj ŝi petis ilin kun larmoj en nomo de Jesuo, ke ili helpu ŝin transiri la riverbranĉojn al la orienta flanko, sed ili respondis, ke jam estas sufiĉe da almozuloj tiuflanke. Kiam ili estis foririntaj ŝi ĉesis larmplori kaj daŭrigis la recitadon de la pentohimnoj. Tiam alvenis homoj el okcidente kun ĉevaloj ŝarĝitaj per sekigitaj fiŝoj. Ŝi petis ilin kun larmoj helpi al maljuna mizerulino, sed ili estis tre ebriaj kaj minacis bati ŝin draste per vipoj, se ŝi ne reirus tien de kie ŝi venis. La ŝprucoj de la rapide vadantaj ĉevaloj superverŝis ŝin, kiam ili transiris. Ŝi ĉesis larmplori kaj recitis pliajn pentohimnojn.

Frue en la vespero alrajdis ŝafista knabino el unu el farmbienoj okcidente de la rivero por zorgi pri ŝafoj en la terspaco inter la riverbranĉoj. La maljunulino promesis peti Dion ŝin beni, se ŝi helpus al ŝi transiri la riveron. La knabino diris nenion, sed haltigis la ĉevalon apud altaĵeto konvene uzebla por surĉevaliĝo. La maljunulino grimpis sur la ĉevalon malantaŭ la knabino, kiu transportis ŝin trans ambaŭ riverbranĉojn, haltigis la ĉevalon apud konvena altaĵeto kaj atendis dum la maljunulino degrimpis de sur la ĉevalo. La maljunulino kisis adiaŭe la knabinon kaj petis Dion beni ŝin kaj ĉiujn ŝiajn devenontojn.

La tago pasis ĝis noktiĝo.

Ĉe la farmbienoj okcidente de la altebenaĵo* estis amaso da homoj, precipe homoj kun ŝarĉevaloj survoje de la suda bordo kun ŝarĝoj de sekigitaj fiŝoj, iuj venintaj longvoje el oriente. Estis ankaŭ libere rajdantaj bienuloj kun mono, kiuj havis aferojn en Bessastaðir aŭ en la komercejo de Hólmur; tiuj havis prioritaton koncerne tranoktiĝon. Krome estis tie multaj aliaj homoj, ĉefe homoj kiujn trafis la misfortuno pasigi sian vivon en senfina serĉado pri subteno, kio ĉiam troviĝas transflanke de la monto. Inter tiuj estis leproj kaj aliaj invalidoj, poetoj, brulstampitaj ŝtelistoj, stranguloj, idiotoj, knabinoj, ĝipuloj, frenezuloj, predikanto kaj violonisto. Unu familio venis el la distrikto Rangárvellir oriente, geedzoj kun kvin infanoj, ili estis formanĝintaj la bovin-valorojn* kaj intencis iri al siaj parencoj sude en Leira, esperante ricevi fiŝon. Unu el la infanoj estis jam ĉe morto. Ili diris ke korpoj de vagabondaj almozuloj kuŝas mortaj antaŭ la pordoj de homoj tra la tuta kamparo oriente. Dek naŭ ŝtelistoj estis brulstampitaj en Rangárvellir en la vintro kaj unu pendumita.

La homoj kun la ŝarĝoĉevaloj devis gardi la pakaĵojn de sekigitaj fiŝoj dum la nokto. La trampoj sidis sur platŝtonoj kaj murbariloj kaj zorgis pri diversaj distraĵoj por tiuj dezirantaj aŭskulti, dum la leproj etendis siajn nudajn fingrostojn kaj laŭdis Dion. Idioto staris supre sur gablofirsto kaj plenumis por la homoj la malgajan

— 46 —

arton de tio kion li nomis furzrimoj por pago de unu monero. La predikanto igis meti sur sin rajdomantelon de virino kaj tonumis per la voĉo de la episkopo de Skálholt por pago de unu malmola branko de moruo, tiel nomitan Evangelion de Marko en Mezdomoj al siaj bofiloj, pri du filinoj kaj du boteloj de balena graso: kiu malhonoras miajn filinojn je julo, tiu ne vidos iliajn glorojn je pasko-o-o. Poste li tonumis per la voĉo de la episkopo de Hólar: la muzo saltis sur la altaron kaj mordis la kandelon kun sia longa vosto kaj siaj malhelruĝaj ŝuo-o-oj. Kaj per sia propra voĉo jenan galimation:

Vesenis tesenis tera
fibesto estas mi vera,
hallara stallara stota
kolimbo elkrias tro-t-a.

Sed neniu volis vidi nek aŭdi la violoniston, krome estis rompitaj la kordoj de lia violono.

Fine la maljunulino demandis pri la direkto okcidenten trans la altbenaĵon kaj diris, ke ŝi volas iri plu en la nokto.

"Kien vi volas iri?" demandis la homoj.

Ŝi diris ke ŝi deziras paroli pri bagatelo kun la sinjorino de la episkopo en Skálholt.

La homoj rigardis al ŝi sen intereso. Unu diris:

"Ĉu ne pereis du vagulinoj sur Hellisheiði en la Paska nokto ĉi-printempe?"

Alia diris: "La prefektoj malpermesis transporti almozulojn orienten trans la grandajn riverojn."

La tria, kiu mem aspektis kiel almozulo: "La avaruloj oriente estas en murda humoro, virino mia."

Dum pasadis la vespero, densiĝis nuboj kaj komencis pluveti. La piedoj de la virino estis doloraj. La birdoj pepadis gaje kaj vigle en la hela nokto kaj la varma musko en la lafejo estis tiel lume verda, ke ĝi iluminis la nebulon. La virino jam iradis tiom longe, ke fine ŝiaj piedoj ne plu estis doloraj, sed sensentaj. Ŝi enrampis groteton apud la pado kaj komencis froti la piedojn por ilin revivigi, prenis mordaĵon de sekfiŝo kaj recitis pentohimnon.

Nu ja, eble ili pereis en la Paska nokto, la mizeraj, tvu-tvu," ŝi murmuris inter la versoj. "Nu ja, tiel devis esti por ili, la kompatindaj, tvu-tvu."

Post nelonge ŝi jam dormis, ŝia mentono kuŝanta sur ŝiaj genuoj.

Sed en la posta tago je vesperiĝo, kiam ŝi jam atingis orienten ĝis la riverego Ölfusá, ĉio pruviĝis vera, kion ŝi aŭdis sude en la altebenaĵo: oni postulis de suspektindaj personoj oficialan vojaĝ-permeson sur la prama transportloko. Sur sabla terlango, meze de svarmo de ternoj, atendis ses vagaduloj, inter tiuj unu kadavro. La pramisto diris ne. Unu vagadulo diris ke li provis peti lakton en proksima farmodomo, sed ricevis la respondon, ke la salmoj suĉas la bovinojn. Tiu homo diris ke li proponis diri rakontojn interŝanĝe, ĉar li estis poeto kaj scias pli ol mil rakontojn, sed neniu en tiu parto de la jaro estis preta doni eĉ unu bovleton da senkrema lakto, egale kio estis proponita interŝanĝe.

"Kion dirus Gunnar de Hlíðarendi se li vidus tian popolon?" diris la poeto. "Aŭ Egill Skallagrímsson?"*

"Estis la tempo, kiam mi prilaboris arĝenton por la grandsinjoroj," diris maljuna homo blinda, kiu tenis la manon de bluokula knabo. Nun mi petas pri unu naĝilo de fiŝo."

Tiu rimarkigo venis iom oblikve al la temo, kiel kutimas la diroj de blinduloj kaj la konversacia fadeno rompiĝis, se iu fakte estis. La almozuloj longe rigardis en silento la argilkoloran riveron preterflui.

La kadavro estis de junulino kaj estis jam zorge kuŝigita sur la sablon, sed neniu ŝin atentis. Iu diris ke ŝi estis freneza dum ŝi vivis. Se oni levis la harojn de sur ŝia frunto, videblis ke ŝi estis brulstampita.

"Du korvoj jam longe atendis disflugante super la orienta bordo," diris la bluokula knabo kiu kondukis la blindulon.

"La korvo estas la birdo de ĉiuj dioj," diris la poeto. "Ĝi estis la birdo de Odino kaj ĝi estas la birdo de Jesuo Kristo. Ĝi estos ankaŭ la birdo de la dio Skandilán kiu ankoraŭ ne naskiĝis. Ĉiu, kiun disŝiros la korvo, saviĝos por eterno."

"Sed la terno?" diris la knabo.

"Al iuj birdoj la Dio donis la tutan teron kaj la ĉielon," diris la poeto. "Etendu vin plata sur la dorso kiel mi, juna homo, kaj studu per vi mem la flugon de la birdoj, sed ne parolu."

La argilkolora rivero kontinue preterfluis.

Ventroŝvela almozulo, probable malsana pro ekinokoko en la hepato, kiu sidis pied-etende sur la sablo, rigardante suben inter siajn piedojn, levis siajn malviglajn okulojn kaj diris:

"Kial arĝento? Kial ne oro?"

La blindulo respondis: "Mi ankaŭ prilaboris oron."

"Kial vi do ne menciis oron?" demandis la ventroŝvela.

"Mi pli ŝatas arĝenton ol oron," diris la blindulo.

"Mi preferas oron," diris la ventroŝvela.

"Mi rimarkis ke tre malmultaj ŝatas oron pro ĝi mem," diris la blindulo. "Mi ŝatas arĝenton pro ĝi mem."

La ventroŝvela sin turnis al la poeto kaj demandis: "Kiam oni mencias arĝenton en poezio?"

"Se vi estus senedza knabino," diris la poeto, "al kiu vi preferus edziniĝi, ĉu al unu homo aŭ al tridek balenoj?"

"Ĉu tio eble estas enigmo, aŭ kio?" diris la ventroŝvela.

"Mia knabino edziniĝis al tridek balenoj," diris la poeto.

"De malbona kompanio parce nobis Domine*" diris iu maljuna, papisme orientita virino, kiu murmuris al si mem, kun la dorso turnita al la homoj.

"Ŝi ne volis havi min," diris la poeto. "Kaj tamen mi estis en mia plej bona aĝo. Estis tiam malsatego kiel nun. En la sama printempo tridek balenoj drivis sur la bordon kiun posedis sepdekjara vidvo en la distrikto."

"Oro ne havas sian multvaloron el tio, ke ĝi estas pli bona metalo ol arĝento," diris la blindulo. "Oro havas sian multvaloron el tio, ke ĝi similas al la suno. Arĝento havas la lumon de la luno."

Du gravaspektaj homoj, kiuj transiris el oriento, prenis respondecon pri la blindulo kaj lia knabo kaj ili estis pramitaj transen. Unu homo prenis respondecon pri la papisma maljunulino kaj eĉ la ventroŝvela homo havis lepran fraton en Kaldaðarnes. Sed pri la poeto neniu volis preni respondecon, ankaŭ ne pri la kadavro, nek pri la maljuna virino kiu ĵus alvenis el Skagi. Ŝi ploris kelkan tempon kaj petegis la bienulojn en la nomo de Jesuo, sed tio estis senutila; ili enpaŝis la pramon kaj la remisto enbatis la remilojn. Tri restis sur la sabla terlango, du vivaj, unu morta.

La poeto diris: "Vi estas nova sur la almozvojo, virino mia, se vi kredas kaj la kompato de Dio ankoraŭ ekzistas. La kompato de

Dio estas la unua kio mortas en malbona jaro. Se io estus gajnebla per larmoj en Islando la almozuloj ne nur estus transportitaj trans la riverojn, ili ŝvebus sur flugiloj trans la marojn."

La maljunulino diris nenion. Ŝi ekiris laŭ la riverbordo kun sia bastono kaj saketo, ie devas esti tiu loko, kie forteflua riverego estas nur malgranda rivereto kiun infano povas transiri per sekaj piedoj.

Postrestis la poeto kaj la kadavro.

6

La celo de la vojaĝo, Skálholt, la sidejo de la episkopo kaj la latina liceo kun sia maso da herbotorfaj domoj, frontas neakcepteme al fremda vojaĝanto. Pasis jam tiel la printempo, ke la kotejoj estis sekaj. La homoj ne atentis fremdulojn kaj ne reciprokis saluton de sensignifa gasto, sed preterpasis kiel ombroj, aŭ neparolipovaj sonĝfiguroj, sen demando pri novaĵoj. Tamen estis freŝige enspiri la vaporon kiu privualis la lokon, miksaĵon de kuiereja fumo, fiŝodoro, sterka haladzo kaj fetoro el rubaĵoj. La herbotorfaj kabanoj nombris je centoj, sendube, iuj klinaj, kun damaĝitaj tegmentoj, kaj ekster ĉia ordo: aliaj solidaj, kun fumantaj fumtuboj kaj herbokovritaj tegmentoj aspektis preskaŭ novaj. La katedralo turis super tiu maso da tero kaj herbtorfo, gudrita lignodomo kun sonorilejo kaj altaj kojnoformitaj fenestroj.

Demandinte, ŝi trovis la vojon al la episkopa domo. Ĝi estis granda domo kun mansardo, ankaŭ konstruita el herbtorfo, escepte de kalkita flanko kontraŭ la preĝejo, kaj sur ĝi estis vico de kvarvitraj fenestroj je homtalia alto super nete farita pavimo. Oni povis enrigardi la ĉambrojn el la pavimo. Brilantaj interne estis trinkpotoj kaj kruĉoj el arĝento, stano kaj kupro, bele farbitaj kestoj kaj elegante ĉizitaj ĉarpentaĵoj, sed neniu homo estis tie viditaj. Duobla pordo fermis la enirejon, la ekstera duone malfermita, elmordita de ventoj, la interna farita el elektita ligno, kun ĉizitaj bildoj de drakoj, kupra ringo en la seruro. La supraj fenestroj, la mansardaj, estis je braketenda alto de la tero kaj nur du vitroj en ĉiu, kun helkoloraj kurtenoj antaŭe, kiuj kuniĝis en la mezo de la fenestroj sed sube tiritaj flanken.

Nun, kiam la vojaĝanto fine atingis la lokon de sia celo kaj staris antaŭ la episkopejo en Skálholt, kaj nenio restis krom frapi sur la pordon, estis kvazaŭ sento de sendecidemo ŝin kaptis; ŝi sidiĝis sur la pavimo antaŭ la episkopaj fenestroj kun siaj nodaj piedoj streĉitaj trans la randŝtonojn, sed ŝia kapo sinkis malsupren sur ŝian bruston. Ŝi estis laca. Kiam ŝi estis tiel sidanta kelkan tempon, virino trapasis la pavimon kaj demandis kion ŝi volas. La maljunulino levis la kapon malrapide, etendis la manon kaj volis saluti.

"Ne estas loko ĉi tie por vagabondoj," diris la virino.

La maljunulino penadis ekstari kaj demandis pri la edzino de la episkopo.

"Almozuloj devas turni sin al la episkopeja intendanto," diris la loka virino, energia vidvino, aŭtoritata kaj kontenta pri si mem, en prospera aĝo.

"La edzino de la episkopo konas min," diris la maljunulino.

"Kiel tio povas esti?" diris la loka virino. "La sinjorino ne konas vagantulojn."

"Dio estas kun mi," diri la maljunulino. "Kaj tial mi povas paroli kun la edzino de la episkopo de Skálholt."

"Tion diras ĉiuj vagabondoj," diris la loka virino. "Sed mi estas certa pri tio, ke Dio estas kun la riĉaj, ne kun la malriĉaj. La edzino de la episkopo scias, ke se ŝi parolus kun mizeruloj, ŝi ne havus tempon por aliaj aferoj kaj la episkopejo de Skálholt ruiniĝos."

"Ŝi tamen eniris mian farmdometon lastjare kaj parolis kun mi," diris la maljunulino. "Kaj se vi kredas ke mi estas malriĉa, bona sinjorino, kiu ajn vi estas kaj kiel ajn vi nomiĝas, mi montru al vi iometon."

Ŝi metis la manon sub sian brustveston kaj eltiris sian argentan moneron multfoje volvitan en tuketon kaj montris al la virino.

"La edzino de la episkopo ne estas hejme," diris la loka virino. "Ŝi rajdis okcidenten kun la episkopo, hejmen al sia patrino, por sin refreŝigi post tiu terura printempo. La kadavroj iafoje kuŝis ĉi tie sur la pavimoj en la matenoj kiam la homoj eliris por sia laboro. Ŝi ne revenos antaŭ meza somero, kiam la episkopo finis siajn oficajn vizitojn en la okcidenta landparto."

La mano tenanta la arĝentan moneron sinkis malrapide kaj la vizitanta virino rigardis kun tremanta kapo la lokan virinon post tiu

longa vojaĝo kaj ŝia lango sekiĝinta pro la recitado de la pentohim-
noj de pastro Halldór de Presthólar.

"Ĉu homoj estus jam nun ekzekutitaj en la Alþingi," ŝi fine diris.

"Homoj ekzekutitaj? Kiuj homoj?" demandis la loka virino.

"Malriĉaj homoj," diris la vizitanta virino.

"Kiel mi devus scii, kiam krimuloj estas ekzekutitaj en la
Alþingi," diris la loka virino. "Kiu vi estas, virino? Kion vi volas?
Kaj kie vi ekhavis tiun arĝentan moneron?"

"Kie estus nun la aristokrato el Kopenhago, li kiu venis kun la
episkopo al Akranes lastjare?"

"Mi supozas ke vi demandas pri Arnas Arnæus, mia bona vir-
ino? Kie li estus krom hejme kun siaj libroj en Kopenhago. Eble vi
estas unu el tiuj virinoj kiuj atendas komfortulon kun la Bakka-
ŝipo*, haha!"

"Kaj kie estus la gracia junulino, kiun li kondukis lastjare en nian
dometon en Rein"?

La loka virino montris al la fenestroj super la pordo kaj mallaŭtigis
sian voĉon, sed tiu temo liberigis sian langon: "Se vi demandas pri
fraŭlino Snæfríður, la filino de la leĝisto, mia bona virino, ŝi sidas
ĉi tie en Skálholt, iuj diras fianĉinigita; iuj eĉ diras ke ŝin atendas
kompanio kun grafinoj. Unu estas certa, ŝi nun devas lerni latinon,
historion, astrologion kaj aliajn sciojn multe super la stato de aliaj
virinoj, kiuj vivis en Islando. Ŝi mem konigis en la printempo, ke ŝi
atendas ion kun la Bakka-ŝipo kaj ŝi absolute rifuzis iri okcidenten
kun sia fratino malgraŭ ŝia insisto. Sed la Bakka-ŝipo jam venis
antaŭ unu semajno, kaj neniu aŭdis pri io nova. Aliflanke, tiuj nun
rajdas tien kaj reen sur la episkopeja pavimo, kiuj ŝteliris ĉi tien en la
vintraj vesperoj. Kaj ĉiam pli malofte estas senditaj petoj por venigi
la instruiston. Alta grimpado, longa falo. Tiel iras la mondo, mia
bona virino. Al mi estis instruite, ke plej bona estas modereco."

Tiel okazis ke ŝi kondukis la maljunulinon al la ĉambro de
Snæfríður, filino de la leĝisto, sur la supra etaĝo de la episkopejo,
kie ŝi sidis sur seĝo, vestita en silko kun ornamaj floroj, kaj teksis
rubandon per tabuletoj. Ŝi estis nekredeble svelta, la brusto preskaŭ
nenio, ŝia orkolora aspekto de lastjara aŭtuno antaŭ longe cedis al
delikata palo, sed la bluo de ŝiaj okuloj estis eĉ pli klara ol tiam. Ŝia
vizaĝo estis sen ĝojo, la rigardo distrita, la lipoj fermitaj tiel ke ilia

naturo, la rideto, ne sin rivelis, la trajtoj ĉirkaŭ la buŝo estis streĉitaj kvazaŭ pro nenatura peno. Ŝi rigardis el ia nekredebla distanco la malpuran kadukan personon kiu staris en la pordo kun malplena saketo kaj sange kontuzitaj piedoj.

"Kion deziras tiu maljuna virino?" ŝi fine demandis.

"Ĉu mia fraŭlino ne rekonas tiun maljunan virinon?" diris la vizitantino.

"Kiu povas distingi inter maljunaj virinoj en Islando?" diris la fraŭlino. "Kiu vi estas?"

"Ĉu mia fraŭlino ne memoras malgrandan farmodomon sub monto ĉe la maro?"

"Cent," diris la fraŭlino. "Mil. Kiu vidas la diferencon inter ili?"

"Fama kaj nobla junulino staras sur la planko de malgranda domo en iu aŭtuna tago kaj klinas sin al la plej granda homo de la lando kaj la plej bona amiko de la reĝo. 'Amiko', ŝi diras, 'kial vi kondukis min en tiun ĉi teruran domon?' Tiu estis la domo de mia filo, Jón Hreggviðsson."

La junulino metis flanken sian manfaraĵon kaj klinis sin dorsen sur la brakseĝo por ripozi, ŝiaj longaj fingroj pendis suben, preskaŭ travideblaj, sur la ĉizitaj seĝobrakoj, super la vivo de la lando. Ŝi portis grandan oran ringon. La aero interne estis peza pro odoro de mosko kaj nardo.

"Kion vi volas de mi, virino?" ŝi demandis post longa silento.

"Malofte iu virino el la sudo vojaĝis tiom longan vojon orienten," diris la virino. "Mi venis tiun longan vojon por peti mian fraŭlinon liberigi mian filon."

"Min? Vian filon? El kio?

"La hakilo," diris la virino.

"Kiu hakilo?" demandis la fraŭlino.

"Mi scias ke mia fraŭlino ne mokas maljunan virinon kvankam ŝi estas stulta."

"Mi ne komprenas pri kio vi parolas, bona virino."

"Mi aŭdis ke via patro igos ekzekuti mian filon en Þingvellir ĉe Öxará."

"Tio ne koncernas min," diris la fraŭlino. "Li igas ekzekuti tiom multajn."

"Mia fraŭlino eble ekhavos tiun filon kiu estos la plej bela el ĉiuj Islandanoj," diris la virino.

"Ĉu vi venis ĉi tien por timigi min per malbonaj aŭguroj?"

"Protektu min Dio de malbonaj aŭguroj por mia fraŭlino. Mi eĉ neniam pensis ke mi vidos mian fraŭlinon. Mi iris tiun longan vojon por paroli kun la edzino de la episkopo, ĉar neniu virino estas tiom potenca, ke ŝi ne komprenos alian virinon. Mi esperis ke ŝi, kiu estas la filino de la leĝisto kaj edzino de la episkopo, ankoraŭ memoras ke ŝi eniris mian domon kaj min kompatos nun kiam mia filo estos ekzekutita. Sed nun, ĉar ŝi estas foririnta, estas neniu kiu povus helpi min krom via fraŭlino."

"Kiel eble povus ekpensi iu ajn ke ni fratinoj, du malsaĝaj virinoj, havus ian influon sur leĝojn kaj juĝojn," diris la juna virino. "Apenaŭ estos ekzekutita via filo pro nenia kulpo. Eĉ mia propra filo ne estos indulgita se kulpa, kvankam li estus la plej bela el ĉiuj Islandanoj. Ankaŭ ne mi mem. Ĉu la reĝino de la Skotoj* ne estis ekzekutita?"

"Mia fraŭlino povas influi la leĝojn de la lando, ŝi povas influi juĝojn," diris la maljuna virino. "La amikoj de la reĝo estas amikoj de mia fraŭlino."

"La kampo de la tago ne estas mia loko, tie regas fortaj homoj, iuj kun armiloj, aliaj kun libroj," diris la juna virino. "Ili nomas min la damo de lumo kaj diras ke la nokto estas mia regno."

"Oni diras ke la nokto regas super la tago," diris la maljuna virino. "Virinon oni laŭdu matene."

"Mi estas la virino, kiun oni laŭdas post ŝia bruligo,"* diris la juna virino. "Reiru, bona patrino, al la loko de kie vi venis."

En tiu momento iu rajdis sur la domkampon kaj aŭiĝis krudvortaj ordonoj al ĉevalservisto. La fraŭlino eksaltis kaj levis pugnon al sia vango.

"Jen li venis," ŝi flustris. "Kaj mi sola."

Tiam, sammomente, proksimiĝis botaj paŝoj de la homo sur la ŝtuparo miksita kun tintado de spronoj. La pordo estis ekpuŝita malferma antaŭ ol la junulino havis tempon glatigi la faldojn de sia jupo, aranĝi siajn harojn aŭ trovi ĝustajn poziciojn por sia vizaĝo.

Li estis alta, ŝultrolarĝa, bonstatura, sed iom antaŭenklinita, kvazaŭ li opinius tion senutile malavara sin rektigi, li rigardis malafable flanken ne malsimile al bovo, kaj enpaŝis kun mallertaj movoj.

"Saluton," li diris maldikvoĉe kaj malhumore kaj disrigardis kun malkompleza grimaco laŭ la maniero de dandoj, kiuj kredas ke nenio estas al ili konvena, eĉ ne la plej nobla virino en la lando. Emanis de li

— 54 —

milda odoro de brando. Li portis altajn botojn duplandajn, hispanan kolumon malpuran, bluan mantelon kun vastaj manikoj krispigitaj, grandan perukon kaj longan laŭ pompa modo dana, kaj tiom altan, ke li devis teni permane la pluman ĉapelon. Anstataŭ kapklini al la fraŭlino kaj kisi ŝian manon, li montris direkte al la maljunulino kaj demandis kun la sama voĉtono per kiu li salutis:

"Kiu estis tiu virinaĉo?"

La fraŭlino rigardis distancen kun tia frosto en la vizaĝo, kiu neniam dum lumas la tago, diras kio loĝas en la koro, tiel ke la kavaliro paŝis rekte al la ĉifonulino, metis la tenilon de sia vipo kontraŭ ŝian bruston, kie ŝi staris apogante sin per la bastono, kaj demandis:

"Virinaĉo, kiu vi estas?"

"Ne faru al ŝi malutilon," diris la filino de la leĝisto. "Ŝi parolas kun mi. Mi parolas kun ŝi. Kiel mi jam diris, maljuna virino, – eĉ la reĝino de la Skotoj estis ekzekutita. Potencaj reĝoj estis ekzekutitaj kaj ankaŭ iliaj plej bonaj amikoj. Neniu povas savi alian homon for de la hakilo. Ĉiu devas savi sin mem for de la hakilo, alie li estos senkapigita. Magnús de Bræðratunga, donu al tiu virino unu moneron, kaj montru al ŝi la eliron."

La kavaliro prenis moneron silente el sia monsako kaj donis al la virino, ŝin eldirigis kaj fermis la pordon.

7

Estis nubkovrite en la mateno de la tago, kiam Jón Hreggviðssson kaj la magiisto estis eltiritaj el la karcerputo en Bessastaðir, lokitaj sur cevalojn kaj transportitaj al la asembleo ĉe Öxará. Poste komencis pluvi. Ili atingis la cellokon, malfrue vespere, malsekaj. Pri Jón Hreggviðsson, kiu murdis la pendumiston de la reĝo, validis specialaj ordonoj, li estis malpli fidata ol la aliaj krimuloj kaj estis submetita al persona gardo, sola en tendo malantaŭ la loĝbudo de la regento, de kie li ricevis nutraĵojn. Li estis katenita tuj post la alveno. Antaŭ la tendoklapoj sidis grandegulo sur ŝtono, kun argilpipo en la buŝo kaj braĝujo ĉeflanke, kie fajro flametis en kelkaj branĉetoj kiujn li zorgis ke ne estingiĝu. Li rigardis elflanke al Jón Hreggviðsson kaj fumis energie en silento.

"Donu al mi ion por fumi," diris Jón Hreggviðsson.

"Neniu donas ion por fumi, mi pagas por mia tabako," diris la gardisto.

"Do vendu ĝin al mi."

"Kie estas la mono?"

"Vi povos havi ŝafidon post la aŭtuna ŝafkolektado."

"Ne probable – estus eta ŝanco, ke mi ŝovus la pipon en vian buŝon se vi pagus kontante," diris la gardisto. "Sed mi ne akceptos postpagon de senkapigita homo, tio certas same kiel mi nomiĝas Jón Jónsson."

Jón Hreggviðsson rigardis atente la homon dum kelka tempo, poste ridis kun ekbrilo en la okuloj kaj glimis la blanko de liaj dentoj kaj tintis liaj katenoj. Poste li komencis kanti rimojn.

La postan tagon sidas la leĝisto kun la membroj de la kortumo kaj la rajtigitoj de la reĝo ĉe kaduka tablo en la putra, likanta kaj malvarma kortuma domo, de kie la sonorilo estis forprenita en la antaŭa jaro. Nur du el tiuj altranguloj portis bonan mantelon, leĝisto Eydalín kaj la regento de Bessastaðir, kiu sola portis krome krispon. El la ceteraj plej multaj havis koltukojn kaj estis vestitaj per mallerte tajloritaj kapotoj aŭ brileluzitaj vojaĝjakoj, unu aŭ du prefektoj, molmanaj kaj palaj, sed plej multaj kun vangoj bluruĝaj pro severaj veteroj, la fingroartikoj akraj kaj la manoj krustaj kaj kalusaj, iliaj vizaĝoj malbelaj, sed tamen malsimilaj, tordmovaj iliaj membroj. Kvankam iuj estis altaj, aliaj malaltaj, iuj larĝvizaĝaj, aliaj longvizaĝaj, iuj helharaj, aliaj malhelharaj, kolekto de plej diversaj homtipoj, tamen ĉiuj havis unu komunan distingilon de la popolo: iliaj ŝuoj estas malbonaj. Eĉ leĝisto Eydalín mem en sia nova eksterlanda mantelo portis malnovajn botojn, fenditajn, misformitajn kaj ŝrumpiĝintajn pro neglekto, malbone replandumitajn kaj krustkovritajn de malnova koto. La regento sola, la dana, portis brilantajn altajn botojn el mola, malhelbruna, ĵus ŝmirita ledo kun la suproj turnitaj malsupren ĉe la genuoj kaj la kalkanoj garnitaj per poluritaj spronoj. Kontraŭvizaĝe al tiuj eminentuloj de la lando staris ĉifonulo en ŝirita kitelo, zonita per ĉevalhara ŝnuro, liaj piedoj nudaj kaj nigraj, la pojnoj ŝvelaj kaj vunditaj, sed kun malgrandaj manoj, peĉnigraj haroj kaj barbo kaj grizpala vizaĝo, brunokula, lia maniero bruska kaj hardeca.

Prezentitaj en la kortumo estis tiuj dokumentoj kiuj estis skribitaj pri la kazo en Kjalardalur en la antaŭa aŭtuno. En la verdikto farita de la prefekto de Þverá-distrikto, kiun Jón Hreggviðsson apelaciis al la kortumo en Alþingi, estis la akuzito kondamnita al morto, kio estis bazita sur la atestoj de ses homoj, ĉeestantoj de la diservo en Saurbær, kiuj ekzamenis la mortinton Sigurður Snorrason en la rivereto la unuan dimanĉon de la vintro. Tiuj homoj faris ĵuron pri la vero de sia rakonto, ke la korpo de la pendumisto estis jam tute rigida, kiam ili venis al ĝi en la rivereto, kiu fluas orienten de la farmbieno Miðfell en la komunumo de Strönd en Þverá-distrikto; ke la okuloj, naztruoj kaj buŝo estis fermitaj, sed la kapo estis tute rekta kaj strange rigida. Krome estis atestite, ke en la antaŭa tago, mallonge antaŭ ol la mortinto skurĝis Jón Hreggviðsson en Kjalardalur, la due menciita defiis kaj minacis la pendumiston, tamen per enigmaj vortoj, lin malbenis en la nomo de la Diablo, dirante ke tiu certe ricevos sian meritaĵon antaŭ ol li estos liginta nodon sufiĉe firman por la lasta kaj plej dika putino. Ankaŭ estis prezentita ĵurita atesto de grandsinjoro Sívert Magnússen, ke en la vespero de la murdo, en mallumo, Jón Hreggviðsson kaj Sigurður Snorrason rajdis en alian direkton ol iliaj kompanoj, kiam ili rajdis for de Galtarholt. Fine estis atestite, ke Jón Hreggviðsson estis vekinta la homojn en Galtarholt tuj antaŭ ektagiĝo, rajdanta sur la ĉevalo de Sigurður Snorrason kun lia ĉapo sur la kapo. Dek du homoj estis alvokitaj al la asembleo en Kjalarnes por konfirmi sian opinion per ĵuro, ĉu Jón Hreggviðsson estas kulpa aŭ senkulpa pri la morto de Sigurður Snorrason, kaj estis tiu ĵuro kun la enhavo, ke la ĵurantoj opiniis la fermitajn sensorganojn de Sigurður Snorrason definitiva pruvo de homa faro, kaj ke Jón Hreggviðsson pli ol iu alia estas pri tio respondeca.

La leĝisto sidis kun ĉapelo kaj peruko, liaj okuloj sangostriaj kaj nebulaj pro malsufiĉa dormo, li subpremis oscedon kiam li demandis la akuziton, ĉu li havas ion por aldoni al sia antaŭa deklaro, kiun li faris en Kjalardalur. Jón Hreggviðsson ripetis ke li ne povas memori ion el la faroj, kiujn oni ĵuris kontraŭ li, nek minacajn nek defiajn vortojn kontraŭ Sigurður Snorrason antaŭ la skurĝado, nek la kunrajdadon de ili du fordirekten de aliaj homoj en la mallumon. Li memoris nur tion el la rajdado en la nokto ke ili, la vojaĝantoj, sin trafis en vastan marĉon en la mallumo kaj ke li, Jón Hreggviðsson, substance kontribuis en la eltirado de grandsinjoro Sívert Magnússon el torfoputo, en kiun tiu honorinda persono kaj kolono de la distrikto estis falinta malsupren inter putrintajn hundojn, – la akuzito proklamis tiun homsavon konfirmeble sukcesa. Post kiam li, Jón Hreggviðsson, finis savi la vivon de tiu valorega homo, li estis provinta suprengrimpi sur sian rajdĉevalon, li memoris laste ke la ĉevalino komencis pranci, krome ĝi estis neracie kreskinta en la nokta kvieto kaj ŝajnis nesurgrimpebla, li almenaŭ ne memoris ke li iam sukcesis sidigi sin sur ĝian dorson. Li nek memoris ion plian pri siaj konvojaĝantoj, ili ĉiuj malaperis de li je atingo al tiu punkto de la historio. Li opiniis tion plej kredebla, ke li kolapsis kaj endormiĝis. Kiam li vekiĝis estis jam nuanco de ektagiĝo. Li ekstaris kaj vidis iun ĉifonaĵon sur la herbo kaj ĝin ekprenis; estis la ĉapo de Sigurður Snorrason, kiun li surkapigis ĉar li estis perdinta sian propran. Mallonge for kvarpiedulo ekaperis al lia vido kaj li iris tien kaj trovis la ĉevalon de la pendumisto, kaj li rajdis sur ĝi al Galtarholt. Proklamis Jón Hreggviðsson en la fino, ke tio estas la tuto kaj ĉio kion li memoras koncerne la eventojn de tiu nokto, ĉio alia kio supoze okazis dum la nokto estas super kaj ekster lia scio: "Mi alvokas kiel atestanton," li diris, "tiun Dion kiu kreis mian spiriton kaj mian korpon kaj kunpremis tiujn ambaŭ en unu –"

"Ne ne ne, Jón Hreggviðsson," interrompis lin leĝisto Eydalín. "Ne estas via rajto alvoki Dion ĉi tie."

Poste li ordonis konduki la malliberulon el la domo.

Kiam la gardisto estis denove kateninta Jón Hreggviðsson, li sidiĝis sur la ŝtonon antaŭ la tendflapoj, revigligis la ardaĵon en la braĝujo kaj komencis fumi.

"Ŝovu la pipon por unu fojo en mian buŝaĉon, vi diablo, kaj vi havos ŝafon," diris Jón Hreggviðsson.

"Kie estas tiu ŝafo?" diris la homo.

"Ĝi estas sur la monto," diris Jón Hreggviðsson. "Mi donos al vi skribitan ateston."

"Kie estas la skribisto?"

"Donu al mi paperon kaj mi skribaĉos," diris Jón Hreggviðsson.

"Ĉu mi do ĉasu la beston dise sur la montoj kun la atesto?" demandis la homo.

"Kion do vi volas havi?" demandis Jón Hreggviðsson.

"Mi ne faros negocon krom per kontanta mono," diris la gardisto, "malplej kun mortigotoj. Kiel mi estas nomita Jón Jónsson. Kaj silentu."

"Ni devus pli bone interparoli," diris Jón Hreggviðsson.

"Mi ne parolos pli," diris la gardisto.

"Vi devus esti nomita Hundo Hundsson," diris Jón Hreggviðsson.

Tiu estis la lasta tago de la Alþingi.

En la vespero juĝoj estis anoncitaj kaj ĉirkaŭ meznokto Jón Hreggviðsson estis denove trenita en la kortumon por aŭkulti la verdikton en sia kazo.

Laŭ ĝisfunda ekzamenado kaj atestoj, diris la verdikto, kaj laŭ la fakto ke kredindaj homoj anoncis pri diversaj friponaĵoj de Jón Hreggviðsson, estas unuanima decido de la leĝisto kaj la kortumantoj, alvokante la gracon de la Sankta Spirito, ke Jón Hreggviðsson estas plencerte mortiginto kaj murdisto de la mortinta Sigurður Snorrason. La kortumo konfirmas la verdikton de prefekto en ĉiuj detaloj kaj estu la kondamno plenumita senprokraste.

Sed ĉar estis malfrue en la vespero kaj la homoj bezonis ripozon post la taga laboro, la leĝisto decidis prokraston de ekzekutoj ĝis mateno, sed taskis al la ezekutisto kaj liaj asistantoj uzi la nokton por prepari siajn instrumentojn ĝis plej dezirinda stato. Jón Hreggviðsson estis kondukita en sian tendon malantaŭ la loĝbudo de la regento kaj katenita por lia lasta nokto. La gardisto Jón Jónsson sidiĝis antaŭ la tendoflapoj kun sia larĝega dorsflanko ene de la tendo kaj komencis fumi.

La blanko en la okuloj de Jón Hreggviðsson estis nekutime ruĝa kaj li sakris iom en sian barbon, sed la gardisto tion ne atentis.

Fine la farmisto ne pli longe povis silenti pri sia penso kaj diris ĉagrene:

"Kia konduto estas tio diri al homo, ke ili lin senkapigos kaj ne donas al li tabakon?"

"Diru viajn preĝojn kaj kuŝu por dormi," diris la gardisto. "La pastro venos je ektagiĝo."

La kondamnito al morto ne respondis kaj estis longa silento, rompita nur per la sono de hakilo kiu falis kun firma ritmo sur lignan blokon; la batoj eĥiĝis per metaleca kavsono de la ravina muro en la kvieta nokto.

"Kia batado estas tio?" diris Jón Hreggviðsson

"Magiisto el la okcidentaj fjordoj estos bruligota en la mateno," diris la gardisto. "Ili dispecigas brançetojn."

Sekvis kelktempa silento.

"Vi havos mian frunaskontan bovinon por tabako," diris Jón Hreggviðsson.

"Aj, kia zumaĉado estas tio?" diris Jón Jónsson. "Kion cetere vi volas fari pri tabako, homo preskaŭ morta."

"Vi havos ĉion kion mi posedas," diris Jón Hreggviðsson. "Iru havigi paperon kaj mi skribaĉos testamenton."

"Ĉiuj diras ke vi estas ulo difektoplena," diris Jón Jónsson. "Kaj nefidinda."

"Mi havas filinon," diris Jón Hreggviðsson. "Mi havas junan filinon."

"Povas esti ke vi estas tiel sagaca kiel ili diras, sed vi ne sukcesos trompi min," diris Jón Jónsson.

"Ŝi havas ekbrilajn okulojn," diris Jón Hreggviðsson. "Arkformajn. Kaj altan bruston. Jón Hreggviðsson de Rein ĵuras je sia proprietanto Kristo kiel sian finan deziron kaj komandon, ke ŝi estu al vi edzinigita, al Jón Jónsson."

"Kian specon de tabako vi petas de mi?" diris la gardisto malvolonte, turnis sin en sia sido kaj strabis per unu okulo en la tendon. "Huh?"

"Mi petas kompreneble pri tiu sola tabako kiu konvenas al homo kondamnita al morto," diris Jón Hreggviðsson. "Pri tiu tabako kiun nur vi povas vendi al mi kiel nun staras aferoj."

"Tiam estos mi, kiu estos senkapigita," diris la gardisto. "Krome, ne estas granda ŝanco de tio, ke la knabino diros jes eĉ se mi eskapos."

"Se ŝi vidas leteron de mi ŝi diros jes, kio ajn estas en ĝi skribita," diris Jón Hreggviðsson. "Ŝi amas kaj respektas sian patron super ĉio alia."

"Ĉu ne estus pli probable ke sufiĉas al mi mia ĉifonulino tie en Kjós," diris la gardisto.

"Mi ŝin traktos tuj ĉi-nokte," diris Jón Hreggviðsson. "Ne havu zorgon pri ŝi."

"Ĉu vi minacas mortigi mian edzinon, vi diablo?," diris tiam la gardisto. "Kaj meti min sur la hakblokon! Tiuj proponoj, kiuj vi prezentas al mi estas nur miraĝoj kiel ĉio kio venas de la Diablo. Estas vera mildo ke al tia kanajlo kiel vi ne estas permesite vivi pli longe."

8

En la pordo staras nealta homo, belstatura, pastre vestita, malhel-haŭta, nigrabrova, kun ruĝaj lipoj, kutiminta al malrapidaj movoj. Li estas iom evitema kontraŭ la lumo.

"Bonan tagon, mademoiselle," – li estis ankaŭ kutiminta paroli malrapide kaj taktoplene.

Ŝiaj densaj bukloj prifalas ŝiajn vangojn kaj ŝultrojn. En la fru-mateno la trankvila lazuro de ŝiaj okuloj pensigas pri longaj dis-tancoj.

"La ĉefpastro! Kaj mi apenaŭ vekiĝinta kaj eĉ ne havis ŝancon surmeti mian perukon."

"Mi petas pardonon, mademoiselle. Surmetu ĝin. Mi rigardos flanken. Mademoiselle ne devas timi."

Ŝi neniel plirapidigis sin surmeti la perukon.

"Ĉu mi kutimas timi la ĉefpastron?"

"La okuloj de mademoiselle rigardas fremdece kaj el granda distanco tion kio okazas en la tempo. Tio estas vera, aferoj kiu okazas en la tempo estas maldelikataj. Kaj la okuloj de mademoiselle ne havas hejmon en la tempo."

"Ĉu mi do estas morta, pastro Sigurður?"

"Iuj ricevis la naturdonon de la eterna vivo ĉi tie sur la tero, mademoiselle."

"Monsieur aliflanke havas sian hejmon en sia katedralo, la tuta homo; escepte de la okuloj, eble – li pardonu! Kiam mi estis infano kaj venis por la unua fojo ĉi tien al Skálholt kaj aŭdis monsieur prediki, ŝajnis al mi ke unu el la ĉizitaj kaj farbitaj apostoloj sur la katedro estis parolanta. Via bona forpasinta edzino donis al mi mielon en skatoleto. Ĉu tio estas vera ke vi kantas *Ave Maria* en sekreto, pastro Sigurður?".

"Credo in unum Deum*, mademoiselle."

"Aj, ĉu vi vere volas malŝpari latinon al malgrava knabino? Sed tamen, pastro Sigurður, mi scias konjugacii amo en preskaŭ ĉiuj modis kaj temporibus*."

"Ofte mi laŭdis Dion pro la sankteco kaj beleco de floroj en tiu ĉi lando," diris la ĉefpastro. "Kiam la homoj ĉesis levi sin el la polvo, la floroj donas la promeson de eterna vivo."

"Pri kio vi parolas?"

"Ni prenu neforgesuminon. Neforgesumino estas svelta sed ricevis la naturan donon de karitato kaj pro tio ĝia okulo estas bela. Kiam vi venis al Skálholt por la unua fojo –"

"Mi ne ŝatas sveltan floron, mi deziras grandan floron kun densa aromo," interrompis lin la juna virino, sed li ne atentis tion kaj daŭrigis:

"Kiam vi venis ĉi tien kiel knabineto por la unua fojo kun via fratino, tiu granda virino kiu devus ekestri la ŝlosilon de la epis-kopejo, estis kvazaŭ la neforgesumino mem estus veninta en homa vesto."

"Jes, vi estas fama poeto, pastro Sigurður," diris la junulino. "Sed vi ŝajne forgesas, ke la neforgesumino havas alian nomon – kat-okulo."

"Mi venas al vi en la lumo de la tagiĝo kaj salutas vin en la nomo de Jesuo kaj diras: Neforgesumino! Aliaj gastoj venas al vi en aliaj tempoj kun aliaj pensoj kaj flustras en viajn orelojn aliajn vortojn."

Tion dirinte li fine rigardis la junulinon kun malhelaj varmaj okuloj kaj tremetoj ĉirkaŭ la buŝo.

Ŝi reciprokis lian rigardon kaj demandis malvarme: "Kion sig-nifas tio?"

Li diris: "Mi estas via aspiranto. Vi promesis nomi min tiel."

"Vere ja," ŝi diris. "En la nomo de Jesuo? Jes, eble jes, hm."

"Vi estas juna virino, Snæfríður, nur deksep-jara. La aŭdaco de juneco estas la plej miranda sur la tero – post la humileco. Mi estas maljuna homo tridekokjara."

"Jes, pastro Sigurður, mi scias ke vi estas multsperta homo kaj talenta homo kaj erudicia homo; kaj vidvo. Mi ankaŭ multe respek-tas vin. Sed kiuj ajn venas kaj kiam ili venas kaj kion ili diras, vi scias ke mi amas nur unu homon."

"Via aspiranto faras al si neniujn fantaziojn. Li ankaŭ bone scias ke estas nur unu homo devena el islanda tero kiu konvenas al vi. Kiu amas vin plej kare ne povas deziri por vi ion pli bonan ol lin. Kiam li venos mi ne plu ekzistas. Mi malaperas. Sed dum li estas for, traktu min indulge, mademoiselle Snæfríður – mi aŭskultas, mi atendas, mi maldormas. Eble mi aŭdas hafbatojn en la nokto – "

"Aludojn mi ne toleras. Kion vi volas diri?"

"Plej malmultvorte, mademoiselle, mi estas homo amokaptita."

"Vere, ja – mi neniam povis imagi ion pli ridindan ol amokaptitan ĉefpastron; ne – ne estu kolera kontraŭ mi, kvankam mi traktas vin malbone. Sed promesu al mi ĉesi paroli pri tio ĝis kiam ĉiuj ŝipoj jam venis, pastro Sigurður."

"Ĉiuj ŝipoj jam venis."

"Ne ne ne, pastro Sigurður, ne diru tion. Kvankam Bakka-ŝipo venis, tamen povus esti aliaj ŝipoj oriente kiuj ne venis; aŭ okcidente. Kaj neniu ankoraŭ scias kiu povus esti en tiuj ŝipoj."

"Alesto de tiu homo neniam estus sekreto en kiu ajn parto de la lando. Kaj se vi kredus pri lia reveno, vi ne estus akceptinta viziton de alia gasto."

Ŝi ekstaris, batis per la piedo sur la planko antaŭ li kaj diris:

"Se mi do estas putino, mi postulas ke vi igu dronigi min en Öxará."

"Dio pardonu al mademoiselle doni voĉon al vorto tiel malbela ke ĝia sola eldiro makulas la vualon per kiu ĉiela graco kovras ŝian virginecon."

"Al kiuj koncernas miaj gastoj? Vi ŝteliras ĉi tien en mateno kun la nomo de Jesuo. Aliaj alrajdas en la vespero kun la nomo de la Diablo. Mi estas homa. Atestu kontraŭ mi kaj igu dronigi min se vi kuraĝas, –" kaj ŝi stamfis denove antaŭ li.

"Kara infano," li diris kaj etendis sian manon. "Mi scias ke vi ne koleras min. Vi parolas kun via konscienco."

"Mi amas unu homon," ŝi diris; "kaj vi scias tion; mi amas lin kiam mi maldormas; kiam dormas, kiam morta; mi amas lin. Kaj se mi ne povas havi lin, tiam Dio ne ekzistas, pastro Sigurður, ne vi la ĉefpastro kaj ne la episkopo kaj ne mia patro kaj ne Jesuo Kristo; nenio; – krom la malbono. Mia ĉiopotenca Dio, helpu min."

Ŝi ĵetis sin en la seĝon kaj premis la vizaĝon en siajn manojn, sed ŝia malespero estis glacia kaj ŝi rigardis denove kun sekaj okuloj la ĉefpastron kaj diris mallaŭtavoĉe: "Pardonu min."

Li levis siajn fermitajn okulojn al la ĉielo kaj petis al Dio kun larmoj kaj dume povis karesi siajn harojn, ŝi klinis sin al li distrite, poste ekstaris kaj iris de li, prenis sian perukon kaj ĝin surmetis. Li daŭrigis paroli al ŝi pie kaj persvade, plena de konsolo.

"Aliflanke," ŝi diris malvarme, en la mezo de tiu pia patoso, ĉar ŝi ekhavis subitan penson. "Ĉu ekzistas homo nomita Jón Hreggviðsson?"

"Jón Hreggviðsson," ripetis la ĉefpastro kaj malfermis siajn okulojn. "Ĉu mademoiselle diras la nomon de tia homo?"

"Aj, li do ekzistas," diris la knabino. "Mi pensis ke mi sonĝis pri li."

"Kial mademoiselle volas ke mi parolu kun ŝi pri tiu mizera kanajlo? Mi nur scias ke li estis juĝita al ekzekuto okcidente en Borgarfjörður en lasta aŭtuno pro la murdo de la pendumisto de Bessastaðir en iu nokto kaj tiu verdikto estas por konfirmo en Alþingi en la pasantaj tagoj."

Ŝi ekridis kaj la ĉefpastro rigardis ŝin kun miro; sed kiam li demandis ŝi respondis nur tion, ke ŝi trovas tion ridinda, ke la pendumisto de la reĝa moŝto estis murdita de ordinara kanajlo; "ŝajnas al mi kvazaŭ mi vidus ordinaran pekulon prediki al la ĉefpastro! Aŭ ĉu eble estas ne malfacile mortigi homon?" ŝi demandis.

Eble la ĉefpastro koleris pro ŝia komparo, ĉar li ne povis partopreni ŝian ridon; tute kontraŭe; malriĉa kleriko, severe edukita laŭ teologia doktrino koncerne la liberecon de la homa volo elekti inter bono kaj malbono, ne povis kompreni la frivolan vidpunkton de juna knabino devenanta el la gento de floroj, al kiu homaj agoj ŝajnas sendependaj de leĝoj; kaj ne nur pekoj, sed ankaŭ mortaj krimoj estas aŭ konsiderataj ridindaj, aŭ estigas demandojn ĉu estas malfacile ilin plenumi.

Ŝi ne aŭskultis kion li diris, sed daŭrigis bonordigi aferojn en sia ĉambro denove kun aspekto de seriozo. Fine ŝi diris el sia distriteco:

"Mi ŝanĝis mian intencon. Nenio restas ĉi tie por atendi. Petu la intendanton trovi por mi bonajn ĉevalojn. Mi enuas. Mi iros okcidenten al Dalir, hejmen."

9

"Infano," diras leĝisto Eydalín kaj levas rigardon kun miro kaj tiel same liaj kundrinkantoj, kiam fraŭlino Snæfríður, rajdmantele vestita, rapide enpaŝas la leĝistan loĝbudon en la Alþingi en la helluma nokto post la fermo de la asembleo. Ĉiuj silentiĝas. "Estu bonvena, infano, – kio venigas vin ĉi tien? Kio okazis?"

Li ekstaras kaj iras kontraŭ ŝin, iom ŝanceliĝe, kaj salutas ŝin per kiso.

"Kio okazis, bona infano?"

"Kie estas mia fratino Jórunn?"

"La episkopo kaj lia edzino rajdis okcidenten al via patrino. Ili donis al mi vian saluton, kaj la mesaĝon ke vi intencas ne movi vin de Skálholt en tiu ĉi somero. Ili diris ke ili lasis vin en bona zorgo de la lernejmastro kaj lia edzino. Kio okazis?"

"Okazis? Kial vi trifoje demandas min en unu spiro, patro? Se io estus okazinta, mi ne estus ĉi tie. Sed nenio okazis kaj tial mi estas ĉi tie. Kial mi ne povas rajdi al la Alþingi? Hallgerður Langbrók* rajdis al la Alþingi."

"Hallgerður Langbrók? Mi ne komprenas vin, infano."

"Ĉu mi ne estas homa, patro?"

"Vi scias ke ne multe plaĉas al via patrino ke knabinoj agas sendepende."

"Eble mi ŝanĝis mian planon. Eble tiaj aferoj okazis –"

"Kiaj aferoj okazis?"

" – aŭ pli ĝuste ne okazis. Kiu scias – eble mi subite deziris iri hejmen – al mia patro. Mi tamen estas infano. Aŭ ĉu mi ne estas infano?"

"Infano, kie mi povas trovi lokon por vi? Ĉi tie estas neniu tranoktejo por virinoj. La asembleo estas finita kaj ni sidas ĉi tie, kelkaj bonaj homoj, kaj intencas maldormi dum la nokto ĝis sunleviĝo, kiam estas nia devo alesti ekzekutojn de iuj krimuloj. Poste mi rajdos suden al Bessastaðir. Kion vi pensas ke via patrino diros –"

Kavaliro en altaj botoj kun spronoj, longa kaprobarbo kaj peruko pendanta ĝis la krispo, zonita per glavo, ekstaris kun la solena kaj memkontenta sinrego de konvene ebria homo, ekpaŝis antaŭen sur la budoplanko, kunfrapis la kalkanojn laŭ germana kutimo, klinis sin profunde antaŭ la fraŭlino kaj kaptis ŝian manon kaj ĝin levis al siaj lipoj kaj alparolis ŝin en la germana lingvo. Ĉar li plu sidos, li diris, laŭ invito de la altestimata patro de lia gracia fraŭlino ĝis eklaboro en la mateno, lia gracia fraŭlino estas tutkore bonvena uzi lian pavilonon kun ĉio, kion ŝi tie trovos, kaj ke li senprokraste vekos sian kuiriston kaj sian paĝion por ŝin servi. Li mem, li diris, la regento ĉe Bessastaðir, estas la plej humila de ĉiuj servantoj de lia fraŭlino. Ŝi rigardis lin ridetante, kaj li diris ke la nokto honoras ŝiajn okulojn kaj sin klinis kaj denove kisis ŝian manon.

"Mi deziras vidi Drekkingarhylur,"* diris la knabino kiam ŝi kun sia patro jam eliris sub liberan ĉielon survoje al la tranoktejo. Ŝia patro opiniis tion nenecesa ĝeno deiri de la vojo, sed ŝi petegis, kaj kiam li demandis ŝi respondis, ke ŝi jam longe aspiris vidi la lokon kie kondamnitaj virinoj estis kutime dronigitaj. Fine ŝi sukcesis havi plenumon de sia volo. Ie el ravino aŭdiĝis batoj kaj la rokoj donis kantan tonon al la sonoj. Kiam ili atingis la lokon de la profundaĵo, la knabino diris:

"Vidu, estas oro sur la fundo. Vidu kiel ĝi trembrilas."

"Estas la luno," diris ŝia patro.

Ŝi diris: "Ĉu mi estus dronigita, se mi estus virino kondamnita?"

"Ne parolu vante pri la justeco, infano," li diris.

"Ĉu Dio ne estas indulgema?" ŝi demandis.

"Jes, infano mia, en la sama maniero kiel la luno en Drekkingarhylur," diris la leĝisto. "Nun ni iru for de ĉi tie."

"Montru al mi la pendumilojn, patro," ŝi diris.

"Tiaj aferoj ne estas por junulinoj," li diris. "Kaj mi ne devas esti tro longe for de miaj gastoj."

"Ho, mia patro," ŝi diris plendvoĉe, kaj prenis lian brakon kaj sin klinis kontraŭ li. Mi tiom deziras vidi homojn esti mortigitaj."

"Aj, ĉu vi do neniom progresis en Skálholt, kompatinda infano," li diris.

"Ho, permesu al mi vidi homojn esti mortigitaj, kara paĉjo," plendvoĉis la knabino. "Aŭ ĉu vi ne amas min?"

Li fine cedis al ŝia peto montri al ŝi la pendumilojn, kondiĉe ke ŝi poste iros dormi. Ili iris tra Almannagjá en la kvieto de la nokto ĝis ili venis al malferma spaco verda kiel hejma kampo, ĉirkaŭita de pendantaj rokmuroj, kie trabo estis transmetita super fendego en roko, sed movebla planko sube. Du ŝnuroj el nova lano estis volvitaj ĉirkaŭ la trabon.

"Kiom belaj ŝnuroj," diris la knabino. "Estas tiel ofte dirite ke Islando bezonas ŝnurojn. Kiu estos pendigita?"

"Aj, estas du rabistoj," diris la leĝisto.

"Ĉu vi ilin kondamnis?" ŝi demandis.

"Ili estis kondamnitaj en distrikta kortumo. La Alþingi konfirmis la kondamnojn."

"Kaj por kio estas tiu ŝtipo sur la herbo?"

"Ŝtipo?" diris la leĝisto. "Tio ne estas ia ŝtipo. Tio estas la hakbloko, infano mia."

"Kiu estos hakita?"

"Aj, estas iu bubaĉo el Skagi."

"Ne tiu kiu mortigis la pendumiston?" demandis la knabino. "Mi ĉiam trovis tion tiel ridinda historio."

"Kion vi lernis en Skálholt dum la vintro, infano," diris la leĝisto.

"Amo, amas, amat," ŝi diris. "Amamus, amatis, amant. Sed kiuj batoj estas tiuj, tiel regulaj kaj pezaj, kiuj eĥiĝas tiel strange en la kvieto?"

"Ĉu vi ankoraŭ ne povas koncentri viajn pensojn pri iu unu afero, infano?" li diris. "Kleraj homoj interparolas serioze kaj tiel same bone edukitaj virinoj. Ili dispecigas branĉetojn."

"Pri kio ni parolis," ŝi diris. "Ĉu ni parolis pri murdo?"

"Kia sensencaĵo estas tio?" li diris. "Ni parolis pri tio kion vi lernis en Skálholt."

"Ĉu vi ekzekutigus min se mi estus mortiginta pendumiston?" demandis la knabino.

"La filino de la leĝisto ne mortigas homon," li diris.

"Ne, se eble ŝi adultos."

La leĝisto haltis kaj ekrigardis sian filinon. La efiko de la drinkado estis forviŝita en la ĉeesto de tiu fremda junulino, kaj li zorge ŝin rigardis: ŝi estis multe tro maldika, kun okuloj de sepjara infano kaj lumo sur la haroj. Li volis ion ekdiri, sed ne faris.

"Kial vi ne respondas al mi?" ŝi diris.

"Ekzistas junaj knabinoj kiuj nestabiligas ĉion ĉirkaŭ si – aeron, teron, akvon," li diris kaj provis rideti.

"Tio estas ĉar ili havas la fajron, paĉjo mia," ŝi tuj diris. "Ĝin solan."

"Ne pli," diris ŝia patro. "Ne pli da sensencaĵoj!"

"Mi ne silentos ĝis vi respondos al mi, patro," ŝi diris.

"Simpla adulto, infano mia," li diris kun la formala voĉtono de sia burokrata posteno, – "simpla adulto estas afero, kiun oni unuavice traktas kun sia konscienco. Aliflanke, adulto estas ofte antaŭkondiĉo kaj kaŭzo de aliaj krimoj. Sed filinoj de leĝistoj ne faras tiajn krimojn."

"Sed se ili faras, la leĝistoj, iliaj patroj rapide ilin forkaŝas."

"La justeco neniun forkaŝas."

"Ĉu vi do ne forkaŝus min, patro mia?"

"Mi ne komprenas, kion vi celas, infano. Neniu estas forkaŝita."

"Ĉu vi do postulus de mi, ke mi false ĵuru kiel episkopo Brynjólfur* faris al sia filino?"

"La eraro de episkopo Brynjólfur estis tiu, ke li taksis sian filinon ne pli alte ol ordinaran knabinon. Tiaj aferoj ne okazas al homoj de nia rango."

" – eĉ se ili okazas," aldonis la knabino.

"Jes, mia infano," li diris."Eĉ se ili okazas. Vi apartenas al la plej altrangaj familioj en la lando. Vi kaj via fratino estas la solaj personoj en la lando kiuj devenas el familio pli altranga ol la mia."

"Episkopo Brynjólfur do miskomprenis la justecon," diris la knabino. "Li pensis ke ĝi validas por ĉiuj."

"Gardu vin kontraŭ la poeta lango de via patrina familio," diris la leĝisto.

"Patro,"ŝi diris. "Mi ne povas iri sola, permesu ke mi subtenu min per vi."

Ili direktis sin al la regenta loĝbudo, li larĝŝultra kaj ruĝvizaĝa en sia vasta mantelo, liaj malgrandaj blankaj manoj de aristokrato elstarantaj el la manikoj; ŝi etpaŝa kaj svelta, en sia rajdmantelo, kun la kolonforma kapvesto, subtenis sin per lia brako kaj klinetis sin antaŭen; flanke sin levis la vertikalaj rokmuroj.

"La arbetara densejo kiun vi vidas," li diris, "nomiĝas Bláskógar aŭ Bláskógaheiði. Tiu proksima monto trans la densejo estas nomita Hrafnabjörg, laŭdire ĝi havas belan ombron. Poste sekvas aliaj montoj. Plej malproksime vi vidas malaltan amason, tio estas

Skjaldbreiður kiu tamen estas la plej alta el montoj, multe pli alta el Botnsúlur mem kiuj tronas tie oriente de Ármannsfell, kaj tio kaŭziĝas de tio – "

"Ho, mia patro," diris la knabino.

"Kio ĝenas vin, bona infano?"

"Mi timas tiujn rokojn."

"Jes, mi forgesis diri al vi, ke tiu ĉi loko kie ni staras, nomiĝas Almannagjá."

"Kial tiu terura silento?"

"Silento? Ĉu vi ne aŭdas, ke mi parolas kun vi?"

"Ne."

"Mi diris, infano, ke kiam oni rigardas la monton Súlur, kiu ŝajnas altega, ĉar ĝi staras tre proksime al ni, kaj poste rigardas al la monto Skjaldbreiður –"

"Patro mia, ĉu vi ne ricevis leteron?"

"Leteron? Mi ricevis cent leterojn."

"Kaj neniu saluto por mi?"

"Hm jes, tio estas tute vera. Asesoro Arnæus petas saluti vian patrinon kaj vin du fratinojn."

"Sed ne min?"

"Li petis min esplori koncerne ĉu hazarde ne saviĝis paĝoj el tiuj antikvaj libroj de la monaĥejo de Helgafell, kiuj estis disŝiritaj kaj forĵetitaj."

"Kaj li diris nenion pli?"

"Li diris ke tiuj libroj estis pli valora ol eĉ la fekunda distrikto de Borgarfjörður."

"Ĉu li diris nenion pri si mem? Kial li decidis ne veni per la Bakka-ŝipo, kiel li diris en la aŭtuno?"

"Li mencias nefavoran situacion kaj diversan curam*."

"Curam? Li?"

 "Mi havas informon el fidinda fonto, ke lia kolekto de libroj, skribitaj, kaj tiel same presitaj, pri la antikva historio de Islando kaj Norvegujo estas en danĝero de damaĝo kaŭze de malbona konservo, kaj krome la ŝuldoj de la asesoro tiom akumuliĝis, ke la perdo de la kolekto ŝajnas okazonta."

Ŝi ektiris senpacience la brakon de sia patro kaj diris: "Jes, sed li estas amiko de la reĝo."

"Estas ekzemploj nuntempe, ke la amikoj de la reĝo estas senigitaj de siaj postenoj kaj ĵetitaj en malliberejon de ŝuldantoj. Neniu havas tiom multajn malamikojn kiel la amikoj de la reĝo."

Ŝi tiris al si la brakon kaj staris sen subteno kaj rekta sur la pado antaŭ sia patro kaj levis la kapon.

"Patro," ŝi diris, "ĉu ni ne povas helpi lin?"

"Venu, bona infano," li diriis. "Mi ne povas esti pli longe for de miaj gastoj."

"Mi posedas bienojn," ŝi diris.

"Jes, vi fratinoj ricevis kelkajn bienetojn kiel donacojn," li diris kaj prenis ŝian brakon denove, kaj ili pluiris.

"Ĉu mi ne povas vendi ilin?" ŝi demandis.

"Kvankam Islandano kredas tion avantaĝo ekposedi bieneton, estas kelkcenta bienvaloro malmulte valora en eksterlando, bona infano," diris la leĝisto. "Gemŝtono, kiun riĉa grafo en Kopenhago portas en sia ringo, estas pli valora ol tuta distrikto en Islando. La prezo de mia nova mantelo estis pli alta ol la lupago, kiun mi kolektas pro miaj bienetoj dum multaj, multaj jaroj. Ni Islandanoj estas malpermesitaj negoci kaj ŝipveli kaj tial ne posedas monon. Ni estas ne nur subjugata popolo, ni estas popolo en vivdanĝero."

"Arnas uzis ĉion, kion li posedas por kolekti antikvajn librojn por ke la nomo de Islando estu savita kvankam ni pereos. Ĉu ni do devas stari flanke kaj observi lin metita en malliberejon de ŝuldantoj en alia lando pro la nomo de Islando?"

"La amo al sia proksimulo estas bela doktrino, mia bona infano. Kaj ĝusta. Sed en vivdanĝero regas la regulo, ke ĉiu helpu sin mem."

"Ĉu ni do nenion povas fari?"

"Kio plej gravas por ni, mia infano, estas ke la reĝo estu mia amiko, " diris la leĝisto. "Mi havas multajn enviantojn, kiuj trudas sin al la grafoj kaj min kalumnias en la espero ke ili sukcesos mal-helpi, ke mi ricevu atestan leteron de la reĝo por tiu ofico de leĝisto, kiun oni nomas la plej grava ofico en Islando, kvankam ĝi estas nura bagatelo kompare kun la ofico de plankobalaisto en la kancelario, se tiu povas postuli devenon el germanaj rabistoj kaj kanajloj."

"Kio sekvas post tio, patro?"

"Leteron de la reĝo por tia ofico sekvas diversaj privilegioj. Ni povas ekhavi pli multajn kaj pli grandajn bienojn. Vi fariĝos ankoraŭ pli havinda kiel edzino. Bonaj homoj venos por svati vin."

"Ne, mia paĉjo. Troloj venos por preni min, monstro en formo de bela besto, kiun mi deziras karesi, tentos min eniri la arbaron kaj disŝiros min. Ĉu vi forgesis ĉiujn fabelojn kiujn vi rakontis al mi?"

"Tio ne estas fabelo, sed malbela sonĝo," li diris. "Aliflanke via fratino diris al mi ion pri vi, ion pri kio mi estas certa ke malĝojigos vian patrinon."

"Ĉu vere."

"Ŝi diris ke homo de distingo vin svatis en la vintro kaj ke vi montris malmultan intereson pri lia propono."

"La ĉefpastro," diris la knabino kaj ridis malvarme.

"Li devenas el unu al la plej bonaj familioj en Islando, eksterordinare klera homo kaj poeto, riĉa kaj virta. Mi ne scias kian edzon vi imagas, se vi ne konsideras lin sufiĉe bona por vi."

"Arnas Arnæus estas la plej elstara el ĉiuj Islandanoj," diris fraŭlino Snæfríður. "Ĉiuj samopinias pri tio. Virino kiu konis elstaran homon trovas bonan homon ridinda."

"Kion vi scias pri la deziroj de virino, infano?" diris la leĝisto.

"Prefere la plej malbonan ol la duan plej bonan," diris la knabino.

10

La loĝbudo de la regento estis tegita interne per helkolora tuko, la ligna planko pura, alkovo, tablo, benkoj kaj du brakseĝoj; sur breto staris statueto de Nia Plejmilda Moŝto rajdanta sur ĉevalo. Malantaŭ la loĝbudo, pli proksime al la ravina muro, staris du tendoj, unu granda kaj bonkvalita, el ĝi elvenis du servistoj danlingve parolantaj; alia pli for sub roko, malgranda kaj malpura, el brungriza lanŝtofo, kaj sidis antaŭ ĝi brutulo en felaj ŝtrumpoj, fumanta pipon.

La regento estis jam sendinta ordonon al siaj servistoj prepari gastejon por la filino de la leĝisto kaj ili portis al ŝi rostitan viandon kaj vinon, sed la leĝisto deziris bonan dormon al sia filino kaj foriris al sia loĝbudo por zorgi pri siaj gastoj. La fraŭlino staris pala en la budopordo, dum la servistoj preparis la tablon, kaj rigardis orienten, al la nuboj kiuj estis orumitaj de baldaŭ leviĝonta suno. Ŝi rigardis ankaŭ la nigran rokmuron de la ravino kaj la murmurantan riveron, la montojn, arbaron kaj la lagon.

"Kial sidas tiu granda homo antaŭ tiu malgranda tendo?" ŝi demandis.

Ili diris, "Tio estas la gardisto."

"Kiu gardisto," ŝi diris.

"Tie kuŝas en la tendo fere katenita malbonfarulo kiun ni transportis kun ni el Bessastaðir, li estos senkapigita en la mateno, dank' al Dio."

"Aj, lin mi deziras vidi," diris la fraŭlino kaj vigliĝis ŝia aspekto. "Mi ja multe deziras vidi homon kiu estos senkapigita en la mateno."

"Nia damo ŝercas," ili diris. "Nia damo estus timigita. Tiu estas la nigra diablo Joen Regvidsen, kiu ŝtelis hokŝnuron, sakris pri Nia Reĝa Moŝto kaj mortigis la pendumiston de la reĝo."

"Iru al la regento," ŝi diris al la servisto, "kaj diru ke mi timas. Diru al li de mi, ke mi volas havi gardiston ĉi tie antaŭ la budopordo dum mi dormas."

Ŝi mordetis la viandon kiel malgranda birdo kaj manĝis kelkajn grajnojn da grio kaj trinkis tri glutetojn da vino, kaj uzis longan tempon por lavi siajn fingrojn kaj malvarmigi sian frunton per akvo el arĝenta bovlo. Ŝi ankaŭ rearanĝis siajn harojn kaj ŝutetis sur sin aromaĵon el parfumujo. La sendito revenis kun la mesaĝo, ke Jóen Jóensen gardu la fraŭlinon dum ŝi dormas.

"Mi volas ke li sidu sur la porda sojlo ĉe mi," ŝi diris.

Ili vokis al la gardisto kaj diris ke li gardu nian gracan fraŭlinon, kiu intencas dormi.

"Sed kio pri la murdisto?" li diris.

"Kio estas pli grava, unu nigra murdisto aŭ la honoro de nia graca fraŭlino?" ili diris.

La homo ekstaris peze kaj portis la braĝujon ĉe la pordon al la fraŭlino, sidigis sin sur la sojloŝtonon kaj pluis fumi. Ŝi ordonis al servistoj iri dormi.

"Ĉu vi estas islanda?" ŝi poste demandis la gardiston.

"Ha," li diris. "Mi estas el Kjós."

"Kjós," diris la knabino. "Kio estas tio?"

"Loko nomita Kjós," li diris.

"Ĉu vi havas armilon?" ŝi diris.

"Ha," li diris. "Ba."

"Kion vi faros se iu atakas min," ŝi diris.

Li montris al ŝi siajn manegojn, unue la mandorsojn kaj poste la manplatojn, tiam li pugnigis ilin kaj skuis ilin kaj montris al ŝi. Post tio li kraĉis kaj pluis fumi.

Ŝi eniris kaj fermis la pordon post si. Ĉio estis silenta escepte de la murmurado de Öxará kunfandiĝanta kun la kvieto kaj la ritmaj hakbatoj de la trankvila kaj fidinda homo kiu dispecigis la arbetaĵojn.

Post nelonga tempo, tamen, kiam ĉio estis plej kvieta, la filino de la leĝisto svingas sin el la lito de la regento, malfermas la pordon iomete kaj ŝtele elrigardas. La fumanta gardisto ankoraŭ sidis sur la sama loko sur la platŝtono.

"Mi volis certiĝi ke vi ne trompis min."

"Ha," li diris. "Kiu?"

"Vi estas mia homo," ŝi diris.

"Iru dormi," li diris.

"Kial vi estas tiel malĝentila al mi?" ŝi diris. "Ĉu vi ne scias, kiu mi estas?"

"Ba," li diris. "Ĉiu karno estas polvo."

Li havis longan oscedon.

"Aŭskultu, Jón la forta," ŝi diris. "Pri kio vi pensas?"

"Mi ne estas nomita Jón la forta," li diris.

"Ĉu vi ne deziras eniri kaj sidiĝi ĉe mia litrando?" diris la fraŭlino.

"Kiu? Mi?"

Li turnis la kapon tre malrapide kaj rigardis al ŝi per unu duonfermita okulo tra la tabakofumo, poste elĵetis kraĉaĵon en longa kurbo. "Aĥ, damne," li aldonis kiam li finis la kraĉon kaj enbuŝigis denove la pipon.

"Ĉu ne mankas al vi tabako?" ŝi demandis.

"Tabako? Al mi? Ne."

"Kio al vi mankas?" ŝi demandis.

"Pipoj," li diris.

"Kiaj pipoj?"

"El argilo," li diris.

"Mi ne havas iun argilon," ŝi diris.

Li diris nenion.

"Aliflanke mi havas arĝenton," ŝi diris.

"Aha," li diris.

"Vi ne estas tre parolema," ŝi diris.

"Iru dormi nun, bona sinjorino."

"Mi ne estas sinjorino," ŝi diris. "Mi estas fraŭlino. Mi havas oron."

"Ho jes," li diris. "Tiel estas. Ĉu?"

Li turnis denove la kapon rigide kaj rigardis al ŝi.

"Vi estas mia homo," ŝi diris. "Ĉu vi volas oron?"

"Ne," li diris.

"Kial ne?"

"Mi estos pendigita" li diris.

"Sed arĝenton?"

"Se ĝi estas stampita, eble. Neniu vidus la diferencon."

Ŝi elprenis arĝentan moneron el sia monujo kaj donis al li: "Iru," ŝi diris, "en la tendon tie sub la roko kaj liberigu la homon kiu tie sidas en katenoj."

"Ha," li diris. "La homon? Kiun homon? Jón Hreggviðsson? Ne."

"Ĉu vi volas pli da arĝento? ŝi diris.

Li kraĉis.

"Ni liberigu lin," ŝi diris kaj donis al li pli da arĝento kaj kaptis sub lian brakon kaj igis lin ekstari.

"Mi estos senkapigita," li diris.

"Se vi estos trovita kulpa," ŝi diris, "memoru ke mi estas filino de la leĝisto."

"Hu," li diris kaj rigardis en sian pipon; ĝi estis senfajra.

Ŝi pene tiris la homon post si, malligis la tendoklapojn kaj enrigardis. Tie kuŝis Jón Hreggviðsson dormanta, ĉifone vestita kaj nigre malpura de kapo ĝis piedoj, lia vizaĝo sur la nuda tero. Liaj manoj estis kunligitaj sur la dorso kaj ĉeno boltita al la ferkatenoj ĉirkaŭ la piedoj. Liaj ŝultroj apenaŭ moviĝis dum li spiris. Ĉe lia flanko kuŝis trogeto kun fiŝrubaĵoj. La knabino jam estis tute en la tendo kaj rigardis la nigran homon, kiel kviete li dormis kun ŝvelintaj manartikoj kaj maleoloj haŭtskrabitaj sub la ferkatenoj, kun siaj densaj haroj kaj barbo distaŭzitaj en unu tutaĵo.

"Li dormas," flustris la knabino

La gardisto bezonis tempon por sin enpremi tra la aperturon.

"Nu nu," li diris, kiam li fine sukcesis eniri tuta kaj staris sur la genuoj por eviti frapi la kapon kontraŭ la tendosupron.

Jón Hreggviðsson ne ekmoviĝis.

"Mi pensis ke ili ne povas dormi," diris la knabino.

"Li estas senanima," diris Jón la forta.

"Veku lin," diris la knabino.

Jón la forta ekstaris kurba kaj piedfrapis la dorson de la homo tiel energie, ke ne estis iu ajn dubo pri la celo. Jón Hreggviðsson eksaltis kiel ŝtala risorto subite malfiksita de hoko, liaj okuloj vaste malfermaj en konfuzo, sed la ferbolto fiksita al liaj piedoj ektiris kontraŭe kaj haltigis lian reagon tiel, ke la homo falis antaŭen denove sur la teron.

"Ĉu vi venis por konduki min sub la hakilon, vi diablo," diris Jón Hreggviðsson. "Kion volas tiu virino?"

"Kvieton," diris la knabino metante fingron sur siajn lipojn, sed ordonis al la gardisto senkatenigi la farmiston kaj li elprenis ŝlosilojn el sia saketo kaj malŝlosis la ferojn. Sed kvankam la homo estis liberigita de la katenoj li restis kaŭranta sur la genuoj, sakranta kun la manoj malantaŭ la dorso.

"Stariĝu, homo," diris la knabino al la malliberulo. Kaj al la gardisto: "Eliru for."

Kiam ŝi estis sola kun la mortkondamnito, ŝi detiris de sia fingro oran ringon kaj donis al li; ĝi havis formon de serpento kiu mordis sian voston.

"Trovu por vi transporton per skuno al Holando," ŝi diris. "Iru poste al Kopenhago, trovu Arnas Arnæus, amikon de la reĝo, kaj petu lin korekti vian aferon pro mi. Se li eble pensus ke vi ŝtelis tiun ringon, tiam portu saluton de la damo de lumo; de la gracila fekorpo – tiuj vortoj ne iris vaste. Diru al li, ke se mia sinjoro povos savi la honoron de Islando, eĉ se min trafos malhonoro, tamen lia vizaĝo ĉiam lumos por tiu damo."

Ŝi donis al la homo arĝentan moneron el sia monujo kaj eliris el la tendo.

Poste estis ĉio kvieta en Þingvellir ĉe Öxará escepte de la rivera murmurado kaj la hakbatoj el Brennugjá* kun ties eĥoj.

11

Jón Hreggviðsson ekstaris kaj lekis siajn manartikojn. Li ŝtelrigardis el la aperturo de la tendo sed vidis neniun, aŭdis nenion suspektindan. Post tio li elpaŝis. Estis roso sur la herbo. Li pluigis sian ĉirkaŭrigardon, nun estis tiu tempo de la jaro, kiam la nokto estas malfavora al krimuloj. Numenio sidis sur roko. La homo grimpis el Almannagjá en loko kie ŝtonoj estis falintaj el la rokmuro kaj kaŝis sin dum momento en fendo dum li pensis kion fari. Poste li ekkuris.

Li sin direktis al la neloĝata regiono oriente de la monto Súlur kaj poste norden laŭ montara spino Uxahryggir, klopodis laŭsekvi kavaĵojn kaj akvofluejojn kiom eble plej malproksime de kutimaj irvojoj. La homo havis fortajn piedojn kaj malmulte zorgis, ĉu li ricevis skrapvundojn de ŝtonetoj aŭ tufarbustoj, kolektiĝis pura koto en la vundetoj malsimila al la surplanka malpuraĵo en la karcero. Li kuradis kiel kapablis la piedoj, kaj ne ripozis krom por ĵeti sin laŭlonge apud fontoj por trinki. Sekvis lin scivoleme montaraj birdetoj. Leviĝis la suno kaj brilis sur la homon kaj la montojn.

Je mezmateno li venis al intermonta farmodometo supre de Lundarreykjadalur kaj pretendis ke li vojaĝas kun ŝarĝĉevalista grupo el Skagafjörður kaj ke li serĉas du ĉevalojn devenintajn el Kjalarnes en la sudo, kiujn ili perdis proksime al la kairnoj Hallbjarnarvörður supre. Al li estis donitaj ŝaflakto kaj *skyr** en kvarlitra ligna pelvo. Maljuna virino donis al li eluzitajn ŝuojn. Kiam li manĝis sufiĉe li ekiris denove, unue en direkton al loĝataj lokoj, sed tuj kiam li estis ekster vido de la farmodomo li direktis sin for de la valoj al glacimonto Ok kaj suriris la glaciejon por sin malvarmigi kaj orientiĝi pri la direkto. De la glacieja supro li povis vidi trans la nordan landon.

Meze inter nono* kaj mezvespero li povis vidi malsupren al la pastrejo de Húsafell, sed tiu pastrejo situas en la supra parto de valo tujproksime al la altlando, ĉe la komuna irvojo tra la neloĝataj regionoj inter la landaj kvaronoj.

La *skyr* de Vörðufell ne sufiĉe substancis por la farmisto kaj li jam sentis efikon de nutromanko. Trans la malaltaj terenoj sekvis la vastegaj altlandoj kiuj dividas inter la Sudlando kaj la Nordlando, Arnarvatnsheiði kaj Tvídægra, sed la vojaĝanto estis sen provizoj kaj jam estis malsata. Aliflanke, ne estis dezirinde montri sin sur la komuna vojo ĉe la pastrejo, kie pretemaj rajdantoj eble embuskus fuĝantojn. Li renkontis ŝafistan knabon kaj demandis, ĉu iuj vojaĝantoj trapasis norden survoje el Kaldadalur sude, sed la knabo diris ke tiaj ne estas atendataj el tiu direkto ĝis noktiĝo. La farmisto tial komprenis, ke li havas ankoraŭ la avantaĝon de sia frua ekiro super la norden celantaj homoj de la asembleo, ankaŭ konsidere de tio, ke li iris rektline ekster la kutima vojo.

Domservistinoj laboris je konstruo de stako de arbustbranĉoj kaj sekigitaj ŝafofekaĵoj, kaj Jón Hreggviðsson rediris la historion pri la ŝarĝĉevalistoj el Skagafjörður kaj pri la perdo de du ĉevaloj el Kjalarnes proksime al Hallbjarnarvörður kies nomon li sciis sed nenion pli. Sed ili kuris al la biendomo kaj diris al la pastro, kiu sidis en la sidoĉambro verkante la rimojn pri Illugi Gríðarfóstri*. La pastro demetis la kreton, eklevis la pantalonon, gigantstatura homo iom pli ol mezaĝa, kaj venis kantante tra la pasejo al la dompordo:

"Se vi estas el Skagafjörður do donu al ni versaĵon pri tio kiel biero estu trinkegata kaj virinoj delogataj, kaj estos al vi tiam donita manĝaĵo."

Jón Hreggviðsson kantis:

Tago pasis. Jam por amo
drinkon de miel'.
Al vi laŭdon, poem-damo.
Fluas sanga ŝvel'.

"Nek estas la melodio el Skagafjörður, nek la versaĵo, kaj ĝi aŭdiĝas al mi kiel strofo el la enkondukaj versoj de malnovaj Rimoj pri Pontus, kaj estus ĝia poeto pli bone konservata en torf-fosaĵo; sed ĉar vi bone akceptis mian defion, vi havu manĝajon, kiu ajn vi estas."

Jón Hreggviðsson estis invitita en la sidoĉambron. Li gardis sin ne sidiĝi tro for de la pordo. Al li estis portitaj montmuska kaĉo, acida ventroflanka viando, sekigita moruokapo, ranca butero kaj flavbruna ŝarkviando. La pastro kantis kun fortega voĉo sub la klintabula plafono siajn proprajn rimojn por la gasto, kiuj tutaj temis pri gigantinoj kiuj estis nomitaj poezie Sulkhaŭta, Bovidŝtrumpa, Rokfieraĉa. Dum la gasto manĝis, nenio alia okazis inter li kaj la dommastro.

Kiam la farmisto jam aŭskultis la rimojn kaj finis la manĝadon, li kisis la pastron kun dankoj, kaj diris ke li ne povas sidi pli longe kaj devas ekiri.

"Mi volas iri kun vi al la angulo de la ŝafejo, mia knabo," diris la pastro, "kaj montri al vi la ŝtonon, kie sep krimuloj estis devigitaj sin klini antaŭ mia avo kaj kie mi mem enpremis en la teron sepdek unu diablojn."

Li kondukis sian gaston el la domo, ŝlosinte lian malgrasan brakon en sian brutecan ŝtalprenon kaj ŝovis lin antaŭen. Du virinoj sternis lanon por sekiĝo sur la barilon de la tombejo, unu maljuna, la alia juna, sed la hejma hundino dormis sur tombo. La pastro vokis al tiuj virinoj ke ili akompanu ilin orienten de la hejmkampa barilo.

"Mia patrino estas okdek-kvin jaraĝa kaj mia filino dek kvar jaraĝa," diris la pastro, "Ili estas spertaj pri kirlado de sango."

Ambaŭ virinoj aspektis imponaj, sed tamen ne arogantaj.

Oriente de la hejmkampo staris enfermejo por ŝafoj konstruita el ŝtonoj, en la formo de koro, dupartigita kun pordo kontraŭ nordo kaj sudo, sed la naturo ĉirkaŭe kun glacikovritaj montopintoj, arbokovritaj deklivoj kaj riveraj ravinoj, ŝajnis kliniĝanta en ripozo al tiu loko, – estis kvazaŭ la lando havus ĉi tie sian hejmon. La enfermejo estis konstruita ekde grandega herbokovrita ŝtono, kiu staris kiel murfino ĉe la suda pordo, kaj servis egale kiel bona hakbloko por krimuloj kaj tomboŝtono por diabloj. Jón Hreggviðsson tamen sentis la mankon de hakilo en proksimo de la ŝtono. Aliflanke, kuŝis alia ŝtonbloko sur la kampo antaŭ la ŝafejo. Tiun ŝtonblokon la pastro nomis plataĵo kaj proponis al sia gasto levi ĝin sur la murfinan ŝtonon por montri sian dankon pro la gastameco je sia foriro.

Jón Hreggviðsson sin klinis por preni la ŝtonon, sed ĝi estis marbatita basalto kaj laŭsekve neprenebla kaj li ne povis levi ĝin de la tero, nur sukcesis ĝin starigi surrande kaj ĝin ruli kelkfoje. La virina linio de Húsafell staris senmova kun vizaĝo el ŝtono kaj rigardis la homon. Fine la gasto diris, ke li devas ekiri.

"Bona patrino," diris la pastro. "Volu porti la ŝtonpecon ĉirkaŭ la enfermejo por montri al tiu knabo antaŭ ol li ekiros, ke ankoraŭ estas virinoj en Islando."

La maljunulino estis larĝŝultra kaj dikventra, grandvizaĝa kun vilaj brovoj kaj submentono, la haŭto blueca kaj malglata, kiel de birdo. Ŝi paŝis al la ŝtono kaj sin klinis, fleksis iomete la genuoj kaj levis la ŝtonon unue sur siajn femurojn, poste sur sian bruston, kaj ekiris kun ĝi en la brakumo ĉirkaŭ la enfermejon kaj neniom ŝanceliĝis, estis eĉ pli firmpaŝa ol antaŭe. Ŝi demetis la ŝtonon malrapide sub la muron. Je tio ŝvelis la brusto de la gasto, tiel ke li forgesis ke li devas rapidi, atakis la ŝtonon denove kaj ne ŝparis siajn fortojn, sed malmulton atingis kiel antaŭe. La filino rigardis lin klarokula kaj bluvanga kaj havis vizaĝon ulnolarĝan, kiel estas dirite pri junaj gigantinoj en legendoj. Venis al tio ke ŝia vizaĝo disiĝis kaj ŝi ridis. La maljunulino, ŝia avino, murmuris iomete en profunda baso interne de si. Jón Hreggviðsson sin rektigis sakrante.

"Filineto, " diris tiam la pastro. "Montru al tiu homo, ke ankoraŭ ekzistas junaj knabinoj en Islando kaj kuru se nur du tri fojojn kun la ŝtoneto ĉirkaŭ nian enfermejeton."

La knabino tiam klinis sin super la ŝtonon, kaj kvankam iom ankoraŭ mankis al la jupetulino plenmatura alteco, ŝi tamen estis tiom stabilkreskinta sube, ke ne estus troveblaj pli fortaj subteniloj ĉe aliaj adoleskantinoj en la Borgarfjörður distrikto. Ŝi rektigis sin kun la ŝtono sen fleksi la genuojn kaj saltis ridanta kun ĝi kvazaŭ kun sako da lano tri cirklojn ĉirkaŭ la enfermejon, demetis ĝin poste sur la muron.

Tiam diris la pastro: "Nun forkuru tuj sub la zorgo de Dio kaj via griza zona strio Jón Hreggviðsson el Rein. Vi estas jam plene punita en Húsafell."

Tiel diris Jón Hreggviðsson en sia maljunaĝo, ke li neniam en sia vivo sentis sin pli humiligita antaŭ Dio kaj homoj ol en tiu momento. Li ekkuris for plej eble rapide. La hejma hundo lin persekutis bojante norden al la rivero.

12

Li kuris dum la tuta tago kaj la sekvanta nokto kaj trinkis multe da akvo, sed sur la altebenaĵo Tvídægra estas plej multaj lagoj en Islando. Li evitis kiel antaŭe komunajn vojojn, sed provis teni la direkton kiun li decidis el Ok kiel konduka al la maro antaŭ la Nordlanda bordo. La vetero estis kvieta escepte de la multa kriado de cignoj, sed tie troviĝas aregoj da tiuj birdaĉoj, pli vastaj ol iuj ajn ŝafaroj. Malfrue en la vespero leviĝis la suno. Li kuris. Venis fine al tio, ke la piedoj ne obeis. Li ne estis rimarkinta, ke li estas laca, sed nun li preskaŭ falis. Tio okazis en varmeta ferokra argilmarĉeto, kaj li ne povis ekstari. Li dormis longe dum la tago, ĉiam same profunde, unue sur la ventro, poste li rulis sin sur la dorson, kaj la suno kontinuis brili kaj la argilo plivarmiĝi. Li vekiĝis kiam la suno jam estis alte sur la ĉielo. Korvoj multnombris ĉirkaŭ li kaj la birdoj evidente pensis elpiki liajn okulojn, kredante lin senhelpa; aŭ eĉ morta. Li estis iom malforta kaj ne deziris akvon; aliflanke, li bedaŭris ke li ne manĝis pli da ŝarkviando en Húsafell. La altebenaĵo ne malkreskis dum li dormis.

Liaj piedoj ne estis same facilmovaj kiel antaŭ lia endormiĝo. La altebenaĵo, kiun li povis transvidi hieraŭ, ne ŝajnis havi finon hodiaŭ. La Nordlando konstante ju pli malproksimiĝis, des pli longe li iris.

Tiam subite alrajdis kontraŭ li tri barbuloj kun trutoj en fiŝkorboj. Rajdis fronte bonstata bienulo el Borgarfjörður-kamparo, reveninta el fiŝkapta vojaĝo sur Arnarvatnsheiði. Ili deĉevaliĝis kaj la homo el Borgarfjörður demandis Jón Hreggviðsson kiu li estas, aŭ ĉu li eble ne estas homo. La servistoj ne kuraĝis veni pli proksime, sed Jón Hreggviðsson kisis ilin ĉiujn kun ploro. Li diris ke li estas almozpetanta vagabondo el Nordlando kaj estis destinita al brulstampo sude en Biskupstungur pro ŝtelado, sed sukcesis eskapi. Li ploris kun multa larmfluado kaj komencis reciti preĝojn al Dio kaj petis la homojn kompati lin en la nomo de la Sankta Triunuo. Ili donis al li manĝaĵon. Kiam li estis sata, li volis daŭrigi la preĝan recitadon dankocele, sed tiam diris la bienulo:

"Aj, silentu Jón Hreggviðsson."

Jón Hreggviðsson abrupte ĉesis plori kaj preĝi, rigardis la homojn kaj demandis: "kio?" kun miro.

"Ĉu vi pensas ke ni el Borgarfjörður ne rekonas tiujn, kiujn ni skurĝis?" diris la homo. "Aliaj apenaŭ povus elporti tion pli bone."

La du servistoj ekstaris instinkte je tiu malkaŝigo. Jón Hreggviðsson ankaŭ ekstaris.

"Ŝajnas al mi kvazaŭ vi volus provi vin kontraŭ li, knaboj," diris la bienulo.

"Ĉu li estas tiu kiu mortigis la pendumiston el Bessastaðir?" ili demandis.

"Jes," diris la bienulo. "Li mortigis la pendumiston de la reĝo. Tiun mortigon vi nun havas oportunon venĝi, knaboj."

La homoj rigardis unu la alian. Fine unu diris:

"Ne kompatas mi la reĝon havigi al si novan pendumiston."

La alia aldonis: "Kaj mi ne fariĝos pendumisto de la reĝo."

La tria, la bienulo mem, finis la aferon formale tiel: ĉar ilia renkontiĝo okazis en neloĝata regiono, kie leĝoj kaj justeco ne validas kaj eĉ ne la dek komandoj de Dio, estus plej bone ke ili ĉiuj residiĝu kaj gustumu brandon. Ankaŭ Jón Hreggviðsson residiĝis. Li ploris ne plu, nek komencis preĝon, sed rigardis siajn nudajn piedojn, ĉar la ŝuaĉoj kiujn donis al li la maljunulino jam estis detruitaj, kaj komencis lavi la skrapvundojn per sia kraĉaĵoj.

Mallonge post lia disiĝo de la homoj el Borgarfjörður nuboj komencis densiĝi en la nordo, sed la tago estis varma. Baldaŭ malvarma ventpluveto lin frontis kaj direktiĝis la pluvnebulo suden tra la altebenaĵo kaj iris rapide, kiel batalpreta armeo, ruĝa tratute kiel fumo el varmega fajrujo, kiu tamen malheliĝis ĝis la suno malaperis kaj la homo estis ĉirkaŭita; tiom densa estis la nebulo, ke ne estis videbla la plej proksima teraltaĵo. Li komence daŭrigis la iradon en la direkton el kiu li pensis ke originis la pluvo, sed baldaŭ li rimarkis ke la nebulo kuŝas senmova, kaj kiam li venis por la tria fojo al la sama duonfalinta ŝtonkairno sur roko, li konstatis la situacion. Li sidiĝis sub la kairno por pripensi la cirkonstancon.

Li sidis dum longa tempo kaj krepuskiĝis sur la altebenaĵo. Jam tute malseka li recitis strofon el la Rimoj pri Pontus kaj aldonis kiam li finis la strofon: "ĉi-nokte la pedikoj de Bessastaðir sur Hreggviðsson frostiĝos ĝis morto" kaj ridis kaj sakris, ekstaris kaj ĉirkaŭbatis sin plivarmige, sidiĝis denove kaj subtenis la dorson kontraŭ la kairno. Kiam li jam tiel sidis kelkan tempon, al li ŝajnis ke ia amasa formo ne malgranda moviĝas malrapide kontraŭ lin en la nebulo, simila al homo rajdanta sur nigra ĉevalo. Kiam Jón Hreggviðsson jam rigardis tion dum ioma tempo, li iris malsupren de la roko sur la grundon, sed tamen ne sen eksento de timo, ĉar al li ne tute plaĉis tiu alproksimiĝo. La amasaĵo pli kreskis ju pli proksime ĝi venis. Jón Hreggviðsson haltis kaj volis voki al la alvenanto, sed kiam li malfermis la buŝon, lin kaptis timo tiel ke li silentis, sed staris senmova sur la grundo kun la buŝo malfermita kaj intense rigardis en la nebulon. Ankoraŭ pli proksimiĝis la amasaĵo kaj plialtiĝis ĝis ĝi estis sufiĉe proksima por ke li povu distingi ĝian formon en la nebulo proksime; estis tio trolino kiu venis kontraŭ lin. Li ne vidis klare ĉu tio estas la patrino de la pastro en Húsafell, aŭ la filino, sed estis certa ke tiu estis el la familio. La vizaĝo estis ulnolarĝa kaj la makzeloj samproporcie grandaj, ŝi surhavis mallongan pantalonon, sube piedoj similaj al arbaj trunkoj, kaj lumboj kiel de ĉevalo paŝtinta trasomere sur la montoj. Ŝi iris kun la brakoj klinitaj kaj la manegoj kunpremitaj ĉe la koksoj kaj fiksis la okulojn sur la farmiston ne tre amikece. Li pensis ke se li provus fuĝi for de tiu virino, ŝi baldaŭ lin atingus, lin faligus kaj rompus lian spinon sur roko, forŝirus de li la brakojn kaj la piedojn kaj mordus la karnon ĝis la ostoj. Tiam mallongiĝus la historio de Jón Hreggviðsson.

Kaj dum li tiel staris, li eksentis en si forton kaj kuraĝon pli grandkvante ol antaŭe, kvazaŭ kaptus lin berserka frenezo, kaj li aŭdis sin eldiri sekvantajn vortojn:

"Se estas tiel, ke ankoraŭ troviĝas virinoj en Islando," li diris, "vi tion nun spertos, malbela bestino, ke troviĝas ankaŭ viroj en Islando."

Sen plia prokrasto li kursaltis sur la trolinon kaj komenciĝis inter ili granda luktobatalo. Estis tiu luktado longa kaj furioza kaj ambaŭ uzis siajn plenajn fortojn, li trovis ke ŝi havis pli grandan forton ol li, sed ne same fleksebla en artikoj, nek same rapida en siaj reagoj; li peliĝis antaŭ ŝi vaste tra la tereno, kaj disŝiriĝis la tero sub iliaj piedoj. Tiel daŭris longe dum la nokto kun premaj puŝoj kaj pezaj frapoj, gratoj kaj pinĉoj, ĝis sukcesis al Jón Hreggviðsson uzi sur ŝin la tiel nomitan ventran artifikon, sin rektigis malantaŭen kaj levis ŝin sur sian ventron. Ŝi falis sur la dorson kun peza bruo kaj li sur ŝin fronte. Kriis la trolino tiam terure ĉe lia orelo kaj defiis lin per jenaj vortoj:

"Uzu nun la oportunon, Jón Hreggviðsson, se vi estas viro."

Kiam li rekonsciiĝis, blovis vento el la sudo kaj forpuŝis la nebulon el la altebenaĵo; li vidis Hrútafjörður malfermi siajn longan kaj mallarĝan buŝon al la golfo Húnaflói sed Strandafjöll bluiĝi sur horizonto. Li komencis kredi ke lia situacio estas pli promesa ol ŝajnis lastatempe.

Li ne haltis en sia irado ĝis norde sur Strandir, transiris alt-
ebenaĵojn kaj montajn vojojn kaj mensogis pri sia nomo kaj celo.
Neniu sciis ion pri holandaj fiŝŝipoj ĝis li atingis norden ĝis
Trékyllisvík.

Ne estis krimo pli severa ol negoco kun Holandanoj kaj tiel
estis ekstreme malfacile akiri la konfidon de nekonatoj kiuj
tion faris. Kiam demandataj ili ja montris al la tankoloraj veloj,
kiujn tiu kondamnita popolo hisis antaŭ la bordo, sed kiam Jón
Hreggviðsson esprimis sian celon tie en la nordo, ili opiniis ke
lia kazo jam anticipe estas senespera; la holandaj fiŝistoj neniam
akceptas homojn por transporto, escepte de unuopaj infanoj kiujn ili
aĉetas de la indiĝenoj por eduko, kiel tio nomiĝas, precipe ruĝharajn
knabetojn. Nur post kiam la homoj de Trékyllisvík eksciis la tutan
veron pri la cirkonstancoj de Jón Hreggviðsson, kia grandkrimulo
li estas, ili cedis al lia peto pri asisto. Tiam en iu nokto, kiam unu
holanda fiŝŝipo estis proksime al la bordo, unu el la farmistoj remis
kun tiu mortkondamnito en sia boato al la ŝipo. La ŝipestro rigardis
malaprobe tiun nigraharan vagabondon, kiu aspektis tiel mizera
post la restado en Bessastaðir, ke li estis eĉ ne taŭga kiel logaĵo por
ŝarkoj. Sed tuj kiam la homo de Trékyllisvík povis komprenigi al la
holandanoj, ke tiu homo mortigis la pendumiston de la dana reĝo,
la tuta ŝipanaro elkriis jubile, brakumis Jón Hreggviðsson kaj lin
kisis kaj deklaris lin bonvena, ĉar la dana reĝo havis la kutimon
sendi militŝipojn al la lando por sinkigi iliajn ŝipojn kiam okazoj
permesis, aŭ kapti ilin pro suspekto pri neleĝa negocado, kaj tial la
fiŝistoj malamis tiun reĝon pli ol aliajn homojn.

Ili prenis la homon en la ŝipon, donis al li hokŝnuron kaj igis lin
hokfiŝi. La ŝipo jam estis sufiĉe plena de fiŝkargo. Jón Hreggviðsson
nenion komprenis el ilia lingvo, sed kiam ili donis al li skatolon
plenan de manĝaĵo, li klinis sin avide super ĝi kaj ĝin malplenigis
rapide. En la vespero ili portis al li sitelon plenan de marakvo kaj
metis antaŭ lin, sed li kredis ke ili volas lin moki kaj li koleriĝis
kaj piedfrapis la sitelon tiel ke ĝi renversiĝis. Tiam ili lin atakis,
ligis liajn manojn kaj piedojn kaj deprenis liajn vestojn, fortranĉis
liajn harojn kaj barbon kaj ŝmiris lian kapon per io simila al peĉo,
surverŝis poste senĉese la nudan homon per marakvo kun krioj kaj
bruo, sed du knaboj en lignaj ŝuoj dancis ĉirkaŭ li kaj unu blovis

— 83 —

fluton. Jón Hreggviðsson rakontis poste, ke li tiam estis konvinkita ke ĉio estis finita por si. Sed kiam ili tiel pritraktis lin dum kelka tempo, ili malligis lin kaj donis al li tukon por sekigo. Poste ili donis al li subveston, lanan pantalonon, brustveston kaj lignajn ŝuojn, sed ne ŝtrumpojn. Tiam ili enbuŝigis al li lignan pipon kun tabako kaj igis lin fumi. Li komencis kanti la Rimojn pri Pontus. La postan tagon Jón Hreggviðsson rimarkis, ke ili jam ekvelis sur profundan maron, ĉar la maro samnivelis kun la pintoj de la montoj. Li sakris tiun landon kaj petis la Diablon ĝin sinkigi.

Poste li daŭrigis kanti la Rimojn pri Pontus.

13

Roterdamo ĉe Maas-rivero estas granda komerca loko, elfosita kun kanaloj kiujn la Holandanoj nomas graĥtoj kaj estas ili multe uzataj kiel ankrejoj por boatoj, ĉar ĉi tie estas multe da entreprenemaj fiŝistoj, kiuj ankaŭ okupiĝas pri komercado, kiu estas libera, kaj veturas en siaj ŝipoj al ĉiuj partoj de la mondo laŭ sia plaĉo, iuj por aĉeti varojn, aliaj por fiŝadi, sed la landon regas unu eminenta duko. La haveno estis plena de ŝipoj pretaj por veturo sur la maron, iuj peĉitaj, aliaj farbitaj, kaj apenaŭ troviĝis tie boato kiu ne estus konsiderita en plej bona prizorgo, tiel ke evidentis ke en tiu loko loĝas homoj zorgemaj pri siaj aferoj.

La ŝipestro demandis Jón Hreggviðsson kion li intencas fari nun post la fino de la transporto. Li nomis Kopenhagon. Ili provis komprenigi al li per imitaj gestoj ke li estus senkapigita, se li venus al tiu loko. Li falis sur siajn genuojn kaj menciis la nomon de la dana reĝo kun ploro kaj tiel provis esprimi, ke li volas serĉi rimedon por renkonti sian Plej Mildan Moŝton kaj pledi por indulgo. Tion ili ne komprenis. Ili estis kontentige ŝatintaj lian ĉeeston en la ŝipo kaj volis havi lin kun si por alia fiŝkaptada vojaĝo al Islando, esperis ke li baldaŭ kutimiĝos al ilia lingvo, tiel ke li povus esti interpretisto en ilia negocado kun la Islandanoj. Sed li persistis ĉe sia obstino.

Ili demandis: "Ĉu vi mortigis la pendumiston de la dana reĝo?"

Li diris, ke ne.

Tiam ili sentis ke li trompis ilin, tiel veni al ili kiel malamiko de ilia malamiko, la reĝo de Danujo, kaj pretendi ke li volas renkonti tiun fireĝon. Iuj sugestis ke ili transtiru la homon sub la kilo de la ŝipo, aŭ trapasigu lin inter du vicoj de vipbatantoj, sed fine kontentiĝis je tio minaci lin per mortigo, se li ne forirus senprokraste. Li tuj ekkuris trovinte sin sur seka tero. Li estis ĝoja ke ili ne forprenis de li la pantalonon, la lignajn ŝuojn kaj la brustveston.

La stratoj en la urbo estis strange kurbaj, ne malsimilaj al tru-kanaloj en larvomaĉita ligno, la domoj de la homoj staris dense, kun gabloj altaj kiel rokaj zonoj sur krutaj montdeklivoj, kaj kun firstoj kiel montaj pintoj; la stratoj similis al larvejoj, plenaj de homoj, ĉevaloj kaj vagonoj, kaj ŝajnis al li komence, ke ĉiuj estis kurantaj kvazaŭ la urbo estus en fajro. La ĉevaloj aparte kaptis lian atenton, sed ili estis post balenoj la plej grandaj bestoj kiujn li iam vidis.

En Holando ĉiuj homoj estis, se ne grandaj aristokratoj, do alme-naŭ arogantuloj; oni povus iri longan vojon ne vidante homon sub la rango de prefekto laŭ iliaj vestaĵoj; en ĉiuj direktoj estis perukoj kaj plumhavaj ĉapeloj, hispanaj kolumoj kaj danaj ŝuoj, kaj manteloj tiom vastaj, ke el unu tia estus fareblaj vestaĵoj por preskaŭ ĉiuj malriĉaj infanoj en la komunumo de Akranes. Iuj estis tiom alt-rangaj, ke ili veturis en orname ĉizitaj kaj brilpoluritaj kaleŝoj, elegantaj artverkoj, kun fenestroj kaj damaskaj kurtenoj. Sur la stra-toj promenis ankaŭ eminentaj virinoj de korpulenta figuro kaj svel-taj fraŭlinoj kun ĉiaspecaj ornamaĵaj signoj: krispoj pendantaj trans iliajn ŝultrojn kaj ĉapelaj randoj same, en vastegaj plisitaj jupoj kaj altkalkanaj ŝuoj kun oraj agrafoj super la instepo, kaj tenis la jupan randon supren por montreti siajn piedojn.

Jón Hreggviðsson havis unu arĝentan moneron en sia poŝo kiam li venis al Holando. Ĉar la tago jam estis proksima al sia fino kaj jam krepuskiĝis, li decidis serĉi por si lokon por tranokti. Lumo de lanternoj multloke pendantaj super pordoj ĵetis brileton en la duonkrepuskon de la stratoj. En malvasta pasejo inter antikvaj domoj kiuj ŝajnis kliniĝi en lian direkton, li vidis virinon starantan ĉe pordo, ŝi havis helan haŭton kaj lin alparolis molvoĉe kaj demandis lin pri novaĵoj. Ili komencis babili kaj ŝi favore invitis lin eniri. La vojo al ŝia loĝejo kondukis tra la domo laŭ mallarĝa koridoro tegita per plataj ŝtonoj, kaj poste tra korto kie silentaj katoj sidis ĉiu sur sia antaŭporda sojlo kun la haroj hirtigitaj kaj pretendis ne rimarki unu la alian. Kiam ili eniris ŝian ĉambron, ŝi proponis al sia gasto sidiĝi apud sin sur sia lito kaj parolis multon kaj trovis lian poŝon kaj ĝin pripalpis ĝis ŝi trovis la moneron. Ne malkreskis ŝia afableco je tio. Ŝi palpis en lian pantalonon fojon post fojo kaj admiris kiom bela estas la monero. Li trovis la sintenon de la virino en ĉiuj aspektoj komparebla al tiu de tiuj virinoj en Islando kiuj elstaras en plej multaj aferoj, sed tamen plej senafekta, konvene korpulenta kaj facilparola kaj iom odora de mosko sur la brusto; li inklinis kredi ke ŝi devus esti filino de pastro aŭ de preposto ĉi tie en Roterdamo. Pro tio ke ŝi estis tiom proksimiĝema al li sur la sidloko li ekpensis ke ŝi eble estas iom surda, li plifortigis sian voĉon kaj provis komprenigi al ŝi ke li bezonas manĝon, sed ŝi metis fingron sur liajn lipojn kiel signon ke estis senbezone paroli tiel laŭte. Tiam ŝi eniris sian manĝaĵtenejon kaj alportis malvarman rostitan bovidviandon, panon kaj fromaĝon kaj iun strangajn dolĉacidajn fruktojn, kune kun vino en kruĉo, ŝajnis al li ke li neniam antaŭe ĝuis tiel bonan manĝaĵon. La virino manĝis kun li. Post tio li kuŝis kun la virino. Li malmulte povis dormi sur la maro kaj la fiŝistoj ne ŝparis al li laboron; nun li sentis pezon en la kapo pro tiu tuta luksaĵo en manĝo kaj trinko kaj endormiĝis sur la benko apud la virino kaj ne eblis lin veki. En la nokto du brutuloj venis kaj batis lin dormantan tiel ke li elsaltis, poste ili elportis lin inter si kaj ĵetis lin kiel kadavron sur la straton; la arĝenta monero de Jón Hreggviðsson estis malaperinta.

Li ne sciis kion li povus fari en tiu situacio, sed kiam heliĝis la tago li trovis vojon kondukantan el la loko en la nordan direkton, tien kie li opinias ke troviĝas la regno de la reĝo de Danujo. La eksterurba tereno similis al kaĉopoto, nenie tufbulo, des malpli iu altaĵo, nur preĝejaj turoj kaj ventmueliloj flosantaj ie kaj tie; sed la kamparo estis herboriĉa kaj evidente favora por bienado. Disloke vidiĝis grupoj da paŝtantaj bovinoj, solidaj bestoj, aliflanke la farmistoj ŝajne ne multe inklinis al ŝafoj. Biendomoj estis multloke bone konstruitaj, kun altaj muroj kiel la domoj de Bessastaðir; tamen ne mankis farmbienetoj, aŭ situantaj en grupoj aŭ disaj, kun argilaj muroj kaj pajlaj tegmentoj kaj kokinoj ekstere, sed tiuj birdoj krias simile al cignoj kaj estas neflugipovaj. Ankaŭ ŝanceliris tie antaŭ dompordoj aliaj birdoj grandegaj, similaj al cignoj, sed kun mallongaj koloj;

ili estis malicaj, hirtigis siajn plumojn kaj atakis homojn kaj akraj krioj. Li supozis ke ili estas tiuj birdoj kiuj en antikvaj poemoj estas nomitaj anseroj. La hundoj ĉi tie ŝajnis danĝeraj, sed estis plej multaj ligitaj, feliĉe. Fojnado kaj grenfalĉado estis en plena aktivado, kaj la farmisto estis multe impresita vidi la homojn transporti la ŝargojn hejmen en vagonoj tirataj de bovoj. Tamen li vidis iujn porti la fojnon sur siaj dorsoj. Marakvo branĉiĝis tra la tuta lando en profundaj lagoj kaj kanaloj, tiel ke la lando similis al pulmo. Sur la kanaloj iris platfundaj ŝargboatoj kaj iris bovo sur la kanalbordo, aŭ ĉevalo, kaj tiris la boaton. Tiuj veturiloj portis diversajn varojn. Estis domo sur ili kun tegmento kaj fenestro kun kurteno kaj floro, kaj fumtubo sur la tegmento kaj iris fumo el la tubo, ĉar la virino okupis sin pri kuirado. La viro sidis ekstere en la boato kaj fumis sian tabakon dum li voke instigis la bovon antaŭen kaj gvidis la boaton, kaj la infanoj dume ludis, kaj iafoje vidiĝis sunbrunigitaj knabinoj kiel orknabinoj kun nudaj brakoj, kaj majestaj virinoj senplumigantaj birdon. Jón Hreggviðsson pensis ke tio devas esti plezuriga vivmaniero.

La vojoj estis malsimilaj al tiuj en Islando, faritaj de homaj manoj sed ne de ĉevalaj hufoj, ĉar veturataj per vagonoj. Lin preteriris radveturiloj de diversaj specoj kaj eminentuloj en flirtantaj manteloj sur bonaj ĉevaloj, kaj grupoj de kavaliroj kun pafiloj kaj glavoj. Krucvojoj estis oftaj. Jón Hreggviðsson elektis senkonscie tiun vojon, kiu direktiĝis plej norden, sed la tago pasis laŭ alia maniero ol en Islando, kaj fine li ne pli longe sciis kiom multe pasis la tago kaj perdis tiel la senton pri direktoj.

Ili forgesis ĵeti post lin la lignajn ŝuojn ĉe la pastrofilino, kio cetere ne gravis, – li kuris ja nudpieda tra la malmola Islando, kial do ne tra la mola Nederlando? Aliflanke la vojaĝanto suferis pro soifo en la kvieta, seka tago, sed la akvo en la malpuraj kanaloj estis sala. Viro kiu trinkigis bestojn en korto donis al li akvon kaj iom poste virino ĉe akvoputo, ili rigardis lin kun timo. Fine li jam trapasis tiom da krucvojoj, kaj li ne plu havis ajnan ideon pri la direkto al la regno de la dana reĝo. Li sidiĝis kun la piedoj etenditaj, viŝis sian vizaĝon kaj rigardis siajn piedojn demande. Knabo lin preteriris sur la vojo kaj kriis al li, alia klaksvingis vipon super lia kapo. Du mezaĝaj farmistoj veturigis al la urbo vagonon plenan de brasiko, radikoj kaj legomoj. Jón Hreggviðsson ekstaris kaj iris renkonte al ili kaj demandis:

"Kie estas Danlando?"

La homoj haltis kaj rigardis lin kun miro, sed evidente ne konis la landon kiun li nomis.

"Danlando," li diris kaj montris al la vojoj. "Danlando. Kopenhago."

La homoj rigardis unu la alian kaj skuis la kapon, neniam aŭdinte la nomon de la lando, nek la urbon.

"Reĝo Kristján," diris Jón Hreggviðsson. "Reĝo Kristján."

La homoj rigardis unu la alian.

Jón Hreggviðsson tiam ekpensis ke li eble mismemoris la nomon de sia Plej Milda Moŝto, sin korektis kaj diris: "

"Reĝo Friðrik. Reĝo Friðrik."

Sed la homoj neniam aŭdis pri reĝo Kristján, nek pri reĝo Friðrik.

Li turnis sin al pliaj vojirantoj, sed plej multaj ignoris liajn demandojn, sed plirapidigis sian iradon kiam ili vidis proksimiĝi tiun nigraharan sovaĝulon. Kaj tiuj malmultaj kiuj haltis estis tute nesciaj pri la reĝo de Jón Hreggviðsson. Fine alveturis en kaleŝo impresaspekta sinjoro, en vasta sutano, kun krispo, peruko kaj alta ĉapelo, kaj bluaj vangoj pendantaj sur la ŝultrojn kaj preĝlibro malfermita kuŝanta sur sia ventro. Se tiu homo ne estas la episkopo mem de Holando, li almenaŭ devas esti preposto de la paroĥo de Roterdamo. Jón Hreggviðsson iris renkonte al li kaj komencis plori amare.

La vojiranto ordonis al sia veturigisto haltigi la kaleŝon kaj parolis al Jón Hreggviðsson kelkvorte en admona tono, sed tamen ne senpardonece, kaj la vojeraranto havis la impreson, ke tiu demandas kiu li estas kaj kial li vagiras sur la vojoj de Holando.

"Islando," diris Jón Hreggviðsson kaj forviŝis de si la larmojn kaj montris al si mem: "Islando".

La homo gratis sin delikate post la orelo kaj evidente havis malfacilon trovi sencon en tio, sed Jón Hreggviðsson daŭrigis:

"Islando. Gunnar de Hlíðarendi," li diris.

Subite la vizaĝo de la episkopo eklumis en kompreno sed montris samtempe signon de paniko, kaj li demandis kun konsterno:

"Hekkenfeld?"

Sed Jón Hreggviðsson ne sciis kio estas Hekkefeld kaj komencis provi sian ŝancon per la nomo de la dana reĝo, la nomo Kristján.

"Christianus," ripetis tiam la respektinda sinjoro kaj li tute iluminiĝis, ĉar li tiel komprenis ke kvankam tiu sovaĝulo ja originis en

Hekkenfeld li tamen estas homo kristana. "Jesus Christus," li aldonis milde kaj kapsignis al la almozulo.

Jón Hreggviðsson siaparte estis tiel kontenta pro tio, ke tie ili trafis nomon kiun ambaŭ konis, ke li rezignis pri pliaj demandoj kaj kontentiĝis pri la ripeto de la nomo de sia farmproprietanto Jesuo Kristo. Poste li sin krucsignis en la nomo de la Sankta Triunuo por montri ke li estas vera farmisto de Kristo, sed la sinjoro malligis monujon de sia zono kaj elprenis el ĝi malgrandan arĝentan moneron kaj donis al Jón Hreggviðsson, poste veturis plu.

Je sunsubiĝo li vagumis en grandan korton kiu impresis lin tiel, ke tie loĝas gastamaj homoj ĉar svarmis en la korto vagonoj, ĉevaloj kaj veturigistaj knaboj. Dikaj, elegante vestitaj vojaĝantoj eliris el la domo kaj karesis siajn ventregojn post la manĝo. Iuj fumis tabakon per longaj pipoj. Unu knabo rimarkis Jón Hreggviðsson kaj komencis gapi al li Alvenis pliaj knaboj kaj faris same. Jón Hreggviðsson diris ke li estas Islandano, sed neniu lin komprenis. Iom post iom kolektiĝis ĉirkaŭ li amaso da homoj kaj li estis alparolataj en diversaj lingvoj. Fine li decidis provi la vortojn kiuj taŭgis tiel bone kun la sinjoro sur la vojo:

"Hekkenfeld. Jesus Kristus."

Iuj tiam kredis ke li estas herezulo kaj blasfemanto el Valland* kaj unu diris maria josef kaj skuis pugnon kontraŭ lin.

Jón Hreggviðsson daŭrigis ripeti jesus kristus hekkenfeld kaj krucsigni sin mem.

Ĉiam aldoniĝis pliaj al la amaso: larĝlumbaj domservistinoj en mallongaj jupoj kun pintoĉapoj, ĉefkuiristoj kun ledaj antaŭtukoj, dikaj sinjoroj kun grandaj skrotsakoj, kun krispo kaj pufigitaj manikoj, kaj plumĉapelo sur la peruko – ili trapuŝis sin al la centra ringo por vidi kio okazas, sed trovis nenion krom eksterlanda almozulo diranta blasfemojn. Tiu kunveno venis al sia fino kiam iu kavaliro altstatura kun plumĉapelo, en altaj ledbotoj kaj kun glavo ĉe la zono, invadis tra la cirklo, levis alte sian vipon kaj komencis draŝi Jón Hreggviðsson, ĉiu frapo pli peza ol la antaŭa. Unue li frapis la homon rekte trans la vizaĝon, poste kolon kaj ŝultrojn, ĝis li lasis sin sinki sur la genuojn kaj falis antaŭen sur la grundon, kun la manoj kovrantaj la vizaĝon. Poste ordonis tiu potenca kavaliro la homojn foriri, ĉiun al siaj taskoj, kaj nur proporcie malmultaj piedfrapis la falinton kiam ili iris for. Kiam la homamaso komencis disiĝi, Jón Hreggviðsson regajnis sian konscion, palpis sian vizaĝon por esplori ĉu estis ie sango en konsiderinda kvanto, sed tiel ne estis, sed li estis iom kontuzita. Poste li denove ekiris sur la vojo.

En la vespero viro kaj virino, kiuj posedis malgrandan agron, donis al li manĝon. Li donis al la infano la arĝentan moneron, ĉar la farmisto rifuzis akcepti ĝin kiel pagon. Post la manĝo li kuŝigis sin ĉe la heĝo, kaj volis dormi, ĉar la vetero estis varma kaj ŝajnis, ke tiel daŭros. Sed la Holandano montris al li la subtegmenton de la bovinejo, kaj la vojaĝanto sekvis lian proponon kaj dormis en la pajlo dum la nokto. Li vekiĝis frue en la mateno pro kriado de stranga birdo kiu senĉese flugis antaŭ la aperturo kun la piedoj pendantaj en la flugo, kaj posedis ĝi neston supre ĉe la ĉevrono. La Holandano jam venis malsupren kaj Jón Hreggviðsson iris kun li al la agro kaj portis kun li grenon dum la tago kaj ne ŝparis siajn fortojn kaj la Holandano komprenigis al li, ke li opinias lin homo de laŭdinda forteco. Jón Hreggviðsson bedaŭris ke li ne povis rakonti al li pri Gunnar de Hlíðarendi. Dum du tagoj li portis grenon kaj en la tria tago lernis uzi draŝilon sur la draŝplanko. Al li estis donita manĝo plenkvante, sed kiam li povis komprenigi, ke al li mankas mono, evidentiĝis ke la Holandano estis tro malriĉa por povi teni salajratan taglaboriston. Tiam Jón Hreggviðsson sin preparis por adiaŭi. La tuta familio ploris pro la foriro de tiu dupieda senlingvulo. Jón Hreggviðsson pro ĝentileco ankaŭ iom ploris, poste adiaŭe kisis la homojn. La viro donis al li lignajn ŝuojn, la virino donis al li ŝtrumpojn kaj la infano donis al li bluan perlon.

Jón Hreggviðsson denove ekiris en la saman direkton kiel antaŭe. Sed la favoroj de tiuj respektindaj homoj ne konsiderinde plirapidigis lian vojaĝon, tiel ke post du tagoj li devis denove dungigi sin al laboro, ĉi-foje ĉe potenca grafo kiu posedis kelkajn kamparajn komunumojn en tiu ĉi parto de la lando kaj havis en sia servado milojn da farmistoj, sklavoj kaj duonsklavoj, servistoj, voktoj kaj subgrafoj, sed estis mem nevidebla, – ĉiuj diris ke li loĝas en Hispanujo. Ĉi tie Jón Hreggviðsson laboris dum la resto de la somero je diversaj taskoj kiuj postulis muskolajn fortojn kaj persistemon, kaj lernis sufiĉe la holandan lingvon por povi diri al la homoj la cirkonstancojn de sia vojaĝo en tiu angulo de la mondo. Ĉiuj en Holando sciis pri Hekkenfeld en Islando sub kiu brulas la fajro de la Infero kaj deziris aŭdi novaĵojn pri tiu monto. Ili nomis la homon van Hekkelfeld.

La nevidebla grafo en Hispanujo komprenebel trompis lin pri la salajro kaj subgrafoj diris ke li devus laŭdi Dion ke li ne estis pendumita, sed iuj malriĉaj piaj homoj en Holando kolektis kelkajn kuprajn monerojn kaj malgrandajn arĝentajn monerojn por van Hekkenfeld, por ke li plue povus vojiri por renkonti sian reĝon. Poste li ekiris denove. Li konservis la monerojn en sia ŝtrumpo sed la alian ŝtrumpon li ligis inversa ĉirkaŭ sian kolon kiel ŝafisto por ke li ne perdu sian vojon. La kunligis la lignajn ŝuojn kaj portis sur la dorso, sed la perlon li jam perdis.

14

Jam ekpasis la vintro kiam Jón Hreggviðsson atingis al la lando de la Germanoj. Fojon post fojo li devis labori kiel servutulo ĉe Holandanoj por sin vivteni, sed gajnis malmulte, ĉar kvankam Holandanoj estas riĉaj, ili tenas avide sian monon kiel estas kutime ĉe bonhavaj bienuloj, kaj estas nevolemaj pagi salajron. Aliflanke, bonŝancaj homoj povis je okazoj akiri ion havindan sen multa klopodo, ĉar en Holando la homoj pro sia prospero ne tiel timas ŝtelistojn kiel en Islando. Tiel sukcesis al Jón Hreggviðsson ŝteli fortikajn botojn de iu duko, kiu posedis tri kamparajn komunumojn. Ĉe tiu homo, kiu estis nevidebla kiel ĉiuj gravaj homoj en Holando, li servis kiel kurknabo dum kelka tempo, sed forkuris de tie pro malsato, ĉar riĉaj homoj, tiel same en Holando kiel en Islando, estas avaraj pri manĝaĵoj. Li trovis la botojn inter rubaĵoj kaj kaŝis ilin en dornarbusto dum duona monato antaŭ ol li forkuris. Li kuraĝis surmeti la botojn nur post tritaga piedirado for de la loko, sed portis ilin en sako sur la dorso. Sed post kiam la vetero komencis malboniĝi kaj la irado fariĝis malfacila, la botoj bone servis, ĉar kvankam Holando havas molan naturon, ĝia koto estas malvarma, precipe en la aŭtuno.

Estis malvarma pluveto kaj la tago ĉe la fino. La vojaĝanto estis tramalseka, la botoj de la duko akvosaturitaj kaj pezaj pro koto. En la malvarma nebulo kaj mallumo atendis antaŭ li Germanujo, sed tie loĝas la plej grandaj batalistoj de la mondo. Jón Hreggviðsson havis eĉ ne bastonon en la mano. Li deziris manĝon. La landlima loko konsistis el strato, preĝejo kaj gastejo kie manĝo kaj provizoj estis vendataj al longvojaj vojaĝantoj. Grandaj fermitaj kaleŝoj estis ekirantaj de la gastejo je noktiĝo survoje al la imperio, tirataj de duobla kvarjungitaro de snufegantaj ĉevaloj, plenaj de dikaj vojaĝantoj, bone vestitaj, kiuj havis elegantajn edzinojn kaj pezajn monujojn. La virinoj aranĝis sin komfortige sur la sidlokoj per kusenoj kaj kovriloj kaj la viroj pendigis siajn zonojn kaj glavojn kaj la plumĉapelojn sur hokoj super la sidlokoj, ĉiuj aristokrataj homoj, kaj ekveturis. Jón Hreggviðsson pensis pri aĉeto de teakvo, kiu estas eminenta trinkaĵo el Azio, ĉar li konservis ankoraŭ kelkajn monerojn, sed al li ne estis permesite eniri la gastejon.

Li staris antaŭ la preĝejo, blasfemante, kiam odoro de varma pano atingis lian nazon. Li komencis espiori kaj lasis la gvidadon al sia nazo, trovis bakejon kie viro kaj virino prenas panbulojn el forno. Li aĉetis unu panon kaj iris al la pordo de malriĉe aspekta domo kaj almozpetis varman bieron por akompani la panon kaj manĝis kaj trinkis sur la sojlo, ĉar la homoj vidis ke li estas ŝtelisto kaj murdisto kaj ne volis permesi al li eniri. La hundo bojis senĉese kontraŭ li el la kuirejo kaj vekis la kokinojn, kaj la koko, la edzo de la kokinoj, kriis.

Li metis la restaĵon de la pano sub sian ĉemizon kaj diris bonan nokton kaj eliris en la pluvon refreŝigita, sekvante la vojon de la poŝtkaleŝoj. Ili veturis tra pordegon sur la vojo, kie du holandaj soldatoj staris kun pistoloj kaj muskedoj kaj lasis homojn trairi senbarite. Transflanke de la pordego sekvis malgranda arbaro, poste kastelo sur senarbejo kaj fosaĵo ĉirkaŭe, kaj ponteto trans la fosaĵo, sed vojo tra la mezo de la kastelo. En nigraj pintformaj lanternoj pendantaj ambaŭflanke sur la granda ŝtonportalo de la kastelo brilis lumetoj, kiuj tra la pluveto aperis eldistance kiel orkoloraj lanbuloj blue nuancitaj. La vojo tra la portalo estis ŝtonpavimita kaj klaktintis la ferfortigitaj kaleŝoj kiam ili transruliĝis kun fajreraj flugoj sur la ŝtonoj. La kastela tegmento estis plata kaj brustomuro sur la randoj, kun truoj por katapultoj kaj kanonoj. Tio estis la pordego al Germanujo.

Kelkaj homoj plenarmitaj staris antaŭ la portalo, sed aliaj en koloraj vestoj malantaŭ ili kun registrolibroj, skribrulaĵoj kaj plumskribiloj kaj skribis la nomojn kaj okupojn de homoj. La poŝtkaleŝoj jam trairis. La soldatoj de Germanujo estis de grandegaj staturoj kaj portis enormajn kaskojn kun pintoj formitaj kiel lancoklingoj, iliaj torditaj lipharoj similaj al kornoj de virŝafoj. Jón Hreggviðsson staris antaŭ tiuj homoj kaj vidis tra la portalo kaj volis daŭrigi sian iradon, sed tiam ili metis samtempe du lancojn kontraŭ lian bruston kaj lin alparolis en la germana lingvo. Estis al li malfacile doni respondon. Ili kaptis lin kaj priserĉis, sed nenion trovis krom kelkaj holandaj moneroj, kiujn ili dividis inter si. Post tio ili blovis trumpeton. Tiam aldoniĝis unu al la grupo, dika grandulo blua. Ili volis transdoni Jón Hreggviðsson al tiu, sed li respondis malhumore kaj komenciĝis severa disputo, kie la vorto "hen-gen" estis la sola, kiun Jón Hreggviðsson komprenis, kiu signifas "pendigu lin". Tiel finiĝis, ke la ĵusveninto estis devigita akcepti Jón Hreggviðsson por gardado. Li metis glavopinton al la dorso de la farmisto kaj pelis lin antaŭ si en la kastelon kaj supren laŭ longa ŝtuparo, malklare prilumita, kaj poste laŭ plankoj kaj trairejoj kondukaj al iu malproksima alo de la kastelo, ĝis ili venis al granda ĉambro kun malfermitaj fenestroj en la muroj kie enblovis kaj vento kaj pluvo; la dikulo puŝis Jón Hreggviðsson tra la pordon. Estis tie mallume escepte de la lumeto en lanterno de la dikulo. Sed kiam li volis fermi la pordon, Jón Hreggviðsson puŝis sian piedon inter klapo kaj fosto kaj postulis klarigon en hollanda lingvo. Kiel oftas ĉe landlimaj homoj ankaŭ tiu sciis ambaŭ lingvojn, se li tiel volis, kaj li respondis ke tra tiu pordo Jón Hreggviðsson ne iros por dua fojo. Bedaŭrinde, li diris, ne estis atingebla tiu homo, kiu havas la taskon pendigi homojn; li jam pendigis tiom multajn dum la tago, ke li estas jam mallaborema kaj iris hejmen kun sia asistanto por dormi. Tion dirinte la brutulo metis la glavpinton sur la ventron de Jón Hreggviðsson por forŝovi lin el la pordo, kaj diris bonan nokton.

"Hej," vokis Jón Hreggviðsson por plilongigi la interparolon. "Vi devus fari al vi la favoron, kamarado, mem pendigi min. Mi eble povus kunhelpi."

La alia estis tamen nur gardisto, voktmajstro en la germana, sen la rango kaj privilegio de pendumisto, kaj li diris ke neniu homa forto, kaj ne nia Sinjoro Dio, povos devigi lin transpreni la devojn de alia homo, nek neglekti la devojn de voktmajstro asignitajn al li de la imperiestro. "Cetere, kion vi havas tie sub la ĉemizo?"

"Tio ne koncernas vin. Estas mia pano."

"Kion je la diablo vi volas fari pri pano?" diris la voktmajstro. "Vi estos pendigita en la mateno. Mi konfiskas tiun panon en la nomo de la imperiestro."

Li metis la glavpinton sur la bruston de Jón Hreggviðsson dum li etendis la brakon por preni la panon. Poste li eningigis la glavon kaj komencis ŝiri pecojn el la pano kaj maĉi. .

"Damne bona pano," li diris. "Kie vi akiris tiun panon?"

Jón Hreggviðsson diris: "En Holando."

"Jes, vi Holandanoj estas malkuraĝuloj," diris la voktmajstro. "Vi pensas pri pano. Ni Germanoj ne pensas pri pano. Kanono estas pli valora ol pano. Aŭskultu jen, ĉu okaze vi havas ankaŭ fromaĝon sub la ĉemizo?"

Li pripalpis denove Jón Hreggviðsson, sed trovis neniun fromaĝon.

"Iam venos la tempo", li daŭrigis maĉante, "iam venos la tempo, ke ni Germanoj montros al tiaj panmanĝantoj kiel vi Holandanoj kiom tio kostas pensi pri pano. Ni dispremos vin. Ni ruinigos vin. Ni ekstermos vin. Vi okaze ne havas iun monon?"

Jón Hreggviðsson diris kiel estis, ke la homoj en koloraj vestaĵoj rabis al li tiujn malmultajn monerojn.

"Jes, tion mi kredas," diris la voktmajstro. "Tiuj bastardaj doganistoj atendeble ne postlasas multon por malriĉa multinfana homo."

Tiam aŭdiĝis vokoj el ie ekstere:

"Fritz von Blitz, ĉu ni ne daŭrigu la monludon?"

La voktmajstro vokis responde: "Mi venos."

"Nun vi restu ĉi tie kvieta ĝis la pendumisto venos," li diris al Jón Hreggviðsson. "Kaj tion vi povas fidi, ke se vi provos salti el la fenestro, tio estos via morto. Kaj nun mi ne havas tempon por ĉi tio, mia monluda kamarado jam enuas atendi min."

Tion dirinte la brutulo sin subite turnis tra la pordokadro kaj ŝlosis post si la pezan kverkpordon. Jón Hreggviðsson sakris kaj laŭte kaj mallaŭte kelkan tempon. Post tio li komencis ĉirkaŭpalpi en tiu trablovata kaj penetre malvarma enfermejo. Li konstante frapiĝis kontraŭ io, kio tuŝiĝe sentis kiel lignaj ŝtipoj pendantaj el la plafono, similaj al korpoj de buĉitaj bestoj pendantaj el tegmento de kuirejo, kaj komencis svingiĝi kiam li puŝiĝis kontraŭ ilin. Bonŝance la luno ŝtelrigardis dum momento tra la pluvnebulo kaj ĵetis palan lumon sur la vizaĝojn de kelkaj homoj, kiuj estis pendigitaj ĉi tie. Ili pendis sur la traboj kapoklinaj, buŝmalstreĉaj, kun ŝvelaj vizaĝoj kaj blanko en la okuloj, manoj ligitaj malantaŭ la dorso, piedfingroj rektdirektaj suben, en tia absurda senhelpeco, kiu vekas deziron puŝi por svingi ilin, pli ol instigon grimpi por tranĉi la ŝnurojn kaj lasi ilin fali. Jón Hreggviðsson iris de unu al alia kaj palpis iliajn piedojn por trovi, ĉu iu havas uzeblajn ŝuojn, – fakte pli pro malnova farmista kutimo ol pro tio, ke li atendis ke li ankoraŭ uzos multan ŝuveston kiel nun statas lia afero, sed la ŝuoj de tiuj homoj ne estis aparte enviindaj.

La farmisto nenion povis ekpensi, kio povus esti por amuzo al ununokta gasto en tia teda domo; eĉ la Rimoj pri Pontus ŝajnus ridindaj en tia loko. Tamen li ekmemoris, ke li iam aŭdis, ke estas profite al homo sidi sur pendigilo de kiu pendas morta homo; kaj ke tio estis kutimo de la malica reĝo Odino kaj de aliaj famaj granduloj kaj elstaruloj en la antikva tempo, kaj ke tiel ili akiris ĉiaspecajn revelaciojn. Nun Jón Hreggviðsson decidis sekvi iliajn ekzemplojn. Li elektis tiun fantomon kiu pendis plej for, por ke li povu ripoze klini sin al la muro dum li havos la revelacion. Sed la farmisto estis de longe laca, li apenaŭ estis sidiĝinta sur la ŝtonplankon kiam lin okupis letargio kaj mistika mensostato. Tiel li duondormas kelkan tempon sub la pendigito, kun la mentono sur la brusto kaj la ŝultroj kontraŭ la muro. La luno denove malaperis en la pluvnebulon kaj estis peĉe nigra en la halo. Kaj kiam Jón Hreggviðsson tiel dormis dum mallonga tempo, li estis vekita pro krakado en la trabo super li, kaj en la sama momento estas libera la pendigito el la pendingo kaj saltas malsupren. Sen ia prokrasto li ĵetis sin sur Jón Hreggviðsson. Li tretadis laŭeble sur la farmisto kelkan tempon kun tia forto kia karakterizas mortajn homojn. Ju pli longe li tretadis des pli kreskis lia forto. Dume li kantis la sekvantan versaĵon:

Amuzas sin fantome
pendigito unufoja,
neniam vidis lumon
pendigito dufoja.
Tretu ni pendigitoj
koron de pendigoto,
koron en brusto
de nependigito.
Ni tretu la koron
de filo de Hreggvið.

"Vi jam tretis sufiĉe," kriis Jón Hreggviðsson, kiu proksimiĝis al sufoko pro tiu kruda traktado. Li sukcesis nun liberigi sin el sub la fantomo kaj kapti lin luktoprene kaj fariĝis nun inter ili furioza baraktado, tiel la planko rompiĝis sub ili, sed la aliaj pendigitoj malsupreniris el la pendingoj kaj komencis malgracian dancon ĉirkaŭ ili, kun mallerte vortumitaj versaĵoj kaj dubindaj asertoj. Tiel daŭris longe, kaj Jón Hreggviðsson neniam antaŭe trovis sin en tia kaosa situacio, kaj fine venis al tio, ke la diablo tiom premis la farmiston, ke li konsciis ke li ne multe pli longe povos rezisti tian kontraŭluktanton, kaj ke temis pri batalo de vivo kontraŭ morto, kiel estis aludite en la versaĵo de la pendigito: pendigita homo ne povas esti mortigita dufoje, kiom oni klopodas tion fari. Jón Hreggviðsson tial pensis nur pri tio, kiel liberigi sin el la prenoj de la diablo kaj kiel li provus eskapi. Kaj pro tio ke mortintaj homoj ne estas samgrade facilmovaj kiel estas premfortaj iliaj pinĉoj, sukcesis fine al la farmisto sin liberigi, li kuris al la fenestro, grimpis sur la fenestrobreton kaj elsaltis sen penso pri tio, kio lin atendus. La akvo en la kanalo atingis al la muro de la kastelo kaj sinkis la homo longe sen senti la fundon, sed tiam li reĵetiĝis supren kaj komencis barakti. Estis simile kiel enfali en torfoputon escepte de tio, ke ĉi tie kuŝis kadavroj de homoj anstataŭ de hundoj. Jón Hreggviðsson vadbaraktis trans la kanalon kaj rampis sur la bordon kaj elkraĉis. Tremklakis al li la dentoj. Li provis orienti sin mem pri direktoj kaj sukcesis trovi ilin kaj decidis redirekti sin al Holando prefere al la risko de novaj aventuroj kun la Germanoj.

15

Li atingis la urbon Amsterdamon ĉe la granda laguno kiu etendas
sin en Holandon kaj ili nomas Suda Maro. Tiu estas granda negoca
centro de kie homoj velveturas al Azio. Ĉar li jam iom komprenis la
lingvon li sukcesis havigi al si laboron kiel portisto ĉe unu komerca
entrepreno kiu havis vartenejon ĉe unu kanalo. Al li estis permesite
dormi en la noktoj ĉe la homo, kiu zorgis pri la gardohundo. Ofte
aŭdiĝis multa hojlado en la nokto, iafoje ĝis la tagiĝo.

Jón Hreggviðsson diris: ""Via hundo hojlas pli laŭte ol aliaj
hundoj en la vartenejaj kortoj."

La homo diris: "Tio estas ĉar ĝi estas la plej saĝa."

Jón Hreggviðsson diris: "Hundo ne meritas laŭdon pro saĝeco.
Nur hundinoj hojlas. En antikvaj libroj estas skribite ke en antaŭaj
tempoj tiu homo estas laŭleĝe elektita kiel reĝo, kiu posedas la plej
kruelan hundon; ne tiun kiu plej laŭte hojlas."

"Kiom valoras la hundo de reĝo de Danujo?" diris la homo.

"Via duko posedas hundinon," diris Jón Hreggviðsson.

"Mia hundino defias vian hundon," diris la homo.

"Povas esti ke mia hundo estas mizera," diris Jón Hreggviðsson,
"sed la Germanoj, kiuj estas militaj herooj kaj veraj homoj, ne longe
meditus kion ili farus pri la via."

Jón Hreggviðsson nun kutime menciis la Germanojn, kiuj man-
ĝis la panon de homoj kaj poste ilin pendigis, kondiĉe ke la pendum-
isto estas atingebla; li havis timecan respekton al tiu fantazia raso
kaj fieris pro sia konatiĝo kun ĝi. La hundo daŭrigis sian hojladon.
Kiam mallonge restis de la nokto Jón Hreggviðsson eliris, trovis
ŝnuron, pendigis la hundon kaj ĵetis ĝin en la kanalon.

Li longe vagiris laŭlonge de la kanaloj kaj trans la pontojn. La
Holandanoj ankoraŭ ne vekiĝis krom fiŝistoj kaj pramistoj. Fumo
leviĝis el unu boato, ĉar la homoj estis varmigantaj por si teakvon.
Li vokis al ili kaj petis ilin doni al li teakvon. Ili demandis kiu li estas
kaj li diris ke li venas el Islando kie troviĝas la Infero. Ili invitis lin
eniri la boaton kaj lin regalis kaj parolis kun li pri la monto Hekla.
Li diris ke li naskiĝis kaj elkreskis sub tiu monto kaj pro tio lia
nomo estas van Hekkenfeld. Ili demandis ĉu eblas vidi suben al la
Infero ekde la pinto de Hekla malgraŭ tiuj malicaj birdoj kiuj ĉiam

ŝvebas super la kratero kun konstanta kriado. Li diris ke ne, tamen ke li unufoje sukcesis kapti unu tian birdon per hakostango, kiun li havis kun si sur la monton; estas tiuj birdoj similaj al korvoj sed havas ungegojn kaj bekojn el fero. Ili demandis ĉu tiuj birdoj estas manĝeblaj kaj li ridis pro tia stulta ideo; aliflanke, estas uzeblaj la ungegoj kiel fiŝhokoj kaj la bekoj kiel puŝhokoj. "Puŝhokoj," ili diris, "kial ne tenajloj, homo?" "Jes, kial ne tenajloj," li diris. Ili petis lin akcepti pli da teakvo. Unu demandis ĉu li ne intencas reiri al Islando en la vespero. Li diris ne al tio, sed ke li intencas iri al Danujo por renkonti sian Plej Mildan Moŝton. Ili anoncis sian deziron pri malprospero al la dana reĝo kaj esperis ke la duko de Hollando deklaros laŭeble baldaŭ militon kontraŭ li. "Gardu vin je tio," diris Jón Hreggviðsson. Ili diris ke ili batalos kun ĝojo por sia duko ĝis la fino, kaj neniam retretos. "Ŝipo el Danujo kuŝas ĉi tie iom for en la kanalo, kaj estus plej juste bori en ĝi truon." Jón Hreggviðsson dankis al ili kaj adiaŭe salutis.

Li trovis la danan ŝipon pli ekstere en la haveno kaj vokis saluton al la ŝipanoj. Ili diris ke ili venis el Lukkstad en Holtsetaland, kiun ili nomis Holstin, por akiri malton kaj lupolon. Ili komence akceptis lin ne malbone. Li petis parolon kun la ŝipestro, diris ke li estas Islandano serĉanta transveturon. Sed kiam ili aŭdis ke li estas Islandano, ili komencis insulti lin, ĉar tiu popolo estas ĉe Danoj la plej malestiminda el ĉiuj homoj. Jón Hreggviðsson falis sur la genuojn antaŭ la ŝipestro kaj kisis lian manon kun ploro. La ŝipestro diris, ke li ne bezonas pli da homoj, kaj plej malmulte Islandanon, sed ke li povos veni morgaŭ matene. Ili donis al li ion por manĝi, dirante ke Islandanoj ĉiam devas teni la vivon per almozoj donitaj de aliaj popoloj; se ne, ili mortus. Jón Hreggviðsson dankis al ili kun multa ĝentileco. Li vagadis ĉirkaŭe de la ŝipo dum la tuta tago, ĉar li kredis sin ekzilita el Holando post kiam li pendigis la hundon. En la nokto estis al li permesite kuŝi sub velo sur la ferdeko. Bonŝanco trafis la farmiston kiel ĉiam antaŭe, ĉar en la sama nokto du ŝipanoj iris en la urbon por sin amuzi kaj estis unu el ili mortigita, sed la dua kripligita, tiel ke la ŝipestro estis persvadita akcepti Jón Hreggviðsson por anstataŭi tiun, kiu estis mortigita, kaj estis al li permesite dormi sub la ferdeko la postan nokton. La postan tagon la ŝipo elvelis el la haveno.

Jón Hreggviðsson devis pagi pro sia nacieco tiom draste en la ŝipo, ke kiam ilin atakis ŝtormo antaŭ la bordoj de Friesland kaj la ŝipo estis pelata sur profundan maron, ili kulpigis lin pri la vetero, kaj estus liginta lin kaj ĵetinta trans la ŝiprandon en la espero, ke per tio kvietiĝus la maro, se la ŝipknabo, kiu probable lin sekvus en la vico, ne estus rampinta al la ŝipestro kaj petinta lin prizorgi ke al tiu malbenita diablo estus permesite vivi.

Kiam la vetero kvietiĝis, Jón Hreggviðsson komencis iom pligrandigi sin en iliaj okuloj. En tiu loko tamen estis senutile detale priskribi al la homoj tiun Inferon, kiu brulas sub la monto Hekla en Islando, ĉar eĉ Infero ne havas signifon se ĝi troviĝas en Islando. Aliflanke li priskribis al la ŝipanoj sian prapatron Gunnar de Hlíðarendi, kiu havis alton de dek du ulnoj kaj atingis la aĝon de tri cent jaroj kaj povis salti sian alton kaj malantauen kaj antaŭen en plena armaĵo. Jón Hreggviðsson demandis, kiam tia homo ekzistis ĉe la Danoj.

"En antikva tempo," ili diris, "ekzistis ankaŭ herooj en Danujo."

"Jes," diris Jón Hreggviðsson, "eble Haraldur Hilditönn. Sed ankaŭ li estis mia prapatro."

En Lukkstad ĉe la rivero Elbe en Holstin Jón Hreggviðsson fine atingis sian celon en tiu senco, ke li nun estis veninta en la regnon de sia Plej Milda Moŝto kaj Hereda Reĝo. Li malpeze surpaŝis en vespero sur la teron de tiu loko, kaj la farmisto volonte estus doninta moneron al la ŝipknabo pro la vivsavo, se la ŝipestro ne estus pelinta lin for de siaj okuloj kun minaco pri batado anstataŭ pago.

Ne multe impresis Lukkstad al homo spertinta Holandon. Pli malbona estis la fakto, ke li ne povis komprenigi sin en iu lingvo krom en la holanda, se li koleriĝis. Li tamen ĝis nun havis la opinion, ke li povus distingi la danan lingvon disde aliaj lingvoj, kiam estis al li absolute neeble trovi sencon en tiu dialekto. Estis frosta nebulo. Li posedis arĝentan moneron holandan je grando de fingropinto. Li serĉis por si noktejon kaj montris la moneron, sed estis ĉie forpelita per insultaj vortoj, ke la monero estas falsita. Iuj montris sin pretaj treni la farmiston antaŭ tribunalon pro la monero. Li estis malsata kaj estis glitaj la stratoj kaj la homoj jam fermis la fenestrojn per klapoj kaj komencis manĝi rostaĵon. Se iu proksimiĝis el kontraŭa direkto kun lanterno, la lumo aperis unue kiel grizeca lanbuleto, poste kiel blueca haloo, fine kiel ova ruĝaĵo. Kontinuis eliĝi el la domoj odoro de senfinaj rostaĵoj kaj el la gastejoj krome aromo de spicoj, tabakfumo kaj biero. Li pensis ke lia plej bona ŝanco estus serĉi ĉevalstalon aŭ subtegmenton de bovinejo malantaŭ iu gastejo.

Sed kiam li komencis serĉi tian tranoktejon, li subite trafiĝis kontraŭ homo kiu portis lanternon. Tiu aspektis homo impona, kun lipharoj, kaprobarbo kaj plumĉapelo, en altaj botoj kaj mantelo. Elvenis de li eminenta odoro de brando. La homo salutis kamaradece al Jón Hreggviðsson. Neniu el ili komprenis la lingvon de la alia, sed venis al tio, ke Jón Hreggviðsson ekhavis la senton, ke tiu urbano estus preta porti al li bonan novaĵon kaj eĉ proponus al li kruĉon da biero, kaj li pensis ke jam estas tempo por tio en tiu lando de sia reĝo, kiu dum konsiderinda tempo estis la lando de liaj revoj.

Ili kuniris en iun trinkejon sufiĉe grandan, kie sidis homoj ĉe pezaj kverkotabloj, plej multaj en uniformoj, kaj drinkis grandkvante. La loko estis tre viveca sed paco modera. La urbano montris al Jón Hreggviðsson, kie li sidu ĉe tablofino en angulo, kaj sidiĝis ĉe li, sed la trinkejestro, blunigra dikulo, portis al ili kruĉojn da biero nemendite. Estis la kruĉo de la urbano konsiderinde pli malgranda, kun reliefigitaj bildoj kaj arĝenta kovrilo, sed al la farmisto estis portita simpla ŝtonkruĉo enorma kaj tuj poste brando en pokalo el stano de duobla grandeco, dum tiu de la junkro estis delikata kaj el arĝento.

Kiam fariĝis evidente, ke Jón Hreggviðsson ne estis kapabla konversacii en kompreneblaj lingvoj, la trinkejestro kaj la urbano konsideris sian gaston dum kelka tempo kaj interparolis mallaŭte, kvazaŭ ili estus necertaj pri tio, ĉu jen estas trovita la ĝusta homo por tiu loko. Tamen ili plenigis la kruĉon kaj la pokalon denove, kaj estis al li egale, ĉu ili eraris pri homo, sed drinkis kaj estis gaja, ĉu li nomiĝas Jón Hreggviðsson el Rein aŭ iel alie. Sed kiel ajn, la kruĉo konstante pleniĝis denove kaj la pokalo. Kaj kiu ajn li eble estus, li komencis kanti la Rimojn pri Pontus super la homamaso:

Levu lancojn al batal´
kontraŭ vic´ kirasa.

Tiam la junkro eltiris iun paperon kun legaĵo el sia saketo kaj metis antaŭ la farmiston por lia subskribo, kaj la trinkejestro alportis inkon kaj plumskribilon freŝe pritranĉitan. Jón Hreggviðsson pensis, ke ja ŝanĝiĝis io ĉe la superuloj, se ili petas lin ligi sian nomon al io bela, kaj decidis daŭrigi sian drinkadon kaj kantadon tiom longe kiom restas trinkaĵo en kruĉo kaj pokalo, kaj respondis al ili nur per la vorto: hen-gen, kaj tiris samtempe sian montrofingron trans sian traĥeon. Per tio li montris, ke al ili estas bonvene lin pendigi, ĉu li subskribas aŭ ne; sed se io estus proponita krom la pendumilo, aŭ aliaj iloj samspecaj, li volonte akceptus tiajn aferojn sen subskribo nun kiel ĉiam antaŭe.

Tiam la junkro signis al tiuj uniformuloj, kiuj ĝis nun sidis okupitaj pri siaj propraj aferoj ĉe la alia fino de la tablo. Ili tuj ekstaris kaj impetis kontraŭ Jón Hreggviðsson. La farmisto kontraŭluktis laŭ sia malnova kutimo, sed tamen ne ĉesis kanti, kaj ekbrilis liaj blankaj dentoj en la nigra barbo meze en la luktado.

Levu lancojn al batal´
kontraŭ vic´ kirasa,
ĉu eltenos kontraŭ fal´
pruvos lukt´ amasa.

Li jam faris fortan baton al du homoj kaj piedfrapon al la tria antaŭ ol ili sukcesis subigi lin, ŝtopi al li la buŝon kaj ligi lin. Je la kompletigo de tiu laboro, lin venkis komforta dormo tiel ke li sciis malmulton pri tio kio nun okazis dum kelka tempo.

La postan matenon li vekiĝis pro sonado de trumpetoj. Li kuŝis sur la planko de iu vartenejo, kiu estis malklare lumigita per lanternoj pendantaj de sur ĉevronoj. Li vidis aliajn homojn de sama homvaloro kiel li mem ankaŭ vekiĝi el dormo sur la pajlo ĉie ĉirkaŭe, sed voktisto paŝadis inter ili kun frapilo kaj pelis ilin leviĝi. Alia voktisto alvenis kaj rigardis atente la novulon kaj ĵuris je Jesuo kaj Mario laŭ franca maniero, kiam li vidis la malpuran aperaĵon de la farmisto kaj tiris lin kun si al la preĝejo, kiu estis ilia armilejo kaj igis lin vesti sin per jako, kruringo kaj botoj, metis sur lin ĉapelon kaj zonon. Poste la soldato demandis lin pri nomo kaj nacieco kaj skribis tion unue en libron, sed poste sur ŝtofpecon, kiun li fiksis interne sur la jakon, tiel: Johan Reckwitz. Aus Island buertig*.

Al ili estis donitaj pano kaj biero kaj pafiloj kaj glavoj. Poste ili estis ordonitaj marŝi sur la kampon en la heleta mateno. Blovis kaj pluvis kiel en la antaŭa vespero. La marŝado sur la kampon sukcesis sen akcidento, tamen sub malafablaj krivokoj, sed kiam komenciĝis diversaj ekzercoj apartenaj al la militarto, mankis kompreno al Jón Hreggviðsson, tiel ke li faris ĉion malkorekte. Baldaŭ la malafablaj krivokoj ŝanĝiĝis al koleraj minacoj en tiu malfacila lingvo kaj fine al vangofrapoj. Ne ŝajnis prudente al Jón Hreggviðsson tion reciproki en tiu situacio. La ordonojn li ne pli komprenis malgraŭ la frapoj. Fine la voktisto rezignis, rigardis malbonhumere al la ŝtofpeco fiksita interne de la jako de la homo kaj tiam evidentiĝis, ke li estas Islandano. Nun ĉiuj ekridis. Post longa kaj peniga tempo la homoj remarŝis al la kazerno kaj estis al ili donita varma supo.

Kiam Jón Hreggviðsson estis batita kaj alkriita tri tagojn, li estis metita en manĝohalon por alporti akvon, haki brullignon, elporti cindron kaj rubaĵon kaj fari aliajn taskojn malplej gravajn. Sed kvankam la proviantistoj kaj kuiristoj estis germanaj, al kiuj estis tute egale, ĉu lando nomiĝas Islando aŭ ne, la kuirejaj buboj estis danaj kaj same la homo, kiu havis la taskon turni la rostaĵon por la oficiroj, kaj estis por ili aparta plezuro deklari al Regvidsen fojon post fojo, ke Islando ne estas lando kaj ke Islandanoj ne estas homoj. Ili insistis pri tio, ke sur la ekstero de tiu funelo de Infero palpe rampas pedik-infektitaj sklavoj en fiŝolea feĉo kaj ŝarka putraĵo vivtenitaj per almozo de la reĝo. Regvidsen diris, ke ja estas fakto, ke troviĝas en la lando unu truo rekte kondukanta en la Inferon, kaj ke ofte oni povas aŭdi la danan lingvon parolatan el tiu truo; sed aliflanke, ke tio ja estas ankaŭ fakto, ke la lando superas ĉiujn aliajn landojn, ĉar tie ĉiuj homoj estas devene herooj kaj poetoj. La Danoj nomis Regvidsen nigra hundo. Ĉiu tago en la manĝohalo estis plena de kvereloj kaj kruelaj petolaĵoj

Feliĉe la pensoj de homoj iafoje turniĝis al aliaj temoj, precipe kiom longa tempo pasis antaŭ la pago de la soldataj salajroj. En la armeo estis krom la Danoj dungitaj soldatoj de diversaj naciecoj kaj klasoj, Saksonoj, Estonoj, Vendoj, Poloj, Bohemoj, rabistoj, farmistoj kaj vagabondoj. Multaj dubis, ĉu ordo koncerne la soldatajn salajrojn establiĝus pli frue ol kiam la armeo komencis venki en la milito kaj konkeri teritoriojn. Jón Hreggviðsson eltrovis iom post iom, ke la armeo ĉi-tie kolektita estos post ne longe sendita suden al iuj montoj nomitaj la Karpatoj por tie batali por la germana imperiestro. Alia dana armeo jam estis veninta tien suden kaj partopreninta en multaj bataloj, sed nun mankis pliaj soldatoj por pli daŭrigi la militon, kaj la dana reĝo ordonis, ke dudek centoj estu senditaj el Lukkstad laŭeble baldaŭ por helpi al la jam sendita armeo. Sed la reĝo de la Danoj kaj la imperiestro de Germanoj estis grandaj amikoj.

La homo, kiu havis la taskon turni la rostaĵon por la oficiroj estis certa pri tio, ke granda famo kaj honoro atendas la armeon en la Karpatoj. La homo, kiu prizorgis la kuirfajron, memorigis pri tio, kiel iris aferoj en iu jaro antaŭ ne tre longa tempo, kiam dana armeo batalis por la germana imperiestro por konkeri Hispanion, kaj promesis la imperiestro pagi malnovan ŝuldon al la dana reĝo, cent mil luidorojn, krom cent mil guldenoj post la venko. "Sed permesu al mi demandi, kiam konkeris Hispanion la imperiestro?"

"Neniam," diris la subkuiristoj.

"Kaj kiam estis pagitaj la luidoroj?"

"Neniam," diris la subkuiristoj.

"Kiam la guldenoj?"

"Neniam," diris la subkuiristoj.

"Kaj kie estas la armeo kiu atendis sian pagon?"

"Mortaj," diris la subkuiristoj.

"Tio estis kiel ĉiu alia sensukcesa militiro," diris la homo, kiu havis la taskon turni la rostaĵon por la oficiroj. "En milito estas aŭ bona aŭ malbona fortuno. La dana armeo, kiu lastjare estis sendita al Lombardio, akiris multan famon. Ĝia nomo pluvivas en la steloj. Ĝi batalis ĉe la fortreso Kremono, kiun okupis la Francoj, kaj estas nun nomita la danaj falkoj de Kremono."

"Ĉu tiel?" diris la homo, kiu prizorgis la kuirfajron. "Itala monaĥo logis ĝin en kloakon, kiu kondukis el la fortreso en la Pado-riveron. Estas vere, ke ia speco de batalo laŭdire okazis en la kloako kaj iuj eskapis vivaj el ĝi. Sed, kun via permeso, kio okazis al tiu danaj falkoj de Kremono, kiuj eskapis vivaj el la kloako? Mi aŭdis de unu Germano, kiu estis surloke, ke kiam la postvivantoj venis por kolekti siajn pagojn, la grafo Ŝlipen, ilia oficiro, jam estis foruzinta ilian soldon en ĵetkupa ludo en Venecio, tiel ke ili ne estis permesitaj reiri hejmen kaj estis pelataj kiel ŝafidoj orienten en la

Karpatajn montojn kaj ordonitaj tie batali kontraŭ la Hungaroj, kiu estas unu sovaĝa popolo. Nun supozeble estis promesite pagi al ili kaj al la reĝo cent mil luidorojn, se ili povos transiri la montojn. Kio nur mankas al tiuj mortigotoj por transiri la montojn estas aldono de dudek cent mortaj."

"Mi ĉiam havis la deziron vidi montojn," diris la rostoĉefo. "Devas esti plezuro batali sur montoj. Mi eĉ pretus kredi, ke estas pli bone malvenki sur montoj ol venki en kloakoj."

Tiam demandis la fajroĉefo: "Kion diras Regvidsen, kiu luktis kun demonoj kaj diabloj sur la pinto de Hekla?"

Jón Hreggviðsson diris nur, ke estas tute klare, kiu jam ricevis pagon ĉi tie.

"Unu kulerplenon pro tio," diris la rostoĉefo kaj donis vangofrapon per la kulerego al Jón Hreggviðsson kie li sidis sur viandista hakbloko, tiel ke liaj plandoj turniĝis supren.

La postan tagon la tumulta ludado komenciĝis denove en la manĝohalo kaj tiam Jón Hreggviðsson atakis sian superulon, la rostoĉefon, kiu volis batali sur la montoj, tiris malsupren lian pantalonon kaj draŝis al li la postaĵon. Pro tio oni blovis trumpetojn kaj la regimentaj gardistoj kaptis la farmiston kaj trenis lin al la stabejo. La oficiroj, ĉiuj germanaj, estis ekirontaj kun la armeo suden al la Karpatoj kaj estis tre okupitaj, kaj estis ankaŭ ebriaj, kaj ne povis interkonsenti kion fari pri la fripono. Iuj proponis ke li estu kvaronhakita senprokraste anstataŭ malŝpari tempon per antaŭa eltranĉo de la koro kaj poste lin vangofrapi per ĝi kaj post tio kvaronhaki, kiel specifas leĝoj pri rompintoj de disciplino en la reĝa armeo. Aliaj volis, ke la reglamentoj estu sekvataj en ĉiuj detaloj, ĉar la justeco vivas eterne sendepende de la okupiteco de homoj. Fine la afero estis direktita al la juĝo de la kolonelo, kiu dungis tiun armeon kaj kaj pliajn armeojn por la dana reĝo kaj havis absolutan aŭtoritaton super la vivo kaj korpoj de siaj homoj; kaj turniĝis tiel la aferoj de la farmisto el Skagi, ke li perdis sian lokon en sia divizio kaj sian ŝancon iri suden kun la armeo por batali por sia Plejmilda Reĝa Moŝto.

Tiu kolonelo estis elstara kaj alte edukita ĝentilhomo, grafo kaj barono kaj aristokrato el la lando Pommern kaj havis ĉi tie rezidejon en majesta domego en la proksimaĵo. Tien estis Jón Hreggviðsson kondukita. Kelkaj soldatoj kun nudaj glavoj gardostaris antaŭ la pordo. En halo kun grandaj fenestroj, sed pomarboj en la ĝardeno sube, sidis maldika kavaliro kun oraj galonoj, kaprobarbo kaj peruko, kun glavo ĉe la zono kaj neĝblankaj krispoj el la manikoj, en flava silka pantalono strikta kaj ruĝaj altaj botoj kun supraj ingoj kiuj pendis en duoblaj faldoj sub la genuoj, kaj en blua velurmantelo tiel granda ke la trenaĵoj fluis vaste sur la planko. Li sidis kun unu kubuto sur la tablo sed kun longa montrofingro sub la pala vango kaj legis en grandaj libroj. Tiu estis la kololeno. Flanke de la kolonelo sidis lia adjutanto kiel statuo klinita super sia plumskribilo. La gardantoj de Jón Hreggviðsson diris al la pordogardistoj, ke ĉi tie estis veninta Johann Reckwitz aus Ijsland, kiu estis draŝinta sian superulon. Tion raportis la estro de la pordogardistoj al la adjutanto. La kolonelo plu legis en siaj libroj, kun unu mano sur la glavo, la alia sub sia vango, ĝis la adjutanto estis dirinta al li, ke la Islandano estas veninta. La kolonelo tiam donis la ordonon, ke Reckwitz staru ne pli ol je unu spano de la sojlo kaj ke ĉiuj pordoj malantaŭ li estu vaste malfermitaj. La vento trablovis la halon. La kolonelo fiksrigardis kelktempe Jón Hreggviðsson kaj grincigis la dentojn. Subite li svingis al si la mantelajn trenaĵojn, abrupte ekstaris, faris kelkajn paŝojn fulmrapide en la halon kaj snufis en la direkto al la farmisto kun mieno de antaŭdestinita abomeno. Poste li residiĝis kaj dumlonge kaj zorge snufis tabakon en arĝenta skatoleto, kaj diris ke aliaj homoj faru same je sia flanko. Tion farinte li diris ion en la germana lingvo, kion aŭdis nur la adjutanto, sed tamen ne ĉesis fiksrigardi Jón Hreggviðsson. La adjutanto tiam direktis alparolon al Jón Hreggviðsson en kruda dana lingvo sen ajna vivmovo de sia korpo:

"Mia sinjoro legis en famaj libroj ke Islandanoj odoras tiel malbone, ke homoj devas turni sin kontraŭ la vento kiam ili parolas kun ili."

Jón Hreggviðsson diris nenion.

La adjutanto diris: "Mia sinjoro legis en famaj libroj, ke la loĝloko de damnitoj kaj diabloj estas en Islando, en tiu monto kiu nomiĝas Hekkenfeld. Ĉu tio estas ĝusta?"

Jón Hreggviðsson diris, ke li ne povas tion nei.

Kaj poste: "Mia sinjoro legis en famaj libroj, primo, ke en Islando estas pli da fantomoj, monstroj kaj demonoj ol homoj; secundo, ke Islandanoj enfosas ŝarkon en la sterkamason kaj poste ĝin manĝas; tertio, ke Islandanoj deprenas siajn ŝuojn, kiam ili malsatas kaj manĝas ilin kiel pankukojn; quarto, ke Islandanoj loĝas en terbuloj; quinto, ke Islandanoj ne scias labori; sexto, ke Islandanoj pruntas al eksterlandanoj siajn filinojn por kunkuŝiĝo; septimo, ke islanda knabino estas konsiderita virga ĝis kiam ŝi ekhavis sian sepan nelegitiman infanon. Ĉu tio estas ĝusta?"

Jón Hreggviðsson gapis iomete.

"Mia sinjoro legis en famaj libroj, ke Islandanoj estas primo ŝtelemuloj; secundo mensogemuloj; tertio arogantuloj; quarto pedikuloj; quinto drinkemuloj; sexto malĉastuloj; septimo malkuraĝaj kaj sentaŭgaj por milito -" ĉion tion diris la adjutanto sen ia ajn moviĝo kaj la kolonelo daŭre grincigis la dentojn kaj fiksrigardi Jón Hreggviðsson. "Ĉu tio estas ĝusta?"

Jón Hreggviðsson glutis iom da salivo por malsekigi la gorĝon. La adjutanto plilaŭtigis sian voĉon kaj ripetis:

"Ĉu tio estas ĝusta?"

Jón Hreggviðsson rektigis sin kaj diris:

"Mia prapatro Gunnar de Hlíðarendi estis dek du ulojn alta."

La kolonelo diris ion al la adjudanto, kaj la adjudanto diris laŭte:

"Mia sinjoro diras ke ĉiu kiu mensogas sub la standardo suferu sur la rado kaj torturbenko."

"Dek du ulnojn," ripetis Jón Hreggviðsson. "Mi ne rezignas pri tio. Kaj fariĝis tricentjara. Kaj portis oran bendon sur la frunto. Lia halebardo havis la plej belan kanton, kiu iam aŭdiĝis en la Nordo. Kaj la knabinoj estas junaj kaj sveltaj kaj venas en la nokto kaj liberigas homojn, kaj estas nomitaj damoj de lumo kaj havas laŭdire korpojn de feinoj - "

16

Antaŭ digna dompordo en Kopenhago staras soldato en novsimila jako kaj altaj botoj, kun zono kaj nigra ĉapelo, sed neniu armilo. Li dispaŝetas kelkan tempon antaŭ la domo, supreniras hezitpaŝe la ŝtuparon al la pordo kaj staras ankoraŭ longan tempon sur la supra ŝtupoplato, iom klinita ĉe la genuoj kaj rigardas supren laŭ la apika gablo, la fingroj pugnigitaj ĉirkaŭ la dikfingroj. Fiksita al la pordo estas tenilo el latuno kun martela kapo, movebla supren kaj malsupren, kaj anvileto sube, kiu sendas akutan sonon en la domon. La aleveninto ne komprenas la uzon de tia maŝino, sed anoncas sian aleston per tri pugnaj frapoj sur la pordon. Li atendas kelkan tempon, sed neniu venas. En sekvanta provo li plifortigas la frapojn je duono, sed nenio okazas. Fine la soldato ekkoleras kaj komencas frapi la kverkan pordon per la pugnoj seninterrompe, peze kaj rapide.

Finfine estis malfermita la pordo. En la sojlo aperis nankreska ĝibulino, kun bretforma buŝo, la mentono tirita ĝis mezo de la brusto, la brakoj tro longaj kaj maldikaj, la manoj senforte pendantaj. Ŝi rigardis malice la soldaton. Li salutis ŝin holandlingve. Ŝi respondis akravoĉe kaj ordonis tiun nigran diablon foriĝi senprokraste.

"Ĉu Arnas estas hejme?" li demandas.

La virino preskaŭ ŝtoniĝis pro mirego aŭdi ordinaran soldaton mencii la nomon de tia homo ĉe lia pordo, sed kiam ŝi regajnis la kapablon paroli, ŝi alparolis la soldaton en la malaltgermana lingvo, kaj li havis la impreson, ke ŝi denove nomas lin nigra diablo ankaŭ en tiu lingvo. Sed kiam ŝi volis fermi la pordon, li metis sian piedon inter ĝi kaj la pordofosto. Ŝi puŝis kelkmomente sur la pordon, sed baldaŭ komprenis, ke ĉi tie regas forto anstataŭ principo, kaj malaperis en la domon. Li retiris la piedon, sed ne havis la kuraĝon sekvi la virinon. Tiel pasis kelka tempo.

Estis tute silente en la domo kaj en la ĉirkauaĵo kaj la soldato daŭrigis sian atendadon sur la antaŭporda ŝtupoplato. Post longa tempo aŭdiĝis ia susura sono ĉe la porda apertaĵo. Okulo ŝtelrigardis, poste maldika nazo, snufeganta.

"Kio okazas?", aŭdiĝis snufego en la islanda lingvo. Sed la soldato ne tuj kaptis komprenon de tiu lingvo kaj diris bonan tagon en la dana.

"Kio okazas?" aŭdiĝis denove la snufego.

"Nenio okazas," respondis la soldato en la islanda.

Tiam malfermiĝis la pordo.

Islandano staris en la pordo, ruĝaspekta, longvizaĝa, maldensaj rigidaj haroj, okuloj kiel de kastrita virŝafo, senkoloraj okulharoj, preskaŭ senharaj brovoj, ŝanceliĝaj movoj; li portis senmanikan frakon. La homo ja ne estis sufiĉe aplomba por ludi rolon de servisto de nobelo, sed liaj kapricaj afektaĵoj distingis lin de ordinaraj homoj; li konstante snufis kaj palpebrumis, skuis la kapon kvazaŭ forpelanta kuletojn kaj frotis la nazon per la montrofingro, li distrite gratis unu sian suron per la supro de la alia piedo. Estis malfacile diri, ĉu li estas juna aŭ maljuna.

"Kiu vi estas?" demandis la Islandano.

"Mia nomo estas Jón Hreggviðsson de Rein en Akranes," diris la soldato.

"Bonvenon, Jón," diris la Islandano kaj etendis al li la manon. "Bone. Kaj rekrutigita kiel soldato."

"Mi jam vojaĝis longan vojon kaj ili kaptis min en Lukkstad en Holsten," diris Jón Hreggviðsson.

"Jes, ili estas danĝeraj en kaptoj de vagantaj buboj." diris la Islandano. "Estas pli bone resti en Akranes. Bone. Parenteze, vi espereble ne estas en kompanio kun Jón Marteinsson?"

Jón Hreggviðsson diris ne al tio, li ne rekonas la nomon de tiu, kiun li menciis; aliflanke, li diris, ke li havas urĝe plenumindan aferon kun Arnas Arnæus , -"aŭ ĉu mi eble eraras, ke li estas la mastro de tiu ĉi domo?"

"Ne konas Jón Marteinsson, bone, bone," diris la Islandano. ""Kaj devenas el Skagi. Kion novan vi povas diri el Akranes?"

"Ho, nenion aparte menciindan," diris Jón Hreggviðsson.

"Neniu havis rimarkindan sonĝon?"

"Ne laŭ mia memoro, escepte ke infanoj iafoje sonĝas pri proksimaj okazaĵoj. Kaj maljunulinoj sentas doloron en la femuro antaŭ la vento turniĝas al nordoriento.," diris Jón Hreggviðsson. "Kiu vi estas?"

"Mia nomo estas Jón Guðmundsson el Grindavík, ankaŭ nomita Grinvicensis, diris la homo. "Mi ja havas la titolon Doctus in Vetera Lingua Septentrionalis*, sed mia favoraĵo estas tamen scientia mirabilium rerum*. Kiel mi diris, bone. Ĉu mi povas esperi, ke vi havas ion novan por raporti? Ke vi spertis ion neordinaran? Ke vi aŭdis onidirojn pri iuj strangaj bestoj aŭ io simila sur la bordo de Hvalfjörður?

"Damnon al tio," diris Jón Hreggviðsson. "Aliflanke oni ofte rimarkas aperojn de marbestoj en Akranes, iuj el ili malbelaj, kaj estas tio apenaŭ konsiderata novaĵo – eĉ se iuj trafas en luktadon kun ili. Sed ĉar ni jam parolas pri kuriozaĵoj de la naturo venis ĉi tien al la pordo eksterordinara estaĵo, miksaĵo de trolo kaj nano, tamen en formo de virino, kaj mi neniam antaŭe fartis tiel malbone je ekvido de iu ajn estaĵo, ĉar ŝi nomis min nigra diablo en la germana lingvo, kiam mi demandis ŝin pri la dommastro."

Je tiu raporto la Islandano snufis kaj gapis kaj frotis la dorson de la dekstra piedo kontraŭ la maldekstran suron, kaj inverse. Kiam li fine povis paroli, li diris:

"Ĉu mi povas atentigi al mia bona samlandano, ke se li deziras paroli kun mia Majstro, tiam mia Majstro ne estas tia dommastra bienulo kiel kutimas en Islando, kvankam li estas islanda homo; li estas nobla kaj altestimata sinjoro, Assessor Consistorii, Professor Philosophiae et Antiquitatum Danicarum* kaj Erudita Arkiv-Sekretario de Lia Reĝa Moŝto. El tio sekvas, ke ankaŭ lia edzino kaj karulino, mia dommastrino, estas de nobla rango, pri kiu konvenas bela priparolo, sed ne mokoj kaj insultoj. Aŭ kiu estas tiu, kiu sendas vin, ordinaran soldaton, por renkonti mian Majstron?"

"Tio estas mia historio," diris Jón Hreggviðsson.

"Do bone. Sed kian dokumenton kaj ateston vi havas de altranga homo, kiu permesas al vi paroli kun mia Majstro?"

"Mi havas tian ateston, kiun li komprenas."

"Ho jes, verŝajne tio estas unu plia intrigo de tiu kanajlo kaj fripono Jón Marteinsson por elakiri librojn kaj monon, diris la Islandano Grinvicensis. Aŭ ĉu estus permesite al mi, la famulus de antiquitatibus* de mia Majstro, vidi tiun ateston?"

Jón Hreggviðsson diris: "Tiun ateston mi montros al neniu krom al li sola. Mi kudris ĝin en mian vestaĉon tie norde en Trékyllisvík. Kaj kiam mi fariĝis soldato mi metis ĝin en unu mian ŝuon. Rabistoj malestimis min kiel skorion de la tero, kaj tial neniu ekhavis la penson ke mi portas sur mi trezoron. Tion vi povas diri al via dommastro. Mi estus povinta savi mian vivon per tiu trezoro multajn fojojn, sed preferis elteni malsaton kaj batojn en Holando, pendumilon en Germanujo kaj hispanan jakon* en Lukkstad."

Nun la erudita Islandano venis tuta el la domo kaj fermis la pordon post si, sed petis Jón Hreggviðsson sekvi lin trans la domangulon, kaj ili venis en ĝardenon malantaŭ la domo, kie altkreskaj arboj kun nigraj nudaj branĉoj pendis sub la blanka glacikovro. Li invitis la gaston eksidi sur prujnokovitan benkon. Poste li ŝtelrigardis trans angulon kaj malantaŭ arbojn kaj arbustojn, kvazaŭ por certigi sin pri tio, ke malamiko ne estas proksime, fine revenis kaj eksidis sur la benko.

"Kiel dirite: bone," li diris denove en la sama klasĉambra tono kiel antaŭe, plena de la entuziasmo pri sia fako. Li diris, ke bedaŭrinde li ne havis oportunon esplori la mondon propravide, escepte en siaj vojaĝoj kiel lerneja knabo el Grindavík al Skálholt, kiam li provis laŭ siaj povoj observi kaj priskribi ĉion eksterordinaran, nekredeblan kaj nekompreneblan, precipe en Krýsuvík, Herdísarvík kaj Selvogur. Aliflanke, li diris, ke li ĉiam klopodis kolekti materialon ĉe bone informitaj personoj, ĉu de alta, ĉu malalta socia stato, kaj daŭre ellaboras librojn pri tiaj temoj. Kaj nun, kompreninte, ke Jón Hreggviðsson estas homo bone konanta Germanujon, li deziras ekscii, ĉu estas vero, ke ankoraŭ vivas en tiu lando en densaj arbaroj tiuj bestoj, kiuj estas homoj je duono, sed ĉevaloj je duono, kiujn en nia lingvo estas nomitaj elgfróðar?

Jón Hreggviðsson diris, ke li ne venis en kontakton kun tiaj bestoj, sed ke li luktis kun pendigita homo en Germanujo, sed tiam la erudita Islandano lin interrompis, dirante ke li estis multfoje trompita per tiaj aferoj, ĉar estas la kutimo de edukitaj dandoj ĉi tie en Kopenhago, ne malplej Jón Marteinsson, mokriproĉi tiujn homojn pri superstiĉo, kiuj parolas pri fantomoj, kaj tiel malpliigi ilian integrecon; krome la ĉeesto de mortintaj homoj ne havas lokon en ĉi tiu mondo kaj ne apartenas al la natursciencо, kaj apenaŭ ankaŭ ne al mirabilia*; estas la tasko de la teologio tion pritrakti. Li tiam demandis Jón Hreggviðsson, ĉu li ne havis iun komunikon kun troloj, sed pri tiu temo li havas en progreso traktaĵeton en la latina lingvo. Ĉu la farmisto scias ion pri trovoj de trolostoj en la altaj paŝtejoj de lia regiono, aŭ sur la montaj vastejoj supre de Borgarfjord-distrikto? – diris, ke eksterlandanoj bone atentas tiajn pruvojn en libroj. Jón Hreggviðsson diris ne al tio, ĉar li kredis tion probabla, ke tiel grandaj ostoj devas esti molaj kaj tial des pli rapide diseriĝas. Aliflanke, li diris, ke li luktis kun vivanta trolino sur Tvídægra antaŭ malpli ol unu jaro, kaj priskribis en detaloj sian interlukton kun la trolino kaj ankaŭ tion, ke ŝi en la fino dubis pri lia virseksa povo. Tion trovis la erudita Islandano ege interesa kaj kreskis lia opinio pri la soldato pro tiu novaĵo, diris, ke li detale priskribos raporton pri tio en sia libro de gigantibus Islandiae*,

"Pretere," li diris, "ĉu vi okaze aŭdis mencion pri tiu infano, se infano ĝi nomeblus, kun la buŝo sur la brusto, kiu antaŭlastjare vidis la taglumon en Ærlækjarsel en Flói?"

Jón Hreggviðsson tion neis, sed aliflanke li aŭdis pri ŝafido kun beko de birdo, kiu naskiĝis en Belgsholt en Mýrar antaŭ tri jaroj, kaj deklaris la erudita Islandano tion grava novaĵo, kaj ke li raportos pri tio en sia Physica Islandica.* Li diris, ke Jón Hreggviðsson estas homo saĝa kaj inteligenta malgraŭ lia malalta deveno kaj probable akcepteble honesta, sed aldonis: "Mi tamen ne pensas ke mia Majstro kaj mastro de la domo deziras paroli kun tiel ordinara homo, sed mi provos prezenti al li vian peton, se vi ne jam perdis la intereson en tiu direkto."

Kaj ĉar tiel ne estis, okazis fine tiel, ke la erudita Islandano eniris la domon tra la ĉefpordo, klinita, ŝnufanta kaj respondecplena, por prezenti la peton de la gasto. Li apenaŭ malaperis en la domon, kiam Jón Hreggviðsson aŭdis iun oscedi apud si sur la benko, kaj kiam li turnis sin li vidis ke homo estis eksidinta tie nerimarkite kvazaŭ li estus subite firmiĝinta kiel la prujno, ĉar li ne estis vidita eniri tra la ĝardenan pordegon, nek eliri el la domo, kaj ankaŭ ne trans la muron; kaj krome la erudita Grinvicensis zorge esploris ke neniu sin kaŝis inter la arbustoj aŭ malantaŭ la arboj.

Ili rigardis unu la alian dum kelka tempo. La homo estis blua pro malvarmo kaj tenis la manojn en la manikoj.

"Kia diabla lando, ke eĉ pluvas en la frosto," diris tiu prujn-korpiĝinto kaj suĉis el la supra lipo per la malsupra.

"Kiu vi estas?" demandis Jón Hreggviðsson.

"Ne venu tuj al tio," respondis la fremdulo, kaj komencis palpi la botojn de la farmisto. "Ni prefere interŝanĝu botojn. Mi donos al vi mian tranĉilon krome."

"La miajn posedas la reĝo," diris Jón Hreggviðsson.

"Mi prifajfas la reĝon," diris la fremdulo senpasie, preskaŭ indiferente.

"Prifajfu laŭvole, kunulo," diris Jón Hreggviðsson.

"Ni do interŝanĝu tranĉilojn anstataŭ fari nenion," diris la aliaj. "Rekte, sen vido."

"Mi nenion aĉetas sen vido," diris Jón Hreggviðsson.

"Mi montros al vi la manŝirmilon de la mia," diris la homo.

Poste ili interŝanĝis la tranĉilojn. La tranĉilo de la homo estis bele farita objekto, tiu de Jón Hreggviðsson kun rustiĝinta klingo.

"Ĉiam estas mi, kiu perdas," diris la fremdulo. "Ĉiuj trompas min en interŝanĝo. Sed tio ne gravas. Ni ekstaru kaj iru al Kristín Doktor kaj aĉetu kruĉon da biero per la tranĉilo."

"Kiu tranĉilo?" diris Jón Hreggviðsson.

"Mia tranĉilo," diris la homo.

"Kiu nun okaze estas mia tranĉilo," diris Jón Hreggviðsson. "Mi ne pagos drinkon per mia tranĉilo. Sed aliflanke, mi povas drinki tiom da biero kiom vi deziras per la rustiĝinta."

"Ne estas pri vi troigite, Jón Hreggviðsson de Rein," diris la fremdulo. "Vi estas ne nur murdisto kaj ŝtelisto, vi estas ankaŭ la plej malbona inter homoj. Ĉu mi povas demandi: Kial vi tiel vagaĉas antaŭ tiu mizera domo?"

"Ŝajnas al mi, ke vi mem estas mizera," diris Jón Hreggviðsson."Kion vi havas sur la piedoj? Ĉu tio estas ŝuoj? Kaj kial vi puŝas la manojn tiel en la manikojn? Aŭ kie estas via domo?"

"Mia domo estas grandioza palaco kompare kun tiu ĉi domo," diris la homo, plena de senpasia obstineco kiel ĉevalaĉo.

"Estas mia opinio," diris Jón Hreggviðsson responde, "ke neniu Islandano post kiam la lando estis ekloĝita posedis tiel grandiozan domon kiel ĉi tiu estas, malgraŭ la fakto ke multaj posedis bonajn domojn en antikva tempo."

Sed la fremdulo ne lasis tion ĝeni lin. Ŝajne li sentis la bezonon sin pli riveli, parolis rapide kaj maldikatone, iom plendece kaj iom molprononce, estis kvazaŭ li legus en malnova libro.

"Multaj reĝoj en legendoj donis sian tutan havaĵon pro unu perlo. Kaj multaj filoj de farmistoj estis pretaj perdi sian vivon pro princino kaj plenumi ekstremajn grandfarojn por gajni la regnon. Ni lasu, ke marreĝoj kaj la homoj de Hrafnista* kuŝiĝis kun trolino post saviĝo el danĝeraj ŝtormoj norde en Gestrekaland, aŭ en Jötunheimar, tiaj aferoj okazis al tiaj famaj herooj kiel Hálfdán Brönufóstri, Illugi Gríðarfóstri kaj al Örvaroddur mem – kaj estis ili konsideratej ne malpli reputaciaj homoj pro tio. Sed vendi sian perlon kaj sian princinon, kaj krome la regnon pro unu trolino – tia historio ne estas trovebla en la tuto de antikvitates."

En tiu momento revenis el la domo la erudicia Islandano Grinvicensis. Kiam li ekvidis la duan gaston apud la flanko de la unua, li levis duone la manojn en malespero, lasis ilin poste fali senfortaj kvazaŭ li ne plu scias iun ajn rimedon.

"Aj, mi estus ja povinta diri tion al mi mem," li diris, "Jón Marteinsson, mi ordonas al vi redoni al mi mian Historia Literaria*, kiun vi ŝtelis de mi en dimanĉo. Jón Hreggviðsson, bone, vi povas vidi mian Majstron en lia bibliothèque*, – sed diru al mi antaŭe kiujn friponaĵojn nun elpensis tiu damnita bubaĉo."

"Ni interŝanĝis tranĉilojn," diris Jón Hreggviðsson kaj montris la tranĉilon.

"Kiel atendeble, la tranĉilo kiu mankis al mia Majstro ĉi-matene," kaj li kaptis al si la tranĉilon de Jón Hreggviðsson.

Jón Marteinssin oscedis senhumore kvazaŭ tio ne koncernas lin. Jón Hreggviðsson aŭdis, kiam li eniris la domon, ke li petis la erudician Grinvicensis prunti al li monon por unu kruĉo da biero.

17

"Saluton, Jón Hreggviðsson, kaj estu bonvena post via longa vojaĝo," diris Arnas Arnæus, malrapide, profunde kaj trankvile, kiel ĉioscia voĉo parolanta en hela somertago el nigra roko, sciinta la aventurojn de la vojaĝinto ekde la komenco. Ne estis klare al la farmisto, ĉu moko aŭ amikeco loĝas en la profundo de tiu voĉo.

Tiu estas granda ĉambro kun alta plafono, la muroj kovritaj per librobretoj de planko ĝis tegmento, tiel ke ŝtupetaro estis necesa, kiel antaŭ fojnostako en fojnejo, por atingi la plej suprajn bretojn. La fenestroj situis alte sur la muroj, kun malgrandaj vitroj instalitaj en plumbo, kaj enlasis tiom malmulte da taglumo, ke necesis havi lampon sur la skribotablo. En ombra angulo ĉirkaŭ solida tablo el kverko staris altaj brakseĝoj, sed sur la tablo kruĉo kaj kelkaj trinkpotoj el ŝtono. Statuo de homo aŭ dio staris en alia angulo kaj hejtforno en la tria.

La mastro de la domo montris al sia gasto sidlokon sur seĝo. En niĉo staris bareleto sur ŝtipo, kiun li malŝraŭbis kaj lasis elverŝi ŝaŭmantan Rostok-bieron en kruĉon kaj metis antaŭ la farmiston.

"Havu trinkon, Jón Hreggviðsson."

Jón Hreggviðsson dankis kaj trinkis. Li estis ege soifa. Malplen-iginte la kruĉon li elspiris en kontento kun la biergusto en la buŝo kaj suĉis el la barbo. Arnas Arnæus rigardis lin. Kaj kiam longiĝis la atendo por klarigo de la vizito de lia gasto, li demandis:

"Kion vi volas de mi, Jón Hreggviðsson?"

Tiam Jón Hreggviðsson klinis sin antaŭen kaj komencis depreni unu el siaj botoj.

"Ĉu viaj piedoj estas malsekaj?" demandis Arnæus.

"Ne," diris Jón Hreggviðsson.

"Ĉu vi estas vundita?" demandis Arnæus.

"Ne," diris Jón Hreggviðsson.

Lia piedo estis ĉirkauvolvita per ĉifonoj sub la boto kaj kiam li estis ilin depreninta aperis, ke li portis oran ringon sur unu piedfingro. Li deglitigis la ringon, viŝis ĝin sur la krurumo kaj donis ĝin al Arnæus.

Arnæus rigardis deteniĝeme la ringon, sed lia voĉo iom streĉiĝis, kiam li demandis la gaston kvazaŭ el distanco, de kie li ekhavis tiun objekton.

"La damo de lumo," diris Jón Hreggviðsson, "la damo de lumo petis min diri –"

"Sufiĉas," diris Arnas Arnæus kaj metis la ringon sur la tablon antaŭ la gaston.

"La damo de lumo petis min diri –" ripetis la gasto, sed la mastro de la domo denove lin interrompis:

"Nenion pli."

Jón Hreggviðsson rigardis al Arnas Arnæus kaj por la unua fojo li eble iom timis. Unu estis certa, ke ĉe la celatingo li ne kuraĝis diri la mesaĝon, kiun li tenis en sia memoro dum tiu longa vojaĝo, tiujn vortojn kiuj estis al li konfiditaj eldiri.

Li silentis.

"Mi aŭdis, ke vi mortigis homon, Jón Hreggviðsson," diris Arnas Arnæus. "Ĉu tio estas vera?"

Jón Hreggviðsson rektigis sin sur la seĝo kaj respondis:

"Ĉu mi mortigis homon aŭ ĉu mi ne mortigis homon? Kiu mortigis homon kaj kiu ne mortigis homon? Kiam mortigas homo homon kaj kiam ne mortigas homo homon? Je la diablo, ĉu mi mortigis homon. Sed tamen."

"Tio estis stranga deklamaĵo," diris Arnas Arnæus, tamen sen rideto. Li ne denove rigardis la ringon, sed daŭrigis sian observon de Jón Hreggviðsson.

"Ĉu vi sentas vin kiel mortiginton?" li fine demandis.

Jón Hreggviðsson respondis; "Ne – kaj bedaŭrinde, kiel mi sentas okaze."

"Mi ne komprenas," diris Arnas Arnæus. "Mi vidis en dokumentoj el Islando, ke vi estis kulpigita pri murdo kaj kondamnita lastjare en la Öxará Asembleo, sed eskapis gardadon en neklarigita maniero. Nun mi demandas vin kio estas vera en via kazo, kaj tamen ne trovas min pli informita."

Tiam Jón Hreggviðsson komencis raporti pri ĉiuj siaj traktoj kun dio kaj la reĝo, ekde kiam li ŝtelis pecon da ŝnuro por uzi kiel fiŝfadenon dum la tempo de malsatego antaŭ la antaŭlasta jaro; pri lia veno al la sklavkesto en Bessastaðir; kiel li poste helpis disrompi la sonorilon de la lando por Nia Ĉiomilda Reĝa Moŝto; kiel lia buŝaĉo laboris kontraŭ li en interparolo kun la pendumisto de la reĝo, kio sekvigis lian skurĝadon, kiel jam scias mia sinjoro, ĉar li vizitis lin en lia domaĉo en Rein en la tago post tiu punado; poste pri la neoportuna tempo de la morto de Sigurður Snorrason, kaj la vekiĝo de li, Jón Hreggviðsson, en suspektinda proksimo al tiu mortinta korpo; tiam poste pri lia vivo en Bessastaðir dum longa tombonokto sen lumo de Dio krom malkvante en Julo kaj Pasko; pri lia kondamno en Þingvellir ĉe Öxará, tiu loko kie malriĉaj homoj devas elteni plej multajn suferojn kaj malhonorojn en Islando; kaj ke en la nokto antaŭ lia senkapigo liaj ĉenoj estis malfermitaj kaj al li donita oro kaj ordono iri al mia sinjoro kaj peti lin liberigi lian kapon; pri lia vojaĝo ekde kiam Islando sinkis post la maraj ondoj, kaj ke li ĝin malbenis, ĝis li venis post ĉiuj specoj de aventuroj en la vasta mondo en tiun ĉi salonon, senscia kaj sensignifa persono el Skagi, esperante kaj petante pri paco al lia Ĉiomilda Reĝa Moŝto, por ke li povu prizorgi sian propran malgrandan domon –

Arnas Arnæus aŭskultis la rakonton. Post ĝia fino li iris for laŭlonge de la planko de sia salono, tusetis kaj revenis.

"Tre ĝuste," li komencis iom nerapide kaj preterrigardis sian gaston, kvazaŭ li komencus pensi pri io alia: "Kiam mi en la aŭtuno pro scivolemo legis en la Kancelario la kopiojn de kortumaj dokumentoj pri via kazo, estis al mi malfacile vidi ion en tiuj atestoj, sur kiuj la verdikto estis bazita, kio ebligus vian kondamnon. Mi ne vidis klaran ligilon inter la verdikto kaj la antaŭaj ekzamenoj pri la afero. Ĝi ŝajnis, alivorte, esti unu el tiuj elstaraj verdiktoj, kiujn niaj saĝaj patroj kaj kolonoj de la lando tie hejme kredas sin devigitaj decidi pro iuj pli validaj kaŭzoj ol plenumo de la postuloj de justeco."

Tiam Jón Hreggviðsson demandis, ĉu la amiko de la reĝo kaj ĉetabla kompano de la grafoj ne povus iel tion aranĝi, ke lia kazo estu rekonsiderata kaj alia pli bona verdikto farita ĉi tie en Kopenhago.

"Bedaŭrinde," li diris, "vi trovas vin en malĝusta domo, Jón Hreggviðsson. Mi ne estas tenanto de leĝoj kaj justeco en tiu ĉi regno, nek laŭ alvokiĝo, nek laŭ ofico. Mi estas malriĉa librohomo."

Kaj li montris per malfermita mano al la librokovritaj muroj de tiu salono kaj rigardis la farmiston kun stranga ekbrilo en la okuloj, kaj aldonis:

"Tiujn librojn mi aĉetis."

Jón Hreggviðsson buŝmalferme rigardis la librojn

"Kiam oni aĉetis tiom multajn kaj multekostajn librojn, ne pezas multe diri tiun vorton, kiu aĉetas indulgon por Jón Hreggviðsson," li fine diris.

"En via kazo neniom gravas Jón Hreggviðsson," diris Arnas Arnæus kaj ridetis.

"Kio?" diris Jón Hreggviðsson.

"Via kazo malmulte koncernas vin, Jón Hreggviðsson. Ĝi estas multe pli granda kazo. Kion bonan tio faras al iu, se la kapo de unu amozulo estas savita? Popolo ne povas vivi per indulgo."

"Estas plej varma la fajro, kiu brulas sur oni mem," diris Jón Hreggviðsson. "Mi scias, ke estis konsiderite brava en antikveco peti indulgon, sed kiun forton havas soleca almozulo por batali por sia vivo kontraŭ la tuta mondo?"

Arnas Arnæus ankoraŭfoje zorge rigardis tiun homon, kiu estis skurĝita en Kjalardal, ĉenita en Bessastaðir, kondamnita ĉe Öxará, batita sur la vojoj en Holando, sendita al la pendumilo de la Germanoj, metita en hispana jako en Lukkstad kaj sidis nun kiel lia gasto flanke de siaj botoj, la botoj de la reĝo, kaj deziris vivi.

"Se via kazo estis maljuste traktita," diris Arnas Arnæus, "estus plej bone, ke vi mem iru al la reĝo kaj prezentu al li per viaj propraj vortoj vian petegon pri apelacio kaj nova traktado de la kazo. La reĝo ne malfavoras vidi la vizaĝojn de la siaj regatoj kaj solvas iliajn problemojn kun bonvolo, sed li trovas bonan kaŭzon por tio. Sed ne miksu min en tiun aferon, ĉar nenio estus savita, eĉ se mi savus vin. Kaj tio nur malbonigus aferojn, se mi provus interveni pro malmulto en tiu loko."

"Do, estas tiel," diris Jón Hreggviðsson, malvigle. "Por io do estis la tuto. Malbonŝance mi sidis sub pendigito. Kaj ĉi tie kuŝas antaŭ mi la signo. Mi esperas, ke tio ne estas troa trudo peti alian plenon en la kruĉon."

Arnas Arnæus denove plenigis la kruĉon kaj petis lin trinki.

"Mi neniel malfavoras kontraŭ vi, Jón Hreggviðsson," li diris. "Kaj eble mi havas pli favoran inklinon al via maljuna patrino, kiu konservis ses paĝojn el Skálda kaj pro ŝi vi akceptu rekompencon, eĉ se etan. La trezoro, kiu kuŝas antaŭ vi, iam ornamis la manon de nobela virino en la sudo. Mi havis la feliĉon unu somernokton ĉe Breiðafjörður meti ĝin sur la manon de alia reĝino. Nun ŝi redonis ĝin al mi. Mi donacas ĝin al vi. Tiun objekton, kiun la reĝinoj nomis sia bona oro, la dragono kiu mordas sian propran voston, ĝin mi donacas al vi, Jón Hreggviðsson, aĉetu per ĝi kruĉon da biero."

"Kion volas tiu soldato ĉi tie – ĉu mi ne jam ordonis al li iri for el domo!"

La ĝibulino staris sur la planko, la elstreĉita vizaĝo, kun la haroj en turo supren kaj la longa mentono kiel rokŝtupo malsupren, tiel metita ke la buŝo ŝajnis loĝi en la mezo de la korpo. Ŝia voĉo akra kaj streĉita rompis la kvieton de la biblioteko.

"Mia aminda," diris Arnæus, iris al ŝi kaj karesis milde ŝian longan vangon."Kiel bone, ke vi venis."

"Kial la soldato deprenis la boton ĉi tie en la ĉambro?" diris la virino.

"Kredeble la ŝuo lin dolorigis, mia aminda," diris ŝia edzo kaj daŭrigis sian mildan kareson. "Li estas islanda homo, kiu venis paroli kun mi."

"Evidente li estas Islandano, ĉar stinkas de li la tuta domo." "Kaj kompreneble venis por almozpeti kiel ĉiuj Islandanoj, hejme kiel eksterhejme, ĉu ili estas vestitaj en svetero, frako aŭ soldata jako! Ĉu ne estas sufiĉe, mia kara, ke vi tiras ĉi tien tiun frenezan Johan

Grindevigen kaj la malican diablon Martinsen, kiu ŝtelis de mi du bonegajn kokidojn hieraŭ kaj estis ŝteliranta en la ĝardeno en tiu ĉi mateno, ke vi ne daŭrigas kolekti al vi pliajn el tiu terura raso. Dum tiu duona jaro post kiam mi fariĝis via edzino mi devis aĉeti pli da lavendoj ol mi faris en mia longa kaj bona geedzeco antaŭe."

"Ho, mia aminda, tiu estas simple mia malriĉa popolo," diris la erudicia arkiv-sekretario, assessor consistorii kaj professor antiquitatum danicarum, kaj daŭrigis karesi sian edzinon, melankolie.

18

Jón Hreggviðsson iris malrapide laŭ la strato sen klara scio kion nun fari, ĉar li havis forpermeson por la tuta tago. Li deziris eniri trinkejon por sin freŝigi per biero, sed posedis nur malmultajn monerojn. Li staris iom senkonsile sur stratangulo kaj homoj lin preterpasis. Tiam li subite konsciis, ke iu jam parolas ĉe lia flanko.

"Kio?" diris Jón Hreggviðsson.

"Mi diris, ke tio ne multe taŭgus," diris indiferente la homo.

Jón Hreggviðsson diris nenion.

"Aj, mi kompatas la bubon," diris la alia.

"Kiun?" diris Jón Hreggviðsson.

"Aj, kiun alian ol Árni, la kompatindulon," diris la homo

"Vi ŝtelis kokidojn de la virino," diris Jón Hreggviðsson.

"Fi al tio, ŝi heredis grandan bienon en Selando post sia antaŭa edzo," diris Jón Marteinsson. "Krome la ĝardenojn, ŝipojn kaj la barelon da oro. Aŭskultu, kamarado, ne sencas stari ĉi tie. Ĉu ne prefere iri al Kristín Doktor kaj aĉeti tasegon da biero?"

"Tion mi mem pensis," diris Jón Hreggviðsson. "Sed mi ne scias, ĉu mi havas por tio sufiĉe da mono."

"Tio ne gravas," diris Jón Marteinsson. "Ĉe Kristín Doktor oni ĉiam servas al homoj en bonaj botoj."

Ili iris malsupren en la bierkelon de Kristín Doktor kaj mendis Libikan bieron

Klariĝis, ke Islandanoj en Kopenhago bone konis la kazon de Jón Hreggviðsson kaj sciis pri lia eskapo el Þingvellir ĉe Öxará en la pasinta printempo. Pri lia historio poste la homoj nenion sciis, ĝis li aperis ĉi tie kiel soldato registrita en la libro de la reĝo, ĵus translokita al Kopenhago el Lukkstad. Nun la aventurulo mem rakontis super biero pri siaj vojaĝoj. Li tamen garde evitis mencii, kiel li liberiĝis el la katenoj por neniun perfidi, diris nur ke virino de distingita familio transdonis al li bonan oron por liveri al tiu homo, kiu nun estas la plej bona inter Islandanoj, kun tiu mesaĝo ke li havigu al li vivindulgon kaj pardonon. Poste Jón Hreggviðsson diris al tiu sia nova amiko ĉion pri la fino de sia afero ĉe tiu fama homo. Li permesis al Jón Marteinsson vidi la ringon kaj li pesis la ringon en sia mano por trovi ĝian pezon.

"Ba, mi konis virinojn de distingitaj familioj, eĉ filinojn de episkopoj," li diris. "Ĉiu virino similas al la alia. Sed nun ni havu brandon."

Kiam ili jam havis la brandon kaj finis ĝin trinki, Jón Marteinsson diris:

"Nun ni havu konjakon kaj – supon. Islando estas sinkinta, tio gravas ne plu."

Ili mendis por si konjakon kaj supon.

"Mi pensas, ke ĝi povus esti multfoje sinkinta, miaflanke," diris Jón Hreggviðsson.

"Ĝi estas sinkinta," diris Jón Marteinsson.

Ili kvintkantis unufoje "Ho Jón, ho Jón, ebria hodiaŭ, ebria hieraŭ, ebria antaŭhieraŭ". Iu diris en la drinkejo, ke estas facile aŭdi, ke ĉi tie ĉeas Islandanoj. "Kaj facile konstati tion laŭ la fiodoro," aldonis alia.

"Estus okazo por celebri, se ĝi estus sinkinta," diris Jón Hreggviðsson.

"Ĝi estas sinkinta," diris Jón Magnússon. "Ĉu mi ne jam diris, ke ĝi estas sinkinta?"

Ili drinkis pli da brando. "Ho Jón, ho Jón, ebria hodiaŭ, ebria hieraŭ, ebria antaŭhieraŭ, tio estas tro-a, tio estas tro-a ..."

Tiel evoluis aferoj, ke Jón Hreggviðsson petis Jón Marteinsson agi kiel sia proparolanto antaŭ la reĝo kaj la grafoj.

"Tiam ni devas havi rostitan cervaĵon kun franca ruĝa vino," diris Jón Marteinsson.

Ili mendis por si cervaĵon kun franca ruĝa vino.

Kiam Jón Hreggviðsson estis manĝanta dum kelka tempo, li frapŝovis sian tranĉilon en la tablon kaj diris:

"Finfine mi povis satige manĝi. Nun la lando komencas sin relevi."

Jón Magnússon sin klinis avide super la manĝajo.

"Ĝi estas sinkinta," li diris. "Ĝi komencis sinki, kiam ili metis la lastan punkton al la Sagao de Njal. Neniam iu ajn lando sinkis tiom profunde. Neniam plu povas tia lando releviĝi."

Jón Hreggviðsson diris:

"Iam homo de Rein estis skurĝita. Kaj tien venis Snæfríður Suno de Islando* kaj klinas sin al la plej nobla kavaliro de la lando, tiu homo kiu scias la historiojn pri la antikvaj reĝoj, sed malantaŭ ŝi en la ombro staras sennombraj lepraj vizaĝoj kaj tiuj vizaĝoj estas miaj. Iam kondamnita homo estis en Þingvellir ĉe Öxará. En la mateno li estos senkapigita. Mi malfermas miajn okulojn kaj ŝi staras super mi, blanka, en oro, kaj mezuras nur unu spanon ĉirkaŭ la talio, kun tiuj bluaj okuloj, kaj mi nigra. Ŝi regas la nokton kaj vin liberigas. Ŝi estas kaj estos la sola vera reĝino de la norda mondo kaj la damo de lumo kun la feina korpo, eĉ se ŝi estas perfidita; kaj mi nigra."

"Aj, ĉu estas neniu fino de vantaĵoj?" diris Jón Marteinsson. "Lasu min trankvila dum mi manĝas ĉi beston kaj trinkas ĉi burgundan vinon."

Poste ili daŭrigis manĝi. Kiam ili finis manĝi la beston kaj la vinon kaj la virino portis al ili punĉon en kruĉoj, Jón Magnússon diris:

"Nun mi diros al vi kiel oni kuŝigas filinon de espiskopo."

Li movis sin proksime al Jón Hreggviðsson, klinis sin al li kaj priskribis mallaŭte en detaloj tiun agadon al la farmisto, poste sin rektigis en la seĝo, etende platigis unu manon kaj diris:

"Tio estas la tuto."

Jón Hreggviðsson ŝajnis ne impresita.

"Antaŭe, kiam li donis al mi la ringon, mi diris al mi mem, kiu el ni du estas pli malriĉa, li aŭ Jón Hreggviðsson de Rein. Ne mirigus min, se granda misfortuno iam trafos tian homon."

Jón Marteinsson leviĝis el sia sido kvazaŭ pikita per kudrilo, pugnigis la manojn kaj etendis la mentonon minace al Jón Hreggviðsson, subite li estis ŝanĝinta sin sintenon.

"Kial vi tiel blasfemas, vi diablo," li diris. "Se vi kuraĝas mencii tiun nomon, pri kiu vi pensas, vi falos morta kun ĝi sur la lipoj."

Jón Hreggviðsson gapis:

"Se mi ĝuste memoras, vi mem antaŭ nelonge nomis lin bubo kaj kompatindulo kaj lian domon mizera domo."

"Provu diri lian nomon!" elblovis Jón Marteinsson.

"Formovu vian vizaĝon por ke mi povu kraĉi." diris Jón Hreggviðsson.

Sed ĉar li diris nenion pli, Jón Marteinsson klinis sin denove al li.

"Neniam fidu la vortojn de senebria Islandano," li diris. "Al Islandanoj estis sendita de ĉiomilda Dio nur unu vero, kaj ĝi nomiĝas brando."

Ili kantis "Ho Jón, ho Jón" kaj la aliaj gastoj rigardis ilin kun hororo kaj abomeno.

Tiam Jón Marteinsson klinis sin denove al Jón Hreggviðsson kaj flustris: "Mi volas konfidi al vi sekreton."

"Aj, min jam tedas aŭdi pri tiu diabla filino de episkopo," diris Jón Hreggviðsson.

"Neniu plia filino de episkopo," diris Jón Marteinssson. "Je mia honoro."

Li klinis sin al la orelo de Jón Hreggviðsson kaj flustris:

"Ni havas nur unu homon."

"Ni havas homon, kiun?" demandis Jón Hreggviðsson.

"Tiun unu homon. Krom li, neniun. Nenion pli."

"Mi ne komprenas vin," diris Jón Hreggviðsson.

"Li jam havis ilin ĉiujn," diris Jón Marteinsson, "ĉiujn kiuj gravas. Tiujn, kiujn li ne trovis en preĝejaj subtegmentoj aŭ en kuirejaj anguloj aŭ en ŝimaj litkadroj, li aĉetis de aristokratoj kaj grandbienuloj per farmbienoj kaj mono ĝis ĉiuj liaj familianoj restis senhavaj, kvankam li devenis de riĉuloj. Sed tiujn, kiuj estis transportitaj el la lando, li sekvis el lando post lando ĝis li trovis ilin, unu el Svedujo, alian en Norvegujo, tiam en Saksujo, tiam Bohemujo, Holando, Anglujo, Skotlando kaj Francujo, jes tutvoje sude en Romo. Li aĉetis oron ĉe uzuristoj por pagi por ili, oron en sakoj, oron en bareloj, kaj neniam iu aŭdis lin marĉandi pri prezoj. Iujn li aĉetis de episkopoj kaj abatoj, aliajn de grafoj, dukoj, princoj kaj reĝoj, kelkaj de la papo mem, ĝis kiam minacis perdo de ĉiuj posedaĵoj kaj karcero. Kaj neniam por eterne ekzistos alia Islando ol tiu Islando kiun Arnas Arnæus aĉetis per sia vivo."

La larmoj fluis sur la vangoj de Jón Marteinsson.

Kaj pasis la tago.

"Nun mi montros al vi Kopenhagon, la urbon kiun Danoj ekhavis de Islandanoj," diris la nova protektanto de la farmisto kaj lia gvidisto malfrue en la vespero, kiam ili jam pagis por si per la bona oro en la kelo de Kristín Doktor – ili eĉ posedis sufiĉan restaĵon por viziti bordelon. "Tiu ĉi urbo estas konstruita ne nur per islanda mono, sed ĝi estas ankaŭ lumigata per islanda ŝarkoleo."

Jón Hreggviðsson kantis el la Rimoj pri Pontus:

Se barel'de bona vin´
vin trafas en amaro,
ĝin eltrinku ĝis la fin´
ĝin eltrinku ĝis la fin´
kun gaja kolegaro.

"Kaj tie estas la Plezurparko de la Reĝo," diris Jón Marteinsson, kie nobeloj en zibelaĵoj renkontas dekoltitajn damojn en oraj ŝuoj dum aliaj homoj petegas kun larmoj pri gisfero kaj hokŝnuroj."

"Aj, kvazaŭ mi ne scius, ke mankas al ili kaj hokoj kaj ŝnuroj," diris Jón Hreggviðsson. "Sed nun mi volas iri al bordelo."

Ili iris la vojon de la haveno tra la centro de la urbo. La ĉielo estis jam klara kun trankvila frosto kaj la luno aldoniĝis al islanda ŝarkoleo, kiu iluminis la lokon. La domoj de la nobeloj alsupris unuflanke, ĉiu pli grandioza ol la sekvanta, kun tiu malvarma nealproksimebla aspekto, kiu estas la vera atesto de riĉeco. La pordoj de tiuj imponaj domoj estis el elektita ligno, firme ŝlositaj. Jón Marteinsson daŭrigis informi la eksterurbanon:

"En tiu domo sidas mia benata Maria von Hambs, kiu nun posedas unu el la plej grandaj financaj partoj en la Islanda komerco. Antaŭ nelonge ŝi donis grandan sumon da mono por aĉeti supon por malriĉaj homoj unufoje en la tago, por ke ŝi ne iru al la Infero, kaj tial estas ne nur tiu homvalore signifa triono de la urbanoj, kiu vivtenas sin per la Islanda komerco, sed ankaŭ la terpedikoj, la filoj de Grímur Kögur*, kiuj de tie ricevas sian regalon – kiuj antaŭe travagis sur la stratoj kun malplenaj stomakoj kaj kiujn estis kutimo ruli malsatmortajn en la kanalojn. Jen tiun brile prilumatan domon kun fruktarboj ĉirkaŭe, el kie vi aŭdas muzikon kaj dancadon, posedas la Kasisto Hinrik Muller, kiu havas monopolon super la Orientfjordaj havenoj, – estas ne nur vi kaj mi kiuj festenas ĉi-vespere, kamarado. – Kaj la domon kun la anĝelo ĉe la portalo posedas la plej bela kavaliro de la urbo, Peder Pedersen, kiu havas la havenojn ĉe Bátsendar kaj Keflavík, nur mankas al li elpreni la naztukon por la reĝo por fariĝi nobelo kun "von" kaj longa nomo laŭ germana kutimo."

Fine ili venis al granda fruktoĝardeno ĉirkaŭita per alta muro. Ili strabis tra fendeto en la muro. La arboj estis glacikovritaj de la frosto kaj la tero estis kovrita de prujno. La lunlumo estis reflektata sur tiu tuta glaceaĵo kaj sternis oran brilon sur la kvietajn lagetojn de la ĝardeno. Du trembrilantaj cignoj glitis trans la akvon kaj streĉis la kolojn majeste en la kvieto de la nokto.

En la centro de la ĝardeno dominis palaco alta kaj pompa sub la ŝirmo de vastaj branĉaroj de kverkoj, nove konstruita, kun krutaj tegmentoj kaj arte ĉizitaj gabloj, korbeloj el ruĝa sabloŝtono kaj niĉoj kie sidis statuoj sur ŝtupoj. La palaco havis kvar turojn kun balkonoj unu super la alia, plej supre sur ĉiu turo estas mallarĝanta pinto, la lasta ankoraŭ ne finkonstruita. La luno brilis sur la verda kupro de tegmentoj kaj turoj.

"Tiun ĉi palacon estis konstruita kiel eble plej majeste por imponi al eksterlandaj ambasadoroj kaj princoj; ili serĉis vaste por materialoj antaŭ komenci ĝin fari kaj nenia elspezo ŝparita. Holanda majstro ĝin konstruis, itala skulptisto ornamis ĝian eksteron kaj interne la salonoj estas dekoraciitaj de francaj pentristoj kaj ĉizistoj."

Jón Hreggviðsson preskaŭ ne povis preni siajn okulojn for de tiu vidaĵo: la blanka porcelanarbaro, la verdaj kuprotegmentoj de la palaco en la lunlumo, la lageto kaj la cignoj, kiuj daŭrigis sian glitadon trans la akvon kaj la streĉadon de siaj koloj kiel en songo.

"Tiun ĉi palacon," recitis Jón Marteinsson kun la senpretenda maniero de hejmano – tiun ĉi palacon posedas Kristján Gullinló, parenco de la reĝo, grandsinjoro de la grafeco de Samsey, barono de la urbo Marselia, kavaliro, General-Admiralo, General-Leŭtenanto kaj General-Poŝtmastro en Norvegujo, Guberniestro de Islando kaj Impost-Ĉefolektanto, unu escepte honesta kaj bona sinjoro."

Tiam Jón Hreggviðsson vekiĝis kvazaŭ el sonĝo, ĉesis strabi tra la fendeto, kaptis plenmanon de siaj haroj sub la ĉapelo kaj sin gratis.

"Ha," li diris el tiu distriĝo: "Ĉu mi mortigis lin? Aŭ ĉu mi ne mortigis lin?"

"Vi estas ebria." diris Jón Hreggviðsson.

"Mi esperas ke mia Kreinto decidis, ke mi mortigis lin," diris Jón Hreggviðsson.

19

Dum pli ol cent jaroj certa raso trans la Sundo, nomita Svedoj, estis daŭriganta konflikton kontraŭ la Danoj, oftfoje ilin almilitis kaj okupis ilin per armeo, subaĉetis la farmistojn, ĉantaĝis la reĝon, perfortis virinojn kaj bombis Kopenhagon per kanonoj: krome ili brute deprenis de la Danoj la elstaran teritorion de Skanio. Ne malofte la unue menciitaj kolektis al si ĉiajn fremdajn popolojn kontraŭ la poste menciitaj, kiuj tamen je okazoj povis per la helpo de Dio akiri subtenon de regnestroj de malprokimaj popoloj, kiel de la Granda Caro de Moskovio, kontraŭ la unue menciitaj.

Nun unu plian fojon konfliktoj ekflamis inter tiuj najbaroj, kaj ambaŭ flankoj serĉis helpon el malproksimaj lokoj. En la vespero, kiam Jón Hreggviðsson revenis al sia kazerno, kaj estis elspezinta la oran ringon por drinkaĵoj kun Jón Marteinsson, li estis en sufiĉe bona humoro por kvereli kun tiuj friponoj, kiuj neniam laciĝis en sia molestado de pedikhava Islandano. Bedaŭrinde ne doniĝis oportuno por interbatado. La gardistaro estis plimultigita kaj estis ordonite al ĉiuj teni disciplinon. Surteriĝo de sveda armeo minacis ĉiuminute. Jón Hreggviðsson donis al unu aŭ du orelfrapon, sed tio ne vekis atenton, maksimune iu lin piedbatis. Ĉiuj pensis pri la milito. Unu homo diris, ke komprenble la Svedoj ne estos kontentaj havi nur Skanion, nun la vico venis al Selando. Poste Faeno kaj Jutlando.

Unu demandis: "Kie estas la mararmeo, ĉu la mararmeo ne defendos la Sundon?"

Alia diris: "La Angloj kaj Holandanoj jam havas batalŝipojn en la Sundo kaj pretendas velumi al Moskovio por paroli kun la Caro.

Tiel ke nia Admiralo Gullinló jam surteriĝis kaj sidiĝis en sia palaco por karespremi Amalian Rozon. "

Jón Hreggviðsson kantis strofon el la Rimoj pri Pontus:

Pasis tago, de milito
tuj aŭdiĝos bru´,
al virino ĝisrevido,
kuros sanga flu´.

En la posta tago oni riparis botojn kaj plifirmigis la ŝarĝportajn rimenojn sur la supervestoj de la homoj. Kaj frue en la mateno de la dua tago tamburoj estis batataj kaj flutoj, klarionoj kaj kornoj estis blovataj kaj la armeo ekiris por batali kontraŭ la malamiko. Ĉiu homo devis porti ĝis dudek kvin kilogramoj sur sia dorso. Estis malseka vetero. La vojo estis seninterrompa kota ŝlimo kaj al multaj estis malfacile teni kontinuan takton, inter ili Jón Hreggviðsson. Ebriaj germanaj oficiroj rajdis laŭlonge de la kompanio, kriante kaj svingante vipojn kaj pistolojn. La muziko jam delonge silentis, ĉar la manoj de la flutantoj estis sensentaj pro malvarmo, sed unu homo estis aŭdata plorplendi.

Venis informoj ke la batalŝipoj de la Svedoj kuŝas antaŭ la bordo kaj ke spionoj estis senditaj surborden kaj ke okazis severa kunpuŝiĝo inter ili kaj danaj gardistoj. Jón Hreggviðsson estis malsata, kaj same lia apudulo, homo el la popolo de la Uxendoj. La pluvado kontinuis. Grakantaj kornikoj flugetis super la nigre nudaj arbopintoj en la nebulo. Ili pretermarŝis longajn unuvicajn farmodomojn, ĉar estas kutimo en Danujo, ke la loĝejoj de homoj kaj bestoj staras sub unu tegmento, ĉiu post la fino de alia. Ĉevaloj kaj ŝafoj paŝtiĝis sur verdaj herbokampoj. La pajltegmentoj de la domoj atingis tiom malsupren, ke iranta homo tuŝis per la ŝultro la tegmentorandon, sed en la loĝoĉambro de la homoj estis malgrandaj vitrofenestroj kaj kurtenoj kaj junaj knabinoj kaŝe elrigardis al la soldatoj, kiuj marŝas por batali kontraŭ la Svedoj por la reĝo en tiu koto, kaj estis tiom malsekaj kaj lacaj, ke ili sentis nenion en ilian direkton.

En unu tia vilaĝo okazis tiel, ke tri drakonoj algalopis kun vipoklakoj kontraŭ la kompanion. Ili parolis kun oficiro kelkajn vortojn. La kompanio estis ordonita halti. La oficiroj rajdis laŭ la kompanio kaj ekzamenis la homojn. Ili haltis kontraŭ Jón Hreggviðsson kaj montris al li per siaj vipoj. Poste unu el ili vokis al la farmisto per unu el tiaj germanaj nomoj, kiuj estis faritaj por li pli ol unufoje tage en la milito:

"Joen Rekkvertsen."

Li miskomprenis la nomon en la komenco, sed kiam ĝi estis vokita por la dua fojo lia apudulo donis al li puŝon per la kubuto por atentigi ke ili celas lin per tiu nomo, kaj Jón Hreggviðsson levis la manon al la kasedo laŭ soldata maniero. Estis ordonite, ke li elpaŝu el la vico.

Kiam la oficiroj estis konfirmintaj la identecon de la homo, estis tuj alvokitaj du veturigistoj. Jón Hreggviðsson estis katenita kaj ĵetita en ŝarĝvagonon kaj veturigita revoje al Kopenhago en akompano de la drakonoj.

Je la alveno tien li estis prenita antaŭ germanajn oficirojn en domo, kiun li ne rekonis, kaj ekzamenita. Ili surhavis kolorplenajn uniformojn, zonitaj per glavo, kun volvitaj barboj kaj plumaj kvastoj. Ili igis demandi, ĉu la homo estas Johann Reckwitz aŭ Ijsland buertig. La farmisto estis distaŭzita kaj nigra, kota kaj malseka, krome ligita al du armitaj soldatoj. Li respondis:

"Mi estas Jón Hreggviðsson el Islando."

"Vi estas murdisto," diris la oficiroj.

"Ĉu?" diris Jón Hreggviðsson. "Kiu diras tion?"

"Ĉu li arogas al si demandi ĉi tie?" diris unu el la oficiroj, mirigita, sed la alia ordonis al unu el la soldatoj alporti vipon kaj bati la homon. Vipo estis alportita kaj Jón Hreggviðsson estis batita kelkajn fojojn kaj sur dorson kaj fronton kaj trans la nukon kaj iom sur la vizaĝon. Post kelka tempo unu el la oficiroj ordonis al la soldato ĉesigi la batadon, kaj demandis ĉu li estas murdisto.

"Estas senutile bati Islandanon," diris Jón Hreggviðsson. "Ni atentas tion ne pli ol mordetojn de pedikoj."

"Vi do ne estas murdisto," diris la oficiroj.

"Ne," diris Jón Hreggviðsson.

Tiam la oficiroj ordonis alporti la patronian. Tiu patronia pruviĝis esti krono el ŝnuro kun multaj nodoj kaj ĝi estis puŝita sur la kapon de la homo kaj turnita per bastonoj ĝis la nodoj premiĝis en la kranion kaj la okuloj ŝvelis. Tiam Jón Hreggviðsson komprenis, ke ne valoras pli longe tion elteni, kaj diris ke li estas murdisto. Ili tiam ordonis depreni la Paternoster.

Post tiu aventuro Jón Hreggviðsson estis transportita al la Blua Turo kaj puŝita en ĉelon okupitan de murdistoj de infanoj kaj ŝtelistoj de kokinoj. Liaj vestoj estis deprenitaj kaj li enmetita en krudan jutŝtofan sakon kaj ĉenita al la muro. Granda ĉeno venis el la muro kaj fiksita al tri ŝtalringoj, unu ĉirkaŭ la femuro, dua ĉirkaŭ la mezo de la homo, la tria ĉirkaŭ la kolo kaj estis najlo nitita por fermi la kolringon. Tio estis nomita la reĝa fero kaj laboro.

Tio estis post vespermanĝa tempo kaj Jón Hreggviðsson ricevis nenian nutraĵon post tiu okupoplena tago, tiel ke kiam la homoj, kiuj lin katenis, estis foririntaj kun la laterno, li decidis kanti kelkajn bone elektitajn enkondukajn strofojn el la Rimoj pri Pontus, kie li sidis kun sia dorso klinita al la muro:

En nia stomako la forto kovas,
kaj saĝo en intesto,
ĉar fine la manĝo ĉiopovas,
ĉar fine la manĝo ĉiopovas,
kaj eterna ĝia festo.

Aliaj malliberuloj en tiu komunaĵo vekiĝis kaj lin malbenis. Estiĝis multa kverelado kaj veado, plorado kaj insultado en tiu domo, sed Jón Hreggviðsson diris ke li estas Islandano kaj neniel koncernas lin iliaj plendoj, kaj daŭrigis la kantadon.

Tiam ĉiuj komprenis ke nenio pli malbona povus okazi post tio kaj donis sin al sia sorto en silenta teruro.

20

Malofte Jón Hreggviðsson trafiĝis kun tioma kolekto de homoj sen hejmoj, sen familioj kaj sen scioj pri antikvaj historioj kiel en tiu turo. La homoj estis devigitaj distaŭzi kanabon dum estis ia lumeto de tago, ligitaj kiel brutoj, neniu vorto aŭdiĝis krom obscenaĵoj kaj sakraĵoj. Jón Hreggviðsson postulis kiel soldato de la reĝo, ke li estu translokita en la Stokkhus, la malliberejon de la armeo, en kuneston de decaj homoj. La gardestroj demandis returne, ĉu tiu ĉi ne estas kontentige respektinda kunularo por Islandano.

Li demandis laŭ kiuj leĝoj li estis sendita ĉi tien, aŭ kie estas la verdikto, sed ili respondis, ke la reĝo estas justa. Iuj aŭdintoj de tio malbenis la reĝon kaj diris, ke li restarigis siajn rilatojn kun Boto-Katrino.*

El tiu turo neniuj vojoj ŝajnis konduki al homa vivo, nek laŭ leĝoj, nek laŭ malleĝoj. Dikaj ferstangoj baris la fenestrojn, kiuj sidis tiom alte, ke laŭ memoroj de homoj neniu havis ekrigardon tra ili. La sola distraĵo en tiu loko estis efemera ombro de flugillarĝa birdo, kiu momente preterflugis super la muron. La plejaĝulo en tiu komunaĵo, krimulo kiu baldaŭ jam pasigis tutan homvivon ĉi tie, diris ke unufoje antaŭ dudek jaroj estis al li permesite elrigardi, kaj li asertis ke la turo staras sur insulo ne proksime al la bordo, aŭ ke ĝi estas tiom alta, ke la lando malaperas sub ĝin kaj ke nenio estas videbla krom senfina maro.

Iun tagon nove alveninta krimulo portis la informon, ke la milito estas finita; almenaŭ portempe. La Svedoj alteriĝis ĉe Humlabekk kaj venkis la Danojn. La batalo tamen ne estis sanga, tiel ke la malvenko ne konsistis el perdo de homvivoj, kaj fakte ankaŭ ne en perdo de teritorio. Aliflanke, Nia Plejmilda Reĝa Moŝto devis akcepti severajn kondiĉojn por paco: malplenigi ĉiujn pli gravajn fortresojn kaj promesi ne konstrui novajn. Sed superas ĉion, ke li estis devigita pagi al la sveda reĝo cent mil specialajn talerojn kontante.

Unu krimulo scivolis de kie la reĝo, kiu estis en senfundaj ŝuldoj kaj ne posedis monon por aĉeti tabakon, povis kolekti tioman sumegon en tiu malfacila tempo.

"Estis Grafo von Rosenfalk, kiu tion prizorgis," diris la nove alveninta krimulo. "Kiam la malamiko komencis minace grimaci kaj diris: tuj la monon, la reĝo sendis mesaĝon al tiu juna kaj aminda homo kaj li senprokraste iris suben en sian kelon kaj ordonis transdoni la monon."

Unua krimulo: "Kiu estas tiu Grafo von Rosinfalk?"

Dua krimulo: "Li estas Peder Pedersen."

Unua krimulo: "Kiu Peder Pedersen?"

Dua krimulo: "La filo de Peder Pedersen."

Ĉiuj krimuloj: "Nu, de kiu diabla Peder Pedersen?"

Jón Hreggviðsson: "Li luas de la reĝo la havenojn ĉe Básendar kaj Keflavík. Mi iam konis homon nomitan Hólmfastur Guðmundsson, kiu havis negocon kun li kaj lia patro."

Kvankam Jón Hreggviðsson petis de la gardistoj tagon post tago, semajnon post semajno, se ne en kolero, tiam kun flatado kaj afablaj vortoj, aŭ kun ploroj, ke ili prezentu la mesaĝon al komandanto de la kastelo, ke lia kazo estu rekonsiderata de iu tribunalo, tio estis tute vana, neniu tribunalo sin koncernis pri tio. La farmisto neniam ricevis klarigon pri tio, kial li estas ĉi tie aŭ kiu ordonis sendi lin ĉi tien.

Unu matenon, kiam la gardisto alportis la sekalkaĉon, li paŝis rekte al Jón Hreggviðsson, lin piedfrapis kaj diris:

"Havu tion, vi diablaj Islandanoj!"

"Mia aminda," diris Jón Hreggviðsson. "Kiel bone, ke vi venis!"

"Mi drinkis kun unu el viaj samlandanoj ĉe Kristín Doktor hieraŭ vespere," diris la gardisto. "Kaj li havigis de mi miajn botojn. Mi devis iri nudpieda hejmen. Iru vi ĉiuj al la Infero."

Sed tiel okazis post kiam Jón Marteinsson drinkis kun tiu gardisto el Blua Turo, ke pasis nur malmultaj tagoj ĝis germana oficiro enpaŝis en la ĉelon kun akompano de du gardistoj. Tiu oficiro ordonis liberigi Jón Marteinson el la ĉenoj. Poste ili kunprenis lin kun si el la ĉelo.

"Ĉu finfine mi estos senkapigita?" demandis Jón Hreggviðsson.

Ili nenion respondis.

Unue Jón Hreggviðsson estis kondukita antaŭ la komandanton. Oni foliumis kelkajn librojn kaj la nomo Johann Reckwitz aus Ijsland buertig estis trovita en sia loko. La oficiro kaj la komandanto rigardis la homon kaj diris ion en la germana lingvo kaj kapjesis unu al la alia. Post tio li estis kondukita malsupren en profundan kelon, kie du maljunaj lavistinoj staris en densa nubo de vaporo super kaldronoj kaj kuvoj. Al tiuj virinoj estis ordonite lavi Jón Hreggviðsson per broso de supro ĝis malsupro kaj froti lesivon en lian kapon; ne trovis sin la farmisto en pli malbona loko post kiam la holandaj maristoj lin superverŝis per marakvo antaŭ la bordo de Islando. Poste estis al li donitaj liaj soldataj vestoj purigitaj kaj la botoj poluritaj, kiujn li sukcesis teni for de la manoj de Jón Marteinsson. Post tio tondisto estis alvenigita por tondi liajn harojn kaj barbon laŭ bonstila maniero, tiel ke la farmisto aspektis kiel presbitero en dimanĉo. Estis evidente ke ellaborita kaj bela senkapigo estis atendata en ĉeesto de dignaj gastoj kaj nobeloj.

"Ĉu venos ankaŭ damoj?" demandis Jón Hreggviðsson, sed neniu komprenis la demandon.

Vagono staris ekstere kun du ĉevaloj aljungitaj. La Germano eniris kaj sidiĝis en la postan seĝon, sed kontraŭ li Jón Hreggviðsson estis sidigita kun gardisto ambaŭflanke. Nenia vivsigno moviĝis en la germana oficiro post kiam li sidiĝis, escepte de rukto de tempo al tempo. La gardistoj estis ankaŭ silentaj.

Post longa veturado ili venis al granda domo en la urbo kun larĝa ŝtuparo antaŭe kaj tronis tie sur kolonoj du leonoj kun terura aspekto, sed timiga masko el ŝtono super la pordo kun vizaĝo de besto, homo kaj diablo. Ĉe la ŝtuparo staris gigantaj homoj plene armitaj, kiel blokoj de ligno, kun sulkigitaj brovoj.

Jón Hreggviðsson estis unue paŝigita supren laŭ la ŝtuparo, ŝtupon post ŝtupo, poste en vestiblon altan kaj ombran, kie kandeloj brulis en teniloj sur la muro, kaj stumblis la farmisto sur la malvarmaj plankopladoj, tiam supren laŭ plia ŝtuparo pli kruta ol la antaŭa kie li stumblis denove, tiam tra labirinto de koridoroj kaj ĉambregoj alterne, kie nigre vestitaj altranguloj sidis en diskutoj, aŭ malgajaj kapuĉuloj, grizharaj kaj ŝrumpintaj, klinis sin super siaj tabloj kaj skribis severajn kondamnojn al homoj; la farmisto estis konvinkita ke jen li eniris la Grandan Tribunalan Domon super aliaj tribunalaj domoj.

Fine ili eniris ĉambron meze grandan, pli luman ol la antaŭaj. La fenestro atingis ĝis la planko kaj estis peze kurtenita, tiel ke krepuskecaj ombroj aŭ duone glutis la vidaĵon aŭ donis al ĝi nuancon de miraĝo. Sur unu muro pendis kolorplena portreto de Lia Reĝa Moŝto en junula aĝo kun peruko ĝis la mezo de la supra brako, en peltoborderita mantelo tiom longa, ke ĝia trenaĵo mezuris tri ulnojn sur la planko; tie estis ankaŭ alia portreto de lia benata patro de alte laŭdinda memoro; ankaŭ de ambaŭ iliaj althonoraj reĝinoj.

Ĉirkaŭ kverka tablo en la mezo de la ĉambro sidis tri aristokratoj en vastaj manteloj, kun arĝentkoloraj perukoj kaj larĝaj krispoj, kaj unu generalo kun oraj galonoj kaj oraj brilaĵetoj, kun oraj spronoj kaj diamantoj sur la glavaj manŝirmiloj, blua vizago, kaj barbo tiom volvita ke la pintoj tuŝis la ruĝajn sakojn sub la okuloj.

Proksime al la fenestro, parte en lumo, parte kuniĝintaj al la ombroj de la pezaj tukoj, staris du rimarkindaj eminentuloj kaj interparolis mallaŭte, sen doni atenton al la kvar ĉetablanoj. Estis kvazaŭ la du flankestarantoj havis ĉi tie sian hejmon, sed tamen ne. Ili ne rigardis al la gastoj, sed la siluetoj de iliaj vangoj kontinuis ludi kontraŭ la varma lumo el ekstere. Jón Hreggviðsson kredis, ke li ne eraras, ke unu el tiuj estas Arnas Arnæus.

Sekretario venis kun libro kaj ankoraŭ plifoje komenciĝis la proceso konfirmi, ĉu la homo estas Jón Hreggviðsson. Post tiu konfirmo la Granduloj komencis esplori siajn dokumentojn kaj unu levis sian mentonon majeste de la brusto kaj diris kelkajn vortojn solene al la farmisto. Kiam li finis, la bluvizaĝulo kun la diamantoj sur la glavaj manŝirmiloj diris ankaŭ kelkajn vortojn al la farmisto, sed iom abrupte. Ne povis Jón Hreggviðsson kompreni la homojn.

Tiam unu el la rimarkindaj eminentuloj iris de la fenestro al Jón Hreggviðsson. Li aspektis laca kaj malĝoja, liaj okuloj mildaj, homo senpretenda. Li alparolis la farmiston en la islanda lingvo.

Li klarigis al Jón Hreggviðsson, malrapide kaj kvietvoĉe, ke en la vintro oni eltrovis, ke islanda homo servas sub la standardo de la reĝo, eskapinto el malliberejo, kiu en la antaŭa printempo estis kondamnita al morto en la Asembleo de Öxará. Tuj kiam tio estis konfirmita, la aŭtoritatoj ordonis, ke la homo estu arestita kaj la kondamno plenumita sen prokrasto. Diferencis nur je hara diko, ke tiu kondamno estus plenumita. Lastmomente nobla Islandano atentigis la reĝon, ke iuj difektoj ŝajne estas en la pritrakto de tiu kazo en Islando, kaj en la distrikta kaj la ĝeneralaj kortumoj. Poste la Islandano petis al la tri Granduloj montri la leteron de la reĝo. Kiam ili donis ĝin al li, li legis por la farmisto kelkajn detalojn tiuteme, ke estas malfacile vidi per kiuj rezonoj tiu verdikto estis bazita. "Ni tial, laŭ la plej humila deziro de Jón Hreggviðsson, permesas al li sub Nia protekto en plena libereco vojaĝi al Nia lando Islando por ke li persone prezentu sin al la siaj justaj juĝistoj en la Asembleo de Öxará, kaj se li tion preferas, apelacii sian kazon al la Nia Plej Alta Tribunalo ĉi tie en Nia Urbo Kopenhago. Al li estas ankaŭ promesita de Nia Plej Graca Protekto vojaĝi kiel libera homo el Nia lando Islando denove reen al tiu ĉi Nia urbo Kopenhago por atendi kondamnon aŭ malkondamnon laŭ la justa taksado de Niaj Leĝoj kaj Nia Plej Alta Tribunalo."

La Islandano ricevis el la mano de la generalo alian leteron. Tiun alian leteron li nomis per ĝia latina nomo salvum conductum*, kaj estis el ĝi legita, ke Johann Reckwitz aus Ijland buertig, infanteriano sub la komando de sinjoro kapitano Trohe, estas de Kolonelo-Generalo Skaunfelt donita kvarmonata forpermeso por vojaĝi al Islando por serĉi juston en sia kazo, poste reveni ĉi tien al la reĝa rezidentejo Kopenhago por daŭrigi sian servadon sub la standardo.

Tion farinte, la islanda oficialulo transdonis al Jón Hreggviðsson la du leterojn, la protektoleteron de la reĝo kun la apelacio al la Supera Tribunalo kaj la salvum conductum de la dana armeo.

Arnas Arnæus staris senmova ĉe la fenestro kun lumo sur unu vango kaj ombro sur la alia, kaj daŭrigis distriĝeme sian rigardadon al la strato. Ŝajnis, ke li ne havis iun rolon en tiu kunsido kaj li ne rigardis en la direkto de Jón Hreggviðsson de Rein.

Neniam poste la farmisto povis memori, kiel li eliris el tiu granda domo, sed subite li staris ekstere sur la placo kaj la du leonoj malantaŭ li kun la timiga kapo de homo, besto kaj diablo. La germana oficiro ankaŭ malaperis kiel roso en suno. Estis serena vetero. Tiam la farmisto rimarkis, ke jam estis somero, ĉar la arboj staris kun verda foliaro kaj odoro de arbaro plenigis la aeron kaj ia pasereto pepis senĉese en la seka kvieto.

Dua parto

La damo de lumo

1

La rivero Tungufljót plupasas kviete kaj vaste kun forta torento en ŝaneloj kaj enfluas la glaciriveron Hvitá, oriente de la episkopejo Skálholt. Sur la terlango inter la riveroj estas larĝa marĉo de karekso, poste altiĝas la tereno kaj aperas abunde homaj loĝejoj, kie elstaras la ĉefbieno, ĉirkaŭita de farmobienetoj. La ĉefbieno nomiĝas Bræðratunga. Tie sidas supre en sia privata ĉambro bluokula virino, ŝia vizaĝkoloro de ora nuanco, kaj brodas sur tukon antikvajn mirindaĵojn el la historio pri Sigurður filo de Völsungur, kiam li mortigis la drakon Fáfnir kaj forportis ĝian trezoron.*

La vitro de la ĉambra fenestro estas polurita. Tra ĝi oni povas vidi la trafikadon de homoj tra la distrikto, rajdopadoj trairas la ebenan grundon de la riverbordo kaj pramoj transiras la riveron diversdirekte, sed Skálholt mem estas kaŝita trans la longa altaĵo Langholt. Ŝi sidas sur skulptita seĝo, benketo sub ŝiaj piedoj, ĉirkaŭ ŝi kusenoj kun vilaj kovriloj. Antaŭ la alkovo estis kuntiritaj kurtenoj kun antikvaj figuroj. Apud la kontraŭa muro, sub la klintabula tegmento, estas ŝia vestokesto, farbita verde, kaj fortika skribomeblo el faga ligno. Sur krado proksime al la pordo staras ŝia selo, plej valora trezoro, volbformita, arko kaj bretoj kovritaj per latuno kaj multvarie ornamitaj, drakoj, homoj kaj anĝeloj inter multfoje inkrustitaj volvaĵoj, sed nomo kaj jarnumero sur la posta breto, reliefigita ledlaboraĵo alfiksita per butonoj kaj sur la sidloko arte farita kovraĵo kunfaldita, bridilo ĉe la arko; estis kvazaŭ la virino estus pretigita sin por vojaĝo. La aromo estas ankoraŭ tre fremdeca ĉirkau ŝi kaj iom peza.

Kelkaj homoj alproksimiĝas el la direkto de Hvítá-rivera pramo, sed de tie kondukas la vojo suden al Bakki*. Tri rajdas, du ambaŭflanke de la tria kaj subtenas lin inter si sur la ĉevalo; antaŭ ili piediras la kvara kaj kondukas per la bridilo la ĉevalon de tiu, kiu rajdas en la mezo. Tiu laste nomita, kiu ŝajnas esti la centropunkto de la ekspedicio, lasas pendi la kapon sur la bruston, la ĉapelo sinkinta sur la vizaĝon. La peruko de la homo elstaras el la poŝo de lia mantelo. Evidente iu rulis lin en argila kaĉputo, se ne en io pli malbona. Tiuj homoj direktas sin al Bræðratunga.

Kiam oni rigardas de la komuna rajdopado hejmen al tiu loko ĝi aspektas impona, dek kvin gablodomoj krom aliaj domoj, kelkaj kun subtegmentoj, alfrontas sudokcidenten, ligna halodomo vicfine kun du eksteraj muroj panelitaj, kaj la ĉefbiena domaro sin levas bele sur la verda kampo de la lando en la luma printempa tago kiel ĉi tiu, kiam la suno brilas sur muroj kaj tegmentoj.

Sed se la vojaĝanto rompas la magion de la distanco, alia vidaĵo aperas. La proksima vido estas la vera malamiko de tiuj domoj. Ili estas domoj de detruiĝo. La konstruaĵoj troviĝas ĉiuj sur la rando de ruino, muroj sinkintaj aŭ falintaj, similaj al vundoj de erodita herbejo, la herbtorfo trafosita de akvo kaj la ŝtonoj ruliĝintaj el la stakoj, truoj sub la traboj, tegmentoj mislokitaj aŭ suben premitaj, multaj el la domoj ŝirmantaj fungojn kaj ne homojn aŭ bestojn, vandoj, tegmentrandaj tabuloj, pordaj kadroj kaj aliaj lignaĵoj aŭ putrintaj aŭ rompiĝintaj, sed herbtorfaj pecetoj enpremitaj en la plej grandajn truojn, neniu fenestrovitro kompleta krom unu en la tuta domaro, aliaj fenditaj aŭ nuraj truoj, ŝtopitaj per pakaĵoseloj aŭ sakoj plenigitaj per fojno; la antaŭdomaj platŝtonoj aŭ sinkintaj aŭ malegalaj kaj starantaj sur la rando. Mirigis la manko de homa vivo en tiom granda bieno. Du dikaj laboruloj dormas kun la ĉapeloj sur la vizaĝoj sub la hejmkampa ŝtonbarilo en la meztaga kvieto, ĉirkaŭe pepado de birdetoj, sed unu maljunulino en mallonga jupo sub kiu elstaras piedoj formitaj kiel lignopecoj klopodas rasti sterkaĵon sur la hejmkampo, kio tamen estas tro malfrue, ĉar la herbo estas jam tro alta.

La mastrumantino frapis sur la pordon, enŝovis la kapon ĉe la aperturo kaj alparolis la dommastrinon:

"Aj mia kara Snæfríður, la junkro alvenis; tri farmistoj alvenigis lin ĉi tien el la sudo, el Flói."

La dommastrino daŭrigis la brodadon, eĉ ne suprenrigardis, tiel sensignifa ŝi trovis la informon, kaj respondis same seninterese kvazaŭ parolante pri bovido:

"Diru al ili porti lin en la halodomon kaj metu ĉe li bovlon kun forta selakto kaj riglu la pordon el ekstere."

"Sed se li eliros tra la fenestro?" diris la virino.

"Tiam nia selakto ne estas sufiĉe forta por li," diris la dommastrino.

"Ĉu ne iel regali la homojn?"

"Donu al ili akvomiksitan selakton el kruĉo, se ili soifas," diris la dommastrino."Jam delonge tedis mi regali tiujn homojn kiuj trenas lin hejmen."

Post mallonga tempo la ekspedicianoj foriris returne, ĉi-foje kraĉante kun malestimo, la tria, kiu kondukis la ĉevalon per la bridilo, sidis nun sur la selo, sed la kvara, kiu rajdis en la mezo, estis lasita por resti. Forrajdante, la homoj ne ĝenis sin sekvi la aldoman tretvojon, sed galopis tra la hejmkampo tiel ke la herbotapiŝo disŝiriĝis sub la hufoj de la ĉevaloj. La laboruloj kontinue dormis sub la kampbarilo. Raŭka krio aŭdiĝis de la biendomo.

Post momento la ŝtuparo supren al la subtegmento skuiĝis kaj la pordo estis ĵetita malfermen. La dommastrino sin klinis iom pli profunde super sia laboro kaj plukis floketojn el la tuko, kiuj eble ne estis tie. La homo staris ridanta en la pordapertaĵo. Ŝi lasis lin ridi kelkan tempon antaŭ ol ŝi levis la kapon. Tiam ŝi levis la kapon. Lia barbo estis pli ol semajnon aĝa kaj li havis nigran okulon, krome oblikvaj skrapvundoj sur vango kaj nazo, la seka sango estis nigra. Mankis al li du frontaj dentoj. Liaj manoj estis ankaŭ skrapvunditaj. Li ridis kun treegaj grimacoj kaj stumblis aŭ malantaŭen aŭ antaŭen, tiel ke estis malfacile vidi en kiun direkton la homo falus, en la ĉambron aŭ eksteren.

Ŝi diris: "Multon mi povus pardoni al vi, Magnús mia, se vi ne estus lasinta elbati tiujn du frontajn dentojn lastjare."

Ŝi rigardis suben al sia laboro.

"Kiel vi arogas al vi tiel alparoli la junkron de Bræðratunga?" li diris.

"Kiu putino vi estas?"

"Via edzino," ŝi diris kaj daŭrigis la brodadon.

Li ŝanceliĝis en la ĉambron kaj peze ĵetis sin sur ŝian vestokeston, kaj kolapsis en senvivan amason, sed post kelka tempo penis sin vivigi kaj levis la kapon, liaj okuloj estis blankaj en la nigra ŝelaĵo, ĉiu homa trajto forviŝita.

"Ĉu mi eble ne estas de la plej altranga familio en la sudlando? Ĉu mi ne estas filo de la leĝisto en Bræðratunga, la plej riĉa homo en tri komunumoj? Kaj ĉu mia patrino ne pezis pli ol du cent funtojn?"

Ŝi diris nenion.

"Povas estis, ke vi estas de pli nobla deveno ol mi," li diris, "Sed vi estas senanima virino; kiu krome ne havas korpon."

Ŝi diris nenion.

"Matronoj ĉi tie en Bræðratunga ĉiam estis dikaj," li diris. "Kaj mia patrino krome havis animon. Ŝi instruis al mi legi en la Libro de la Sep Vortoj*. Sed kio vi estas? Feino; koloro; miraĝo. Kion mi grandbienulo, junkro, kavaliro povas fari pri tiu svelta talio; kaj tiuj longaj femuroj? Kaj tamen vi venis senvirginigita el via patrodomo deksesjara. Virino kiu falas en infaneco ne maturiĝas. Fi. Mi volas havi virinon. Iru for. Venu."

"Provu iri malsupren al via ĉambro por dormi, Magnus mia," ŝi diris.

"Venontfoje kiam mi bezonas brandon, mi vendos vin," li diris.

"Faru tion," ŝi diris.

"Kial vi neniam demandas min pri novaĵoj?" li diris.

"Kiam vi vekiĝos mi demandos, - se vi ne ploros tro multe."

"Ĉu vi ne volas scii, kiu venis?" li diris.

"Mi scias, ke vi venis," ŝi diris.

"Vi mensogas," li diris, "mi foriris. Estas alia kiu venis."

Tiam li elkriis: "Li venis!" kaj sinkis denove en senvivan amason, kvazaŭ li uzis sian lastan forton por tiu elkrio. Letargie li murmuris al si mem: "Finfine li venis al la lando - per Bakka-ŝipo."

Ŝi abrupte levis la kapon kaj demandis: "Kiu venis al la lando?"

Li daŭrigis murmuri al si mem kelkan tempon ĝis li kolektis forton por denova elkrio:

"Kiu alia ol li kiu nuligos ĉiujn verdiktojn. Kiu alia ol tiu kiun amas la filino de la leĝisto. Li kiun tiu senanima virino lasas kokri min. Li kun kiu dormis tiu knabino en la domo de sia patro antaŭ ol ŝi estis seksmatura. Li kiun tiu putino - li kiun ŝi neniam havos, li venis."

Ŝi rigardis lin kaj ridetis:

"Estu tio al vi konsolo, Magnus mia, ke mi ne akceptis vin pro devigo, multaj elstaraj homoj proponis sin al mi."

"Putino," li diris, "neniun tagon vi vivis kun mi sen ami alian homon" - kaj stumble ekstaris, ŝiris el ŝiaj manoj la brodaĵon kaj ŝin vangofrapis, sed estis de longe tro ebria por bati ŝin severe, kaj ŝi puŝetis lin kaj diris: "Ne frapu min pli nun, Magnus, - vi tiam ploros des pli multe, kiam vi vekiĝos," kaj li refalis dorsen sur la keston kaj la krudvortoj iom post iom formortis sur liaj lipoj, kie li sidis kaŭrante sub la klintabulita tegmento, la mentono sur lia brusto, la buŝo senforte pendanta. Post momento li komencis ronki. Ŝi rigardis lin dormi, neniu trajto en ŝia vizaĝo esprimis ŝiajn pensojn. Fine ŝi metis flanken sian laboraĵon kaj ekstaris el la seĝo. Ŝi alportis stanan bovlon kun akvo kaj tukon, aranĝe movis la homon ĝis li kuŝis kun piedoj pendantaj trans la randon de la kesto, tiam ŝi tiris de li la botojn kaj liberigis de li la vestaĵojn, ruligante lin tien kaj reen, purigis lin zorge kaj finis per lavado de liaj piedoj.

Post tiu laboro ŝi puŝis malrapide la keston kun la homo al sia alkovo, distiris la kurtenojn, deprenis la teksitan kovrilon de la lito, levis la lanugan kovrilon kaj ruligis la homon de la kesto en sian liton kaj sternis la neĝblankajn litotukojn super lin. Poste ŝi puŝis la keston al ties loko, retiris la kurtenojn, residiĝis en sian seĝon kaj daŭrigis brodi la antikvan bildon.

2

La junkro kuŝis en la lito la tutan tagon kaj ankoraŭ tie kuŝis, kiam gastoj venis al la domo. Ili estis kvar kune, la prefekto el Hjálmholt, Vigfús la riĉa Þórarinsson kaj lia bofilo Jón de Vatn, kontrabandisto, la sola homo en Árnes-distrikto, kiu posedis brandon por vendi kontraŭ mono aŭ firmaj posedaĵoj, kiam ĉe la komercisto en Bakki ĝi jam elĉerpiĝis; kaj fine du aliaj bienuloj de bonstato, krom ĉevalistoj. La konduto de tiuj gastoj estis iom strangaj. Ili agis kiel hejmanoj, deĉevaliĝis ĉe la rando de la hejmkampo kaj ordonis al siaj servistoj paŝti la ĉevalojn interne de la barilo proksime al la loko kie la hejmaj laboruloj estis sin kuŝigintaj en la meztaga milda somervetero kiel hieraŭ kaj antaŭhieraŭ; poste ili komencis esplori la domaĉojn. Ili provis la putrintan lignon per la fingroartikoj, skuis la kapon dekstren kaj maldekstren antaŭ multaj senpordaj pordokadroj, fine iris al la biendomo komencante la saman esploron, kaj eniris la koridoron forgesinte frapi sur la pordon. La dommastrino estis staranta ĉe la fenestro kaj nun vokis al la edzo, kiu kuŝis malsana en ŝia lito, kaj demandas: "Kion volas ĉi tie la prefekto?"

"Probable mi faris ion nebonan," murmuris la junkro sen movi sin.

"Ne min li volas renkonti," ŝi diris.

La junkro sin tiris kun malfacilo el ŝia blanka lito, aspekte simila al homo jam ekputranta en sia tombo, kaj ŝi pendigis sur lin iujn vestaĵojn, poste iris malsupren por saluti la gastojn.

Tiam klariĝis, ke la junkro vendis al Jón de Vatn, la bofilo de la prefekto, sian grandbienon kaj depatran heredaĵon Bræðratunga kune kun ĉiuj moveblaĵoj, kaj estis jen alveninta la nova posedanto kun la prefekto survoje al la distrikta asembleo en akompano de aŭtoritataj homoj por taksi la valoron de bestoj kaj konstruaĵoj, pri kio ne estis plene kontraktite en la tago de la aĉeto. Parto de la aĉetoprezo estis jam pagita kaj havas la bienulo de Vatn kvitancon pri tio de Magnús Sigurðsson, sed alian pagon li havas ĉi-kune por livero laŭ interkontrakto. Ili eniris la panelitan ĉambron de la junkro, estis fendaĵo en la panelo kaj enfalis parto de la muro en unu loko, tero, ŝtonoj kaj akvo, kaj sidigis sin sur lian keston, kaj iuj sur la litaĉon, eltiris siajn dokumentojn kaj montris al li, kaj tute ĝuste, la paperoj estis ĉiusence validaj, subskribitaj kaj atestitaj en Eyrarbakki. Li estis vendinta la grandbienon, valoran je okdek centoj, por cent kaj sesdek taleroj, kvardek jam pagitaj, kvardek pagendaj je la transdono de la bieno, kiu devas okazi hodiaŭ, la restaĵo en la venontaj dek jaroj. La bienulo de Vatn havis la rajton aĉeti konstruaĵojn kaj bestojn laŭ taksita prezo kaj demandoj estis nun faritaj pri tiuj varoj, sed la junkro respondis malmulton, sed diris ke li ne estis lia kutimo kalkuli bestojn, ili prefere demandu la melkistinon pri bovinoj, sed pri ŝafoj ili povus laŭvole esplori en la paŝtejoj. Ili demandis, ĉu li volas brandon, sed li rifuzis.

La grandbieno Bræðratunga estis ekde nememorebla tempo en posedo de unu grandbienula familio, distriktaj superuloj, prefektoj kaj aliaj reĝaj oficuloj, iuj titole nobeligitaj, el tio devenis la junkra titolo, kiun la familio kutimis elmontri je drinkadaj okazoj, kaj kiam Magnús Sigurðsson transprenis la bienon post la morto de la leĝisto, sia patro, estis ĉi tie kolektita granda amaso de riĉaĵoj. Sed la familio tiam sin trovis en degenero. La gefratoj de Magnús mortis juna pro pulma malsano. Li mem estis dorlotata kaj liberkonduta dum sia infaneco en la gepatra domo, kaj kiam li estis poste sendita por edukado en la liceo en Skálholt, li ne povis adapti sin al la disciplino nek al la laboro kiujn grammatica* postulas al la filoj de Minervo, sed ĉiuj liaj vivmoviĝoj inklinis en tiun direkton kiu kliniĝis malsupren al inerteco kaj letargio, sed evitis ĉiujn energiajn penojn. Tamen ne mankis, ke la homo estis fizike bonstatura, sensulka, belaspekta kaj mola pro senpena vivo, sed frue kapklina kaj malafable sintenema kvazaŭ li abomenus rekte rigardi homojn, malvarma en alparolo kaj voĉe plendema; virinoj diris ke li havas eksterordinare belajn okulojn. Li estis altrangulo. Sed en lando, kie malsato estis la plej ofta kaŭzo de morto en la printempo, ne troviĝas tia altrangulo, malgraŭ posedo de tenejaj bretoj plenaj de fromaĝo kaj butero, ke la komunuma senforteco ne efikas sur lin mem.

Nun estis informite de la licea rektoro al la leĝisto en Tunga, ke malmulta avanco estus atendebla al lia filo laŭ la vojo de libroj, sed ĉar la knabo ŝajnis laŭ naturo ne senpromesa por iuj artoj, estis decidite sendi lin al Kopenhago por lerni, eventuale, ian manarton, tradicie indan al altranguloj en Islando. En tiu familio ofte aperis bonaj manartistoj, sed tion rapide elpruvis la altranga islanda junulo, kiu sidis kun saĝuloj en Kopenhago, ke manartoj en la eksterlando antaŭ longe ĉesis esti merithavaj al aristokratoj laŭ la kriterio antaŭe aplikebla al la ferlaboro de Skallagrímur*, kaj estis manartaj lernantoj ne pli alte taksitaj ol iaj vagabondoj, eĉ malpli, ĉar ili estis iamaniere sklavoj de siaj majstroj kaj ricevis nur unu glason da brando en dimanĉoj, sed estis vekitaj je tagiĝo por gardi porkojn aŭ por servi kiel ordinaraj laboristinoj, kaj devis labori plej longe dum la tago, batataj de la majstroj kaj mokataj de la ellernintoj.

Duonan vintron Magnús el Bræðratunga sin tenis je lernado ĉe selfaradisto kaj vintroparton je lernado ĉe arĝentisto, sed dum du jaroj li drinkadis aŭ estis malsana, kaj post tri jaroj li reiris hejmen. Lia etkoniĝo kun tiuj du metioj tamen utilis al li ĉiam poste, kaj la du unuajn jarojn de lia edziĝo li okaze okupis sin dum paŭzoj inter drinkadaj ekspedicioj pri ekfaro de selo aŭ prilaboro de latuno, kaj tiam laboris super tio kun la stranga zorgemo kaj dediĉemo, kiujn manlertaj amatoroj ofte montras pli ol lernintaj metiistoj, krom tiu laŭnatura bongusto parenca al arto; kaj per tiu pentofara laboro inter diboĉaj ekpedicioj li kreis por si reputacion pri manlerteco, kiu iris pli vaste ol la famo de veraj metiistoj. En la laste pasintaj jaroj tiuj paŭzoj inter la ekspedicioj inklinis tiom mallongiĝi, ke li ne plu havis tempon apliki sian manlertecon krom je riparo de domoj kaj laboriloj, kio tamen apenaŭ estis rimarkinda.

Kiam li estis hejme li ĉiam estis sobra. Ĉiu drinkperiodo komenciĝis per lia foriro de la hejmo. Ofta komenco estis la preteksto plenumi necesajn aferojn sude en Eyrarbakki. Fruparte de tiuj ekspedicioj li okupis sin en kompanio kun la Danoj jam kutimantaj restadi tie ĉe komercado, kio iom post iom stabiligis la lokon kiel konstantan komercejon; kun la faktoro la unuan tagon, kun la asistento la duan tagon; en la tria tago li kutime trovis sin en kompanio kun la enbutika servisto, aŭ eĉ kun la eksterbutika servisto. Laŭ la progreso de la drinkado la kunularo sinkis en rango, post nelonge li estis falinta suben en akompanon de ebriaj pastroj el Flói aŭ el Hreppar, sed ankaŭ ili malaperis de li pli rapide ol atendite. Tiam akceptis la rolon malriĉaj farmistoj de la Bakki kaj aliaj hazardaj surlokanoj, poste vagabondoj, kaj atingis tiu ludo kelkfoje al aliaj distriktoj laŭ mistera maniero, ĉar tio estis la karaktero de la drinkmanio, ke ĝin akompanis neklara, sed konstanta moviĝo inter lokoj, vojaĝoj kie la etapoj havis apenaŭ klarigeblajn rilatojn unu kun alia. Okazis, ke la junkro regajnis sian konscion en iu neloĝata loko sub libera ĉielo, sur iu gruza altaĵo, aŭ sub iu bienkampa barilmuro en fremda distrikto, aŭ sur iu transmonta rajdpado, de kie li bezonis pli ol tagnokton por atingi homloĝitajn lokojn laŭ eraraj vojoj; foje li kuŝis transverse sur moltera pado, kie li subite vekiĝis el dormo pro pisaĵo de vaganta hundo sur lian vizaĝon. Ankaŭ okazis, ke li vekiĝis duone kuŝanta en rivereto, aŭ en marĉa kaveto, aŭ sur sabla terlango apud rivero. Iafoje lin trafis bonŝanco, kaj li vekiĝis en iu mizera farmodomo, aŭ en sia propra vomitaĵo aŭ en la elkraĉajoj de homoj sur la nudtera planko, aŭ en la kuŝejaĉo de komunuma prizorgato, kiu probable estis leprulo, aŭ flanke de iu nedifinebla virinaĉo, pro indulgo de Dio, tamen hazard-okaze en fremda geedziĝa lito. Post tiaj ekspedicioj li fine atingis sian hejmon, iafoje ĉevale transportita sur traboj, aŭ ligita, helpita de homoj kiuj lin kompatis, ĉar liaj ĉevaloj estis aŭ perditaj aŭ venditaj por brando; fojfoje rampanta sur piedoj kaj manoj en la nokto, tute malseka, plej ofte malsana, oftfoje severe batita, sangmakulita kaj kontuzita, kelkfoje ostrompita, ĉiam pedik-infestita. La dommastrino tiam kutime lin akceptis kaj lin lavis kiel senvivan objekton kaj purigis lin de la pedikoj kaj enfermis lin en la panelita ĉambro, kiu estis lia dormoĉambro. Se li estus severe malbonstata, ŝi permesis al li kuŝi en ŝia lito en la supra ĉambro por kelka tempo. Kiam li regajnis konscion, li dumlonge apenaŭ povis elteni sian mizeron, kaj ŝi donis al li fortan montmuskan akvon kaj aliajn medikamentojn por haltigi lian ploradon. Post kelkaj tagoj li releviĝis el la morto, pala, bela kaj spirite renovigita, suferplena kun iom kreskinta barbo kaj glacebrilaj okuloj, jam plenvere spertinta rigardon trans la kurtenon de la morto, ne malsimila al iuj sanktuloj kiel tiuj estas pentritaj sur tabuloj. Li cetere estis ĉiam senparolema, krom ĉe la pokalo en la longa vico, kiu portas la nomon Hilarius*, kaj ordinare ne estis tirebla el li vortoj krom kiel obtuzaj murmuroj; kaj neniam tiel malfacile kiel post finitaj ekspedicioj. La printempo estis severa kiel aliaj printempoj, la ŝafoj malgrasaj kiel kutime, la bovinoj naskis idojn preskaŭ senkarnajn kaj apenaŭ kapablis ekstari kaj donis malmultan lakton ĝis pasis longe en la somero, ĉevaloj tro malfortaj por alporti sekfiŝojn el la marbordaj lokoj, kaj kie estis la mono por aĉeto? La junkro respondis al siaj servuloj laŭvice, kiam ili venis al li por raporti pri la stato de la bienado: Ĉu vi ne estas la ŝafisto? Ĉu vi ne estas la melkistino? Petu la mastrumantinon doni al vi sekfiŝon, tio ne estas mia tasko.

La mastrumantino Guðríður Jónsdóttir estis sendita al Bræðratunga de la sinjorino de la leĝisto en Eydal jam en la unua edziniĝa jaro de Snæfríður por prizorgi, ke la juna matrono ne estus devigita al almozpetanta vagado; aliajn devojn tiu virino ne konsideris kiel siajn laŭ Dio kaj homoj. Sed kvankam Guðríður Jónsdóttir konsideris sin dungito de la edzino de la leĝisto en Eydal, aŭ pli ĝuste ŝia sendito en alian landkvaronon, cetere misfaman landparton, transiris al ŝi preskaŭ la tuta mastrumado de tiu fremda biendomo, ĉar dommastrino Snæfríður ne okupis sin pri aliaj taskoj ol sia brodado de tukoj, neniam prenis sur sin mastrumi la hejmon, nek koncernis sin pri aliaj bienaj aferoj. Tiel evoluis, ke tiu virino el okcidenta valo, dungito el alia landkvarono, fariĝis kontraŭ sia volo la plej alta intendantino kaj financa superreganto en tiu sudlanda ĉefbieno, alie ŝi ne povus plenumi la devon al ŝi konfidita de la sinjorino, ŝia mastrino, prizorgi ke ties filino estu kontentige nutrata por vivi, servi je tablo kaj lito, protekti ŝian ĉambron kontraŭ ventoj kaj teni ĝin varmigata per malgranda forno.

Kiam la junkro resaniĝis post ekspedicio, li havis la kutimon atenti pri la supra ĉambro de sia edzino, grimpis sur la tegmenton por esplori, ĉu la herbtorfo estas en ordo, aldonis lignotabulon aŭ lignopecon, se putriĝo estis videbla en ligno, ĉar li amis multe sian edzinon kaj timis nur tiun minacon, ke Gudda* ekirus prenante ŝin for kun si. Iafoje la junkro donis al si tempon, antaŭ la venonta ondego lin forprenus, komenci riparojn ĉe aliaj domoj, sed bedaŭrinde la tempo estis malofte tiel favora, ke li posedas uzeblan lignon. Malofte la junkro estis sidanta multajn tagojn en sia domo post ekspecicio ĝis li estis vizitata de ĉiuspecaj aŭtoritatoj, prefekto, komunestro, pastroj, proces-alvokantoj, kiuj ĉiuj havis la rolon ŝarĝi lin per respondecoj pro misfaroj el lasta ekspedicio, aŭ fini kun li iujn kontraktojn, kiujn li iniciatis, aŭ lin respondigi al iaspecaj pretendoj, kiujn li estus akceptinta per validaj leteroj en la sama ekspedicio. Tiam klariĝis, ke li eble estis vendinta iun el siaj bienoj, kaj estis plej multaj el ili jam elvenintaj el lia posedo, kaj lastvintre li jam komencis malpliigi la valoron de la ĉefbieno mem per vendo de unu apartena farmbieneto. Iafoje li vendis sian ĉevalon aŭ ŝafojn. Plej ofte la pago de venditaĵoj malaperis laŭ neklarigebla maniero, kiam li informiĝis per siaj kontraktoj per validaj dokumentoj subskribitaj de li mem. Kelkfoje li vendis sian ĉapelon kaj botojn dum ekspedicioj, kaj okazis ke li revenis hejmen sen pantalono. Ankaŭ okazis, ke li aĉetas ĉevalojn, ŝafojn aŭ bienojn dum ekspedicioj, kaj homoj vizitis lin kun validaj kontraktoj enmane kaj postulis plenumon de siaj aĉetoj. Estis populara kutimo postuli de li kompensojn pro ĉiuspecaj damaĝoj faritaj al homoj dum ekspedicioj. Multfoje okazis, ke li detruis ĉapelojn de homoj aŭ ŝiris iliajn vestaĵojn. Iafoje li estis postulita kompensi pro invado en la dometojn de la malriĉuloj en Bakki kaj pro kuŝiĝo kun iliaj virinoj. Aliaj devis suferi de li kalumniojn, esti nomitaj ŝtelistoj aŭ hundoj kaj eĉ ŝtelistohundoj, kaj sub atesto minacitaj pri murdo. Pri tio superpendis la homon senĉesaj persekutoj kaj punpagoj.

Kiam li estis senebria Magnús Sigurðsson estis fakte homo sin-detena, malinklina al konfliktoj kun homoj, timida, simila al tia besto kiu deziras kuŝi en sia truo ekster eksteraj ĝenoj. Li volis fari ĉion eblan por akiri pacon, kiam li estis sobra, estis preta pagi al ĉiuj ion por kompensi pro siaj dumebrie kaŭzitaj kulpoj, precipe se tio estis farebla sen multa diskuto, li donis al tiaj pretendantoj monon, se ĝi ekzistis, kaj aliajn siajn havaĵojn, vivajn kaj senvivajn, eĉ la ilojn el la manoj de siaj domlaborantoj, se la pretendoj ne estis tro postulemaj, donis kontenta kelkajn parojn da fojnoligiloj al tiu homo, kies edzinon li traktis male al la plej korektaj ordonoj, eĉ detiris de si vestaĵojn por rebonigi la insultojn nomi homon de Bakki ŝtelisto aŭ homon el Flói hundo, tion li faris sen suprenrigardo aŭ la peno pli paroli pri la afero. Iuj estis kontentaj pri publika pardonpeto el lia flanko, sed tio estis por li la plej malfacila pagofaro. Kiam la pretendantoj foriris, li ofte rifuĝis en la ĉambron de la edzino kaj tie ploris sen diri eĉ unu vorton, iafoje dum tutaj noktoj ĝis tagiĝo.

"Li vendis la bienon," diris mastrumantino Guðríður, kiu sub-aŭskultis, kaj kuris senspira supren en la ĉambron de sia mastrino. "Mi estas certa, ke la matrono en Eydal neniam pardonos tion al mi."

"Mia edzo ĉiam estis homo entreprenema," diris la mastrino.

"Li lasis por vi eĉ ne unu bovinan oston," diris la valanino*. "La prefekta diablo venis mem por la taksado kaj ni devas forlasi la domojn hodiaŭ. Ili jam sendis vin sur la almozpetan vojon. Kiel mi povos montri min al la okuloj de la benata matrono?"

"Mi delonge deziris fariĝi vagulino," diris la mastrino. "Devas esti agrable dormi sur erikhava deklivo ĉe ĵus naskintaj ŝafinoj."

"Estus plej juste, ke mi dronigu min," diris la valanino. "kaj tion scias Dio, ke la sola, kion ŝi petis min fari, estis zorgi pri tio ke vi ne estus sendita sur la almozvojon; kaj nun, en tiu ĉi momento, vi jam estas sur la almozvojo, kaj jen mi staras kaj devas respondi al mia sinjorino."

"Eble estas ŝi, kiu estos sendita sur la almozvojon venontfoje," diris Snæfríður, sed la valanino ne respondis al tia senutila parolo.

"Kiom ofte," ŝi daŭrigis, "mi devis kaŝi kiel ŝtelitaĵon tiun mal-multan nutraĵon, kiu estas destinita por vi, bona butero, sekigita hipogloso, marinitaj ovoj kaj ŝafida viando, por evitigi ke li for-donu ĝin kiel punpagon pro insultaj vortoj pri stultuloj en Flói, aŭ kompensu per ĝi pro kunkuŝiĝo kun iu virinaĉo en Ölves; kaj ne pasis pli longa tempo ol unu vintro de kiam la kestoj estis ŝire mal-fermitaj kaj malplenigitaj antaŭ miaj okuloj en vespero, kaj se mi ne estus sekrete irinta transen al Skálholt en la nokto por paroli kun via fratino, mi ne estus havinta manĝaĵon por vi en la mateno, kaj tamen tio estas nur malgranda ekzemplo de tiu milito, kiun mi devis konduki kontraŭ tiu tirano, kiun Dio punis per vundoj. Kaj nun venis al tio, ke vi ne posedas teron sur kiu stari ĉi tie en la sudlando. Mi ne vidas alian rimedon ol rajdi kun vi okcidenten, hejmen."

"Ĉion krom tio," diris Snæfríður per malhela voĉo kvieta sen rigardi supren. "Ĉion krom tio."

"Aj, nur ke mia bona Dio donu, ke tiuj teruraj riveroj de la sudlando portu min en la maron por ke mi ne devu aperi antaŭ la benata matrono ŝarĝita de honto," diris tiu grandstatura forta virino kaj montris ĉiujn signojn de komencotaj larmoj, sed tiam la filino de la leĝisto ekstaris kaj kisis ŝin sur la frunton.

"Nu nu, mia Gudda," ŝi diris. "Ni tenu nin je la seko. Iru malsupren al la prefekto kaj transdonu al li mian saluton kaj diru, ke la dommastrino deziras saluti malnovan amikon."

Tiu estis unu el tiuj dignaj superuloj videblaj en ĉiu printempo en tri dekduoj aŭ proksimume en la Kortumo ĉe la Alþingi. Lia vizaĝo estis sulkita kaj ventobatita, okuloj malforte esprimaj kaj dormeme aspektaj, la brovoj levitaj kiel ĉe homo, kiu longe provis sin defendi kontraŭ dormo sub enuiga parolado de kontraŭulo; ĝi estis unu el tiuj vizaĝoj, kiuj ŝajnas imunaj kontraŭ ĉiuj rezonoj, precipe tiuj bazitaj sur aludoj al homaj malfortecoj. Al la malvarma ŝirmo de tiaj homoj la virina linio de la familio de Snæfríður adaptiĝis ekde nememorebla tempo, la naturon de tiaj homoj ŝi konis tratute ĝis la ŝrumpa aspekto de iliaj botoj.

Ŝi akceptis lin kun rideto ĉe la pordo de sia ĉambro, bonvenigis la kolegon kaj gastamikon de sia patro, diris ke ĉiam estis por ŝi kaŭzo de malĝojo, se grandaj homoj vizitas la domon sen montri degnan komplezon al maldika knabineto, kredis ke ŝi rajtas ĝui la meriton de sia patrino, la leĝista sinjorino, fama pro sia gastameco.

Li brakumis ŝin kaj ŝi invitis lin sidiĝi kaj malfermis sian skribmeblon kaj elprenis botelon de belruĝa klareto kaj verŝis en pokalon por li kaj si.

Li karesis siajn longajn grizajn makzelojn, movis malrapide la supran korpon tien kaj reen kaj voĉe spiris, tiel ke estis malfacile aŭdi, ĉu li murmuras aŭ ĝemas.

"Tute ĝuste," li diris, "m-m-m-mi memoras mian dolĉan praavinon. Ŝi naskiĝis en la papisma tempo. Ŝi estis maldika kaj hela kaj tion plutenis, kaj eĉ edziniĝis al la pasinta Magnús pastro en Ríp, kvindekjara vidvino post du prefektoj. Belaj virinoj ĉiam ekzistis en Islando; foje malmultaj, tute ĝuste, precipe en tiuj lastaj tempoj, la belo ĉiam mortas unue, kiam ĉio mortas. Sed ĉiam estas troveblaj unu kaj unu. Quod felix.* Tute ĝuste. Je ŝia sano."

"Sed tio estas ankaŭ bedaŭrinda," diris la dommastrino, "ke veraj kavaliroj nun estas malpli multaj ol estis en via junaĝo, mia monsjero* Vigfús Þórarinsson."

"La avino de mia kara ne estis malpli granda virino," li diris. "M-m-m. Ŝi estis unu el tiuj grandaj virinoj kiuj ĉiam estis ĉe Breiðafjörður, unu el tiuj veraj insulvirinoj, kiuj krom scii latinon kaj versificaturam* heredis dekdek centojn dekduvalidajn en bienoj, kaj akiris por si edzon tutvoje oriente en Þingmúli, veturis kun li al Holando, kie li lernis vundkuracadon kaj poste lin faris deputito de la regento kaj plej granda poeto en la latina lingvo en la Nordaj landoj. Ankaŭ ŝi havis tiajn bluajn okulojn kaj tiun aerplenan helan hararon, kiu tamen ne estas flava. Kiam mi estis knabo oni ne parolis pri ŝi alimaniere ol pri tiu imaĝaĵo kiu alte elstaris super la okcidenta lando.Tute ĝuste. Ĉiam ekzistis virinoj en Islando. Je ŝia sano."

"Sanon," ŝi diris – "memore al tiuj malnovaj kuraĝanimaj kavaliroj, kiu montris al la belaj virinoj veran kavalirecon kaj estis pretaj travadi fajron kaj maron por fari nian honoron plej eble granda."

"La patrino de mia kara, Guðrún en Eydal, estis kaj estas vera altrangulino kvankam ne havanta saman brilon kiel ŝiaj prapatrinoj. Ŝi estas tiu virino de mia generacio, kiu laŭ mia opinio plej konvenus en reĝaj palacoj en landoj, kie Islandanoj ĝuis respekton kiel veraj homoj en antikva tempo, kaj estis tamen tiu honormerita virtulino, kiu estis plej alte amata de ordinaraj homoj. Ŝi havas samtempe la helpemon de aristokrata virino purkristana kaj la prizorgeman koron por siaj infanoj, kio konvenas al tia virino, kiu konsideras nenion konforma al sia naturo krom tia fiereco de virinoj, kia estis la plej granda en la Nordaj landoj en antikveco, kaj tian ambicion por sia edzo, ke ŝi neniam estus lasinta lin en paco, eĉ se li estus malpli da homo ol mia maljuna Eydalín, ĝis li estus fariĝinta la plej granda homo de aŭtoritato ĉi tie en Islando. Fieraj virinoj tenis supren ĉi tiun landon, sed nun ĝi sinkos. Je ŝia sano."

"Bonŝance mi ne havas filinon," diris Snæfríður. "Ĉar kio fariĝos post nun pri tiuj islandaj virinoj, kiuj naskiĝas por tia misfato ami nur elstarulojn, tiujn homojn kiuj uzas siajn fortojn por detrui drakojn, simile al Sigurður kiu mortigis la drakon Fáfnir sur mia brodaĵo."

"Mi ĉiam sciis, ke mia kara estas unu el tiuj grandaj virinoj, kiuj ekzistis en Islando. Mi ankaŭ tiel komprenis vian patrinon, kiam mi gastis ĉe ŝi lastfoje, ke ŝi ne povus dormi kviete dum nokto pro la penso, ke eble nur iuj el siaj parencaj virinoj naskiĝis en tiu tempo – m-m-m kiam Brynhildur* dormis sur la monto. Sed nun mi devas foriri, mia kara, pasas rapide la tago. Kaj sanon al tiu kiu min regalis. Mi dankas al la filino de miaj amikoj, ke ŝi alvokis min por ŝin renkonti. Mi jam estas maljuna homo kaj neniam estis kalkulita inter nobluloj. Tute ĝuste. Sed ĉar mi vidas, ke mia bonkorulino posedas tiel belan selon, ĉu tiam permesiĝus al maljuna adoranto de siaj patrinoj kaj prapatrinoj postlasi mian plej bonan ĉevalon ĉi tie sur la domkampo, se ŝi degnus ĝin akcepti. Mi aĉetis ĝin lastjare okcidente en la Valoj, kaj ĝi trovos la vojon tien."

Vigfús Þórarinsson levis la pokalon adiaŭe, peze stariĝis kaj karesis danke ŝian vangon per sia blua manego, petis Dion indulgi nin ĉiujn.

Mallonge poste ŝi aŭdis ilian forrajdon. Ili rajdis orienten, supren laŭ la vojo tra Tungur. Magnús sin tiris supren al la ĉambro de sia edzino, kun pendanta kapo, diris neniun vorton, sed ĵetis sin survizaĝe apud ŝia lito.

Ŝi demandis: "Ĉu ni devas foriri hodiaŭ?"

"Ne," diris la junkro. "Post kiam li venis de vi li diris, ke ni povos esti ĉi tie ankoraŭ dek tagojn."

"Mi ne petis pri prokrasto," ŝi diris

"Ankaŭ mi ne," li diris.

"Kial vi ne postulis foriri tuj?" ŝi diris.

"Vi neniam demandis min pri io, do ne demandu min pri io," li diris.

"Pardonon," ŝi diris.

Poste ŝi iris malsupren.

La pordo de la panelita ĉambro estis duone malfermita kaj ŝi vidis kelkajn brilajn talerojn stari en du kolonoj flank-ĉe-flanke sur la tablo kun la dokumentoj apude. Ŝi iris eksteren el la domo, sur la hejmkampon kaj la suno ekbrilis sur la rivero Tungufljót, herbodoro en la vento. Ruĝa ĉevalo staris ligita al la ĉevalŝtono, ne trankvila ĉar ĝi estis lasita ĉi tie en fremda loko, kaj kiam ĝi vidis la virinon ĝi ektiris la ligŝnuron kaj direktis rapide al ŝi brile nigran okulon kaj blovternis timsente; ĝi estis preskaŭ lasinta la vintrajn harojn, la flankoj nuance brilaj, la nazoj silke molaj, la kolo alte levita, lumboj belformaj, la korpo svelta.

La du laboruloj ankoraŭ dormis sub la kampomuro, la ĉapoj sur la vizaĝoj, sed la lignopiedulino daŭrigis prirasti la kampon.

La dommastrino iris al la homoj kaj vekis ilin. "Iru al la domo kaj prenu tranĉilon," ŝi diris, "kaj buĉu por mi tiun ĉevalon kiu staras tie ligita ĉe la ŝtono. Kaj fiksu la kapon sur stangon kaj direktu ĝin suden al Hjálmsholt."

La homoj vekiĝis abrupte kaj frotis la okulojn. Tio neniam antaŭe okazis dum ilia restado sur la bieno, ke la dommastrino ordonis ilin al laboro.

3

La postan tagon Snæfríður rajdis al Skálholt por paroli kun sia fratino Jórunn, edzino de la episkopo. Sinjorino Jórunn havis la kutimon ĉiujare en la komenco de Alþingi rajdi okcidenten al Eydal kaj tie resti libertempe kun sia patrino dek tagojn kaj tiel ŝi planis ankaŭ nun.

"Eble ankaŭ vi rajdos kun mi, fratino," diris la sinjorino de la episkopo. "Tio pli ĝojigus nian patrinon vidi vin en unu printempo ol min en dek."

"Mia patrino kaj mi estas multmaniere similaj, sed tamen niaj rilatoj ne estis ĉiam harmoniaj," diris Snæfríður. "Kaj mi opinias, ke la historio pri la perdita filo ne estos facile konformigebla al la kazo de la virina linio en nia familio, dum virino similas al sia patrino en tiu familio, fratino Jórunn. Sed kun mia patro mi volas paroli pri afereto en la printempo, tamen cirkonstancoj ne favoras, ke mi rajdu por lin renkonti en Þingvellir. Sed, cetere, ĉu vi, fratino, ĉu vi trairos ĉe Þingvellir survoje?"

Ŝi respondis, ke tiel ŝi planas kaj rajdos al Þingvellir kun sia edzo la episkopo kaj tie tranoktos, poste daŭrigos okcidenten kun siaj akompanaj servistoj.

"Mi tamen preferus peti mian patron rajdi ĉi tien orienten al mi," diris Snæfríður, "sed tiel estas, ke la leĝisto supozeble jam estas malmulte kapabla pro maljunaĝo entrepreni eksterrutinajn vojaĝojn, kaj ankaŭ tio, ke cirkonstancoj ĉe ni en Bræðratunga ne estas favoraj por akcepti grandajn homojn; tial mi volas peti vin transdoni al li mesaĝon, fratino mia."

Post tio ŝi rakontis al sia fratino kio okazis: ŝia edzo Magnús vendis sian ĉefbienon al la riĉuloj: prefekto Vigfús Þórarinsson kaj lia bofilo Jón, la brandokomercaĉanto en Vatn, kaj ke la novaj posedantoj ordonis al ili forlasi la bienon senprokraste. Je tiu novaĵo la sinjorino de la episkopo paŝis al sia fratino kaj kisis ŝin kun larmoj, sed Snæfríður petis sin esti trankvila kaj daŭrigis sian parolon; ŝi diris ke ŝi havas tiun taskon kun sia patro peti lin paroli kun Vigfús Þórarinsson kaj reaĉeti de li la bienon, ke ŝi mem ne havas kontraŭ la prefekto la forton, kiu taŭgus por nuligi la aĉeton, sed ke la potenculoj en Islando konas unu la alian kaj ĉiam havas la rimedojn premi la alian al kompromisoj pri kio ajn.

"Kara fratino, tion mi scias ke vi ne parolas tiel pri via patro," diris la sinjorino de la episkopo. "Aŭ kiam estis aŭdite, ke alia potenculo en tiu ĉi lando sukcesis premi lin al kompromiso pri io, kies malpravon li sciis en sia koro."

Snæfríður diris, ke ili metu tion flanken por momento. Sed tion ŝi asertis, ke ilia patro havas povon super pli da aŭtoritatuloj pli ol iu alia kaj havis pli da sukceso cedigi ilin al sia volo – almenaŭ ĝis nun. Ŝi diris, ke ŝi estas certa pri tio, ke li povos reaĉeti la bienon de Fúsi la riĉa, se li volus, je tiu prezo kion tiu decidus. Poste, kiam la bieno estis posedata de ilia patro, ŝi deziris mem aĉeti la bienon de li per tiuj farmobienoj, kiujn ŝi posedas okcidente kaj norde kaj kiuj ne estis liveritaj kiel ŝia doto, ĉar ŝi edziniĝis sen konsento de ŝiaj parencoj antaŭ la aĝo de dudek jaroj.

La sinjorino de la episkopo rigardis zorgatente sian fratinon dum kelka tempo, kun mieno iom kompatema pro tio, ke tiu komforta malstreĉeco de korpo kaj animo, akirata el longdaŭra bonstata vivo, ne aperis ankaŭ ĉe ŝi, sed ke tiu tridekdujara virino estas ankoraŭ svelta kaj hela, kun kaŝita furiozo en la sango kaj elano en la korpo kiel de junulino.

"Kial, fratino, kial?" demandis fine la sinjorino de la episkopo.

"Pri kio vi demandas?"

"Aj, mi ne scias, kara fratino. Sed iel, se mi estus en via situacio, – mi estus dankema al mia Elaĉetinto, se Magnús en Bræðratungu ĵetus min sur la almozvojon, tiel ke estus al mi senriproĉe foriri."

"Foriri kien?"

"Kien ajn. Nia patrino –"

"Jes, mi scias kion vi volas diri, ŝi buĉus bovidon. Sed mi dankas. Iru vi hejmen al via patrino, Jórunn, kiam la episkopo estos vendinta Skálholt, lasante vin senprotekta."

"Pardonu min, fratino, se mi ne parolas ĝustavorte al vi, mi scias, ke vi pli similas al niaj prapatrinoj ol mi. Sed ĝuste tial, Snæfríður, tial estas tio tiel granda peko, tial estas tio tro peza por larmo, tial tio krias al la ĉielo."

"Pri kio vi parolas?"

"Mi kredis, ke mi ne bezonas paroli pli klare al vi pri tio, kio jam delonge estas onidiro en la lando. Vi scias, ke la sano de nia patrino estas en malbona stato – tiu fiera virino."

"Ho-sss, ŝi transvivos nin ĉiujn," diris Snæfríður. "La diocezo de Skálholt estas bona filino, kiu donas al ŝi bonan sanon siaflanke, kvankam la bieneto de Bræðratunga kaŭzus reŭmatikan doloreton de tempo al tempo."

"Mi tion scias, mia Snæfríður, kaj Dio ĉiam kombinas indulgon kun aflikto," diris la sinjorino de la episkopo. "Al tiuj trovantaj sin en malfeliĉo Li donas animan forton. Sed ni devas antaŭ ĉio eviti danĝerojn de tia speco, kie la malmoliĝo de la animo anstataŭas indulgon de Dio, malestimo al Dio kaj homoj, eĉ por siaj gepatroj, anstataŭ humila koro."

"Mia feliĉo ne estas la formulo en preĝlibro, bona fratino, tamen mi dubas, ke multaj virinoj en Islando estas pli feliĉaj ol mi," diris Snæfríður. "Kaj plej malvolonte mi ŝanĝus rolon kun vi, sinjorino."

"Vi apenaŭ estas kun plena prudento, mia Snæfríður, kaj ni ĉesigu tiun interparolon," diris la sinjorino de la episkopo.

"La vidvino en Lækur-farmdometo," diris Snæfríður, "mortigis sian sepan infanon en Mariomeso lastjare. Ĝi estis ŝia tria eksteredzeca infano. Ŝi estos dronigita en la Alþingi ĉe Öxará post kelkaj tagoj. Lastsomere ŝiaj infanoj travivis per ĉevalviando kaj stelaria kaĉo. Sed en unu dimanĉo en la printempo tri el ili staris sur la ŝtonpavimo en Bræðratunga kun sia maljunega avino, malgrasaj kaj ŝvelintaj, kun fiksitaj okuloj kaj rigardis min, kie mi staris ĉe mia fenestro. La ceteraj tri estis mortintaj. Mi estas feliĉa virino, fratino mia."

"Jes vere, ni homoj ne komprenas Dion, mia Snæfríður," diris la edzino de la episkopo, "kaj la homoj en tiu ĉi lando vivis ekster iu dubo senzorgeme tra la pasintaj jarcentoj kaj nun devas punpagi pro tio, kiel ni tiel ofte aŭdas diri niajn benatajn pastrojn. Sed kiel ajn, Dio ne estas servata per tio, ke tiuj, kiujn li volis ke naskiĝu en altranga stato, metu sin sendevige sub lian punilon."

"Ĉi-printempe, ĉar ĉio okazas en la printempo ĉi tie en Islando, – tio estis en verda terkavo proksime al Hvítá – tie estis trovitaj du knabinetoj kaj unu eriofora kuseno. La familio estis dissolvita kaj la propaĵoj disdividitaj kaj tiu eriofora kuseno lasita al tiuj dunaskitoj. Ili estis kuŝigitaj siajn kapetojn sur la kusenon kaj mortis. Damaĝbestoj ilin vizitis. Neniu ŝajnis voli koncerni sin pri tiuj ostoj, kaj estis mi kiu zorgis pri ilia enterigo. Ili povus esti miaj knabinetoj. Ne, kara fratino, mi estas vere feliĉa virino."

"Por kio zorgigi sin per tiaj ĉagrenaj rakontoj, kara fratino," diris la sinjorino de la episkopo, kaj signoj de senpacienco jam estis konstateblaj en sia mildaspekta sinteno.

"Nun en Krucomeso ili fine entreprenis la pendigon de la ŝafŝtelisto en Krókur. Li estis multfoje kondamnita kaj unufoje lia mano estis forhakita, sed tio komprenble solvis nenion, li ŝtelis ju pli multajn ŝafojn, des malpli da manoj li havis. La homoj en la supra Biskupstungur transportis lin transversan sur la selo de la ekzekuta loko kaj enpuŝis lin ĉe la pordo al la edzino kaj infanoj kiam ili preteriris. Ne, bona fratino, se ekzistas feliĉa virino en Islando, tiu estas mi, ĉar mi brodas altarajn tukojn kaj mesvestojn por la preĝejoj, kaj kolektas arĝenton en mian keston, krom tio ke Dio faris min malfekunda, kaj tio estas probable la plej granda feliĉo donita al islanda virino."

"Pri tio ni ne diskutu, fratino; tamen ŝajnas al mi ke la Kreinto devas voli, ke ĉiu bona virino deziru ekhavi sanan filon, kaj ĝojon mi ja havis pro miaj du filoj, kiam ili estis malgrandaj; kaj se virino estas seninfana en sia edzineco, tio ne estas ŝia kulpo, sed tion decidis

Dio. Sed se virino estas de alta rango, ŝi ne faras ĝuste, sed akuzas Dion, se ŝi mezuras sian vivon laŭ kriterio valida pri almozuloj kaj krimuloj. Kaj vi ja multe ŝanĝiĝis, fratino, disde tio, kio vi estis antaŭe, se eĉ la plej malbona plej konvenas al vi nun."

"Mi estis ĉiam tia virino, kiun nenio kontentigas," diris Snæfríður. "Tial mi elektis por mi sorton – kaj lernis vivi kun ĝi."

"Tiuj, kiuj vivas en strangaj fantazioj, ne scias kies ludiloj ili estas ĝis estas tro malfrue," diris la pli aĝa fratino. "Vi edziniĝis sen konsiloj de parencoj, spite al la leĝoj de Dio kaj la lando, kaj estis nur por savi vin de ankoraŭ pli granda malhonoro ke nia patro ĉesis nuligi tiun geedziĝon. Nun mi kredas tion ne neprobabla, ke nia patro pripensos dufoje antaŭ ol aĉeti por vi la bienon de Magnús Sigurðsson interŝange de viaj farmobienoj, kiujn li ne volis liveri kiel vian doton. Sed mi konas unu homon, nian sindonan amikon, tamen diskretan, kiu neniam laciĝas paroli pri via bonfarto, konfidante vin al la gvido de Dio tage kaj nokte. Al tiu homo prefekto Vigfús kaj lia bofilo ne malpli ŝuldas ol al via patro. Tiu estas via anima prizorganto, la granda latina poeto kaj doktoro, la virta servanto de Dio, pastro Sigurður Sveinsson, unu el la plej riĉaj homoj en la diocezo."

"Ion alian mi pensis, se mia patro rifuzus al mi en tiu afero," diris Snæfríður.

La edzino de la episkopo deziris eksii, kiun alternativon ŝia fratino havus en tia kazo.

"Mi aŭdis onidiron," ŝi diris, "ke amiko, kiu dumlonge estis for, estas veninta."

La milda, bonvolema rideto de la pli aĝa fratino subite malaperis, pretervole. Ŝia vizaĝo sange ruĝiĝis. Signo de furiozo aperis en ŝiaj okuloj. Ŝi fariĝis alia virino. Ŝi provis paroli, sed ĉesis. Post kelka tempo la edzino de la episkopo demandis sensonore:

"Kiel vi scias, ke li estas veninta?"

"Vi kaj mi estas ambaŭ virinoj, fratino mia," diris Snæfríður. "Kaj ni virinoj havas talenton de diveno pri iuj aferoj. Ni ricevas informojn kvankam ni ne aŭdas ilin per la oreloj."

"Kaj vi havis la ideon lin renkonti sude en Bessastaðir kaj eble ĉi tie en Skálholt kaj peti lin reaĉeti Bræðratunga por vi kaj Magnús Sigurðsson? Ĉu vi estas tiel naiva? Ĉu la mondo kaj ĉio en la mondo estas al vi kiel fermita libro? Aŭ ĉu vi mokas min, amata fratino?"

"Ne, mi ne intencas peti lin aĉeti por mi bienon," diris Snæfríður. "Sed mi aŭdis la famon, ke li venis por ekzameni la konduton de la aŭtoritatoj. La kontrakto de tiuj bonuloj, la prefekto kaj la brandkomercaĉanto kun mia edzo estos eble ne seninteresa papero en la manoj de homo, kiu kolektas leterojn pri Islandanoj."

"Ĉu vi scias, kia homo estas Arnas Arnæus, fratino?" demandis grave la edzino de la episkopo.

"Mi scias, " diris Snæfríður, "ke la duan plej bonan, kiun vi kaj viaj parencoj volus elekti por mi, mi pli malestimas ol la plej malbonan. Tio estas mia naturo."

"Mi ne provos ekkompreni viajn misterajn esprimojn, fratino, sed tion mi malfrue kredus, ke virino el via familio ĉi tie en Islando pledus la kazon de krimuloj kontraŭ sia maljuna senriproĉa patro, defendi la kondamnitojn pli ol stari apud ilia justa juĝisto, subporti tiujn kiuj volas inciti la plebanojn kontraŭ iliaj mastroj kaj disrompi la komunan kristanan kaj ĝustan ordon de la popolo en la lando."

"Kiu faras ĉion ĉi tion?"

"Arnas Arnæus kaj tiuj, kiuj lin subportas."

"Mi tamen tiel komprenas, ke Arnæus revenis nur pro tio, ke li havas pli altan mandaton ol aliaj homoj, kiuj iam vivis en Islando."

"Ja estas dirite, ke li rajdis al la Alþing kun letero laŭdire subskribita de la reĝo," diris la sinjorino de la episkopo. "Kaj ke li diras, ke li estas nomita kiel juĝisto super la komercistoj kaj ekzamenas iliajn komerclokojn en la sudlando kaj aŭ ĵetas iliajn varojn en la maron aŭ metas ilin sub la sigelon de la reĝo, tiel ke la malriĉuloj devas kuri plorantaj al li por havi manplenon de faruno kaj ŝtopaĵon da tabako en nepra neceso. Li proklamas sin esti advokato de friponoj kaj persekutanto de la aŭtoritatoj. Sed tiuj, kiuj scias pli bone, kredas ke li havas sian komision de tiuj, kiuj pelis la magistratanojn kaj noblajn nobelojn el la konsilio de la reĝo kaj ilin anstataŭigis per metilernantoj, bierfarantoj kaj vagabondoj. Kaj apenaŭ famiĝis la informo pri lia alveno, ke vi esprimas vin pli ol preta doni al li dokumentojn kontraŭ via bona patro. Mi permesas al mi rememorigi vin, ke Didrik de Muenden*, kiu ankaŭ proklamis havi leteron de la reĝo, kuŝas sub ŝtonamaso sur Söðulholt ĉi tie trans la rivereto."

Snæfríður rigardis sian fratinon senemocie kaj vidis, ke sur ŝiaj vangoj estis ruĝaj makuloj kiuj ne volis malaperi.

"Ne diru al mi ion pri Arnæus, fratino mia," diris Snæfríður. "Kaj ankaŭ ne pri leĝisto Eydalín. Sed pardonu min, sinjorino, ke mi trovas en viaj vortoj malmultan amon al nia patro, ke lia neriproĉebleco estu mezurita kontraŭ trompaĵoj de brandkomercaĉanto, kaj ke tiu estu nomita malamiko de leĝisto Eydalín kiu kontestas la agojn de la riĉa Fúsi."

"Mi neniam diris, ke la aŭtoritatoj ne povas fari ion nejustan," diris la sinjorino de la episkopo. "Ni scias ke ĉiuj homoj estas pekuloj. Sed mi diras, kaj tion diras ĉiuj bonaj homoj, ke se islandaj aŭtoritatoj estos subigitaj kaj skurĝitaj en Bremerholm kaj la pli bonaj homoj de tiu ĉi malriĉa lando faligitaj teren, tiam Islando ne povos pli longe stari. Tiu homo, kiu venas por disrompi la kriteriojn kaj ordon, kiuj ĝis nun savis nian mizeran popolon fariĝi vagantaj ŝtelistoj kaj krimaj bruligantoj en tuto, kaj sigelas la farunon kaj tabakon de la plebanoj kaj kontestas la ĝuston de la peziloj kaj balanciloj de niaj bonaj komencistoj, kiuj prenas sur sin la penon travojaĝi la sovaĝan maron – kiel nomi tian homon? Ne malrespektu min, kvankam mankas al mi vortoj, kiam vi diras ke vi havas fidon al tiu homo. Kaj kiam vi sugestas, ke vi konas tiun homon tiel bone kiel vian patron, mi demandas, pardonon: kiel povas esti, ke vi konas tiun homon bone? Estas vere, ke li pasigis parton de somero ĉe niaj gepatroj okcidente, dum li aranĝis por transporto el la lando sian kolekton de tiuj trovitaj libroj pri niaj famaj prapatroj, kaj laŭ mia memoro li akompanis min, la episkopon kaj vin al Skálholt en la aŭtuno, kiam li rajdis survoje al la ŝipo. Ĉu li tiel komplete konfuzis vian kapon? Mi repuŝis for ĉiun onidiron pri tio, kaj vi estis fakte ne pli ol infano, kaj ne sciis pli pri viro ol la kato pri la Plejadoj, kaj komprenelble li edzinigis riĉan ĝibulinon en Kopenhago antaŭ la fino de la jaro. Tamen mi deziras ekscii, fratino, kiel aferoj estis inter vi du, ke post dek ses jaroj vi metas vian fidon sur tiun perfidulon anstataŭ akcepti certan subtenon de viaj veraj amikoj."

"Se mia patro, unu el la kolonoj de tiu ĉi lando, ne volas prizorgi mian aferon, kiun mi petas vin prezenti al li," diris Snæfríður, "kaj se, aliflanke, la homo, kiun vin nomas perfidulo, vanigas mian esperon kaj sin retiras de nuligo de tio, kion faris la riĉa Fúsi, tiam mi promesas al vi, bona fratino, ke mi deklaros mian divorcon disde junkro Magnús kaj akceptos mian aspiranton kaj fidelan amikon, la ĉefpastron Sigurður, vian protektanton; sed ne pli frue."

Iom poste la du fratinoj finis tiun interparolon, kaj estis al unu varme, sed al la alia malvarmis la haŭto. Promesis la sinjorino de la episkopo prezenti la aferon al ilia patro en la Alþingi, sed Snæfríður rajdis hejmen al Bræðratunga.

4

En la komenco de fojnada tempo la junkro estis kaptita per tia malkvieto, kiu ĉiam kondukis al la sama, kun kreskanta aroganteco kaj rigideco en komunikado. Li leviĝis frue en la matenoj, sed plenumis nenion, la riparotaj laboriloj kuŝis netuŝitaj kun la ĉarpentiloj inter la lignosplitoj sur la teneja planko. Je ektagiĝo li staris sur altaĵeto, fikse rigardante; baldaŭ li jam estis norde ĉe la rivero, haltigante vojaĝantojn; por nelonge oni aŭdis lin kanti parton de strofo en la biendoma enpasejo. Li ordonis alvenigi siajn rajdĉevalojn, zorge ekzamenis iliajn hufferojn, iris en la forĝejon kaj riparis hufferon, longe gratis la ĉevalojn, forviŝis de ili malpuraĵojn kaj karese parolis al ili, liberigis ilin por kelka tempo, tenante pri ili gardan okulon, iris al la apudaj farmobienetoj kaj malafable riproĉis la farmantojn, paŝadis tien kaj reen. La valvirino Guðríður portis manĝaĵon al la bienulo en la ĉambro, ĉar li neniam manĝis kun siaj laboruloj; estis skyr*, sekfiŝo kaj butero. Li grimacis kaj demandis:

"Ĉu ne estas ventraj muskoloj?"

"Mi ne scias ke mia dommastrino, la sinjorino en Eydal, diris ion pri tio," diris la virino.

"Aŭ acidaj testikloj?"

"Ne," diris la virino. "La ŝafoj, kiuj falis ĉi tie en la printempo, donis nek testiklojn nek ventrajn muskolojn."

"Ĉu tiuj viaj farmobienoj en la nordo ĉesis pagi la luprezon?" li diris.

"Tion mi ne scias," diris la virino, "sed estas acida selakto el la bieno de la junkro."

"Portu al mi acidan selakton," li diris; "forte acidan, kaj malvarman."

"Aliflanke," diris la virino. "Ĉu la filino de mia sinjorino estos elĵetita aŭ devos ŝi foriri propravole, kaj kiam?"

"Pri tio demandu al leĝisto Eydalín, bona virino," diris la junkro. "Li retenis de mi la doton de sia filino jam dek kvin jarojn."

Kiam la valvirino venis kun la selakto, la junkro jam foriris.

Li malaperis kiel mortas birdoj – neniu sciis kien li iris; li ne rajdis laŭ la rajdpado, kiu kondukis de la biendomo al la ĉefa rajdvojo, sed forrajdis ŝtelsimile, ŝtelrajdis laŭ kavaj padsulkoj dum la laboruloj dormis en la meztago, neniu lin vidis kun certeco; sed li estis for. La hakilo kaj la martelo kuŝis sur fenestrobreto, kie li planis enmeti baŭdruĉan fenestron kaj jam komencis fari la kadron. Lignosplitoj dise kuŝis sur la herbo.

Ĉi-foje li portis kun si arĝenton, kaj kvankam sigelo de la reĝo estis fiksita sur la vartenejo de la komercisto, brando estis facile havebla por tia pago, ankaŭ kompanio konvena por junkro, komercisto, ŝipestro kaj aliaj Danoj.

En tia kompanio ne estis manko de diskutaj temoj, la plej nova ke la reĝa sendito Arnæus, alveninta per Hólm-ŝipo, jam rajdis al plej multaj komerclokoj en al suda landparto, lastfoje al Eyrarbakki, kaj deklaris la varojn de la komercistoj difektitaj; ordonis forĵeti pli ol mil barelojn da faruno kaj nomis ĝin plena de vermoj kaj larvoj, la lignon nur taŭga por fajro, la feron skorio, la ŝnurojn putrintaj, kaj la tabakon kruda. Mezuriloj kaj peziloj estis ankaŭ sub suspekto. Mortmalsataj malriĉuloj rigardis kun larmoj, kiam la faruno estis transportita per ĉaroj al la maro, timantaj ke komercistoj neniam plu velveturos al tiu sendankema lando.

"La afero iru rekte antaŭ la plej superan tribunalon," diris la komercisto. "La Krono estu devigita pagi. La reĝo ne estas tro bona por sangi por siaj Islandanoj, de kiuj nenio estas gajnita krom malpuraĵo kaj malhonoro, kaj kiujn neniu fremda reĝo, imperiestro aŭ komercisto akceptis utiligi, kvankam la reĝa moŝto multfoje proponis la landon por aĉeto."

Okazis, ke la junkro momente ekkoleris, aŭdante kalumnion pri sia lando, ĉar tiam li subite memoris, ke li estas unu el ĝiaj ĉefuloj, kaj por pruvi ke Islandanoj estas ĉampionoj kaj herooj li eltiris unu plenmanon post alia da brilantaj arĝentaj taleroj, freŝe faritaj, el siaj poŝoj kaj disĵetis ilin ĉirkaŭe en la ĉambro kaj postulis stekon kaj kuŝiĝon kun la servistino, eliris ĵetfermante la pordojn, aĉetis terparton en Selvogur. Tio daŭris unu aŭ du tagojn, sed ĉar Islando ne volis kreski en la okuloj de la Danoj malgraŭ la grandiozaj klopodoj de la junkro, kaj ĉar lia poŝmono estis elĉerpita; venis al tiu punkto, ke nenio plu taŭgis ol liaj pugnoj por pruvi, ke Islandanoj estas ĉamponoj kaj herooj. Tiam pasis mallonga tempo ĝis la Danoj laĉiĝis de lia kompanio. Sen ia averto li trovis sin mem vizaĝaltere en la koto antaŭ la komerclokaj domoj. Tio estis en la nokto. Kiam li rekonsciiĝis, li provis enrompiĝi en la domojn, sed la pordoj estis ŝlositaj kaj sekure riglitaj. Li kriis por la servistino, sed ŝi ne rekonis tiun homon. La minacis meti fajron al la domoj, sed aŭ ne estis trovebla fajro en la loko Bakki, aŭ la junkro nenion sciis pri la arto de brulatenco, ĉar la domo daŭre staris. Kiam la junkro estis krianta senĉese ekde meznokto ĝis ekmateno, la asistanto aperis en la fenestro en noktaj vestoj.

"Brandon," diris la junkro.

"Kie estas la mono?" diris la asistanto, sed la junkro havis nenion en la mano krom neklara papero por terparto en Selvogur.

"Mi pafmortigos vin," diris la junkro.

La asistanto fermis la fenestron kaj iris dormi; la junkro havis neniun pafilon.

En la mateno finfine la junkro sukcesis veki la asistanton.

"Kie estas la mono?" diris la asistanto.

"Tenu fermita vian faŭkon," diris la junkro.

Ne estis pli longa la interparolo.

Kiam la junkro estis krianta kaj blasfemanta kaj ĉirkaubatanta la domojn preskaŭ la tutan nokton kaj komencis cedi la ebrio, li trovis siajn ĉevalojn.

Li venis ĉirkaŭ la naŭa matene al Vatn al Jón Jónsson, kaj estis plene sobra, sed iom nefirma. La bienmastro staris sur la domkampo je falĉado kun siaj laboruloj.

La junkro rajdis al li sur la kampon, sed la bienmastro estis malafabla kaj ordonis al tiu homfiguro foriraĉi el la nefalĉita herbejo.

"Ĉu vi havas brandon?" demandis la junkro.

"Jes," diris Jón de Vatn. "Aŭ kiel tio koncernas vin."

La junkro petis lin vendi al li brandon, ke li pagos pro ĝi kion ajn, tamen ne havis ĉimomente arĝenton ĉemane.

"Kvankam ĉiuj lagoj de la lando fariĝus unu brandomaro sub mia nomo," diris Jón de Vatn, "kaj la tuta seka tero fariĝus arĝento markita per la nomo de Magnús de Bræðratunga, mi pli frue kuŝus morta ol eĉ duona unco da via arĝento aĉetu unu pokalon da mia brando."

La junkro diris, ke li tamen ne estis rajdinta sur grasa ĉevalo* post iliaj negocaj aferoj ĝis nun, ke lia plej freŝa memoro estas pri drinkado de la brando de la bienmastro de Vatn rezultanta en lia stato de almozulo, kaj ke lia edzino plej probable estas elportata el la biendomo de Bræðratunga en tiu preciza momento.

Tiam malkaŝiĝis la kaŭzo de la malafableco de la bienulo de Vatn kontraŭ la junkro: lia bopatro Vigfús Þórarinsson sendis al li mesaĝon antaŭ du tagoj, ke li venu al la Alþingi por lin renkonti, sed tie leĝisto Eydalín devigis la boulojn sub minaco revendi al li Bræðratunga je hontinda prezo, sed donis poste la bienon al sia filino Snæfríður per speciala akto. Neniom taŭgis ke la junkro montris la popriet-akton por terparto en Selvogur, la bienmastro de Vatn ne volis riski denove sian honoron per intertrakto kun la bofilo de la leĝisto. La junkro sidiĝis sur la falĉitan herbon kaj ploris. Jón de Vatn daŭrigis la falĉadon. Kiam li atingis ĝis tuj proksime al la junkro, li ordonis al li foriri, sed la junkro petis: "Metu la falĉilon sur mian kolon en la nomo de Jesuo."

Tiam kompatis la brandokontrabandisto la homon kaj invitis lin laŭ sia bona koro al sia tenejo kaj donis al li brandon en latuna pokalo kaj tranĉis por li pecon da bruna ŝarkviando per sia poŝtranĉilo. Tio konsiderinde vigligis la junkron. Sed kiam li jam ŝmace malplenigis la pokalon kaj englutis la ŝarkon, li memoris ke lia patro estis notario, kortumisto, klostrointendanto kaj multe pli, kaj ke liaj prapatroj ambaŭflanke estis granduloj kaj iuj altrange titolitaj, kaj diris ke li ne kutimas manĝi ŝarkon rekte el la mano en ekstera tenejo laŭ maniero de povruloj, kaj ke li trovus tion pli konvena esti kondukita en la ĉefĉambron kaj esti servata ĉe tablo kaj lito de la dommastrino kaj iliaj filinoj, kiel meritas al lia altrango. La bienmastro diris, ke mallonge pasis de kiam li ploris sur la bienkampo kaj petis fortranĉon de sia kapo. Disiĝis nun akre la opinioj de gasto kaj gastiganto kaj montris la unue menciita probablon de perforto kontraŭ la dua pro manko de ne sufiĉa gastamo. La gastiganto estis homo malforta kaj nesperta pri luktado kaj vokis al siaj laboruloj kaj ordonis al ili ligi la gaston kaj meti lin en sakon. Ili metis la junkron en ĉevalharan sakon kaj fermligis ĝin, prenis ĝin poste kun si sur la bienkampon. La junkro kriis kaj disbaraktis en la sako dum la tago, sed venis al tio ke li endormiĝis. Malfrue en la tago ili malligis la ŝnuron de la sako kaj elŝutis la enhavon, metis la homon sur lian ĉevalon kaj forpelis lin per kvar kruelaj hundoj.

Je vesperiĝo li jam estis denove en Eyrarbakki. Li provis frapi la pordon ĉe la komercisto kaj asistanto, poste provis havigi al si transporton al la komercŝipo por renkonti la ŝipestron, sed la Danoj ne plu rekonis lin. Eĉ la butikservisto lin ne respondis. Li estis tre malsata, sed estis malsatego en Eyrarbakki kaj en la proksima kamparo, tamen malriĉa vidvino donis al li kirlitan lakton en ligna bovleto kaj manplenon da algo kune kun sekigita kapo de moruo, kiun ŝi mem disŝiris por li, ĉar li subite ekmemoris, ke li estas tro altranga por disŝiri fiŝkapon.

La butiko estis ankoraŭ ŝlosita, kaj la homoj kiuj venis kun ŝarĝĉevaloj el malproksimaj lokoj, iuj el Skaftafell-distrikto oriente, devis amasigi sian lanon kaj aliajn varojn en stakoj ekster la muroj, sed la komercisto sidis endome manĝanta stekon kun vino malantaŭ fermita pordo. Unuopaj kamparanoj staris antaŭ la vartenejo, ekzamenante la sigelon de la reĝo, aliaj komencis bruadi, ĉefe buboj kaj laŭokazaj laboruloj, ankoraŭ aliaj parolis kun larmoj pri petskribo, ankoraŭ aliaj alterne recitis versojn aŭ provis siajn fortojn levante grandajn ŝtonojn sur la marbordo; farmistoj el Öræfi oriente, dektritagan distancon for, volis provi plupreni siajn ŝarĝĉevalojn suden trans la altebenaĵon antaŭ eknoktiĝo, esperante ke eble estos malfermite por ili ĉe la komercejo en Básendar. La loko estis seka, eĉ ne unu guto fluetis el la vartenejo, sed unuopaj prosperaj homoj posedis brandon el la restaĵoj de la antaŭa jaro kaj donis gluton al la junkro, sed tio nur taŭgis por eksciti lian malsaton. Post meznokto la loko estis malplena, ĉiuj sin retiris ien por ripozi, iuj sub ŝtonbariloj kun siaj hundoj; la junkro restis sola, kun duona luno super la maro kaj ne pli da brando.

Subite Þórður Narfason – alinome konata kiel Ture Narvesen – alvenas, liaj movoj abruptaj, gudro sur la vizaĝo, li havis blankajn dentojn, ruĝajn okulojn, malrektan nazon kaj krudajn manojn. Vidante la junkron li deprenis sian eluzitan trikitan ĉapon kaj falis sur la genuojn. En sia juneco li estis servisto de la episkopo en Skálholt, sed estis elpelita pro aferoj kun virinoj, tamen memoris ĉiam poste kelkajn latinajn vortojn. Li estis murdinta sian plejkarulinon, iuj diris du, tamen la kulpo eble ne estis lia. Unu afero tamen estis certa, li neniam estis ekzekutita, sed kondamnita al sklavlaboro kaj havis longtempan sperton pri Bremerholm. Li estis granda artisto, poeto kaj skribisto, bona drinkanto kaj populara ĉe virinoj, kaj li parolis tiel bone la danan lingvon, ke li kuniris kun Danoj kiel unu el ili. Li estis ĉiofaranto kaj mesaĝisto ĉe la komercejo kaj estis permesita dormi en la porkejo, kaj ĉar li estis artisto li ofte helpis al la barelisto en la aŭtunoj kaj nomis sin barelisto inter Islandanoj, sed estis konsiderita nur duonbarelisto inter la Danoj. En tiu tempo Ture Narvesen estis ia gardomajstro de la Reĝa Moŝto sur la loko kaj havis la devon gardostari en la nokto por protekti la domojn kontraŭ bruligantoj kaj rompantoj de la sigelo de la reĝo.

La junkro pelis sian piedon kontraŭ la bruston de tiu civila sinjoro, kie li kuŝis sur la genuoj sur la tero, plej malpura el tiuj ĉarmuloj, inter kiuj islanda virino iam trovis sian anĝelon antaŭ ol la sama ŝin mortigis.

"Donu al mi brandon, vi diablo," diris la junkro.

"Mia nobla sinjoro, brandon – en tiu terura tempo?" diris Narvesen akravoĉe.

"Ĉu vi volas ke mi mortigu vin?" diris la junkro.

"Aj, via sinjora mildeco, tio faras neniun diferencon, estu kiel ajn, la mondo jam pereas."

"Mi donacos al vi ĉevalon," diris la junkro.

"Mia junkro volas donaci ĉevalon," diris Ture Narvesen, ekstaris kaj brakumis la junkron. Salutem.* "Longe vivu mia sinjoro."

Tiam li volis ekiri for.

"Vi havos ankaŭ loĝteron en Selvogur," diris la junkro kaj plenmane kaptis la ĉifonvestaĵon de Ture Narvesen kaj tenis lin per konvulsia ekpreno. Kiam la homo komprenis, ke li ne povis eskapi, li brakumis denove la junkron kaj lin kisis.

"Ĉu mi ne ĉiam diris, ke milda koro venkas la mondon," diris Narvesen. "Kaj se io granda devas okazi, mi ne vidas pli bonan konsilon ol renkonti la porkiston."

La junkro sekvis Ture Narveson al la porkejo. Tie estis konservataj tiuj bestoj kiuj solaj vivis en komforto kaj deco en Islando, precipe post kiam la speciala reprezentanto de la reĝo tirane malpermesis al dupieduloj manĝi larvojn kaj vermojn. Farmistoj estis iafoje bonvole permesitaj rigardi tiujn mirbestojn tra la kadro kaj naŭziĝis je la vido, precipe ĉar la bestoj havis koloron kiel nudaj homoj kaj grasajn faldojn kiel ĉe riĉuloj, iliaj rigardoj trans tiuj faldoj tamen saĝaj kiel ĉe povruloj; multaj elvomis galon je tiu vido.

La porkejo estis farita el ligno kiel la ĉefĉambroj de nobeloj, kaj gudrita, en unu fino kuŝis la homo, kiu zorgis pri la bestoj, nomita Jes Ló, laŭokaza helpanto en la vartenejo, amiko de Ture Narvesen kaj kompano en Bremerholm. La ĝenerala publiko sentis antipation al homo, kiu zorgis pri tiaj bestoj en lando, kie plenkreskuloj kaj infanoj mortas pro malgrasiĝo je centoj kaj miloj en la printempo. Ture Narvesen frapis sur la pordon laŭ speciala regulo, kiun komprenis lia amiko, kaj estis enlasita, sed la junkro devis atendi eksterporde. Ili interkonsiliĝis en la porkejo dum sufiĉe longa tempo ĝis pacienco komencis manki al la junkro, sed fenestrokovriloj estis firme fermitaj, tiel ke li ne havis alian elekton ol rekomenci kriojn kaj blasfemojn kaj minacojn pri murdo kaj fajro. Fine Ture Narvesen eliris. Li estis tre malgaja kaj diris, ke subasistanto Jes Ló restas surda al lia peto, ĉio ĉi tie estas fermita kaj sigelita laŭ ordono de la reĝo kaj brando ne havebla eĉ per oro, – la mesaĝo de Jes Ló estas, ke Islandanoj farus plej bone iri al sia samlandano Arnesen kaj ekhavi de li tiun brandon, kiun ili bezonas. La junkro petis al Ture diri, ke la porkisto ricevu loĝteron en Selvogur. Ture diris, ke la porkisto ne deziras posedi teron. La junkro diris, ke la porkisto nomu, kion li deziras havi. Ture Narvesen fine konsentis fari ankoraŭ lastan provon ĉe la porkisto, kaj la junkro uzis la oportunon kaj perforte sin puŝis en la porkejon kun li.

La karna stato de Jes Ló ne multe malsimilis al tiu de la bestoj, kiujn li prizorgis kaj li same odoris kiel ili. Li kuŝis sur litaĉo en angulo kun altigita planko, kaj la bestoj tuj proksime, trans krado, virporko en apartigita angulo, porkino en alia kun dekdu porkidoj, kaj kelkaj junaj porkoj en la tria; tiuj prosperaj brutoj jam vekiĝis kaj komencis grunti. Neniu Islandano eltenis ilian odoron, sed la junkro sentis neniun odoron, sed premis la porkiston al si kaj lin kisis. La pordo restis malfermita kaj ekstere estis la maro kaj la luno. La porkisto diris, ke eĉ la plej ruza ŝtelisto ne povus eniri la vartenejon, ĉar tiu diabla islanda hundo Arnesen metis sigelon, sendube falsitan, sur ĉiujn pordojn, escepte de la sekreta pordo al la butikokelo, sed neniu havis la ŝlosilon krom la komercisto, kiu dormis sur ĝi. Junkro Magnús Sigurðsson kontinue proponis posedaĵojn kaj privilegiojn, sed tio havis nenian efikon; homoj ne havis fidon al liaj posedaĵoj, ne sciis klare kiu ilin posedis, ĉu li mem aŭ la kontrabandistoj de brando en diversaj partoj de la lando; aŭ eĉ la juĝisto, lia bopatro. La junkro diris ke estus plej ĝuste, ke li mortigu ilin ambaŭ. Ture Narveson donis al Jes Laó sekrete interkonsentan rigardon kaj diris ŝrikvoĉe kun longtira falshumila tono:

"Mia frato aŭdis ke lia bonfarema sinjoro havas unu posedaĵon, kiu ankoraŭ troviĝas sub lia gardado nevendita kaj negarantiita kaj tio estus lia laŭdinda kaj virt-ornamata edzino –"

Je la mencio de tiu virino ŝanĝiĝis aferoj – sen ia plua diskuto la junkro batis per kunpremita pugno la nazon de Ture Narvesen. Ture Narvesen forlasis ĝentilecon kaj kontraŭbatis. Ili tiam komencis interlukti. Magnus Sigurðsson neniom montris indulgemon en tiaj bataloj kaj ĉiam klopodis kripligi la homojn. Jes Ló rampis el sia kuŝejo, tiris sur sin la pantalonon kaj partoprenis la interbatiĝon kontraŭ la junkro. Ili interluktis dum sufiĉa longa tempo. Fine ili sukcesis kuŝigi la junkron, sed li estis tiom furioza, ke ne estis eble paroli al li krom ke li estus ligita. Ili disvolvis ŝnuron el volvaĵo kaj povis post penado ligi liajn piedojn kaj manojn, puŝlevis lin poste trans la kradon al la porkoj. La kavaliro baraktis kaj ruliĝis kriante en la sterkotrogo kelkfoje, sed ne povis liberigi sin. La porkisto donis buĉtranĉilon al la murdisto Tuve Narvesen kaj petis lin gardi la brutulon dum li iros eksteren. Ture staris ĉe la krado kaj aŭ elŝiris haron el sia vilego kaj provis sur ĝi la akron de la tranĉilo, aŭ tiris singarde la eĝon laŭ sia manplato por akrigo, kaj estis denove la ĝentileco mem, laŭdante la junkron kaj lian ekzinon pro virtoj kaj elstaraj kvalitoj kaj eminentaj familioj, se la ligita junkro kontinue kriis en la sterkotrogo; la porkoj kungrupiĝis timantaj, unu sur la alian, en angulon. Fine la porkisto revenis. Li portis oklitran barelon plenan de brando, krom botelo. La barelon li metis sur la plankon antaŭ la krado, ili metis alterne la botelon al sia buŝo. La junkro ricevis nenion.

Kiam la du kompanoj finis gajigi sin, Ture diris al la junkro:

"Nia amiko Jes Ló volonte vendos al lia estiminda sinjoro tiun ĉi barelon, sed pri tio unue estu skribita letero, ĉar nun brando estas pli kara ol oro kaj ĉiu kiu negocas pri brando tion faras je minaco de skurĝado aŭ mallibero en Bremerholm."

"Donu al mi trinkon," diris la junkro senforte kaj estis ĉesinta krii, – "poste vi povas detranĉi al mi la kapon."

"Ho, tian negocon ni ne praktikas, eĉ se la tempoj estas severaj, kaj tian riskon ni neniam faros pro unu nobela homo sendevige, detranĉi al li lian kapon," diris Ture Narvesen. "Aliflanke, mi estas preta skribi malgrandan kontrakton sur paperon, kiun ni poste validigos per niaj subskriboj."

Jes Ló elmetis skribilojn, kiujn li alportis kune kun la brando, kaj Tuve Narvesen sidis silenta dum longa tempo kun tabulo kiel skribotablo sur la genuoj. Jes Ló sidis apude kaj regalis lin per gutoj da brando de tempo al tempo. Post eltire longa tempo la letero venis al la fino kaj Ture Narvesen ekstaris kaj komencis ĝin legi, sed malantaŭ li staris la grasega porkisto, rikanante.

La letero komenciĝis per la vortoj in nomine domini amen salutem et officia,* atestante ke la skribinto iutempe servis episkopojn, poste kontinuis en la solena, rafinita kaj pia stilo karakteriza por tiu murdisto. Ĝi deklaris, kiel sekvas, specifinte la ekzaktan nombron da jaroj pasintajn post la naskiĝo de Dio, ke kunvenis en la lando Islando, en la loko Orebakke, tie en la porkejo de la komercisto, tri honestaj homoj, monsjero Magnus Sivertsen, kavaliro kaj junkro en Brodretunge, kaj eminentaj kaj edukitaj ĝentilhomoj Jens Loy, negocisto, asistanto kaj supergardisto de speciala dana brutaro de la komercejo, kaj multe vojaĝinta artisto, kaj klera poeto Ture Narvesen, antaŭe subdiakono en Schalholt, nun reĝa barelisto kaj policmajstro ĉe la Handel-kompanio, kiuj faris inter si la sekvantan aŭtoritatan kaj rajtigitan leteron kaj ĉarton, kiun ili, garantiite laŭ la graco de la Sankta Spirito, ĵuris teni en ĉiuj partoj kaj artikoloj, kaj kiu de neniu homo estu rompita, escepte de Lia Plejgraca Moŝto la Reĝo kun plena konsento de la Ŝtata Konsilio, kun la enhavo, kiu ĉi tie sekvas: Tiu barelo de brando, kiu staras sur la planko inter la partioj, estu laŭleĝa kaj netuŝebla posedaĵo de la antaŭe menciita kavaliro kaj junkro M. Sivertsen, interŝanĝe de tio, ke la sama estime menciita per la subskribo de ĉi tiu dokumento, plenumu al la antaŭe menciitaj ĝentilhomoj la sekvantajn kondiĉojn, nome: volonte kaj kun bona volo prunti kaj prirezigni al la ripete menciitaj honestaj kaj edukitaj ĝentilhomoj, Jens Loy kaj Ture Narvesen, por kompleta kaj geedzeca aktivado dum tri noktoj item* tri tagoj lian, de junkro Sivertsen, tralande faman virinon pro beleco, artoj kaj familio, lian plej amatan, virtoaman kaj honestan edzinon kaj dommastrinon, Snæfríður Björnsdóttir Eydalín, kaj samtempe kun tiu dokumento monsjero M. Sivertsen eldonu tiuteme sian leteron kaj ateston konforme al lia antaŭe kaj estime skribita etcetera –

Kiam la legado atingis ĉi tien estis aŭdebla de la kavaliro la diro: "En tiuj okuloj la ĉielo mem malsupreniris. Mi scias ke mi kuŝas ligita en la malpuraĵo."

...tenanta tiun komprenon, kontinuis la letero, ke samkiel la brando en la menciita barelo estas ĉi-kune proklamita aŭtentika kaj pura brando, precize forta, tamen neniel miksita per akvo, tiel la edzino de junkro M. Sivertsen montru perfekte kaj komplete al la portantoj de tiu ĉi letero bonan kaj kristanan sintenon, evitante malpacaĵojn kaj malicaĵojn, traktante ilin kun sindona cedemeco, bonvolo kaj preciza mildeco, tiel regalante ilin per ĉio apartenanta al la domo, precipe acidaj ventroflankoj, virŝafaj testikloj kaj butero el la buterigilo, ne malpli ol se ili estus ĉiu aparte aŭ ambaŭ kune veraj kaj karaj edzoj de ŝia virtoama honorindo –

"La steloj krone brilas sur tiu frunto," diris la kavaliro. "Mi scias ke mi estas la lepropesta, pedikplena Islando."

La du ĝentilhomoj ne donis atenton al la interrompaĵoj de la junkro, kaj Ture daŭrigis la legadon ĝis li diris en la fino, ke tiu kontrakto estu sekreta kiel interkontraktoj de eminentaj homoj, por ke nek la ordinara popolaĉo nek la almozpetanta vagularo povu teni la tri kontraktanojn inter la dentoj, kaj aliflanke, ke neniu el ili trovu siajn reputaciojn molestitaj aŭ demoralizitaj de nekoncernatoj, kaj ke tiu ĉi sola ekzemplero de la letero estu gardata, konservata kaj tenata de la skribinto. Aldonitaj ĉi tie sube niaj subskriboj kiel pruvo kaj plena atesto de la supre skribita –

La katenito jam delonge ĉesis plori, krii kaj barakti, sed kuŝis senmova kaj silenta sur la porkeja planko kaj la barelo nur je brakdistanco trans la kadro. Fine li duone ekstaris, ankoraŭ ligita, kaj rigardis rekte al la plafono super la porkejo, lia vizaĝo tordita en grimaco, lia nuko streĉita malantaŭen, kiam li alparolis tiun, kiu loĝas supre:

"Dio, eĉ se mi kraĉas sur vian vizaĝon en la pordo de via preĝejo en la Sankta Vendredo, tamen mi scias: Vi estas tiu."

Poste li refalis sur la plankon kaj diris mallaŭte al la homoj:

"Donu al mi la barelon."

Ili diris ke por tio estas nur unu kaj sola kondiĉo, ke lia nomo staru sub la kontrakto. Li diris, ke tiel estu. Poste ili malligis lin. Li skribis sian nomon sub la letero kun kelkaj abruptaj movoj kiuj spruĉigis la skribilon. Ture Narvesen sekve skribis sian nomon per precizaj movoj tute malkongruaj al liaj grandaj pugnoj, sed la porkisto Jes Ló faris krucon, ĉar li estis analfabeta kiel plej multaj Danoj, poste Ture atestis lian nomon sub la kruco. Fine li donis la barelon al la kavaliro, kaj li senprokraste metis ĝin al sia buŝo.

Kiam li estis trinkinta dum kelka tempo, li ĉirkaŭrigardis kaj eltrovis ke liaj negocaj partioj estis for. Eble tiel okazis al li kiel al multaj, kiam ili fine akiris la plej dezirindan trezoron de trezoroj: li ne estiĝis ĝoja. Li rigidiĝis. Li ŝanceliĝis kapturniĝe el la porkejo eksteren sur la grundon antaŭ la komercdomo, portante la barelon sub la brako. Estis odoro de mara algo kaj blanka lunlumo. Li vokis la homojn, sed ili estis nenie proksime. Li provis kuri, sen scii kien, sed la piedoj estis malviglaj kaj la tero renversiĝis, kaj sekvamomente li kuŝis horizontale, lia vango sur la tero, sen sento ke li falis. Poste la tero kliniĝis for de li denove. Li provis iri firme, sed la tero kontinue ondadis. Fine li sidiĝis sub domgablo. Li klinis la kapon kaj murmure kalkulis regentojn, kavalirojn, prefektojn, poetojn, Jerusalemajn pilgrimojn kaj notariojn, kiuj estis pruveble liaj prapatroj. Li ne similis al homo, des malpli al besto. Li nomis sin la plej malalta kreitaĵo de la tero kaj la plej eminenta aristokrato en Islando. Fine li komencis kanti la malĝojajn pasionajn psalmojn kaj mortopreĝojn, kiujn li patrino instruis al li kiam li estis infano.

Nun la historio turniĝas al la alia partio, la du bonŝanculoj, kiuj aĉetis la edzinon de la homo. Ili forkuris kun la dokumentoj en la manoj. La nokto estis komplete kvieta. Mil malgrandaj herbtorfaj farmodomoj kaŭris preskaŭ enteren, tamen ne senakordiĝe kun la ĉielo. La porkisto kaŝis sub sia jako botelon kun brando, sed la homoj ofte bezonis refreŝigi sin, ĉar nun atendis ilin grava tasko. Ili estis firme decidintaj rapidi al Bræðratunga jam en la nokto kun la kontrakto. La Dano diris, ke virinoj estas plej bonaj en la mateno, varmaj. Ili ambaŭ trovis sin en tiu feliĉa stato de la animo, kiam plenumo ŝajnas same facila kiel plano. Ĉevaloj estis la sola, kio al ili mankis, sed feliĉe, da ili abundis en la paŝtejoj kaj ili ekiris por elekti por si rajdbestojn. Ĉi tie estis kaj piedligitaj ŝarĝĉevaloj el malproksimaj lokoj kaj grupoj de nedresitaj ĉevaloj paŝtantaj sur bordoj de riveretoj. La ĉevaloj malfavore taksis la homojn, precipe la Danon, kaj rifuzis esti prenitaj kaj eviteme dispaŝis for. Fine sukcesis al Narvesen kapti du ĉevalojn kaj bridi ilin per ŝnuroj, sed ĉar seloj ne estis haveblaj la sola rimedo estis rajdi sensele. Komprenebla la Islandano mastris tiun arton kiel pliaj, sed la Dano neniam rajdis ĉevalon, nek sensele, nek sele, kaj ĉar li estis homo dikventra kaj preter siaj plej bonaj jaroj, krome tre ebria, li havis malfacilon grimpi sur la dorson de la besto, tamen sukcesis helpe de malalta herbotufo. Sed kiam li trovis sin tiom alte, li eksentis svenon, kaj sekve preskaŭ sobriĝis. Ŝajnis al li, ke la ĉevalo aŭ falus sur la flankon aŭ transkapiĝus, kaj ke li, la rajdanto, svingiĝus teren per terura rapido kaj perdus la vivon. Ĉiu movo de la ĉevalo ŝajnis al la homo anonco pri morta danĝero. Li petegis sian kompanon iri malrapide, streĉis sin antaŭen sur la dorso de la ĉevalo kaj tenis sin mortprene je ĝia kolo. Ture Narvesen diris, ke ilin atendas longa vojaĝo kaj ke ili devas rajdi rapide, kaj ankaŭ vadi trans grandajn riverojn por mallongigi la vojon, se ili volas atingi ĝis Bræðratunga en la mateno, dum ilia edzinigita virino estas ankoraŭ varma en la lito, tiu kiun ili posedas kune.

"Mi falos de tiu besto," diris la Dano.

"Nu, eble vi preferus postresti, amiko, kaj veni piedire morgaŭ," diris Ture Narvesen.

"Ja similas al via karaktero min perfidi, sed estis mi kiu havigis la brandon," diras la Dano. "Vi scias ke mi estas malsana en la piedoj kaj ne scias piediri sur Islando."

"Kara frato," diris Tuve Narvesen, "mi diris nur tion, ke se vi volas, mi povas iri antaŭe sen hasto kaj transdoni de vi la mesaĝon, ke vi venos baldaŭ post meztago."

"Kiel mi trovos la vojon, se vi rajdos antaŭ mi," diris Jes Ló. "Mi estas certa pri tio, ke mi neniam atingos ĝis Brodretunge. Mi eĉ ne scias, en kiun direkton mi rajdu. Eble mi perdos la vojon kaj falos de la besto kaj pereos, kaj vi jam veninta antaŭ mi kaj havinta la virinon kaj perfidinta vian amikon; kaj estis mi kiu ŝtelis la brandon."

"Vi ne forgesu, kara frato kaj amiko, ke estis mi kiu skribis la kontrakton," diris Ture Narvsen. "Danoj estas grandaj homoj en sia lando, sed ĉi tie ili havas neniun ŝancon, ĉu ili povas aŭ skribi, piediri aŭ rajdi, aŭ ne. Ĉi tie en Islando ni ne atendas por iu ajn. Tiu kiu venas la unua, havos la virinon."

Jes Ló jam montris signon de eksploro, tiel ke Ture Narvesen lin kompatis kaj ĉar la ĉevalo de la Dano emis al senmovo, li trovis plej promesa rajdi proksime al ĝia postaĵo. Sed tiam montriĝis, ke la rajdbesto de la Dano estis ino kaj sekve timis pri sia virgeco kaj komencis pranci kaj bleki pro tro proksima postkurado. Je la prancado la Dano glitis bele antaŭen trans la kolon de la ĉevalino kaj liaj plandoj turniĝis al la ĉielo.

"Jen ĝuste montriĝas la karaktero de la Danoj," diris Þórður Narfason, deĉevaliĝis kaj piedfrapis la homon.

"Vi merdo, vi piedfrapas min kie mi kuŝas vundita kaj svena!" diris la Dano.

Þórður Narfason turnis la homon kaj lin palpis kaj trovis ke li estas trasaturita de brando kaj la botelo multere disrompita, aliflanke li estis nedamaĝita.

"Ĉar vi rompis la botelon mi ne plu havas devajn ligojn kun vi," diris Þórður Narfason. "Nia partnereco estas finita. Mi deklaras mian disiĝon de vi. Nun ni du iros ĉiu sian propran vojon. Tiu havos la virinon, kiu venos la unua."

Tiam la porkisto kaptis la piedon de Þórður Narfason kaj diris:

"Mi estas honesta dana homo en la servo de mia komercisto kaj mia kompanio kaj mia reĝo, kaj estis mi kiu ŝtelis la brandon kaj mi posedas la virinon."

"Granda estas la missorto de vi Danoj," diris Þórður Narfason kaj daŭrigis piedfrapi sian amikon, "se vi kredas ke tiu tago iam aperos, ke vi havos Snæfríður, la Sunon de Islando."

Fine la pacienco de la Dano elĉerpiĝis kaj li provis frapi la piedojn de sub la murdisto, kiu nun evidente fariĝis lia rivalo pri la virino.

Je tio la batalo jam komenciĝis. Tiam montriĝis, ke tiu dika honesta Dano estis forta homo kaj konis diversajn krudajn artifikojn, kiuj surprizis la Islandanon. La Islandano volis batali staranta kaj uzi luktajn prenojn, sed la Dano volis batali kuŝanta kaj utiligi la forton de sia korpa amplekso. Ili batalis dum longa tempo kaj disŝiris la vestaĵojn reciproke ĝis ili estis preskaŭ nudaj, gratis unu la alian kaj kontuze pinĉis, kaj fluis la sango el iliaj nazoj, sed neniu el ili estis tiel antaŭvidemaj kunpreni armilon. Fine sukcesis al Þórður Narfason liveri decan baton al sia amiko, kiu lin senkonsciigis: la kapo de la porkisto falis senforte malantaŭen kaj flanken kaj la lango eliĝis ĉe la sanganta buŝangulo, sed la okuloj fermiĝis. Þórður Narfason sidiĝis iom for, elĉerpita post la batalo. La suno estis leviĝanta. Neniu brando. Li vidis kie la kontrakto kuŝis en senherba kavaĵo kaj ĝin prenis. Lia anklo estis tordita kaj li apenaŭ povis uzi la piedon, la berserka furiozo forlasis lin iom post iom, kaj li sentis ĉiam pli multajn dolorojn en la korpo. La Flói estis ankoraŭ kvieta, escepte de murmuro de fluantaj akvoj, ĉar la ovotempo estis pasinta. Li vidis sian ĉevalon mallonge for kaj lamiris tien, surĉevaliĝis kaj ekrajdis. La ĉevalo estis tre senkurema kaj nur moviĝetis antaŭen, kiam la rajdanto batis lin per la kruroj per tuta forto. Fine ĝi ĉesis paŝi kaj staris tute senmova. La homo deĉevaliĝis kaj piedfrapis la beston, kuŝigis sin ĉe herbotufo kaj rigardis al la ĉielo. La luno ankoraŭ ne subiĝis malgraŭ la suno. Li tiris la kontrakton el sub la pantalona zono, ankaŭ la leteron koncerne la virinon, legis ambaŭ tre zorge kaj trovis en neniu el ili iujn gravajn erarojn.

"Estu Dio laŭdata, ke mi estas edukita homo kaj poeto," li diris.

Iom doloris al unu el liaj okuloj pro la legado, kaj li trovis ke li ne povas teni ĝin malfermita, ĝi jam komencis ŝveli. Li provis ekstari, sed sentis svenon. Ne estis ĉio elfarita, kvankam li sukcesis senkonsciigi la Danon. Ankoraŭ estis longa vojo ĝis Brædratunga al la varma virino. Li tre sentis la mankon de brando, sed ne havis la forton ekstari.

"Probable plej konsilindas iom dormeti," li diris kaj kuŝiĝis sur la rajdpadon kun la dokumentoj en la mano, kaj estis jam dormanta.

5

Ĉirkaŭ la tria horo en la tago post kiam okazis tiuj eventoj Snæfríður Björnsdóttir Eydalín iras en akompano de alia virino tra la domkampo hejmen al Bræðratunga, kun herbkolekta saketo pendanta en ŝnuro de sur la ŝultro, ĉar ŝi bone konis utilajn herbojn kiel ŝiaj prapatrinoj kaj faris el iuj salubrajn trinkaĵojn, sed kolorojn el aliaj; iujn ŝi kolektis pro aromo; ŝi estis vestita per malnova blua mantelo, nudkola kaj nudkapa en la suno, ŝiaj haroj libere pendantaj, ŝia vizaĝo sunbrunigita, ĉar ŝi iris de la domo ĉiutage por kolekti herbojn; kaj pribrilis la virinon ora koloro tie sur la kampo.

Tiam ŝi vidas ne multe for, ke nigra grasa ĉevalo staras ligita al la ĉevalŝtono hejme ĉe la biendomo, sed malalta homo malgrasa, nigre vestita, paŝas tien kaj reen sur la antaŭdoma pavimo, kun klinita kapo kaj kunigitaj manoj, la palmoj turnitaj suben al la tero. Estis la ĉefpastro de Skálholt. Kiam li vidis la dommastrinon li malligis de si la altan ĉapelon, kaj iris kun ĝi en la mano renkonte al ŝi sur la kampon.

"Surpriza honorigo," ŝi diris, ridetis kaj klinis la kapon kaj venis tuj apud lin kaj donis al li sian manon sunbrunigitan kaj iom malpuran de tero, kaj emanis de ŝi varma forta aromo de timiano, kano, tero kaj eriko. Li evitis rekte ŝin rigardi, sed kiam li jam salutis ŝin kaj dankis al Dio, ke li trovas ŝin en bona sano, li ligis denove la ĉapelon super sian ŝparperukon kaj kunligis siajn manojn kiel antaŭe, rigardante la mandorsojn bluajn kaj aĝoŝvelajn.

"La tago estis tiel brila, ke mi ne povis deteni min de preno de mia Brunulo por rajdo," li diris kvazaŭ pardonpetante pro sia vizito.

"La hundaj tagoj* estas precize la monato, kiam la gigant-bovo* flugas," ŝi diris. "Ĉiam en tiu ĉi tempo mi deziras kuri al la sovaĝejo."

"En tiu ĉi mizera lando, kie ĉio mortas, tiuj ĉi tagoj havas la naturon de la eterneco mem," li diris. "Ili estas apex perfectionis*."

"Kia plezuro por mi renkonti monsjeron en la ĉielo – sur tiu ĉi domkampo," ŝi diris. "Estu bonvena."

"Ne, ne," li diris, "ne estis mia intenco prediki iluzion, kaj madame* ne pensu ke mi komencis inklini al paganeco, laŭdante la kreitaĵon pli ol la kreinton. Mi nur volis diri, ke ekzistas perfektaj tagoj kiam preĝo fariĝas danko kvazaŭ per si mem: oni volas preĝi sed sen konscii tion oni trovas sin donanta dankojn."

"Venontfoje, kiam vi vizitos min, mia kara pastro Sigurður, mi estas certa ke vi diros al mi, ke vi renkontis belan knabinon, kaj ke tio estis eterna vivo kaj summum bonum*," ŝi diris. "Kaj mi kiu aŭdis ke vi trovis groteskan krucifikson en iu malnova ruino kaj alvokas ĝin sekrete."

"Credo in unum deum*, madame," li diris.

"Vi nepre ne pensu, ke mi suspektas vin esti herezulo, eĉ se vi posedas idolon, mia kara pastro Sigurður," ŝi diris.

"La pensoj de homo estas kio gravas koncerne idolojn," li diris: "ne la idolo mem. Kio estas plej grava estas kredi tiun veron, kiu kaŝiĝus eĉ en neperfekta bildo, kaj vivi por ĝi."

"Jes," ŝi diris, "antaŭ kelkaj tagoj mi devis ellasi la dekstran kornon de la virŝafo de Abrahamo, ĉar mi bezonis spacon por mia monogramo kaj jarnumero tiuflanke de la tuko. Ĉu iu kredus pro tio, ke la virŝafo rompis sian kornon en la arbetaĵoj? Ne, ĉiuj scias ke la virŝafo de Abrahamo estis sendita de Dio kaj havis du majestajn kornojn."

"Ĉar la konversacio turniĝas al bildoj," li diris, "mi volas diri al vi mian komprenon. Estas nur unu bildo de bildoj kaj ĝi estas nia vivbildo, tiu kiun ni faras mem. Aliaj bildoj estas bonaj, se ili montras niajn mankojn kaj kiel ni povas plibonigi nian vivon. Tial mi elsavis tiun malnovan figuraĵon de Kristo, relikvon el la tagoj de papismo, kiun oni trovis dum fosado."

"Vi estas homo saĝa, pastro Sigurður, sed mi ne scias, ĉu mi volus brodi sur miaj tukoj ĉiujn tiujn bonajn bildojn, pri kiuj vi parolas."

"Tamen tio staras firme," li diris, "kion oni legas ĉe doctoribus*," li diris,"ke la vero kiu aperas en bona vivo, estas la plej bela bildo."

"Ĉu permesiĝus al mi peti al doctori angelico* renaskita en Flói eniri malriĉan domon kaj akcepti senkulpan trinkaĵon, kiun mi mem preparas?" diris la dommastrino.

"Korajn dankojn," li diris, "feliĉa estas la homo, kiu estis ridindigita de madame. Sed kiel unu gigant-bovo rampas dek unu monatojn sur la tero, sed flugas en la suno dum la dekdua, tiel ankaŭ unu nesignifa pastro havu sian tempon: mi preferus, kun via permeso, iri flanke kun madame sur la domkampo kelkmomente kaj paroli kun ŝi pri aferoj kiuj min zorgigas."

Ili iris sur la domkampon.

Li ankoraŭ ne levis la kapon, sed iris singardeme kaj konscience, haltetis je ĉiu paŝo kvazaŭ por trovi la ĝustan efikon de la paŝo sur la tero, kaj sin mem. Li estis iomete malpli alta ol ŝi.

"Ni ĵus parolis pri bildoj," li daŭrigis lekcitone kun la manoj en sama pozicio kiel antaŭe, "pri veraj kaj malveraj bildoj, pri tiuj bildoj kiujn oni faras ĝuste, kaj pri tiuj bildoj kiujn oni ne faras malĝuste, kvankam Dio donis la taŭgan materialon: mi scias ke vin mirigas, ke mi venas al vi kun tia babilado. Sed mi estas, ĉion konsiderinte, via pastro. Mi kredas ke Dio volas, ke mi parolu kun vi. Kaj mi preĝis, ke Li iluminu min. Mi kredas ke Li volas, ke mi diru al vi jenajn vortojn: Snæfríður, la Ĉielpatro donis al vi pli ol vi volis akcepti."

"Ĉu tio estu komprenita kiel akuzo?"

"Mi ne estas tiu, kiu vin akuzas," li diris.

"Kiu do?" ŝi demandis, "aŭ ĉu mi agis maljuste kontraŭ iu?"

"Vi agis maljuste kontraŭ vi mem," li diris. "Dio diras tion, la tuta lando scias tion, tamen neniu pli bone ol vi mem. La vivo kiun vi vivis ĉiujn tiujn jarojn ne estas konvena al tia splenda virino."

Fine li levis la kapon kaj rigardis ŝin, tamen nur por momento, kaj tremetis lia buŝo, kaj liaj nigraj okuloj peliĝis for de ŝia ora haŭto.

Ŝi ridetis iom distriĝeme kaj respondis indiferente, sen sonoro, kvazaŭ li estis atentigita al ŝi pri makuleto sur ŝia maniko: "Aj, ĉu nun la fianĉino de Kristo* ekhavas intereson pri tia kompatinda sendanĝera sensignifaĵo kia estas mia vivo."

"Mi ne supozis," li diris, "ke mi devus submetiĝi al tia ĉagreno prezenti min ĉe nobla virino, speciale ĉe virino kiel madame, kiu tiel distancas de plenumo de konduto, kiu estus nomebla peko, ĉu in civilibus aŭ in ecclesiasticis*, kaj diri al ŝi seriozajn vortojn pri ŝia vivmaniero."

"Vi timigas min, pastro Sigurdur," ŝi diris. "Eble vi tro absorbe legis aŭ la Profetaĵojn de Merlin aŭ la Vizion de Duggal* antaŭ ol vi ekiris? Mi donus multon por povi ĝuste kompreni vin."

"Benita mi estus, se mi konus la vojon al via koro, sed tio estas ekster la kapablo de simpla kleriko trovi la vojon tra tia labirinto, kaj plej vane, se vi mem ne volas kompreni tion, kio estas al vi dirita," li diris. "Sed kvankam via koro estas tia muro por kiu malbona poeto trovas neniun pordon, mi tamen estas devigita paroli."

"Do parolu, mia pastro Sigurður," ŝi diris.

"Kiam mi parolas kun madame, ŝi devas kompreni, ke mi ne estas tute senscia koncerne tiun, kun kiu mi parolas: vi estas virino tiel nobla, ke neniu egala iam vivis en la Nordaj landoj, saĝa kiel tiuj virinoj, kiuj iam en Islando estis nomitaj bone kulturitaj, instruita pri grammatica ekde infaneco kaj tiel lerta artistino, ke viaj gobelinoj estas renomaj en eksterlandaj katedraloj; krom tio vi estas tiu virino el ĉiuj virinoj, kiu estas fizike dotita je tia vivdona aromo de la patrino de nia Dio, ke via restado en la lando, krom tiuj niaj etaj floroj, donas promeson pri tio, ke la protekto de nia sinjoro Jesuo subtenos tiun mizeran landon spite al la justa kolero de la Patro. Tiuj malmultaj loĝantoj en tiu ĉi lando, kiuj konservas ankoraŭ iom da vireca energio, estas ŝarĝitaj de gravaj devoj en tiu ĉi malfacila tempo, kaj virino kiel tiu, kiun mi nun priskribis, ne havas rajton antaŭ Dio malŝpari sian vivon en kompanio kun persono, kiu estas kontraŭa al la honoro de ŝia patrolando. Eble mirigus vin aŭdi el la buŝo de pastro vortojn kontraŭajn al tio, kion Dio kunligis. Sed mi atendis kaj preĝis. Mi alvokis la Sanktan Spiriton. Mi estas certa, ke viaj aferoj devas esti solvitaj in casu*. Mi estas konvinkita ke eĉ la papo mem, kiu deklaris la geedziĝon nemovebla sacramentum,* estus liberiginta vin el ĝi, konsidere de la fakto, ke ĝi estus skandalo pli granda ol adulto."

"Aj, mi preskaŭ forgesis, pastro Sigurdur: vi estis iam mia aspiranto," ŝi diris. "Vi opinias, ke mi divorcu de mia Magnus kaj edziniĝu al la ĉefpastro. Sed aŭdu, mia kara, se mi farus tion vi ĉesus esti mia aspiranto, kaj aspirantoj estas la plej feliĉegaj inter homoj – escepte de la objektoj de iliaj korinklinoj. Kaj krome, kion dirus pri tio tiu Christus, kiun vi elfosis el rubamaso?"

Li diris: "Mi ĉiam sciis, ke la poeta lango, kiun vi heredis de viaj prapatroj kaj prapatrinoj, devenas de pagana radiko; kiel mi, tenerkora kleriko, kiu ne estas permesita pensi krom malmulte kaj diri ankoraŭ pli malmulte, povas rezisti ĝin? Kaj tion mi sciis tro bone ekde longa tempo, malgraŭ la malnova ŝerco, kiu nun estas forgesita, ke la koro de la filino de la leĝisto ne inklinis al mi. Tio estis plej evidenta en la elekto, kiun ŝi faris, kiam ŝin forlasis la granda mondumanto, kiun ŝi amis. Kaj kiom pli malmulte tiu ĉi kompatinda kleriko, baldaŭ maljuna homo, povus havi esperon pri tia virino, eĉ se ŝi estus libera, nun kiam revenis al la lando tiu, kun kiu li neniam ekpensis konkuri en siaj junaj jaroj."

Ŝi estis iom agitita pro tiuj vortoj kaj diris:"Ho, lasu riproĉi min pro iluzioj, kiuj eble konfuzis senscian knabineton en la domo de sia patro; malmulto kaŭzas pli tutkoran ridon al pliaĝa; kaj pli senkulpa."

"Ŝerco aŭ seriozo, madame, pri tio decidas via konscienco," li diris. "Sed tion mi klare memoras, ke tiu estis plenaĝa virino, kiu diris al miaj oreloj, ke ŝi amas lin en dormo kaj maldormo, vivanta kaj morta. Kaj tio ne surprizus min, ke pro via konatiĝo kun li estas intermetitaj la varplinioj, kiuj subportas vian vivoteksaĵon. Ĉu mi supozu, ke estis tiu granda mondumanto kaj duone fremdlanda homo, kiu kondukis viajn malfortajn piedojn sur tiujn glatajn oblik-vajn padojn al la abismo, super kiu vi nun staras? Li estis kamarado de princoj kaj grafoj trans la vasta maro, en anglaj botoj, kaj ŝanĝis sian Hispanan kolumon ĉiusemajne, plenscie sperta pri la tuta apostata herezo, pagana dialektiko kaj franca moderna literaturo, kiujn kutime praktikas la mokantoj de la leĝoj de Dio. Dio iafoje okupas la homojn per iluzioj kun strangaj reflektoj. Li permesis al la Tentanto vagadi sur la tero sub kovro de lumaj vestoj. Kiel ĉiam estas priskribite en paraboloj, vin konfuzis la agado de via blinda volo, kaj vi vekiĝis apud tiu monstro, kiel ĉiuj mondumantoj aspektas en la rigardo de Dio; tiu ja ne posedis graflandon trans akvoj pli larĝaj ol Tunga rivero, kaj nur unu krispon kuspitan; sed li sciis ne malpli ol la antaŭa moki sanktajn relikvojn laŭ indikoj de tiu spiritus mali*, kiu en la okuloj de Dio egalas al franca literaturo kaj pagana dialektiko, kvankam ĉi tie ĝi estas konata kiel brando."

"Komence mi kredis, ke vi venis ĉi tien por provi detrui miajn rilatojn kun Magnus," ŝi diris, "sed nun mi komprenas, ke fakte estas tute alia homo pri kiu vi pensas; tiu, pri kiu vi iam deklaris ke estas la plej bona, kiun mia sindona amiko povus deziri por mi. Se li estas tia tentanto en formo de homo, kiel vi diras, tiam vi ne deziris al mi ion bonan, kiam vi diris tiujn vortojn."

"Tridekkvinjara, tamen vagema junulo, mi staris ĉe la tombo de la bona kaj aminda virino, kiu estis mia fratino, mia patrino kaj mia plejkarulino, ĉio samtempe, mia gvidanta stelo kaj ŝirmo. Ŝi estis dudek kvin jarojn pli aĝa ol mi. Mi staris sur krucvojo. Aroganta avido por la mondo kaptis min kaj mi, ekzaltita, vidis la fajrerojn flugantajn el sub la superaj ĉevaloj de tiuj rajdantaj kun gravaj mandatoj; min impresis tiom la pompo de la mondo, ke Kristo malaperis antaŭ mia peka Adamo. Kaj mi estis la aspiranto de la juna filino de la leĝisto, ŝi estis dirinta ke mi estas la dua en la vico. La sinjoro de la mondo jam preterrajdis, la sola homo, kiun mi enviis, la unua kiu gajnis vian amon. Mi sciis, ke vi neniam havos lin. Mi sciis, ke li neniam revenos."

"Kaj nun, kiam vi scias, ke li revenis al la lando, vi trovas la tempon taŭga por diri viajn pensojn koncerne lin."

Li respondis: "Vi ne plu parolas kun amkaptita aspiranto, madame, sed kun vivsperta ermito, kiu elfosis sian Kriston el rubamaso, kiel vi diris, kaj ne plu paliĝas antaŭ la sinjoroj de la mondo. Sed kvankam mi estas maljuna ermito, vi estas ankoraŭ juna virino kun estonta longa vivo kaj devoj al via lando kaj la kristanismo. Kaj estas la rolo de via kara animo, kiun konvenas al mi prizorgi – pro la gloro de Dio."

"Kaj kian rolon elektis por mi monsjero pro la gloro de Dio, mi petas?"

"Mi estas certa ke vian fratinon, la edzino de la episkopo, ĝojigos via jarlonga restado kun ŝi en Skálholt, dum estos elfarita la divorco inter vi kaj Magnus kaj vi prenos tempon por ekzameni vian konsciencon."

"Kaj poste?"

"Kiel mi diris, vi estas juna virino," li diris.

"Ĉio estas nun klara," ŝi diris. "Vi lasita, kara mia pastro Sigurður, kiun bubon aŭ pastraĉon vi proponus al mi post la fino de la jaro, pro la gloro de Dio?"

"Vi povus elekti el inter riĉaj bienuloj kaj eminentaj aristokratoj," diris la ĉefpastro.

"Mi scias, kiun mi elektus," ŝi diris. "Mi akceptus la maljunan Vigfús Þórarinsson, se li konsentus. Li estas ne nur homo riĉa je bienoj, sed ankaŭ je arĝento en sakoj; krome li estas unu el tiuj malmultaj homoj en Islando, kiu scias paroli kun damoj."

"Eble alia homo kun pli alta aŭtoritato trovos sian vojon al Skálholt en la jaro, madame."

"Nun mi ĉesas kompreni," ŝi diris, – "espereble la ĉefpastro ne celas por mia kara animo la diablon mem – pro la gloro de Dio?"

"Saĝa virino, se ŝi dediĉas sin al virtoj kaj koncernas sin pri la honoro de sia familio kaj pri tiu amo al justeco, kiu faris ŝian patron alta aŭtoritato de la lando, ŝi havas mandaton kaj potencon pli altajn ol leteroj de reĝoj. Povas esti ke Dio tiel decidis, ke madame, kiel Judit, venkos per korafableco la malamikon de sia patro."

"Estas facile esti malavara pri tio, kion oni ne havas, kara pastro Sigurður," ŝi diris, "kaj pardonu kiam mi diras, ke tiu ĉi konversacio iom tro memorigas min pri tiu vortludo de infanoj, kiu komenciĝas tiel: mia ŝipo jam albordiĝis. Mi ne provos kompreni viajn subdirojn pri la nomo de mia patro kaj des malpli koncernas min viaj aranĝoj pri la senditoj de la reĝo. Sed ĉar vi kaj sinjorino Jórunn volas provi transloki min kiel ian miksaĵon de amoristino kaj dependa senhavulino, mi memorigu vin pri tio, ke mi estas la matrono de Bræðratunga kaj ke mi amas mian edzon ne malpli ol fratino Jórunn sian edzon, la episkopon, tiel ke neniu el ni du bezonas agi kiel prizorganto unu de la alia, – kaj mi kredis ke ŝi tion scias antaŭ ol ŝi sendis vin por tiu ĉi komisio."

Ĉi-tempe la ĉefpastro jam malplektis siajn fingrojn, kiuj videble tremis. Li purigis sian gorĝon por plifortigi sian voĉon.

"Kvankam mi konis vin ekde infanaĝo, Snæfríður," li diris, "tamen sentalenta poeto neniam lernas paŝi sur la mallarĝa pado de vortoj, kiu kondukas al la pordo de via koro, tial tiu ĉi konversacio estu nun finita. Sed pro senforteco de la vortoj mi sentas min devigita prezenti pruvon, kiun mi prefere estus elektinta kaŝi al vi."

Li metis la manon sub sian mantelon kaj elprenis ŝiritan kaj ŝrumpintan dokumenton, ĝin malfaldis tremante kaj donis al ŝi. Ĝi estis la kontrakto, kiu estis farita en la porkejo en Eyrarbakki la antaŭan nokton, kie ŝia edzo, la junkro, vendis ŝin por plena geedz-eca agado dum tri noktoj al dana porkisto kaj islanda murdisto por barelo de brando. Ŝi akceptis la dokumenton kaj legis, kaj li provis engluti per la okuloj ĉiujn moviĝon de ŝia vizaĝo dum ŝi legis, sed ĝi estis trankvila; ŝi tenis la buŝon fermita kaj la vizaĝo surprenis mienon de tiu perfekta malpleneco, kiu ekde infaneco estis ĉiam preferata, kiam ŝia rideto malaperis. Kiam ŝi finis zorge legi la kontrakton dufoje, ŝi ridis.

"Vi ridas," li diris.

"Jes," ŝi diris, legis ankoraŭ kaj ridis.

"Povas esti," li diris, "ke mi estas tia idioto, kiu meritas nur mokon kaj ridindon de via flanko anstataŭ honesta kaj amikeca kunparolo. Sed tion mi scias, ke fiera virino ne ridas, ne ŝajnigas tion fari, pro tia nepensebla malhonorigo kia estas tiu skribaĵo."

"Estas nur unu punkto, kiun mi ne komprenas," ŝi diris. "Kiel vi fariĝis partoprenanto en tiu afero, mia kara pastro Sigurður? Aŭ kia estas la kontrakto, kiun vi faris de via flanko kun la porkisto kaj la murdisto?"

"Vi scias, ke mi ne falsis tiun groteskan tekston," li diris.

"Tion mi neniam estus pensinta," ŝi diris. "Tial estas via tasko pruvi ke vi ludis parton en la afero. Alie la virino devas atendi ĝis montros sin mem ĝiaj ĝustaj sinjoroj."

6

Kelkajn tagojn poste Magnús de Bræðratunga venis hejmen, li sidis tramalseka matene ekster ŝia pordo, ĉar estis pluvo, ĉifona, sanga, malpura, fetora, barba, taŭzita, magra kaj blua. Li ne levis la kapon, ne sin movis, kiam ŝi preterpaŝis, sed sidadis kiel mense malsana vagabondo, kiu en la nokto rampis en fremdan domon. Ŝi kondukis lin internen kaj lin flegis kaj li ploris dum tri tagoj laŭ kutimo. Poste li leviĝis. Li ne lasis sin malaperi ĉi-foje, sed iris sur la herbejon ĉirkaŭ meztago kaj falĉis, plejofte sola sur strio de herbo, malproksime de siaj laboruloj kaj havis kun ili neniun kontakton, li ne manĝis ekstere, sed iris hejmen, kiam ne estis sufiĉa taglumo por labori kaj vespermanĝis en sia ĉambro antaŭ ol enlitiĝi. Ofte li iris al la forĝejo kaj preparis la laborilojn por siaj homoj, hardis la falĉilojn, riparis rastilojn, diris malmulton aŭ nenion.

Post la fino de la fojnrikolta tempo li ankoraŭ ne montris signojn de malapero, sed daŭrigis fari utilon al la hejmo, ofte tenis sin en la forĝejo tutajn tagojn, sed portigis al si difektitajn objektojn diversspecajn por riparo: lignajn pelvojn, trogojn, laktujojn, sitelojn, ŝpinilojn, lanujojn kaj kestojn; li atentis ankaŭ pri difektoj en la domoj kaj ilin riparis. Li rehavis siajn palhelan vizaĝkoloron kaj molan haŭton, razis la barbon, kaj surhavis vestojn, kiujn lia edzino purigis kaj gladis, tiel ke sur ili ne plu videblis makuloj aŭ sulkoj.

Post la ŝafkolektado la aŭtunaj pluvoj faris paŭzon, vetero estis kvieta kaj serena kun milda noktofrosto, maldika glacio kovris la flakojn kaj prujno la herbon.

Tiam venis Guðríður el la Valoj en la ĉambron de Snæfríður, anoncante ke maljuna homo staras ekstere kaj petas parolon kun la dommastrino, kaj ke li diras ke li venas el Þverá-distrikto okcidente.

"Aj, kiel tio koncernas min, Guðríður mia," ŝi diris. "Ne estas mia tasko zorgi pri vagabondoj. Se vi povas doni al li pinĉprenon da butero aŭ pecon da fromaĝo, estas bone, sed lasu min en paco."

Konstatiĝis, ke la homo ne volas almozon, sed estas vojaĝanto survoje al Skálholt, sed haltis ĉe Bræðratungu por paroli pri grava afero kun la dommastrino, kiu, laŭ lia diro, rekonos lin, se ŝi lin vidos. Li estis kondukita al ŝia ĉambro.

Li estis homo pli ol mezaĝa kaj salutis kompanece, deprenis sian trikitan ĉapon ĉe la pordo. Liaj brovoj estis ankoraŭ nigraj, sed liaj haroj lupe grizaj. Ŝi rigardis lin, respondis senvarme lian saluton kaj demandis, kion li volas.

"Vi ne rekonas min, kiel atendeble," li diris.

"Ne," ŝi diris. "Ĉu vi estis iam kun mia patro, aŭ kio?"

"Iomete," li diris. "Mi venis hazarde kun mia kapo iom tro proksime al li en certa printempo."

"Kiel vi nomiĝas?" ŝi diris.

"Jón Hreggviðsson," li diris.

Ŝi ne rekonis la homon.

Li rigardis ŝin, duonridete. Liaj okuloj estis nigraj, sed kiam la lumo brilis sur ilin, ili estis ruĝaj.

"Estis mi kiu iris al Holando," li diris.

"Al Holando?" ŝi diris.

"Mi de longe ŝuldas al vi taleron," li diris.

"Li metis la manon sub sian jakon kaj eltiris el felsaketo kelkajn brilantajn arĝentmonerojn volvitajn en peco de lanŝtofo.

"Aj," ŝi diris. "Ĉu estas vi Jón Hreggviðsson; mi memoretas ke vi estis nigra."

"Mi maljuniĝis," li diris.

"Remetu la monerojn en vian saketon, Jón mia, kaj sidigu vin sur la keston tie kaj diru novaĵojn. Kie vi loĝas, cetere?"

"Mi estas ankoraŭ luanto ĉe la maljuna Kristo," li diris. "La farmobieno estas nomita Rein. Mi ĉiam havis bonajn rilatojn kun la maljunulo. Kaj tion pravigas la fakto, ke ni du ŝuldas nenion unu al la alia. Aliflanke, mi prokrastis tro longe repagi al vi la taleron."

"Ĉu vi akceptus selakton aŭ lakton?" ŝi diris.

"Ho, mi trinkas ĉion," diris Jón Hreggviðsson. "Ĉion kio fluas. Sed tiun taleron mi volas pagi. Se mi devas vojaĝi denove, de kio Dio min savu, tiam mi volas estis senŝulda al via bonvolo, por ke mi povu veni al vi igen."*

"Vi neniam venis al mi, Jón Hreggviðsson, mi venis al vi. Mi estis knabineto. Mi deziris vidi homon dekapigota. Via patrino piediris orienten al Skálholt. Tiam vi estis nigra. Nun vi estas griza."

"Ĉio ŝanĝiĝas krom mia fraŭlino," li diris.

"Mi estas edzino jam dek kvin jarojn," ŝi diris. "Tenu viajn mokojn por vi mem."

"Mia fraŭlino daŭras," li diris.

"Ĉu mi daŭras?" ŝi diris.

"Jes," li diris. "Mia fraŭlino daŭras – mia damo."

Ŝi rigardis el la fenestro.

"Ĉu vi iam transdonis mian mesaĝon?" ŝi demandis.

"Mi redonis la ringon," li diris.

"Kial vi ne transdonis al mi lian respondon?"

"Li diris: Ne pli. Estis neniu respondo. Escepte, ke mi ne estis senkapigita – almenaŭ ne tiam. La buŝo de la virino estis en la mezo de ŝia ventro. Li redonis al mi la ringon."

Ŝi rigardis la gaston el distanco – "kion vi volas de mi?" ŝi diris.

"Aj, mi apenaŭ scias," li diris. "Pardonu al mizera sensciulo."

"Ĉu vi ŝatus havi ion por trinki nun?"

"Mi trinkos kiam iu portos ĝin al mi. Ĉio fluanta estas donaco de Dio. Kiam mi estis en Bessastaðir mi havis akvon en kruĉo; kaj hakilon. Bone akrigita hakilo estas admirinda laborilo. Aliflanke mi ĉiam malŝatis pendumilon, kaj neniam malpli ol post mia lukto kun pendigito."

Ŝi daŭre rigardis la homon el tiu senfunda distanco, kiun la bluo donis al ŝiaj okuloj; ŝia buŝo estis fermita. Poste ŝi ekstaris, vokis servistinon kaj petis alporti trinkaĵon por la homo.

"Ja bone, estas ĉiam dankinde havi ion por kontentigi la soifon," li diris, – "kvankam tiuj kompanoj en Kopenhago, miaj malnovaj amikoj, trovus tiun trinkaĵon iom neforta."

"Ĉu tiaj estas viaj dankoj?" ŝi diris.

"Tiu biero kiun lia honoro donis al mi el kruĉo, kiam mi venis el Lukkstað en la botoj de la reĝo, ne dum longa tempo malaperos el la memoro de maljuna farmisto el Skagi."

"Pri kiu vi parolas?"

"Pri tiu al kiu vi sendis min, al kiu mi nun denove iras por renkonto."

"Kien vi volas iri?" ŝi diris.

Li denove metis la manon en sian felsaketon kaj eltiris velkiĝintan leteron kun rompita sigelo kaj donis al la dommastrino.

La letero estis skribita per eleganta mano, kaj ŝi legis unue la simplajn alparolajn vortojn, konvene adaptitajn al ordinara leganto: "Saluton al vi, Jón Hreggviðsson," poste la subskribon "Arnas Arnæus", liajn proprajn literformojn, rapidajn, tamen ĝustamezure firmajn, faritajn per la larĝtajlita mola plumo, kiu estis tiel strange ligita al lia voĉo, ke oni ĝin aŭdas denove, kiam oni legas. Ŝi paliĝis.

Tralegi tiun mallongan leteron okupis ŝin neatendeble longe, estis kvazaŭ nebulo kuŝiĝis sur ŝiajn okulojn, tamen ŝi fine ĝin komprenis. La letero estis datita mezsomere kaj enhavis la temon, ke Arnas Arnæus alvokas la farmiston de Rein veni al Skálholt je decidita tago proksime al la fino de septembro, kiam li estis veninta suden el la orienta landparto, ke li volas paroli kun la farmisto pri lia malnova kazo, kiu ankoraŭ ne ŝajnis laŭleĝe eltraktita en harmonio kun klaraj leteroj eldonitaj siatempe de nia Plej Gracoplena Reĝo. La leterskribinto informis al Jón Hreggviðsson, ke li estis nomita de la reĝo por ekzameni tiujn kortumajn kazojn ĉi tie en Islando, kiuj en la pasintaj jaroj ne ricevis laŭleĝajn pritraktojn de la juĝistoj de la lando, kaj provi pri tiuj fari iujn korektojn, por ke la sekureco de la ĝenerala publiko povu kreski pro tio en la estontaj jaroj.

Ŝi rigardis tra la fenestro, super la aŭtune pala herbokampo, al la sunbrilo sur la rivero.

"Ĉu li estas en Skálholt, trans la rivero?" ŝi diris.

"Li alvokis min veni tien," diris Jón Hreggviðsson. "Tial mi venas al vi."

"Al mi?"

"Kiam vi liberigis min en Þingvellir mi estis ankoraŭ juna kaj ne ĝenis min trakuri landojn," li diris. "Nun mi estas maljuna kaj malfortpieda kaj malfidas miajn fortojn por trakuri eĉ la molan Holandon, des malpli la malmolan Islandon."

"Pro kio vi timas," ŝi diris. "Ĉu vi ne estis malkondamnita de la reĝo antaŭ multaj jaroj?"

"Nu jes, tio estas tio," li diris. "Ordinarulo neniam scias, ĉu li posedas tiun kapon, kiun li portas sur la ŝultroj. Nun venis la tago, kiun mi de longe antaŭtimis, ke ili komencos diskuti pri tio denove."

"Kion vi volas de mi?"

"Mi apenaŭ scias," li diris. "Eble iu ie aŭskultas tion, kion vi diras."

"Neniu aŭskultas tion, kion mi diras, – kaj mi ankaŭ diras nenion."

"Nu, estas ja tamen tiel, ke tiun malbelan lupgrizan kapon, kiun vi ĉi tie vidas – tiun kapon vi levis. Mi dormis. Morgaŭ vi estos senkapigita. Oni vekis min kaj vi liberigis min. Estas tre teda historio kaj nun ili intencas renovigi ĝin antaŭ la juĝistoj."

"Laŭ la leĝoj de la lando mi estas kompreneble kulpa pro la krimo vin liberigi," ŝi diris. "Kion vi cetere faris en la komenco? Ĉu vi estas rabisto? Aŭ murdisto?"

"Mi ŝtelis hokŝnuron, bona sinjorino," diris Jón Hreggviðsson.

"Jes," ŝi diris, "mi estis kiel ĉiu ajn stulta knabineto. Estus multe pli bone, se vi estus senkapigita."

"Poste ili diris ke mi kalumniis la reĝon kaj murdis pendumiston," li diris. "Kaj nun, laste, ke mi mortigis mian filon, sed tiaĵoj estas bagateloj, ne koncernas la aŭtoritatojn ke homoj mortigas infanojn dum tempo de malsatego, se tio estas farita dece, da almozuloj sufiĉe restas, ĉiaokaze. La sola afero, kiu pezas sur mi dum ĉiuj tiuj jaroj, estas la leteroj."

"Leteroj?" ŝi demandis kiel el malproksimo.

Tiam li klarigis al ŝi pri tio, kiam li revenis al Islando kun la du reĝaj leteroj multajn jarojn antaŭe, kaj piediris el malproksima landparto al sia hejmo en Akranes, kaj trovis sian domon en malgraco: lia filino deksesjara kun la brilantaj okuloj kuŝis sur la lito de morto, sed la idioto lia filo ridanta; liaj du parencinoj lepre malsanaj, unu nodoplena, la alia ulcerplena, laŭdantaj Dion, kaj lia patrino maljunega kantanta la mise rimitajn Krossshóla-himnojn verkitajn de pastro Halldór en Presthólar, dum lia mizera edzino sidis kun dujara infano sur la genuoj anoncante lin ĝia patro. Sed kio estis tio kompare kun la mizeroj kiuj trafis la brutojn dum la foresto de la farmisto. Liaj propraj ŝafoj estis konfiskitaj kaj transdonitaj al la reĝo kiel punpago pro la krimoj, pro kiuj li jam elprenis sian punon, sed tiuj aliaj bestoj, kiuj akompanis la farmbienon kaj kiujn posedis Kristo, falis mortaj kiel almozpetantaj vagabondoj, ĉar tiu mizera familio estis tiel okupita en sia laŭdado de Dio, ke ĝi forgesis kolekti fojnon por la bestoj dum la homo batalis por sia reĝo en alia lando.

Nun li rakontis, kiel li devis komenci novan vivon per siaj nudaj manoj jam en siaj kvindekaj jaroj, kaj kutimiĝi al novaj infanoj post kiam la malnovaj estis mortaj. Sed li diris, ke li demandis sin mem: Ĉu mi ja ne devenis de Gunnar de Hlíðarendi? Jam pasis longa tempo de kiam Jesuo Kristo rehavis siajn bovinvalorojn. Kaj li, Jón Hreggviðsson, konstruis por si fiŝistan kabanon sur la tero de Innrihólmur kaj nomis ĝin Hretbyggja kaj ekipis de tie okremilan fiŝboaton.

"Nenio jetis ombrojn krom tiuj leteroj," li diris fine. Kaj ĉar ŝi malmulte konis, aŭ nenion, pri lia afero kaj sciis nenion pri tiuj leteroj, kiuj jetis ombron sur la ĝojon de tiu farmisto el Skagi, li klarigis al ŝi pri la apelacio al la Plej Supera Tribunalo, kiu devis esti konigita en la kortumo de Alþingi, kaj pri la vojaĝpermeso, kiu donis al li protekton kaj kvarmonatan forpermeson el la armeo de la reĝo dum li provas solvi sian aferon en Islando.

"Nu nu," ŝi diris.

"Tiuj leteroj neniam aperis en la kortumo de Alþingi," li diris.

"Kaj kio do?" ŝi diris.

"Nenio," li diris.

"Kial ili ne senkapigis vin, ĉar la leteroj ne aperis en la kortumo?"

"Tie komenciĝas denove tiu parto de la historio kiu koncernas mian sinjoron la leĝiston," diris Jón Hreggviðsson.

"Mia patro neniam metas ion flanken por ĝin kaŝi," ŝi diris.

"Mi esperas," li tiam diris, "ke la benata leĝisto estos la lasta homo, kiun Jón Hreggviðsson kritikas, ekcepte eble pro lia tromildo al mi kaj aliaj. Kaj se mi estus en liaj ŝuoj mi ne estus ellasinta Jón Hreggviðsson por la dua fojo kun levita kapo."

Nun li rakontis pri tio, ke post kiam li revenis hejmen antaŭ kelkaj jaroj li havigis al si ĉevalon kaj vojaĝis al la Alþingi ĉe Öxar-rivero kun la leteroj por renkonti juĝiston Eydalín. Ne akceptis la leĝisto la saluton de homo, kiun li estis kondamita al morto, sed la leterojn li zorge legis, poste redonis ilin kaj diris al li ke li prenu ilin kun si al la kortumo, kaj ke ili ne estos neglektitaj. Poste Jón Hreggviðsson iris al la kortumo kun la leteroj tri tagojn sinsekve kaj vidis tie la juĝistojn kiuj du jarojn antaŭe kondamnis lin al morto. Li sidis sur benko kun aliaj homoj, kiuj prezentis tie siajn kazojn, sed lia nomo ne estis vokita. En la tria tago li ricevis alvokon de la leĝisto, ke li venu al lia loĝbudo, kaj tiam la leĝisto diris ĉi tiujn vortojn: "Jón Hreggviðsson, mi konsilas vin ne prianonci tiujn dokumentojn, sed fari ĉion laŭeble kviete. Sciu, ke estas en mia povo plenumigi vian senkapigon nun en la asembleo. Kaj vi ankaŭ sciu, ke se via kazo venos antaŭ la Supera Kortumo en Kopenhago, vi ne levos vian kapon por la tria fojo antaŭ mi. Kvankam vi sukcesis ricevi helpon de tiuj kopenhagaj mokantoj havigi al vi dokumentojn, pli por moki nin ĉi tie en la lando, kiel estas ilia kutimo, ol pro koncerno pri unu almozulo kaj murdisto, ni tiel aranĝos, ke vi ne sukcesos por dua fojo mobilizi babilaĉantojn kaj arogantulojn kontraŭ la aŭtoritatojn de la lando."

"Mia patro ne minacas homojn. Li kondamnas tiujn, se ili estas kulpaj," diris la filino de la leĝisto.

"Mi ekpensis pri Kopenhago," li diris, "kaj mi memore vidas islandan aristokraton, tre senpretendan, en granda domo, kiu estas ilia Suprema Tribunalejo, kaj li klarigis al mi tiujn leterojn en tiu tago, kiam mi kredis ke ili finis lavi min por la ekzekuto, sed apud la granda kurtenita vitrofenestro mi vidis la vangon de mia amiko Árni Árnason, kiu ne rigardis min kaj ne salutis min, sed tamen sciis kio okazas, ĉar tio estis tute lia faro. Kaj mi diris al la patro de mia sinjorino, mia juĝisto: 'Vi estas la plej potenca homo en Islando,' mi diris, 'kaj vi certe povas plenumigi mian senkapigon ĉi tie kaj nun. Sed tiuj leteroj estas subskribitaj de mia Plej Suprema Moŝto kaj

Graco, mia Hereda Reĝo kaj Sinjoro mem.' Kaj kiam la althonorinda sinjoro leĝisto vidis, ke mi ne timas, sed ke mi havas amikon, li ne plu estis al mi kolera."

"Mia patro lasas al neniu sin minaci," ŝi diris.

"Ne," diris Jón Hreggviðsson, "mi scias tion bone. Sed mia amiko, amiko de mia sinjorino, estas ankaŭ homo ne malpli ol mia juĝisto, la patro de mia sinjorino."

Snæfríður rigardis Jón Hreggviðsson kiel el malproksime dum kelka tempo, sed subite estis kiel la homo aperis al ŝi pli proksime, kaj ŝi ekridis.

"Leĝisto Eydalín diris, 'mi redonos al vi la brutojn kaj proprĵojn por tiuj leteroj kaj aldonos interezon ekde la tempo kiam ili estis prenitaj de vi; ĉio estos kiel estis'. Kaj plion li diris, kion ne gravas rememori, ĉar estis neniuj atestantoj. Mi demandis, kion diros mia reĝo, se liaj leteroj ne aperos. 'Estas mia tasko tion prizorgi,' li diris, 'sed donu ilin al la kortumo morgaŭ kiam oni vokas vian nomon.'"

Ŝi demandis kio poste okazis kaj li respondis, ke aferoj pli bone elturniĝis ol antaŭe aspektis, ĉar kiam liaj ŝafoj estis repelitaj al li en Rein estis du kapoj sur ĉiu besto.

"Nia patro neniam subaĉetas iun ajn homon," ŝi diris. "Kaj la leteroj?"

Li diris ke en la posta tago, kiam finfine lia nomo estis vokita en la kortumo kaj li demandita pri lia afero tie, li estis dirinta ke li venis kun leteroj de nia Ĉiograca Moŝto kaj petas ilian aperigon. Tiam elstaris Guðmundur Jónsson, lia prefekto el Skagi, kaptis de li la leterojn, ilin legis kelktempe kun la regento de Bessastaðir, poste donis ilin al la leĝisto. La leĝisto petis la prefekton laŭte legi unu el la leteroj, estis la vojaĝpermeso, kaj kiam tio estis farita, la juĝisto deklaris, ke sufiĉe multe estis legita. Al Jón Hreggviðsson estis montrita multa indulgo kaj ordonita nun reiri hejmen kaj ne plu kvereli kun homoj.

La farmisto jam silentis kaj kiam ŝi demandis pri daŭrigo de la historio, li diris ke estis nur tiu letero, datita antaŭ dek kvar jaroj, subskribita de Arnas Arnæus.

"Kion vi volas de mi?" ŝi demandis.

"Mi jam estas maljuna homo," diris Jón Hreggviðsson. "Kaj posedas denove dekkvinjaran knabinon."

"Eĉ se tiel," ŝi diris.

"Mi venis por peti vin diri al li, ke iam Jón Hreggviðsson estis juna kaj nigra kaj ne sciis timi; sed tiu tempo estas pasinta. Mi volas peti vin diri al li, ke al vi venis ploranta maljunulo kun blankaj haroj."

"Mi ne vidas ke vi ploras," ŝi diris. "Kaj viaj haroj ne estas blankaj, sed grizaj. Kaj mi ne vidas ke vi havas zorgojn, senkulpa homo, eĉ se via kazo estos reekzamenita. Se justeco estis manka je la unua fojo, tio estos por via gajno, kvankam malfrue, ke via senkulpeco estos konfirmita."

"Estas al mi tute egale, ĉu mi estas senkulpa aŭ kulpa, se mi nur havos pacon kun miaj ŝafoj kaj la boato," li diris.

"Nu ja," ŝi diris, "kial vi kuris trans molajn kaj malmolajn landojn? Ĉu tio ne estis pro espero pri justeco?"

"Mi estas ordinara homo," li diris, "kaj nur komprenas tion, kion mi povas tuŝi. Hakilon mi komprenas. Kaj akvon en kruĉo. Malriĉa homo opinias sin feliĉa, se li povas savi sian vivon."

"Ĉu vi neniam ekpensis, ke la vivo kaj la justeco estas parencoj, kaj ke la justeco celas garantii la vivon al malriĉa homo?"

"Mi neniam spertis, ke la justeco celas ion alian ol depreni la vivon de malriĉaj homoj," diris Jón Hreggviðsson. "Tial mi petas vin, kiu scias paroli kun grandaj homoj, protekti min, Jón Hreggviðsson, kontraŭ la justeco."

"Vi eraras pri via peto, Jón Hreggviðsson. Mi ne scias paroli kun grandaj homoj. Ne estas kutimo aŭskulti babilon de virinoj nuntempe. Kaj krome ŝajnas al mi, ke via afero estas en bonaj manoj. Ĉu io restas en la kruĉo? Se vi malsoifiĝis, pretigu vin foriri."

Jón Hreggviðsson ekstaris, etendis al ŝi sian malgrandan malpuran manon kaj esprimis siajn elkorajn dankojn pro la trinkaĵo.

Li dispaŝetis ioman tempon sur la planko kaj ne tuj povis decidi foriri.

"Mi scias," li diris, "ke en antikvaj sagaoj troviĝas neniu pli malestiminda ol tiu kiu petas pri indulgo. Reĝo Odino neniam pardonos tiun homon kiu petas pri indulgo.Tiu ĉi malbela griza kapo, ĝi povus senplende forbloviĝi. Sed kion dirus mia sinjorino, se la hakilo samtempe trafus tiujn kolojn, kiuj staras pli alte?"

"Aj, fine mi komprenas la celon de via vizito," ŝi diris kaj ridetis. "Vi venis por minaci min, ke mia kapo forbloviĝu samtempe kiel la via kiel puno, ĉar mi liberigis vin antaŭ jaroj. Laŭ via plaĉo, amiko. Vi estas ja plej ĉarma ulo."

Je tiuj vortoj de la dommastrino Jón Hreggviðsson falis sur la genuojn sur la planko kaj komencis plori en siajn mankavojn – el ĉiuj suferoj kiujn li devis elteni dum sia vivo, nenio tiom pikis lian koron kiel tiuj vortoj, li diris plorĝeme.

Ŝi ekstaris kaj paŝis al la homo, – "permesu al mi tuŝi viajn vangojn," ŝi diris, sed tion li ne permesis al ŝi, ĉar ili estis sekaj. Li ekstaris.

"Neniom gravas ĉu Jón Hreggviðsson mortigas pendumiston aŭ pendumisto mortigas Jón Hreggviðsson," li diris. "Sed se leĝisto Eydalín kondamnis juste antaŭ dek ses jaroj, povus okazi kaj mia helpanto Arnæus, sendito de la reĝo, trovus sin en karcero kaj la reputacio de nia reĝo estus damaĝita. Sed se Jón Hreggviðsson estus deklarita senkulpa la juĝisto de Islando riskus perdi tion, kio estas pli kara al potenculo ol lia kapo mem: sian honoron."

La rikano sur tiu vizaĝo estis malvarma kaj impertinenta, la blankaj dentoj en la vila barbo pensigis pri hundo kiu nudigas siajn dentojn eĉ post batado. Ŝi rimarkis, ke li estis zonita per nova ŝnuro.

7

Kelkajn tagojn poste la junkro malaperis, sendube li rajdis for en la nokto, ĉar en unu mateno martelbatoj de ĉarpentisto ne estis aŭditaj. La hakilo kuŝis sur amaso de lignosplitoj. Poste komencis denove pluvi. Pluvis tage kaj nokte kun fortaj ventoblovoj. Ĉiuj riveroj superfluis siajn bordojn. La teraj muroj de la domoj kaj herbtorfaj tegmentoj kontinue englutis la akvon ĝis ili fariĝis kaĉaj amasoj. Eliĝis el la malseko naŭza haladzo en la domojn, pli malvarma ol frosto. Ŝlimaj flakoj kovris la trapaŝejojn kaj la dompordejojn kaj estis apenaŭ ireble tra la domoj. La dommastrino volvis ĉirkaŭ si la lanugan kovrilon kaj ne ellitiĝis. La noktoj estis mallumaj kaj konsekvence longaj. Unu nokton tralikis tiom la plafono, ke ŝi devis kovri la litkovrilon per ĉevala felo. La gutoj daŭre faladis kaj ĉie kie estis kaveto en la felo formiĝis flakoj. Poste ĉesis pluvi. Iun tagon je krepusko serenis denove la ĉielo kaj aperis luno kaj steloj.

En tiu vespero Magnús venis hejmen. Tintadis la feraj mordaĵoj ekstere, tiel ke li almenaŭ ne vendis la ĉevalon, post konsiderinda tempopaso li iris senhalte supren sur la ŝtuparo, sen ŝanceliĝoj. Li frapis sur ŝian pordon kaj atendis ĝis ŝi diris al li paŝi pli proksimen. Ŝi sidis sub lumo de lampo fiksita sur pilastro kun sia kudraĵo. Ŝi rigardis lin kaj li salutis ŝin per kiso, kaj ne estis sentebla de li multa odoro. Sed ĉiuj liaj movoj havis ian kvaliton de aereca tromoleco malsimila al tiu kiam la homo movis sin sobra, kaj estis ia stranga mieno de sovaĝeco kunfrosta al la okuloj, tiu speco de frostiĝinta ebrio, senfreneza, parenca al tiu de somnambuloj, kiu faras la homon konscia pri siaj faroj dum la plenumo, sed forgesinta poste.

"Mi devis rapide iri suden al Selvogur," li diris kvazaŭ li petis pardonon pro tio, ke li rajdis for, – "mi devis havi renkonton kun homo koncerne aĉeton de bieno."

"Aĉeton de bieno," ŝi diris.

"Jes, ĉu vi ne pensas, ke estas jam tempo ke ni komencu aĉeti bienojn," li diris."Estas neniu senco en tio vendi bienojn kaj neniun aĉeti anstataŭe. Mi aĉetis ĉefbienon en Selvogur."

"Kaj la prezo?" ŝi diris.

"Jes, tio estas tio, mia Snæfríður," li diris kaj venis pli proksime al ŝi kaj ŝin kisis. "Kiom feliĉa tio estas, veni hejmen al sia bona edzino, kiam oni estis barita de inundoj dum kvar tagoj."

"Jes, estas bone ke vi menciis akvon," ŝi diris. "Mi preskaŭ dronis ĉi tie."

"Baldaŭ estos ŝtopitaj ĉiuj truoj," li diris. "Ĉio estos perfekta. Ne trafalos eĉ unu guto. Sed unue necesas aĉeti bienojn."

"Se vi intencas aĉeti bienojn, Magnús mia," ŝi diris, "ĉu vi do ne volas komenci per traktado kun mi? Kion vi diras pri tio, aĉeti ĉefbienon de mi? Bræðratunga estas por vendo."

"Kiu estas en geedzaj rilatoj kun grandaj aristokratoj, tiu ne devas pagi por dormo kun sia edzino," li diris. "Kaj ne malhelpas cirkonstancoj, ke la bopatro liveru la doton."

"Nu bone," ŝi diris, "aĉetu do aliajn bienojn por vi."

"Edzo kaj edzino estas unu," li diris."Tiuj bienoj, kiujn mi aĉetas, vi posedas. Tiuj bienoj, kiujn via patro donacas al vi, mi posedas. Tiuj amantaj unu la alian posedas ĉion kune. Via patro devigis la riĉan Fúsi redoni Bræðratunga kaj donacis ĝin al vi per letero. Vi amas min. Tial mi posedas Bræðratunga. Mi intencas aĉeti ĉefbienon en Selvogur. Mi amas vin. Tial vi posedas la ĉefbienon kiun mi intencas aĉeti en Selvogur."

"Tio estas ne justa negoco," ŝi diris, "unuflanke granda kolektanto de ŝuldoj, aliflanke malriĉa mizerulino; kvankam mi amas vin miloble pli ol vi min, vi tamen perdos per la duondivida partnereco."

"Estas ĝenerala onidiro ke mi ekhavis la plej havindan edzinon en Islando," li diris.

"Ĝeneralan onidiron oni ĉiam atentu," ŝi diris, – "kio pensigas min pri tio, ĉu vi havis ion por manĝi."

Sed la junkro ne havis humoron respondi al tia ĉiutageca demando, "tiel estas, mia Snæfríður, ke la negoco estas elfarita escepte de tio, ke al mi mankas cent taleroj en arĝento – kaj la bieno estos la nia jam ĉi-nokte. La vendanto atendas min sur la suda riverbordo."

"Apenaŭ mankas al vi mono pli ol kutime," ŝi diris.

"Vi scias tion mem, virino, ke vi ne bezonas dekonon, dudekonon da tiu arĝenta juvelaĵo kiun vi tenas en viaj konservujoj. Elen kun la arĝento, elen kun la oro, virino, kaj montru ke vi amas vian edzon tiel ke ni povos ekposedi bienon. Vi mem scias ke Bræðratunga estis prenita de mi per fraŭdo kaj mi ne toleras ke mi ne posedu bienon en mia nomo. Kiel senbiena junkro kaj kavaliro povas fronte stari antaŭ aliaj homoj? Kisu min, kara mia, kaj diru ke mi ekhavu bienon."

"Kiam mi estis infano oni diris al mi, ke homo kiu glutis kalkanan osteton, tiu ekhavu bienon," ŝi diris. "Ĉu vi provis tion? Kalkana osteto el ŝafo laŭdire donos farmeton, el bovo ĉefbienan teron."

"Mi scias kiun teron mi deziras," li diris: "tombejon. Mi scias, ke vi deziras mortigi min."

"Mi ne konstatis, ke vi estas ebria, Magnús mia," ŝi diris. "Nun mi tion konstatas. Tio sufiĉas. Ne pli. Iru malsupren kaj havu ion por manĝi ĉe Guðríður."

"Mi englutas ion kiam al mi plaĉas ĉe tiuj, kiuj al mi plaĉas," li diris.

Ŝi diris nenion, li estis en tia stato, ke estis malfacile diveni liajn reagojn.

"Vi povas vidi tion mem, kara mia," li diris kaj denove proksimis al ŝi, milda, "arĝento ne estas la riĉaĵo de aristokratoj, sed de avaruloj, kie ĝi estas konservita en kestoj utila al neniu, perdanta sian brilon jaron post jaro."

"Multaj havis plezuron sidante en la nokto, polurante la monerojn en la lumo de luno," ŝi diris.

"Jes, sed bienoj kreas grandajn aristokratojn," li diris. "Ni estas grandaj aristokratoj."

"Vi," ŝi diris. "Ne mi."

"Vi ĉiam estis tiel bona al mi, Snjóka mia," li diris. "Vi donu al mi rompitan lamenzonon kaj kavetigitan kapornamaĵon kaj eble tri aŭ kvar brilmankajn broĉojn, se nur valorajn de kvindek taleroj."

"Kvankam mi estas malgranda virino" ŝi diris, "posedis miajn arĝentajn objektojn grandaj virinoj de Islando, miaj prapatrinoj, iuj en la dek unua jarcento, kaj ili ornamis sin per ili en festaj okazoj, kaj la objektoj atestas ilian stilon kaj la animon de tiu tempo, kaj tial ili ankoraŭ posedas ilin, tiuj maljunaj virinoj antaŭ mi, kvankam mi konservas ilin. Ilia materio ne gravas."

"Mi montros al vi la aĉetodokumenton por mia nova bieno por ke vi ne pensu, ke mi intencas fordrinki vian arĝenton," li diris. "Kaj por diri al vi la veron, mi ĉesis drinki, Snæfríður mia. Mi malamas brandon. Almenaŭ mi ne trovas pli longe ajnan plezuron en drinkado. Plezuron mi trovas nur en tio esti hejme kun vi, mia kara, por tio mi vokas mian kreinton por atesti. Mia Snæfríður, kavetigitan kapornamaĵon, broĉon, eĉ nur valorajn je dudek kvin taleroj –"

"Mi pensas ke vi bezonas dormi, Magnús mia. Ni vidos unu la alian morgaŭ matene."

" – eĉ se nur kelkajn duonforlekitajn arĝentajn kuleretojn ekde la tempo de la Nigra Morto por ke ili povu vidi la arĝenton, por ke ili vidu, ke mi povas aĉeti, por ke ili vidu, ke mi estas homo kaj havas edzinon."

"Mi ne scias, ĉu vi estas homo, Magnús mia", ŝi diris. "Kaj mi ankaŭ ne scias, ĉu vi havas edzinon."

Li saltis for de ŝi kaj ŝi daŭrigis rigardi la fremdulon el malproksimo, sed sen miro.

"Malfermu la keston," li diris.

"Ne estas viaj okuloj, kiuj min rigardas, Magnús mia, kaj ne via voĉo, kiu parolas al mi."

"Mi scias, kio estas en tiu kesto," li diris. "Estas homo."

Ŝi daŭre lin rigardas.

"Mi vidis kie li rajdis antaŭ mi tra la hejmkampo. Kaj mi rekonis lin. Mi ordonas al vi malfermi la keston."

"Ni permesu al la homo esti en paco," ŝi diris. "Li estas laca."

"Li neniam havu pacon," diris la junkro. "Mi mortigos lin; mi dishaku el li la vivon."

"Bone, mia kara," ŝi diris. "Faru tion. Sed nun ni ĉiuj unue iru dormi."

Li paŝis al la kesto, ĝin piedfrapis plenforte per la bothava piedo kaj kriis ŝtelisto, hundo, ŝtelista hundo. Sed la kesto estis el kverko, fortika, kun dikaj plankoj, estis kiel bati rokon.

"Kie estas la libro, kiun vi ŝtelis de mi duonverkitan kaj ĵetis al mi la tabulajn kovrilojn," li kriis al la homo en la kesto kaj daŭrigis la piedfrapadon.

La homo en la kasto donis neniun respondon.

"Mi postulas redonon de mia libro."

Silento.

"Ĉiujn tiujn orajn iluminaĵojn kaj tiujn dolĉajn baladojn, kaj tiujn neskribitajn foliojn blankajn kaj brilajn, vi elŝiris kaj postlasis por mi la tabulojn kovrantajn nur malvarmon kaj malplenon. Lupo, redonu al mi mian libron."

Li daŭrigis dum kelka tempo la piedfrapadon sur la keston kaj la kriadon al la enkesta homo kun minacoj kaj malbenoj, sed la kesto neniom cedis.

"Magnús," diris lia edzino, per mallaŭta voĉo. "Sidiĝu apud mi,"

Li ĉesis piedfrapi kaj rigardis ŝin, nelevinte la kapon, blanka kaj ruĝa en la okuloj, kiel bovo post terskrapeganta furiozo. Ŝia voĉo tuŝis lin pli profunde ol io alia. Kiam ŝi tiel parolis al li, kun moderigita trankvileco, molvoĉe kaj iom melankolie, tamen kun tono ore borderita, estis kiel io tuŝis ĉe li senŝirman nervon, tiel ke liaj fortoj rapide forfluis.

Sed kiam li ploris apud ŝi dum kelka tempo kaj ŝi karesis lin kelkfoje per sia maldika mano, firme kaj senemocie, iom distrite, simile kiel homo karesanta beston, li trankviliĝis – kaj komencis denove:

"Snæfríður mia," li diris, "donu al mi tre malgrandan ringon, eĉ nur dutalere valoran. Mi ŝuldas al homo sude en Eyrarbakki pro peco da bona fero, kaj mia honoro, mia nobleco, mia fiero dependas de tio, ke mi pagu ĝin ĉi-nokte, mi scias, Snæfríður, ke vi, kiu estas pli granda arisistokrato ol mi, ne toleros vidi min humiligita."

"Dormu ĉi tie hejme ĉi-nokte, mia Magnús, kaj ni pagu la feron morgaŭ," ŝi diris.

"Mi petegas vin," li diris. "Se nur kelkiujn mizerajn monerojn por ĵeti al krudgestaj pedikuloj kiuj moke priridas altstatan homon sur publika vojo."

"Ni dormu ," ŝi diris, "ĉi-tiun nokton. Morgaŭ ni iros suden al Bakki por ĵeti monerojn al pedikuloj kiuj mokas nin."

Li ploris kun grandaj suspiroj.

"Ĉu iu vidis pli mizeran almozulon ol mi?" li demandis tra la plorsingultoj.

"Ne," ŝi diris.

Li daŭrigis la ploradon.

En la nokto lumis la luno, kaj li jam antaŭ longe venis malsupren al sia ĉambro, sed ŝi ne povis ripozi, sed turnadis sin sendorma en sia lito. Lunlumo ludis sur la planko. Ŝi ekstaris kaj elrigardis tra la fenestro, estis kvieta vetero kaj ekbriladis la tero, kiu antaŭe estis malseka, sed nun jam ekfrostis, antaŭ ol sin retiris la akvaj superfluoj. Poste ŝi rekuŝigis sin. Sed kiam ŝi estis kuŝanta kelkan tempon, ŝi aŭdis eksterdube tian knaradon sur la ŝtuparo, kia aŭdiĝas en domoj kiam oni sekrete paŝetas en nokto, sed neniam je alia tempo. En siaj oreloj, sentemaj pro maldormo, tiu knarado en la malbonstata domo impresis kiel bruo de eksplodo. Fine estis palpate pri la porda riglilo kun tia sensukcesa sekretemo kiu efikas kiel subita trumpetblovo sur streĉitaj oreloj en la nokta silento. La pordo estis levita el la kadro. Ŝi vidis lin ŝteliri en la ĉambron malpeze vestita, en maldikaj ŝuoj, kun hakilo en la mano. Li ĉirkaŭrigardis en la lunlumo, kaj ŝi vidis lian vizaĝon kaj liajn okulojn, kiel li strabis en la malluman alkovon sen vidi ŝin. Ŝi estis konvinkita, ke li provos haki ŝin senprokraste, sed ne estis tiel; la kesto estis plejsupre en lia menso. Li falis sur la genuojn, pripalpis la kovrilon kaj la seruron kaj tuj konstatis, ke ĝi estis forte ŝlosita. Li serĉis lokon kie li povus enpremi la klingon de la hakilo kaj tiel malfermi la keston per levpovo. Fine la virino vidis ke li sukcesis enpremi la klingon en unu loko kaj komencis provi levi la kovrilon.

"Lasu la keston, Magnús," ŝi diris.

Li haltis kaj strabis flanken iom malrapide en ŝian direkton, kaj ŝi revidis la blankon en liaj okuloj, kaj la ruĝon. Li levis sin lantmove, malfiksis la hakilon kaj levis ĝin, tamen pli kiel ĉarpentisto ol kiel militisto kaj turnis sin al la alkovo, kie kuŝis la virino. Nun okazis ĉio pli rapide ol la diro. Kurtenoj estis duone tiritaj flanken antaŭ la alkovopordo, sed mallumo interne. Li devis klini la genuojn kaj ŝultrojn por povi haki tra la malalta pordo. Sed li forgesis, ke la alkovo estis ankaŭ malferma piede, kaj en la sama momento kiam li frapis, li estis atakita de malantaŭe kaj litkovrilo volvita ĉirkaŭ lian kapon; jen estis la virino kiun li volis haki. Ŝi vokis plenforte sian servistinon Guðríður, kiu dormis kun alia virino trans la ŝtuparo je la alia fino de la supra etaĝo. Kiam ili alvenis sur la scenon, la junkro sukcesis liberigi sian kapon de sub la kovrilo kaj tenis la virinon en siaj manoj premante la dikfingrojn al ŝia gorĝo, sed la hakilo falis sur la plankon. Li malfruis en la ago kiun li intencis, kaj la du virinoj atakis lin kaj subigis lin. Post kelka tempo li sidis kaŭre sur la kesto, elĉerpita, kaj lasis pendi la kapon sur la bruston.

"Ĉion mi faris malbone kaj tion plej malbone," diris la Vala virino. "Kaj pri tio mi estas certa, ke la sinjorino, mia dommastrino, neniam min pardonos. Estus plej konvene por mi rajdi hejmen kaj meti mian kolon sub la kalkanon de la leĝisto."

Kiam Snæfríður demandis ŝin, kion ŝi faris malbone, ŝi nur respondis "ne estas mia virto, ke la filino de la benata sinjorino eskapis kun vivo." Ŝi volis rajdi okcidenten al la Valoj kaj diri al sia dommastrino, ke ŝi sendu al ŝia filino pli fidindan serviston ol ŝi. Si forviŝis sian larmojn de siaj vangoj kaj petis la ĉioindulgan Dion pardoni al ŝi tiun pekon.

"Mi rajdos for, mia Guðríður," diris la mastrino de la domo. "Vi devas postresti kaj gardi la domon. Elprenu nun rapide miajn plej bonajn vestojn kaj valoraĵojn kaj ilin bone enpaku, sed metu la postrestaĵojn por konservo. Mi volas iri al Skálholt kaj tie resti dum kelka tempo. Veku la laborulojn kaj petu ilin alvenigi ĉevalojn kaj min akompani transen ĉi-nokte."

8

Kiam Arnas Arnæus sendis vorton el la orienta landparto malfrue en la somero, ke oni atendu lian alvenon al Skálholt je la ŝafkolekta tempo kaj ke li deziras pasigi la vintron en la sidejo de la episkopo, ĉi tiu tuj reagis kaj alvokis ĉarpentistojn por renovigi la verdan salonon Stórastofa* kaj du malgrandajn ĉambrojn malantaŭe, kie kutime estis loĝigitaj altrangaj gastoj. Lignaj surfacoj estis riparitaj kaj farbitaj aŭ vernisitaj, seruroj kaj ĉarniroj firmigitaj, fornoj remasonitaj; en la pli interna gastĉambro estis starigita lito kun lanugaj kovriloj kaj multaj kusenoj, nove plisitaj kurtenoj pendigitaj ĉirkaŭe, sed la pli antaŭa ĉambro ekipita kiel studejo, kun granda letermeblo, skribotablo, taburetoj, du renovigitaj apogseĝoj kun antikvaj ĉizaĵoj, kaj vestokesto. Ĉio metala estis polurita, stanokruĉoj, kupropotoj kaj arĝentaj manĝiloj, kaj la domo purlavita ĝis la pordoj; laste junipero estis bruligita en la salono.

En la fino de septembro unu el la du servistoj de la sendito de la reĝo transportis liajn pakaĵojn sur kelkaj ŝarĝĉevaloj el la sudo trans la erikejojn, dum Arnæus mem venis kelkajn tagojn poste el la oriento kun tridek ĉevaloj kaj skribisto, ĉambristo kaj akompanantoj. Li kunportis grandan kvanton da libroj kaj leteroj kaj ilin stakigis sur la plankoj kaj baldaŭ la ĉambroj estis plenaj.

Kvankam la sendito de la reĝo estis laŭ naturo homo kvietema kaj formalema, multa aktivado baldaŭ leviĝis ĉirkaŭ li post kiam li establis sian librostacion en Skálholt. Li sendis servistojn kun leteroj kaj mesaĝoj al homoj diversdirekten kaj alvokis ilin al renkontiĝoj, sed aliaj venis nealvokite, iuj el malproksimaj distriktoj. Ĉiuj estis scivolemaj aŭdi pli da detaloj pri lia misio, sciante, ke li estis komisiita de nia reĝo funde ekzameni la cirkonstancojn en la lando kaj prezenti proponojn al la reĝo pri tio, kiel eble estus plej bone mildigi la grandan mizeron, kiu premas la loĝantojn de la lando. El liaj leteroj prezentitaj al la Asembleo ĉe Öxará estis komprenite, ke li rajtas havi liberan aliron al dokumentoj de aŭtoritatoj, kaj ke li povas postuli respondojn pri ĉio laŭplaĉe, kaj ke li havas juĝan povon pri tiuj kazoj, kiujn la Kancelario opinias dubindaj kaj povas postuli reekzamenon de kazoj, kiujn li trovis maljuste kondamnitaj kaj povas sekve deklari aŭtoritatojn respondecaj. Sed kvankam li libere parolis kun homoj pri plej multaj aferoj kaj demandis malferme pri iliaj cirkonstancoj, li estis nepretema klarigi pri sia misio kaj ankoraŭ pli vortŝpara pri sia aŭtoritata povo; li estis la plej senpretenda inter homoj kaj mildvoĉa en parolo, demandante kompanece pri plej multaj aferoj kvazaŭ li estus longtempe restanta en la komunumo plej proksima al lia kunparolanto. Li sciis ne malpli pri la vivoj kaj familioj de pendumitaj ŝtelistoj kaj brulstampitaj almoz-knabinoj ol pri tiuj de kortumistoj kaj altedukitoj, sed neniam montris signon en konversacio pri tio, kion li vidis kaj spertis pli ol aliaj homoj. Estis klare, ke la plej karaj konversaciaj temoj estis por li antikvaj libroj kaj memoraĵoj; kaj tiuj homoj, kiuj povis atendi esti ekzamenataj pri tiuj misaj faroj, kiuj pezis sur iliaj konsciencoj, multe miris ke liaj paroloj precipe temis pri malnovaj ĉifaĵoj de pergamenoj aŭ kelkiuj senutilaj libretoj.

En tiu aŭtuna tago ĉio estis kvieta en Skálholt, kaj neniu sciis, ke io okazis: jam ekfrostis kaj sekve iom cedis la odoraĉo de koto kaj rubaĵoj, kiu estis esenca parto de la loko. Ŝi estis alveninta inter malfrua nokto kaj frumateno, en tiuj horoj kiam la popolo dormas plej firme, sed pro sia kono de la loko ŝi ne bezonis atentigi iun ne koncernan pri ŝia alveno, sed rajdis al la fenestro malantaŭ kiu ŝiascie estas ŝia fratino kaj frapetis per la vipokapo sur la vitron kaj la edzino de la episkopo vekiĝis kaj elrigardis kaj vidis, kiu venis. Kiam la sinjorino venis al la pordo, la akompanintoj estis for kaj Snæfríður staris sola malantaŭ la domo kun siaj pakaĵoj. Ili kunparolis kviete en la supra ĉambro de la sinjorino dum la tuta mateno ĝis la subiĝo de la luno kaj la servistinoj komencis brufermi pordojn en la antaŭa parto de la domo kaj prepari la fajron en la kuirejo; tiam ili kuŝiĝis por ripozo. Je ektagiĝo, kiam la sinjorino iris malsupren, Snæfríður ĵus ekdormis kaj ŝi dormis dum la tuta tiu tago kaj neniu sciis, ke nova gasto estas en la domo.

Kiam la edzino de la episkopo sendis vorton al ĉefpastro Sigurður, ke li ne manĝu vespermanĝon en la servistara loĝejo, sed ĉe la tablo de la episkopo en la salono Stórastofa, venis al la alte klera homo de Dio ia suspekto, kaj li surprenis sian malnovan manike flikitan festosutanon, eluzitan kaj glatbrilan, kaj elprenis siajn polvokovritajn kaj ŝrumpintajn botojn el sub sia lito kaj tiris sur siajn piedojn. Kiam li eniris la salonon je la anoncita tempo neniu estis tie, sed Guðrún, la pli aĝa filino de la episkopaj geedzoj, adoleskantino, en- kaj eliris kaj snufis kvazaŭ sentante malbonan odoron, kiam ŝi vidis lin. Estis tukoj sur la tablo kaj poluritaj teleroj kaj brilantaj kruĉoj, kaj du tribranĉaj kandelingoj kun lumantaj kandeloj. Post mallonga tempo la skribisto de la asesoro eniris, juna homo diplomita de Hólar, baccalaureus* de la universitato en Kopenhago, kaj rigardis la ĉefpastron sen saluti kaj komencis ĉirkaŭpaŝi en la salono, tuŝetante la murojn per la fingroj kun vanta zumado de latinaj versoj.

La ĉefpastro evitis suprenrigardi, sed tamen ne povis deteni sin de murmuro de o tempora o mores*, iom tusetante samtempe.

Post nelonge la episkopo eniris kun sia impona sinteno kaj la kruco pendanta en ĉeno ĉirkaŭ la kolo, vasta glata ruĝvanga kaj radianta, etendante sian envangelian brakumon de karitato al ĉiuj kredantoj, glatigante ĉiun sulkon kaj nodon, ĉar la suferoj de la Sinjoro anoncas ĝojon, amiko de ĉiuj, ĉar Dio volas ke ĉiu homo estu elaĉetita, taksante la vortojn de ĉiu homo kun indulga honoro, ĉar neniu brusto estas fermita al la spirito sankta. Je la tempo, kiam li atingis ĝis proksimo al fina decido de aferoj, liaj malvarmaj grizaj okuloj gajnis superregon, kaj nenio restis de la rideto krom la sulkoj, kiel ondetoj restas sur sablo post malfluso, kaj la episkopo evidentigis tian komprenon pri aferoj, kiun plej multaj ne antaŭvidis.

Arnæus eniris preskaŭ sensone el siaj ĉambroj kaj salutis respekte la homojn. Li estis palaspekta kaj la sulko sur la mentono estis pli profunda ol antaŭ dek ses jaroj kaj la palpebroj pli pezaj, sed la peruko estis same zorge frizita kiel ĉiam, la vestaĵoj same ekzakte tajloritaj; kaj kiam li rigardis ion, li vidis ne nur ĉion ĉirkaŭ ĝi spontanee, sed trarigardis ĝin kaj malantaŭ ĝin. Li evidente ne atendis, ke io nova okazus ĉi tie kaj senplie sidiĝis ĉe la tablo kaj la episkopo, la mastro de la domo, faris laŭ lia ekzemplo, kvazaŭ por partopreni kun li en tio, kaj petis pastron Sigurður preni sidlokon kontraŭvizaĝe al la asesoro.

Tiam eniris la salonon la edzino de la episkopo kun sia fratino Snæfríður: li sidas kontraŭ la pordo kaj vidas ŝin eniri. Kaj kiam li vidis, kiu envenis, li tuj ekstaris kaj iris renkonte al ŝi. Ŝi estis tiel svelta kiel en la pasinta tempo, kvankam la mallerta tromoleco de infaneco, parenca al movoj de ĉevalido, estis cedinta al la digna sinteno de plenkreska virino, ŝiaj haroj egale aerecaj kaj vivecaj, kvankam ili kaj la brovoj estis grade malheliĝintaj, sed ŝiaj brovoj sidis pli alte ol tiam, kaj la lipoj kiuj tiam estis malfermitaj, estis nun fermitaj, kaj estis sugesto de malĝoja distreco en la radianta bluo de ŝiaj okuloj; ŝi surhavis ore broditan mantelon helruĝan kun nuanco de palkoloriĝo de ruĝo kaj bluo kune. Li etendis al ŝi ambaŭ manojn kaj diris denove per tiu mola, malhela voĉo post dek ses jaroj:

"Sinjorino Snæfríður."

Ŝi etendis al li la manon kaj klinis la kapon ĝentile, sen signo de ĝojo, rigardis lin el nobla blua malproksimo. Kaj li rapidis aldoni: "mi scias ke mia kara amikino pardonas tian plaisanterie*, sed ŝi estis tiel juna kiam ni disiĝis, kaj tio ŝajnas kvazaŭ hieraŭ."

"Mia fratino venis por vizito," diris la edzino de la episkopo, "Ŝi restos kun mi kelkajn tagojn."

Snæfríður salutis la homojn kun manpremoj kaj ili ekstaris laŭvice, kaj la episkopo, ŝia bofrato, brakumis kaj kisis ŝin.

"Ni devas celebri tian distingan viziton," diris Arnæus, dum la episkopo brakumis kaj kisis ŝin. "Ni devas trinki je ŝia sano, kun permeso de sinjorino Jórunn."

La edzino de la episkopo diris, ke ŝi ne kuraĝas servi sian nepuran vinon, malplej por la asesoro kaj liaj malnovaj kaj novaj amikoj, dum ŝi scias pri lia pura vino proksime, kaj li petis sian sekretarion alvoki la ĉambriston, por ke li enportu botelon de klareto. Ne utilis ke Snæfríður petis esti liberigita de tia honorigo, rimarkigante, ke ne decus al granduloj tiel saluti malriĉajn bienulinojn; la aseroro petis ŝin ne timi, ĉi tie oni ne trinke salutus farmistajn maljunulinojn, plenigis la glasojn, levis la pokalon kaj sansalutis al ŝi, kaj same ĉiuj ĉetablanoj – escepte de la ĉefpastro, kiu enverŝis nur guton da selakto en sian pokalon, dirante, ke li ne trinkas vinon, malplej en vespero, sed deziris bonon al ĉiuj en sincero, kun beno de Dio: ni levu glasojn en bona momento. La gastino suprenrigardis, tamen ne tre alten, levis sian pokalon unufoje al ĉiuj, malsekigis siajn lipojn kaj ilin malfermis en modesta rideto, emocie netuŝita, kun tiu sugesto de senvola cinikeco, kio estis esenca al ŝia karaktero, kaj la dentoj, iom fronte situaj, estis ĉiuj blankaj kaj egale glataj, kiel ĉiam.

Kiam la tosto estis finita ili trovis nenion plian por diri, kaj la episkopo fermis siajn okulojn kaj diris tablopreĝon, kaj ĉiuj klinis la kapon en silento krom la filino de la episkopo, kiu ternis. Poste ĉiuj diris amen kaj la edzino de la episkopo disdonis densan kaĉon kun sekvinberoj el polurita supujo en bovletojn surpentritajn per rozoj, sed kvankam ŝi privolvis manĝantojn per milda patrineca rideto, ŝiaj pupiloj estis tamen streĉitaj kaj la okuloj pike varmaj, kaj ruĝaj makuloj videblis sur ŝia vizaĝo. La asesoro ekrigardis la ĉefpastron, asketecan kaj kurban super la selakto.

"Tio ne malutilus al Via Pastra Moŝto preni glason de tempo al tempo," li diris kun sia ĝentila gajemo; "ne malplej vespere. Tio estas digestige favora por la sano."

"Mi dankas, sinjoro komisaro, "diris la ĉefpastro. "Sed mi havas sufiĉe da malvirtoj por treni, eĉ lasante tiun."

"Tamen nia majstro diris: pecca fortiter*," diris Arnæus ridetante.

"Plej multaj maksimoj de Lutero staras pli proksime al mia koro ol tiu," diris la ĉefpastro kaj rigardis, ankoraŭ rigida, direkte antaŭ sin, kvazaŭ tie starus rektigita tiu libro el kiu li legus. "Tamen ne estas pro timo de peko, ke mi ne trinkas vian vinon en tiu ĉi vespero, komisaro."

"Malbone funkcia veziko povus ankaŭ esti komenco de granda sankteco," diris la baccalaureus, sed ĉiuj pretendis ne aŭdi tiun en-meton, krom malgranda Gunna kiu rapide premis sian nazon, kaj la episkopo diris aŭtoritate:

"Tio ne malutilus al nia amiko sekvi en tiu afero la konsilon de la komisaro, ĉar nia amiko ne devas timi pekojn en la sama grado kiel la plej multaj de ni, la ceteraj. Fojokaze, kiam mi pensas pri lia severa vivo kaj longaj vigiladoj, mi emas kredi ke la anabaptistoj havas ion pravan en tio, ke iuj homoj povas en tiu ĉi vivo atingi ĝis tia status perfectionis*, ke ilin tuŝas nenia peko."

"Ĉu mi rajtas demandi," diris la baccalaureus, "ĉu estas tio bona teologio, ke la diablo neniam tentas tiujn, kiujn li opinias la siaj?"

"Ne, mia junulo," diris la episkopo kaj ridis."Tio estas kalvinisma eraro."

Nun la ĉetablanoj estis amuzitaj, ne malpli la komisaro, kiu diris al sia sekretario: "Tion vi meritas kaj sekvu mian konsilon, bona knabo, ne denove malfermi vian buŝon en diskuto dum tiu ĉi manĝado."

Pastro Sigurður montris eĉ ne rideton, sed manĝis sian kaĉon kun firma pezo de seriozo. Kiam la ceteraj estis ridintaj laŭ sia plaĉo, li komencis denove sian parolon:

"Mi certe ne posedas la homajn virtojn de la antibaptistoj, kiel diras mia amiko la episkopo, nek tian sanktecon de vortoj kaj agoj, kiun la alte edukita nuntempo devenigas de la sanstato de urinantoj. Tamen estas mia espero, ke mi ne estas naturaliter* infano de la diablo, kiel konjektis ĉi tie ĉe la tablo tiu juna mondumano, plenrajtigita reĝa sendito. Aliflanke mi ne povas rifuzi, ke ofte miaj pensoj iras al malriĉaj homoj, ne malpli kiam mi sidas inter riĉaj kaj potencaj homoj. Kaj tiam mi ĉesas deziri bongustaĵojn; ankaŭ vinon."

"Tiuj estas la plej veraj de vortoj," diris la edzino de la episkopo. "Nia aminda pastro Sigurður ofte manĝas nur unufoje tage pro la mizeruloj de Dio. Kiam mi plendas ke mia pizosupo estas magra, li plendas ke ĝi estas tro riĉa – "

" – kaj remetas la viandopecojn en la pladon en vendredoj," diris rapide la filino de la episkopo.

"Guðrún," diris la edzino de la episkopo. "Volu eliri senprokraste. Pardonu, asesoro, la malĝentilon de niaj infanoj, sed pri tio ni povas nenion fari en Islando –"

"Madame, " diris la ĉefpastro kaj ankoraŭ rigardis rekte antaŭ sin. Permesu al Guðrún sidi plu. Aliflanke, ke mi faras tion en vendredoj, laŭ la kutimo de papistoj, tion ŝi aŭdis de la lernejoknaboj."

"Aj ne!" elkriis la knabino ekscitiĝe kaj ruĝiĝis ŝiaj vangoj, ĉar la lernejoknaboj estis precize tiu kompanio kun kiu kreskaĝa filino de episkopo plej emfaze ne havu iujn rilatojn.

"Nun mi deziras demandi Vian Pastran Moŝton," diris Arnæus kaj turnis sin al la ĉefpastro, "ĉar ĉe vi vivas sen ia dubo tiu interna lumo, kiu sola dolĉigas erudicion: Ĉu malriĉaj homoj havas la favoron de Dio kaj estas nia devo ilin imiti? Aŭ ĉu la malriĉeco estas puna vergo de Dio pro la malbonaj faroj de la popolo kaj manko de vera kredo? Aŭ valoru plu la malnova regulo, ke la malriĉeco ne meritas laŭdon krom de la malriĉaj?"

La ĉefpastro: "Mia sinjoro komisaro eraras, se li pensas, ke mi per erudicio volas levi min super tiujn alte edukitajn kaj diskonigi tiel miajn imperfectiones* trans neceso. Aliflanke tio estu al neniuj kristanoj sekreta, kio kutime estas aŭdebla en iliaj instruoj kaj legebla en iliaj libroj, ke malriĉeco donas simplan koron, kiu havas pli da favoro de Dio kaj staras pli proksime al status perfectionis ol monduma pompo kaj scio pri ĉi-mondaj aferoj. Kaj malriĉulojn nia Savanto konsideris inter la benataj, dirante ke ni ĉiam havu ilin plej proksime al ni."

La sendito de la reĝo: "Se Dio volas ke ĉiam ekzistu malriĉuloj por ke kristanoj povu havi ilin plej proksime al si kaj povu preni ekzemplon de ilia mizero, ĉu tiam ne estas al Li kontraŭa, ke ilia stato pliboniĝu: se venos la tago ke malriĉuloj havas sufiĉon da vestoj kaj manĝaĵoj, de kiu la kristanoj tiam prenu ekzemplon por sia vivmaniero? Kie tiam estus lernebla tiu simpleco de la koro, kiu havas favoron de Dio?"

La ĉefpastro: "Samkiel Dio kreis malriĉulojn por ke riĉuloj povu preni ekzemplon por humila vivmaniero, tiel Li instalis pli altajn klasojn sub sia speciala graco kaj ordonis al ili plifortigi sian spiritan staton per almozdonoj kaj preĝoj."

"Ne estis tro frue, ke denove la arto de dialektiko estu aplikata super manĝotablo en Skálholt," interrompis la episkopo. "Kaj malofte pli necese ol en nia tempo aŭskulti analizon de ĝustaj manieroj konforme al la libroj. Tamen ni ne tro profunde fosu en la kaĉon, miaj praeclari et illustrissimi* por ke nia apetito ne estu finita, kiam venos la vico de la steko."

La episkopo ĉirkaurigardis en la espero ke ĉiuj ridu, sed neniu montris eĉ rideton krom la komisaro.

"Ni knabetoj," li diris kaj ridetis al la fratinoj kiam li uzis tiun hejmecan vorton kontraŭpeze al la latinaj, "ni knabetoj havas tiun malfortecon kiam ni sidas kun belaj virinoj, ke ni volas montri nin iomete pli inteligentaj ol ni estas, se estus eble, anstataŭ aŭskulti iliajn belajn voĉojn."

"Mi ne scias, kiom belaj estas tiuj voĉoj," diris la edzino de la episkopo; "sed ĉar la interparoloj menciis malriĉulojn, min ankoraŭ vizitas tiu memoraĵo, kiu daŭre ligiĝas al Skálholt, ke unu mia antaŭulino ordonis rompi la ŝtonan arkon, kiun la naturo faris super la rivero Brúará, kaj tiel malhelpis al malriĉuloj veni al la episkopejo.Tiu malbela memoraĵo ne malofte min tiel tuŝis kvazaŭ mi mem partoprenus en tiu faro. Mi ofte pensis pri tio ke mi metigu ian ŝajnon de ponto denove, por ke almozuloj ne devu morti sur la transa bordo. Tio estas certe terura peko rompi tiun ponton de kristaneca karitato, kiun Dio volas starigi inter la malriĉaj kaj la riĉaj. Kaj tamen, kiam mi pensas pli bone pri tio, ŝajnas al mi ke mia malnova antaŭulino havas senkulpigon: la honoro de Islando apenaŭ estus pli alta, se la episkopo de Skálholt estus elĉerpita je ĉiuj nutraĵoj kaj tiel farita almozulo, kaj malsataj vaguloj el ĉiuj partoj de lando transprenus la lokon."

La ruĝaj makuloj kuniĝis sur la vizaĝo de la sinjorino kaj kvankam ŝi ridetis dolĉe al siaj gastoj, ŝiaj okuloj klare indikis ke ne estis unuavice pro amo al la filozofio, ke ŝi parolis. Ŝia fratino formetis sian tranĉilon kaj rigardis ŝin el granda distanco.

"Kion pensas Snæfríður?" demandis la komisaro.

Ŝi reagis iom abrupte, kiam li diris ŝian nomon kaj rapidis respondi:

"Mi petas pardonon, mi dormis dum la tuta tago kaj ankoraŭ ne vekiĝis. Mi songas."

La episkopo turnis sin al sia edzino kaj diris:

"Mia plej kara, diru al mi kiuj ne estas almozuloj antaŭ nia Savanto? Kaj tion mi diras sincere, ke mi ofte enviis nudpiedan vagabondon, kiu dormis ĉe la vojo sen zorgoj, kaj deziris ke mi nur povus resti en almozula grupo, kuŝante sur terlango ĉe rivero, rigardante la birdojn, preĝante al Dio, kaj ne havus devojn al iu ajn. Tiuj ŝarĝoj estas pezaj, kiujn Dio metis sur nin, la superzorgantojn de tiu ĉi malriĉa lando, in temporalibus* ne malpli ol en spiritualibus*, kvankam malfrue dankas nin la ordinara popolo."

Arnæus demandis: "Kiel Nia Sinjoro Reĝo plej bone reagu al tiuj larmoplenaj petskriboj kiuj konstante venas el tiu ĉi lando, se vagabondoj kaj almozuloj estas pli feliĉaj ol iliaj superzorgantoj?"

"Ĉiuj kreitaĵoj plendas kaj ĉagrenas, mia kara sinjoro komisaro," diris la episkopo. "Tio estas ilia kutima tono."

"Ĉiuj kune kaj aparte plendas al sia Sinjoro kaj ĉiuj pro si mem, kaj tamen ni scias, ke ĉio kio okazas al ni, malbona kaj bona, originas en ni mem," diris la ĉefpastro. "Estas ne por homoj mildigi la mizeron de popolo, kiun Dio volas disciplini per sia justeco; ĝi petas tiujn aferojn, kiuj ne estas haveblaj per petoj de iu ajn homo ĝis puno estas plenumita pro ĝiaj malbonaj agoj. Inexorabilia* estas ĝia vivo."

— 200 —

"Vi diras veron, pastro Sigurður," diris la komisaro. "Homoj ne arogu al si malhelpi la justecon de Dio, kaj estas tio tamen nenia novaĵo. Sed mi ne povas vidi, kio nedubeble estas via kompreno, ke tia scio prenas de ni la devojn de homa justeco. Laŭ ĉiuj kristanismaj doktrinoj Dio donis al la homo jam en la komenco de la mondo saĝon por distingi bonon de malbono. Kiam nun bonaj homoj montris al la reĝo, ke ne estas Sebaóþ*, kiu vendas al Islandanoj malbonan varon kaj malmultan, tiel ke ili mortas, nek malsevere juĝas perfortemon de riĉuloj kaj tro severe juĝas la malriĉulojn, nek ordonas dehaki manon al iuj kaj detranĉas langon de aliaj, pendumi la trian kaj bruligi la kvaran pro ilia senhelpeco kaj sendefendeco, tiam tio ne estas kontraŭ la volo de Dio, ke la reĝo ordonas esplori tiun malbonan situacion kaj ekzameni tro malseverajn juĝojn kaj tro severajn, sed estas en harmonio kun tiu saĝo, kiun nia Kreinto donis al ni por kompreni juston kaj maljuston kaj konstrui sur tiu kompreno honestan kaj reglementitan ordon en nia vivo."

"Jes, mia kara komisaro, akceptu nian grandan dankon por via energia admono al la komercistoj, el kiuj multaj estas fakte miaj bonaj konatoj kaj kelkaj veraj fidindaj amikoj," diris la episkopo, "sed, bedaŭrinde, pekaj homoj ne malpli ol la popolo de la lando. Kaj Dio donu, ke via agado kontraŭ ili konduku al tio, ke ni ricevos pli bonan farunon venontjare kaj eble kompenson en arĝento."

Post nelonge la manĝado estis finita kaj la episkopo komencis la dankan ceremonion, dirante ke ni ĉiuj levu niajn korojn, refreŝigitaj per la paroloj de niaj alte kleraj kunmanĝantoj, de mia amiko la ĉefpastro, kiu petas ke la justeco de Dio trovu sian lokon, kaj de mia amiko kaj sinjoro, la speciala komisaro de Nia Ĉiograca Reĝo, kiu petas ke homa justeco regu, kaj ĉe la Danoj kaj la Islandanoj, kaj ĉe la kleraj kaj la ordinaraj, kaj ĉe la altaj kaj la malaltaj –

" – kaj ke la noblaj homoj, kiuj subtenas la honoron kaj respekton de tiu nia malriĉa lando en ties mizero, povu teni alte la kapon, kun iliaj bonaj edzinoj, nemolestitaj ĝis la fina horo – " estis la edzino de la episkopo kiu aldonis al la preĝo per pieca voĉtono, kun klinita kapo kaj kun fermitaj okuloj kaj kunigitaj manoj.

"Kaj, kiel mia plej amata karulino preĝas, " daŭrigis la episkopo: "Lia Dia Graco fortigu la noblajn altrangulojn, kiuj subtenas la honoron de nia malriĉa lando. Kaj kun tio mi volas en la fino reciti la simplan versaĵon de nia mortinta bona pastro Ólafur de Sandar, kiun ni lernis ĉe la genuoj niaj patrinoj:

Milda protekto de l' Sinjor'
estu kun ni en ĉiu hor',
ĉagrenatojn konsolu Di',
ĉu en proksimo aŭ fore pli;
kresku la kredo kaj helpa vol'
al aŭtoritata rego-rol'.
Ĉielan pacon al popol'."

9

Meze en la posta tago Arnas Arnæus vizitis la sinjorinon de la episkopo en ŝia buduaro. Tie sidis ĉe ŝi ŝia fratino Snæfríður. Ambaŭ okupis sin pri brodado kaj brilis suno enen tra la fenestro en la aŭtuna tago.

Li salutis ilin afable kaj petis pardonon pro sia enveno, dirante ke li ŝuldas pardonon al sinjorino Jórunn pro sia frivola tablobabilo en la antaŭa vespero, probable li ofendis per nezorga referenco al Luteraj vortoj eminentan homon kaj ilian amikon, pastron Sigurður, konstatante tro malfrue, ke li tiel senintence instigis la trudeman junulon, sian sekretarion, al naiva incito kontraŭ tiu honesta servanto de Dio; li diris ke mondumuloj malfrue atingas la maturon dece regi siajn vortojn en konversacio kun malestimantoj de tiu ĉi mondo.

La sinjorino de la episkopo volonte akceptis la pardonpeton de la asesoro kaj diris, ke tio estas ja io nova, ke korteganoj de la reĝoj agnoskas sian mankon de ĝentileco ĉi tie en Islando, kaj ke koncerne baccalaureus memorindas la fakto, ke estas en la naturo de junuloj malrespekti tiujn, kiuj malestimas ĉi-mondajn aferojn, kaj ke pastro Sigurður certe tion spertis antaŭe kaj tion komprenas. Aliflanke Snæfríður tiel respondis, ke ĉampionoj de la kredo kiel pastro Sigurður, kiuj pretus ordoni eltiron de lango de homo kaj ĝin fortranĉi, ne devus miri ke tiuj armiloj refrapu ilin mem, dum ili estas ankoraŭ fiksitaj al siaj posedantoj.

La asesoro diris, ke li ja bone konas tiujn proponojn de pastro Sigurður, ripetitajn en pastraj konsilioj kaj en la Asembleo de la Alþingi, bazitajn sur kleregaj interpretoj de la sanktaj skriboj kaj dubindaj leĝoj, ke herezuloj estu torturitaj kaj sorĉistoj bruligitaj, sed aldonis ke aliaj homoj ne ŝuldas malpli da ĝentileco al pastro Sigurður malgraŭ tio.

La asesoro staris ankoraŭ en la mezo de la planko, sed nun la sinjorino de la episkopo petis lin esti tiel humila, ke li honorigu du sciomankajn virinojn per sidado kelkan tempon en ilia ĉeesto.

" ... kaj ĉesigi pliajn diskutojn pri nia amiko, la pia bruliganto kaj alte klera langotranĉanto pastro Sigurður, sed anstataŭe rakontu al ni iomete pri la regnoj de la mondo," – estis Snæfríður kiu tiel parolis, leĝere, senpremita en konduto kaj kun brilo en la okuloj, virino tute diferenca ol tiu al kiu ili levis glasojn lastvespere en la granda salono.

Li diris ke kvankam li fakte havas malmultan tempon, ĉar malsupre atendas lin homoj venintaj post longa vojaĝo por renkonti lin, li ne volas rifuzi tian noblan inviton kaj eksidis en komfortan seĝon proponitan al li de la dommastrino. Kiam li jam sidis, Snæfríður ekstaris kaj metis benketon sub liajn piedojn.

"Nu, mi ja estas senscia pri tiuj ĉarmaj regnoj pri kiuj deziras aŭdi miaj karaj sinjorinoj, sed el tiuj malriĉaj landoj, kiujn mi konas, vi povas elekti," li diris kaj elprenis malgrandan oran snuftabakujon kaj donis al ili kaj ili prenis snufeton laŭ kutimo de noblaj virinoj, kaj Snæfríður ternetis kaj ridis kaj rapidis viŝi sian nazon per naztuko.

"Mi konas nur tiujn landojn, al kiuj mia demono tiris min," li daŭrigis, "en tiu serĉado, kiun li delonge instigis min fari, por mia propra lando."

"Mia fratino estas edukita, ŝi unue elektu por si landon," diris la sinjorino de la episkopo. "Eble ŝi elektos por ni ambaŭ."

"Pri ĉiuj tiuj landoj, kie noblaj virinoj scias preni snufon por si en ĝusta maniero, ni volonte aŭdos," diris Snæfríður.

"Tiam ŝajnas al mi, ke mi ne povus proponi al tiaj virinoj ion pli malmultan ol urbon de Romo," diris la reĝa komisaro.

Tio tre plaĉis al Snæfríður, sed ŝia fratino, la sinjorino de la episkopo, opiniis tiun urbon tro malproksima de ili, kaj turnis la parolon al sia fratino demandante: "Aj, ĉu vi nun volas aŭdi pri la malbenita papo, Snæfríður."

Sed la komisaro diris, ke unua fojo estas ĉiam por ĉiuj aferoj, kaj nun, fine, li devas malkonsenti kun la sinjorino, ĉar laŭ lia opinio malmultaj urboj situas pli proksime al Islando, kaj ke ne estas longe de tio, ke ĝi estis la plej proksima el ĉiuj urboj, eĉ ne kun escepto de tiu urbo Sion, kiu troviĝas sur altaĵoj. Pri la papo li ne volas diskuti kun la virinoj, "sed tio ne estas sekreto," li diris, "ke ju pli suden oni venas sur la norda hemisfero, des pli malmulte absurda oni trovas Sanktan Petron."

"Tion mi scias, ke vi ne intencas diri, asesoro, " diris la sinjorino de la episkopo, "ke povus ekzisti du specoj de ĝusta vereco, unu por la suda mondo, alia por la norda mondo."

Arnas Arnæus respondis malrapide, kun tiu amuzece centrifuga maniero de la parolo, kiu iafoje povas havi aspekton de disvagado, sed neniam riskas meti gravan konversacion en danĝeron.

"Estas monto en la distrikto de Kinn en la nordo, kiu nomiĝas Bakrangi kiam oni rigardas ĝin el oriente, Ógöngufjall se oni staras okcidente de ĝi, sed maristoj velantaj sur la golfo de Skjálfandi nomas ĝin Galti. Kaj mi hontas diri, ke mi ne iris al Romo por serĉi la verecon, kvankam mi spertis kiel multaj la malfacilon eskapi de tie sen trovi ĝin. Sed nun mi scias, ke miaj karaj sinjorinoj ne komprenas. Tial mi diru al vi la veron: mi iris al Romo por serĉi tri librojn, sed unu speciale, kaj koncernas ili ĉiuj Islandon, sed tiu plej multe, kiu rakontas pli precize ol tiuj nebulaj fabulae*, kiujn ni plej bone konas, kiel niaj homoj trovis Americam terram,* kaj tie ekloĝis tuj antaŭ la jaro mil; kaj kiel ili forlasis la lokon."

Kiam ili demandis pri pliaj informoj, li diris ke letero el la mezepoko, nun konservata en la urbo Parizo, mencias ke troviĝas en la arkivo de malnova monaĥejo en Romo codex* kun konfesoj de iu virino el Hislant terra*, Gurid nomita, kiu venis al la urbo de Romo kiel pilgrimanto ĉirkaŭ la jaro 1025. La fonto diras, ke kiam la virino venis por konfeso al la monaĥo, evidentiĝis ke ŝi estis nek pli nek malpli la plej multe vojaĝinta virino en la tuta Kristanujo en tiu tempo. En sia juna aĝo ŝi loĝis dum dek jaroj kun sia edzo kaj kelkaj samlandanoj okcidente de la monda oceano trans la fino mem de la mondo kaj naskis tie al li infanojn, sed strangaj estuloj faris malpacon kontraŭ ili en la lando, tiel ke ili devis foriri de tie kun sia infana filo. Kaj tian grandan novaĵon la virino diris antaŭ la okuloj de Dio en la urbo de Romo, ke fine la monaĥo ĝin skribis kaj estis eble legi lian raporton poste en la monaĥejo dum longa tempo. Poste la monaĥejo estis malfondita kaj ĝiaj dokumentoj disiĝis kaj perdiĝis, sed iuj estis retrovitaj kaj konservitaj jarcentojn poste, kiam oni entreprenis starigon de biblioteko de la papo en lia sidejo post diversaj misokazoj al la papismo.

La du ceteraj libroj, kiujn Arnæus serĉis en la kolektoj de la papo, estis Liber Islandorum* pli plena ol tiu, kiun Ari verkis en la islanda lingvo, enhavanta genealogiajn registrojn kaj biografiojn de reĝoj, kaj fine Breviarium Holense*, la unuan libron presitan en Islando laŭ iniciato de Jón Arason, sed metita laŭ lasta scio de homoj sur la bruston de majstro Þorlákur en lia tombo.

La papo estas granda amanto de libroj kaj estas malmulta dubo pri tio, ke li posedis ĉiujn tiujn librojn, kaj estas plej probable, ke li ankoraŭ ilin posedas. Sed multaj belaj libroj estis ŝtelitaj el la biblioteko de la kompatinda maljunulo en la paso de la tempo kaj pro tio li fariĝis iom suspektema pri homoj, kiuj venas el diversaj direktoj kaj volas serĉfosi tra lia librara rubaĵo. Dum jaroj Arnæus okupis sin je havigado de propetoj de potenculoj: ambasadoroj, princoj, ĉefepiskopoj kaj kardinaloj, kies peradoj estis necesaj por ekhavi permeson eniri tiun malluman arbaron, kiu nomiĝas la arkivoj de la papo. Kaj tamen oni fidis lin ne pli ol tio, ke dum la tuta tempo kiam li vagadis tra tiuj subteraj kaŝejoj de Historio, estis ordonite al kanoniko stari apud lia flanko, kaj armita sviso malantaŭ li, por gardi ke li ne ŝtelu paperĉifaĵon, nek komencu skribi ĉe si sen permeso iujn tiajn memoranda,* kiujn plej probable evangeliuloj povus utiligi en sia neniam finita milito kontraŭ la servisto de la servistoj de Dio.

Li vagadis tiom longe en tiuj katakomboj de la jarcentoj, ke la nuntempo fariĝis kiel absurda sonĝo. Multaj el la pakaĵoj kun dokumentoj kaj schedulae*, kiuj ĉi tie plenigis la halojn, mallarĝajn trapasejojn kaj tunelojn, kolektis polvon en paco kaj estis truitaj de formikoj dum la pasado de jarcentoj, sed el iuj rampis vermoj kaj fiinsektoj. Ree kaj ree la serĉanto sentis pezon sur la brusto, simile kiel ĉe farmisto en Islando, kiu longe skuas ŝimintan fojnon en la fojnejo, tiel ke li apenaŭ povis ekstari pro spiromanko. Ĉi tie trafis en liajn manojn gravaj same kiel malgravaj dokumentoj pri ĉio ajn havanta nomon en la kristanismo ekde la komenco de ĝia historio, ĉio ekcepte de Liber Islandorum, Breviarium Holense kaj la konfesraporto de la virino Gurid el Hislant terra. La forpermesa tempo, kiun Lia Reĝa Moŝto donis al li por tiu vojaĝo, estis antaŭ longe elĉerpita. Fine li estis konvinkita pri tio, ke eĉ se li serĉadis dum ĉiuj siaj restantaj jaroj, li estus ankoraŭ same malproksima de la celo en la horo de sia morto. Tamen li estis egale certa pri tio, ke la libroj estis tie, kiel estis freneza vagabondo en sia infanaĝa memoro, ke trezoroj estas kaŝitaj sub ŝtonoj. Escepte, ke tiu konsolo ŝajnis de li definitive forprenita, kiun enhavas la promeso de Dio, ke ĉiu kiu serĉas, tiu trovos.

"Ĉu vi do nenion trovis?" demandis Snæfríður, kaj estis metinta sian laboraĵon sur siajn genuojn kaj rigardis lin."Absolute nenion?"

"Mi scias," li diris kaj direktis sian rigardon al la sinjorino de la episkopo,"ke tio estas peko ellasi ion el la sankta skribo aŭ ion aldoni, sed la originala peko, tiu malbela ŝarĝo, ĉiam malkaŝas sin, kaj de longe ni estis plagita de la suspekto, ke en la komenco la vortoj, kiujn mi antaŭe citis, originale tekstis ĉi tiel: serĉu kaj vi trovos – ion tute alian ol tio, kion vi serĉis. Sed nun mi petas pardonon pro mia babilado, – mi sentas ke ne decas ke mi parolu pli hodiaŭ."

Li sin movis por ekstaro kaj foriro.

"Vi forgesus rakonti al ni pri Romo," diris Snæfríður. "Vi elektis tiun urbon kaj nun vi intencas neglekti vian devon al ni."

La edzino de la episkopo ankaŭ petis lin pro ĝentileco ne forlasi ilin tiel subite.

Li sidis plu. Fakte nenio lin urĝis, eble ne estis lia intenco foriri. Estis al li permesite ekzameni iliajn tukojn, li disvolvis ilin kaj esprimis sian admiron, montrante siajn sciojn pri kudraĵoj de virinoj. Li havis delikatajn manojn, kun iomete klinaj fingrofinoj, maldikajn manartikojn kaj glatajn mandorsojn kovritajn de fajnaj malhelaj haroj. Poste li klinis sin dorsen en la apogseĝo, sed ankoraŭ ne metis la piedojn sur la piedbenkon.

"Romo," li diris kaj ridetis distrite kaj vidis ion en malproksimo. "Vi vidis du virojn kaj unu virinon; ja diversajn pliajn, sed ĉiam tiujn du virojn kaj la virinon; frue kaj malfrue tiujn tri, du islandajn virojn, unu islandan virinon."

La virinoj ekmiris vastokule, – "islandajn virojn, islandan virinon?"

Tiam li priskribis al li malaltan virinon nejunan, iom malgrasan, en grupo de germanaj pilgrimantoj en Romo, neidentigeblan individuon en tiu grupo de grizaj homoj, kiu ŝajnas ankoraŭ pli griza en komparo kun la hejmanoj de la urbo, kaj ne pli alte taksitaj de la loĝantoj ol svarmo de birdoj, eĉ la almozuloj de Romo kaj la ŝtelistoj aspektis eminentaj kompare kun ili. Kaj unu en tiu griza piediranta grupo estas tiu ĉiutageca nerimarkinda virino en eluzita lanŝtofa kitelo malhelkolora kun alfiksita kapuĉo, nudpieda kiel tuta Eŭropo en la komenco de la dek unua jarcento, kiam kristanoj estis apenaŭ pli ol kanibaloj kaŭze de malriĉeco. Sed en pakaĵeto, kiun tiu nudpiedulino portis sub sia brako, ŝi tamen konservis novajn ŝuojn, kiujn ŝi havis kun si jam de longa tempo. Ili estis faritaj el kolorigita mirinde mola felo, kun stumpa fronto kaj plandumoj ĉirkaŭkudritaj sur la ŝuflankoj kaj la kudraĵo kovrita per delikataj foliformoj kaj la ŝudorsoj ornamitaj per brilkoloraj ledoperloj. Tiaj ŝuoj neniam antaŭe estis viditaj en la tuta Kristanujo kaj ne en la antikva tempo de la Romianoj, nek ĉe aliaj grandaj popoloj de antikveco; kaj alia tia ŝuparo ne estos vidita en la mondo en la venontaj kvarcent jaroj. Kaj tiujn malofte viditajn ŝuojn, simbolon de tiuj vojoj pli longaj ol ĉiuj aliaj vojoj en la mondo, ŝi portis suden por doni al la papo pro tiuj pekoj, kiujn ŝi faris en la lando, kie ŝi akiris ilin, Vinlando la Bona*. Mi provis rigardi en la okulojn de tiu virino, kiu sola el ĉiuj teraj virinoj trovis novan mondon, sed ili estis nur okuloj de laca vojaĝantino; kaj se mi streĉe aŭskultis ŝajnis, ke mi aŭdas ŝin paroli kun siaj kunvojaĝantoj en tiu dialekto de la malalta germana, kiu en tiu tempo estis la lingvo de marvojaĝantoj. Tiu virino estis Gurid el Hislant terra, Guðríður Þorbjarnardóttir de Glaumbær en Skagafjörður en Islando, kiu loĝis en Vinlando la Bona dum kelkaj jaroj kaj naskis tie filon, de kiu devenas familioj en Islando, Snorri, filo de Þorfinnur Karlsefni.

Post tio li rakontis la historion pri tiuj du ceteraj Islandanoj, kiujn li vidis en Romo. Unu estis vojaĝinta suden sur reĝeca ĉevalo laŭ maniero de altranguloj, en akompano de aliaj altranguloj, kiuj portis kun si arĝenton kaj oron kaj dungis soldatojn por sia protekto kontraŭ rabistoj. Tiu estis helaspekta kaj energia homo, kun grandaj, iom elstaraj okuloj, lia vizaĝo esprimis infanecan scivolemon, tamen nenio en lia sinteno montris signon, ke li konsideras sin malpli alta ol iu alia homo en la loĝata mondo. Jen venis al Romo la enkarniĝo de tiu homo, kiu kiel komercisto trarompis por si vojon al Mikligarður kaj al la landoj de la kalifo dum Eŭropo trovis sin en la tenego de barbarismo, kiu sieĝis Parizon kaj Sevilon, fondis regnon en Francujo kaj Italujo, albordigis sian ŝipon ĉe Straumfjörður en Vinlando – kaj verkis *Völuspá*.* Nun li eliminis siajn parencojn en Islando kaj puŝis la landon al la rando de Ragnarök kiel estas priskribite en la poemo, kaj estis veninta al Romo por ricevi konfeson ĉe la papo. Punoj estis ordonitaj, li estis kondukita nudpieda antaŭ la preĝejojn en Romo kaj humiligita antaŭ plej multaj ĉefpreĝejoj, sed la homamasoj observis ĉirkaŭe kaj lamentis, ke tiel bela homo estis tiel severe traktita. Tiu homo nomiĝis Sturla Sighvatsson.*

La dua homo ja neniam estis vizitinta Romon, sed li ricevis leteron de la papo kun instrukcioj, ke li defendu pinte kaj eĝe la eklezion de Islando kaj ĝiajn riĉaĵojn kontraŭ la luteraj reĝoj. En tiu tempo ne estis kutimo, pli ol en la nuna, dubi pri uzado de armiloj. Estis Romo, kiu sin montris al la okuloj de tiu lasta Islandano de antikveco ĝis li estis kondukita al hakbloko. Arnas Arnæus diris ke li ofte vidis bildon de tiu homo en vizio, sed en Romo li vidis la maljunulon en tia klara miraĝo, kiu dubigas objektivajn aferojn. Estos nokto ĉi tie en Skálholt. Li maldormas kun siaj du filoj. Ili aspektas pli aĝaj kaj pli kadukaj ol la maljunulo, ilia patro, ĉar ili estas kiel ordinaraj homoj, sed la malfeliĉo faris liajn ŝultrojn tiel grandaj, ke ili ne povas subiĝi pro iu ajn ŝarĝo, kolon tiel mallonga, ke ĝi ne povas kliniĝi. Nun estas mateno: la sepa de novembro. Dum la nokto neĝo grizigis la montojn kaj estas prujno sur la herbaj tigoj.

"Tiuj estis la homoj, kiujn mi vidis."

"Kaj poste neniujn pliajn," demandis Snæfríður.

"Ho jes," li diris mallaŭte, rigardis al ŝi kaj ridetis: "Poste la tutan mondon."

"Neniu dubas," diris la edzino de la episkopo, "ke Jón Arason estis granda ĉampiono kaj vera Islandano kiel la homo de antikveco, sed ĉu frosto ne trakuras vian spinon je la penso, kio estus okazinta se tiu ribelulo estus venkinta kaj sekve la papisma herezo? Mia Savinto helpu min!"

"Dum mia restado en Romo la urbo celebris la jubileon de la tuta kristanismo," diris Arnas Arnæus. ""Mi tiam paŝumis proksime al la rivero iun tagon. Verdire estis tiam peza mia koro, kiel okazas al homoj, al kiuj ŝajnas klare, ke ili malŝparis longan tempon de sia vivo por nenio, elspezis multan monon kaj laboron, riskis sian sanon, eble perdis la amikecon de bonaj homoj pro obstineco. Mi pensis pri tio, kiajn pardonpetojn mi povus eltrovi por prezenti al mia reĝo kaj sinjoro pro mia tro longa foresto de miaj devoj. Kaj kiam mi tiel paŝumis sentante anksion, mi subite trovas grandan amason da homoj, kiuj malrapide iras antaŭen, cele al la ponto trans la rivero. Mi neniam estis vidinta tiom grandan homamason kune irantan, irpadoj kaj ĉefstratoj estis superplenaj, tiel ke estis malfacile vidi, kiuj estas spektantoj kaj kiuj partoprenantoj en tiu procesio, kaj ĉiuj kantantaj. Mi haltis ĉe grupo de kelkaj romaj urbanoj por rigardi la homamason preterflui. Tiuj estis pilgramantoj el diversaj landoj, kiuj estis irantaj suden por ricevi absolvon pro siaj pekoj en tiu speciala gracojaro de Kristanujo. La amaso konsistis el multaj malpli grandaj grupoj, kaj iris ĉiu kun bildo de la protekta sanktulo de sia grafujo sur la signoflago, aŭ portis ostojn de la speciala intendanto de Dio en ilia distrikto en skatoleto, aŭ kopion de la sankta statuo de ilia ĉefpreĝejo, tiu figuro de Mario kiu havas karakteron de ĉiu loko, ĉar en la papismo doniĝas tiel multaj Marioj kiel urboj, kaj estas iuj ligitaj al floroj, aliaj al rokoj, ankoraŭ pliaj al sanigaj fontoj, iuj al la seĝo de la Virgulino, al la formo de la vindbebo Jesuo sur ŝia genuo, aŭ al la koloro de ŝia mantelo. Estis interese vidi tiom multajn diferencajn grafujojn marŝi kune trans unu ponton pro siaj animoj. Kiam mi juna iris sur la bordo de Breiðafjörður, mi neniam pensis, ke tiom la popoloj ekzistas en la mondo. Ĉi tie estis homoj el la multaj urboŝtatoj kaj grafujoj de Italujo, Milanianoj, Napolanoj kaj Sicilianoj, Sardinianoj, Savojanoj, Venicianoj kaj Toskanianoj, krom la Romanoj mem; ĉi tie oni povis vidi la popolojn de la ses hispanaj regnoj, kiuj estas Kastilianoj, Aragonanoj, Katalunianoj, Valencianoj, Majorkanoj kaj Navaranoj; ankaŭ estis tie la diversaj popoloj de la Imperio, eĉ el tiuj landoj kiuj akceptis la Luteran Reformacion, Bavarianoj, Germanoj kaj Kroatoj, Saksianoj, Burgenlandanoj, Vestfalianoj, Rejnlandanoj, Frankonianoj, Valonoj, Aŭstrianoj kaj Stirianoj. Se por kio elnombri ĉiujn tiujn popolajn nomojn? Kaj tamen, tiel tio estis; mi vidis ĉiujn tiujn popolojn pretermarŝi, kaj multajn pliajn. Mi vidis kiel aspektis homoj el landoj al mi nekonataj, la teksarangôjn de iliaj vestoj, iliajn malpurajn vizagôjn kun okuloj varmaj de vivo. Tamen mi plej ofte pensas pri iliaj multaj piedoj, ŝuitaj aŭ nudaj, ja lacaj sed tamen esperplenaj; kaj pri tiu malnova krucmilita danco kiu resonis tra ilia musica*, ĉu ili frapis la kordojn de la liroj aŭ de aliaj instrumenoj, aŭ blovis siajn naciajn hejmlandajn tubojn: 'Belas hejmlando, serenas Di-ĉielo.' Kaj tiam mi subite rimarkis, ke Guðríður Þorbjarnardóttir ne estis plu ĉi-tie. Nek iu alia Islandano."

La edzino de la episkopo ankaŭ ĉesigis sian laboron kaj fikse rigardis la rakontanton.

"Dankon al Dio, ke tie estis neniu Islandano," ŝi diris. "Aŭ ĉu vi ne trovis tion doloriga pensi pri ĉiuj tiuj sensciaj herezuloj, al kiuj la papo malebligas aŭskulti la mesaĝon de Kristo, tiel ke ili havas neniun rajton al saviĝo per gusta kredo?"

"Kiam oni vidas tiom da piedoj pretermarŝi, oni neeviteble demandas: kien iri, kara sinjorino. Ili transiras Tiberon kaj haltas sur la placo antaŭ la baziliko de Sankta Petro kaj en la momento, kiam la papo iras sur la balkonon de la sia palaco, Te deum laudamus komenciĝas dum sonoras ĉiuj sonoriloj de Romo. Ĉu tio estas gusta, ĉu tio estas malgusta, mia sinjorino? Mi ne scias. Bone informitaj auctores* opinias, ke tiu riĉega Giovanni de Medici, alinome Leo la Deka, estis multsaĝa aristokrato de la Epikura skolo kaj eĉ ne ekpensis kredi al la animo, kvankam li vendis indulgencojn por ĝia liberigo. Eble li faris tion precize pro tiu motivo. Fojokaze oni havas la impreson, ke Martin Luter estis stranga speco de kamparulo provanta disputi pri la liberigo de la animo kun tia homo."

"Jes, sed kara sinjoro komisaro, ĉu ne estas granda peko tiel pensi pri nia majstro Lutero?" diris la sinjorino de la episkopo.

"Mi ne scias, kara sinjorino," diris Arnas Arnæus. "Povas esti. Sed unu estas certa: kiom fore de mi en la nordo subite situis la alte kleraj kaj inspiritaj reformatores.* Ĉar kiam mi rigardis tiujn multajn piedojn por kelka tempo, mi subite trovis min diranta al mi mem: tiun procesion vi sekvos kien ajn ĝi celas. Poste unu Islandano iris en la grupo trans la Tiberon. Ni haltis antaŭ la baziliko de Sankta Petro kaj la sonoriloj de Romo sonoris kaj la papo iris sur sian balkonon kun mitro kaj hokbastono dum ni kantis Te deum. Mi estis serĉanta malnovajn islandajn librojn, kaj mi estis deprimita, ĉar mi ne trovis ilin. Subite mi sentis, ke ne gravas, ke mi ne trovis tiujn malnovajn librojn. Mi estis trovinta alian por ilin anstataŭi. En la posta tago mi forlasis Romon."

La virinoj kore dankis al la asesoro pro lia raporto pri la ĉefurbo de Guðríður Þorbjarnardóttir, Sturla Sighvatsson kaj Jón Arason. Sed ĉar gastoj lin atendis malsupre, venintaj post longa vojaĝo, li ne havis la tempon rakonti al ili pri pliaj urboj ĉi-foje, kaj la edzino de la episkopo, kiu estis entuziasma protestanto kaj tial ne aparte favora al la la domo de la papo, petis promeson de la asesoro, ke li iam poste rakontu pri urbo laŭ ŝia elekto. Li diris ke ili havas la rajton elekti ĉiun ajn urbon, kaj ĉiam ajn, ilin adiaŭis kaj iris al la pordo.

"Dum mi memoras," diris Snæfríður kaj rapide ekstaris post kiam li malfermis la pordon. "Mi havas ion por diskuti kun vi, asesoro. Mi preskaŭ tion duonforgesis. Mi tamen atentigas, ke tio ne koncernas min mem."

"Ĉu tio koncernas libron?" li demandis.

"Ne, homon," ŝi diris.

Li tiam diris, ke ŝia plej kara deziro estus la plej bonvena al li.

Poste li estis jam for.

10

Li petis ŝin sidiĝi.

Ŝi sidiĝis kontraŭ li kaj interplektis la manojn en sia sino, rigardis lin el longa distanco; ŝia sinteno estis fermita.

"Mi ne intencis veni, kvankam maljuna homo petis min tion fari," ŝi diris. "Mi diris al la maljuna homo, ke tio ne koncernas min. Tamen mi venis al vi pro tio. Vi ne pensu, ke mi venis pro io alia."

"Estu bonvena, Snæfríður," li diris por la dua aŭ tria fojo.

"Jes," ŝi diris, "mi scias, ke vi elkonas ĉiujn ĝentilaĵojn de la mondo. Sed kiel dirite, mi nenion povas fari pri tio: tiu maljuna homo, kiun mi ne konas kaj ne koncernas min, tamen estas kvazaŭ mi ĉiam konis lin kaj ke li koncernas min. Lia nomo estas Jón Hreggviðsson."

"Jes, maljuna Jón Hreggviðsson," diris Arnæus. "Estis lia patrino, kiu konservis unu el la plej altvalora trezoro trovita en la nordaj landoj."

"Jes," diris Snæfríður, "ŝia koro –"

"Ne, kelkajn malnovajn velenajn paĝojn."

"Mi petas pardonon."

"Ni ĉiuj ŝuldas multon al Jón Hreggviðsson – pro lia patrino," diris Arnas Arnæus. "Tial, Snæfríður, kiam li portis al mi la ringon, mi donis ĝin al li por ke li povu uzi ĝin laŭ sia plaĉo."

"Aj, ne menciu tiun vantaĵon post dek kvin jaroj," diris Snæfríður. Oni ekridas kaj ruĝiĝas je la memoro pri sia juneco."

Li staris kaj apogis sin kontraŭ sia pupitro kaj malantaŭ li estis grandaj libroj kaj leteroj en krucligitaj pakaĵoj, iuj jam malfermitaj. Li surhavis nigran surtuton malstriktan kaj blankajn manumojn. Li kunkroĉis la montrofingrojn. Kaj ŝi aŭdis lin denove paroli.

"Kiam mi foriris kaj ne revenis malgraŭ donitaj promesoj, ĉar la fatalo estas pli forta ol la volo de homo kiel oni povas legi en la Sagaoj, tiam mi tiel konsolis min, ke kiam mi vidos venontfoje la damon de lumo, ŝi estus diferenca virino: ŝia juneco malaperinta kaj tiu beleco, kiu estas la donaco de juneco. Antikvaj saĝuloj instruis, ke malfideleco en amo estas la sola perfido, kiujn la dioj rigardas milde: 'Venus hæc perjuria ridet.'* Lastvespere kiam vi eniris la salonon post ĉiuj tiuj jaroj, mi vidis ke Lofn* ne bezonis milde rideti al mi."

"Mi petas vin ĉesigi tiel senutilan vantaĵon, asesoro," ŝi diris, liberigis siajn fingrojn el la kunplekto kaj levis momente siajn manojn por defendo: "Pro Dio!"

"Kiel ĉiuj estas poetoj dum ili estas junaj, kaj poste ne, tiel ĉiuj estas belaj dum tempeto kiam ili estas junaj: juneco signifas tiujn du aspektojn," li diris. "Al iuj la dioj donas tiujn donacojn laŭ speciala graco kaj subtenas ilin per tiuj ekde lulilo ĝis tombo senrilate al la nombro de la jaroj, ĉu pli multaj, ĉu malpli multaj."

"Vi estas sendube la poeto," ŝi diris.

"Mi volas ke tio kion mi diris estu enkonduko al ĉio kio restas al ni por diskuti," li diris.

Ŝi rigardis en la distancon kvazaŭ forgesinta la kialon de ŝia vizito. Ŝia mieno atestis la regon de tia sublima seninteresita kvieteco, kiu havas aspekton pli de aero ol tero. Fine ŝi rigardis malsupren en sian sinon.

"Jón Hreggviðsson," ŝi diris, "– mi volas paroli kun vi pri li sola. Estas dirite, ke tiu kiu donas almozon, dependas de sia almozpetinto ĉiam poste. Tio kion oni iam faris, daŭras ekzisti. Nun venas tiu Jón Hreggviðsson post dek kvin jaroj kaj postulas kion mi faru."

"Mi pensis, ke vi estis fiera esti savinta la kapon de maljuna Jón Hreggviðsson, kiu mortigis la pendumiston de la reĝo."

"Mia patro meritis ion alian de mi ol ke mi senigu lin de liaj krimuloj," ŝi diris. "Li ĉiam deziris por mi la plej bonan. Vi, amiko de la reĝo, kaj pro lia Moŝto devas esti kolera kontraŭ mi, ĉar kiel vi diris, li mortigis homon, li mortigis homon de la reĝo."

"Sen dubo li faris tion," diris Arnas Arnæus. "Tamen koncerne nian reĝon ni ambaŭ ne estas riproĉindaj pro nia helpo al la homo, ĉar nenio estis pruvita kontraŭ li."

"Mia patro ne kondamnas malĝuste," ŝi diris.

"Kiel vi scias tion?" li diris.

"Mi estas parto de li," ŝi diris. "Li estas en mi. Mi sentas ke mi mem kondamnis tiun krimulon kun plena rajto. Tial mia konscienco riproĉas min pro lia liberigo."

"La konscienco de homo estas nefirma juĝanto pri ĝusto kaj malĝusto," li diris. "Ĝi estas nur tiu hundo en ni, tamen malegale dresita, kiu obeas sian mastron, la regularon de la cirkonstancoj. Kelkiam ĝi havas mastron, kiu mem estas fripono. Ne havu zorgojn pro tio, kion la konscienco kalkulas kiel vian devon koncerne Jón Hreggviðsson. Vi ne estas neerarema kaj sekve ankaŭ ne via patro. Imagu ke la kortumo eraris, ĝis alie pruviĝos."

"Se la kortumo eraris kaj Jón Hreggviðsson pruviĝos senkulpa, ĉu la justeco do ne estas pli valora ol la kapo de unu almozulo? – eĉ se ĝi eble eraras de tempo al tempo."

"Se la kortumo sukcesis plene pruvi la kulpon de homo, ĉi tiu perdas pro tio sian kapon – eĉ se li neniam faris la krimon. Tiu estas severa instruo; sed sen ĝi ni ne havus justecon. Kaj tio estas precize tio kion la kortumo misfaris en la ekzemplo de Jón Hreggviðsson; kaj fakte en ekzemploj de multaj aliaj akuzitaj krimuloj en tiu ĉi lando; tro multaj."

"Povas esti," ŝi diris. "Tamen mi neniam aŭdis iun dubi ke Jón Hreggviðsson mortigis la homon. Kaj vi mem tion diras. Finfine, la homo ne timus pro la kazo, se li estus certa pri sia senkulpeco."

"Estintus malgranda problemo aresti Jón Hreggviðson kaj lin senkapigi, ĉar li sidis en sia hejmo en Rein jam inter dek kaj dudek jaroj tute sub la nazo de la aŭtoritatoj. Sed neniu eĉ ne tuŝis haron sur lia kapo."

"Mia patro ne kondamnas dufoje por la sama krimo," ŝi diris. "La homo ankaŭ kunportis hejmen iaspecan leteron de la reĝo."

"Bedaŭrinde ne leteron konfirmantan eternan vivon," diris Arnas Arnæus kaj ridetis.

"Leteron de absolvo."

"Leteron pri nova ekzameno de la kazo. Sed ĝi neniam estis aperigita en la kortumo. Kaj la kazo neniam estis prenita por reekzameno."

"Mia patro neniam kaŝas ion," ŝi diris. "Sed li estas indulgema homo kaj probable kompatis tiun friponon."

"Ĉu estas ĝuste montri kompaton?" demandis Arnas Arnæus kaj daŭre ridetis.

"Mi scias ke mi estas stulta," ŝi diris. "Mi scias ke mi estas tiel stulta, ke mi estas antaŭ vi kiel eta insekto kiu ruliĝis sur la dorson kaj ne povas uzi la piedojn por fuĝi."

"Viaj lipoj estas kiel antaŭe: du dekdupiedaj raŭpoj." li diris.

"Mi estas konvinkita pri tio, ke Jón Hreggviðsson mortigis homon," ŝi diris.

"Vi sendis lin al mi por helpo kaj protekto."

"Tio estis coquetterie*," ŝi diris. "Mi estis deksepjara."

"Li diris al mi, ke lia patrino iris por viziti vin," diris Arnas Arnæus.

"Ne gravas," ŝi diris. "Mi ne havas koron."

"Ĉu mi povas trovi?" li diris.

"Ne," ŝi diris.

"Viaj vangoj tamen estas varmaj," li diris.

"Mi scias ke mi estas mokinda," ŝi diris. "Sed estas ne necese, sinjoro, lasi min senti tion."

"Snæfríður," li diris.

"Ne," ŝi diris, "bonvolu ne nomi mian nomon, sed diru al mi nur tion solan: ĉu mi denove okupu min pri tiu kazo, ĉu entute gravas kio okazas al Jón Hreggviðsson?"

Li ĉesis rideti sed respondis malrapide kaj senpersone en la nomo de sia aŭtoritateco:

"Neniaj decidoj estas faritaj. Sed malnovaj kazoj bezonas re-ekzamenon. La reĝo volas, ke ili estu ekzamenataj. Jón Hreggviðsson venis ĉi tien antaŭ kelkaj tagoj kaj ni kune parolis pri diversaj aferoj dum tempeto. Lia kazo ne estas bona. Sed kio ajn okazos al li, mi opinias ke tio estos bonfara por la homoj en tiu ĉi lando en la futuro, ke lia kazo estu reekzamenata."

"Se li estos trovita kulpa – post ĉiuj tiuj jaroj?"

"Li ne povas esti trovita pli kulpa ol li estas laŭ la malnova kondamno."

"Sed se li estas senkulpa?"

"Hm. Kion volis Jón Hreggviðsson per sia vizito al vi?"

Ŝi ne respondis, sed rigardis rekte al la sendito de la reĝo kaj demandis:

"Ĉu la reĝo estas malamiko de mia patro?"

"Mi kredas ke mi povas aserti, ke li ne estas," diris Arnæus. "Mi kredas ke nia Ĉiograca Sinjoro Reĝo kaj mia altestima amiko leĝisto estas ambaŭ egale grandaj amikoj de la justeco."

Ŝi jam ekstaris.

"Mi dankas al vi," ŝi diris. "Vi parolas kiel indas al homo de la reĝo; vi malkaŝas nenion; sed ellaboras amuzajn historiojn laŭ bezono, kiel tiujn rakontitajn al ni hodiaŭ pri Romo."

"Snæfríður," li diris kiam ŝi ekpaŝis por foriri, kaj estis subite tute apud ŝi. "Kion alian mi povis fari ol doni la ringon al Jón Hreggviðsson?"

"Nenion, asesoro," ŝi diris.

"Mi ne estis libera," li diris. "Mi estis ligita al miaj faroj. Islando posedis min, tiuj antikvaj libroj kiujn mi konservis en Kopenhago, ilia demono estis mia demono, kaj ilia Islando estis Islando kaj neniu alia Islando ekzistis. Se mi estus reveninta en la printempo per Bakka-ŝipo kiel mi promesis, mi estus vendinta Islandon. Ĉiu mia libro, ĉiu folio kaj letero perdiĝus en la manojn de la uzurpistoj, miaj kreditoroj. Ni du estus fininta nian vivon en iu kaduka ĉefbieno, du altfamiliaj almozuloj, mi estus fordoninta min al la drinkado kaj vendinta vin por brando, eble vin hakinta – "

Ŝi tute turnis sin kaj lin rigardis, poste subite lin ĉirkaŭbrakis, klinis sian vizaĝon al lia brusto por momento kaj flustris:

"Árni."

Plion ŝi ne diris kaj li karesis unufoje ŝian helan grandiozan hararon, lasis ŝin poste foriri kiel ŝi intencis.

<h1 style="text-align:center">11</h1>

Malriĉa homo, kun blua vizaĝo pro malvarmo kaj tramalseka pro la pluvo, staras antaŭ la episkopeja pordo en aŭtuna tago kaj provas atingi parolon kun homoj, sed neniu lin atentas. La vestoj estas eluzitaj kaj longtempe kuspitaj, tamen origine tajlitaj por homo de alta rango, la botoj tiel torditaj, nepurigitaj kaj krevintaj ĉe la kunkudroj kiel atendeble en lando kie nur unu nacia karakterizaĵo estas komuna: malbonaj ŝuoj. Li estis sobra evidente, la vizaĝo ne estas karikaturo de homo sed restaĵo; tie ankoraŭ videblas trajtoj de antaŭa homa distingo, estis klare de lia sinteno ke li vivis pli bonajn jarojn, kaj li ignoras la laborulojn de la loko, lia vizito celas nur la superulojn.

Kiam li frapis la pordon de la episkopo por la unua fojo li simple petis vorton kun sia edzino. La pordo estis klakfermita sur lian vizaĝon. Li staris antaŭ la pordo dum kelka tempo, sed poste kiam la pordo estis malfermita por enlasi aliajn gastojn, estis al li ordonite resti ekstere. Li kontinue staris kaj frapetis la pordon de tempo al tempo, sed tiuj kiuj estis interne sciis ke estas li kaj ne malfermis. Li iris malantaŭ la domon kaj volis atingi la episkopan salonon tra la servistara loĝejo, sed renkontis en la koridoro malbonhumorajn servistinojn, kiuj diris ke neniuj gastoj iras laŭ tiu vojo al la episkopo. Post multaj provoj li sukcesis atingi parolon kun la servistino de la episkopa sinjorino, kiu informis ke la fratino de la sinjorino estas malsana, kaj la sinjorino mem estas okupita. Li petis permeson paroli kun la episkopo, sed la episkopo havis kunsidon kun pastroj.

En la posta tago la gasto denove venas kaj ĉio ripetiĝas simile kiel en la antaŭa tago, escepte ke nun regas sudokcidenta ventego kun fortaj hajlskualoj, kaj en la blovoj, kiuj akompanas la hajlon kaj kaptas al liaj vestoj, oni povas vidi ke la piedoj sub la gasto jam estas ŝrumpintaj kaj la genuoj kliniĝintaj, kaj liaj botoj eĉ pli mizeraj sekaj ol malsekaj, kaj li ne havas gantojn kaj purigas la nazon per la nudaj fingroj, ĉar li malvarmumiĝis. En la tria vizito al la loko li frapas la ĉefpordon kaj transdonas leteron, kiun li skribis al la episkopo, kaj poste pasas kaj pasas la tempo ĝis vespero, kiam li ricevas inviton renkonti la episkopon en la Granda Salono. La episkopo diris al li "mia Magnús", kaj prenis lian malvarman manon kun rideto kaj digna sinteno kaj ne estis kolera, nur patreca, dirante sian opinion pri lia deveno de tiel inteligenta familio, ke li ne prenu la riskon lanĉi sin al tiel danĝera direkto komenci leĝan proceson pri siaj geedzaj aferoj, kiel estas legebla en lia letero. La deziron de la edzo diskuti kun la edzino de la episkopo, la episkopo tiel respondis, ke tion nur ŝi sola povas decidi. Tiun postulon de la letero, ke la episkopo per sia klerika potenco kaj aŭtoritato ordonu al la virino reiri hejmen al la edzo, li respondis tiamanirere, ke lia bofratino estas bonvena en Skálholt dum ŝi elektas tie resti. Magnús de Bræðratunga diris, ke li amas sian edzinon el tuta koro kaj trans ĉiu mezuro, kaj ke tio estus plej malica faro tiri ŝin for de li. La episkopo diris, ke li ne ludas parton en ilia afero, kaj petis sian bofraton ne esti ofendita, ke li ne scias plion por konsili pri la aferoj de la koro, dum ne okazis tiaj aferoj inter la geedzoj kiuj postulas lian specialan atenton.

La edzo tamen daŭrigis siajn vizitojn al Skálholt, kaj frue kaj malfrue, pretendis havi urĝajn aferojn kun la intendanto kaj kun pli malalte rangaj personoj, kiam akcepto ne estis havebla ĉe la pli alte rangaj. Li eĉ volontule prenis sur sin ripari la rajdekipaĵojn de eminentuloj surloke kaj iris labori en la forĝejo por la intendanto. Li estis ĉiam sobra, eĉ kiam ebriuloj estis ĉirkaŭ li, kaj kiam la kruduloj de loko komencis drinkan feston post komerca vojaĝo al Bakki, li firme rifuzis partopreni kaj iris for.

Iun dimanĉan matenon li intencis insidi ŝin survoje al la preĝejo, sed ŝi neniam aperis, kvankam li atendis longan tempon sur la irpado, kaj fine kiam li eniris la preĝejon, li vidis ŝin kie ŝi sidis apud sia fratino kaj aliaj eminentaj virinoj plej interne sur virina benko. Ŝi estis surmetinta sian *faldur**. Ŝi rigardis rekte antaŭ sin, kaj aŭskultis senmove la predikon de pastro Sigurður pri la paralizita homo. Pro tro longa atendado ekstere li venis malfrue en la preĝejon kaj kiam li volis iri al sia sidloko en ĥorejo ĝi estis okupita kaj same ĉiuj aliaj apartigitaj sidlokoj, ĉar Arnas Arnæus sidis tie kun sia ĉirkaŭantaro kaj kelkaj eminentuloj el aliaj distriktoj, tiel ke la junkro devis repuŝiĝi al la navo. Post kiam la pastro psalmis la collecta* li vidis, ke Snæfríður kaj la edzino de la episkopo ekstaris, kune kun la intendantino kaj servistino, kaj preparis sin foriri; sed anstataŭ iri antaŭen tra la preĝejo, ili iris internen el la ĥorejo, preter la altarbarilon kaj en la sakristion, sed de tie kondukis subtera trairejo al la salono de la episkopo, uzata dum vintraj ŝtormoj. Ŝi certe devis depreni la *faldur* antaŭ ol riski trapasi tiun subteran truon.

Iun tagon ne tre longe post tiu malsukcesa vizito al la preĝejo la edzo decidis peti parolon kun Arnas Arnæus kaj estis kondukita al liaj ĉambroj kie li sidis ĉe sia laboro kun siaj du sekretarioj; fajro brulis sur kameno. La forlasita edzo metis sian sensentan malvarman manon en la varman bonfartan manon de la sendito de la reĝo. Arnæus akceptis la gaston milde kaj petis lin sidiĝi. La edzo sidiĝis kaj ĉirkaŭrigardis embarase kun grimacoj. Kontraŭvizaĝe al aŭtentika aristokrato kun brulanta kameno malantaŭ si kaj grandaj libroj kaj arte ĉizitaj seĝoj, la gasto estis ne malsimila al maldika kaj mallerta junulo, kiu ne scias ĉu li estas plenkreska homo, kvankam ŝajniganta ke li estas.

"Ĉu mi povas ion fari por vi?" demandis Arnas Arnæus.

"Mi dezirus diri kelkajn vortojn al vi – altestimata sinjoro," li diris.

"Privatim?*" demandis la asesoro.

La gasto rigardis supren kun grimac-rideto, nudigante breĉitan dentaron: "Jes, precize tiel," li diris. "Jam de longe mi ne uzis la latinan: privatim."

Arnæus petis siajn sekretariojn forlasi la ĉambron dum ili inter-parolas.

La rideto de la homo restis samtempe sinĝena kaj malmodesta, kun piko kiu direktiĝis kaj internen kaj eksteren, kaj li diris:

"Mi ekhavis la penson proponi al vi kelkajn malnovajn eluzitajn librojn, se ili ne jam estas putraj dumlonge kuŝintaj subtegmente de mia provizejo; ili devenas el la domo de mia benata avo."

Arnæus diris ke li ĉiam estas scivolema aŭdinte pri opera anti-quaria*, demandis pri kiuj libroj temas, sed pri tio la junkro ne estis certa, diris ke li ne havas la kutimon enfosi en tiuj malnovaj rakontoj de mensogoj pri Gunnar de Hlíðarendi kaj Grettir Ásmundarson* kaj aliaj vojrabistoj kiuj vivis en tiu ĉi lando en antikva tempo; kaj aldonis ke li volonte donos tiujn libraĉojn al lia eminenta sinjoro, se li volus akcepti.

Arnæus kapklinis en sia seĝo kaj dankis pro la donaco. Sekvis paŭzo en la konversacio. La rigardo de la edzo jam plejparte ĉesis ĉirkauzvagadi, li sidis klinita en senvorta obstino, kaj Arnas Arnæus rigardis en silento lian larĝan, platan frunton, kiu similis al frunto de bovo. Fine, kiam la silento fariĝis nenature longa, li demandis: "Ĉu estas aliaj aferoj?"

La gasto tiam subite ŝajnis vekiĝi kaj li diris: "Mi dezirus peti subtenon de la asesoro en certa malgranda afero."

"Estas mia devo laŭ mia eblo doni al ĉiu homo subtenon en justa afero," diris Arnas Arnæus.

Post kelka paŭzo la gasto komencis sian klarigon. Li estas edzo de eminenta virino kiun li tre amas – ŝi estas virino de multa sagaco. Li diris ke li ĉiam traktis tiun virinon kiel ovon neŝelan, portis ŝin delikate per siaj manoj tage kaj nokte, ebligis al ŝi vivi kiel princino en turo kun siaj juveloj de oro kaj arĝento kaj siaj belaj brodaĵoj, metis vitron en ŝiaj fenestroj, provizis ŝin per frandaĵoj por manĝi, kaj per karbokameno, sed ke li mem dormis en malproksima parto de la domo, kiam ŝi tion postulis. Li diris ke li konsideras nenion tro bona por tiu virino, ĉar ŝi estas de alte eminenta familio, kaj krome konsiderata de multaj la plej bela virino en Islando. Sed tia estas la virina raso: subite ŝi deziras nenion plu de ŝia edzo kaj forkuris de li.

Arnæus zorge rigardis la homon, dum li parolis. Ne estis klare, ĉu li rakontis tiun historion pro naiveco, supozante nescion de fremda oficulo pri detaloj en tiel personeca afero, aŭ ĉu tio estis hipokrita sarkasmo, kie ruza kokrito ludas idioton antaŭ sia malnova konkuranto, kiel en ia speco de provo. Kvankam ankoraŭ estis videblaj en la okuloj de la gasto trajtoj de tiuj ecoj, kiuj kredebligis ke li iam estis kavaliro kaj ĉarmulo, ilia brilo estis mirige malvigla, kiel ĉe homo katenita, aŭ ĉe besto, kaj estis dubinde ĉu sub ili kaŝiĝas homo.

"Kiu estas la akuzito en tiu afero, la virino mem aŭ iu alia?" demandis Arnas Arnæus.

"La episkopo," diris la edzo.

Tio bezonis klarigon, kiu estis la sekvanta: la episkopo, bofrato de la gasto, kaj la tuta flanko de tiu familio, jam de longe havis la kutimon misfamigi lin al la virino. Nun, fine, venis al tio ke tiuj homoj atingis sian celon, ruze forlogis de li la virinon kaj tenas ŝin kiel iaspecan kaptiton ĉi tie en la domo, gardante ŝin tage kaj nokte, por ke ŝia plenrajta edzo ne povu ŝin renkonti. La edzo diris ke li havis kunvenon kun la episkopo por diskuti la aferon, sed ne ricevis ian respondon de li krom evitaĵoj kaj ĝeneralaĵoj. Nun estis la deziro kaj peto de tiu edzo, ke la sendito de la reĝo volu subteni lin akiri sian rajton kontraŭ la episkopo per proceso kaj tiel leĝe reakiri la virinon.

Arnæus afable ridetis sed diris, ke li preferus eviti proceson kontraŭ sia gastiganto kaj amiko la episkopo pro virinoj de aliaj homoj, escepte de evidentigo de grava misfaro en la kazo, sed koncerne la antikvajn librojn de la edzo li diris ke li volonte esploros ilin je bona okazo kaj taksos kiom valoraj ili estas. Poste li ekstaris, elprenis snuftabakon kaj proponis iom al la edzo kaj kondukis lin al la pordo.

Estis neĝoblovoj. Frostvento ĉirkaŭpremas senvojan homon kiu staras sur la korto antaŭ la episkopejo en vespero. Li turnas la dorson kontraŭ la vento kiel vaganta ĉevalo kaj per blua mano kuntenas ĉe la kolo la kolumon de sia mantelo, tro aristokrata por surhavi koltukon, kaj fikse rigardas la fenestretojn super la Granda Salono, sed la kurtenoj estas mallevitaj kaj nenia lumo, ĉar la antaŭvespera ripozo jam komenciĝis. Kiam li estis staranta tie frostotremanta jam kelkan tempon aperas homo el inter la domoj kun kelkaj hundoj kaj vokas al li tra la neĝoblovoj, ke la damnita fripono Magnús de Bræðratunga forlasu senprokraste la terenon de Skálholt, alie li estu elpelita per la hundoj, kaj se tiu sama daŭrigas la kutimon veni ĉi tien tage kaj nokte, li estu venontfoje ligita al fosto kaj skurĝita. La intendanto, kiu antaŭe agis favore al la edzo kaj disponigis al li diversajn taskojn sur la loko, certe ricevis ordonon tiusence, ke nova konduto estus sekvata de la lokanoj koncerne tiun pilgrimanton.

La edzo diris nenion. Li estis tro digna junkro kvereli senebria kun krudulo, krome li estis malsata, kaj multo plia. Li iris rekte kontraŭ la blovo inter la domoj, la vento premis al liaj vestoj, liaj piedoj ŝajnis pli maldikaj, la genuoj pli klinitaj ol antaŭe. Estis iam la tempo, ke li rajdis sur sia ĉevalo sur tiu eminenta korto en someraj noktoj sub la dolĉa signo de poezia etoso, kiam tagaj vizitoj estis ne permesitaj. Nun li ne plu posedis eĉ unu ĉevalon garnitan per hufŝuoj. Aliflanke, alrajdis kontraŭ li homo sur hufŝuita nigra ĉevalo kiu en la krepusko estis galopinta sur la kotakva glacio. La junkro ŝajnigis ne vidi la kavaliron kaj daŭrigis strebi kontraŭ la vento, sed ĉi tiu haltigis la ĉevalon proksime, turnis sin sur la selo kaj vokis al la piediranto:

"Ĉu vi estas ebria?"

"Ne," diris la junkro.

"Ĉu vi eble volus paroli kun mi?"

"Ne."

"Kun kiu do?"

"Kun mia edzino."

"Ŝi do estas ankoraŭ ĉi tie en Skálholt," diris la pastro. "Mi supozas ke ŝi estis en bona humoro, mia bona amikino."

"Mi ne dubas pri tio, ke vi mem scias plej bone pri la humora stato de la homoj ĉi tie en Skálholt," diris la piediranto kaj estis aroganta kontraŭ la kavaliro, ĉar ili estis ambaŭ lernejanoj tie antaŭ longa tempo. "Vi la homoj de Skálholt bone sukcesis forlogi de mi la virinon. Kaj laŭdire vi ne neglektis ludi en tio vian rolon."

"Mi ĉiam kredis ke tio estas trans miaj povoj, Magnús mia, forlogi virinon de tia ĉarmulo kia vi estas," diris la pastro.

"Mi havas pruvon ke vi havis kun ŝi longan interparolon sur la domkampo en la somero."

"Ho, tio ne estas raportinda, mia Magnús, ke paroĥaj pastroj parolas kun siaj amataj paroĥanoj sub ĉies okuloj sur domkampo en sunbrilo; se mi estus vi, tiujn konversaciojn mi konsiderus pli rimarkindaj, kiuj okazus aliloke ol en libero sur domkampo en hela tago."

"Mi estas malvarma, mi estas malsata, mi estas malsana homo, kaj mi ne deziras stari ĉi tie eksterdome en frosto kaj vento kaj aŭskulti vian babilaĉon, adiaŭ, mi estas jam for," diris la edzo.

"Aliflanke, ne estas iu sekreto pri la konversacio kun via edzino lastsomere, kara Magnús," diris pastro Sigurður. "Se vi havas intereson aŭdi, mi tuj diros tion al vi."

"Nu nu?" diris la edzo.

"Estis onidiro iam en la somero, ke vi ŝatas brandon, mia Magnús," diris pastro Sigurður, "tiel ke mi venis al via edzino, mia kara Snæfríður, por informiĝi ĉu tio estas ĝusta."

"Kio pri tio," diris la junkro. "Ĉu tio koncernas vin, ke mi drinkas? Kiu ne drinkas?"

"Homoj diference opinias pri la brando," diris pastro Sigurður. Tion vi mem scias, mia Magnús. Iuj trovas ĝin eĉ naŭza. Iuj trovas ĝin ne pli bona ol nur por gustumo, aliaj ĝin drinkas por ebriiĝeti aŭ eble iom pli, sed tiam ĉesas. Estas ankaŭ tiuj kiuj ĝin drinkas ĝis ili perdas sian prudenton tagon kaj tagon, sed tamen ne trovas la brandon tiom admirinda, ke pro ĝi ili pretas fordoni sian plej valorajn posedaĵojn. Tiaj homoj fakte ne ŝatas la brandon."

"Mi aŭdas ke vi ankoraŭ havas la malnovan kutimon ĉirkaŭiri demandojn," diris Magnús de Bræðratunga. "Verdire mi ne komprenas vin kaj neniam komprenis. Mi demandis kiun koncernas, krom min mem, ke mi eble drinkis brandon en la pasinteco? Neniu sciis tion pli bone ol mia edzino kaj ŝi eĉ ne unufoje dum nia geedza kunvivado kritikis mi pro tio."

"Tiu homo ne alte taksas brandon," diris pastro Sigurður, "kiu ne estas preta vendi sian edzinon, kvankam ŝi estas la plej bela virino en Islando, kaj la infanojn, se estas iuj, kaj lasas sian biendomon ruinigita al la tero."

"Tio estas mensogo," diris Magnús de Bræðratunga. "Se ekzistas unu afero, kiun mi malamas, tio estas brando."

"Mi emus pensi, ke estis la voĉo de Dio, sed ne de vi mem, kiu parolas tiujn vortojn, Magnús mia," diris la ĉefpastro. Homoj devus havi povon distingi inter tiuj du, ne per konfeso de la buŝo, sed per la faroj de la homo montriĝas, kiun el la du voĉoj li obeas."

"Mi faris la solenan ĵuron, ke neniam plu miaj lipoj tuŝos brandon," diris la edzo, kaj iris tuj apud la ĉevalon kaj per ambaŭ manoj plenkaptis ĝiajn kolharojn kaj rigardis fervorokule la rajdantan pastron, dum li parolis. "Mi maldormis tutajn noktojn post kiam mia edzino eliris el la hejmo, kaj preĝis al Dio kvankam vi ne kredos tion. Mia patrino instruis al mi legi per la Sepvortalibro. Kaj nun troviĝas en mi eĉ ne unu ereto da deziro por brando. Oni multfoje proponis al mi brandon en la lastaj tagoj, kaj ĉu vi kredas tion, kion mi tiam deziris: ĝin surkraĉi. Se vi parolos al ŝi, pastro Sigurður, tiam diru tion al ŝi."

"Mi pensas ke estus pli bone, ke vi mem diru tion al ŝi, mia Magnús," diris la pastro. "Sed se volas sendi al ŝi iujn mesaĝojn estas iuj aliaj pli taŭgaj por tio ol mi."

"Ili ĉiuj klakfermis al mi la pordon," diris la edzo. "Laste mi iris al tiu, kiu nun estas supera al la mastro de la domo, kaj mi estis elpelita de hundoj kiam mi foriris de li kaj minacita per batoj se mi revenos."

"Tiuj mondumantoj," diris la pastro.

La junkro klinis sin al kolo de la ĉevalo kaj rigardis ankoraŭ pli fervore la vizaĝon de la rajdanto kaj demandis samtempe:

"Diru al mi la veron, kara pastro Sigurður: ĉu vi pensas, ke ŝi havas kun li amajn rilatojn?"

Sed pastro Sigurður lasis libera la bridrimenon al la ĉevalo.

"Pardonu ke mi tenis vin," li diris kiam li ekrajdis for.

"Mi pensis ke vi volis paroli kun mi. Kaj mi volas diri al vi, ĉar mi vidis vin, ke estas egale kio nun okazis, ne pasis pli longe ol de lasta marĉkampa falĉado, ke Snæfríður estis preta pardoni ĉiujn viajn misfarojn, amanta pli multe tiun homon kiu volis vendi ŝin malkare, ol tiun kiu volis aĉeti ŝin kare."

La junkro restis staranta en la neĝblovo kaj vokis post lin: "Siggi mia, Siggi mia, vi volas pli paroli kun mi, permesu al mi pli bone paroli kun vi."

"Mi ofte maldormas en noktoj – post kiam dormas la hundoj," diris la ĉefpastro. "Mi malfermos la pordon al vi se vi vokas mallaŭte ĉe mia fenestro: 'Dio ĉi tie'."

12

Ĉe Breiðafjörður estas bienoj kun belaj kampoj, abundo da molana-soj en ĉiu boatŝirmejo inter rokoj, foko dormas sur ĉiu marŝtono, salmoj suprensaltas akvofalojn, marbirdoj svarmas sur sablejoj, ebenaj herbejoj laŭlonge de la maro, montaj deklivoj kovritaj de arbustoj, herbo kreskanta en intermontejoj, sed pli supre vastaj erikejoj. La biendomoj staras sur verdaj kampoj kun ĉirkaŭaj paŝtejoj kaj rigardas al la fjordo, kaj en kvieta vetero la insuletoj kaj la ŝeroj havas velurmolan ombron kiu tremetas, travideblan kiel ombro sur klara fonto, – estas Arnæus kiu parolas al ŝi en la vespero, ĉar ŝi estis veninta al li por demandi pri kio ŝia edzo volis paroli kun li. "Se mi ĝuste memoras vi posedas unu el tiuj bienoj?"

"Kaj se tiel?" ŝi diris.

"Se vi havos intereson komenci farmadon sur tia bieno mi sendos al vi lignon por konstruado."

"Vi fama mondumanto," ŝi diris, "ĉu vi estas tiel naiva?"

"Jes," li diris, "tiel naiva mi estas. Unua impreso havas longan efikon. Sur tia bieno mi vidis vin unue. En mia menso mi ĉiam vidas la Fjordon ĉirkaŭ vi; kaj la homojn de la Fjordo, kiujn afliktoj neniam venkis, nek malnobligis ilian dignon."

"Mi ne scias, de kie mi venis," ŝi diris.

"Ĉu vi volus aŭskulti rakonton?" li diris.

Ŝi kapjesis, distrite.

"Iam okazis edziĝofesto ĉe Breiðafjörður. Estis malfrue en la printempo, ĉirkaŭ la somera solstico, kiam ĉio revivas en Islando, kio ne mortis. Malfrue en la vespero du vojaĝantoj rajdis en la korton. Ne estis permesite al ili daŭrigi sian vojaĝon ĝis ili estis akceptintaj regalon de manĝo. Tendo staris sur la domkampo kaj tie sidis la vulgara publiko je vivĝoja drinkado. La vojaĝantoj estis kondukitaj en la biendomon, kie la pli prudentaj bienuloj sidis kun siaj edzinoj. Kelkaj junulinoj alportis manĝaĵojn kaj trinkaĵojn. Tiuj neinvititaj gastoj, kiuj tie haltis kelkan tempon ĉe la festo en tiu vespero, estis fratoj, unu el ili homo distingita, prefekto en komunumo ekster Breiðafjörður. La alia estis juna homo, kiu tamen estis restanta pli ol jardekon ekster sia lando. La pli aĝa frato estis irinta de Stykkishólmur por konduki sian fraton hejmen de la ŝipo. Ili intencis plurajdi en la nokto. La reveninto nun vidis denove tiujn grizajn homojn, kiujn li memoris el sia infaneco. Iliaj festoĝojigitaj kondutoj faris ankoraŭ pli kortuŝaj iliajn grizhomecon kaj malĝojan vivstaton. Multaj falis ruliĝe ebriaj sur la domkampo. Sed kiam tiuj vojaĝantoj jam kelkan tempon sidis inter la pli prudentaj homoj en la biendomo, okazis tiel, ke vizaĝo ŝvebas antaŭ la okuloj de la gasto, kiu venis el la pli granda malproksimo, kaj tiu vizaĝo sammomente vekis ĉe li tian miregon, ke aliaj homoj samtempe ŝanĝiĝis en ombrajn estaĵojn. Kaj kvankam li estis antaŭe gasto en reĝaj salonoj okazis tiel, ke al li ŝajnis ke nenion similan li antaue spertis."

"Vi timigas min," ŝi diris.

"Mi scias ke tia parolo estas ekster modero de bona konversacio," li diris. "Sed egalas kiom ofte la gasto pensas pri tiu fenomeno, li ankoraŭ ne trovis moderajn vortojn por esprimi tiun bildon en la vualo de la somernokto. Li ankoraŭ demandas same kiel li tiam demandis: Kio kaŭzas tion? Kiel tia profunda fariĝas inter unu homa bildo kaj ĉiuj aliaj? Poste li riproĉis sin mem, dirante: 'Ĉu vi ne vidis tiom multajn famajn virinojn en la ekstera mondo, ke vi povus rezisti la lumon de unu junulino de Breiðafjörður? Via konfuzo elkreskas el interne, el tia ilumino kiu kaptas la animon en taŭga momento, kvankam prudento serĉas falsan klarigon en la ekstero.' Sed fariĝis tiel en la pasado de la tempo, ke la eksterlandaj virinoj forviŝiĝis kun sia famo kaj belo el la menso de la gasto kaj forpasis en la regnon de la ombroj: sed restis tiu vidaĵo."

"Eble la fremdan vojaĝanton ne pli multe mirigis, kiom grandajn okulojn tiu Fjorda knabino povis fari je sia unua renkontiĝo kun homo!"

Sed li ne lasis tiun rimarkigon perturbi sin.

"Estas nur unu momento en la vivo de homo, kiu estas kaj estos kvankam pasos la tempo. En ĝia brilo okazas poste niaj faroj bonaj aŭ malbonaj, nia vivbatalo – eĉ se ni batalas kontraŭ ĝi. Super tia momento regas ĉiam tiuj okuloj, por kiuj naskiĝas poetoj, kaj tamen neniam naskiĝas ilia poeto, ĉar en tiu tago, kiam ilia ĝusta nomo estas dirita, pereas la mondo. Kio okazis, kio estis dirita? En tiu momento nenio okazis, nenio estis dirita. Krom ke subite ili trovas sin sur la herbejo apud la rivero, kaj la maro alflusas en la elfluejon. Malantaŭ ŝi brilas ora nubo. La nokta venteto spiras en la lumaj haroj. La tago restis en pala ruĝo sur la vango kun nuanco de rozpetalo."

"Kiel la amiko de reĝinoj ekhavis la ideon peti konfuzitan knabineton promeni kun si sur la herbejo, ŝi estis nur dekkvinvintra."

"Ŝi estis dekkvinprintempa."

"Ŝi mem apenaŭ sciis ke ŝi ekzistas; ŝi kredis, ĉar la gasto estis altrangulo, ke li volis peti ŝin porti mesaĝon al ŝia patro, kiu jam forlasis la feston. Estis nur en la dua tago, ke ŝi ekkomprenis ke li donis al ŝi ringon – al ŝi mem."

"Kion ŝi eble pensis pri tiu stranga gasto?"

"Ŝi estis la filino de la leĝisto kaj ĉiuj volas donaci al la riĉaj. Ŝi trovis tion memkomprenebla, ke al la filino de leĝisto oni donu donacojn".

"Kiam la ringo revenis al li, li donis ĝin al Jón Hreggviðsson por ke li povu aĉeti por si bieron. Li bruligis siajn ŝipojn. Promesoj,

— 225 —

ĵuroj, niaj plej sinceraj esperoj: vantaĵoj. La junan rozpetalon de la printempa nokto li vendis por havi ŝrumpintajn pergamenajn librojn. Tio estis lia vivo."

"Vi diris tion al mi unufoje," ŝi diris. "Sed vi ellasas ion, Árni. Vi ellasas du somerojn."

"Diru al mi, Snæfríður."

"Mi ne scias la vortojn."

"Kiu scias la vortojn ne povas rakonti historion, Snæfríður; nur tiu, kiu vere spiras. Spiru."

Ŝi sidis dum longa tempo kaj rigardis antaŭ sin, trancsimile, kaj spiris.

"Kiam vi venis al ni por resti ĉe ni kaj por esplori malnovajn librojn de mia patro, mi ne plu memoras, ĉu mi bonvenigis vin kun ĝojo; sed eble mi estis iom scivolema. Mi neniam kuraĝis diri al mia patrino, ke fremda homo donacis al mi ringon, sed tio estis pro tio ke ŝi estis malpermesinta al mi akcepti donacojn de fremduloj sen ŝia permeso. Ŝi opiniis ke fremdulo kiu donacis ion al infano de potenculo havas malbonajn intencojn. Fakte, juna knabino nevoleme kredas la vortojn de sia patrino, sed tamen mi zorgis ke ŝi ne eltrovu iujn malagrablajn informojn pri mi; tiel ke mi kaŝis la ringon."

"Bonvolu daŭrigi," li diris.

"Kion? " ŝi diris. "Ĉu mi jam rakontas historion?"

"Mi ne interrompos vin."

Ŝi rigardis malsupren kaj diris distriĝe, mallaŭte: "Kio okazis? Vi venis. Mi estis dekkvinjara. Vi foriris. Nenio."

"Mi restis ĉe via patro dum duonmonato por esplori liajn librojn. Li posedis multajn paperajn skribaĵojn kaj kelkajn bonajn velenajn manuskriptojn. Mi iom kopiis, kelkajn mi aĉetis de li, iujn li donacis al mi. Li estas multescia laŭ islanda kutimo kaj scias multon pri genealogio. En la malfruaj someraj noktoj ni ofte diskutis longtempe pri la homoj kiuj estis vivintaj en tiu ĉi lando."

"Mi ŝteliris por subaŭskulti," ŝi diris. "Neniam antaŭe mi havis la deziron aŭskulti plenkreskulojn. Nun mi ne povis detiri min, tamen malmulte komprenis pri kiu vi parolis. Mi volis scii pli multe pri vi. Mi avidis esplori tiun homon, liajn vestojn, liajn botojn, kiel li tenas sin, kiel li esprimis sin sendepende de la enhavo de la diskuto, sed antaŭ ĉio mi deziris aŭdi lian voĉon. Poste vi foriris.

La domo estis malplena. Bonŝance li estis ne pli longe for ol trans la fjordo, tiel pensis la stultulino; aj, kiu ŝtelirus nun en la vespero por subaŭskulti? Iun tagon en la aŭtuno estis dirite: lia ŝipo jam forvelis de Hólmur."

"En tiu vintro la reĝo sendis min suden al Saksujo por esplori librojn, kiujn li volis aĉeti. Mi havis loĝejon ĉe grafo en lia palaco. Sed en lando, kie eĉ vulgarulo iras ĝoja kaj grasa en la koncertejon por du ŝilingoj post la taglaboro, aŭ aŭskultas en preĝejo la grandajn majstrojn prezenti siajn kantatojn en dimanĉoj, kie estis tiam la pensoj de la gasto krom en tiu sola lando en la norda parto de la mondo, kiu estas premegata de malsatmizero kaj kies popolo estas nomita de kleruloj gens paene barbara*. Dum mi studis tiujn valoregajn volumina* faritajn de la plej grandaj presistoj, iuj el tiuj de Plantino la ĉefpresisto, kelkaj de Gutenberg mem, ornamitaj libroj kaj brilkolore iluminitaj, bele ledbinditaj, arĝente agrafitaj, libroj kiujn mia sinjoro deziris aĉeti por aldoni al sia librejo en Kopenhago, tiam miaj pensoj iris al tiu lando, kie la plej valora trezoro de la nordaj landoj havis sian originon, sed nun estis lasita putriĝi en mizeraj terdomaĉoj. Ĉiuvespere kiam mi iris dormi vizitis min tiu maldorma penso: hodiaŭ la ŝimaĵo kovris unu folion plu en la libro Skálda."

"Kaj ĉe Breiðafjörður unu knabineto trasuferis la Þorri kaj la Góa*, feliĉe vi ne pensis pri tio."

"En la antikvaj sagaoj oni ofte legas pri Islandano ĉe la kortegoj de reĝoj, ke li fariĝis silenta en la plupasado de la vintro. Mi havigis al mi veturon per la unua ŝipo al Islando el Lukkstad en la printempo."

"Ŝi ne komprenis la kaŭzon de tio, ke ŝi ĉiam pensas pri unu homo. Maljuna avarulo en Grundarfjörður ne dormas en la nokto, li restas maldorma kaj rigardas unu oran dukaton – eble ŝi estis freneza kiel tiu kompatindulo. Kial tiu malkvieto: tiu tremanta maltrankvilo; tiu malpleno; tiu timo pro iu malvarma verdikto esti forlasita sur la bordo sen la ebleco reveni al la hejma lando, kiel la homoj en Gronlando. En la komuna laborula ĉambro sidas maljuna Helga Álfsdóttir sur sia litrando kaj plektas punton en la krepusko dum aliaj dormas. Ŝi ĉesis antaŭ longe rakonti al mi fabelojn, ĉar ŝi opinias min plenkreska knabino, sed ŝi tiom pli ofte parolas kun mi pri homoj, kiuj spertis diversajn malfacilaĵojn de malriĉo kaj mizero. Ŝi mem memoris multajn generaciojn en la lando, neniuj travivaĵoj de homoj surprizas ŝin. Estis kvazaŭ la vivo de la popolo preterpasas jarcenton post jarcento, kiam ŝi parolis. Kaj fine, en iu vespero, kiam mi ŝteliris en ŝian alkovon, mi fortigis mian kuraĝon kaj petis ŝin altiri la kurtenojn, ĉar mi volas diri al ŝi sekreton. Mi diris al ŝi ion, kio turmentis mian menson kaj tial al mi en ĉiu tago portas nur malĝojon, kaj mi petis ŝin ne nomi min filino de la leĝisto, sed bona infano mia kiel ŝi faris kiam mi estis malgranda. Kaj tiam ŝi demandis, 'Kio ĝenas vin, bona infano mia?'

'Estas homo,' mi diris.

'Kiu estas tiu?' ŝi diris.

'Li estas plenkreska homo kiu ne koncernas min, kaj mi ne konas lin. Mi probable estas freneza.'

'Dio helpu nin,' diris maljuna Helga Álfsdóttir, 'se li estas unu el tiuj vagantaj kanajloj.'

'Li estas la homo kiu surhavis la anglajn botojn,' mi diris, ĉar mi neniam antaŭe vidis homon, kiu surhavis brilpoluritajn botojn. Mi montris al ŝi la ringon kiun vi donis al mi en la vespero, kiam ni vidis unu la alian. Kaj poste mi daŭrigis priskribi por ŝi kiel tiu homo, kiu ne koncernis min kaj mi ne konis, kaj kiun mi neniam poste vidos, ne malaperis el miaj pensoj tage kaj nokte, kaj kiom mi timis. Kaj kiam mi finis diri al si ĉion, ŝi metis sian manplaton sur mian mandorson, sin klinis al mi kaj flustris en mian orelon tiel mallaŭte, ke mi ne kaptis kion ŝi diris krom post kiam ŝi klinis sin al mi denove.

'Ne timu, bona infano mia, estas la amo.'

Mi kredas ke miajn okulojn atakis mallumo. Mi ne havis ideon kiel eskapi. La amo, ĝi estis unu el tiuj vortoj, kiujn estis malpermesite diri; en nia leĝista familio nenio tia estis menciita; ni scias ke ĝi ekzistas, kaj kiam mia fratino Jórunn edziniĝis al la episkopo de Skálholt sep jarojn antaŭe nenio estis pli absurda ol ligi tiun faron al tiu ideo. Kiam aliaj homoj geedziĝis, tio estis kiel kia ajn praktika ago en la komunumo, aŭ aliflanke, tio okazis pro inklinoj fremdaj al nia familio. Mia bona patro instruis al mi legi per la paroladoj de Cicero, kaj kiam mi komencis legi la Eneadon, mian lastan atingon en la mondo de gramatiko, mi neniam pensis alie ol la grandaj emocioj de Dido estas nura poezio, kontraŭa al realaj aferoj. Kaj kiam mi aŭdis de la maljuna Helga Álfsdóttir, kiel estas pri mia stato, ne estis mirinde ke mi estis ŝokita pro tiu surprizo. Mi ŝteliris en mian ĉambron kaj malsekigis per miaj larmoj pli ol du kusenojn, poste mi eldiris ĉiujn Bjarni-preĝojn kaj Þórður-preĝojn* kaj fine, kiam nenio taŭgis, mi preĝis Ave Maria dekdufoje en la latina laŭ malnova papisma volumo, ora pro nobis peccatoribus nunc et in hora mortis nostrae*. Kaj tiam mi trankviliĝis."

Arnæus diris: "Jam en la unua tago de mia reveno al Breiðafjörður en via hejmo mi sciis tion tuj en la momento kiam ni vidis unu la alian. Ni tion sciis ambaŭ. Ĉiu alia scio ŝajnis malgrava kaj nenecesa en tiu tago."

"Kaj," ŝi diris, "mi venis al vi por la unua fojo. Neniu sciis pri tio. Mi venis en tranco, ĉar vi estis dirinta ke mi venu, kaj mi havis neniun volon ol la vian. Mi estus same veninta eĉ se mi devus travadi forte fluan riveron aŭ fari abomenindan pekon. Kaj tiam mi estis veninta al vi. Mi ne sciis kion vi faris al mi, nenion kiu okazis, nenion krom tio sola: vi posedis min. Kaj tial ĉio estis bona; ĉio ĝusta."

"Mi memoras kion vi demandis je tiu unua fojo," li diris. "'Ĉu vi ne estas la plej bona homo en la mondo,' vi demandis kaj rigardis min kvazaŭ por vidi ke vi estas sekura. Poste vi diris nenion pli."

"Tamen jes – en la aŭtuno," ŝi diris. "En la aŭtuno kiam vi foriris kaj ni diris ĝisrevidon unu al la alia ĉi tie en Skálholt, tiam mi diris al vi: 'Nun mi bezonas ne demandi, nun mi scias tion.'"

"La luno lumigis mian malgrandan ĉambron. Mi faris ĉiujn ĵurojn, kiujn viro povas fari. Atendis min transirotaj maroj."

"Jes, mi devus esti scianta tion," ŝi diris.

"Mi scias kion vi pensas," li diris: "'nulla viro jurante femina credat.'* Sed ŝipoj malfruas kaj tamen alvenas, Snæfríður."

"Kiam ŝipoj fine venis al Gronlando," ŝi diris, "la homoj ne plu ekzistis. La komunumo estis senhoma."

"Destino kaj la dioj regas alvenon de ŝipoj," li diris. "Tion pruvas la antikvaj sagaoj."

"Jes, bonŝance ekzistas destino kaj dioj," ŝi diris.

Li diris: "Mi ne estas la plej bona homo de la mondo."

"Kaj tamen," ŝi diris. "Alie mi ne estus edzino al la junkro en Bræðratunga; mi estus edzino al la ĉefpastro en Skálholt."

"Estis tago en la aŭtuno. Ni vojaĝis kune, vi kaj mi kun via fratino kaj bofrato, survoje ĉi tien al Skálholt el okcidente; mi devis preni ŝipon post kelkaj tagoj. Tiu tago estis unu el tiuj aŭtunaj tagoj, kiuj pli lumas ol printempaj tagoj. Vi surhavis ruĝajn ŝtrumpojn. Mi sentis kvazaŭ loĝanta kun elfoj kiel ĉiam, kiam vi estis proksime, kaj tiu mondo estis forgesita en kiu mi estis enplektita trans la maro. Ni rajdis tra la Hafnar-arbaro. Tuj kiam la vojaĝanto sin trovas en la liberaj spacoj de tiu ĉi kolorbela lando kun suno kaj akvo kaj aromo de kampoj, li forgesas ke ĉi tie regas mizero. Tiam la herbokovritaj farmodomoj ŝajnas kuŝi en feliĉa sorĉata dormo. Vi surportis bluan mantelon kaj rajdis en la fronto, kaj la vento blovis tra viaj haroj, kaj mi vidis ke tie iris tiu virino pro kiu herooj oferis sian vivon, senmorta en la antikvaj sagaoj. Ŝi ne estu perfidita eĉ se ĉio pereos, pensis tiu ke sekvis en la arbaro. Mia decido estis firma neniam vin forlasi. Mi sciis ke la reĝo donos al mi kiun ajn oficon en Islando laŭ mia elekto, kaj tiutempe unu el la du leĝistaj oficoj estis libera. Sed – estis libro nomita *Skálda*. Dum jaroj ĝi regis mian menson pli ol aliaj libroj, kaj mi sendis homojn tra ĉiuj kvaronoj de la lando por serĉi ĝiajn foliojn. Antaŭ cent jaroj ĝi trafis en la manojn de heredintoj de malriĉa aristokrato, kaj ili ŝiris ĝin en partojn kiuj restis en la manoj de sensciaj amozuloj dise tra la lando. Mi sukcesis kun nekredeblaj klopodoj kolekti multajn, sed ankoraŭ mankas dek kvar folioj, kiuj por mi estis la plej valoraj el ĉiuj. Mi havis neklaran suspekton, ke en farmdometo en Akranes estas iuj pecoj de malnova manuskripto, kaj mi persvadis vin fari devojon tien kun mi. La loko nomiĝas Rein."

Ŝi diris: "Mi memoras kiam vi enkondukis min tien."

"Tio estas vera, ke tiu loko malbone konvenis por virino de heroaj sagaoj. Klare mi memoras kiel vi alpremis vin al mi antaŭ la okuloj de ĉiuj kaj diris: 'Amiko, kial vi kondukas min en tiun teruran domon?' Kaj malaperis."

"Vi forgesis min."

"En tiu domaĉo mi trovis tiujn foliojn el *Skálda*, kiuj estis por mi la plej valoraj. Ni serĉis ĝis ni trovis ilin inter rubaĵoj sur la fundo de la lito de maljuna virino, – tiun gemon inter libroj. Mi memoras la momenton, kiam mi staris tie en la loĝĉambro kun la folioj en la manoj, pensante pri tiuj homoj kiuj konservis la kronon de ĉio kio estas valora en la libroscioj de la Nordaj landoj: la kaduka maljunulo kaj la idioto, la farmisto, ŝtelinto de hokŝnuro, blasfemanto, kun ŝvelinta dorso post la vipado de pendumisto, kiun li estis akuzita murdi, la maldika knabineto kun la grandaj okuloj kaj la du lepraj virinoj kun elviŝitaj vizaĝoj; sed vi malaperis. Mi sciis ke mi iros for kaj ne revenos. En tiu momento mi perfidis vin. Nenio povis devigi min fariĝi ĉefo de murdita popolo. La libroj de Islando rehavis min."

Damo Snæfríður jam ekstaris.

"Mi neniam vin riproĉis, Árni," ŝi diris; "ne per vortoj, ne per penso. Tion vi devus kompreni laŭ tiu mesaĝo kiun mi sendis al vi kun la ringo."

"Mi ordonis al Jón Hreggviðsson silenti," li diris. "Mi ne aŭdis vian mesaĝon."

"Mi rajdis for de Skálholt," ŝi diris, "kaj venis al Þingvellir en la nokto. Mi estis sola. Mi jam firme decidis sendi al vi tiun krimulon. Lia patrino venis al mi trans montojn kaj riverojn. Mi sciis, ke vi ne revenos, sed mi ne riproĉis vin. Mi murdis mian amon intence la antaŭan nokton, kiam mi donis min al Magnús de Bræðratunga je la unua fojo. La tutan vojon al Þingvellir mi estis kunmetanta la mesaĝon, kiun mi volis sendi al vi, kaj poste vi ne volis aŭdi ĝin, ĉar vi ne fidis min. Nun mi tamen volas diri ĝin al vi kaj petas, ke ĝi estu la lasta vorto inter ni en tiu ĉi vespero kaj en ĉiu vespero, ankaŭ la lasta."

Poste ŝi ripetis por li tiujn vortojn, kiujn ŝi petis la mortkondamniton de sia patro porti de Þingvellir ĉe Öxará al ŝia amanto, kun la temo, ke "se mia sinjoro povos savi la honoron de Islando, eĉ se min trafos malhonoro, tamen lia vizaĝo ĉiam lumos por tiu ĉi damo."

13

Okazis en iu tago ke la edzino de la episkopo iris al sia fratino por demandi pri ŝia sano kaj admiri ŝian brodaĵon, ĉar Snæfríður ĉiam okupis sin pri artaĵoj. La vangoj de la sinjorino estis iom ruĝaj kaj ŝiaj okuloj tremetis kun stranga brilo. Ŝi demandis sian fratinon inter alie, ĉu ŝi havas sufiĉan dormon en la noktoj, kaj ĉu ŝia filino Guðrún, kiu partoprenis la ĉambron kun ŝia onklino, ne tenas ŝin maldorma per tiuj klakoj kaj bruoj kiuj ĉiam akompanas junulinojn, kaj se tiel, proponis trovi por la knabino alian dormejon. Snæfríður ĉiam prenis defendan pozicion kontraŭ sia fratino, kiam ŝi afable sin tenis en ŝia proksimo. Ŝi diris ke ŝi bezonan nenion, kaj koncerne la junulinon, tiu nur ĝojigas ŝin per sia kunesto.

"Kaj ŝi ekdormas en deca horo?" diris la sinjorino.

"Ŝi kutime ekdormas antaŭ mi," diris Snæfríður.

"Sed, kara mia Snæfríður, mi pensis ke vi ĉiam enlitiĝas tiel frue."

"Mi ĉiam estis iom dormema en la vespero," diris Snæfríður.

"Unu el la servistinoj en la tekslabora ĉambro okaze menciis, ke ŝi iafoje rimarkis vian iron malsupren malfrue en la vesperoj." diris la edzino de la episkopo.

"Servistinoj devus dormi pli multe en la noktoj," diris Snæfríður, "kaj paroli malpli multe en la tagoj."

La sinjorino diris post mallonga hezito: "Tial ke ni jam menciis la decan tempon de enlitiĝo, estas probable konvene diri al vi, dum mi memoras, la plej novan; nun jam ekvenas dokumentoj al la episkopo skribitaj ie kaj tie en la distrikto kun plendoj pri dumnoktaj agadoj de homoj ĉi tie en Skálholt kaj minacoj pri ekzamenoj kaj procesoj.

Snæfríður estis scivolema kiel atendeble aŭdi pli klare pri tiaj dokumentoj kaj ilia origino, kaj ricevis la respondon, ke letero estis adresita pri la afero al la rajtigito de la reĝo, Arnæus, nominta lin unu el la partioj akuzitaj pri partopreno en certaj malfruvesperaj kutimoj, la alia partio la fratino de la edzino de la episkopo, Snæfríður mem. La sinjorino diris ke ŝi estus kredanta ke ŝia fratino scius pli multe ol ŝi pri la origino de la letero. Snæfríður diris ke ŝi ne aŭdis mencion pri tio antaŭe.

La edzino de la episkopo tiam raportis, ke Arnæus antaŭ nelonge parolis kun la episkopo kaj montris al li leteron, kiun Magnús de Bræðratunga skribis al li. La letero estis skribita en minaca tono, kiu marĝenis je rekta atako kontraŭ Arnæus, akuzante la reĝan komisaron pri malpermesitaj intimaĵoj kun la edzino de la leterskribinto, kies rilatoj kun ŝi jam estas onidiro inter la ĝenerala publiko. Magnús asertis ke li ricevis fidindajn informojn, ke lia edzino ripete vizitas la ĉambron de Arnæus, kiam li estis tie sola, aŭ malfrue en la posttagmezo, kiam ruzuloj kredas sin malplej suspektataj, aŭ en malfruaj vesperoj en la tempo, kiam aliaj homoj jam ekdormas, kaj tie restas sola kun li konsiderindan tempon post ŝlosita pordo. En la letero Magnús menciis tion, ke antaŭ longe lia edzino, tiam junulino, estis trovita en ia amafero kun la rajtigito de la reĝo, tiam asesoro en konsistorio, kaj ke tiu malnova fadeno certe estis kaptita denove, kiel atestas la subita obstineco de la virino kontraŭ ŝia edzo tuj post la informo, ke Arnæus revenis al la lando. Magnús de Bræðratunga asertis ke li estas premegata de malamoplena tiraneco de aŭtoritatuloj al li boparence rilataj, kiuj lastaŭtune forlogis la virinon de li, ŝia laŭleĝa edzo, kaj petis Dion subteni lin kontraŭ la ofendoj de altrangaj homoj kaj rebati iliajn arogantajn kondutojn al malriĉa homo senigita de familio kaj amikoj.

Je tiu punkto de la historio Snæfríður ne povis pli longe teni sin, sed laŭte ekridis. La sinjorino rigardis ŝin kun miro:

"Vi ridas, fratino?" ŝi diris.

"Kion alian mi povas fari," diris Snæfríður.

"La Granda Dekreto* ankoraŭ validas en tiu ĉi lando," diris la sinjorino.

"Supozeble ni ĉiuj estos metitaj sur torturbenkon," diris Snæfríður.

"Sufiĉas ke Magnús prezentus akuzon pri adulto kontraŭ la altranguloj de la episkopejo, por ke kreiĝu granda amuzo por buboj kaj bubinoj kaj la tuta aro de vagabondaĉoj. Ni ĉiuj devas porti la konsekvencojn."

Snæfríður ĉesis ridi, kaj kiam ŝi rigardis sian fratinon ŝi vidis, ke la ŝarĝo de afableco forlasis ŝin. Kiam Snæfríður nenion respondis, ŝi demandis:

"Kion mi kredu, via fratino, la dommastrino de Skálholt?"

"Kredu tion, kion vi trovas plej kredebla, virino," diris Snæfríður.

"Tiu sciigo min frapis kiel tondro," diris la edzino de la episkopo.

"Se mi volus kaŝi ion al vi, fratino, vi ne estus pli bone informita demandante min," diris Snæfríður. "Vi devus kompreni vian familion pli bone ol tio; krome vian propran sekson."

"Mi estas dommastrino ĉi tie en Skálholt," diris la sinjorino. "Kaj mi estas via pli aĝa fratino. Mi havas rajton kaj ankaŭ devon antaŭ Dio kaj homoj por scii, ĉu vi estas nejuste akuzita aŭ ne."

"Mi kredis ke ni kaj nia familio estas sufiĉe grandaj aristokratoj por ke pri tiaj aferoj ne necesas demandi," diris Snæfríður.

"Kion alian vi pensas ke mi deziras pli ol vian honoron kaj mian kaj de ni ĉiuj, ĉu la akuzoj estas veraj aŭ falsaj?" diris la sinjorino.

"Estas io nova se la homoj ĉi tie en Skálholt ekscitiĝos pro io, kion diras Magnús Sigurðsson," diris Snæfríður.

"Neniu scias kion homoj en despero ekpensas fari, ni komprenas drinkulojn kiam ili estas ebriaj, sed ne kiam ili estas sobraj," diris la sinjorino. Kiel mi povas defendi mian domon, se mi ne scias mian pozicion antaŭ ol komenciĝis procesoj kaj ĵuroj."

"Tio neniel gravas," diris Snæfríður, "ĉu mi ĵuras per jes aŭ ne nun aŭ poste, kaj tion vi povas diri al vi mem, fratino Jórunn: virino ĵuros kontraŭ sia propra konscienco kie ajn kaj al kiu ajn, se ŝi volas kaŝi aferon kiu estas al ŝi pli valora ol la vero."

"Dio min indulgu, timigas min aŭdi vin tiel paroli, mi estas ja edzino de kleriko."

"Ragnheiður, filino de episkopo, ĵuris ĉe la altaro en la vido de Dio."*

"Ĉion mi povus sen hezito diri al vi pri mi mem, fratino, sub ĵuro, sen ellaso de iu ajn eta detalo," diris la edzino de la episkopo. "Sed kiu respondas en enigmoj per vortludoj, tiu suspektigas pri nepura konscienco, kaj tiaĵoj ne devas okazi inter fratinoj, ili devas estis konfidencaj inter si kaj pretaj protekti unu la alian en misfortunoj."

"Iam estis maljuna virino kiu mortis pro konscienca riproĉo," diris Snæfríður. "Ŝi forgesis doni furaĝon al la bovido. Plej probable, ke ŝi ne havis fratinon."

"Tio estas mokaĵa parolo, mia Snæfríður," diris la sinjorino.

"Mi bedaŭras pro unu el miaj faroj," diris Snæfríður. "Ĝi estis faro tiel hontinda, ke mi eĉ ne povas rakonti pri ĝi al mia amata fratino krom resume; mi savis la vivon de unu homo."

"Vi kaŝas vin en ŝtormo de sorĉisto*, Snæfríður," diris la edzino de la episkopo. "Sed nun mi petas vin diri al mi unu historion, se ne pro vi kaj pro mi, tiam pro nia bona patrino kaj nia patro, kiu subtenas la honoron de la lando: ĉu estas iu preteksto en tiu afero uzebla de tiuj kiuj deziras al ni malbonon?"

"En la aŭtuno," diris Snæfríður, "mi venis ĉi tien en nokto, fratino, al vi. Mi diris ke mi venis por savi mian vivon. Tamen mi ne estis en pli granda vivdanĝero en tiu nokto ol mi estis en ĉiu nokto dum dek kvar jaroj. Kvankam Magnús estas lerta, li ne scias mortigi homon, almenaŭ ne min, kiam li estas ebria. Mi ne dubas, ke kiam li sobriĝis, li trovis tion stranga, ke mi iris al Skálholt en tiu ĉi aŭtuno, sed ne en alia aŭtuno; kaj povas esti ke tiel estas; mi ne scias kiu mi estas nek kie mi staras, ne povas fari tiujn aferojn klaraj al mi mem, kvankam mi laŭeble klopodas por tio; ne troviĝas en mi sincereco. Ankaŭ povas esti, kvankam mi ne memoras tion, ke la tempo iom longiĝis je tiuj malmultaj fojoj kiam mi havis necesan aferon por trakti kun la reĝa komisaro. Vi scias mem kia majstro li estas en gvido de interesaj konversacioj, egale kun personoj ne aparte scihavaj, ĉu viroj ĉu virinoj. Kaj estas nenio pli probabla ol ke lia sekretario estis en proksimo dum ni interparolis, kvankam mi ne klare tion memoras."

"Apenaŭ," diris la edzino de la episkopo kaj ekaperis iom kruda falto ĉirkaŭ ŝiaj lipoj: "Ĉu vi ne scias ke lia familio havas la famon esti de la plej granda familio de amorĉasantoj en la lando?"

La vizaĝo de Snæfríður sangruĝiĝis kaj ĝiaj trajtoj momente malstreĉiĝis. Ŝi kaptis sian brodaĵon kaj diris iom malpli laŭte ol antaŭe:

"Ŝirmu min de vulgaribus*, sinjorino."

"Mi ne scias la latinan, Snæfríður mia," diris la sinjorino.

Poste ili longe silentis. Snæfríður ne suprenrigardis, sed okupis sin trankvile per sia manlaboro. Fine ŝia fratino iris al ŝi kaj kisis ŝin sur la frunton kaj estis denove afabla:

"Estas nur unu afero, kiun mi devas scii," ŝi diris, "se mia edzo estus trovita respondeca pri la konduto de tiuj kiuj estas sub lia prizorgo," - kaj je tiuj vortoj li klinis sin al sia fratino kaj flustris: "Ĉu iu sciis?"

Snæfríður rigardis malvarme al sia fratino el malproksima distanco kaj diris senemocie: "Mi ĵuras ke tio estis nenio."

Mallonge poste finiĝis ilia konversacio.

Tiel okazis en vespero mallonge post tio, ke Snæfríður vizitis la komisaron kaj menciis al li, kun aliaj aferoj, tiun leteron pri kiu ŝi eksciis ke li ricevis de Magnús Sigurðsson. Li diris, ke li eble estus devigita pro sia ofico ekzameni pli detale tiun leteron kaj ke cetere tiaj dokumentoj estas sensignifaj dum nenio okazis.

Ŝi demandis: "Ĉu nenio do okazis?"

"Nenio okazis krom se estas eble ĝin pruvi," li diris.

"La antikvaj homoj en Islando ne estis idiotoj," li diris. "Ili enkondukis ja kristanismon, sed ili ne malpermesis al homoj kulti la paganajn diojn – se tio estis farita en sekreto. En Persujo ne estis malpermesite mensogi, kiu ajn povis fari tion laŭvole se li faris tion tiel versimile ke neniu povis tion malpruvi. Sed kiu mensogis tiamaniere, ke ĝi elvokis suspekton, tiu estis ridindigita kiel idioto, kaj se li mensogis por la dua fojo, tiel ke li estis eltrovita, li estis konsiderita fripono; se li estis elpruvita mensoganto por la tria fojo, estis al li eltrancita la lango. Simila estis la leĝo de tiuj, kiuj regis en Egiptujo, tie estis ne nur permesite ŝteli, sed eĉ konsiderite laŭdinda ŝteli, sed se iu homo estis eltrovita dum la ŝtelago mem, liaj ambaŭ manoj estu dehakitaj ĉe la ŝultroj."

"Ĉu do nia malmulta interkonatiĝo estu por eterne egaligita al krimo?" ŝi diris.

La rapide vervaj reagoj de la kortegano abrupte ĉesis kaj li respondis obtuzvoĉe:

"Kiam la homa feliĉo estis rigardata alimaniere ol kiel krimo, aŭ ĝi ĝuata alimaniere ol en sekreto kontraŭa al la leĝoj de Dio kaj homoj?"

Ŝi rigardis lin dum longa tempo. Fine ŝi venis al li kaj diris:

"Amiko, vi estas laca."

Estis malfrue en la vespero kaj la domo jam de longe silenta, kiam ŝi forlasis lin. En la vestiblo antaŭ la Granda Salono kutime estis lasita lumo de lampeto dum la nokto, se okaze iu devas iri eksteren, kaj tiel estis nun. Kontraŭ la ĉefpordo estis alia pordo el la vestiblo, kiu kondukis al la trairejo al la provizejo kaj la kuirejo kaj poste al la servista ĉambro; ŝtuparo estis en la vestiblo kiu kondukis al la supra etaĝo. Nun tiel okazis, kiam Snæfríður eliras el la Granda Salono, kaj Arnæus, kiu akompanis ŝin el siaj ĉambroj, staras malantaŭ ŝi sur la sojlo, jam dirinte al ŝi bonan nokton, tiam ŝi vidas ke la lumo de la lampeto falas sur vizaĝon en la apertaĵo ĉe la pordo kiu kondukas al trairejo. La homo ne movis sin el la apertaĵo kvankam li vidas ilin, sed fikse rigardas ilin pala kaj konsumita, nigra en la okuloj, kun ombro en ĉiu trajto.

Ŝi rigardis la homon en la apertaĵo por momento, poste rigardis abrupte la asesoron, sed li nur flustris: "iru singarde". Ŝi tiam agis kvazaŭ nenio okazis kaj iris la malmultajn paŝojn for de la salona pordo al la ŝtuparo kaj poste mallaŭte al sia ĉambro. Arnas fermis la salonan pordon kaj reiris al siaj ĉambroj. La homo en la porda apertaĵo ankaŭ kviete fermis sian pordon.

Kaj ĉio estis kvieta en la domo.

14

La lernejaj knaboj ĉesis interpuŝiĝi kaj postrigardis ŝin silentaj, kie ŝi paŝas en sia mantelo, etpieda kaj svelta, tra la lerneja halo al la oficejo de la ĉefpastro.

Prujno kovris lian fenestro-vitron. Li sidis ĉe sia pupitro, dorsklininte super libroj, kaj malbonhumore vokis "deo gratias"* je la frapo sur lia pordo, sed ne rigardis supren kiam la pordo malfermiĝis, sed daŭrigis absorbe sian legadon. Ŝi transiris la sojlon kaj haltis kaj ŝia rigardo momente fiksiĝis sur la abomena krucifikso el ligno pendanta super la pupitro, tamen salutis gajvoĉe, tamen piece: "Dio donu al vi – bonan tagon."

Aŭdante tiun voĉon li suprenrigardis konfuzite, preskaŭ teruriĝe. En flirtanta lumo, kiel nun, liaj nigraj okuloj havis koloron de ardanta fajro. Li ekstaris, kapklinis antaŭ ŝi kaj aranĝis por ŝi kusenon sur sia brakseĝo, poste sidiĝis mem mezvoje inter ŝi kaj la krucifikso, tiel ke unu vango estis turnita al ĉiu el ili.

"Tio estas la unua fojo, ke al mal-hm-riĉa homo estas farita tia honoro," li ekparolis, kaj estis tiel nepreparita por tia vizito, ke forestis de li la kunplektitaj vortkliŝoj de klereco, kiuj konvenis al la ĝentileco de tia renkontiĝo, sed nur povis tusi.

"Ne, vi ne povas diri, ke vi estas malriĉa, pastro Sigurður," ŝi diris. "Vi kiu posedas tiom multajn bienojn. Sed estas honto, ke vi ne havas fornon por varmigi vin, mi miras ke vi ne malvarmumiĝis. Estas tamen ne la unua fojo, ke mi vizitas vin, mi tion faris unufoje antaŭe, kiam vivis via edzino, kaj ŝi donis al mi mielon en skatoleto, sed vi sendube tion forgesis kaj vi nun havigis al vi tiun teruran bildon, –" kaj ŝi suspiris rigardante la krucifikson. "Ĉu vi vere kredas, ke la benata Savanto esti tiel mizera ?"

"In cruce latebat sola dietas
at hic latet simul et humanitas"*

murmuris la ĉefpastro.

"Ĉu tio estis poemo!" ŝi diris. "Mi tute forgesis la malmultan, kion mi lernis de grammatica. Mi tamen komprenas ke dietas estas dia naturo kaj humanitas homa naturo, kaj ke tiuj du estas supozitaj malamikoj, ĉu mi pravas? Sed ĉu vi pensas, pastro Sigurður, ke oni devus preĝi *Ave Maria* konstante kiel kompenson por pekoj, aŭ fari kiel nia kara sinjoro Lutero kiu havis pian edzinon."

"Mi povus respondi pli bone, se mi klare scius la motivon de via demando," diris la ĉefpastro. "Mi ĵus memorigis min pri mia bona edzino. Sed kiam mi rigardas tiujn vundojn, mi pleniĝas de dankemo al Dio pro tiu graco kiun Li montris al mi, kiam Li forprenis de mi homnaturan komforton."

"Ne timigu min sen neceso, pastro Sigurður," ŝi diris kaj direktis sian rigardon for la Kristo al la homo. "Vi posedas ankoraŭ grasan ĉevalon; kaj bienojn. Nomu min mademoiselle kiel vi faris antaŭe kaj estu mia kompano; kaj mia svatiĝanto en atendo."

Li tiris sian sutanon pli fikse ĉirkaŭ sin kaj pli firme kunmetis siajn lipojn.

"Vi malvarmas, kara pastro Sigurður, kaj ne mirinde, la frosto eĉ ne cedas sur via fenestro."

"Hm,"li diris.

"Provu kompreni min," ŝi diris. "Mi scias ke vi pensas, ke mi tro malrapide venas al la temo de mia vizito al vi. Sed vi tion komprenas ke estas malfacile paroli pri siaj bagateloj kun homo, kiu ĉiam trovas siajn venkojn en Dio."

"Iam mi pensis ke mi estas elektita por etendi mian manon al vi, Snæfríður," li diris. "Sed Dio havas Siajn vojojn."

Ŝi demandis subite: "Por kio vi staris en la traireja pordo en la episkopejo antaŭlastvespere? Kaj kial vi ne diris al mi bonan nokton?"

"Estis malfrue," li diris. "Estis tre malfrue."

"Ne estis tro malfrue por mi," ŝi diris. "Kaj vi almenaŭ ne estis enlitiĝinta, kvankam vi eble estis dormema. Mi atendis ke vi salutus min."

"Mi estis parolinta kun malsana virino en la servistina ĉambro kaj estis prokrastita. Mi volis eliri tra la ĉefpordo, sed ĝi estis ŝlosita tiel ke mi devis returni."

"Mi diris tion al mia fratino tuj hieraŭ matene. 'Kion vi kredas pastro Sigurður pensas pri vi?' ŝi diris. 'Nu jes,' mi diris, 'supozeble li kredas ĉiujn tiujn malbelajn fabelojn. Mi mem devas paroli kun li.'"

Li diris: "Tio kion pensas homo ne gravas. Nur tio gravas, kion Dio scias."

"Iel ne timigas min la scio de Dio," diris Snæfríður. "Sed mi ne estas indiferenta al la pensoj de homoj, kaj malplej al tio kion vi pensas, pastro Sigurður, kiu estas mia konfesprenanto kaj amiko. Afliktas min, se noblan homon kiel Arnæus trafus misreputacio pro mi, mizera almozulino en tiu ĉi loko. Tial mi eniris la ĉambron antaŭhieraŭvespere kaj diris al li: 'Árni, ĉu ne estu pli bone, ke mi foriru de Skálholt kaj irus hejmen al mia edzo? Mi ne toleras scii ke vi, senkulpa homo, suferus kalumnion pro mi.'"

"Se vi volas diri al mi ion, tiam mi petas vin tion diri el via propra koro, kiel vi faris antaŭ longa tempo kiam vi estis knabino, sed ne diri vortojn al vi donitajn de aliaj, plej malpli de tiu homo, kiun vi ĵus nomis – tiu kun la duobla lango de serpento."

"Vi kiu amas Kriston," ŝi diris, "kiel vi povas malami homon."

"Kristanoj malamas la vortojn kaj farojn de homo, kiu promesis servi al Satano. La homon mem ili kompatas."

"Se mi ne scius, ke vi estas unu el la sanktuloj, mia kara pastro Sigurður, mi foje kredus, ke vi estas ĵaluza, kaj preskaŭ sentus min fiera, jam baldaŭ maljuna virino."

"En iu senco mi estas ŝuldanta al vi, Snæfríður, pro tio ke la preĝo de la animo pri vundoj kaj kruco fariĝis por mi la vortoj, kiuj estas la plej intimaj al mia koro, 'fac me plagis vulnerari, fac me cruce inebriari.'"*

"Tamen ne pasis pli longa tempo ol de lasta somero, ke vi venis iutage al edziniĝinta virino kiam la edzo ne estis hejme kaj pli-malpli petis al ŝi geedziĝon," ŝi diris. "Almenaŭ ŝi ne povis kompreni vin alimaniere, kiam ŝi finis forpluki el viaj vortoj la teologion kaj la kancelieran stilon."

"Mi neas tion, madame, ke mia vizito al vi lastsomere havis pekecan celon," li diris. "Se miaj pensoj pri vi estis iam miksitaj kun pekecaj deziroj, tio estis antaŭ longa tempo. La amo de animo al animo regas nun miajn pensojn pri vi. Mi nur petas ke tiuj malbonaj iluzioj, kiuj nun trompas vin, povos pasi for. Kara Snæfríður, ĉu vi ne komprenas kiajn katastrofajn vortojn vi ĵus eldiris, ke vi ne timas la okulojn de Dio, kiu vin vidas? Ĉu vi neniam provis kompreni, kiom multe Dio amas vian animon? Ĉu vi ne scias, ke Lia amo al via animo estas tiom grandega, ke la tuta mondo estas kvazaŭ polvero kompare kun ĝi? Kaj ĉu vi neniam konsideris, ke tiu homo kiu ne amas sian animon, malamas Dion? 'Animo mia valora, mia animo kara' diras nia bona poeto de himnoj, kiam li alparolas sian animon, memorigante, ke la animo estas tiu parto de la homo, pro kiu naskis Dio en staltrogo kaj mortis sur kruco por elaĉeti."

"Pastro Sigurður," ŝi diris, "volu por unu fojo puŝi flanken tiujn grandajn librojn viajn de teologio; volu meti manon sur la koron kaj rigardi la vizaĝon de vivanta homo por unu momento, anstataŭ gapi konstante al la trapikita lignopiedo de la Elaĉetinto, kaj respondi al mi candide* unu demandon: Kiu suferis pli por la alia, Dio pro la homo, aŭ la homo pro Dio?"

"Tiel demandas nur tiu kiu inklinas al terura peko. Mi preĝas, ke tiu pokalo de veneno, kun eterna morto kaŝita sur la fundo, estu forprenita de vi."

"Mi pensas ke vi eĉ ne supektetas, kiel staras miaj aferoj," ŝi diris. "Vi subportas mensogojn kaj klaĉojn de servistinoj pri mi pli per malica volo ol kredebla rezonado."

"Tiuj estas pezaj vortoj," diris la pastro.

"Tamen mi ne minacas vin per eterna morto, kiu laŭ miaj informoj signifas Inferon en via lingvo," ŝi respondis kaj ridis.

Lia vizaĝo tremetis.

"Virino kiu vizitas viron en nokto," li komencis, sed ĉesis, rigardis ŝin abrupte kiel flamo kaj diris: "Mi kaptis vin preskaŭ je la ago mem. Tio ne plu estas servistina klaĉo."

"Mi sciis, ke vi tion pensis," ŝi diris. "Mi venis al vi por diri ke vi eraras. Kaj mi volas averti vin de tio lin kalumni. Lia reputacio vivos post kiam oni ĉesis ridi pri vi kaj mi. Li estis preta fordoni sian vivon kaj feliĉon por pligrandigi la honoron de sia malriĉa lando. Nenio estas pli malproksima al tia homo ol malhonorigi senvojan virinon kiu venas al li por peti lian helpon."

"Virino kiu vizitas viron en nokto havas nur unu celon," diris la ĉefpastro.

"Homo, kiu neniam povas ŝiri siajn pensojn for de sia mizera karno, fiksante ĝin farbitan sur la muron en sia ĉambro kiel idolon kun pingloj tra ĝiaj manoj kaj piedoj, aŭ konstante atestante pri ĝiaj karnaj deziroj per citaĵoj en sanktaj libroj, tiu neniam komprenos homon, kiu sin turnis korpe kaj anime al servado al sendefendaj homoj kaj al leviĝo de sia popolo."

"Estas la kutimo de la Diablo en diversaj kaŝformoj delogi al si virinon sub iu aŭ alia preteksto; por la unua fojo tio estis en similaĵo de serpento por logi virinon per flata priskribo de unu pomo. Li mem ne donis al ŝi la pomon, sed trompis sin per vortoj, tiel ke ŝi prenis ĝin kontraŭ komando de Dio. Ne estas en lia naturo plenumi la malpuran agon, ĉar se tiel estus, la homaro forkurus libera, kaj tial li estas nomita la Tentisto, ĉar li delogas la volon de homo al konsento kun si. En la libro de operatione daemonum*, kiu kuŝas ĉi tie malfermita, tiuj operacioj estas atestitaj per centoj da ekzemploj, kiel ekzemple kiam unu fraŭlino demandas en sia malespero post kiam Satano ŝin flamigis per karna deziro kaj poste elfluas inter ŝiaj fingroj: 'Quid ergo exigis', ŝi diras, 'carnale conjugium, quod nature tuae dinoscitur esse contrarium?' – Kial vi tiras min al karnaj rilatoj, estanta mem de nenia karno?' Kaj li respondas: 'Tu tantum mihi consenti, nihil aliud a te nise copulae consensum requiro' – 'Vi konsentis sekskuniĝi kun mi, kaj via konsento estis la sola kion mi petis.'"

Kiam la ĉefpastro finis komuniki tiun lecionon zorge en ambaŭ lingvoj, la pacienco de la gasto konsiderinde malkreskis. Ŝi rigardis la homon kelktempe kun tia senvorta mieno de mirego, kiu marĝenas je kompleta vakuo. Fine ŝi ekstaris, ridetis el granda distanco, sin kapklinis kaj diris je eliro:

"Mi sincere dankas al mia dediĉita amiko kaj konfesprenanto – pro lia ĉarma obscenaĵo."

En la semajno post Pasko konvencio de pastroj estis kunvokita en Skálholt kiun partoprenis ankaŭ indendantoj de klostraj posedaĵoj, reprezentantoj kaj aliaj kiuj administris preĝejojn tra la kamparaj regionoj. La diskutado temis pri luprezoj kaj lupagoj, disponoj de lepruloj kaj administrado de malsanulejoj, divido de prizorgoj de paŭperuloj, procesoj kontraŭ luprenantoj de preĝejaj bienoj kiuj elĉerpis iliajn bovinvalorojn, enterigoj de vaguloj, kiuj pereis sur transmontaj vojoj, ofte multaj en grupoj; kaj por ne forgesi la ĉiujaran petskribon al la reĝo pro manko de sakramenta vino kaj de fiŝŝnuroj, kio lasta preskaŭ egale malebligas al la ĉebordaj preĝej-bienoj kapti fiŝojn kiel la antaŭlasta malhelpas sukcese kapti sur la maro de Dia graco; kaj estas tamen nur malmulto elnombrita de tio kion la klerikoj diskutas en siaj kunsidoj. Kaj en la fino de la konvencio post tri tagoj la episkopo ascendas sian katedron antaŭ siaj pastroj kaj admonas ilin unu fojon pli pri la ĉefaj artikloj de vera kredo per tia vortumo kia plaĉas al la oreloj kaj neniun mirigas. La homoj estas pretaj foriri. Fine himno estis kantata: "Via spirito fortigu nin, kiam ni nun foriras."

Sed tiam tiel okazas, en la lastaj versoj de la himno, ke la ĉefpastro, pastro Sigurður Sveinsson, ekstaras kaj iras al la ĥoreja pordo kaj atendas tie senmova kaj severmiena ĝis la himno estis finita. Tiam li elprenas malfermitan leteron el sub sia sutano, zorge ĝin glatigas kaj levas ĝin per tremantaj manoj. Tiam li eksonigas sian voĉon en la malvarma preĝejo post la raŭka kantado, anoncante ke li ne povas tion malhelpi aŭdigi peton de unu el siaj paroĥanoj, respektata kaj aminda sinjoro, kiu skribis tiun leteron al tiu ĉi kunsido kaj komisiis al li ĝin komuniki; kaj ke li konsideras tion tiom pli sia devo plenumi tiun peton, ĉar al li estas konate ke la leterskribinto senrezulte faris ĉion eblan por ekhavi pli konvenan solvon de sia afero.

La ĉefpastro nun komencis sian legadon de tiu masiva skribaĵo en edifa tono, kun strangaj vortoturnaĵoj kaj komplikitaj frazoj, tiel ke la aŭskultantoj dum longa tempo ne povis solvi kien ĝi celis. Post longa leciono laŭdanta bonan moralon, kaj priskribo de korekta konduto de la servantoj de Kristo kiel modelo por la ĝenerala publiko, referenco estis farita al tiuj terure tragikaj ekzemploj, kiuj nun troviĝas en la lando, precipe ĉe altrangaj personoj, kaj viraj kaj virinaj, sed kaŝitaj kaj silentigitaj de la klerikoj, kvankam ruinigaj por la moralo de la ĝenerala publiko, tio estas, mores,* kiel estas skribite en Libro de Sep Vortoj, – kaj tiel plu, senfine.

Komence estis rimarkeble, ke unu aŭ alia homo malfermis vaste siajn okulojn, lasis fali la buŝojn kaj etendis antaŭen la mentonon,

— 242 —

kaj maljunaj duonsurdaj pastroj faris trumpetojn ĉe siaj oreloj per la polmoj de siaj manoj. Sed kiam tiu vortpumpado kontinuis sen fino, kaj nenie montris sin eĉ kompreniga lumeto, la mienoj de la homoj fariĝis malviglaj kiel elstreĉitaj molvokapoj. Tamen finfine venis al tio, ke la leterskribinto atingis piedfingran kontakton kun la tero kaj komencis priskribi tiun teruran tragedion, kiu estis firme fiksita en lia koro, kiam lia edzino Snæfríður Björnsdóttir lasis sin delogi for de sia domo en la pasinta aŭtuno. Tiam li ripetis per ekscitita elokvento la historion, kiun li multfoje ripetis antaŭe kie ajn estis por tio oportuno pri la foriro de la virino, la onidiro pri ŝia antaŭa konatiĝo kun Arnas Arnæus kaj la kuranta famo pri renovigo de iliaj malpermesitaj rilatoj en Skálholt, tamen sekretaj, pri liaj provoj havigi altpoziciajn personojn porti interpacigajn vortojn inter li kaj ŝi kaj persvadi ŝin reiri hejmen, kaj plie pri kompleta manko de rezulto koncerne tiujn provojn. Poste la leterskribinto rakontis pri tio, ke kiam li lastfoje provis prezenti sian malfacilan situacion en Skálholt, li estis forpelita per hundoj kaj minacita esti korpe mistraktita. Tamen li diris, ke li bone scias, ke tiuj minacoj ne originis de la episkopejaj mastroj, sed ke li havas firme pruvitan suspekton pri tio, ke ili devenas de tiuj, kiuj nuntempe opinias sin superaj al la veraj reprezentantoj de la episkopejo. Nun estas la peto de leterskribinto, lamente prezentata kun larmoj, ke tiu respektinda konvencio de pastroj faru la paŝon por meti finon al plej riproĉinda fikonduto de lia ekzino en Skálholt kaj ebligi al li, la edzo, ŝin eltiri el tiu kota fosaĵo en kiun ŝi falis antaŭ la okuloj de Dio kaj ĉiuj kristanoj. La letero finiĝis per ripetitaj citaĵoj el la Libro de Sep Vortoj kaj komplikitaj salutoj, kie ĉiuj personoj de la Triunuo estis kunplektitaj en preĝo pri plifortigo de moralaj kondutoj en la lando, sekvitaj per "amen, amen, Magnús Sigurðsson."

Estis absolute neeble diveni laŭ la mienoj de la homoj, kiuj sidis en la preĝejo, kion ili pensis pri tiu dokumento; iliaj veterbatitaj vizaĝoj elvokis imagojn pri breĉaj formacioj en montoj prenintaj homajn formojn, tamen aŭ kun tro longa mentono, tro granda nazo aŭ superabunda hararo, sed neŝanĝeblaj el sama vidangulo, ĉu brilas suno aŭ frapas hajlovento.

La ĉefpastro ŝovis la leteron en la poŝon de sia sutano kaj iris el la ĥoreja pordo. La diservo estis finita; la homoj ekstaris; unu kaj unu subpastro ŝtelrigardis la vizaĝon de sia superulo, sed ne ricevis respondon. Elirintaj sur la peronon la homoj komencis pli malpezan babiladon.

Iu portis la novaĵon al Arnæus, kaj li tuj sendis sian sekretarion al la ĉefpastro por fari kopion de la letero de Magnús Sigurðsson. Ĝin li legis laŭte al siaj servistoj por amuzo. Tamen samtage li sendis mesaĝon al prefekto Vigfús de Hjálmholt kaj anoncis proceson kontraŭ la aŭtoro de la letero. Li ordonis al siaj homoj pretigi liajn pakaĵojn por foriro venontmatene, kaj ke ĉevaloj estu hufferitaj.

La tago jam konsiderinde plilongiĝis, sed malvarma vento blovis kiel ofte okazas en la lastaj monatoj de la vintro.

En serena mateno malvarma granda nombro da ĉevaloj staras sur ŝtonpavimo, iuj kun rajdoseloj, aliaj kun pakaĵoseloj. La pakaĵoj de la dumvintra loĝanto estis elportitaj, kesto post kesto, kaj levitaj al pakaĵselaj hokoj. La celo de la vojaĝo estis Bessastaðir en la sudo, la bieno de la regento.

Arnæus estis la lasta por eliri el la domo, vestita per granda peltomantelo rusa kaj altaj botoj. Li kisis adiaŭe la episkopon kaj lian edzinon antaŭ la pordo, poste surseliĝis sur blanka ĉevalo, vokis al sia sekretario tuj sekvi lin kaj ekrajdis for. Liaj du ĉambroj malantaŭ la Granda Salono estis malplenaj. La Granda Salono estis malplena. Servistino eniris kaj forportis la surtablaĵojn. Restis ankoraŭ odoro de rostita viando en la domo. Ruĝa vino restis en lia pokalo, ĉar li ne eltrinkis ĝis la fundo.

15

Reĝa komisaro de Lia Moŝto kaj elnomita juĝisto en diversaj procesoj, Arnas Arnæus, juĝalvokas vin, althonora kaj erudicia sinjoro leĝisto Eydalín, veni al Þingvellir ĉe la rivero Öxará je venonta 12-a de Junio por tie defendi antaŭ mia tribunalo kaj de miaj kunjuĝistoj iujn viajn malnovajn kaj novajn kondamnojn kaj juĝdeklarojn, videlicet,* diversajn kondamnojn al morto deklaritajn pro raboj, kazoj de adultoj, posedo kaj uzo de charactera*, etcetera; ankaŭ pro longigitaj enkarcerigoj ĉe Bremerholm, skurĝadoj, brulstampoj, kaj senmembrigo de malriĉuloj pro nezorge rezonitaj kulpoj, precipe pro krimoj kontraŭ Handelen*, tiaj kiel kontrabando, komerco kun eksterlandaj fiŝistoj, kaj negoco ekster la propra komerc-distrikto dum la periodo kiam validis tiu distrikta divido; ankaŭ pro obstino de farmistoj plenumi postulojn truditajn al ili de la terposedantoj ĝenerale, sed aparte de la Regento. In generali* estas konstatite, ke vi en multaj viaj oficialaj agoj tro ŝarĝis malriĉulojn, tiel ke al tiuj estis preskaŭ neeble dum via ofica periodo kiel leĝisto atingi justecon kontraŭ la riĉuloj, kaj tute nepenseble kiam la eklezio, la komercistoj aŭ la krono estis alipartie konektitaj al la kazoj. Kelkaj el viaj kondamnoj ŝajnas ne nur kontraŭ justeco faritaj, sed en ĉiuj rilatoj sine allegationibus juris vel rationum*. Estas nun la volo de la Patrono de nia lando kaj Plej Graca Reĝa Moŝto, klare esprimita en mia letero de komisio, ke tiaj kondamnoj estu ekzamenataj, kaj estas al mi ordonite de Nia Moŝto okazigi proceson super tiuj autoritat-uloj, kiuj estas konsideritaj esti rompintaj la leĝojn kaj ĝustan disvolviĝon de leĝaj procesoj; kaj senvalidigi tiujn kondamnojn, kiuj ŝajnas deklaritaj pli por ke la nomo de la juĝisto estu dirita kun favoro ĉe la potenculoj, ol por plenumi homan justecon kaj la leĝojn de la lando, kiel ili estis sankciitaj de niaj prapatroj; kaj fine, por puni tiujn aŭtoritatulojn, kiuj estos trovitaj kulpaj.

Poste ekzemploj estis konfirmitaj kaj specialaj akuzoj elnombritaj.

Kvankam tiuj procesoj, kiujn Arnæus kondukis kontraŭ la komercistoj lastprintempe ne estis malgranda novaĵo en la lando, superis la mirojn de homoj kiam disaŭdiĝis la procesoj, kiujn la reĝa komisaro komencis en ĉi tiu printempo kontraŭ diversaj plej altaj aŭtoritatuloj de la lando, kaj atingis kulminon per la akuzo kontraŭ la leĝisto mem.

Jórunn, edzino de la episkopo, iras al sia fratino iutage en la printempo kaj donas al ŝi senvorte du leterojn, la kopiitan juĝalvokon de Arnæus al ilia patro kaj personan leteron de ilia patrino.

Snæfríður legis la alvokon zorge, detalon post detalo. Tie estis unu inter aliaj, pri kiu ilia patro devos respondi, koncerne iun interkonsenton aŭ kontrakton faritan en la kortumo en la Alþingi kun Jón Hreggviðsson de Rein, kondamniton al morto pro murdo, sed la kontrakto specifis, ke tiu Jón estu permesita vivi sen akuzo en distrikto proksima al la leĝisto, lia juĝinto, kondiĉe ke li ne aperigu alvokon al la plej alta tribunalo koncerne la menciitan kondamnon, kiun li kunportis per reĝa letero el Kopenhago.

Post tio Snæfríður rapide tralegis la leteron de ilia patrino, kiu estis adresita al Jórunn.

Kiam la sinjorino en Eydal per kelkaj enkondukaj vortoj finis laŭdi Dion konvene pro kontentiga sano de korpo kaj animo en la printempo, malgraŭ kreskanta maljunaĝo, ŝi tuj turnis sin al tiu ombra nubo, kiu nun leviĝas super la pacama domo de la geedzoj en la vespero de ilia vivo. Ŝi elektis kiel temon la rekompencon, kiu nun estas preparata por leĝisto Eydalín, ŝia edzo, post longa kaj sindona servado al sia patrujo kaj la reĝo, ke li estu de iu fremdulo, surbaze de atestoj de iuj buboj, juĝalvokita antaŭ iun tribunalon de drinkemuloj kun la provo senigi lin de lia honoro kaj honesta reputacio kaj eble sendi lin, malsanan maljunulon en feroj al sklava laboro por la reĝo. Sed kvankam la proceso estis tiel kruele anoncita, la maljunulino ne antaŭtimis la rezulton de tiu afero. Ŝi skribis ke tiuj, kiuj antaŭe estis puraj kaj honestaj en sia vivo, ne estu facile subjugitaj, kvankam subite leviĝus falsaj kavaliroj portantaj iujn strangajn dokumentojn en siaj manoj, enlandaj aŭ eksterlandaj; tiaj vizitoj ne estis sen precedencoj, sed la fortuno de tiu ĉi lando ĉiam pruviĝis tro potenca por vagantaj buboj, kaj tiel fariĝos ankaŭ nun. La protektaj spiritoj de tiu ĉi lando ne lasos nun pli ol antaŭe ŝirmi la maljunulojn de la lando, sed ilin plifortigos kaj plivigligos kiel antaŭe en iliaj malfacilaĵoj, kreskigos ilian prosperon kaj levos ilin supren je konvena tempo, subigante la furiozon de iliaj malamikoj.

Unu aferon la nobla maljunulino pli timis, ke tiuj plej proksimaj al ŝi kaj ŝia edzo pro ligoj de sango kaj amo de spirito, elvokos nenecesan malkvieton en la ĝenerala publiko per sia vivkonduto, kion ŝi ne volis rifuzi ke atingis ŝiajn orelojn koncerne ŝian malriĉan kaj multe suferintan filinon Snæfríður, nun sub akuzoj pri malhonorigaj rilatoj kun malamata persono. Certe nenio estis pli absurda al ŝi kaj ŝia edzo ol kredi la drinkulan galimation de Magnús Sigurðsson, skribitan aŭ parolitan, sed ĉi tie ne gravas, ĉu la akuzoj estas veraj aŭ ne, sama estas la malhonoro de nobla virino, esti tiel anoncita al la publiko. Ŝi diris ke ŝia filino aldonis krimon al misfortuno, metante sin en tian riskon, vera aŭ malvera, de ligiteco al la insultanto de sia patro, tiu homo kiu estas malbeno al ŝia patrina lando, simila al senfina vintro de pereiga malsatego kaj al montoj fajroŝprucantaj. Ŝi diris ke ŝi kunsuferas kun tiu longe suferanta frukto de sia ventro kaj esperas ekhavi pacon ĝis ŝi ricevis verajn informojn pri la detaloj de tiu afero kaj petis al Jórunn, ke ŝi skribu ĝisplene pri ĝi. Fine ŝi proponis sendi ĉevalojn kaj akompanantojn al Snæfríður, se ŝi volus rajdi okcidenten al Breiðafjörður, kaj ke ŝi portempe finas la skribon, dezirante al siaj du knabinoj la samon, kiam malĝojoj vizitas kaj falsaj fortunoj de tiu ĉi mondo alridas, kun petoj pri pardono pro tiu larmoplena rapida leterskribo, via fidinda kaj simpla patrino.

Snæfríður elrigardis tra la fenestro dum longa tempo. La tero estis senneĝa kaj degelo en riveroj.

"Nu nu," diris ŝia fratino, la edzino de la episkopo.

La pli juna fratino rekolektis siajn sensojn, ekrigardis la leteron de ilia patrino malfermitan sur la tablo kaj per frapeto de sia fingro sendis ĝin fluge en la sinon de la pli maljuna fratino.

"Estas la letero de nia patrino," diris la edzino de la episkopo.

"Ni, la poeta familio, konas niajn leterojn," diris Snæfríður kaj ridetis.

"Ĉu vi eĉ ne havas unu kompatan vorton por nia patro," diris la sinjorino.

"Ŝajnas ke nia patro faris unu tian agon, kiu kostos al li multon en lia maljunaĝo," diris Snæfríður.

"Ĉu mi devas aŭskulti vin diri malbonon pri li, fratino?"

"Multan malbonon," diris Snæfríður, "li ekhavis filinojn."

La vojaĝanto kiu portis la leteron intencas reiri okcidenten mor-gaŭ frumatene.

"Kion mi skribu?" diris la edzino de la episkopo.

"Mi sendas saluton," diris Snæfríður.

"Ĉu tio estas la tuto?"

"Diru al nia patrino, ke mi estas edzinigita virino en Bræðratunga kaj ne rajdos okcidenten. Aliflanke, mi estos apud li en Þingvellir ĉe Öxará la dekduan de Julio, se li deziras."

En tiu sama tago ŝi malmuntis sian teksilon, kunvolvis siajn tukojn kaj enpakis siajn posedaĵojn kiujn ŝi portis kun si en la aŭtuno, kaj estis fininta tiun laboron ĉirkaŭ la tempo, kiam sinjorino Jórunn estis skribinta siajn leterojn.

"Nu do, fratino," diris Snæfríður."Nun, portempe, malmultiĝas feriaj noktoj. Mi dankas al vi pro la vintra gastigo, vi estas gastama virino. Kisu por mi la episkopon kaj diru ke li ne estos farita respondeca pro mi. Fine, mi scias ke vi pruntos al mi ĉevalojn kaj homon por akompani min tiun mallongan vojon trans Tunga-rivero – hejmen."

16

Estis longe de kiam la domoj de Bræðratunga estis en tiel bona stato. Dum la tuta vintro Magnús laboris je lignaj riparoj en la domoj, foje kun alia ĉarpentisto, kaj tuj kiam degelis la frosto en la grundo li havis kun si konstruiston por ripari la murojn. Nun restis ripari la ĉefpordon. Ili vidis iujn rajdi supren de Sporður, kie albordiĝas la transriveriga pramo de Skálholt, kaj Magnús, kiu estis homo akravida, tuj ekkonis kiu tie rajdis. Li grimpis malsupren de la muro, kie li sin okupis pri riparoj, eniris la domon, lavis sin rapide, surprenis puran ĉemizon kaj novan pantalonon, kombis siajn harojn kaj poste eliris. Tiam lia edzino rajdis sur la antaŭdoman ŝtonplataĵon.

"Estu bonvena el via vojaĝo, mia Snæfríður," li diris kaj helpis ŝin deĉevaliĝi kaj ŝin kisis kaj ŝin kondukis en la domon.

Ŝia supra ĉambro estis kiel ŝi ĝin forlasis, escepte ke la tegmento estis riparita kaj tabuloj almetitaj kie akvo enfluis en la pluvego lastaŭtune. Nova fenestro estis aldonita, kaj aromo de rabotita ligno plenigis la ĉambron. La planko estis pure lavita. Ŝi levis la kovrilon de sia lito kaj tie sube estis neĝblankaj littukoj ankoraŭ freŝaj je la faldoj, la alkovaj kurtenoj estis aerumitaj kaj senpolvigitaj tiel ke la bildoj sur ili pli elstaris; kaj farbo sur la kesto estis renovigita per peniketo por refreŝigi la rozojn. Snæfríður kisis Guðríður, sian personan servistinon.

"Mi ricevis neniun signon de mia sinjorino dommastrino, ke mi ĉesu lavpurigi tiun ĉi ĉambron," ŝi diris respekte.

La dommastrino enportigis siajn pakaĵojn, malfermis la keston kaj la skribmeblon kaj enmetis siajn arĝentaĵojn kaj aliajn ornam-aĵojn, tukojn kaj vestaĵojn. Samtage ŝi starigis sian teksilon por fari altaran tukon por la katedralo kiel esprimon de kore dankema memoro de virina persono kiu foriris kaj gastis en Skálholt, sed nun revenis hejmen.

Neniu homo sciis tiel bone penti kiel Magnús Sigurðsson en Bræðratunga, kaj pli bone kompreni la penton de alia. Li menciis eĉ ne per unu vorto tion, kio okazis. Neniu el ili du petis pardonon pro io ajn. Estis kvazaŭ nenio okazis. Li kuŝis silenta en ŝia ĉambro dum longaj tempoj kaj rigardis ŝin, obeema, timida, forviŝita. Li estis kiel infano, kiu falis en marĉan kavon kaj estis punbatita, elĉerpita pro plorado kaj kvietiĝinta denove, ĝia kvieteco pura kaj profunda.

Kelkajn tagojn post la reveno hejmen ŝi sendis homon al sinjoro Vigfús Þórarinsson en Hjálmholt kun la vortoj, ke ŝi volas paroli kun la prefekto. Ne pasis longa tempo ĝis tiu multfoje pruvita koramiko de noblaj virinoj aperigis ĉe ŝia pordo sian streĉitan vizaĝon kun longa supera lipo, grizaj barbostumpetoj disaj sur la makzeloj, nigraj krudharoj en la brovoj kaj la grizdiafanaj okuloj flosantaj en sia akvo. Li kisis zorge la dommastrinon kaj ŝi proponis al li sidiĝi kaj demandis pri ĝeneralaj novaĵoj.

Li diris: "Mi prenis kun mi denove la ĉevalon, la junan."

Ŝi demandis: "Kiun ĉevalon?"

Li diris ke li, aliflanke, ne scias elekti donacojn por noblaj virinoj, sed ke tamen ŝiaj prapatrinoj neniam opiniis tion embarasa akcepti rajdoĉevalon de bona amiko.

Tiam ŝi ekmemoris la ĉevalon, kiun li postlasis ligitan al la ĉevalŝtono antaŭ la domo je lia lastfoja vizito, kaj dankis al li pro la donaco, sed diris, ke ŝi pensis ke tiu ĉevalo certe estis mortigita kaj uzita kiel almozdono al vagantaj homoj en tiuj mizeraj vivkondiĉoj kiuj estis ĉi tie lastjare.

Li diris ke la ĉevalo havas sian originon el Breiðafjörður okcidente kaj estis forkurinta el la paŝtejoj de Bræðratunga lastjare kaj estis revenigita al li, ĉar la donaco ne estis konigita al aliaj homoj, kaj ke li tenis la ĉevalon kun siaj rajdoĉevaloj dum la vintro; eble ŝi bezonus ĝin en la printempo.

Ŝi diris ke por malriĉa virino estas grava kuraĝigo havi protekton de tia kavaliro; sed ke ŝi portempe ne parolos pli pri ĉevaloj, ĉar jam estas tempo turni sin al la temo.

Unue ŝi volis mencii la afablaĵon, kiun lia bofilo Jón en Vatn faris lastjare al Magnús ŝia edzo, ke li ne nur aĉetis de li la bienon Bræðratunga, sed pagis per kontanta mono, dum aliaj praktikis la sporton ekhavigi al si liajn posedaĵon per brando, aŭ per vetoj, ĵetkubaj ludoj, aŭ aliaj tiaj trompaĵoj facile aplikeblaj al senhelpaj homoj. Tion, kio sekvis, ŝi ne bezonas rakonti al la prefekto, li mem plej bone scias kiel ili poste marĉandis pri la bieno inter si en la Alþingi, li kaj ŝia patro. Tion solan ŝi scias, ke la bieno estis transigita al ŝi per laŭleĝa kontrakto kiel donaco de ŝia patro, kaj ke ŝi havas ĉe si la koncernan dokumenton. En la aŭtuno okazis tiu evento, kiun homoj ja bone konas, ke ŝi forlasis sian edzon, kaj ke estis subkomprenite, ke ŝi revenos hejmen nur kiam ŝi estos konvinkita, ke Magnús delasis tiujn kondutojn, kiuj malfaciligas kuneston. Nun, restinte pli ol duonjaron en Skálholt, kaj eksciinte ke dum tuta tiu tempo Magnús eĉ ne unufoje rekaptis sian malnovan lambastonon, ŝi nun estas reveninta hejmen kun la firma decido repreni la fadenon kie ŝi lasis ĝin fali, esperante ke ŝia edzo daŭrigos sian renovigitan vivon. Tial estas ŝia peto al la prefekto, ke estu senvalidigita la kontrakto de la lasta jaro, ke la bieno, hereda posedaĵo kaj familia sidejo de Magnús Sigurðsson, estu la posedaĵo de ŝi sola, kaj ke la bieno estu transdonita al ŝia edzo por plena posedo, kiel estas la kutimo pri aliaj posedaĵoj de geedzoj, pri kiuj ne estas faritaj specifaj kontraktoj.

Sinjoro Vigfús Þórarinsson duone fermis la okulojn kie li sidis murmurante kaj balancante sin en la seĝo, karesis siajn makzelojn per osteca mano.

"Mi devas diri, kara dommastrino," li diris finfine, "ke kvankam mi kaj leĝisto Eydalín ne ĉiam havis la feliĉon interkonsenti en asembleoj, mi estas nenia escepto inter tiuj aŭtoritatuloj, kiuj rigardas kun nedividebla respekto al nia bona amiko kaj superulo, kiu surprenis la leĝistan oficon kiam li estis senhava prefekto en mizera distrikto antaŭ dudek jaroj kaj nun kalkulita inter la plej riĉaj homoj de la lando, aĉetinto de pli multaj bienteroj kaj laŭ pli favoraj kondiĉoj de Lia Reĝa Moŝto ol iu ajn alia Islandano, ne estanta konsekrita episkopo. Kaj ĉar ŝia Virto nun degnis inviti min al ŝia kunesto, mi volus doni al ŝi bonan konsilon: ke ŝi diskutu kun sia elstara kaj alte edukita patro antaŭ ol ŝi senvalidigos la kontrakton, kiu estis farita sub lia mano lastsomere koncerne tiun ĉi bienon."

Ŝi diris, ke ŝi ne deziras trakti kun sia patro pri tiu afero, ĉar ŝi jam ne estis infano dum konsiderinda tempo. Kaj kvankam li intervenis en la afero lastsomere, tio estis sendube ne malpli pro tio, ke li estis riproĉata ne pagi dum dek kvin jaroj la doton por sia filino.

Tiam demandis la prefekto, ĉu ŝi opinias tion urĝa, ke la afero estu finsolvita antaŭ kolektiĝis homoj por la asembleo en Þingvellir ĉi-printempe.

Ŝi diris, ke tiel estas.

Tiam Vigfús Þórarinsson komencis la saman malnovan historion: danĝeraj fluoj proksimiĝas al la lando, variolo jam disvastiĝas en Danujo kaj la aŭtoritateco de altrangaj homoj repuŝita en tiu lando, sed grandburĝoj kaj parvenuoj staras kiel ŝildmuro ĉirkaŭ la monarkio kaj tiel fariĝis superuloj de la reĝo, sed laŭ la kapo dancas la membroj ĉi tie en Islando; l'aero per falsoj difektita, kiel diras antikva poemo,* kaj jam venis ĝis tio, ke neniu scias kion atendi en la lando. Unu novaĵo de tiu ĉi tempo estas, ke nun aŭtoritatuloj estu akuzitaj, kaj ke ĉiu kiu kontraŭstaras la senditojn de la reĝo estu punitaj per perdo de vivo kaj honoro. Li diris ke unu tia akuzo de malico kontraŭ la homo de la reĝo venis al lia ofico kun postulo pri rapida pritrakto. "Sed," li diris, "ĉar la virto de mia amikino, filino de la leĝisto, estas tiel granda, mi scias ke tiu akuzo neniam devas esti pruvita, kiun ŝia edzo proklamigis en la ĥorusa pordo en Skálholt. Kaj tial la bienulo de Bræðratunga estas respondeca pri granda punmono al alta persono."

Tiam diris Snæfríður: "Nun vi trafis la kernon de tiu afero, kara prefekto: mi petas senvalidigon de la kontrakto kaj ke mi vidos transdonon de Bræðratunga al Magnús por plena rego antaŭ ol juĝo estos farita pro liaj malicaj vortoj, ne nur en la kortumo en Alþingi, sed ankaŭ en via distrikto. Mi volas, se mia edzo estos kondamnita al perdo de siaj posedaĵoj, ke li estos homo de bonhavo, sed ne proleto."

Li diris ke tio estas ŝia elekto, sed ke li portempe reprenu kun si hejmen ŝian ĉevalon kaj lasu ĝin pligrasiĝi dum la printempo. Poste Magnús Sigurðsson estis alvokita kaj en ĉeesto de atestantoj estis denove farita plenrajta posedanto de la bieno Bræðratunga, sed la prefekto adiaŭis la dommastrinon per kiso kaj foriris.

Estis printempo en Islando, tiu tempo inter manko de fojno kaj apero de paŝteja herbo, kiam la brutoj falas plej rapide. Malsategaj homoj jam komencis vagadi almozpete tra la orientaj distriktoj, la unuaj du estis trovitaj mortaj sur la sablejo de Landeyjar, viro kaj virino, perdintaj la vojon en nebulo. Korvoj indikis la lokon.

La dommastro de Bræðratunga leviĝis frue ĉiutage kaj vekis siajn bienlaborulojn. Li ordonis porti platajn ŝtonojn hejmen, ĉar li volis fari ŝtonan pavimon laŭlonge de la domara vico tute ĝis la enirejo de la ĉefdomo, kaj estis malkonstruinta plejparte la ĉefpordejon, tiel ke ne estis alia enirejo en la domon ol tiu truo malantaŭ la kuirejo tra kiu estis enportita torfo kaj seka brutofekaĵo, sed cindro elportita. Iun matenon, kiam la bienmastro estis diligente laboranta ekde tagheliĝo, okazis tiel, proksime al mezmateno, ke li estis subite kaptita de la deziro vidi siajn ĉevalojn kaj ordonis ilin alvenigi. Ili ŝajnis al li en nebona stato kaj deklaris ilin netaŭgaj por ŝarĝlaboro, kaj ordonis ke du estu hufferitaj kaj paŝtataj sur la hejmkampo kaj nutrataj per lakto. La virino el la Valoj portis al la filino de la sinjorino en la Valoj tiun malbonaŭguran novaĵon.

"Ĉu iu aŭdis pri ŝipo?" demandis Snæfríður, kaj, sufiĉe ĝuste, estis neklara informo el Keflavík pri alveno de ŝipo.

"Kion dirus mia benata sinjorino en la Valoj, se ŝi aŭdus ke al la ĉevaloj estu donitaj tiuj malmultaj laktogutoj, kiujn mi ŝpare donas al la homoj por teni ilin vivaj," diris la valvirino.

"Mastro de grandbieno Bræðratunga estas homo de altranga familio kaj ne konvenas, ke li posedas magrajn ĉevalojn," diris Snæfríður.

Poste lakto estis donita al la ĉevaloj.

En la vespero la mastro plendis malbonhumore en aŭskulto de sia edzino, ke iu nedifinita grupo de vaguloj, kiel li asertis, ŝtelis de li kupran stangon, kiun li konservis en sia forĝejo. El tiu kupro li intencis fari ringon por la nova ĉefpordo. Pro tiu ŝtelo li devas rajdi suden al Ölves por renkonti unu sian konaton, kiu posedas kupron kaj trakti kun li pri aĉeto.

Snæfríður diris: "Ĉi tiu estas la deksesa jaro de nia loĝado ĉi tie kaj ni sukcesis travivi tiel bone kiel atestas faktoj, eĉ sen havi feran ringon sur la pordo, des malpli kupran."

"Mi bone scias ke vi sukcesis eliri," li diris.

"Kaj vi eniri," ŝi diris.

La postan tagon li tondis kaj kombis siajn ĉevalojn. Li estis malkontenta pri la platŝtonoj, trovis ilin ne sufiĉe ekzakte metitaj kaj ordonis konstante ilian elŝiron. Li ordonis al siaj laboruloj rampi tra la truo en la kuireja muro. La valvirino diris, ke nur sudaj grandbienuloj rampas tra fekajtruoj en siaj domoj. La junkro diris ke ne estas necese plendi pri afero kiu ne koncernas ŝin, ke li ne kompatas ŝin nek aliajn de ŝia speco trarampi truojn en muroj. Malfrue en la posttagmezo li faris du mallongajn rajdojn sur sia ĉevalo, sed estis aŭdita kanteti parton de strofo tuj poste sur la hejmkampo. La ĉielo estis ruĝa.

En la posta tago li estis rajdinta for. La teramasoj staris ankoraŭ ĉe la enirejo, la tegmento ne estis riparita tie, kie ĝi estis rompita. Ĉefpordo ne ekzistis. La martelo kaj la hakilo kuŝis inter la dehakitaĵoj.

17

En la paso de la tago komencis pluvi kun elsuda ventego. Pluvis dum la tuta nokto kaj la posta tago. La dompordo fariĝis tute netrairebla, nur vento kaj akvo havis liberan vojon en la domon. En la vespero malkreskis la vento.

Pasis kelkaj tagoj. Tiam alrajdis vizitanto sur nigra ĉevalo grasa. Li petis anonci sian alvenon al la dommastrino. Kiam ŝi aŭdis, kiu estis eksterdome, ŝi sendis vorton, ke ŝi ne estas tute sana kaj tial ne pretema renkonti gaston, sed ordonis doni selakton al la ĉefpastro. Li sendis vorton reen, ke li ne venis por plezuro kaj estus preta paroli kun la dommastrino ĉe ŝia litorando, se ŝi ne povas piediri. Ŝi diris ke estus tiam plej bone tiri la ĉefpastron tra la truo malantaŭ la kuirejo kaj konduki lin en la domsalonon. Ŝi daŭrigis sian teksadon dum longa tempo. Finfine, kiam ŝi venis malsupren, ŝi surportis punte ornamitan mantelon sub kiu videblis zono ore striita.

La selakto staris netuŝita sur la tablo antaŭ la gasto, kiel ĝin metis antaŭ li la servistino. Kiam ŝi eniris, li ekstaris kaj ŝin salutis.

"Ĝojigas min vidi, ke mia amikino el junaĝo estas tamen ne tro malsanema por veni malsupren," diris la ĉefpastro.

"Ŝi lin bonvenigis, sed diris ke ŝi bedaŭras, ke al gastoj ne estas invitite eniri tra la ĉefenirejo fronte; tamen ŝi estus ordoninta fari ĝin trairebla, se ŝi estus atendinta la viziton de la ĉefpastro; sed li alvenis sen antaŭa sciigo. Ĉu li bonvolus sidiĝi?"

Li klinis la kapon kaj tusetis, liaj okuloj vagis tra la ĉambro en cirkloj, tamen neniam pli alte ol je genua alteco de la planko. Fine ili haltis ĉe la kruĉo antaŭ li sur la tablo. Li diris:

"Ĉu mia amikino volus forportigi de mi tiun selakton."

Ŝi tuj prenis la kruĉon kaj elĵetis la enhavon tra la pordon.

Li restis sidanta kaj vagiganta siajn okulojn. Ŝi ne sidiĝis.

"Hm – mi intencis komenci pri konvena antaŭparolo al tiu afero," li diris. "Sed mi ne plu trovas la vortojn. Kiam oni vidas vin, oni forgesas kion oni intencis diri."

"Tiam ĝi apenaŭ estis grava," ŝi diris.

"Tamen jes," li diris.

"Via forgeso ne estas damaĝo plorinda," ŝi diris. "Mi ne komprenas antaŭparolojn. Kion vi volas?"

"Estas tre malfacile," li diris, kaj evidente sin penigis por kolekti forton por tiu grandfaro. "Sed ĉi tie mi estas. Tial mi devas paroli."

"Saĝe dirite," ŝi diris: "sum, ergo loquor"*.

"Ne valoras la penon moki min, kvankam mi tion meritas," li diris, " Vi scias ke mi staras sendefenda sub viaj glacie malvarmaj mokoj. Mi venas al vi post longaj maldormoj."

"Oni devas dormi en la noktoj," ŝi diris.

"La letero, hm," li diris, "kiun mi estis persvadita laŭtlegi en ĥoreja pordo en pastra kunveno: mi ŝuldas al vi mian pardonon pro tio. Tamen tio ne estis farita senkaŭze, sed post longa alvokado de tiu Sinjoro kiu ja vere tenas for de vi sian gracon, sed donis al vi belecon kiu levas malriĉan landon."

Ŝi silentis kaj rigardis lin el tiu senfina distanco el kiu homo rigardas renversitan sterkoskarabon.

Sed li retrovis la fadenon, tamen zorgis rigardi en alian direkton ol tien, kie ŝi sidis, por ne forgesi tion, kion li volis diri; li diris ke li antaŭ ĉio volas certigi ŝin pri tio, ke tiuj vortoj kiujn li uzis en ŝia ĉeesto en la vintro, pri la naturo de la Tentisto kaj lia traktado de virino laŭ la Sankta Skribo kaj autores, ne estis diritaj por ŝin riproĉi, sed devenis el malĝojo, aŭ ĉu mi prefere diru el ĉagreno, ke ŝi, la suno de Islando, risku kvazaŭ lude elmeti sian animan sanon en danĝeron per ĝui la ĉeeston de peko. Malgraŭ malĝojo kaj ĉagreno estis lia kredo, ke de ŝia flanko nenio okazis en Skálholt, kio malhonorigus noblan virinan personon, aŭ kion Dia graco nevolonte

— 254 —

riparus, precipe se kredo kaj pento kontraŭpezus. Poste li turnis sian parolon denove al la letero: "Se," li diris, "via konfesprenanto intervenis en tiu afero en maniero malagrabla al vi, li tion faris nur pro koncerno pri via aminda animo. Kvankam ĉiu espero pri gajno de via favoro estus per tio difektita, li estis per subteno de Dio preta pagi tiun prezon, se tio estus gajnita, ke peka ĉeesto estus pelita for de tiu animo, kun li estimas pli alte ol ĉiujn animojn – kio fakte okazis en la tago post legado de la letero."

Poste multo konkrete pruviĝis pri okazoj de eventoj, kiujn li estis antaŭe provinta klarigi al ŝi pri la naturo de la aferoj, sed ŝi ĉiam turnis surdajn orelojn al tiu instruo, kaj kiel ekzemplon li nomis tiujn atakojn kontraŭ la honoro de Islando per procesoj kontraŭ la maljunaj dignuloj de tiu ĉi lando, plaĉaj al Dio, niaj superuloj.

Kiam li atingis tiun lokon en sia historio, lia teologia lerto jam ekfloris, kaj li faris paroladon pri kio okazos en la lando, kiam estis perforte elpelitaj la kristanaj aŭtoritatuloj metitaj de Dio por disciplini la popolamason, kiu nur aspiras kontentigi sian malvirtan voluptemon, ĉiam serĉanta oportunon ribeli kontraŭ la leĝoj kaj piedtreti moralecon. Li pruvis per ekzemplaj citaĵoj de doktoroj kaj aŭtoroj, ke inter mil homoj nur unu meritas saviĝon de sia animo, kaj tamen nur pro graco de Dio. Li citis ekzemplojn el la historio de Grekoj kaj Romianoj, sub kiaj nekredeblaj cirkonstancoj stariĝis iliaj respublikoj, kaj diris ke eblas el tio eltiri analogion kio okazus al nia mizera popolo, se ŝtelistoj, murdistoj kaj almozuloj gajnus potencon, sed kristanaj aŭtoritatuloj suferus atakojn, molestojn kaj ruinigon kaj estus tenataj en malhonoro kaj malestimo. "Kiam la plebo estas provokita kontraŭ siaj superuloj, tio ĉiam ŝuldiĝas al unu el la elsenditoj de Satano por konfuzi la naivulojn kaj perfidi la reĝon. Neniu dubas pri la inteligenteco de Arnas Arnæus. Sed lia misio estas la sama. Sian mizeran patrolandon li volas forviŝi el la loĝata mondo kaj li ne evitas uzi ĉiun ajn rimedon. Unue li rabis al la lando ĉiujn restaĵojn de ĝia ora epoko, trompantaj niajn malricajn klerulojn transdoni tiujn literaturajn gemojn kiuj estas nia krono, iujn li trompis per pago kaj logaj donacoj, sed pliajn per almozo, kiel malnova frako aŭ senutila peruko; tiujn gemojn li mem transportis aŭ ordonis sendi al Kopenhago. Nun la vico venis al niaj leĝoj antikvaj kaj al la regadsistemo de niaj prapatroj, kaj nun tiu malica spirito aperas kun tia juĝista aŭtoritato kia neniam antaŭe ekzistis en la lando, tamen kun leteroj, kiujn neniu kuraĝas pridubi, sed laŭ ili li havas la rajton alvoki por si kunjuĝantojn laŭ sia deziro kaj juĝi kiun ajn laŭ sia kaprico. Sekve, la aŭtoritatuloj estis ruinigitaj, posedaĵoj de grandsinjoroj konfiskitaj kaj ili mem persekutitaj ĝis malhonoro, laŭleĝe faritaj kondamnoj senvalidigitaj, krimuloj kaj vandaloj altigitaj. Kaj estas jam klare, kiu estos la unua por esti perfortita sin klini en la polvon antaŭ la piedoj de la popolaĉo."

Ŝi diris: "Mi estus surprize seniluziigita, se mia patro multe konsterniĝus pro la fakto, ke la reĝo sendas homon por ekzameni plenumojn de liaj oficialaj devoj; kaj li restos egale rekta, kvankam li faris unufoje eraron, kio estas nur homa kaj al neniu kalkulita kiel riproĉo dum vivolonga servado."

"La kortumo senigos vian patron de liaj terposedaĵoj kaj honoro post malmultaj semajnoj," diris la ĉefpastro, kaj lia buŝo tremetis kiam li rigardis momente ŝian vizaĝon. Li silentis kelkajn minutojn. Lia vizaĝo kontinue tremetis.

"Kion vi volas de mi?" ŝi demandis.

"Mi estas via aspiranto," li diris – "post unu irinta for."

"Mi revenis hejmen al mia edzo Magnús," ŝi diris.

"Magnús Sigurðsson estas jam komdamnita en la distrikta kortumo pro sia letero," diris la ĉefpastro. "Li estas homo sen honoro. Liaj posedaĵoj estis konfiskitaj de la reĝo, inkluzive de tiu ĉi bieno, kiun vi donacis al li."

"Tio estas bona," ŝi diris, "ke li estis homo por tie aperi."

"Hieraŭ venis al mi homo el Flói en la sudo por peti min zorgi pri tio, ke Magnús Sigurðsson estu farita respondeca pro lia konduto tie en la nokto. Tio fakte estis la unua fojo, ke mi servis kiel arbitracianto en tiaj aferoj – pro persono, kiu estimas min plej sensignifa el ĉiuj homoj."

"Pro mi?" ŝi demandis.

"Pro ŝia kara persono mizeraj farmistoj okaze ricevis favoretojn de bonaj homoj, por ke tiaj aferoj ne iru al plia procesado. Tamen, indulgoj de tia speco plej certe povas esti konsiderataj inter tiaj bonfaroj, kiuj estas nomitaj senprudentaj de filozofoj kaj estas rigardataj kiel egalaj al pekoj."

Nun la ĉefpastro tion rakontis al la dommastrino, ke ŝia edzo antaŭlastnokte rajdis al farmbieneto sude en Flói, elĵetis kun batoj la farmiston el la lito kaj adultis kun lia edzino.

Ŝi ridetis kaj diris ke mono uzita por kaŝi al ŝi bonan novaĵon estas stulte malŝparita; ke ŝia edzo ĉiam estis granda kavaliro. "Kaj mi estas fiera aŭdi," ŝi diris, "ke mi havas edzon kiu ankoraŭ taŭgas al virinoj post submergiĝo en brando dum tridek jaroj."

La ĉefpastro rigardis en la distancon, sen moviĝo kaj ia ajn signo ke li aŭdis tiun frivolan respondon.

"Kara pastro Sigurður," ŝi diras. "Kial vi neniam ridetas?"

"Jam estas tempo," li diris, "ke tiu tiel nomita geedziĝo, kiu longe estis skandalo al ĉiuj bonaj homoj en la lando, estu nuligita per la graco de Dio kaj konsento de la eklezio."

"Mi ne povas vidi kion tio ŝanĝus," ŝi diris. "En la okuloj de popolo mi kuŝos kiel antaŭe sub akuzo pri adulto, kiun kalumnion mi ne havas la ŝancon refuti, kaj divorci disde mia malhonora sen-hava edzo neniel povas tion korekti. Kaj estas senutile serĉi subtenon de mia patro, ĉar ankaŭ li laŭ via diro iros sur la almozan vojon – kanajlo en ĉies opinio en lia maljunaĝo."

"Mi staris anksioplena ekster via fenestro en la noktoj ĉi-vintre, ofte en frosto kaj neĝblovado," li diris. "Mi proponas al vi mian riĉ-aĵon kaj mian vivon. Mia lasta centvaloro da terposedaĵoj estos la via por uzi por regajni la honoron de via patro, se vi volas."

"Kion diros la trapikita trolo, kiun vi voli fari mian juĝanton lastvintre?"

Ŝia blasfemo ŝajnis tuŝi lin ne plu:

"La senmorta atestanto de mia Elaĉtinto, pastro Hallgrímur Pétursson*, havis paganan edzinon. Mi ne havas malpli bonan pozicion ol li."

"Kaj kion diros la eklezia ordinacio, kiu estas multe pli severa ol la krucumito mem?" ŝi demandis. "Kiom longe tenos pastro ornaton, kiu edziĝas al forkurinta virino kun reputacio pri adulto aldone al ĉio alia?"

"Ĉu mi povos diri vorton al vi en konfidenco?" li demandis.

"Se al vi plaĉas," ŝi diris.

"Mi venas ĉi tien kun plena subteno de tiu homo, kiu estas la dua en la rango post via patro kiel enkarniĝo de la honoro de nia lando, la aristokrato al kiu ni ambaŭ, vi kaj mi, povas sekure fidi nian pozicion."

"La episkopo?" ŝi demandis.

"La edzo de via fratino," li diris.

Ŝi ridis malvarme. Poste silento.

"Rajdu hejmen al via trolo," pastro Sigurður," ŝi diris. "Mia fratino Jórunn kaj mi povas pli bone diskuti sen peranto."

Kelkajn tagojn poste la junkro estis portita hejmen sur ligna brankardo tirita de ĉevalo. Lian korpon kovris koaguliĝinta sango. Liaj internaj organoj probable damaĝitaj, almenaŭ kelkaj ripoj. Li ne povis movi la korpon nek la membrojn, kaj ne havis la forton paroli. Li estis singarde enpuŝita tra la truo en la kuireja muro kaj kuŝigita en liton en lia ĉefĉambro. Tio estis kruela frapo de travivaĵo .

Kiam li resaniĝis sufiĉe por povi paroli, li demandis pri sia edzino, sed ricevis la respondon, ke ŝi estas malsana. Li postulis ke li estu portita supren al ŝi, sed estis al li dirite ke ŝi ordonis meti riglilon al ŝia pordo interne.

"Tio ne gravas," li diris. "Ŝi tamen malfermos."

Oni diris kaj la valovirino Guðríður neniam forlasas sian lokon apud la alkovo de Snæfríður, ĉu tage, ĉu nokte.

Tion li trovis malpli esperiga. Li demandis kiel aspektas la malsano de sia edzino, kaj ricevis la respondon, ke ŝi iris malsupren feste vestita por akcepti gaston antaŭ unu semajno, parolis kun li kelkan tempon kaj adiaŭis lin gaje, poste iris supren al sia ĉambro. Post tio ŝi ne estis vidita irumi en la domo. Ŝi ne eltenis la taglumon el ekstere, nek tiun bruon kiun faras pepado de birdoj ĉirkaŭ la domo tage kaj nokte en tiu tempo de la jaro, sed ordonis kovri sian fenestron per nigra lantuko.

18

Supre en Almannagjá* staras du malnovaj tendoj ambaŭflanke de roko, kadukaj kaj kelkloke ŝiritaj, tamen kun stampita krono de nia Ĉiograca Moŝto la Reĝo. Viroj okupis la tendon ĉeflanke de Brennugjá*, virinoj tiun, kiu staris ĉeflanke de Drekkingarhylur*.

Iuj estis alvokitaj al Þingvellir por doni ateston en procesoj, sed plej multaj estis kondamnitaj krimuloj, kiuj jam estis punitaj korpe, iuj antaŭ nelonge, aliaj antaŭ longe: brulmarkitaj, skurĝitaj, aŭ kies manoj estis dehakitaj, sed alvokitaj ĉi tien ĉi-tempe de speciala sendito de la reĝo por nova ekzameno de iliaj kazoj. Ili atendis la servadon de supo de la reĝo fare de la kuiristo de Bessastaðir.

"Tiu kompanio ŝajnas al mi iom malvigla, kiam fine devas okazi la justeco," diris unu. "Estas strange ke neniu eĉ ne povas kanti unu rimaĵon."

Plej multaj surhavis ŝiritajn vestojn, estis nudpiedaj aŭ kun multaj ŝuaĉoj volvitaj unu super alia, vilaj vizaĝoj, iliaj ĉifonoj tenitaj per ŝnurpecoj aŭ fadenoj el kardita lano, sen havaĵoj, kun rompitaj rastilteniloj uzataj kiel bastonoj de tiuj, kiuj havis manon. Tamen estis en la grupo kelkaj posedantoj de bovino, disputemuloj kiuj iam estis punitaj de la aŭtoritatoj kaj neniam povis tion forgesi, sed maldormis en la noktoj pensantaj pri tio, senlacaj je plendoj, riproĉoj kaj kvereloj. Unu el tiuj homoj nun diris, kiam ŝajnis ke finfine havos pravigojn liaj plendoj:

"Mi postulas tagsalajron pro esti tirita for de la printempaj farendoj kaj trenita ĉi tien."

Alia diris ke la vojaĝo al Þingvellir estus al li nur plene pagita, se li vidus skurĝata sian prefekton.

Sankta homo, kiu estis brulmarkita pro ŝtelo el la monkolektujo de Dio, diris: "Tiuj postuloj ŝajnas al mi faritaj de malmulta soci-etemo koncerne tiujn, kiuj estis ĉi tie bruligitaj en Brennugjá, pend-umitaj ĉe Gálgaklettur* aŭ dronigitaj en Drekkingarhylur solaj kaj forlasitaj, aŭ ĉar ili ne povis prezenti kontraŭĵuron al malĝusta aku-zo, aŭ ĉar la Diablo aperis en formo de hundo kaj atestis kontraŭ ili. Ĉu ni estas pli kompateblaj ol ili? Kial ne mi kaj vi?"

Jón Hreggviðsson de Rein, kiu sidis antaŭ la tendo kun griza barbo anstataŭ la nigra, en kotokovritaj felŝtrumpoj kaj dika lanŝtofa mantelo plena de alkroĉitaj ĉevalharoj, zonita per ŝnuro, tiam elkriis:

"Mi estis siatempe transportita ĉi tien orienten trans la monton kune kun iu Jón Þeófílusson devena el al Okcidentaj Fjordoj, kontraŭ kiu la Diablo atestis, tiel ke li estis bruligita. Sed tion mi devas diri: ke svatanto kiel li, kiu povis sidi tutan nokton kun ventgapilo sur la firsto sub kiu la virino kuŝis kun alia homo, tiu ne meritas ion

— 259 —

pli bonan, kiel mi ofte diris al li en la nigra tertruo: 'Vi certe estos bruligita, mia Jón.'"

"Multaj dirus, ke ne estus okazinta granda misaĵo, se via kapo estus tiam deruliĝinta, Hreggviðsson," diris senmana ŝtelisto.

"Kial mi ne estis senkapigita, kial mi ne estis pendigita? Mi ne estis pli bona ol ili," diris la sanktulo kiu ŝtelis el la monkolektujo de Dio.

Iu homo kun maldika voĉo, kiun oni forgesis ekzekuti pro adulto, diris:

"Mia fratino estis dronigita, kiel ĉiuj scias, kaj mi sukcesis pro graco de Dio eskapi al fuĝintaj ŝtelistoj sur la montoj kaj poste en alian landparton, kie mi mensogis pri mia nomo. Mia unua faro estis informi la prefekton pri la kaŝloko de la ŝtelistoj kaj ili estis persekutataj kaj ŝtonumitaj. Komprenebte mi estis fine rekonita, kaj dum dek jaroj ĉiuj scias, ke mi estas la homo. Dum dek jaroj mi iris pentoplena de pordo al pordo, kaj la popolo antaŭ longe akceptis min kiel rompinton kontraŭ la leĝoj de Dio kaj homoj kaj traktis min bone. Kaj nun, post dek jaroj, ekaperis ke tute alia homo kaj tute alia virino ekhavis la infanon pro kiu mia fratino estis dronigita ekhavi kun mi. Kiu mi estis dum ĉiuj tiuj jaroj, kaj kiu mi estas nun? Ĉu iu donas al mi almozon post tio? Ĉu iu akceptas min en la spirito de kompato kaj indulgemo ekde tio? Ne, oni min mokridos tra la tuta lando. Oni eĉ ne ĵetas al mi maldikan pecon de fiŝventro. Oni forpelos min per hundoj. Mia Dio, mia Dio, kial vi forprenis de mi tiun krimon?"

"Kiam mi estis infano oni instruis al mi respekti la aŭtoritatojn," diris maljuna vagabondo kun ploro en la gorĝo. Kaj nun mi devas en maljuna aĝo rigardi kvar el tiuj bonaj prefektoj, kiuj skurĝigis min, tiritaj antaŭ kortumon. Se neniu nin skurĝigos plu, kiun ni do povos respekti?"

"Dion," diris iu.

"Bone menciite," diris blinda krimulo. "Kion volis diri pastro Ólafur de Sandar, kiam li en sia bela verso petas nian sinjoron Jesuon subteni la aŭtoritatojn?"

"Neniam mi ekpensas egaligi ĉiujn aŭtoritatojn," diris la senmanulo. "Mi estis skurĝita en Rangárvellir pro la sama krimo pro kiu mi estis manhakita en la sudborda distrikto."

"Ĉu tio estu tiel komprenita," diris la blindulo, "ke nia Elaĉetinto devas subteni elektitajn aŭtoritatojn, iujn bonajn aŭtoritatojn, ekzemple tiujn aŭtoritatojn, kiuj opinias sufiĉe skurĝi homojn, sed ne tiujn kiuj forhakas la manojn de homoj? Mi kontraŭe opinias, ke la bona poeto esceptas neniun en la sia bela verso: lia preĝo estas, ke la Elaĉetinto subtenu ĉiujn aŭtoritatojn, tiujn kiuj forhakas la manojn de homoj ne malpli ol tiujn kiuj skurĝas homojn."

"Pastro Ólafur de Sandar povas manĝi merdon," diris unu homo.

"Mi ne scias, kion povas manĝi pastro Ólafur de Sandar," diris la blinda krimulo. "Sed tion mi kredas vera, kion mi aŭdis, ke kiam majstro Brynjólfur jam estiĝis tiom maljuna, ke li ne plu komprenis la grekan kaj la hebrean, kaj ankaŭ forgesis retorikon kaj astronomion, kaj ne plu sciis kiel deklinacii mensa* en la latina, tiam li senĉese recitis tiun verson de pastro Ólafur de Sandar, kiun lia patrino instruis al li kiam li kuŝis en lulilo."

"Kiu fidas la aŭtoritatojn, tiu ne estas homo," diris Jón Hreggviðsson."Mi trapaŝadis Holandon."

"Mia reĝo estas justa," diris la maljuna vagabondo, multfoje skurĝita.

"Tio, kion oni ne prenas de si mem, oni nenie prenas," diris Jón Hreggviðsson. "Mi trafiĝis en aventurojn inter la Germanoj."

"Feliĉa estas tiu homo, kiu ricevis sian punon," diris la multfoje skurĝita.

"Mi kraĉas sur Tiujn Grandajn, kiam ili kondamnas maljuste," diris Jón Hreggviðsson. "Kaj tamen mi kraĉas sur ilin ankoraŭ pli, kiam ili kondamnas juste, ĉar tiam ili timas. Kredu, ke mi konas mian reĝon kaj lian pendumiston. Mi dehakis la sonorilon de Islando, eltenis hispanan jakon en Glukkstad kaj surhavis mian Paternoster en Kopenhago. Kiam mi revenis hejmen, mia filino kuŝis sur la mortolito. Mi ne fidus al ili akompani senkulpan infanon trans rivereton, ne dronigante ĝin."

"Jón Hreggviðsson estas la vera bildo de Satano," diris tiu multfoje skurĝita kaj tremis kiel tremola folio.

La blinda krimulo diris:

"Tenu pacon, karaj fratoj, dum ni atendas la supon de la reĝo. Ni estas la plebo, plej mizera besto de la tero. Ni deziru bonon al ĉiu aŭtoritatulo, kiu venas por helpi la sendefendajn. Sed justeco ne estos antaŭ ol ni mem estas homoj. Pasos jarcentoj. La justeca korekto donita al ni de la lasta reĝo estos prenita de ni de la sekvonta reĝo. Sed venos la tago. Kaj en tiu tago, kiam ni estas homoj, Dio venos al ni kaj fariĝos nia kunbatalanto.

19

En tiu sama tago kiam la malriĉaj senkulpuloj de la reĝo atendis la reĝan supon en Þingvellir ĉe Öxará, okazis tiu evento en Bræðratunga, ke la dommastrino leviĝis el sia lito, alvokis al si laborulojn kaj ordonis venigi ĉevalojn, poste anoncis sian foriron. Ili diris ke la dommastro estis rajdinta for, kaj rajdeblaj ĉevaloj ne plu troviĝas. Ŝi diris:

"Ĉu vi memoras la ĉevalon, kiu staris ligita al la ĉevalŝtono lastprintempe kaj mi ordonis al vi buĉi?"

Ili rigardis unu la alian, rikanante.

"Iru al Hjálmholt kaj serĉu tiun ĉevalon sur la paŝtejo de la prefekto kaj venigu ĝin al mi."

Ili revenis kun la ĉevalo ĉirkaŭ meznokto kaj ŝi atendis ilin preta por ekiri, ordonis ke ili elportu sian selon kaj ĝin metu sur la ĉevalon, volvis ĉirkaŭ si grandan lanŝtofan mantelon kun alfiksita kapuĉo, ĉar daŭris la pluvado. Ŝi alvokis unu el la homoj ŝin akompani okcidenten trans la riverojn. Ŝi intencis plurajdi sola dum la nokto. Estis kvieta vetero kaj ne malvarma, kun densa pluveto.

Ŝia akompananto apenaŭ returnis trans la riveron Brúará, kiam ŝia rajdbesto fariĝis obstina. Kiam ŝi estis vipfrapinta ĝin dum kelka tempo, ĝi eksaltis ĝis galopo tiel subite, ke ŝi preskaŭ jetiĝis el la selo. Ĝi kuregis plu dum longa tempo, kaj ŝi devis teni sin plenforte al la selarko, por ke ŝi ne falu, ĝis ŝi perdis la bridrimenon kaj la ĉevalo kuris el la pado sur la tufajn terbulojn kaj haltis. Ŝi komencis vipfrapadi ĝin denove, sed ĝi blovternis kaj disfrapis per la vosto ĝis la vipado ektedis ĝin kaj ĝi eĉ montris preton ekbaŭmi. Fine ĝi eksaltis kiel antaŭe kaj baldaŭ faris la saman ludon, galopis kaj preskaŭ sukcesis elĵeti ŝin teren. Ŝi elseliĝis kaj frotkaresis la ĉevalon, sed ĝi malatentis ŝiajn bonajn vortojn. Tamen ŝi povis ekirigi ĝin denove. Ĝi ĉiam galopis plej rapide, sed haltis alterne. Eble ŝi estis mallerta rajdanto. Fine okazis en iu kaveto, kie rivereto fluis, ke ĝi subite saltis flanken el la pado, sed ŝi jetiĝis antaŭen el la selo kaj trovis sin kuŝanta sur la grundo. Ŝi ekstaris kaj forviŝis koton kaj malsekaĵon el siaj vestoj, sed alie ŝi estis sen difekto. Numenio kriis akre kaj energie en la nebulo. La ĉevalo paŝtis sin sur la bordo de la rivereto. Ŝi surseliĝis ankoraŭ unufoje pli, tamen heziteme, ĝin frapis ĉe la ingveno, ektiris la bridrimenon, kriis hot hot, sed sen rezulto. Probable ŝi ne sciis kiel frapi ĉevalon. Unu estis certa, ĝi staris sen movi sin. Estis kontraŭ ĉiuj ĝiaj principoj sin movi plu en tiun direkton. Li levis la kapon kaj baŭmis. Ŝi elseliĝis, paŝis sur la randon de la kavaĵo, tie sidiĝis sur terbulon en la pluvo kaj rigardis la ĉevalon.

"Estis ja atendeble, ke ĉevalo kiun rabistoj donacas al oni kiel kompenson pro difekto, ne estus pli bona ol vi, vi sentaŭgulo," ŝi diris al la ĉevalo.

Feliĉe neniu vidis ŝiajn vojaĝajn klopodojn, ĉar estis frumatene kaj la kamparoj ankoraŭ dormantaj, la nebulo malpli densa ol antaŭ mallonga tempo, tiel ke la suno devis esti leviĝinta.

Ŝi faldis supren la randojn de siaj jupoj kaj ilin fiksis, poste ekpaŝis. Nebulo vualis la altaĵojn, la arbustaro blanka de akvo, griza reto sur senherbaj terkavetoj La burĝonantaj betuloj aromis tiel forte en la varma kaj kvieta pluveto, ke oni preskaŭ sentis naŭzon. Ŝi estis maltaŭge vestita por piedirado, ŝiaj botoj baldaŭ saturiĝis de akvo kaj la jupoj estis pezaj pro malseko, ĉar la trapluvita arbustaro implikiĝis antaŭ ŝiaj piedoj kaj malfaciligis ŝian paŝadon, krome ŝi ankoraŭ ne akiris plenan forton post kuŝado en lito de malsano; sed kvankam ŝi ofte falis, ŝi ĉiam ekstaris denove kaj daŭrigis sian iradon; kiam ŝi atingis al Bláskógar ŝi jam antaŭ longe estis tramalseka.

Kiam ŝi fine venis ĝis la rivero Öxará estis tiel malfrue en la mateno, ke drinkuloj jam ekdormis, eĉ la zumado en la malvarma rivero ŝajnis ligita en tiu nebulplena mateno, kaj malproksima kvankam oni staris sur la bordo. Kelkaj ĉevaloj lasis pendi la kapojn, dormantaj kie ili staris piedligitaj sur la paŝtejo.

Ĉirkaŭ la kortuma domo estis kelkaj tendoj, kaj ŝi vidis ke la leĝista loĝbudo estis tapetita kaj iris tien. La muroj estis nove riparitaj kaj beleta enirejo kun impresa pordo en la fronto, tri ŝtonaj ŝtupoj kondukis al pordo, ŝirmitaj per du kovrilaj tapetoj, ekstera kaj interna. Ŝi frapis sur la pordon. Akompananto de ŝia patro eliris peza pro dormo kaj ŝi petis lin veki la leĝiston. Maljuna homo sin ekmovis interne kaj aŭdiĝis demando kiu estas ekstere.

"Mi, mia patro," ŝi diris mallaŭte, kun malhela tono kaj subtenis sin kontraŭ la pordofosto.

La interna tapeto estis seka malgraŭ la pluvo kaj movebla ligno-plataĵo servis kiel planko. Ŝia patro kuŝis en dormosako el felo, sub li matraco odoranta de fojno, impona odoro en printempa tago, kiam neniu posedas fojnon. Li levis sin duone, vestita per dika noktoĉemizo el lanŝtofo, lantuko ĉirkaŭ la kolo, li estis blua kaj tute kalva, kun multe tro granda nazo kaj teruraj brovoj, haŭtfaldoj ambaŭvange, vangego kie devis esti submentono. Li rigardis ŝin sen emocia rekono.

"Kion vi volas, infano?" li demandis.

"Mi deziras paroli kun vi private, mia patro," ŝi diris per la sama profunda tono en la voĉo, ne rigardis lin, klinis sin plu kontraŭ la pordofosto, laca.

Li diris al sia akompananto iri al la tendo de servistoj por kelka tempo, petis ŝin atendi ĉe la sojlo ĝis la homo estis vestita. Kiam ŝi povis eniri ŝia patro jam leviĝis kaj vestis sin, tirinta sur sin altajn botojn kaj surmetinta mantelon kaj perukon, kun peza orringo sur la dekstra ringfingro. Li snufis tabakon en arĝenta skatolo. Ŝi paŝis rekte al li kaj lin kisis.

"Nu nu," li diris post ŝia kiso.

"Mi venis al vi, mia patro, nenio pli," ŝi diris.

"Al mi?" li diris.

"Jes," ŝi diris, "oni devas povi klini sin al iu, alie oni mortas."

"Vi estis sendisciplina infano," li diris.

"Mia patro, volu permesi al mi stari ĉe via flanko," ŝi diris.

"Infano mia," li diris. "Vi ne plu estas infano."

"Mi kuŝis malsana en la lito, mia patro," li diris.

"Mi aŭdis ke vi estis malsana, sed nun mi vidas ke vi fartas pli bone," li diris.

"Patro," ŝi diris. "Unu tagon en tiu ĉi printempo mi vidis nur mallumon. Ĝi glutis min kaj mi perdis mian forton kaj mi submetiĝis al ĝia potenco. Mi kuŝis kaj kuŝis en la mallumo. Tamen mi ne mortis. Kial mi ne mortis, mia patro?"

"Multaj malsaniĝas en la printempo kaj tamen travivas, infano mia," li diris.

"Hieraŭ mi aŭdis voĉon, kiu flustris al mi ke mi devas iri al vi. Iu diris ke verdiktoj estos eldiritaj hodiaŭ. Subite mi estis sana. Mi leviĝis. Patro, malgraŭ tiu terura mizero estas nia familio tamen de ia valoro, ĉu ne?"

"Jes," li diris. "Mi devenas de bona familio. Via patrino devenas eĉ de pli bona familio. Dankon al Dio."

"Ili ne sukcesis kurbigi nin," ŝi diris; "ne tute Ni staras ankoraŭ rektaj. Ni estas homoj, aŭ ĉu ni ne estas, mia patro? Mi estas certa, ke se mi havas devon, tio estas al vi."

"Vi ĉiam streĉis la fortojn de via patrino, infano mia," li diris.

"Ŝi diris: "Nun mi intencas rajdi kun vi hejmen al ŝi kiel ŝi petis min."

Li rigardis alidirekten.

"Patro," si daŭrigis. "Mi esperas ke verdiktoj ne ankoraŭ estas eldiritaj en procesoj."

Li diris ke li ne scias klare kion signifas tio, kion ŝi nomas verdiktoj, ĉar nun venis al tio, ke neniu scias plu kio estas justeco en tiu ĉi lando. Li mem ne scias kiun nomon elekti pri tiu burleskaĵo, kiu okazas ĝuste nun. Tiam li demandis, kia domaĝo tio estis, kio persvadis ŝin transigi la posedon de Bræðratunga denove al Magnús Sigurðsson, post kiam estis evidente ke li estos senhonorigita pro sia mensoga akuzo kontraŭ ŝi, anstataŭ divorci disde la homo per laŭleĝa dokumento kaj atestantoj. "Tamen vi sciis," li diris, "ke tiuj pli singardaj pri siaj vortoj kaj agoj ol Magnús Sigurðsson estus persekutitaj kaj senigitaj de siaj bonaj reputacioj kaj posedaĵoj, kvankam ili estus farintaj pli malmulte por ofendi la novan regan potencon de la lando." Li diris ke la vicleĝisto kaj du prefektoj estis nomitaj kaj rajtigitaj al leĝista povo juĝi en tiu afero, ĉar Arnæus postulas ke lia nomo estu purigita de tiu kalumnio, ne nur de distrikta tribunalo, sed ankaŭ de leĝita tribunalo, antaŭ ol li povos plenumi siajn oficajn taskojn. Tiu verdikto estos eldirita frue en tiu ĉi tago, kaj poste Arnæus komencos fari siajn taskojn en la kortumo.

"Patro," ŝi diris. "Kia puno estus devigita se la akuzo de Magnús estus pruvita vera?"

Li respondis: "Se edzigita homo prenas edzinigitan virinon la puno estas perdigo de nomo kaj respekto kaj ambaŭ pagu altan monpunon al la reĝo, sed suferu skurĝadon, se mono mankas."

"Patro," ŝi diris, "volu permesi al mi aperi antaŭ la kortumo kaj diri vorton."

"Vortoj neniom valoras ĉi tie," li diris. "Kion vi volas?"

"Mi volas kaŭzi misproces\on, tiel ke la tribunalo estu ruinigita kaj la juĝistoj nevalidigitaj, sed bonaj homoj havu tempon sendi siajn advokatojn al konsilio kun la reĝo. Povos esti, se tiu homo estos forpuŝita, ke ne estos facile trovebla lia sekvanto por procesi kontraŭ vi en venonta somero."

"Mi ne scias en kiu speco de sonĝo mi vivas, infano," li diris.

"Mi intencas peti la vorton," ŝi diris, "kaj postuli ke mi atestu en la proceso kontraŭ Magnús Sigurðsson. Mi intencas deklari al la tribunalo, ke Magnús estis prava en sia letero, kiun li legigis ĉe la ĥoreja pordo en la preĝejo de Skálholt."

"Ŝokas min aŭdi tion," diris leĝisto Eydalín. "Via fratino kaj ŝia edzo, la episkopo, skribis al via patrino ke tiu akuzo estas la plej nigra mensogo, kiun kiu ajn povas imagi. Aŭ kiu supozeble povus konfirmi tian ateston?"

Ŝi diris: "Mi prezentos ĵuron pri tio."

"Ne estus mia honoro multe valora, se mi konsiderus min lia savanto for de tretado de reputaci-ŝtelistoj, kunmiksante la vivon kaj honoron de mia filino en tiujn jurajn disputojn," diris la leĝisto. "Precipe kaj speciale, ĉar la ĵuro kiun vi intencas fari in praejudicio Arnæi,* devas esti ĵurrompo."

"Tio ne estas via afero," ŝi diris, "sed de nia patrolando. Se vi, tiuj malmultaj kiuj staras rektaj en ĝia mizero, estos metitaj sur benkon kun krimuloj kaj kondamnitoj; se nia familio estos tretita en koton; se ne estos veraj homoj en Islando, pro kio do estas ĉio?"

"Se vi kredas tion mia kutimo, infano mia, uzi falsajn ĵurojn por antaŭenigi miajn aferojn, vi eraras pri via patro. Timigas min aŭdi tian subtenon proponitan de mia infano, subtenon kiun eĉ la plej malhonesta homo rifuzus de bandito. La ideoj kiujn elpensas mizera virino estas nekompreneblaj al prudentaj homoj. Mi volonte agnoskas, ke en mia kadukeco mi faris unu aŭ alian eraron; sed mi estas kristana homo. Kristana homo taksas sian animan saviĝon

— 266 —

super aliaj aferoj. Se iu faras falsan ĵuron kun konsento de alia kaj en ties profito, ili ambaŭ forlasis la esperon de sia anima saviĝo por eterno."

"Eĉ se ili savus la honoron de tuta lando per sia krimo?" ŝi demandis.

"Jes," li diris, "eĉ se tiel ŝajnus."

"Tian harfendadon vi iam instruis al mi nomi ars casuistica*, mia patro," ŝi diris. "Fi al tiu arto."

Li diris raŭke kaj malvarme: "Mi rigardas viajn vortojn kiel fantaziojn de konfuzita virino, kiu per memfarita aflikto forlasis sian feliĉon, perdis sian kapablon distingi inter honto kaj honoro kaj nun parolas in desperatione vitae.* Ni ĉesigu tiun konversacion, infano mia. Sed ĉar vi estas ĉi tie, por kio nur Dio scias, mi voku la knabojn kaj petu ilin fari fajron kaj prepari teon, ĉar jam tagiĝas."

"Patro mia," ŝi diris. "Voku neniun. Atendu. Mi ne diris al vi la tuton: ne la veron. Nun mi tion faros. Mi ne bezonas fari falsan ĵuron: dum la tuta vintro mi kaj Árni regule havis malpermesitajn rilatojn kune en Skálholt. Mi venis al li en la nokto," – ŝi parolis mallaŭte kaj obskure en sian sinon kie ŝi sidis kaŭrante ĉe la pordo.

Li ektusis kaj parolis pli raŭke ol antaŭe:

"Tia aserto havus nenian pezon en kortumo, kaj tial neniam estus permesite al vi fari ĵuron. Estas tro multaj ekzemploj pri geedzaj personoj dirintaj tiajn mensogojn por akiri divorcon. En tia okazo la kortumo postulus atestantojn."

Ŝi diris: "Homo venis al mi en la printempo kun priscio de mia fratino kaj ŝia edzo por diskuti pri tiuj aferoj. Li estas altranga persono en la episkopejo de Skálholt, la homo kiu legis la akuzan dokumenton kontraŭ mi ĉe la ĥoreja pordo, kaj ne mirigus min, se li eĉ partoprenis en ĝia verkado kun scio kaj konsento de mia fratino Jórunn. Unu estas certa, la ĉefpastro, pastro Sigurður Sveinsson, estas tro ruza homo por legi tian dokumenton pro nura kaprico en sankta loko, – li havis bonan motivon por tion fari: li preskaŭ kaptis min en la ago en iu nokto. Krome, mi komprenis kaj pro liaj komentoj kaj tiuj de mia fratino pli frue en la vintro, ke ili sendis servistinojn de la loko pri spioni pri niaj faroj. Estus facile trovi atestantojn."

Li silentis dum longa tempo antaŭ ol li respondis.

"Mi estas maljuna homo," li finfine diris. "Kaj mi estas via patro. En nia familio tiaj aferoj neniam estis pruvitaj. Aliflanke, iuj familianoj de via patrino perdis la prudenton, kaj se vi diras ion pli laŭ tiu direkto, mi tial inklinas kompreni ke vi apartenas al ili."

"Árni ne neos tion fronte al mi," ŝi diris. "Li forlasos la kortumon."

Li patro diris: "Eĉ se Arnas Arnæus generos kun vi belan knabon, kaj eĉ se la ĉefpastro kaj servistoj lin kaptis en la ago, kaj eĉ ankaŭ la episkopo kaj lia edzino, tiu homo ne ĉesus antaŭ ol li havigis al si dekreton de princoj, imperiestroj kaj papoj, ke vi ekhavis la infanon kun iu vagabondaĉo. Mi konas lian familion."

"Patro," ŝi diris kaj rekte lin rigardis, "ĉu vi do ne volas, ke mi diru vorton? Ĉu via honoro signifas nenion al vi? Ĉu eĉ viaj sesdek bienoj estas al vi senvaloraj?"

Li diris: "Estas al mi malpli granda malhonoro stari rekta antaŭ dando en plena tago ol havi filinon, kiu falis antaŭ dando en plena nokto, eĉ se ŝi mensogas pri tiu malhonoro. Kaj tion vi scias, infano, ke kiam vi surprize edziniĝis al la plej mizera sentaŭgulo en la suda landkvarono post kiam unu el la plej riĉaj klerikoj en lando, la alte edukita poeto pastro Sigurður Sveinson, vin svatis, tiam mi ja tenis mian silenton pro tiu indignaĵo; kaj kiam li forvendis sian heredan bienon kaj faris vin vagulino, mi aĉetis la bienon en silento. Ankaŭ kiam via patrino aŭdis, ke vi estis vendita al iu Dano por brando kaj poste metita sub hakilon, mi ekskuzis min de respondo al tia stultaĵo. Eĉ kiam mi iris al li denove, redonante al via ekzekutisto tiun bienon kiun mi donacis al vi per skribita dokumento, mi malfermis mian buŝon al neniu, des malpli mian koron. Mi povas elteni kaj nun kaj antaŭe koto-ĵetojn de buboj en tiu ĉefloko de mia ofico, Þingvellir ĉe Öxará, sed tio ne gravas; ĉar neniu ridos, kiam tempo pasas. Sed pri ĉiuj indignaĵoj, kiujn vi devigis al via patrino kaj mi elteni, vi farus plej bone silenti pri tiu lasta, se vi ne volas ridindigi vian familion en la historio de tiu ĉi malriĉa lando dum jarcentoj."

En sida ripozo li ŝajnis ankoraŭ plene aktiva homo. Sed kiam li ekstaris kaj prenis sian lambastonon, kaj eliris por voki siajn servistojn al matena laboro, oni vidis kiom kaduka li estis. Li lamiris laŭ la ekstera ŝtonplataĵo per mallongaj paŝoj, kaj tiel kurba, ke la rando de lia mantelo treniĝis laŭ la plataĵo, kaj li grimacis por subigi la ĝemojn pro artika reŭmatismo post malbona ripozo en tiu malseketa, malvarma loĝbudo tiel frue en la somero.

20

Mallonge post kiam la leĝisto iris al siaj servistoj lia filino ankaŭ ekstaris kaj eliris el la loĝbudo. Ŝi estis laca kaj malseka post noktolonga piedirado en pluvo kaj la malvarmo kaptis ŝin. Ŝi rapidis for ekster vidon de la loĝbudo de ŝia patro kaj staras subite en Almannagjá, sub la krutaj rokmuroj kiuj premiĝis kontraŭ ŝin ambaŭflanke, la pendantaj roksuproj preskaŭ nevideblaj en la nebulo. Ŝi vagadis kelktempe sub la ravinaj muroj. Ŝi sentis doloron en la piedoj. Ĉevaloj malsekaj en la pluveca nebulo staris sur la ravina fundo, lasante hufpremojn en la malseka herbo kie ili sin paŝtis. Proksime aŭdiĝis la zumado de la rivero tra la nebulo. Baldaŭ ŝi staris apud la loko kie virinoj estis dronigitaj, kie la rivero turniĝas kaj fluas el la ravino. Ŝi rigardis la akvon ondiĝi kiel nigra veluro en la kirliĝo, profunda kaj malvarma kaj pura en la matena lumo, kaj ŝi sentis sekon en la buŝo.

Kaj kiam ŝi jam rigardis la akvon mallongan tempon ŝi aŭdis frapadon tra la zumado kaj vidis kie virino grize vestita kun pinta kapvesto staris sur ŝtono apud la akvo kaj frapis lavatajn ŝtrumpojn per klabeto. Ŝi iris al tiu virino kaj salutis ŝin.

"Ĉu vi loĝas en tiu ĉi loko?" ŝi demandis la virinon.

"Jes kaj ne," diris la virino. "Iam mi estis dronigota en tiu riverputo."

"Mi aŭdis ke fojokaze la luno speguliĝas en tiu akvo," diris Snæfríður.

La virino rektigis sin kaj rigardis ŝin, observis sian mantelon, malhelkoloran, faritan el bona kaj dika lanŝtofo, ŝi iris tuj apud ŝin kaj levis la mantelan randon kaj vidis ke sube ŝi surhavis bluan jupon el eksterlanda tuko kaj arĝentan zonon kun longaj ornamaj finaĵoj; kaj sur la piedoj anglajn botojn kiuj fakte estis kovritaj de koto, sed tamen estus valoraj je du au tri centoj da bientero. Poste ŝi esploris siajn vizaĝon kaj okulojn.

"Vi devas esti feino," diris la griza virino.

"Mi estas laca," diris la fremdulino.

La griza virino klarigis, ke ili estas ĉi tie kune en tendo tri mizerulinoj el malsamaj distriktoj. Unu estis brulmarkita pro forkuro kun ŝtelisto, alia estis dronigota pro ĵuro esti virgulino, tamen en

— 269 —

graveda stato, la tria perdis sian naskiton norde en Sléttuhlíð, sed ĉar estis probableco ke ĝi naskiĝis senviva ŝi estis sendita de ĉi tie ĉe Drekkingarhylur al la Spunahús* en Kopenhago kaj liberigita post sesjara sklavlaborado, kiam Lia Ĉiograca Reĝa Moŝto prenis sian reĝinon por edzino. Nun tiuj virinoj estis alvokitaj veni ĉi tien al Þingvellir por aŭdi iliajn de Dio senditajn aŭtoritatojn kondamnitaj al malhonoro. Ili intencis iri hejmen hodiaŭ. "Sed," diris la virino, "ĉar vi estas pro iu kaŭzo veninta al mi, knabino mia, kaj bezonanta gastamon, vi iru kun mi en la tendon."

La du kunulinoj de la virino observis la feinon en pia silento kaj ŝi permesis al ili tuŝi ŝin. Ili volis trakti ŝin plej gastame, ĉar tio estas multfoje pruvita, ke bone trakti feojn certigas feliĉon. Ili havis grandan deziron rakonti al ŝi siajn vivhistoriojn kiel ordinaraj homoj inklinas fari al supernaturaj estaĵoj kaj altranguloj, sed ŝi aŭkultis ilin distrite, kiel al vento kiu blovas trans monto. Iam kaj tiam ŝi ektremis. Ili demandis kial ŝi forĵetis de si la kaŝvualon kaj kial ŝi venis ĉi tien.

"Mi estas kondamnita," ŝi diris.

Ili diris: "Iru al Arnæus, fratino. Li malkondamnos vin, kion ajn vi faris."

"Tiu tribunalo ne ekzistas, ĉu kun elfoj ĉu kun homoj, kiu min malkondamnos," ŝi diris.

"Ĝi ekzistas en la ĉielo," diris tiam la virino kiu perdis sian naskiton kaj iris al la Spunahús.

"Ne, ankaŭ ne en la ĉielo," diris Snæfríður.

Ili rigardis ŝin senvortaj, ke ne povus ekzisti en ĉielo, nek sur tero, nek en la elfa mondo tribunalo, kiu povus malkondamni tiun krimulinon.

"Ne lasu tion ĝeni vin," diris la virino de la Spunahús. "Feliĉaj estas nur tiuj virinoj kiuj tranoktis en la rivertruo."

Ili estis kolektintaj muskon por surkuŝo kaj ricevinta kovrilojn de la reĝo. Nun ili preparis por ŝi kuŝejon. Kaj ĉar ŝi estis tute malseka, ili senvestigis ŝin kaj ŝanĝis kun ŝi vestaĵojn tiel ke ŝi ricevis kitelon de unu, jupon de la dua, ĉemizon de la tria. Kaj tiu kiu iris al la Spunahús deprenis de si sian kaptukon kaj kunligis ĝin en pinton sur ŝia kapo. Ili iris al la kuiristo de Bessastaðir kaj havigis al si teon kaj panon, kaj donis al ŝi por partopreni kun ili. Poste ili volvis ĉirkaŭ ŝin la kovrilojn markitajn per la monografo de la reĝo kaj almetis muskon ĉirkaŭe por varmigo.

Post nelonga tempo ŝi dormis, finfine, ĉar tio estis kun plio ŝia turmento dum tiu peza printempo, ke ŝi ne povis trovi ripozon en dormo. Sed nun ŝi dormis. Ŝia dormo estis profunda kaj trankvila. Ŝi dormis dum longa tempo. Dormis.

Kiam ŝi vekiĝis la tri malkondamnitaj malaperis sen iu signo, ke ili iam estis tie, la tendo malplena. Ŝi ekstaris kaj rigardis eksteren kaj la herbo antaŭ longe estis seka, serena ĉielo, la suno kliniĝinta okcidenten. Ŝi estis dormanta la tutan tagon. Ŝi estis ne vidinta la sunon post iam lastjare, sed nun ŝi vidis ĝin brili super Þingvellir ĉe Öxará, super Skjaldbreiður, Bláskógar, la rivera elfluejo, la lago kaj la monto Hengill. Io iritis ŝian haŭton sub la vestoj kaj kiam ŝi esploris ŝi rimarkis, ke ŝi surhavis vestaĵojn de la tri malkondamnitaj: multfoje flikita kitelo kun blankaj ostbutonoj, kaj neniu zono, ĉifonita mallonga jupo kotkovrita kun disfibriĝinta rando kaj ŝiraĵo flanke, en brunaj lanŝtrumpoj kun suboj altrikitaj al la malnovaj suproj kaj eluzitaj ŝuoj, el netanita bovinfelo, kun ĉifita lantukaĉo ligita kiel pinto sur la kapo. Ŝiaj piedoj elstaris sub la juporando kaj la manikoj atingis nur al la kubutoj. El tiuj ĉifonoj odoris fetoro de malpuraĵoj, kiuj plej bone distingas malriĉan popolon: fumo, ĉevalviando, fiŝolea sedimento, malnova homodoro. Kaj kiam ŝi pli esploris, kio iritas ŝian haŭton si vidis ke ĝi estis ruĝa kaj ŝvelinta pro pedikoj.

Pedikmordita ĉifonulino griza ŝanceliĝas for de sia dormoloko. Ŝi haltas sur la riverbordo kaj trinkas akvon el sia mankavo, rekovras sian vizaĝon per la kapotuko. Ŝi paŝetis en direkto al la kortuma domo, sed ne kuraĝis iri pli apuden, sed forlasis la padon kaj sidiĝis sur tufbulo, proksime al ĉevalo mordetanta herbon. La kortuma domo, la Justica Domo de Islando, estis en kaduka stato, ĝiaj muroj difektitaj, lignaj surfacoj malrektaj, tegmentaj randtabuloj rompitaj, traboj dislokitaj, la pordo el la ĉarniroj, la soklo libera de la tero. Kaj neniu sonorilo. Ekstere kelkaj hundoj interbatalis. La vespera suno orumis la burĝonantan betularon.

Fine, malgranda mansonorilo estis sonigita interne en la domo, la kortumo finis siajn taskojn. Unue eliris tri homoj en grandaj manteloj kaj altaj botoj, kun plumitaj ĉapeloj, unu zonita per glavo, komisiita peranto de la guberniestro. La ceteraj estis la vicleĝisto kaj fine la speciala commisarius de Nia Ĉiograca Moŝto Arnas Arnæus, assessor consistorii, professor philosophiae et antiquitatum Danicarum. Post tiuj tri altranguloj iris iliaj sekretarioj kaj adjutantoj kaj kelkaj armitaj danaj soldatoj. La vicleĝisto kaj la komisiito de guberniestro interparolis en la dana lingvo, sed commissarius iris post ili silenta, per firmaj paŝoj, kun la dokumentoj subbrake.

Sekvante ilin ŝanceliĝis el la kortuma domo leĝisto Eydalín kaj lia servisto ĉe lia flanko por lin subteni. Li estis fakte jam kadukulo: etendis la manon kiel infano al la homo kiu kondukis lin, anstataŭ proponi sian brakon. Lia mantelo treniĝis fronte sur la tero.

Tiam elvenis kelkaj mezaĝaj potenculoj el la domo, evidente en agitita humoro, ĉar oni povis aŭdi iliajn sakraĵojn, kelkaj estis ebriaj, kaj ŝanceliĝe paŝumis sur la pado. Fine kelkaj malkondamnitaj homoj, kiuj antaŭe estis kondamnitaj pagi pezan punmonon, aŭ estis ne senkapigitaj pro nura hazardo.Tamen ili ŝajnis ne aparte ĝojaj pli ol aliaj kiuj eliris el la domo.

Unu plebano en la grupo turnis for de la pado en la direkto kie la ĉifonulino sidis sur tufbulo. Li sakris. Ŝi pensis ke li estas ebria kaj eble farus al ŝi malutilon, sed li direktis sin tute ne al ŝi, eĉ ne ŝin rigardis, sed iris al ĉevalo kiu mordetis la herbon en ŝia proksimo. La ĉevalo estis iom obstina kaj montris la postaĵon al sia mastro dum kelka tempo, sed tamen nur laŭ kutimo, ĉar post ne longe la homo komencis bridi ĝin per ŝnuro kaj kantis dume tiun ĉi strangan malbenan strofon el la sepa parto de la Rimoj pri Pontus:

Marŝu, marŝu, nenies vivon ŝparu,
senindulga sang-batal',
senindulga sang-batal',
balen' de lasta ondo-val'.

Poste li malligis la piedligilon de la ĉevalo.

"Jón Hreggviðsson," ŝi diris.

"Kiu estas vi?" li diris.

"Kiel iris aferoj?" ŝi diris.

"Malbona estas ilia maljusteco, pli malbona ilia justeco," li diris. "Nun ili ordonis al mi havigi novan apelacion de la reĝo al la Plej Alta Tribunalo, kaj krome minacis sendi min al Bremerholm tuj post la Alþingi en la somero, ĉar mi ne aperigis la malnovan. Mi supozas ke vi estas unu el la malkondamnitaj?"

"Ne," ŝi diris, "mi estas unu el la kondamnitaj. La malkondamnitaj ŝtelis mian mantelon."

"Mi havas kredon pri neniu justeco escepte de tiu, kiun mi faras mem," li diris.

"Kio okazis en la afero de la junkro en Bræðratunga?" demandis la virino.

"Tiaj homoj kondamnas sin mem," li diris. "Ili babilaĉe sugestis, ke mi mortigis mian filon. Kion do? Ĉu li ne estis mia filo? Estas nur unu krimo kiu venĝas sin mem, kaj ĝi estas perfidi feinojn."

"Mi ne komprenas," ŝi diris.

"Du sinjoroj staras unu kontraŭ la alia kaj kondamnas unu la alian, sed ili ne scias, ke ili ambaŭ estas kondamnitaj. Ambaŭ perfidis la damon de lumo, la sveltan elfkorpon. La junkro deklaras la komisaron adultanto en ĥoreja pordo, la komisaro respondas per justica alproprigo de ĉiuj posedaĵoj de la junkro por si kaj la reĝo. Sed kie estas la riĉaĵo de mia sinjoro Arnæus? Jón Hreggviðsson estis riĉa homo post kiam li eniris tiun domon. Se vi deziras mi donos al vi sidon antaŭ mi kaj rajdos kun vi okcidenten al Skagi kaj dungos vin por somera laboro, mia kara virino."

Sed ŝi ne akceptis lian proponon kaj respondis: "Mi preferas almozpeti ol perlabori; mi estas unu el tiuj. Diru al mi pli da novaĵoj, por ke mi havu ion por rakonti kiel pagon pro tranokto. Kio okazis al la aŭtoritatoj?"

Li diris ke leĝisto Eydalín kun tri prefektoj estis senigita de honoro kaj ofico, sed iliaj posedajoj alproprigitaj al la reĝo.

"Malmulto restas al li krom la buŝo kaj la voĉo. Estas honto kompati homon, por ne mencii altrangulon, sed hodiaŭ kiam oni sidigis min ĉe la flanko de la maljunulo, mi en nova mantelo sed li en sia malnova mantelo, kiun li surportis kiam li kondamnis min antaŭ jaroj, tiam mi pensis: aj, certe ne estus troa pago al vi la malbela kapo de Jón Hreggviðsson."

"Ĉu vi mortigis la homon?" ŝi diris.

"Ĉu mi mortigis lin? Aŭ vi mortigas li aŭ li mortigas vin," diris Jón Hreggviðsson. "Iam mi estis nigra. Nun mi estas griza. Baldaŭ mi estos blanka. Sed ĉu mi estas nigra, griza aŭ blanka, mi kraĉas sur la justecon, escepte de tiu justeco kiu estas en mi mem, Jón Hreggviðsson en Rein; kaj la justeco kiu estas trans la mondo. Jen estas talero por vi, virino. Sed vian kapon mi ne povas savi."

Li prenis arĝentan moneron el sia monujo kaj ĵetis en ŝian sinon dum li surĉevaliĝis. Poste li jam estis rajdinta for. La almozulino sidis longe sur la tufbulo post lia forrajdo kaj turnis la moneron en sia mano, distrite. Poste ŝi ekstaris kun sia vizaĝo kaŝita en la kapvesto. Ŝi ne fartis bone en la mallonga jupo de la malkomdamnita, ne nur estis videbla ŝia piedo kun alta dorso, delikata maleolo kaj maldikaj longaj tendenoj, sed ankaŭ kiel la kruro kreskis pli substanca kaj fariĝis forta virina tibikarno, kiun neniu vidis antaŭe, tiel ke la virino sentis kvazaŭ ŝi estus nuda. Sed la viroj kiujn ŝi preteriris sur la riverbordo estis tro okupitaj pri siaj pensoj por interesiĝi pri mallonga jupo de vagulino. Kaj kiam ŝi vidis ke ili ne pensis pri ŝi sed pri si mem, ŝi turnis sin kaj vokis al ili:

"Ĉu vi okaze vidis Magnús en Bræðratunga?"

Sed tiuj estis eminentaj homoj, kiuj klarvide venis ĉi tien por partopreni la kortumajn procesojn, kaj konsideris sub sia digno, ke vagulino ilin alparolas por demandi pri homo, se entute li meritas la nomon de homo, kiun ili eble en tiu sama tago senigis de posedajoj kaj honoro pro kalumnio, kaj ne respondis al ŝi. Unu tre juna homo tamen ne havis tro multe por pensi, sed atendis sur la riverbordo kun du selitaj ĉevaloj dum lia patro kisadiaŭis aliajn eminentulojn mallonge for, tiu junulo respondis al ŝi ĉi tiel:

"La junkro en Bræðratunga estas precize taŭga viro por kunkuŝi kun vi, li kiu mensogis en la ĥoreja pordo pri sia edzino Snæfríður, la Suno de Islando."

Post tio ŝi ne plu kuraĝis mencii la junkron, sed kiam li renkontis maljunan kaj grizbarban ĉevaliston ŝi ekhavis la bonan ideon demandi pri la ĉevaloj de Magnús Sigurðsson.

"Magnús Sigurðsson?" demandis la barbulo. "Ĉu li ne estas tiu kiu vendis sian edzinon por brando al iu Dano?"

"Jes," ŝi diris.

"Kaj poste provis dehaki ŝian kapon per hakilo?"

"Jes," ŝi diris.

"Kaj poste akuzis ŝin en la ĥoreja pordo en Skálholt ke ŝi kuŝis kun la malamiko de sia patro?"

"Jes," diris la virino. "Estas li."

"Mi estas preskaŭ certa ke la ĉevalistoj de Bessastaðir prenis liajn ĉevalojn por gardo," diris la barbulo. "Se vi volas ilin preni, ili apenaŭ estas liberaj."

Ŝi vagis ankoraŭ dum kelka tempo tra tiu sankta loko Þingvellir ĉe Öxará, kie malriĉaj homoj tiom suferis, ke finfine la rokoj komencis paroli. La suno glimbrilas sur la nigra muro de la ravino kaj la vaporaj kolonoj sur la montoj trans la lago leviĝis alten al la ĉielo. Hundo ululas ie mallonge for, kun longaj tonoj, falsaj kaj tirataj, kun intermitaj senfortaj bojoj. Eble tiu mizera ululado jam daŭris dum longa tempo sen ŝia priatento. Ŝi vidis kie la hundo sidis sur terbulo sub roko kun klinitaj oreloj, sinkintaj palebroj, kaj la nazo etendita supren, kaj ululis al la suno preskaŭ el fermita buŝo. Malantaŭ ĝi kuŝis homo sur la dorso sur la herbo, eble morta. Kiam la virino proksimiĝis ĝi ĉesis ululi, sed malfermis vaste la buŝon kelkfoje en tiaspeca malespero, kia nur povas okazi al hundo, ekstaris kaj trenis sin mem en ŝian direkton. Lia ventro estis streĉita pro malsato. Kiam li venis pli proksimen ĝi rekonis ŝin malgraŭ ŝia griza vestaro kaj provis salteti sur ŝin, svingante la voston; ŝi vidis ke ĝi estis probable la hundo el Bræðratunga.

La junkro kuŝis sur la herbo. Li dormis. Sango kaj koto lin kovris, lia vizaĝo ŝvela pro batoj, liaj vestaĵoj ŝiritaj tiel, ke la nuda haŭto estis videbla. Ŝi klinis sin super la homon kaj la hundo lekis ŝian vangon. Lia ĉapelo kuŝis proksime sur la herbo kaj ŝi prenis ĝin kaj uzis ĝin por porti akvon el la rivero por lavi la homon. Li eldormiĝis kaj provis ekstari, sed eligis krion kaj refalis dorsen.

"Lasu min morti en paco," li kriis.

Kiam ŝi rigardis pli zorge ŝi vidis ke unu lia kruro estis senforta, rompita meztibie.

"Kiu putino vi estas?" li diris.

Tiam ŝi levis la kaptukon de sia vizaĝo, tiel ke li vidis ŝian oran haŭtkoloron kaj la bluajn okulojn kiuj estis sen egalo en la Nordiaj landoj.

Ŝi diris: "Estas mi, via edzino, Snæfríður."

Poste ŝi daŭigis flegi la vundojn de sia edzo.

Tria parto

Fajro en Kopenhago

1

Estis festo en Jægersborg.*

La reĝino faras bankedon por sia edzo, la reĝo, kaj por la germana princino, sia patrino, kaj sia frato, la duko de Hannover. La plej altrangaj homoj de la lando kaj la plej famaj eksterlandanoj estis invititaj al tiu festoparado.

La reĝino ordonis fari en Hamburgo pli ol kvindek luksajn arkojn kaj kvar luksajn sagojn por ĉiu arko, ĉar hodiaŭ la reĝo pafos la cervon.

Malfrue posttagmeze la nobeloj kolektiĝis en maldensejo ĉirkaŭita de altaj fagoj, sed ĉiudirekte estis starigitaj tendoj. Kiam la nobeloj jam prenis siajn sidlokojn aperis nia Plejgraca Reĝa Moŝto sur la scenejo, en ruĝaj ĉasistaj vestoj, kun ulnolonga plumo balanciĝanta super bereto el nigra flanelo. Sekvis la reĝino en akompano de sia altestima frato, ankaŭ ĉasiste vestitaj; kaj post ili paŝetis la korteganinoj kaj aliaj plej honorindaj sinjorinoj de la regno en ĉasistinaj vestoj.

Dekstre de la scenejo estis starigita iaspeca butiktablo cent futojn longa kaj sur ĝi vicigitaj trofeoj, ĉiuj el arĝento, donotaj al premiitoj post la fino de la konkurso. Je unu fino de tiu tablo estis streĉita tuko inter du arbotrunkoj, sed kontraŭ tiu baldakeno estis sidlokoj por la grandaj kaj iliaj sinjorinoj kaj la korteganinoj. Sed la kaviliroj, tamen, devis stari, kaj same la membroj de certa delegacio kun altaj ĉapeloj, longaj sabroj kaj nigraj barboj, kaj estis tiu nomita delegacio de la Tataroj.

Nun trumpetoj estas blovataj kaj leviĝas tiam la tuko verda kaj unu cervo el ligno aperas kaj komencas salti, kaj saltas de unu arbo al alia. Al la Tataroj estis donita la oportuno pafi la unuaj, sed iliaj sagoj vaste maltrafis, poste pafis la side graciaj korteganinoj kaj admiris ĉiuj iliajn elegantajn metodojn, kaj tiam poste la kaviliroj kaj trafis kelkaj proksime al la celo, tamen neniu tre proksime, kaj estis la homoj tre kontentaj pro tiu miranda distraĵo. Laste pafis la reĝo kaj la reĝino. Kaj sen plia parolo pri tio: la reĝo trafis la cervon per sia unua pafo kaj akiris per tio la titolon La Plej Lerta Pafisto en la Nordiaj landoj. Aliaj premioj disdoniĝis al kaviliroj kaj korteganinoj, sed la reĝino ne akceptis premion pro kaŭzoj de ĝentileco.

Flanke de tiu subĉiela scenejo altaĵo estis farita per eksterordinare artaj rimedoj. Supren kondukis arkado kie la kolonoj ambaŭflanke estis formitaj por pensigi pri citronaj arboj aŭ orpomaj arboj, kaj estis la monografo de la reĝo kaj la reĝino eltranĉita sur la trunkoj ie kaj tie, kaj estis superstreĉita baldakeno el blua tuko kun sama monografo. Supre, en la mezo de la altaĵo, estis bela lageto plena de fiŝoj kaj naĝis tie amaso de malsovaĝaj anasoj kaj aliaj birdoj. En la mezo de la lageto estis konstruita unu roko kaj el tiu roko, ĝis alteco de proksimume unu lanco, leviĝis kvar spruĉfontoj, kaj falis la akvoarkoj suben en la lageton. Tute ĉirkaŭ la lageto estis konstruita benko el herbotorfo kun la herbo supre. Bela tuko kovris la benkon kaj ĝi estis tiel transformita al bankedotablo; seĝoj estis metitaj ĉirkaŭe kaj tiel aranĝitaj, ke la reĝa familio sidu sub la baldakeno de la reĝo, sed la ambasadoroj, la nobeloj kaj la korteganoj sidu kontraŭvizaĝe ĉe la tablo. Oficialaj funkciuloj kaj aliaj dignuloj reprezentantaj la burĝaron, kaj iliaj sinjorinoj kaj aliaj gastoj, inter ili komercistoj, manĝis kun la Tataroj sur la herbejo sube de la altaĵo. La tablo de la reĝo estis ŝarĝita per ĉirkaŭ ducent pladoj kaj preskaŭ ducent specoj de konfitaĵoj kaj fruktoj en orumitaj pelvoj; etendiĝis la frandaĵoj ambaŭflanken kiom longe vidas okuloj kaj estis tio bela vidaĵo.

"Ein land vom liebegott gesegnet."*

Tiu germana eminentulo kiu portis la ventron en la brakoj kaj salutis assessorem consistorii et professorem antiquitatum Danicarum Arnam Arnæum dum la ĉaso de la cervo, kaj nomis sin kommerzienrat* Uffelen el Hamburg, prenis lokon apud lin denove ĉe la tablo kaj alparolis lin amikece.

"Nia graca sinjorino reĝino, via samlandanino, estas nobla kaj grandanima virino," diris Arnas Arnæus. "En la somerpalaco de Ŝia Graco, kiun ŝi nomas somera ripozejo, ŝi kun siaj korteganinoj ofte vestas sin kiel arbaraj nimfoj aŭ elfinoj. Kaj en la vesperoj ili dancas en kamparana maniero laŭ tonoj de violonoj kaj flutoj aŭ de sakfluto kaj ŝafista fluto. Oni povas veli en luna lumo sur tiu kaprica lageto Furusjór*. Kaj fini la vesperon per artfajraĵo."

La Germano respondis: "Mi vidas ke mia sinjoro ĝuas pli da favoro ol germana ordinarulo povus iam esperi havi ĉe sia samlandanino. Tamen, mi havis la privilegion eniri la palacon de du filinoj de la reĝo en Amager, ĉar pro nura galanteco mi alportis du kolibrojn por havi en ilia volière.* Sed tiam, bedaŭrinde, tiu tempo antaŭ longe forpasis, kiam junaj princinoj amas malgrandan birdon. Tiuj malgrandaj Gracoj diris ke ili ne estas tro kontentaj por havi malgrandajn birdojn anstataŭ tiu besto, pri kiu pormomente ili revis: unu krokodilo."

"Achja mein herr, das leben ist schwer,*" diris Arnas Arnæus.

"Miaj akompanantoj kaj mi havis la honoron esti invititaj de Lia Moŝto por partopreni matenmanĝon de ĉasistoj ĉe Hirschholm, lia somera palaco," diris la Germano. "Ni manĝis tie en la bela laŭbo kiu estas kvindekfuta kvadrato kaj staras sur dudek kolonoj kaj ornamita per oro kaj flanelo kaj silko: interne de la kupolo pendas pli ol okcent citronoj kaj orpomoj; oni devas iri tutvoje ĝis la suda Vallando* por trovi denove tian stilon."

"Nun mia reĝino, via samlandanino, ĵus ricevis unu aparte rimarkindan simion aĉetitan por ducent spesoj," diris Arnas Arnæus, – "por ne mencii la prezon por la elstaraj papagoj. Se mia sinjoro estus donacinta al sia samlandanino, anstataŭ du birdetoj al la princinoj, alian duopon de hispanaj ĉevaloj egale bonajn kiel tiuj aĉetitaj lastjare por ŝi por tiuj dumil spesoj kiuj estis enkasigitaj en Eyrarbakki, sed ĝi estas la plej granda komercejo en la dana regno, tiam estus kvietigita la malĝojo de la reĝino ne posedi kvarĉevalan jungitaron. Kaj mia sinjoro estus spertinta grandan vesperon kun nimfoj en la somerumejo ĉe Furusjór; kaj oni vin adiaŭus per artfajraĵoj."

"Mi ĝojas ke mia samlandanino fine trovis en Islando admiranton kiu opinias ke neniu tera besto estus tro bona por ŝi, se ĝi povus doni al ŝi aŭtentikan plezuron," diris la Germano.

Arnas Arnæus diris: "Certe ni Islandanoj donacus al Ŝia Graco kvaropon da blubalenoj, se ni ne estimus alian reĝinon eĉ pli alte."

La Hamburgano rigardis demandokule al Professor Antiquitatum Danicarum.

"La virino kiun vi menciis apenaŭ havas sian regnon sur la tero, se vi kuraĝas meti mian samlandaninon sur pli malaltan lokon ĉe sia bankedo," li diris.

"Vi pravas," diris Arnæus kaj ridetis; "ĉar tiu estas la reĝino de Islando."

La Germano plue rigardis sian apudsidanton per okuloj malvarme saĝaj, oblikve el la grasaj haŭtfaldoj, manĝis senĉese, preterlasis neniun pladon, sed sendube pensis alian ol li diris, ĝis li ŝiris unu piedon de krabo kun jenaj vortoj:

"Ĉu ne jam venis la tempo, ke la virino, kiun vi mencias, malspreniru el la aera palaco de ideoj sur firman grundon?"

"Aferoj estis por ni severaj lastatempe," diris la Islandano. "La menciita reĝino estas pli feliĉa supre ol malsupre."

"Mi aŭdis ke la variolo faris kruelan damaĝon en Islando," diris la Germano.

"La lando estis maltaŭge preparita por trakti tiun epidemio," diris Arnas Arnæus. "La variolo sekvis en la sulkon de la malsato."

"Mi aŭdis ke la episkopo en Skálholt kaj lia sinjorino mortis," diris la germano.

Arnas Arnæus rigardis kun miro al tiu fremdulo: "Tute vere," li diris. "miaj amikoj kaj gastigintoj kaj noblaj samlandanoj, la episkopaj geedzoj, estis vokitaj for lastvintre dum la variolo kune kun dudek kaj kvin aliaj homoj tie sur la episkopejo."

"Mia sinjoro akceptu mian kondolencon," diris la Hamburgano. "Tiu lando meritas pli bonan sorton."

"Ĝojigas min aŭdi vin diri tion," diris Arnæus. "Islandano estas dankema renkonti eksterlandanon kiu aŭdis la nomon de lia lando. Kaj ankoraŭ pli dankema aŭdi, ke ĝi meritas bonon. Sed bonvolus mia sinjoro rimarki, ke oblikve kontraŭ ni, ĝuste antaŭ la rostita porkido kiu kuŝas tie sur arĝenta plado, sidas la urbestro de Kopenhago, antaŭa ŝipknabo sur komercŝipo por Islando, nun la plej altranga en la Kompanio, la Ligo de komercistoj negocantaj en Islando, kaj ne valoras la penon iriti lin en tiu ĉi horo per laŭta parolo pri Islando. Al li, nome, estis devigite pagi kelkmil talerojn en kompenso pro vendado de vermoinfektita faruno, kaj krome malĝuste pezita."

"Mi esperas ke mi ne impresas tro aŭdace," diris la Germano, "se mi memorigas pri tiu malnova tempo kiam miaj samurbanoj kaj antaŭuloj, la Hansa-komercistoj, vizitis la insulon en siaj ŝipoj; estis alia tempo. Eble ni povos trovi iun komfortan lokon post la bankedo, kie maljuna Hamburgano povos interŝanĝi bonajn memoraĵojn kun tiu Islandano, kiun danaj komercistoj en Islando nomas Satano enkarniĝinta, prefere lokon kie tiuj niaj amikoj ne estas en aŭskulta distanco."

"Multaj homoj en Islando probable estus pretaj agnoski, ke la opinioj de la danaj komercistoj en Islando estas ne tute nepravigeblaj," diris Arnæus. "Sed bedaŭrinde por miaj samlandanoj, mi estas venkita. Mi estas la drako, kiun la danaj komercistoj en Islando havas nun sub siaj kalkanoj. Jes, ni tion atingis, ke ili devis pagi kompenson pro malbona faruno, kaj la reĝo sendos iom da greno dum daŭros la malsatmizero. Sed ne estis tia kompenso, kiun mi deziris por mia popolo, kaj ne iom da greno pro malsato, sed pli bona komerco."

Laŭ ordono de la reĝino ne troviĝu fortaj alkoholaĵoj sur la tablo en ŝia bankedo, sed nur malfortaj francaj vinoj, tamen modere servitaj, por ke tiu festeno laŭeble ne havu tiun krudan aspekton, kiu laŭ ŝia opinio karakterizas la nordajn landojn kaj ĉiam sin aperigas, kiam drinkas ties popoloj.

Je sunsubiro oni ekstaris de la tablo. Kiel postmanĝa distraĵo malgrandaj hundoj estis ĵetitaj en la lageton sur la altaĵo, kaj estis tio amuza spektaklo kiam ili provis persekuti kaj mordi ĝis morto la malsovaĝigitajn anasojn kaj aliajn flugiltranĉitajn birdojn kiuj tie naĝis, kaj havis de tiu ludo grandan plezuron la Reĝaj Moŝtoj kaj iliaj altrangaj gastoj.

Poste la homoj paradis elegantstile al la palaco de Jaegersborg kie la dancado komenciĝu post ne longa tempo. Kaj ĉar tio estis familia dancado oni deviis de tiu kortega kutimo porti maskojn, aŭ iujn specialajn kostumojn, escepte de la reĝino kaj ŝiaj kunulinoj kiuj vestis sin nigre antaŭ komenci la dancadon.

Post la manĝado konatoj inter la gastoj komencis interbabili, sed nun okazis ke Arnas Arnæus, kiu pro sia erudiceco de longe estis favorata gasto en ĉiu altklasa kunveno, eksentis ke diversaj nobeloj kaj alte eruditaj homoj al li bone konataj aŭ forgesis lin saluti aŭ malaperis tuj, tion farinte. Li tamen sentis ke iuj el tiuj sinjoroj en la urbestraro, akciuloj en la Kompanio kun la urbestro, povus esti pardonitaj ne povi momente interŝanĝi vortojn kun tiu homo kiu antaŭ mallonge okazigis ilian kondamnon pro fraŭdoj kaj falsoj. Aliflanke, li trovis tion pli miriga ke du altrangaj juĝistoj el la Plej Alta Tribunalo rapide evitis lian rigardon kiam ili vidis lin kaj paŝis for post devigita reciproko de lia saluto. Kaj ankoraŭ malpli bone li komprenis kial du liaj kolegoj el la Konsistorio estis ĝenitaj kiam ili vidis lin; kaj lia laborkamarado kaj malnova amiko, reĝa guvernisto kaj bibliotekisto Worms, parolis kun li distrite kun maltrankvila sinteno kaj forlasis lin sen plia prokrasto. Kaj li ankaŭ rimarkis sen ia dubo ke kelkaj kavaliroj kungrupiĝis kaj lin mokis per malicaj rigardoj laŭ tiu kutima metodo kiu kutime estis uzata en la Nordiaj landoj koncerne Islandanojn, – io kion Arnas Arnæus ne spertis jam de longa tempo.

Li lasis sin porti kun la homamaso en la palacon. Kaj ĝuste kiam li staris tie en vestiblo kun aliaj homoj, kaj la kantmuzikistoj komencis sian flutadon, kaj la reĝa ĉirkaŭantaro impetis survoje en la dancsalonon, tiam okazis ke la okuloj de nia Plejgraca Moŝto vidtrafas la Islandanon, kaj falsa ekzalto ekglimas sur la alte nobla vizaĝo kun la birda beknazo kaj sur la perturbite petolemaj okuloj de la volupta impotenta maljunulo, samtempe kun lia voĉigo de jena rimarkigo en la lingvo kiun li lernis kiel infano ĉe sia platgermana vartistino:

"Na de grote Islaender, de grote schöttenjaeger", kio tradukiĝas: la granda Islandano kaj jupoĉasanto.

Ie aŭdiĝis ridoj.

La gastoj riverencis al Lia Moŝto dum la alte distingita ĉirkaŭ-antaro preterŝvebis. La Islandano staris aparte, sola. Kaj kiam li ĉirkaŭrigardis al aliaj gastoj, neniu ŝajnis estis rimarkinta ke io okazis; kaj ankoraŭ estis al li same malklare kiel antaŭe, kiu li estas aŭ kie li staras en la okuloj de tiu kompanio; ĝis subite denove aperas ĉe lia flanko la dika mildvoĉa Germano en Hamburgo

"Mi petas pardonon, sed mia sinjoro ne rekte rifuzis diskuti kun mi pri bagateloj kie pliaj ne povas aŭskulti. Se plaĉus al mia sinjoro ... "

Anstataŭ pluiri al la internaj salonoj de la palaco ili eliris el la vestiblo eksteren en la fruktoĝardenon. Arnas Arnæus restis silenta sed la Hamburgano parolis. Li parolis pri la greno de Danujo kaj la brutoj, pri la enviinda situo de Kopenhago kaj la bonega alabastro importita ĉi tien el Azio; kaj turnis denove sian parolon al tiuj multaj grandiozaj palacoj de la regno; li diris ke Lia Moŝto estas tia galanthomme* ke alia tia ne troviĝas en tuta Kristanujo, – oni devus serĉi inter tiuj kiuj kredas je Mahometo por trovi lian egalulon.. Li nomis kiel ekzemplon, kiu ĉie vekis admiron de homoj, ke kiam granda festeno estis farita en Venecio honore al li, tiam Lia Graco dancadis senhalte dum dek ses horoj, sed kavaliroj kaj legatoj el tri imperioj kaj kvar reĝolandoj, krom tiuj venintaj el urboŝtatoj kaj princlandoj, jam estis palaj pro trolaciĝo, aŭ perdis la kapablon paroli; kaj estis necese sendi homojn en la urbon je mateniĝo por venigi ostograndajn virinojn, kiuj kutimis vendi vegetaĵojn kaj porti barelojn kun fiŝoj sur la kapo, kaj ornami ilin per silko kaj oro kaj pavaj plumoj, por danci kun tiu reĝo el la lando de la pola urso, kiel Danujo estis tie nomita, sed tiam la nobelaj virinoj de la urboŝtato jam estis je elĉerpiĝo de fortoj aŭ falintaj sur la plankon.

"Sed malgraŭ ĉio," daŭrigis la Germano, "oni devas pagi pro siaj amuzaĵoj, ankaŭ la reĝoj. Mi scias, ke mia sinjoro estas pli scihava pri la Trezorejo de tiu ĉi regno ol mi; kaj tial estas ne necese, ke mi informu vin pri kreskanta malfacilo de la registaro ekhavi aprobojn por subvencioj necesaj por pagi la kostojn de maskobaloj, sed ili ne nur rapide plimultiĝas, sed fariĝas ĉiam pli bombastaj jaron post jaro. Ni en Hamburgo ricevis konfirmitajn raportojn, ke en la lastaj jaroj la lupago pro la komercado en Islando estis uzita por pagi la amuzaĵojn de la kortego; sed nun tiu bovino estis melkita ĝis sango; kaj krome mortanta pro malsato pri kio neniu scias pli bone ol mia sinjoro, tiel ke dum la lastaj jaroj nur apenaŭ ebliĝis elpremi el la Kompanio kaj guberniestro la lupagon kiun la reĝo havu de la insulo. Kaj nun, post la punmono pro la faruna trompo la komercistoj estas malinklinaj ŝipveli al la lando, se ankoraŭ unufoje estus ebleco aldoni unu plian punon al la mizero de la popolo. Sed kio ajn, la dancobaloj devas kontinui, novaj palacoj devas esti konstruitaj, al la reĝino mankas alia duopo da hispanaj ĉevaloj, miaj graciaj princinoj bezonas krokodilon. Kaj plej grave, la milito devas esti financita. Prudentaj konsiloj estas ĉi tie karaj."

Arnas Arnæus diris: "Mi ne estas certa ĉu mi klare komprenas kion mia sinjoro Kommerzienrat celas, krom se eble al li estis komisiite de mia reĝo kaj la dana trezorejo havigi monon?"

"Al mi estis proponite aĉeti Islandon." diris la Hamburgano.

"De kiu, se mi rajtas demandi?"

"De la reĝo de Danujo."

"Estas plezure aŭdi, kaj ĉi tie proponas tiu landon, kiun ne eblas akuzi pro perfido de lojaleco," diris Arnæus kaj ridetis, subite la tono de lia parolo fariĝis pli malpeza. "Aŭ ĉu tiu propono estis iel konfirmita skribe?"

La Germano tiam eltiris de sub sia mantelo dokumenton kun nomo kaj sigelo de nia Moŝto, kie al kelkaj komercistoj en Hamburgo estis proponite aĉeti tiun insulan landon mezvoje inter Norvegujo kaj Gronlando, kiun oni nomas Islandia, kune kun ties avantaĝoj kaj privilegioj por plena kaj libera posedo, inkluzive de plena kaj absoluta rezigno de la reĝo de Danujo kaj ties devenantoj pri tiu supre menciita insula lando por eterne, kaj estu la prezo de kvin bareloj da oro kiu estu pagita al nia Reĝa Trezorejo je subskribo de la kontrakto."

Arnas Arnæus rapide legis la dokumenton sub lanterno en la ĝardeno, redonis ĝin poste al Uffelen kun dankoj.

"Mi scias ke ne estas necese diri," diris la Germano, "ke montrante tion al vi mi nur deziras atesti mian konfidencon al vi, tiu homo kiu estas plej supra kun nomo de Islandano en la dana regno."

"Nun estas tiu tempo," diris Arnas Arnæus, "ke mia nomo havas tian valoron en la dana regno, ke mi estas la lasta homo por aŭdi novaĵojn pri aferoj koncernaj al Islando. Okazis al mi tiu granda misfortuno deziri prosperon de tiu mia patrolando, kaj tia homo estas malamiko de la dana regno; tia estas la sorto kreita por tiuj du landoj. Verdire, neniam estis ĝentila kutimo en Danujo mencii la nomon de Islando en bona kompanio; sed post kiam min kaptis la deziro vigligi islandan homvivon anstataŭ kontentiĝi je la antikvaj libroj de mia lando, miaj amikoj pretendas ne koni min. Kaj Lia Moŝto, mia Reĝa Graco, mokas min publike."

"Ĉu mi do povus esperi ke tiu proponita oferto ne estus nebonvena konsidere al la afero kiun vi elektis?"

"Bedaŭrinde, ne ŝajnas grave kiun rolon mi elektas en tiu ĉi afero."

"Tamen estas en via povo decidi, ĉu tiu aĉeto realiĝos aŭ ne."

"Kiel tio povus esti, ĉar mi ne estas partoprenanto en la afero?"

"Islando ne estos aĉetita kontraŭ via volo."

"Mi estas dankema ke vi montris al mi la fidon informi min pri sekreto. Sed koncerne vian proponon mankas al mi la kapablo partopreni tiun aferon, ĉu per vorto aŭ faro."

"Vi deziras prosperon de Islando," diris la germana komercisto.

"Certe," diris Arnas Arnæus.

"Neniu scias pli bone ol vi, ke pli malbona sorto ne atendas la insulanojn ol esti kontinue la melkebla bovino de la dana reĝo kaj de la ceteraj impostaĉetantoj al kiuj li vendas la landon, laŭ okazoj, la guberniestro aŭ monopolistoj."

"Tiuj ne estas miaj vortoj."

"Vi bone scias, ke la riĉaĵoj kolektitaj ĉi tie en Kopenhago dum sinsekvaj generacioj baziĝis sur la komerca monopolo en Islando. La vojo al la plej alta rango en la ĉefurbo de Danujo ĉiam kondukis tra la komercado en Islando. Tia familio apenaŭ troveblas en tiu ĉi urbo, kies iu membro ne gajnas sian panon tra la Kompanio. Kaj ne estis konsiderataj aliaj pli indaj akcepti Islandon kiel feŭdolandon ol la plej altaj nobeloj, preferinde de reĝa deveno. Islando estas bona lando. Neniu lando subportas tiom multajn riĉulojn kiel Islando."

"Estas unike aŭdi tiel profundan komprenon el la buŝo de eksterlandano," diris Arnas Arnæus.

"Mi scias ankoraŭ plion," diris la Germano. "Mi scias ke Island-anoj ĉiam havis varmajn sentojn pri ni Hamburganoj, kio ne estas stranga, ĉar en la sama jaro kiam la dana reĝo pelis la Hansa for el la insulo, sed monopoligis la komercadon por si kaj siaj homoj, tiam atestas malnovaj tarifoj ke la prezo de enlandaj varoj por eksportado estis malaltigitaj je sesdek procentoj, sed eksterlandaj varoj altigitaj je kvarcent."

Kaj post mallonga silento: "Mi ne estus tiel kuraĝa prezenti tiun aferon al Via Digno se mi antaŭe ne estus plene konvinkita en mia kristaneca konscienco, ke ni Hamburganoj povas proponi al via popolo pli bonajn kondiĉojn ol nia ĉiograca sinjoro kaj gastiganto."

Ili paŝumadis silentaj kelkan tempon en la fruktoĝardeno. Arnæus troviĝis denove en profundaj pensoj. Fine li demandis medit-eme: "Ĉu mia sinjoro iam marveturis al Islando?"

La Hamburgano respondis per ne al tio, sed scivolis kial li de-mandas.

"Mia sinjoro ne vidis Islandon leviĝi el la maro post longa kaj malfacila marveturo," diris Arnas Arnæus.

La komercisto ne klare komprenis.

"Tie leviĝas ventobatitaj montopintoj el ŝaŭmanta maro kaj glaciejaj rokegoj ĉirkaŭvolvitaj per ŝtormaj nuboj," diris professor atiquitatum Danicarum.

"Jes ja, kaj?" diris la Germano.

Arnas Arnæus diris: "Mi staris ŝirmflanke sur ferdeko de ŝipo, sekvante la vojon de tiuj veterbatitaj marrabistoj el Norvegujo, kiuj longtempe drivis sub la ventoj sur la maro; ĝis subite leviĝas tiu bildo."

"Memsekve," diris la Germano.

"Ne ekzistas pli timige impona vidaĵo ol Islando, kiam ĝi leviĝas el la maro," diris Arnas Arnæus.

"Tion mi ne scias," diris la Germano, iom mirante.

"Pro tiu unusola vidaĵo oni komencas kompreni, ke en tiu lando estis skribitaj la plej grandaj libroj en la tuta Kristanujo," diris Arnas Arnæus.

La Hamburgano pensis dum momento, tiam diris:

"Kvankam mi estas nur komercisto, mi kredas ke mi tamen komprenas parte kion diras Via Eruditeco. Mi petas pardonon, ke mi ne tute samopinias. La teruran imponecon kiu loĝas en altaj montopintoj certe ne estas aĉeteblaj, nek vendeblaj; ankaŭ ne tiuj majstroverkoj kiuj estis faritaj de la artistoj de via lando; nek tiuj poemoj kiuj estis kantataj de ties popolo; neniu komercisto havas intereson ekhavi tiujn aferojn. Ni komercistoj koncernas nin nur pri la utileco de aferoj. Pri islandaj homoj valoras, ke kvankam en tiu lando troviĝas grandaj pintoj kaj la venenŝprucanta monto Hekla, kiu timigas la tutan mondon, kaj kvankam Islandanoj kunmetis en antikva tempo plej rimarkindajn poemojn kaj fablojn, ili tamen bezonas manĝi kaj trinki kaj havi vestojn por la korpoj. Estis sole la demando, ĉu estas pli profite por la islanda popolo, ke ilia insulo Islandia estas dana sklavodomo, aŭ sendependa duklando – "

" – sub la rego de la imperiestro," aldonis Arnas Arnæus.

"Tia penso ne ŝajnis absurda antaŭe al islandaj altranguloj," diris Uffelin. "En Hamburgo kuŝas rimarkindaj islandaj leteroj malnovaj. Sen dubo la imperiestro promesos protekton al islanda duklando; kaj ankaŭ la reĝo de Anglujo. La administracio de Islando reciproke promesos al Hamburga Komercista Ligo aliron al fiŝhavenoj kaj komercado."

"Kaj la duko?"

"La duko Arnas Arnæus tie rezidas en la lando, kie li mem elektas."

"Mia sinjoro estas ĉarma komercisto."

"Mi ŝatus ke Via Altestimato ne rigardus tiujn miajn vortojn kiel sensencan babiladon, ĉar mi ne havas iun ajn motivon por moquerie* kun mia sinjoro."

Arnas Arnæus diris: "Mi pensas, ke apenaŭ estas en Islando ofico, kiu ne estis proponita al mi de la dana reĝo. Dum du jaroj mi havis la plej altan aŭtoritaton, kiun iu homo iam havis en tiu lando: potencon super la islanda departemento en la Reĝa Ministerio, super la Kompanio, super la juĝistoj, super la komisiitoj de la guberniestro; kaj parte super la guberniestro mem. Krome mi estis homo de la plej bona volo por labori por mia patrolando. Kaj kiu estis la rezulto de mia laboro? Malsatmorto, sinjoro. Plia malsatmorto. Islando estas venkita lando. Duko de tia lando estus la mokindaĵo de la mondo, eĉ se li estus en la servo de la bonaj homoj en Hamburgo."

Uffelen respondis: "Certe vi havis en Islando mandaton de la reĝo por multaj aferoj, mia sinjoro, sed vi mem jam diris, kio mankis; vi ne havis mandadon nek aŭtoritaton por plenumi tion, kio estis plej bezonata: forpeli el la lando tiujn reĝe privilegiitajn monopolistojn kaj establi liberan komercon."

Arnas Arnæus diris: "Mia Gracoplena Moŝto ripete sendis homojn al eksterlandaj princoj por petegi ilin aĉeti de li Islandon, aŭ se ne, prunti monon kaj preni Islandon kiel garantiaĵon. Ĉiufoje, kiam la Kompanio eksciis pri tiaj proponoj, ĝi proponis pagi al la reĝo pli altan lupagon pro la komercado en Islando."

"Mi preferus," diris Uffelen, "ke tiu kontrakto estu farita rapide, tiel ke la Kompaniaj komercistoj ekhavu pri ĝi scion nur post kiam ĉio estis plenumita. Ĉio dependas de tio, ĉu vi volos fariĝi nia homo koncerne la Islandanojn. Se mi havus vian promeson, la aĉeto estu finita morgaŭ."

"Unue ni devas esti certaj," diris Arnæus, "ĉu tiu propono ne estas nur unu el la artifikoj de la reĝo elpensita por elpremi pli altan lupagon el la Kompanio en tiu tempo, kiam ĉio estas jam provita por akiri monon por tiu neceso, kiu plej urĝe sekvas por la dancado: la milito. Sed se tiel okazos, ke respondo estos farita el mia flanko, ne estas grave ke ĝi estus prokrastita dum unu tago aŭ du."

2

Arnas Arnæus ne devis longe atendi ĝis li rivevis klarigon pri la stranga sinteno de la aristokratoj kontraŭ li en la festeno de la reĝino. Kiam li venis hejmen en la nokto li trovis leteron kiu lin atendis. Li estis kondamnita. La verdikto de la Plej Supera Tribunalo en la tiel nomita Bræðratunga-proceso, kiu estis antaŭ la kortumoj preskaŭ du jarojn, nun deklaris Magnús Sigurðsson senkulpa de ĉiuj akuzoj.

La proceso origine leviĝis pro du leteroj, kiujn la menciita Magnús skribis en Islando: unu enhavis plendon kontraŭ Arnæus pro suspektita intimeco inter li kaj la edzino de la leterskribinto, la alia intencita por publika lego ĉe pastra koncilio en Skálholt en kiu la leterskribinto akuzis sian edzinon pro neleĝaj rilatoj kun la reĝa komisaro, kaj alvokis la klerikojn interveni en la afero. La komisaro proklamis sin ofendita per la leteroj kaj juĝalvokis ilian aŭtoron pro kalumnio. Juĝa decido estis farita en distrikta tribunalo sub prezido de prefekto Vigfús Þórarinsson du semajnojn post la lego de la dua letero ĉe ĥoreja pordo kaj Magnús Sigurðsson per verdikto senigita de honoro kaj posedaĵoj pro hontinda akuzo kontraŭ Arnæus. Tiun verdikton la komisaro apelaciis al la pli alta kortumo ĉe Öxará, kiu estis de li speciale alnomita por trakti la aferon, ĉar la tiam aganta leĝisto Eydalín estis senrajtigita partopreni la proceson pro parencaj rilatoj. La kortumo ĉe Öxará pliseverigis la distriktan verdikton kaj estis Magnús Sigurðsson kondiĉita, krom perdo de sia hereda bieno Bræðratunga, pagi al la reĝa komisaro tri cent talerojn pro tiuj kalumnioj, kiujn enhavis liaj leteroj, kaj ankoraŭ aldone kelkan monsumon al la juĝantoj pro iliaj specialaj penoj en tiu proceso.

La Plej Supera Tribunalo renversis la tuton. En la premisoj estis asertite, ke la mizerulo Magnús Sigurðsson suferis pro severa kaj nekristana pritrakto fare de Arnas Arnæus kaj la juĝintoj. Li estis persekutita pro letero skribita por defendi sian honoron, kaj poste pro alia skribita por esti legata en pastra koncilio kun la celo provi devigi Arnæum haltigi ĉe la fonto la diskurantan famon kaj onidiron, ne nur malutilan al la sinjorino en Bræðratunga kaj ŝia edzo, sed ankaŭ al la episkopejo de Skálholt, ke tiaspeca malĉasta raportado devus havi fundamenton kaj originon tie en la gardoturo kaj la remparo de kristaneca admonado kaj moraleco. Kiel indiko de pruvo, ke tiuj leteroj ne estis skribitaj pro ia kaprico, nek senrezulte aperigitaj publike, estas konsiderinda la fakto, ke jam tuj en la dua tago post la publika lego de la dua letero, Arnæus sin preparis kaj transportis sian rezidon el la episkopejo al Bessastaðir. En la premisoj de la juĝo estis deklarite, ke estis malfacile pravigi, kiel tiuj leteroj povis estigi tian senbridan atakon kontraŭ mizera homo, kun severaj verdiktoj kaj pezaj monpunoj. Estis sufiĉe klare, ke monsjero Sivertsen havis plenvalidan motivon skribi siajn leterojn, se per tio li povis silentigi la persistan famon diskurantan en la lando pri lia kokriteco. La virino estis uzanta la diboĉadon de Magnús kiel ŝajnan kaŭzon por ŝia renkontiĝo kun tiu homo, Arnæus, fare de kiu ŝi jam en sia knabinaĝo laŭdire perdis sian virginecon, kaj nun, forkurinta de sia hejmo, estis restinta sub la sama tegmento kun tiu sia amanto el sia juneco dum tuta vintro en tro liberaj rilatoj, kiuj laŭ prezentitaj atestoj montriĝis per ŝiaj ripetite intimaj konversacioj kun la komisaro, egale ĉu en hela tago aŭ en malluma nokto post fermitaj pordoj, kaj tial estas malfacile vidi alie ol ke la edzo en justo dolore* esprimis sin en leteroj per tiaj termes*, kiel li faris. En la dudek-sepa ĉapitro de la civila leĝa korpuso koncerne kalumnion ne troviĝas konfirmo por pravigi tian punon kia estis juĝita pri Sivertsen laŭ la verdikto de la kortumo ĉe Öxará, ĉar la kondamnitaj vortoj ne estis diritaj kiel pozitiva atesto, kaj eĉ se tiel estis, ili konfirmis nenion alian ol tion kio jam estis publika scio, la privataj konversacioj inter Arnæus kaj la virino. Tial la antaŭaj maljustaj kaj nekristanecaj verdiktoj kontraŭ la honoro kaj honesta nomo de Magnús Sivertsen estas ĉi-kune proklamitaj mortaj kaj absolute eksvalidaj. Kaj ĉar Arnas Arnæus konforme al la samaj verdiktoj estis registriginta kaj konfiskiginta la bienon kaj ĉiujn posedaĵojn de la akuzito, tiuj konfiskoj kaj alproprigoj estas ĉi-kune senvalidigitaj, kaj liaj posedaĵoj, ĉu fiksitaj, ĉu moveblaj, estu redonitaj al Magnús Sivertsen kune kun ĉiuj lupagoj kaj dividendoj ekde tiu tempo, kiam ili estis metitaj por konfisko. Item* pro tio, ke estas la opinio de la Tribunalo, ke Arnas Arnæus estis causa prima* de la ĵaluzo de la edzo, kaj same de la procesa persekutado kontraŭ li, ŝajnas juste, ke la nomita Arnas Arnæus pagu al Magnús Sivertsen la kostojn pro la procesoj, kaj same pro mokoj kaj penoj, kiujn li suferis, monsumon jure talionis* egalan al tiu kiun la antaŭaj juĝantoj decidis por li el

— 291 —

la bonhavo de Magnús. Kaj konsidere ke Arnas Arnæus per sia nekristaneca konduto, maljusteco kaj insolenteco en tiu tuta afero kaŭzis ekscesegajn skandalojn kaj indignon inter ordinaraj homoj en Islando, subpremante la respekton de la reĝa administracio tie sur la insulo, estas al tiu ofte menciita persono malpermesite veturi al Islando, kaj tiel same restadi en tiu sama insulo, dum nedeterminita tempo krom se al li estos donita speciala permeso de nia Plej Graca Reĝa Moŝto.

En la mateno post la festeno, ĉirkaŭ la tempo kiam la klakbruado de la unuaj vagonoj aŭdiĝis sur la ŝtonpavimita strato kaj la vendisto de legomoj komencis krii malantaŭ la domo, Arnas Arnæus leviĝas el sia brakseĝo. Li iras en sian bibliotekon. Tie sidas lia sekretario, studiosus antiqutatum Joannes Grindvicensis, ĉe sia pupitro, plorante. La homo ne tuj rimarkis la eniron de sia majstro, kaj daŭrigis sian ploradon. Lia majstro tusetis kelkfoje por vidi, ĉu li povus veki la atenton de studiosus el lia tasko. La sekretario rigardis momente supren en konfuzo, sed kiam li vidis sian majstron, li fine estis tiom subigita, ke li batis ripete sur la pupitron per la frunto en la plorado, kaj tremo skuis liajn ŝultrojn kurbigitajn de erudicio kaj peza respondeco.

Arnas Arnæus paŝadis kelkfoje tien kaj reen sur la planko kaj rigardis kun tuŝo de senpacienco tiel novecan kaj ĝenantan vidaĵon, kiel estas ploranta homo en la kunpremita silento de la librejo. Kaj kiam la ĉagreno de la homo ne montris indikon pri trankviliĝo, li diris iom abrupte:

"Nu nu, homo, kio je ĉielo estas tio?"

Mallonga tempo pasis ĝis la erudita homo aŭdiĝis elĝemi el la plorsingultado ĉi tiujn vortojn:

"Jo-jó-jón Ma-marteinsson – "

Kaj tiujn vortojn li daŭrigis ripeti dum kelka tempo, sed ne povis atingi pluen.

"Ĉu vi drinkis?" demandis la majstro.

"Li-li estis ĉi tie," elĝemis la erudito el Grindavík. "Li certe estis ĉi tie. Dio helpu min."

"Nu ja," diris Arnas Arnæus. "Ĉu io mankas denove?"

"Dio estu indulga al mi la pekulo," diris la homo el Grindavík.

"Kio mankas?" demandis Arnas Arnæus.

Jón Guðmundsson el Grindavík stariĝis de sia tripieda seĝo ĉe la pupitro, ĵetis sin sur la genuojn antaŭ sia majstro kaj faris la konfeson, ke la libro de libroj mem kaj la gemo de gemoj, la *Skálda*, malaperis.

Arnas Arnæus sin turnis for de la homo kaj paŝis al tiu ŝranko en flanka kupeo, kie la plej elstare valoraj libroj de la biblioteko estis enŝlositaj, elprenis ŝlosilon kaj malfermis kaj rigardis la lokon, kie estis konservita jam de konsiderinda tempo tiu objekto, kiun li konsideris la plej altvalora en la norda hemisfero, la libro kun la antikva poezio de lia raso en lia propra lingvo; kaj nun estis breĉo, kie ĝi antaŭe staris.

Arnas Arnæus rigardis dum kelka tempo la malplenan lokon en la malfermita ŝranko. Poste li refermis la ŝrankon. Li paŝis trans la ĉambron unufoje kaj retropaŝis kaj haltis kaj rigardis la maljunan studiosus antiquatatum, kie li ankoraŭ kaŭris sur la genuoj kun siaj maldikaj manoj antaŭ la vizaĝo, liaj tremoj preskaŭ konvulsiaj; liaj flikitaj ŝuoj estis falintaj de liaj piedoj kaj kuŝis malantaŭ li, kaj estis truo sur la ŝtrumpo.

"Nu, stariĝu, mi donos al vi ion por trinki," diris Arnas Arnæus kaj malfermis ŝranketon en angulo kaj verŝis el botelo en malnovan glason el stano kaj helpis al sia sekretario stariĝi kaj donis al li por trinki.

"Dankon al Dio," flustris Jón Guðmundsson el Grindavík, sed li ne kuraĝis rigardi al la vizaĝo de sia majstro ĝis li estis fininta la duan glason. "Kaj mi kiu estis ĉi tie preskaŭ la tutan nokton je gardo," li diris. "Kaj kiam mi venis malsupren ĉirkaŭ la tria horo por daŭrigi la kopiadon de Mariusaga*, kaj enrigardis la ŝrankon kiel estis mia kutimo, tie estis neniu *Skálda*. Li certe venis en tiu unu horo, kiam mi dormis post la noktomezo. Sed kiel li povis enveni?"

Arnas Arnæus staris kun la botelo en la mano kaj reprenis denove la malplenan glason.

"Ĉu vi ŝatus trinki pli, homo mia?" li diris.

"Mia majstro, mi ne devas trinki tiom multe, ke la vino transprenu la rolon de la vera konsolanto, kiu estas la spirito de la Muzo," li diris. "Nur unu glason pli, mia beninda majstro, kvankam mi devus pensi, ke mi multe pli meritas vian koleron pro laso al tiu vera diablo en homa formo ankoraŭ unufoje ŝteliri preter min dum mi dormas. Kaj nun mi ekmemoras tion, kion mi aŭdis hieraŭ de fidinda homo, ke tiu petolaĉulo kaj pendumila birdo estis vidita antaŭ kelkaj vesperoj veturanta en vagono kun grafo du Bertelskiold al la Urbodoma Trinkejo mem, vestita per novaspekta frako, kaj ke la grafo tie mendis por li rostitan perdrikon kun punĉo. Kion mi devas fari?"

"Unu glason pli," diris Arnas Arnæus.

"Dio vin rekompencu pro tiu mizerulo el Grindavík," diris la sekretario.

"Vivat crescat floreat – Martinus,"* diris Arnas Arnæus kaj levis la manon dum trinkis la sekretario. Poste li ŝovis la korkon en la botelon kaj enŝlosis ĝin kaj la stanpokalon en la angula ŝranko.

"Mi scias ke tiujn falsajn vortojn diras mia sinjoro kun sanganta koro," diris la sekretario. "Sed mi demandas mian sinjoron kun sincera seriozo: ĉu la urba polico kaj la milicio ne estas pli fortaj ol Jón Marteinsson? Ĉu la Konsistorio, la klerikaro kaj la militistoj ne estas kapablaj formi aliancon kontraŭ tiu homo? Mia sinjoro, vi kiu ĝuas grandan favoron ĉe la juĝistaro certe povas sendigi tiun homon en la Rasphus."*

"Bedaŭrinde, mi pensas, ke mi nenie estas plu en favoro, Jón mia," diris Arnas Arnæus, "ankaŭ ne ĉe la juĝistaro. Jón Marteinsson min ĉie superas. Nun li ankaŭ venkis en tiu afero, kiun li procesis kontraŭ mi por la komercistoj de Islando pro la Bræðratunga."

Grindvicensis unue konsterniĝis kaj laŭ la kutimo de fiŝoj multfoje malfermis la buŝon kaj ĝin fermis alterne sen ia ajn alia reago, ĝis fine li elĝemis jenan demandon:

"Ĉu povas esti la volo de Kristo, ke al la diablo estu transdonita potenco super la tuta loĝata mondo?"

"La mono de komercistoj de Islando taŭgas bone," diris Arnas Arnæus.

"Tio mirigas ja neniun, ke li vendis sin al la komercistoj de Islando por fari falsan proceson kontraŭ sia multebla bonfaranto kaj favorato de nia patrolando, considere ke li povis veturi al Islando por aĉeti librojn kaj kopiojn por la Svedoj; ĉar el ĉiuj malbonaĵoj, kiuj povus okazi al Islandano, la plej malbona tamen estus servi sub la Svedoj, kiuj neas ke ni estas popolo kaj asertas esti tiuj Gotoj aŭ Okcident-Gotoj al kiuj apartenas islandaj libroj. Ĉu nun ankaŭ tiu libro *Skálda* apartenu al ili kaj nomiĝu okcident-gotaj poemoj?"

Arnas Arnæus estis preninta sidon sur sia seĝo kaj klinis sin malantaŭen, lia vizaĝo pala, liaj palebroj sinkintaj. Li frotkaresis distrite siajn nerazitajn vangojn kaj oscedis.

"Mi estas laca," li diris.

La sekretario staris ankoraŭ en la sama loko sur la planko, lia dorso klinita, ŝultroj altaj kaj oste elstaraj, li snufis kaj alterne malfermis kaj fermis la buŝon, rigardis sian mastron kaj majstron dum kelkaj momentoj kaj komencis froti sian nazon kaj levi la instepon de unu piedo. Sed subite la larmoj ekfluis denove el la okuloj de tiu malriĉa klerulo, li forgesis ĉiujn kapricajn kutimojn, kiuj distingis lin de aliaj kiel personon, kaj li kovris sian vizaĝon denove per sia osteca mano kun la metiista fingro.

"Ĉu estas io plia, Jón mia?" dirs Arnas Arnæus.

Tiam respondis Jón Guðmundsson de Grindavík el sia plorado: "Mia sinjoro havas neniun amikon."

3

Je matenmezo, kiam la legomvendisto jam raŭkiĝis pro kriado en la korto, sed la brosfaristo jam tute ebria kaj la kanajldevena tondilakrigisto jam venis kun sia akrigŝtono al la pordoj de homoj, certa homo venis paŝante malsupren sur la stratoj de Kopenhago. Li surhavis sian ĉifitan promensurtuton, antikvan cilindran ĉapelon kaj ŝrumpintajn ŝuojn, lia irmaniero longpaŝa kaj severmora kun stranga takto, la vizaĝa esprimo tiel for de la ĉirkaŭaĵo, ke tie la urbo ŝajnis malaperi kun siaj turoj kaj homara kirliĝo kaj same la aktuala tempo. Li vidis nek senvivaĵojn nek vivantaĵojn, tia sensenca senseraro estis por li tiu urbo, kiun hazardo faris por li hejmo.

"Tie iras la freneza sinjoro Grindevigen," flustris inter si liaj najbaroj, kiam li preterpasis.

En flanka strato proksime al la kanalo haltis tiu sinjoro kaj ĉirkaŭrigardis por certigi sin, ke li estas sur ĝusta vojo, poste sin direktis tra pordegon kaj korton kaj de tie tra malluman trairejon ĝis li trovis sur la unua etaĝo de la domo la pordon, kiun li serĉis, kaj frapis sur ĝin kelkfoje. Dumlonge ne aŭdiĝis vivsigno el interne, sed la Grindavikano daŭrigis la frapadon kaj provis malfermi la ŝlositan pordon sen rezulto, ĝis li perdis la paciencon kaj vokis tra la ŝlosiltruon:

"Vi povas pretendi ke vi dormas, vi vulpo, sed mi scias ke vi ne dormas."

Kiam la enloĝanto de la ĉambro rekonis la voĉon, ne pasis longa tempo ĝis li malfermis la pordon. Interne estis mallume kaj forta fetoro de putriĝo kaj fermentiĝo eliris tra la malfermaĵo.

"Kio, ŝarko, kaj nenio malpli," diris la Grindavikano, snufis kaj frotis sian nazon, ĉar li pensis ke jen eliris kontraŭ li odoro de tiu plej bongusta manĝaĵo de Islando, kiu kuŝas enfosita en tero dek du jarojn kaj eĉ pli bone unu jaron pli, antaŭ ol esti manĝata.

La mastro de la domo staris ĉe la pordo en malpura noktoĉemizo kaj tiris la gaston internen kaj zorge lin kisis sur la sojlo, poste elkraĉis. La klerulo el Grindavík forviŝis la kison per la maniko de sia surtuto kaj eniris la ĉambron sen depreni sian cilindran capelon. La gastiganto ekbatis fajron kaj eklumigis vaksan kandelon, tiel ke iom heliĝis en la ĉambro. En unu angulo estis kradlito kovrita per islandaj ŝaffeloj kaj granda noktopoto apude. Estis unu distingaĵo de tiu dommastro, ke li ne lasis siajn havaĵojn al vido de ĉiuj, sed konservis ilin en sakoj kaj pakaĵoj. Sur la planko estis flako tiom granda, ke ĝi preskaŭ povus esti nomita inundo, kaj la Grindavikano unue pensis ke ĝi devenis de la noktopoto, sed kiam li pli bone kutimiĝis al la duonlumo, li vidis ke tiel ne estis, sed la akvo havis sian originon el sub kverka tablo kiu staris proksime al kontraŭa muro; sed sur tiu tablo kuŝis tramalseka kadavro de enmare droninta homo, kaj likis el ĝi ĉiuflanke, tamen plej multe ĉe la finoj; pendis la kapo kun malsekaj hartufoj de sur la tabloplato unuflanke, sed la piedoj aliflanke, kaj estis evidente ke la kadavro havis la botojn plenaj de akvo kiam ĝi estis trenita ĉi tien. Kiom ajn pezis sur la menso de la gasto, kaj kiom ajn senindulgan paroladon li preparis sur la vojo por draŝi la orelojn de Jón Marteinsson, nun fariĝis same kiel ĉiam antaŭe: tiu pendumila birdo ĉiam surprizis lin.

"Ki-kion vi planas fari pri tiu kadavro?" demandis la Grindavikano, kaj instinkte deprenis la cilindran ĉapelon en respekto al la morto.

Jón Marteinsson metis fingron sur lipon por signi ke ili ne parolu laŭte, poste fermis singarde la pordon.

"Mi planas ĝin manĝi," li diris.

Malvarma tremo trairis la kleran Grindavikanon kaj li rigardis la domtenanton kun hororo.

"Kaj mi kiu pensis ke tio estas odoro de ŝarka karno kaj tiam ĝi estis kadavra haladzo," li diris kaj multe snufis, la ekscitiĝo pliigis lian tremadon. "Vi devas malfermi la pordon."

"Ne estu tiel stulta, mia knabo," diris Jón Marteinsson. "Ĉu vi pensas ke estas la kadavro kiu putras dum ne estas pli longe ol de mateniĝo, kiam mi tiris la homaĉon ankoraŭ varman el la kanalo apude. Aliflanke, se vi sentas odoron, tio probable estas de miaj ŝvitantaj piedoj."

"Kion vi pensas tirante mortintajn homojn el la kanalo?" diris la gasto.

"Aj, mi kompatis lin kuŝi tie morta, estas nia samlandano," diris Jón Marteinsson kaj rekuŝiĝis sur sian kradliton. "Verdire, mi frostotremas esti vekita tiel frue. Kion vi volas?"

"Ĉu vi diras ke tiu homo estas nia samlandano? Ĉu vi pensas ke vi havas permeson ŝteli mortintajn homojn kaj tujsekve iri dormi?"

"Prenu lin do," diris Jón Marteinsson. "Prenu lin kun vi, se vi volas. Iru kun li kien ajn vi volas. Iru kun li al la diablo."

La homo el Grindavík prenis la kandelon, iris pli proksimen al la kadavro kaj tenis la lumon al ĝia vizaĝo. Tiu estis alta homo kaj maldika, mezaĝa, haroj griz)ĝantaj, li surhavis decajn vestojn kaj bonajn botojn. La vizaĝo havis la glatan esprimon de homo droninta en maro, la palebroj estis duone malfermitaj en la kapo pendanta trans la randon de la tablo, montrante nur la blankon de la okuloj; akvo ankoraŭ gutis el la nazo kaj buŝo de la kadavro sur la plankon.

La Grindavikano kelkfoje malfermis kaj fermis alterne la buŝon kiel fiŝo, snufis, frotis la nazon per la montrofingro de tiu mano kiu estis libera kaj gratis la maldekstran suron per la dekstra instepo, poste la dekstran suron per la maldekstra instepo.

"Magnús de Bræðratunga," li diris. "Kiel povas esti, ke li troviĝas ĉi tie morta?"

"La homo festenas, ĉu vi ne vidas," diris Jón Marteinsson. "Li gajnis sian proceson hieraŭ, la kompatinda, kaj iris en drinkejon por celebri."

— 297 —

"Bone, bone," diris la gapanta Grindavikano. "Vi dronigis lin."

"Mi gajnis la proceson por li vivanta kaj eltiris lin mortan," diris Jón Marteinsson. "Ĉu iu povas fari pli por sia samlandano?"

"Vera diablo estas tiu, kiu estas al ĉiuj diablo, ankaŭ al tiuj, kiujn li pretendas helpi," diris la Grindavikano. "Vi puŝis lin en la kanalon unue."

"Eĉ se tiel estis," diris Jón Marteinsson, "estis jam tempo ke mi faru ankaŭ ion favoran al Árni, la kompatinda. Nun Snæfríður Björnsdóttir estas vidvino tiel ke li povas divorci disde Gilitrutt* kaj edziĝi al ŝi kaj ili povas ekloĝi en Bræðratunga, kiun ŝi nun laŭleĝe heredas pro mia agado."

"Havu honton kaj damnan honton kaj eternan honton pro via agado kun la Danoj en proceso kontraŭ via samlandano kaj patrono, igante kondamnita mian sinjoron kaj majstron por esti mokitaĵo inter kanajloj."

"Mi malinstalos la Plej Superan Tribunalon, se Árni tion deziros," diris Jón Marteinsson. "Sed nur se vi havos sufiĉe da mono por biero, kion vi kompreneble neniam havas. He, esploru ĉu vi trovos iom en la poŝoj de la kadavro."

"Petu la kompanion pri biero, petu la Svedojn," diris la Grindavikano. "Ĉu vi eble pensas, ke vi estas la sola en la urbo kiu deziras bieron? Vi povus eble igi min fari multon abomenan, sed mi neniam fariĝos rabisto de mortintoj pro viaj vortoj."

"Se kaŝiĝas sur li iuj moneroj, li ŝuldas tiujn al mi. Tiu porcieto da honoro, kiu ankoraŭ pendas al la nomo de tiu kadavro, ĝin mi tamen restarigis per miaj longaj actis, petitionibus kaj appellationibus,* –" kaj per tiaj vortoj Jón Marteinsson stariĝis el sia kuŝejo kaj komencis esplori la kadavron: "Ĉu vi pensas ke mi havas ian respekton por tia kadavro, kiu en vivanta stato lasis al aliaj depreni de li la honoron kaj la grandbienon," li diris.

"Mi opinias ke oni almenaŭ povus fari la postulon al unu murdisto, ke li parolu ĝentile pri tiu homo, kiun li murdis," diris la homo el Grindavík. "Almenaŭ tia konduto ne aperas en la antikvaj sagaoj. Eĉ ne la plej fiaj friponoj parolis malice pri tiuj, kiujn ili mortigis. Kaj kvankam tiu homo estis la oponanto de mia majstro dum sia vivo, vi ne sukcesos igi min diri vorton de malrespekto pri senviva karno. Resquiescas, mi diras, quisquis es, in pace, amen.*

Sed por ke mi fine venu al mia afero: Kion vi faris pri tiu libro *Scaldica maiora*, kiun vi ŝtelis el la biblioteko de mia majstro?"

"La *Skálda*," diris Jón Marteinsson. "Ĉu vi ĝin perdis?"

"Mia majstro nur tro bone scias, ke neniu estas kulpa pri tio krom vi," diris la Grindavikano.

"Neniu sana homo ŝtelas tiun libron. Kiu estas trovita kun ĝi estos arestita," diris Jón Marteinsson.

"Kion ne ŝtelos Satano por vendi al la Svedoj," diris la Grindavikano.

"Mia kara Árni estis naiva jam de longa tempo; li pensis ke li povos meti manĝon sur la tablojn de Islandanoj, monpunante la Kompanion; li pensis ke li povus liberiĝi de la famo koncerne Snæfríður, la Sunon de Islando, deprenante la honoron de ŝiaj plejproksimuloj; li pensis ke li povus savi la honoron de sia patrolando, trompante malsatajn stultulojn en Islando doni al li la restantajn malmultajn librojn, ankoraŭ neputrajn, kaj ilin amasigi en unu loko ĉi tie en Kopenhago, kie ili plej certe forbrulos ĉiuj en unu nokto. Kaj nun li pensas, ke la Svedoj ne estas same inteligentaj kiel li. Sed mi diru al vi: ili estas pli inteligentaj ol li, ili estas tiel inteligentaj, ke neniu potenco sur la tero povas igi ilin kredi, ke tiu kolekto de pedikhavaj almozuloj en tiu fektruo en la nordo, kiuj nomas sin Islandanoj, kaj baldaŭ estos ĉiuj mortaj dank' al Dio, skribis la antikvajn sagaojn. Mi scias ke Árni riproĉas min, ĉar mi ne kolektis kaj ĵetis en lian sakon ĉiun libran ĉifaĵon, kiun mi hazarde trovis. Sed ĉu li ne povas trovi konsolon en tio, ke li akiris la plej bonajn librojn? La sola kion mi faris, estis vendi al von Oxenstierna kaj du Bertelskiold kelkajn tute senutilajn ĉifaĵojn, krom tio ke de la Rosenkvist petis min pri genealogia peceto por ke li povu spursekvi la devenon de sia familio ĝis troloj."

"Eĉ se tiel, vi estu nomita ŝtelisto de la *Skálda*, kvankam tiuj kleruloj en Lund nomas ĝin okcident-gotaj antikvaj poemoj, kaj diru al mi sincere, kie vi konservas la libron aŭ mi skribos al homo okcidente en Arnarfjörður, kiu havas lerton en la uzo de characteribus.*

"Tio certe sekvigos vian bruligon," diris Jón Marteinsson.

Kiam la historio atingis ĝis ĉi tiu punkto, li jam estis trovinta nek pli aŭ malpli ol preskaŭ la sumon de du taleroj sur la kadavro, kaj kiam al li ŝajnis, ke ne estis pli havebla, li metis la monerojn sur la breton de la fenestro, kiu ankoraŭ estis zorge kovrita, kaj komencis labori je la fortiro de la botoj de la mortinto. La Grindavikano konstatis kiel ofte antaŭe, ke vortoj havis malmultan efikon al Jón Marteinsson, tiel ke li lasis la aferon, gapante.

Kiam Jón Marteinsson finis sian laboron, li komencis surmeti siajn diversajn vestaĵojn. Li kombis siajn harojn per bonodora ŝmiraĵo anstataŭ ilin lavi. Fine li surmetis mantelon similan al antikva episkopa mantelo laŭ vasteco. La botojn de Magnús de Bræðratunga li puŝis en la du poŝojn de la mantelo. Tiam li prenis sian ĉapelon. Sur ĝi estis kelkaj duonsekaj kaĉmakuloj sur kiujn li unue kraĉis, poste forviŝis per la maniko, elglatigis la kavetojn sur la kapopeco kaj ĝin surmetis. La homo havis tian bretforman buŝon ke li povis suĉi el la supra lipo per la malsupra, la supra gingivo estas ja antaŭ longe sendenta, kaj la mentono tial havis des pli la tendencon kisi la nazopinton, ju pli da jaroj aldoniĝis al la aĝo de la homo. La buŝaj anguloj pendis sur la vangoj je ambaŭ flankoj de la mentono. Sed la okuloj estis mirige fortaj kaj la homo nur bezonis mallonge dormi por ke ili rehavu sian brilon. Li ĉiam parolis per maldika, plendema, duonmokema voĉtono islanda.

"Ĉu vi ne anoncos pri la kadavro, homo?" diris la Grindavikano, kiam Jón Marteinsson ŝlosis la pordon post ili.

"Ne urĝas," li diris, "lin atendas kuŝado, kiu estas pli longa. Tiuj kiuj vivas, devas drinki. Se mi memoros, mi anoncos al ili en la vespero, ke mi trovis Islandanon en la kanalo; ili apenaŭ rapidas lin enterigi."

Poste la homoj iris en bierejon por drinki.

4

Kleruloj raportis en siaj libroj pri la diversaj aŭguroj kiuj okazis en Islando antaŭ la granda variola epidemio. Unue estas menciinda malsatego, kiu en ĉiuj landpartoj kaŭzis grandegan nombron de mortoj, precipe inter malriĉuloj. Fiŝkaptaj ŝnuroj ege mankis. Aldone, raboj kaj ŝteloj pli ol mezkvante, ankaŭ incestoj kaj tertremoj en la sudaj regionoj. Diversaj maloftaj fenomenoj same. En Eyrarbakki okdekjara virino edziniĝis al dudekjara viro en la aŭtuno antaŭ la epidemio kaj deziris divorci disde li en la printempo impotentiae causa.* En la sepa de Majo oni vidis sep sunojn. En sama printempo iu ŝafino en Bakkakot en Skorradal naskis misformitan idon kun porka kapo kaj porkaj haregoj; mankis la supraj makzeloj sub la okuloj, elpendis la lango super la subaj makzeloj kaj ili estis senfiksaj disde la kranio kaj ne videblis iaj okulaj formoj; ĝiaj oreloj estis longaj kiel ĉe ĉashundo, kaj pendantaj el la fronta parto de la kranio estis malgranda ŝafina mampinto kun truo. Kiam la ŝafido naskiĝis oni aŭdis ĝin paroli jenajn vortojn: "Granda estas la diablo en la infanoj de la senkreduloj," Novaĵo venis el Kirkjubæjarklaustur en la vintro antaŭ la epidemio, ke la klostro-intendanto aŭdis kun alia homo, kiu iris kun li en la enterigejo en la vespero, hurladon sub siaj piedoj. Tumulto en la aero en Kjalarnes. En Skagafjörður oni eltiris el maro tian rajon, kia entirita sur la ŝipon komencis hurli kaj grunti, kaj tranĉita en partoj sur la bordo ĉiu parto aparte kriis kaj hurlis sammaniere, kaj eĉ kiam la partoj estis portitaj domen ili daŭrigis la kriadon kaj hurladon, ĉiu aparte, tiel ke la tuto estis reĵetita en la maron. Homoj en la aero. Kaj fine estas menciinda tiu ovo, kiun kokino demetis ĉe Fjall en Skeið, sur kiu estis skribita iu nigra marko, kiu estas la inversa Saturn-marko signifanta omnium rerum vicissitudo veniet.*

Kiam la granda variola epidemio venis al la lando estis pasintaj tridek jaroj post kiam la lasta epidemio furiozis kaj kvindek post la antaŭlasta epidemio. Plej multaj vivantaj en la lando pli ol tridek jarojn portis iujn markojn de la antaŭa variolo, iuj kun velkantaj manoj aŭ piedoj, iuj kun elstaraj okuloj aŭ alie difektitaj en vizaĝo aŭ skalpo; krome la plimulto de la homoj estis markita de la longdaŭraj malsatoj de la popolo; rakitismo kurbigis kaj kripligis la homojn, lepruloj kun haŭtaj nodoj kaj vundaj ulceroj, aliaj kun disetenditaj ventroj pro kisto. Longdaŭra malsato malbone efikis al la korpa kreskiĝo de la homoj, tiel ke ĉiu atinginta plenkreskon estis temo de legendo kaj konsiderita egalulo al Gunnar de Hlíðarendi kaj al aliaj antikvuloj kaj havanta muskolan forton kompareblan al negroj kiujn la Danoj okaze havis kun si sur la ŝipoj.

Tiujn homojn la variolo superpremis denove, kaj nun kun tia furiozo, ke nenio estis komparebla escepte de la nigra pesto. La malsano venis al la lando per la komercista ŝipo ĉe Eyrarbakki en la printempo je la translogigaj tagoj, kaj dum unu semajno ĉiuj homoj en tri farmodomoj en tiu loko mortis kaj en la kvara sole postvivis sepjara infano, kaj la bovinoj ne estis melkitaj. Post dek tagoj kvardek homoj estis perdintaj la vivon en tiu malriĉa loko.

Tiel kontinuis la homa mortado. Iafoje tridek mortintoj estis enterigitaj samtempe ĉe unu preĝejeto. En dense loĝataj paroĥoj forpasis ducent homoj kaj pli; same la pastroj tiel ke diservoj neglektiĝis. Multaj geedzoj iris en saman tombon, iuj perdis ĉiujn siajn infanojn, kaj okazis ke la idioto vivis sola el granda nombro de gefratoj. Multaj perdis la prudenton kaj freneziĝis. Plej multaj mortis antaŭ la kvindekjara aĝo, junaj homoj sanaj kaj promesaj, sed maljunuloj kaj kadukuloj vivis. Multaj perdis la povon vidi kaj aŭdi, aliaj kuŝis en lito dum longa tempo. Dum tiu epidemia periodo la episkopejo en Skálholt perdis sian kapon, kaj la kapon de tiu krono, kiam la episkopo, tiu brilanta atestanto de la kredo kaj amiko de la malriĉuloj, kaj lia amata edzino, la radianta lumo de pieco kaj bonfarado, forpasis kun intertempo de unu semajno kaj estis metitaj en la saman tombon.

Tio estis du jarojn post kiam la Reĝa Moŝto sendis sian specialan komizon kun plena aŭtoritato por fari ĉion necesan por restarigi la vivkondiĉojn de la popolo. Kiam Arnas Arnæus revenis al Kopenhago, tiu novaĵo estis okazinta en tiu lando, ke nia tiamreganta Moŝto kuŝis sur sia mortobrankardo, sed la potenculoj estis preparantaj kronadon de nova reĝo; la vulgaruloj estis regalataj per supo kaj rostita viando kun biero kaj ruĝa vino sur la placo antaŭ la palaco en la tago de kronado. Estis komenco de nova epoko en Danujo. Tiu favora sinteno al Islando, kiu Arnæus per sia longa konatiĝo kun la kortego sukcesis veki en la brusto de Lia Moŝto, nun perdis sian aktualon kun la morto de la reĝo. La raportoj de Arnæus koncerne la vivkondiĉojn en Islando, kune kun liaj proponoj pri plibonigo de komerco, labor-rimedoj, juĝaferoj kaj regado de la lando, estis ricevitaj sen entuziasmo en la Kancelario, estis dubinde ĉu ili estis eĉ legitaj; ĉiu sciis ke la interesoj de la nova reĝo inklinis al pli bravaj taskoj ol koncerni sin pri Islandanoj. Nun estis baldaŭ necese renovigi la militon kontraŭ la Svedoj. La funkciuloj nur pensis pri tio povi pluresti en siaj postenoj post la ŝanĝo de reĝo, sed tio kutime estis nenia avantaĝo por plialtiĝo kaj malgranda tento al bonaj homoj en Danujo zorgi pri tiu eksteraĵo de la dana regno, tiu malproksima doloro en formo de lando, kies nura nomo Islando vekis naŭziĝon en Kopenhago, kvankam el tie fluis la balena oleo kiu nutris la lampojn en tiu urbo.

Koncerne Islandanojn estu dirite, kaj kvankam la krimuloj de la lando estus probable amikoj de Arnæus, kaj tamen ne unuanime, eĉ ne ĉiuj el tiuj, kies brulmarkojn li senvalidigis; kaj kvankam multaj malriĉuloj ĝojiĝis pro tiuj kompensoj, kiujn la komercistoj estis devigitaj pagi pro la malbonkvalita faruno kiun ili vendis, kaj pro tiu aldona faruno, kiun li sukcesis elpremi el la krono; kaj kvankam ne malmultaj estis dankemaj al li pro lia prezento al Lia Ĉiomilda Koro de petskribo pri hokŝnuroj, gisfero kaj sakramenta vino, ankaŭ pri malpli severaj impostoj, kiujn la guberniestro dum sep jaroj ŝovis sub sian seĝon; tamen ne malpli multa malamikeco estis direktita kontraŭ Arnæus inter altranguloj en lia patrolando ol iam ajn en Danujo. Aldone, ĉar la komercistoj transportis Magnús Sigurðsson de Bræðratunga al Kopenhago kaj finance subportis lian proceson dum du jaroj por malutili al Arnæus, venis la novaĵo ke islandaj prefektoj preparas proceson kontraŭ li kun la celo senvalidigi liajn verdiktojn ĉe Öxará, tiel nomitajn komisarajn verdiktojn, kaj same kun la celo regajni la posedaĵojn, kiuj estis prenitaj de ili per tiuj verdiktoj, kaj restarigi siajn honorojn, kiujn ili perdis sub tiu sama juĝisto.

Tiu amanto de libroj, kiu lasis sin forlogi de libroj kaj obeis al la misio fariĝi savanto de sia patrolando pro justeco, nun li rikoltis tion por kio li semis, la rekompencon de la eterna kavaliro de la malĝoja bildo. Kiu obeas tiun mision ne plu revenas al tiuj libroj, kiuj estas lia universo. Kaj tiel estis en tiu mateno, kiam li recevis la informon pri la malapero de la libro, kiu estis la krono de liaj libroj, tiam li lasis sin fali sur la benkon, pala pro nedormado, kaj diris tiujn vortojn:

"Mi estas laca."

Li sidis dum longa tempo post la foriro de la homo el Grindavík, kaj lin okupis pezo de dormemo. Fine li skuis sin al maldormo kaj stariĝis. Li ne estis demetinta la vestojn post kiam li venis hejmen el la festeno de la reĝino, nun li lavis sin kaj bonordigis sin kaj ŝanĝis pri vestoj. Li petis sian vagoniston pretigi la vagonon kaj poste forveturis.

5

Arnæus ofte vizitis la kanceliarion por informiĝi, ĉar li agis kiel peranto en sennombraj aferoj por Islandanoj.

La etatestro kiu superkontrolis islandajn aferojn estis veniginta por si barbiron al la kanceliario, sed ofte levis sin dum la razado por manĝi konfitaĵon el kruĉo kiu staris sur lia tablo meze de raportoj pri skurĝadoj, brulstampadoj kaj pendumadoj senditaj al li el Islando. Peza fetoro de perukŝmiristaj ungventoj plenigis la ĉambron.

Kiam professor antiquitatum Danicarum malfermis la pordon la ŝtatisto rigardis lin deflanke per unu okulo el sub la razilo kaj diris "Mia sinjoro" en la germana, aŭ en la basgermana, kaj signis al la vizitanto preni sidon. Poste li diris en la dana: "Mi aŭdas ke estas abundo de ĉarmaj knabinoj en Islando."

"Tiel estas, Via Graco," diris Arnas Arnæus.

"Ili supoze odoras de balena oleo sub iliaj vestoj," diris la super-kontrolisto de islandaj aferoj.

"Neniam mi aŭdis tion," diris Arnas Arnæus kaj eltiris ĉe si argilan pipon mallongan.

"Item mi legis ke ne estas trovebla eĉ unu virgulino tie en via lando," diris la etatestro.

"Kie estus tio legebla?" diris professor antiquatatum.

"Tion diras la bona aŭtoro Blefken."*

"Supozeble tiu bona autoro mislegis siajn fontojn," diris Arnæus. "Laŭ la plej bonaj aŭtoroj islandaj knabinoj estas virgulinoj ĝis ili naskis sian sepan infanon, Via Bonvoleco."

La etatestro kuŝis senmova kaj ne diris vorton dum la barbiro razis lian gorĝon. Post ties fino li eklevis sin el la seĝo, ne por manĝi konfitaĵon, sed por esprimi sian sinceran indignon pro la eliro de malbona afero:

"Kvankam ni du ne havis la bonan fortunon de interkonsento en la plej multaj aferoj koncernaj Islandon, tio ne estas sekreto: mi ne komprenas kiel iu honesta tribunalo povas kondamni respektindan aristokraton kiel vin pro liaj kontaktoj kun senhonta persono. Das ist eine schweinerei.* Mi havas ĉe mi dokumentojn pri tiu afero ekde antaŭlasta jaro kiam islanda knabino en Keblevig estis seksatencita de du Germanoj. Kaj kiam ili estis kondamnitaj de la regento al monpuno kaj skurĝado, la patrino de la knabino ekploris kaj petis al Dio ke li ŝutu fajron kaj sulfuron sur la juĝiston."

Arnas Arnæus jam komencis fumi.

"Estas mia opinio," emfazis la ŝtatisto el sub la razilo. "ke se al respektindaj aristokratoj ne estas permesite teni amorantinojn, edzinigitajn aŭ needzinigitajn, kiom do valoras nia vivo? Neniu povas supozi ke homo amindumas sian edzinon. Mia sinjoro, erudita in classicis,* scias pli bone ol mi, ke tia afero estis nekonata inter la antikvuloj – edzinon ili havis pro devo, amorantinon pro bezono, kaj knabojn por plezuro."

Professor antiquitatum Danicarum klinis sin komforte malantaŭen en la seĝo, liaj vizaĝaj trajtoj trankvilaj dum li rigardis la fumajn nubojn el sia pipo, – "hm, kion diras la barbiro," li diris.

"Kiel decas al unu ordinara urbano, la barbiro ne ŝatas malmoralan konduton." diris la etatestro. "Ĵus antaŭ la eniro de mia sinjoro tra la pordo li diris al mi, ke tre frue en tiu ĉi mateno Nia Plejgraca Sinjoro troviĝis en tiu disfama domo, La Ora Leono, kie li kaj liaj akompanantaj kavaliroj estis okupantaj krudan komercon kiu finiĝis per interbarakto kun la policaj gardistoj."

"Mi neniam estus diranta tion en ĉeesto de du atestantoj," diris la barbiro, "sed ĉar tio plaĉis al Via Ekscelenco demandi pri novaĵoj, tiel okazis ke mi ĵus venis de la barono kaj tie sidis du tre ebriaj general-leŭtenantoj, kiu ĉeestis en certa nemenciita domo, kaj partoprenis la konflikton kun Nia Graco kontraŭ la policaj gardistoj, kiel, Dio min pardonu, mi kiu simple servas al altrangaj sinjoroj kaj sinjorinoj, kiel miaj oreloj povis eviti lerni la germanan lingvon?"

"La barbiro nun povas apliki la perfumon kaj la pomadon," diris la etatestro.

Tiam tuj eksilentis la alparolito kaj faris riverencon kun eleganta arto, komencis malfermi la pomadajn skatoletojn kaj provis la perfumajn ŝprucigilojn. Arnæus sidis kviete en sia seĝo kaj fumis fervore dum la barbiro ŝmiris kaj ŝprucigis sur la kapon de la etatestro.

"Parenteze," li poste diris neformale dum li rigardis sian fumon: "Ĉu la ekspedo de fiŝfadenoj atingis transporton per la Hólmŝipo, kiel mi parolis kun vi lastfoje?"

"Kial la reĝo ĉiam devas havigi al tiuj homoj pli kaj pli da ŝnuroj? Tie kuŝas ankoraŭ unu plia petskribo pri ŝnuroj. Kion la homoj povas fari per tiom da ŝnuroj?"

"Jes, mi aŭdas ke la petskribo al la reĝo kiun mi sukcesis ekhavi de Gyldenlöve antaŭlastjare post ĝia kuŝado ĉe li dum sep jaroj, fine trovis lastan ripozon ĉi tie."

"Ni ne ŝatas ke Islandanoj kaptas pli da fiŝoj ol ni povas uzi. Kiam ni povos rekomenci la militon kontraŭ la Svedoj, ili povos havi pli da ŝnuroj; eĉ hokojn."

"Via Bonvoleco do preferus instigi la reĝon aĉeti aldonan grenon por sendi al la homoj pli ol permesi al ili kapti fiŝojn?"

"Tion mi neniam diris," diris la etatestro. "Mia opinio estas ke kio ĉiam mankas al ni en Islando estas bele sukcesa reglemento, por ke tiuj malhonestaj bandoj de trampoj, kiuj vagadas tra la lando, malaperu unufoje por ĉiam, kaj la malmultaj homoj, kiuj iom taŭgas, povu sen ĝenado de ŝtelistoj kaj amozuloj kapti tiujn fiŝojn, kiujn la kompanio bezonas tiam kaj tiam por fandi tiun oleon kiun devas havi Kopenhago."

"Ĉu mi povus transdoni tion de Via Bonvoleco al la Alþingi?"

"Vi povas kalumnii nin en la kancelario laŭ via plaĉo, mia sinjoro. Neniel gravas kion diras aŭ pensas la Islandanoj. Neniu scias pli bone ol via sinjoro mem, ke Islandanoj estas popolo sen honoro. Ĉu mi povas proponi konfitaĵon al Via Ekscelenco?"

"Mi dankas al Via Bonvoleco," diris Arnæus. "Sed se mia popolo perdis sian honoron, kiom taŭgas al mi konfitaĵo?"

"Neniu homo iam ajn sendita de la reĝo malbonfamigis la honoron de tiu popolo kiel mia sinjoro."

"Miaj klopodoj estis tiaj, ke Islandanoj povus esti traktataj laŭ justaj leĝoj," diris Arnæus.

"Aj, ĉu ne estus malgrave laŭ kiaj leĝoj Islandanoj estas kondamnitaj? La kanceliario havas pruvojn pri tio ke ili estas degenerinta raso, ĉiuj iliaj pli bonaj homoj en antikva tempo mortigis unu la alian ĝis nenio restis krom tiu kolekto de almozuloj, ŝtelistoj, lepruloj, pedikuloj kaj drinkuloj."

Arnæus daŭrigis sian fumadon senkoncerne kaj murmuris kelkajn vortojn en la latina, lia voĉo profunda kiel ĉe homoj citantaj poeman fragmenton distrite: non facile emergunt quorum virtutebus obstat res angusta domi.*

"Jes, mi scias, ke ne troviĝas en Islando tia pastraĉo, kiu ne scias sian Donatus* de komenco ĝis fino, citante klasikulojn tage kaj nokte, iliaj petskriboj al Lia Moŝto estas makulitaj per tiaj malaktualaj pedantaĵoj, ke estas damnita afero eĉ ektrovi kion ili volas, kaj tiam fine eliras, ke ili petas nur ŝnurojn. El mia vidpunkto estas malvirto ĉe senŝnuraj homoj scii la latinan. Sed por veni al tio, kion mi volis diri: la malmultajn homojn, kiuj ankoraŭ meritis esti kalkulitaj kiel homoj, vi senigis de sia honoro, homojn kiel la maljuna respektinda Eydalín, kiu estis lojala al sia reĝo, lin vi faris senhonora paŭpero en lia maljuna aĝo kaj sendis lin en la tombon."

"Tio estas vera, ke mia alveno tien kondukis al perdo de honoro ĉe kelkaj islandaj oficuloj de la reĝo; sed sendefendaj homoj reakiris la sian. Se la popolo povos pluteni la fruktojn de tiu venko, ĝi povos esti pli sekura en sia vivo kontraŭ la aŭtoritatuloj en la estonteco."

"Sed tamen vi ne estis kontenta, mia sinjoro. Aldone al tio vi prenis sur vin persekuti per ĉiaspecaj procesoj la bonfarantojn mem de la insulo, tiujn honestajn komercistojn, danajn ŝtatanojn, kiuj riskas siajn vivojn transportante vivsavaĵojn al tiu popolo, kaj multaj pereas en tiu terura oceano kiu ĉirkaŭas tiun mizeran landon. Tiu kalumnio disiras, kiu plejparte originas de vi, ke la islanda komercado devus doni ian profiton. Pardonu, mia sinjoro, ke ni kiuj plej bone scias, havas malsaman opinion. Ni Danoj ĉiam estis neprofitaj en niaj komercaj funkcioj en Islando. Kaj kiam nia antaŭa reĝo siatempe transprenis komercan monopolon en la insulo, tio estis sole por malebligi alilandajn homojn elpremi tiun mizeran popolon."

Dum la etatestro parolis la barbiro daŭrigis masaĝi lian vizaĝon per unu pomado post alia, sed la gasto sidis komforte rigardante tiun agadon, fumante.

"Tio estas vera," li fine diris per sia trankvila voĉo, preskaŭ flegma: "la tarifo de la Hamburganoj ne estis ĉiam konsiderita favora en la pasinta tempo. Tamen bone informitaj homoj kalkulas ke aferoj malboniĝis de tiam sub la honestaj Hörmangaroj, Elsenoranoj kaj la Kompanio.* Kaj koncerne la kolegojn de mia sinjoro kaj liajn partnerojn en la islanda komercado, ne estas necese priplori ilian sorton, ĉar ili ankoraŭ ĝuas la subporton de la Islandanoj, kiujn ili taksas plej alte."

"Ni ne havas iujn specialajn Islandanojn pli ol aliajn en nia akompano nek en servado, sed klopodas esti fidelaj servistoj kaj veraj bonfarantoj de la tuta insulo."

"Hm," diris Arne Arnæus. "Bone fartas Jón Marteinsson en la nunaj tagoj."

"Joen Mortensen," diris la etatestro. "Mi ne rekonas la nomon."

"Danoj ne rekonas lin, kiam li estas nomita," diris Arnas Arnæus. "Sed li estas la sola Islandano, kies pordon ili trovas. Ankaŭ iuj aliaj nacioj konas la vojon al lia pordo."

"Ne estas legeble en danaj libroj, ke Islandanoj devenas de perfidantoj kaj piratoj, almenaŭ tiuj kiuj ne devenas de irlandaj sklavoj, – tion laŭdire raportas viaj propraj libroj," diris la etatestro kaj klinis sin pli komforte sub la manoj de la barbiro. "Sed parenteze, pro kio via vizito, mia sinjoro?"

"Al mi estas proponite fariĝi guberniestro de Islando." diris Arnas Arnæus.

"Perukisto," diris la etatestro kaj sin rektigis en la seĝo. "Ĉesu! Prenu vian malpuraĵon for de mi! – ĝi fetoras. Foriru. Por kio vi atendas? Por kiu vi spionas?"

La barbiro teruriĝis, rapide provis viŝi per mantuko la vizaĝon de la etatestro kaj kolektis siajn pomadujojn, kaj dume reverencis kontinue, dirante ke li estas nur simpla homo, kiu nek aŭdas nek vidas, kaj kvankam li ion aŭdas aŭ vidas, li nenion komprenas. Kiam li jam iris dorsdirekte for el la ĉambro, la etatestro ekstaris el la seĝo, turnis sin al la flegma, sidadanta majstro de danaj antikvaĵoj kaj esprimis fine reagan ŝokon al la novaĵo, kiun lia gasto jam menciis.

"Kion vi diris, sinjoro?"

"Mi ne pensas, ke mi diris ion specialan," diris Arnas Arnæus. "Krom ke ni menciis Jón Marteinsson, la procesanton por komercistoj de Islando, tiun grandan venkinton."

"Kion vi diris pri guberniestro? Kiu fariĝus guberniestro, kie, por kiu?"

"Via Bonvoleco scias multe pli bone pri ĉio tio ol mi," diris Arnas Arnæus.

"Mi scias nenion!" kriis la etatestro, starante en la mezo de la planko.

Kiam Arnas Arnæus ne montris signon, ke li diros ion pli, la altranga sinjoro fariĝis ankoraŭ pli scivolema kaj svingis siajn manojn en memkompata rezigno.

"Mi nenion scias," li ripetis. "Ni ĉi tie en la Kanceliario estas ĉiam tenataj en nescio. Ĉio okazas ĉe tiuj en la Konsilio de la Reĝo kaj ĉe la Germanoj en la Konsilio de la Armeo; aŭ en la dormoĉambro de la reĝino. Ni eĉ ne ricevas niajn salajron. Mi devas pagi por mia subteno dek kvin ĝis dek ses cent talerojn por la jaro, kaj ekde tri jaroj ne vidis eĉ unu du-ŝilingan moneron de la reĝo. Ni estas trompitaj, oni ne parolas kun ni, okazas ĉiaj intrigoj en la urbo malantaŭ niaj dorsoj; mi facile povus kredi, ke ni vekiĝos en iu mateno por trovi, ke la reĝbesto estis vendinta nin."

"Kiel Via Bonvoleco scias, Nia Moŝto jam plurfoje provis vendi kaj lombardi la ofte menciitan insulon Islandon," diris Arnas Arnæus. "Dufoje en iom pli ol jardeko li sendis ekzemple legatojn al la reĝo de Anglujo por diskuti pri la sama afero, pri kio oni povas legi en dokumentoj. La riĉa Hamburgano Uffelen informis min hieraŭ, ke nun plaĉis al la Plej Milda Koro de Nia Graco proponi tiun landon, se ĝi eĉ meritas tian nomon, por vendo unu fojon pli."

Je tiu novaĵo la etatestro lasis sin fali denove en sian seĝon, rigardis antaŭ sin rigide kaj paliĝis. Fine li balbutis el la mallumo de sia menso:

"Tio estas arbitro, tio estas perfido, tio estas krima faro."

Arnas Arnæus daŭrigis fumi. Fine sukcesis al la etatestro kolekti volforton por ekstari, li alportis botelon kaj glasojn el ŝranko kaj verŝis vinon por si mem kaj la gasto. Fine kiam la vino estis fluinta tra lia gorĝo li diris:

"Mi permesas al mi kontesti la rajton de la reĝo vendi la landon sen nia scio ĉi tie en la Kanceliario. Tiu egalas al ŝtelo de la lando; kaj ne nur de la Kanceliario, sed ankaŭ de la Kompanio. Kaj kion diras la Ministerio de Financoj? Aŭ Gyldenlöve, la guberniestro de la lando?"

"Via Bonvoleco devus scii," diris Arnas Arnæus, "ke post malvenko de la papistoj kaj starigo de luteranismo la reĝo estas posedanto de ĉiuj ekleziaj posedaĵoj en sia regno; tiel ĉiuj plej grandaj bienoj en Islando, krom mil malpli grandaj bienoj, falis sub lian regon. Unu dekreto pli kaj li posedas ankaŭ tiujn bienojn, kiuj restas. Ne koncernas aliajn, kion Nia Ĉiomilda Graco decidas fari pri siaj posedaĵoj. Kaj ĉu tio ne konsiderinde malpezigus la ŝarĝon kuŝantan sur la Alta Kanceliario, se ĝia konscienco liberiĝus de tiu mizera lando? Komercistoj survoje al Islando tiam ne plu pereus dum la malfacila marvojaĝo. Kaj la Kompanio ne plu estus ĝenata de la devo prizorgi malriĉan popolon."

La etatestro jam komencis furiozi. Nun li staris rekte antaŭ sia gasto, tremante skuis pugnon kontraŭ li kaj diris:

"Tio estas unu el viaj damnindaj trompoj; falsaĵo; intrigo; komploto; vi delogis la reĝon; tia dana konsilisto aŭ ŝtatisto ne ekzistas, kiu konsilus al la reĝo vendi Islandon, pro tiu simpla kialo, ke kiom ajn alta prezo, kiu estus proponita por ĝi unu fojon por ĉiam, li havus multe pli grandan profiton en la pasado de la tempo per bona komercado."

"Plej premantajn bezonojn oni devas unue atenti," diris Arnas Arnæus. "La maskobaloj devas kontinui; tio bezonas monon. Sukcesa maskobalo glutas la impostojn de ĉiuj islandaj klostroj dum unu jaro, Via Bonvoleco. Krome, Nia Graco devas havi militon kontraŭ la Svedoj por plialtigi la famon de Danujo; ankaŭ tio bezonas monon."

"Kaj la Islandanoj mem," demandis la etatestro, senkonsila ie meze inter kolero kaj timo. "Kion ili diras?"

"Islandanoj," diris Arnæus. "Kiu demandas la opinion de malhonoraj homoj? Ilia tasko, unu kaj sola, estas teni en memoro sian historion ĝis pli bonaj tagoj."

"Via Ekscelenco pardonu min," diris fine la etatestro, "sed urĝaj aferoj atendas min ekstere en la urbo. Mi nome ekhavis novan konkubinon. Ĉu mia sinjoro eble akceptos veturi kun mi?"

Arne Arnæus jam ekstaris kaj ĉesis fumi.

"Ankaŭ mia veturilo atendas min ekstere," li diris.

"Aliflanke, koncerne la sendon de fiŝfadenoj per Hólm-ŝipo," diris la etatestro, surmetante sian mantelon; "mi esploros tiun aferon. La Kanceliario estis ĉiam pretema atenti la petojn de Islandanoj pri gisfero, komunia vino kaj fiŝfadenoj. Eble estos havigeblaj pli da ŝipoj por iri al Islando ĉi-jare ol lastjare."

6

En la printempo post la variola epidemio tiel malmultaj ĉeestis la asembleon en la Alþingi, ke kondamnoj ne povis okazi. El multaj distriktoj neniu homo venis al la asembleo. Estis necese prokrasti ekzekutojn de krimuloj, ĉar ankaŭ kristanecaj ekzekutistoj fordormis en la epidemia furiozo, kaj sinproponoj de frenezaj bubaĉoj por senkapigi la virojn kaj dronigi la virinojn por amuzo ne estis konsideritaj validaj ĉe la rivero, kiu portas la nomon de hakilo de justeco.* Unu virino tamen estis dronigita dum la asembleo, iu Hallfríður el la distrikto de Múli oriente, kiu ekhavis infanon kun tiu Ólafur, kiu estis ekzekutita en la antaŭa jaro, sed ne venis pliaj al la Alþingi el tiu distrikto krom la homo, kiu transportis la virinon, sed li firme rifuzis retransporti ŝin vivantan tra la tuta lando orienten, trans tiujn multajn riverojn, tiel ke iuj bonuloj solvis la problemon kaj dronigis la virinon en la riverakva kavo.

Nun la historio sin turnas denove al la maljuna Jón Hreggviðsson, kie li sidas en sia farmodomo en Rein. Ne estis mirige en tiuj aktualaj cirkonstancoj, ke prokrastiĝis lia havigo de nova apelacio al la Plej Supera Tribunalo, kiun la komisara kortumo estis ordonita al li akiri. Aliaj aferoj okupis liajn pensojn. Tiuj sporadaj aŭtoritatoj, kiuj ankoraŭ montris iun vivsignon, havis portempe aliajn aferojn de okupado ol tiun pri Jón Hreggviðsson. Sezonoj pasis. Tamen fine, kiam venis al tio, ke la mortado de homoj maloftiĝis kaj la popolo komencis regajni sian vivon, la famo atingis la farmiston, ke la aŭtoritatoj kiuj nun anstataŭis la mortintajn ne tute forgesis lian aferon. Neniu tion pridubis en la lando, ke la ofico de la komisaro estis de speciala naturo, li estis farita juĝisto super juĝistoj kaj liaj verdiktoj estis neapelacieblaj. Tiuj kiujn li kondamnis ne povis esperi senkulpigon. Tiuj kiujn li senkulpigis ne estis suferigeblaj poste. Sed tiel okazis, ke post la fino de lia laboro, montriĝis pli klare kiu estis falinta ol kiuj estis levitaj. Kiuj estis levitaj, tiuj perdiĝis. Ne vidiĝis iu ajn signo pri ilia liberiĝo. Al la homo, kiu faligis la altajn por levi la malaltajn, neniu montris publikan dankon. Sed la homoj bedaŭris la malhonorigon kaj falon de leĝisto Eydalín.

Jón Hreggviðsson estis tiu homo, kiu returnis hejmen malpli certa ol plej multaj aliaj pri sia sorto post la komisara kortumo ĉe Öxará en la printempo antaŭ la epidemio, senkulpigita kaj kondamnita samtempe. Lia afero estis sendube la kaŭzo de unu el la plej pezaj akuzoj kontraŭ Eydalín, kaj nenio ludis tiel decidan rolon en la falo de la leĝisto kiel tiu kondamno al morto, kiun li antaŭ longa tempo deklaris super tiu homo laŭ atestoj pridubindaj kiel pruvoj, por ne aserti pli. Aliflanke, neniam estis pruvebla kontraŭ Eydalín tiu akuzo de la komisaro, ke li antaŭ dek ses jaroj faris kontrakton kun Jón Hreggviðsson ne aperigi la leteron al la Plej Supera Tribunalo, kiun li kunportis el Kopenhago. Por tiu kontrakto neniam estis prezentitaj atestantoj, krome tiu farmisto de Kristo estis ordonita akiri novan apelacion al la Plej Supera Tribunalo por ke lia afero estu denove ekzamenita.

Nun, kiam Eydalín estas forpasinita kaj la variolo seniginta la eklezian centron de Skálholt de sia ornamo kaj honoro, ĉar la episkopo estis fordorminta kun sia sinjorino, la filino de la leĝisto, kaj ankoraŭ pliaj altranguloj malaperintaj, Jón Hreggviðsso pensis, ke malmultaj havus intereson lin riproĉi pro lia prokrasto havigi novan alpelacion. Sed tio pruviĝis kontraŭ la esperoj de la farmisto.

En la dua printempo post la epidemio la asembleo denove kolektiĝis en la Alþingi ĉe Öxará kaj ĉeestis tiam sufiĉa hompovo por ebligi ekzekutojn de krimuloj kaj kunmeton de nova petskribo al la reĝo. La landan kortumon nun prezidis vicleĝisto Jón Eyjólfsson kaj regento Beyer de Bessastaðir.

La asembleaj taskoj jam estis proksime al sia fino kaj montriĝis neniu signo, ke malnovaj procesoj estu rekonsiderataj en tiu ĉi fojo. La printempo estis kruela kaj malvarma, apatio kaj malinklino karakterizis tiujn malmultajn kortumantojn, kiuj faris al si la penon rajdi al la asembleo tra duonmortintaj kamparoj, kie la vertiĝosentaj postvivantoj apenaŭ povis stari post la granda frapo. Sed en iu nokto tuj antaŭ la asemblea fermo, kiam la kortumantoj enrampis sub siajn ŝaffelojn, rajdanto venis al la Þingvöllur. Estis virino. Ŝi rajdis en akompano de tri servistoj kun multaj ĉevaloj sur la asemblean kampojn el oriente de Kaldadalur, kiu apartigas la landajn kvaronojn. Tiu vojaĝantino deĉevaliĝis antaŭ la loĝbudo de la regento kaj iris senprokraste por renkonti la homon Beyer, kiu reprezentis la guberniestron. Ŝi estis tie nur mallongan tempon ĝis la regento sendis vorton al la vicleĝisto, kaj estis li vekita kaj iris al la loĝbudo de la regento. Pri kio okazis en tiu renkontiĝo ne ekzistas raporto. Mallonge poste la gastino rajdis for de Þingvellir.

Unu alia afero okazis en tiu nokto: du homoj en la servistaro de la vicleĝisto estis vekitaj kaj senditaj kun leteroj okcidenten al Skagi por trovi la farmiston Jón Hreggviðsson de Rein kaj kunpreni lin kun si al la asembleo.

Estis iom mizeraspektaj aŭtoritatuloj kiuj en la dua tago post tiam restarigis akuzon kontraŭ tiu farmisto de Kristo en tiu malbona loko Þingvellir ĉe Öxará. Eĉ la loĝbudo de la dana komisaro estis kaduka, kvazaŭ la reĝa potenco trovus ne valora la penon teni oficialan splendon kontraŭ la ŝtormoj kaj pluvoj de Islando, kies aŭtenta parto estis ties enloĝantoj, mistorditaj kaj frostmorditaj en homaj formoj. Tiuj veteroj de Islando estis tiu muelilo, kiu ne lasis ion nemuelita escepte la basaltajn montojn, elsarkante kaj renversante ĉiujn faraĵojn de la homoj, forviŝante ne nur iliajn kolorojn, sed ankaŭ iliajn formojn. La ĉizitaj tegmentrandaj tabuloj de tiu reĝeca domaĉo estis aŭ rompitaj aŭ eltaŭzitaj de la ventoj, ĉio el fero rustiĝinta, la pordo senkompakta kaj malrekta, vitroj krevintaj, ŝutroj pendantaj de sur la ĉarniroj, la simbolo de la reĝo plejparte forlavita. Kaj la dana komisiito de la guberniestro, regento Beyer, komplete ebria ĉiutage tra la asemblea tempo.

La tutlanda kortumo sidis en kabanaĉo, kiu iam portis la nomon Kortuma Domo, kaj estis rompita la tegmento, tiel ke vento kaj pluvo havis liberan trairon tra la ĉambro. La koto, kiu estis fluinta el la termuroj sur la difektitan plankon, ne estis ŝovelita for. Internen sur tiu planko lamiris Jón Hreggviðsson de Rein, blankhara, ĝemante kaj pezspirante.

Vicleĝisto Jón Eyjólfsson demandis, kiel li povas klarigi tion, ke li ne obeis al tiu devo, kiu estis ordonita al li antaŭ du jaroj de speciala reĝa kortumo ĉi tie ĉe Öxará, apelacii sian aferon al la Plej Supera Tribunalo.

Jón Hreggviðsson deprenis sian trikitan ĉapon kaj la homoj vidis liajn blankajn harojn. Li staris kurbdorsa kaj humilaspekta antaŭ siaj juĝistoj, sen kuraĝo rigardi iliajn vizaĝojn, diris, ke li estas maljuna homo kun netaŭgaj vido kaj aŭdo kaj suferanta de reŭmatismo, sed la malgranda kompreno, kiun li havis en junaĝo, tute forvaporis. Li petis, pro nescio sin defendi, ke al li estu nomita proparolanto.

Tiu peto ne estis atentita, la respondo de la homo tamen registrita, kaj la sekvanta afero rapide ektraktita, ĉar estis la lasta tago de la asembleo kaj estis urĝe, ke plej multaj taskoj estu finitaj antaŭ ol la kortumantoj estos tro ebriaj, kiel estis en ĉiu tago en la posttagmezo. Ŝajnis al Jón Hreggviðsson, ke ne estos pli farita pri lia aferoj en tiu asembleo, li do prenis sian ĉevalaĉon kaj rajdis norden sur la monta vojo Leggjabrjótur, hejmen. Kiam doniĝis tempo denove trakti lian aferon, li estis malaperinta tute kaj komplete. Estis tiam lia kazo prenita por pritrakto en lia foresto, sen pliaj persekuto aŭ defendo. Estis la verdikto tiel eldirita, ke ĉar tiu Jón estas renoma pro siaj ĝenaj, malicaj kaj malhonestaj sintenoj, kaj ĉar li, akuzita pro murdo, neglektis agi laŭ la kondiĉoj eldiritaj en du protektaj leteroj de Lia Reĝa Moŝto kaj en la forpermesa letero de la militaj instancoj de la reĝo, kaj krome ĉar li ne plenumis aperigi la malnovan apelacion de la Plej Supera Tribunalo, kaj fine obstine rifuzis havigi novan apelacion ordonitan de la Komisara Kortumo, sed anstataŭe forlasis la asembleon, montrante sian senvolon plenumi la devon atendi kaj defendi sin mem en sia afero, la menciita Jón Hreggviðsson estas ĉi-kune laŭleĝe arestita kaj metita sub gardadon de la prefekto en Þverá kaj metota en ŝipon kaj transportita je la plej oportuna okazo en la somero al la punlabora kastelo Bremerholm por tie pasigi sian vivon en sklavlaboro sub la komandanto de la kastelo; krome, duono de liaj posedaĵoj estu konfiskita por aparteni al Lia Reĝa Moŝto.

7

Okazis en iu tago, kiam Jón Hreggviðsson staris en sia subpantalono sur la domkampo de Rein kaj falĉis la herbon, ke du homoj alrajdis kaj direktis sin al li tra la nefalĉita herbo. La farmisto ĉesis falĉi, ŝtormis kontraŭ ilin kun la falĉilo levita kaj minacis ilin murdi pro subtreto de la herbo, kaj tiel same lia feroca hundo. La homoj neniel reagis al tio, sed diris ke ili estis senditaj de la prefekto de Skagi por lin aresti. Li puŝis la falĉilstangon en la grundon kun la klingo supre, iris al ili, kunmetis siajn pugnojn kaj etendis la manojn

"Mi estas preta," li diris.

Ili diris ke ili ne katenos liajn manojn portempe.

"Kion vi atendas," li diris, ĉar ili movis sin malvigle laŭ tipe islanda maniero kaj kondutis senurĝe sur la domkampa herbejo.

"Ĉu vi iros kun ni tiel vestita?" ili diris.

"Tio estas mia afero," li diris. "Kiun ĉevalon mi rajdu?"

"Ĉu vi ne volas adiaŭi vian familion?" ili diris.

"Tio ne koncernas vin," li diris. "Ekiron tuj!"

Estis tute alia homo ol kiu staris kun kurba dorso, tremante kun pezaj ĝemoj kaj preskaŭ plorante antaŭ siaj juĝantoj en la Alþingi.

Li tuj saltis sur la dorson de tiu libera ĉevalo, kiun ili havis kun si. La hundo mordis la kalkaneon de la ĉevalo.

"Forrabo de homo ne estas nia tasko," diris la estro de la du, kaj ke ili rajdu al la domo kaj konigu siajn devojn al la familio de la farmisto.

La farmodomo nestis sub la monto, kun viva fenestro kiel okulo en la dika herbokovrita muro, kaj malalta pordo tra kiu homoj iris dorsklinitaj, kaj ŝtona pavimo antaŭe. Fumo leviĝis el la kamentubo. La edzino antaŭ longe mortinta. La idioto ankaŭ ne plu ekzistis kaj estis la opinio de homoj, ke la farmisto, lia patro, lin mortigis. Ankaŭ la leprulinoj estis mortintaj, tiel ke neniu laŭdis Dion en la domo. Sed la farmisto estis ekhavinta novan filinon anstataŭ tiu, kiu kuŝis sur la mortolito, kiam li revenis siatempe el eksterlando, kaj tiu virino eliris el la kuirejo kaj staris sur la ŝtonpavimo, preskaŭ edziniginda, malpura pro fulgo kaj cikatroj sur la vizaĝo post la variolo, kun nigraj haroj kaj brovoj kaj ekbriloj en la okuloj kiel ĉe ŝia patro, nudpieda kaj sunbrunigita, en lantuka kitelo, kun dikaj genuoj, la ornamaĵoj de siaj vestoj cindro, splitoj de sekigita brut-fekaĵo kaj torfaj pecetoj.

La homoj diris: "Al ni estas ordonite aresti vian patron kaj trans-porti lin al ŝipo en Ólafsvík."

Ia ekscitiĝo estis kaptinta la hundon, ĝiaj haroj hirtiĝis kaj ĝi pisis jelpante sur la muron.

"Plej bone ke vi estus mortigitaj," diris la knabino. "Ĉu vi ne vidas tiun maljunan homon kun la blankaj haroj."

"Silentu, knabino," diris Jón Hreggviðsson.

"Paĉjo mia," ŝi diris. "Ĉu vi volas surmeti superpantalonon?"

"Ne," li diris. "Sed alportu ŝnuron."

Ŝi sciis, kie li kaŝis iom de ŝnuro kaj revenis por kelka tempo kun granda volvaĵo de tiu luksa varo, la homoj de la prefekto rigardis tion kun admiro. Lia filino ankaŭ alportis lian surtuton, kiu atingis suben ĝis mezo de la femuroj, kaj li cedis al ŝia peto ĝin surmeti, kie li sidis sur la ĉevalo, poste multfoje ĉirkaŭvolvis ĝin per la ŝnuro kun rapidaj fortaj movoj. Lia filino rigardis lin. Li finis la volvadon per faro de nodo sur la ŝnuro.

"Paĉjo mia, kion mi faru, kiam vi estas for?" demandis la knabino.

"Enfermu la hundon," li ordonis bruske.

Ŝi vokis la hundon, sed la hundo ne volis esti trompita kaj ne iris krom duonvoje al ŝi, la vosto pendanta. Ŝi mildigis la voĉon kaj volis iri al ĝi kaj ĝin kaptii, sed tiam ĝi ŝtelpaŝis sur la domkampon kun la vosto inter la piedoj.

"Mi mortigos vin, Kolur, se vi ne estos kvieta," diris la knabino.

La hundo kuŝiĝis kaj komencis tremi. Ŝi iris al ĝi, prenkaptis ĝian nukograson kaj portis ĝin lamente ululantan al apuda staldometo, ĝin ĵetis internen kaj riglis la pordon. Kiam ŝi finis tiun laboron, la homoj estis rajdintaj for el la domkampo.

"Adiaŭ, paĉjo mia" si vokis post lin, sed li ne aŭdis, ili jam trotis for laŭ la pado kondukanta de la farmodomo, ŝia patro fronte, batante per la piedingoj. La laboruloj, kiuj staris sur la domkampo, ĉesis labori kaj rigardis en silento la forrajdon de la dommastro.

Ili tranoktis en Andakíll ĉe la komunumestro kaj gardis la arestiton en ekstera tenejo. En la vespero ili volis babili kun li, sed li diris ke li estas maljuna kaj ke tedas lin homoj. Li diris ke li bedaŭras ke la popolo ne tute formortis en la epidemio. Ili demandis, ĉu li ne scias kanti iujn rimaĵojn.

"Ne por amuzi aliajn homojn," li diris.

Ili daŭrigis la vojaĝon frue en la mateno. Ili rajdis kun la farmisto okcidenten laŭ la Mýrar-regiono, laŭlonge de la terlango Snæfellsnes kaj trans la montvojon de Fróðárheiði direkte al la ĉemara komercejo Ólafsvík. Ili venis tien malfrue en la vespero, kiam jam forte pluvis. Komerca ŝipo kuŝis en la haveno. Il deseliĝis antaŭ la butiko, ekparolis kun la komercejaj servistoj, montris siajn leterojn kaj petis parolon kun la ŝipestro. Tiu venis, kiam estis al li oportune, kaj demandis, kion ili volas. Ili diris, ke ili estas la senditoj de la prefekto en Þverá-distrikto kaj kunhavas krimulon kondamnitan al sklavlaboro en Bremerholm kaj donis al la ŝipestro leteron de la prefekto por tion pruvi. La ŝipestro estis homo dika kaj bluvizaĝa, kaj ne sciis legi, sed alvokis homojn por interpreti al li la skribaĵon. Post fino de tiu legado li demandis: "Kie estas la kortumaj dokumentoj?" Tion ili ne sciis klare.

La Dano montris al Jón Hreggviðsson kaj demandis, raŭka kaj malbonhumora:

"Kion faris tiu homo?"

"Li mortigis la pendumiston de la reĝo." ili diris.

"Tiu maljuna homo," diris la Dano. "Kie tio estas skribita?"

Ili diris, ke ili pensas ke tio estas skribita en la letero, sed kiel ajn ĝi estis legata, nenia konfirmo pri tio estis tie trovita. La Dano diris, ke neniu prefekto en Islando povus instigi lin preni homojn por plezurveturo per lia ŝipo.

"Kio estas plezurveturo?" diris la homoj.

La ŝipestro diris ke li nomas tion plezurveturo, se islanda homo veturas eksterlanden per lia ŝipo, ne povante pruvi ke li estas aŭ ŝtelisto aŭ murdisto. "Tio estas tute alia afero," li diris, "se la homon akompanas dokumentoj pri laŭleĝa kondamno kun alligita sigelo de tiuj en Bessested kaj garantio de la Trezorejo pri pago de la transporto. Koncerne tiun homon, kiun ili altrenis kun si ĉi tien, neniu vorto estas trovebla ke li ŝtelis ŝafidon, des malpli murdis homon."

La ŝipestro ne estis persvadebla. Li faris la solan postulon por ricevi la homon, ke ili rajdu unue al Bessastaðir por ekhavi validajn dokumentojn. Poste li iris for.

La vojaĝo de Ólafsvík al Bessastaðir okupus tri plenajn tagojn tien kaj reen, tiel ke la gardistoj de la arestito decidis, ke la plej bona alternativo estus apelacii al la aŭtoritatoj de tiu distrikto, en kiu ili nun trovis sin, Snæfellsnes, kun la espero havigi de ili laŭleĝan konfirmon, ke tiu homo, kiun ili transportis, estis kondamnita en la Alþingi. Ili serĉis tranoktejon en Ólafsvík, sed estis malsato kaj mizero en Snæfellsnes, kaj gastamo minimuma en tiuj malmultaj lokoj, kie supozeble troviĝus fiŝo en sekigejo kaj butero en provizejo, kaj multaj farmobienoj senhomaj post la epidemio, la homoj mortintaj kaj enterigitaj.

La Kompanio estis la sola ekzistaĵo en Snæfellsnes, kiu posedis domon el ligno, sed ne el tero. Plej ofte la domo staris malplena kaj la fenestroj kovritaj per tabuloj krom en tiuj malmultaj someraj semajnoj de komercado. La gardistoj de Jón Hreggviðsson petis parolon kun la komercisto kaj demandis, ĉu estus eble gastigi unu arestiton kaj du homojn. La komercisto respondis, ke Danoj ne havas devon gastigi aliajn Islandanojn krom kondamnitajn krimulojn; pri tiu ne temis tiu regulo; ili sendube estas stultuloj aŭ mensogantoj; ili prizorgu mem sian problemon. Ili demandis, ĉu ili povus enmeti la arestiton en eksteran kabanon aŭ vartenejon, ĉar estas pluvo. La komercisto diris, ke estas la kutimo de Islandanoj feki kie ajn ili sin trovas, krome ili delasas pedikojn kie ajn ili iras, kaj ke tia popolo ne taŭgas por danaj eksteraj domoj. Per tiaj vortoj la komercisto iris for, sed afabla dana vartenejisto donis al la Islandaj mordi maĉtabakon, kvankam ili ne havis manĝaĵon. Estis jam malfrue. Mallonge poste la ŝipestro eniris sian ŝipon por dormi. La domo de la komercisto estis ŝlosita. La gardistoj interkonsiliĝis sur la gruztereno antaŭ la butiko, kaj la arestito staris mallonge for vestita per sia ŝnuro, kun la trikita ĉapo pluve malseka sur la blankaj haroj. Antaŭ la butiko estis ĉevalŝtono, firma en la grundo, kun masiva krampo el fero. Fine la gardistoj turnis sin al la arestito, montris al la ŝtono kaj diris: "

"Ĉi tie ni intencas ligi vin."

Ili malligis la ŝnuron de la maljunulo kaj ligis per ĝi liajn manojn kaj piedojn kaj fiksis la restaĵon al la ferkrampo, poste foriris. Kiam ili estis for, la farmisto ŝovis sin ŝirmflanken de la ŝtono, klinis sin al ĝi, sed ne provis malligi sin, kvankam tio ŝajnis facila kaj la ligo simbola pli ol reala; li ne estis plu same fervora fuĝanto kiel antaŭ dudek jaroj, nek seksumis kun trolino en sonĝo; ekpezis dormo sur la laca homo kie li kuŝis apud la ĉevalŝtono antaŭ la dana komercejo en la nokto. Kaj dum li tie dormas en nokta pluvo apud ŝtono, tiam lin vizitas mesaĝisto varma kaj bona, kiel diras libroj pri anĝeloj kiuj venis al ligitaj homoj tra muro, blovas en lian barbon kaj likas liajn fermitajn okulojn. Estis la hundo.

"Aj, tie vi estas, vi damnulo," diris la homo, kaj la kote malseka hundo saltis sur lin kaj tretis sur lin kaj likis lian vizaĝon jelpante, sed la homo estis ligita kaj ne povis bati ĝin for.

"Vi manĝis ĉevalidon, vi diablo," diris Jón Hreggviðsson, kaj pli malbonan oni ne povas diri pri hundo; sed tio ne efikis al la ĝojo de la hundo, fine li komencis ĉirkaŭkuri la ŝtonon kie estis alligita la homo.

En la mateno dormis la homo klinita al la ŝtono kaj la hundo flanke de la homo. Aliaj homoj kaj hundoj jam movis sin en la ĉirkaŭaĵo, sinjorecaj Danoj staris sur la ŝtupoj ĉe la butiko ŝvelantaj kaj tutpretaj post frua brando kaj matena manĝo, sed mizeraspektaj loĝantoj de Ólafsvík nenifare atendis en kelka distanco, senformaj, en ĉifonaj jakoj senŝultraj, kun tro longaj postaĵoj, similaj al birdtimigiloj en molanasaj kovejoj. Tiuj lastaj rigardis vakece la hundon kaj la homon; unu sciis iujn detalojn pri la kaptito kaj lia familio, alia ne povis teni sin de mencio pri la ŝnuro per kiu li estis ligita, ambaŭ parolis ŝirvoĉe en falseto sen similo al homa voĉo. La Danoj starantaj ĉe la butika pordo faris spritajn rimarkigojn kaj ridis dike.

La gardistoj estis nenie videblaj kaj ĉio mistera pri iliaj sintrovoj. Post nelonga tempo la Danoj iris al siaj taskoj, sed la islandaj lokanoj postrestis kaj rigardis apatie homon kaj hundon. Neniu havis la ideon proksimiĝi kaj malligi la ligiton pli ol iu ekhavus la penson malligi la lupon Fenrir* aŭ provi entepreni ion alian taskon konvene apartenan al dioj. Aliflanke, unu dana butika metilernanto volis malligi la homon por ĉikani la aŭtoritatojn, kaj por la amuzo vidi lin kuri, sed kiam li iris pli proksime la hundo ekscitiĝis kaj montris sin preta defendi sian mastron kaj tiun ŝnuron per kiu li estis ligita. Nun oni daŭrigis stapli la sekfiŝon, kiun la fiŝistoj alportis kaj ne plu atentis tiun murdiston, kiu estis ligita al la ŝtono, escepte de unu malriĉa virino kiu iris al li kaj tenis al lia buŝo ujon kun lakto kaj donis fiŝhaŭton al la hundo.

Tiel pasis tiu tago.

Estis jam malfrue en la vespero kaj oni ĉesis stapli la sekfiŝon, la ŝipo kuŝis preta por forvelo. La gardistoj revenis kaj malligis la farmiston. Ili daŭrigis sian atendadon sub la muro de la komercejo en Ólafsvík en la espero ke mesaĝo venos de iu reĝa oficisto, kiun la ŝipestro akceptus kiel valida, sed en la antaŭa nokto homo estis rapide sendita al la prefekto de la distrikto Snæfellsnes por havigi dokumenton pri tio ke Jón Hreggviðsson estas pruvita krimulo.

Ĉirkaŭ meznokto la hundo de la arestito komencis boji, baldaŭ poste aŭdiĝis bruado de hufoj en plena rapido. La gardistoj sin rektigis esperante, ke jen venas la prefekto. Sed tiam rajdis sur la gravelon altranga virino kun multaj ŝaŭmantaj ĉevaloj, ŝi estis malhele vestita kaj estis tirinta kapuĉon super sian kapon. Ŝi saltis el la selo sen helpo, kolektis manplenon de sia ĝispiede longa rajdojupo por eviti trampi sur la ĝian randon, rapidis per malpezaj paŝoj trans la gravelon kaj malaperis en la komercejan domon al la Danoj, ne frapinte la pordon. Ŝiaj servistoj provis kapti la liberajn ĉevalojn por konduki ilin al herbo dum ŝi haltis.

La fremdulino restis en la domo dum kelka tempo. Elirante ŝi lasis la kapuĉon fali ĉe la nuko kaj la nokta brizo blovis sur ŝiajn harojn. La komercisto kaj la ŝipestro ŝin akompanis ekster la pordon kaj sin klinis respekte, kaj ŝiaj dentoj brilis en la krepusko kiam ŝi ridetis. Ŝiaj servistoj alkondukis ŝian ĉevalon kaj ĝin tenis dum ŝi surseliĝis en kelkmetra distanco de Jón Hreggviðsson, kie li sidis sur la ŝtono.

La arestito malfermis sian buŝon:

"Mia sinjorino rajdas pli alte en la nokto ol kiam Jón Hreggviðsson ĵetis taleron en sian sinon," li diris.

Ŝi tuj respondis el la selo:

"Tiu, kiu donas almozon, estas via malamiko."

"Kial mi ne povis havi mian kapon dehakitan antaŭ dudek jaroj dum ĝi estis ankoraŭ nigra kaj la kolo sufiĉe dika por esti taŭge akceptinda al via patro kaj la hakilo de la reĝo," li diris.

Ŝi diris: "Vi faras bonon al almozulo pro kompato, sed samtempe, kiam vi turnas vin for de li, via naskorajto estas vendita. Tio estis mia eraro. Mi donis al vi vian kapon kiel almozon; kaj la kapo de mia patro, la kapo de la lando, devis fali sen honoro."

"Mi estas maljuna homo," li diris.

"Vi neniam havos povon super mia patro en tiu ĉi lando," ŝi diris.

"Mi ne petas indulgon," li tiam diris, kaj estis subite ekstaranta ĉe la ŝtono, kun la tritikita ĉapo super la blankaj haroj kaj la ŝnuro ligita ĉirkaŭ la talio. "Mi havas amikon kiel scias mia sinjorino, lia feino."

"Lia putino," ŝi korektis kaj ekridis kaj rajdis for.

Kiam ŝi estis for la ŝipestro vokis al gardistoj kaj ordonis al ili ligi la arestiton kaj transporti lin en la ŝipon.

8

Kaj kiam ili venis al Kopenhago en aŭgusto, la ŝipestro tuj sendis vorton al la urbaj aŭtoritatoj, ke enŝipe li havas unu kanajlon el Islando. Soldatoj estis tuj senditaj de la kastelo, armitaj, por preni la homon en gardado kun akompanaj dokumentoj kaj transporti lin al tiu loko en Danlando, kiu tiutempe estas la plej konata al Islandanoj. Tiu kastelo Bremerholm staris sur insuleto en la haveno de la urbo, ĝiaj dikaj muroj levitaj el la maro kaj profundaj keloj plenaj de akvo, sed artileriaj turoj supre por kanonadi la Svedojn. La loĝejoj de la krimuloj estis ĉiuj adaptitaj por viroj, kuŝis tie la homoj en vastaj komunejoj dum la noktoj sed penadis en sklavejoj dum la tagoj. Se la homoj timis kaj bone kondutis, ili akiris la fidon de siaj gardistoj kaj povis kuŝi sen ferligoj dum la noktoj, sed se ili ne timis kaj respondis plenvoĉe kontraŭ la gardistoj, ili estis tuj enferigitaj kaj piedfrapitaj kaj ligitaj al la muro, ĉiu ĉe sia kuŝejo.

Ne pasis longa tempo ĝis la Islandanoj en la urbo aŭdis famon, originintan el al Kancelario, ke la verdikto de la kortumo ĉe Öxará, kondamni la farmiston de Rein al enkarcerigo en Bremerholm, estis eksterordinara, kaj ke la decido reekzameni la aferon de la supre menciita farmisto estis farita kun ne granda zorgo hejme en Islando. Kaj kiam certa partio, kiu trovis iel valora la penon pedanti pri la malbela kapo de tiu ĉi kanajlo, ekazamenis la dokumentojn de la kortumo, estis eltrovite ke ili estis nur supraĵa kaj neaprobita kopio de la hazarda kaj rapida verdikto kiun oni faris pri li en la printempo en la Alþingi en neprocesita kaj nedefendita afero. Diris la dokumentoj, ke ĉar la farmisto estis disfama pro sia kruda sinteno al homoj, kaj fakte akuzita pro murdo, sed ke li kuris for de la kortumo sen respondi al la akuzoj, li estu sendita al Bremerholm. Tio estis la tuto.

Estis tiu regulo, ke la sola rimedo por eskapi el la kastelo Bremerholm estis tra vojo fermita ĉe la fino, nome la tombo: ege malmultaj povis dumlonge porti la ŝarĝojn al ili surmetitajn en la nomo de justeco en tiu loko. Kelkaj Islandanoj enkarcerigitaj pro diversaj krimoj pensis, ke ja estis tempo ke Jón Hreggviðsson venis en ilian grupon por tie resti ĝis fino, kaj ke estas malprobable, ke tiu maljuna, angile glata kanajlo, malglora pro siaj multaj misfaroj, povus iam havi la ŝancon eskapi nun, kiam ili fine sukcesis tiri lin tutvoje ĝis ĉi tie. Tial tio ne estis miranda, ke la okuloj de liaj kunkarceranoj larĝiĝis, kiam la ĉefgardisto eniris la laborejon iun tagon kaj vokis por Regvidsen, la friponon kiu murdis la pendumiston de la reĝo, ago egala al fortranĉo de la dekstra mano de Nia Plej Milda Moŝto, kaj ordonis al Regvidsen lin sekvi.

Jón Hreggviðsson ne estis prenita al la ĉeflando flanke de la strato Dybensgade, sed portita per la Kastela pramo trans la Bremerholm-kanalon. La Danoj estis donintaj al li velkintan pantalonon por surmeti super la subpantalonon kiun li surhavis kiam li estis arestita, sed lian ŝnuron ili konfiskis; kaj kiam li priplendis kun la pramisto koncerne rehavon de la ŝnuro, li estis fivorte ordonita sur la bordon urbflanke. Tie staris homo en flikita frako, kurbita, kun nervaj vizaĝaj kuntiroj. Li iris renkonte al la farmisto, seriozmiena, tamen eble iom distrita, kaj etendis al li sian bluan manon kun la giganta metiista dikfingro.

"Saluton, Jón," diris tiu frakulo en islanda lingvo.

Jón Hreggviðsson rigardis la homon, grimace, kaj gratis siajn harojn, "– kiu vi estas, denove?"

"Studiosus antiquitatum mi estas kaj mia nomo Joannes Grind-vicensis, Jón Guðmundsson, deveninta el Grindavík."

"Aj, jes, mi ja devus rekoni vin, kiu malfermis la pordon en renoma domo, kaj tie staris unu soldato de la reĝo, kaj saluton kaj benon al vi, Jón mia."

La erudiciulo el Grindavík snufis kelkfoje kaj iom frotis sian nazon.

"Mia sinjoro kaj majstro volas montri al vi helpon, Jón Hreggviðsson," li diris. "Kaj mi staris ĉi tie, laŭ lia peto, post kiam la sonorilo en la turo de Sankta Nikolao ludis la anĝelan kanton ĉi-matene. Kaj nun baldaŭ venis la vico de la kanto de la Sankta Triono. Vi devus kompreni, ke mi estas malvarma kaj ke mi estas soifa."

"Mi estis prenita for de la falĉiltenilo kiel mi staris en la subpantalono kaj ne havas eĉ moneron pro biero," diris Jón Hreggviðsson. "La Danoj eĉ ŝtelis de mi la ŝnuron."

"Bone, bone," diris la erudiciulo kaj rifuzis tiun temon de la konversacio. "En la nomo de Jesuo, kaj kun sekaj gorĝoj, kio nova el Islando?"

"Ho, ĉio estas tolerebla tie," diris Jón Hreggviðsson. "Tamen malkvieta vetero lastjare dum la fiŝkapta sezono. Sed herba kreskado nekutime kontentiga dum la somero."

"Bone," diris la erudiciulo. Kaj aldonis por kelka pripenso: "Mi aŭdas, ke vi estas ĉiam la sama krimulo."

"Ĉu ja tiel," diris Jón Hreggviðsson.

"Ĉu tio estas ĝusta?" demandis la Grindavikano.

"Mi sentas min kiel sanktulo," diris Jón Hreggviðsson.

La erudicia Grindvikulo ne trovis tiun respondon amuza: "Estas vere hontinde esti krimulo," li diris kun morala tono.

"Fakte, mi estas nur ŝtelisto," diris Jón Hreggviðsson.

"Oni ne devas esti tia," diris tiu el Grindavík.

"Mi ŝtelis pecon da ŝnuro de homo antaŭ pli ol dudek jaroj," diris Jón Hreggviðsson.

"Tion oni ne devas fari," diris la Grindavikano.

Tiam diris Jón Hreggviðsson: "Kiam ekzistis aŭtentika sanktulo, kiu ne estis ŝtelisto en la komenco?"

La erudiciulo snufis kaj gapis kelkan tempon kaj haltis por grati la maldekstran suron per la supra faco de la dekstra piedo.

"Do, tiel bone," li diris fine instruistmaniere. "Sed kion mi intencis diri, sed ne silenti: nenio okazis en Islando, nenio rimarkebla?"

"Ne laŭ mia memoro." diris Jón Hreggviðsson. "Almenaŭ nenio eksterordinara; ne dum lastaj jaroj."

"Neniu rimarkis ion?" demandis la erudiciulo el Grindavík.

"Ne, neniu rimarkis ion en Islando jam delonge," diris Jón Hreggviðsson. "Abolute nenion. Krom se oni volus nomi tion novaĵo, ke hurlanta rajo estis kaptita antaŭlastjare en Skagafjörður."

"Tion mi nomas pli ol malgranda novaĵo," diris la erudiciulo. "Kion vi diras, ĉu ĝi hurlis?"

"Nu, eble vi eĉ ne aŭdis, kamarado, ke en la jaro antaŭ la antaŭlasta homoj estis vidataj en la aero super Islando," diris Jón Hreggviðsson.

"Vidiĝis homo en la aero," diris la erudiciulo, sed iomete malpli entuziasme. "Bone." Kaj kiam li jam faris kelkfoje siajn artifikojn, inter tiuj tordan frotadon de sia nazo, li iom ofendite reagis, dirante;

"Ĉu permesas al mi atentigi mian samlandanon, ke ĉar vi estas unu ordinara knabo parolanta kun erudicia homo, kvankam mi estas kiel diras tiu laika frato Bergur Sokkason*: la plej sensignifa diakono en la Kristanismo de Dio, tamen ne konvenas ke vi tenu vin tro liberece antaŭ mi kaj alparolu min kiel hundon kaj nomas min via kamarado. Kaj ĉi tie mi ne parolas por mi mem, sed mi scias ke mia sinjoro kaj majstro neniam toleros al la plebo tian konduton fronte al la erudicia rango. Kaj kiam li sendis min hejmen al Islando iun jaron por kopii la dekdu-jarcentan historion de la apostoloj, kiu troviĝas en Skarð kaj kiun la homoj de Skarð ne delasos por oro, tiam akompanis min lia letero, ke mi estu alparolita per ne malpli alta titolo ol monsjero en la lando."

Jón Hreggviðsson respondis:

"Mi estas nur malsaĝa luprenanto, kiu neniam konis decan homon krom Jesukriston, mian dommastron, ĉar mi ne povas mencii la blankbrunan hundon, kiu sekvis min la tutan vojon ĝis la ĉevalŝtono ĉe la komercbutiko en Ólafsvík al kiu mi estis ligita per hokego. Sed se Via Alte Erudicia Sinjoro volas fari al mi ian favoron, mi promesas konduti post nun konforme al via alta erudicio, krom en tio kion mia neregebla malsaĝo tion malpermesus."

La Grindavikano diris:

"Kvankam vi kaj via gento tute subiĝis al la potenco de Moria*, tamen mia majstro neniam volas igi vin pagi pro tio, sed ĉiam havas dankemajn sentojn al via patrino, kiu blinde savis tion, kion aliaj perdis. Tial li kun multega klopodo kaj grandaj fortostreĉoj negocante kun la aŭtoritatoj sukcesis eltiri vin el la kastelo el kiu neniu eliras vivanta, kaj invitas vin al si. Nun restas vidi kia speco de homo vi estas. Tamen mi volas averti vin pri unu afero sur kiu dependas via sano de korpo kaj animo, kaj tio estas ne havi iujn ajn rilatojn kun Jón Marteinsson dum vi estas ĉi tie en la urbo."

"Aj, kion diras Via Erudicieco, ĉu li ankoraŭ estas super grundo tiu diablo kiu fordrinkis de mi la botojn de la reĝo antaŭ ĉiuj tiuj jaroj, kiam mi servis sub la flago de la reĝo?" diris Jón Hreggviðsson.

"Jes, kaj eĉ ŝtelis *Skálda* mem, el kiu libro troviĝis dek kvar folioj sur la litfundo de via mortinta patrino en Rein sur Akranes."

"Espereble li iam ŝtelis ion pli uzeblan, la viraĉo," diris Jón Hreggviðsson. "Mia patrino eĉ ne povis uzi tiujn felĉifaĵojn por fliki mian mantelon."

"Mia majstro proponis al Jón Marteinsson la pezon de la libro en oro, se li redonos la ŝtelaĵon; li proponis al li grandbienon kaj oficialan staton en Islando. Li sendis spionojn taglonge por kontinue vigili super la ŝtelisto ebria en la espero ke li elkaŝos ion pri la libro; sed ĉio estis vana."

"Hm," dirs Jón Hreggviðsson, "mi ekpensas ĉu mi ne povos per helpo de Dio ekhavi ioman profiton kiel ŝtelisto ĉi tie en Kopenhago."

La erudiculo el Grindavík gapis kiel fiŝo kelkfoje, sed neniu vorto elvenis.

"Mi pensis diri," diris Jón Hreggviðsson, "ĉar estas proponite al tiaj homoj oron, oficon kaj grandbienon; kaj krome donas al ili brandon."

"Kiuj garantie metas sian animon al Satano certe profitos kiel ŝtelisto ĝis la tago venos, kiam la homoj estos vekitaj per la trump-etado," diris la erudiciulo. "Aŭ kial tio neniam okazas, ke iu kaptas Jón Marteinsson nudan en lito? Estas ĉar li portas pantalonon el haŭto de mortinta homo."*

"Ho jes, la kompatinda, tio ne konvenas ke mi lin kritikaĉu, kvan-kam li fordrinkis de mi la botojn, ĉar laŭ mia scio estis li kiu ludis rolon en la mia liberigo el Blua Turo antaŭ jaroj. Kaj venis informo al Islando ke li sukcesis havi la kompatindan kanajlon Mangi el Bræðratunga malkondamnita post kiam li estis malakceptita de Dio kaj homoj."

"Kaj mi diras ke li dronigis la homon en la kanalo en la sama vespero kiam li estis malkondamnita," diris la Grindavikano. "La homo, kiun Jón Marteinsson savas, tiu estas perdita."

"Malgraŭ ĉio, mi memoras sufiĉe bone ke Via Erudicieco konsi-deris tion akceptinda enrigardi bierejon kun nia samnomulo," diris Jón Hreggviðsson.

"Bone, bone," diris la erudiciulo el Grindavík kaj plenumis ĉiajn siajn akrobataĵojn, unu post alia, kaj frotis la surfacon de sia mal-dekstra piedo kontraŭ la suro de la dekstra, kaj inverse.

"Mi volas enrigardi Sanktan Nikolaon," li tiam diris, "por fari mian preĝon. Vi staru ekstere dume kaj provu rememori ion valo-ran."

Post nelonge la erudiculo elvenis el la preĝejo kaj surmetis sian ĉapelon sur la antaŭporda ŝtupo.

"Ĉu vi menciis, ke oni vidis homojn en la aero en Islando?" li diris.

"Jes, kaj eĉ birdojn," diris Jón Hreggviðsson.

"Birdojn? En la aero?" ripetis la erudiciulo. "Tion mi nomas stranga – sine dubio* kun ungegoj el fero. Mi devas enmeti tion en miajn memoranda*. Sed koncerne tion kion vi diris, ke mi iris en bierejon kun Jón Marteinsson, tio estas nek dignum neque justum, prava nek korekta, ke unu ordinara kanajlo el Bremerholm diras tiaĵon al la scriba kaj famulus* de mia majstro. Kaj tion mi povas diri al vi, ke mia sinjoro estas tia sinjoro kaj majstro, kiu ĉiam kaj senescepte pardonas al sia servisto lian malfortecon, sciante tion kio estas, ke mi havas malmultan monon, sed Jón Marteinsson surhavas pantalonon el haŭto de mortinto."

9

Super la malaltaj verdaj kamparoj inter la pezfluaj riveroj de la sudlando pendas stranga melankolio. Ĉiu okulo estas kovrita de nubo kiu baras vidon al la suno, ĉiu voĉo sensona kiel de birdo kiu pepas en fuĝo, al infano ne permesiĝas ridi, ne estas permesate atentigi ke oni ekzistas, la potencoj ne estu provokitaj per frivoleco, oni nur ŝteliru senbrue, eble la dio ne hakis sufiĉe, eble estas ie ankoraŭ kaŝita nepagita peko, ankoraŭ ie rampas dispremenda vermo.

Centro de enlanda prospereco, kapo kaj gloro de la nacia vivo, la eposkopejo Skálholt, tremis sur siaj fundamentoj. La sudlandanoj ja estis malegale kontentaj pri sia episkopejo, depende de kiu ĝin okupis; sed estu kiel ajn, ĉi tie estas la hejmo de tiu episkopa ofico, kiu ne malaltiĝis, kvankam plialtiĝis la reĝo, ĉi tie estas la lernejo, la fornofajro de la klereco kaj de la erudiciuloj, ĉi tien pagiĝis la luoj de la diocezaj farmbienoj, ĉi tie almozoj estis donataj al vagantoj, se ili sukcesus akiri transporton trans la riverojn. Eĉ kiam iu sinjorino de episkopo ordonis rompi la naturan ŝtonponton de la rivero Hvítá, mortis mizeruloj kaj vagantaj vojaĝantoj sur la orienta bordo, kredante ke la lumo de kristanismo tamen troviĝas okcidente de la rivero.

Sed la pekoj de la nacio tiom kreskis, ke eĉ la episkopejo ne estis ŝirmita. En sia kolero la dio frapis ankaŭ la episkopan sidejon. Kiam simplaj subuloj devis fali sub la puna falĉilo, tio ne estis super la kompreno de homoj. Sed kiam klerikoj kaj erudiciaj personoj de la lernejo estis forprenitaj kun rapido, kaj same multpromesaj lernantoj kaj virtaj fraŭlinoj, kaj poste la landa patro de la kristanoj, la episkopo mem, kaj fine kiam la aromanta honoro de nia lando, la sinjorino de la episkopo, kiu en unu sama persono kunigis la plej altajn familiojn de la lando, estis vokita al dormo en la flora tempo de sia aĝo, tiam vidiĝis klare, ke la rozo estis taksita samvalora kiel la herbo en tiu ŝtormo; kaj ke ĉio kion la klerikaro estis sendevie instruantaj pri la pekoj de la homoj kaj la kolero de la dio, fariĝis pruvitaj profetaĵoj.

Al Sigurður Sveinsson, ĉefpastro en Skálholt, estis komisiite en kunsido de postvivantaj pastroj en la diocezo prizorgi la episkopan oficon portempe, kaj li portis en la loĝejon de la episkopo siajn librojn kaj aliajn posedaĵojn el sia malvarma privatejo apud la loĝĉambro de la lernantoj; la malbela lignokristo nun tronas en la verda Granda Salono.

En la aŭtuno estas serena ĉielo dumtage, sed prujno en la noktoj. Tiam iun tagon haltis snufegantaj ĉevaloj sur la seka plataĵo antaŭ la episkopa loĝejo; ili frotas la bridstangojn senpacience kontraŭ siaj piedoj post kiam la rajdantoj lasis malstreĉiĝi la kondukilojn kaj elseliĝis. Ne estis frapoj sur la pordo. Venis ĉi tien vizitanto, kiu ne frapas la pordon de homoj. La ĉefpordo ĵete malfermiĝis kvazaŭ pro subita ekvento: malpezaj piedpaŝoj en la vestiblo; kaj la pordo de Verda Salono ekmalfermita vaste.

"Bonan tagon."

Ŝi staras en la pordo svelta kaj rekta, en malhelkolora rajdman-telo malseka de ĉevalŝvito, iom kota sur la rando, kun la vipo en la mano. La vizaĝo de la matura virino ja perdis la freŝon de la floro, kaj ŝiaj dentoj iom tro evidentaj por ke la buŝo estus nomebla bela; sed ŝia sinteno estis akirinta tian aŭtoritaton, kia havas tie komencon, kie la speciala cedas kaj la absoluta prenas potencon. Kaj kiel antaŭe regas alia lumeco kie brilas ŝiaj okuloj.

La electus* levis okulojn de siaj libroj kaj ŝin rigardis. Li iris kontraŭ ŝi kaj ŝin salutis ceremonie.

"Kio bonis auguriis* – ? li diris.

Ŝi diris ke ŝi rajdis al Hjálmholt antaŭ semajno laŭ invito de la maljuna prefekto Vigfús Þórarinsson, sed estis nun returnanta hejmen al sia bieno okcidente ĉe Breiðafjörður; sed ĉar la vojo iras proksime ŝi opinias tion konvena saluti sian malnovan amikon – kaj svatiĝanton.

"Krome," si aldonis, "mi havas kun vi afereton, mia pastro Sigurður."

Li proklamis tion sia plej feliĉa tago, kiam ŝi bezonas liajn servojn por io ajn, demandis pri ŝiaj cirkonstancoj de vivo kaj animo, esprimis sian simpation pro ŝia vidvina malĝojo, rememoris tiujn informojn, kiuj atingis ĉi tien samtempe antaŭlastjare, ke Magnús lia lerneja frato kaj intima konato, tiu eksterordinare malfeliĉa homo, mortis en Kopenhago, sed tamen gajnis unue sian proceson.

Ŝi ridetis.

"Unu homo certe estus venkita en tiu proceso," ŝi diris. "Sed nun estas tia tempo, kiu faras bagatelojn nediskutindaj. Tial mi ne faris al mi la penon havigi al mi ĵurantojn por subteni mian peton refuti la akuzojn kontraŭ mi en la juĝo de la Plej Supera Tribunalo. Kaj vi, mia pastro Sigurður, ne taksas eĉ tiom mian malhonoron, ke mi indas esti persekutita laŭ la leĝo de la eklezio kaj dronigita en Öxará."

"Misfaroj kiujn oni pentis ne plu ekzistas," diris la episkopa vicarius*. "Al ili ĉiu homa puno estas vantaĵo, ĉar Dio elviŝis ilin el sia libro."

"Ni lasu ĉiun vantaĵon," ŝi diris. "Aliflanke, estas unu afero kiu amuzis min en tiu konfuzo: Bræðratunga, la mizera bieneto oriente de la rivero, estis konfiskita el reĝa posedo kune kun ĉiuj vazoj kaj potoj, kiuj ĝin akompanas. Maljuna Fúsi donis al mi leĝvalidan dokumenton pri la tuto."

"La malvenko de la potencoj kiuj laboras milde por Dio estas nur momenta trompo," diris la episkopa vicarius. "La proceso de tiuj aferoj jam evoluis pli laŭ la volo de Dio ol antaŭe. Ankaŭ povas esti, ke la mezuro intencita de Dio por tiu malriĉa lando estas fine jam plenigita."

"Sen dubo," ŝi diris, "ĉar nur mi, degenerinta, transvivos miajn familianojn."

"Migranta poeto kaŝis knabineton en sia harpo," diris la episkopa vicarius. "Ŝia nobla familio estis ekstermita. Kaj kiam la knabineto ploris, la poeto pinĉis la harpon. Li sciis ke estos ŝia rolo pluteni la honoron de sia familio."*

"Mi nur esperas ke ne estas maljuna variole cikatrita vidvino, krome adultulino, kiun vi portas en via latinpoeta harpo, mia pastro Sigurður," ŝi diris.

"La vera poeto amas la rozon de rozoj, la virgulinon de virgulinoj," diris la episkopa vicarius. "Ŝin, kiun majstro Lutherus nek povis vidi en maldormo, nek en sonĝo nek en revelacio, tiun amas la poeto kaj sole ŝin, la eternan rosam rosarum kaj virginem virginum* kiu estas virgo ante partum, in parto, post partum*; tiel helpu al mi Dio, en la nomo de Jesuo."*

La gastino diris:

"Tion mi delonge sciis, ke neniu kampo de studoj estas pli obscena ol la teologio, se ĝi estas instruita korekte: virgulino antaŭ ol ŝi naskas, virgulino kiam ŝi naskas, virgulino post kiam ŝi naskis. Mi ruĝiĝas, la maljuna vidvino. En la nomo de Jesuo helpu min returni sur la teron, mia kara pastro Sigurður."

Li jam iris tien-reen sur la planko kaj kunligis la manojn kun la polmoj turnitaj malsupren, liaj okuloj varmaj kaj nigraj.

Estis ŝi kiu rekomencis la konversacion:

"Iam vi venis al mi orienten trans la rivero, pastro Sigurður, antaŭ tri jaroj, kaj diris vortojn kiuj signifis nenion al mi en tiu tempo. Sed post tiam okazis eventoj kiuj ankoraŭ denove konfirmas la malnovan diraĵon, ke la plej grandaj troigoj estas ĉiam plej proksimaj al la vero. Vi diris ke vi scias kun certeco kaj mia patro estos senigita de sia honoro kaj siaj posedaĵoj. Mi ridis. Kaj tiam vi diris la vortojn."

Li demandis, kiuj vortoj tiuj estis.

"Vi diris: 'Mi proponas miajn riĉaĵojn kaj mian vivon; miajn lastajn centvalorojn da bientero."

"Kion vi deziras de mi?" li demandis.

"Mankas al mi mono," ŝi diris; "kontanta mono; arĝento; oro."

"Por kio?" li demandis.

"Mi pensis ke mia amiko ne bezonas demandi," ŝi diris. "Precipe amiko de mia patro."

"Iam mi tiel komprenis vin ke vi posedas mem certan sumon da kontanta mono," li diris.

Ŝi diris: "Mi posedis iom da arĝenta mono. Kiam la morto de Magnús estis diskonata, kaj ankaŭ tio ke li gajnis la proceson, homoj alvenis svarme en variaj direktoj kun postuloj pri pago de ŝuldoj. Mi pagis tion, kion oni postulis. Tio estas jam konsiderinda sumo. Kaj ankoraŭ la kreditoroj de mia benata edzo kontinue ekaperas."

"Homoj ĉiam havis la kutimon provi eltiri monon de virinoj, kiujn ili scias esti sendefendaj," diris la episkopa vicarius. "Tiuj postuloj devus esti esplorataj. Vi devus esti veninta al mi pli frue. Verdire, mi dubas ke vi estas la ĝusta partio por pagi iujn el la ŝuldoj kiujn la benata Magnús prenis sur sin."

Ŝi diris ke ŝi ne volas diskuti pri tio, ke tiuj estas batateloj kompare kun aliaj devoj kiujn ŝi devas plenumi. Kaj nun ŝi venis al la celo de sia vizito.

Ŝi volis ke la proceso kontraŭ ŝia patro estu remalfermita kaj ke nova ekzamenado farita pri la tiel nomitaj abomenaj aferoj, aferoj koncerne vagabondojn kaj kanajlojn pri kiuj mia patro estas kondamnita pro tro severaj punoj. Nun estis tiel koncerne tiujn homojn, se ili jam ne estis mortintaj, ili estis tiaj aĉuloj, ke estis absolute sen ia ajn signifo reekzameni iliajn aferojn, escepte de unu, la murdinto Jón Hreggviðsson, kies afero pezis tiom multe en la proceso kontraŭ ŝia patro. Ŝi diris ke certaj homoj, spertaj pri la leĝoj, asertis al ŝi, ke pri lia kulpeco neniam estis ia dubo, kvankam lia kazo estis senzorge preparita, kaj se estus eble ekzameni ĝin ĝuste, eĉ se tiel malfrue, tio povus provizi validan prekteston por renovigi ekzamenon de la kazo de leĝisto Eydalín. Ŝi nun informis al electus, ke en lasta printempo ŝi sukcesis, per ne malgranda elspezo da mono, persvadi la landan tribunalon reekzameni la maljunulon, sed kompreneble li glitis el ilia kapto kiel li faris en la pasinteco sen esti reekzamenita, tamen estis eligita ia juĝo pro forma* kiu kondamnis lin al enkarcerigo ĉe Bremerholm. "Sed kiel atendeble," ŝi diris, "tiuj drinkulaĉoj ne kapablis skribi formalan dokumenton por esprimi la konkludon de la tribunalo, tiel ke kiam la maljunulo estis metita en la ŝipon, la Danoj tiel komprenis liajn paperojn, ke temis pri lia vojaĝo de plezuro. Post intertrakto kun la prefekto de Snæfellsnes mi rajdis dumnokte al Ólafsvík," ŝi diris, "kie mi subaĉetis la Danojn, por ke ili tranportu la maljunulon eksterlanden."

Tiam ŝi diris al la vicarius, ke homoj en la ĵus alveninta aŭtuna ŝipo alportis la novaĵon pri la proceso de la maljunulo. Potencaj fortoj en Kopenhago estis laborantaj, kiel longtempe antaŭe, por la senkulpigo de tiu maljuna krimulo, kiun ŝia patro traktis kun indulgo, kiu kostis al li lian honoron kaj la honoron de lia lando. Jón Hreggviðsson estis restanta nur malmultajn noktojn en la kastelo de Bremerholm, kiam intervenantoj sukcesis lin liberigi, kaj fine ŝi aŭdis ke la maljunulo ĝuas plezuran tempon en la hejmo de renoma homo en Kopenhago. Ĉio, kion ŝi sukcesis plenumi en la kazo de la homo, estis detruita. Denove tiuj, kiuj volis vidi ŝian patron konviktita kaj Jón Hreggviðsson absolvita, denove havis pli grandan potencon.

Por ne plilongigi tiun raporton, ŝia intenco estas iri al Danujo tiom baldaŭ kiom cirkonstancoj permesos, por renkonti la sinjoron, kiu havas de la reĝo feŭdecon super Islando, kaj kiun ŝi opinias esti amiko de Islando, kaj peti lin persvadi la reĝon reekzamenigi la kazon koncerne la honoron de leĝisto Eydalín fare de valida tribunalo. "Sed," ŝi diris, "por tiel multekosta vojaĝo mankas al mi arĝento."

La episkopa vicarius staris kun klinita kapo dum ŝi parolis. Li levis la okulojn fojokaze de la planko al la persono parolanta kun li, tamen neniam pli ol iom super la alton de ŝiaj genuoj. Re-kaj-ree trairis liajn buŝon kaj nazon neregeblaj tremetoj. Kaj la fingrojn li kunpremis tiel forte, ke la artikoj sur liaj bluaj manoj blankiĝis.

Kiam ŝi finis priskribi sian staton li purigis sian gorĝon profundserioze, disigis siajn manojn unufoje kaj kunigis ilin denove. Li rigardis fulmrapide, okulbrule, ŝian vizaĝon, liaj trajtoj tremantaj kiel de besto muĝonta. Sed kiam li ekparolis, li esprimis sin malrapide kaj formale kun tiu tropezo de seriozo kiu konvenas nur al plej ekstrema rezonado.

"Pardonu," li diris, "ke neŝanĝebla amanto de via anima saviĝo je la sankta nomo de nia Dio prezentas al vi unu demandon antaŭ io alia: Ĉu vi iam en via vivo kisis Arnam Arnæum per tiu tiel nomita Tria Kiso, la kiso kiun auctores nomis suavium?"*

Ŝi rigardis lin kun tia kapitulaco kiel ĉe homo transirinta longan vojon tra dezerto, kaj tiam subite trovas sin borde de rivero putre odora. Ŝi mordis sian lipon kaj turnis sin for, rigardis eksteren tra la fenestro, kie ŝiaj akompanantoj tenis la ĉevalojn en grupo dum ili atendis ŝin. Fine ŝi turnis sin denove kaj ridetis al la vikaria episkopo:

"Mi petas Vian Piecon ne kompreni min tiel, ke mi intencas defendi min kontraŭ akuzoj faritaj al mia mizera karno," ŝi diris. "Kelkaj tagoj kaj noktoj – kaj tiu polvo ĉesas moviĝi. Sed mia bona pastro Sigurður, kiu estas amanto de mia animo, kaj la animo ne havas lipojn, ĉu tio gravus se la polvo estas kisita per la unua, dua aŭ la tria kiso?"

"Mi avertas vin, amata animo, tiel respondi ke la respondo enhavas pli grandan pekon ol tiu kiun vi volas negi, kvankam veran," li diris.

"Homo senprokraste tranformiĝas al demono kun ungegoj diskutante kun tia sanktulo kiel Via Pieco, pastro Sigurður," ŝi diris. "Antaŭ longe mi sciis ke ju pli da vortoj mi diras al vi, des pli suben mi pasas al la plej profunda infero. Tamen mi venas al vi."

"Mia amo al vi estas kaj estos la sama," diris la episkopa vicarius.

"Mi venas al vi ĉar neniu sentas sin pli sekure ŝirmata ĉe via trapikita Kristo ol la plej malalta infano de infero. Se mi iam parolis malrespekte pri la idolo en via aŭdo, tio ne estis pro tio ke mi miskomprenis lian potencon. Kaj tio estas mia kredo kaj sincera rekono, ke se tiu terura Liberiganto vivas iuloke en nia lando, tio estas en via brusto."

"Vi faris kontrakton kun ĉiuj fortoj de la naturo por min kontraŭstari, " li diris kaj knedis plenforte siajn kunplektitajn manojn. "Vi ligis per ĵuroj la florojn sur la kampo kontraŭ mi. Eĉ la sunon, kiam ĝi brilas sur la serena ĉielo, vi faris malamiko de mia animo."

"Pardonu, pastro Sigurður," ŝi diris. "Mi pensis ke vi estas amiko de mia patro kaj ke vi diris tiujn vortojn sincere, kiujn mi ripetis antaŭe. Nun mi komprenas ke mi eraris. Mi nur kolerigas vin. Nun mi pli rapide forrajdos. Kaj li lasu ĉion al forgeso."

Li iris antaŭ ŝin kaj diris: "Kiun momenton mi atendus tra ĉiuj tiuj jaroj, se ne tiun ke la plej nobla virino de la lando venus al tiu malriĉa ermito."

"La plej mizera virino de la lando," ŝi diris, "vera imagbildo de tiu kompatinda virino: la virina kreaĵo kiun via tuta teologio kontraŭstaras. Nun vi devus permesi al tiu sentaŭga persono daŭrigi sian vojaĝon, mia kara pastro Sigurður."

"Il-ili estas en skatolo en la muro," li tiam flustris kaj staris antaŭ ŝi kun la manoj levitaj kaj estis disigitaj la manojn; "krome estas iom en la supra konservujo en kesto supre en la subtegmento; jen la ŝlosiloj; kaj du cent taleroj en tiu ĉi letermeblo. Prenu tiujn oblatojn de Satano, tiujn fæces diaboli* kiuj tro longe pezis sur mia konscienco, veturu per ili suden en la mondon por renkonti vian amoranton. Sed se iu pereas, ĉu li faras bone aŭ malbone, tiu estas mi."

10

Gyldenlöve, parenco de la reĝo kaj Barono de Marselisborg, Poŝt-
mastro Ĝenerala de Norvegujo, Gubernatoro de Islando kaj Kon-
trolanto de Impostoj, aŭ kiel li mem sin titolis: Gouverneur von
Ijsland, posedis multajn elstarajn bienojn kun belaj palacoj. En la
someroj li plej multe trovis plaĉon en la Palaco de Fredholm pro la
abundo de ĉasaĵo en la arbaro kiu komenciĝis tuj ekster la palaca
kanalo. Tiun palacon li renomis Chateau au Bon Soleil, kio en la
dana signifas palaco de la bona suno aŭ Vilao de la Suno. La distanco
de la ĉefvojo al la palaca ponto estis preskaŭ plena mejlo; sed la
distanco inter ĉefvojo kaj palaca portalo informas pri la elstareco de
homo. Nur altrangaj gastoj en kaleŝoj vizitas tiajn lokojn.

Okazas en unu bela mezsomera tago en Danujo, ke sur tiu
nobla vojo veturas malnova kaleŝo, malmulte polurita kaj malbone
ŝmirita, kelkloke kunligita per ŝnuroj, kaj knaranta; ŝajnas ke unu el
la ĉevaloj lametas.

Ĉe la pordego de la kanala ponto staras soldato kun fusilo kaj
glavo, sed lia ĉevalo proksime ĉe stalo. Li demandas kiu iras tie.
La veturigisto malfermas la pordon de la kaleŝo por li, kaj tie sidas
interne virino palvizaĝa en malhela mantelo sen ornamaĵoj krom
malnova arĝenta broĉo kunliganta la aperturon ĉe la kolo sub blanka
krispo. Ŝi portas arĝent-koloran perukon tiom amplekse aranĝitan
kaj brilan en la koloro, ke ĝi ŝajnis esti aĉetita hieraŭ, eble por tiu ĉi
vizito, kaj supre sur ĝi larĝranda ĉapelo modere senafekta kvazaŭ
mono estus mankinta por luksa pluma ĉapelo post aĉeto de tiel
multekosta peruko. Tiu virino havis sintenon elegantan. Kaj kiam
la soldato aŭdis ke ŝi parolis haltete la danan lingvon, li klinis sin
profunde kaj diris, ke li bone komprenas la germanan, la lingvon de
plibonuloj, kaj ke ŝi parolu sentime en tiu lingvo. Poste li marŝis kun
la fusilo en saluta pozicio antaŭ la kaleŝo trans la kanalan ponton kaj
blovis trumpeton sur la palaca placo. Tiam venis unu ruĝa servisto
dignaspekta sur la placon, malfermis la kaleŝon kaj helpis la gaston
elpaŝi. Ŝi diris:

"Informu al la barono ke la virino, kiu skribis al li, estas veninta
kaj portas kun si leteron de regento Beyer."

Du turoj staris fronte, altegaj, unu cilindra, la alia kvarflanka, kunligitaj per kvaretaĝa konstruaĵo kun portalo sufiĉe larĝa por trapaso de kaleŝo. La gastino estis kondukita tra malgranda pordo en unu el la turoj kaj supren laŭ longa spirala ŝtuparo ĝis ombreca vestiblo supre, kaj tie malfermiĝis duobla pordo, kaj la virino estis invitita eniri la salonon de la barono, ĝi estis proksima al la centro de la palaco kun fenestroj supervidantaj la korton. Tiu salono havis volban plafonon, sed plankon el ŝtono. Grandioza armilaro ornamis la salonegon, estis tiel pendigitaj sur muroj fusiloj diversaj, fuzeoj kaj pulvokornoj, ankaŭ glavoj kaj lancoj kunligitaj simile kiel bukedoj, sed kirasoj kun alfiksitaj kaskoj memstaris en anguloj, kiel gigantoj, blazonoj pendis super pordoj kaj fenestroj kun surpentritaj dragonoj, monstraj birdoj kaj pliaj teruraj sovaĝbestoj. La fenestroj, kiuj estis fasonitaj per centoj da vitretoj kunligitaj per plumbo, montris surpentritajn kavalirojn sur grandlumbaj ĉevaloj engaĝiĝintaj en famaj bataloj. Plie, oni povis vidi sur la muroj grandajn cervokornojn, iujn kun mirige multaj branĉoj, kaj akompanis ilin la kranioj de la apartenaj bestoj. Stabilaj benkoj staris sub la muroj, aŭ ferfortigitaj kestoj, kaj antaŭe dikaj tabloj el kverko, sed sur bretoj super la sidiloj staris poluritaj trinkpotoj el kupro kaj grandaj kruĉoj el ŝtono kun reliefigitaj skriboj, obscenaj strofoj kaj vortoj de Dio en la germana lingvo. Tie kuŝis sur unu tablo du dikaj libroj, Biblio kun kupraj agrafoj, kaj kuraclibro pri ĉevalaj malsanoj same dika aŭ pli dika, sed sur ili kuŝis du gantoj kaj unu hundovipo.

Kiam la virino staris tie kelkan tempon, rigardante la salonon kaj ĝian enhavon, eniris homo en silkaj vestoj kun oraj ŝnuroj kaj anoncis al la gasto per grandaj afektoj ke la Durchlaucht* alvenas.

Gyldenlöve, barono de Marselisborg kaj gouverneur von Ijsland, estis homo alta kun sinkinta brusto sen ŝvela ventro, liaj femuroj maldikaj en tre strikta pantalono, similaj al du alumetoj ŝovitaj en bulpanon. Lia vizaĝo estis longa kaj liaj vangoj pendantaj, lia peruko verdeca kaj fluis sur la ŝultrojn. Li portis jakon broditan per oro fadeno, makulitan de graso kaj vino. Li havis la akvoklarajn, ne malinteligentajn sed malĝojajn okulojn de sia familio, similajn al okuloj de porko. Li estis retiriĝema homo, preskaŭ malsocietema, aspektis laca kaj iom ĝenata, kaj tenis ŝargostangon en la mano. Lia lingvo estis malfacile komprenebla, baze ĝi estis tiu speco de la germana kiu estas uzata por humiligi soldatojn, miksita per variaj glosoj el aliaj lingvoj. Li parolis per voĉo basa pro brando, liaj ro-sonoj similis al la bruo de besto kiam ĝia gorĝo estas tranĉata.

"Bonjour, madame," diris la guberniestro de Islando. "Na du bust en islaendisch wif, hombre, how nie een seihn – vi ja estas islanda virino, homo vivanta, tian mi neniam vidis."

Li paŝis al ŝi kaj palpis per gluecaj fingroj la ŝtofon de ŝiaj vestoj, demandis kie ŝi aĉetis tiun teksaĵon, kaj kiu kudris tiun mantelon, kaj tiu estas stranga arĝenta broĉo, tian arĝenton li ne antaŭe vidis, tiel reliefigitan, ĉu ili faras tion en Islando? Kiu donas al ili arĝenton por tio? "Hombre, nun mi estas komplete mirigita, ĉu ŝi ne volas donaci ĝin al mi?"

Ŝi diris ke tuta ŝia arĝento estus lia, se li degnus ĝin akcepti, sed neniel montris sin pretema malfiksi la kolĉenon kaj donaci al li, sed turnis sin tuj al sia tasko, eltiris la leteron kiun ŝi kunportis de regento Beyer en Bessastaðir. Sed tuj kiam li vidis la leteron, lin superregis oficiala laceco kaj apatio kaj li demandis interesmanke:

"Kial tio ne trairas la Kancelarion? Mi respondas al nenio kio ne trairis la Kancelarion. Mi ĉasas bestojn."

"Tiu ĉi letero postulas specialan atenton," ŝi diris.

"Mi ĉesis ion legi escepte la kuraclibron, kiam io ĝenas la ĉevalojn," li diris. "Kaj mi havas neniun ĉi tie por legi por mi. Krome, ĉio al mi skribita el Islando estas ĉiam laŭ la sama formulo, ĉiam la trudpetado pri ŝnuroj; tra mia tuta vivo, ĉiam ŝnuroj. Sed ne estas krom en iuj jaroj, ke al ni mankas fiŝo en Danujo, ni ne deziras ke la homoj eltiras senfinan fiŝon per senfinaj ŝnuroj."

"Mi," ŝi diris, "estas la filino de la leĝisto super Islando, kiu sen-kulpa estis kondamne senigita de honoro kaj posedaĵoj en alta aĝo. Via Ekscelenco estas la gubernatoro de Islando."

"Jes, mia malnova amiko, via patro, estis granda jurista sagaculo," li diris, "kaj tamen tiel okazis al li. Venis alia pli granda jur-ista sagaculo. Tiel ĉiam okazas en Islando. Enuigas min pensi pri Islandanoj."

"Mi vojaĝis longan vojon por renkonti Vian Ekscelencon," diris ŝi.

"Vi estas eleganta virino," li diris kaj gajiĝis lia mieno denove kiam li rigardis ŝin kaj ĉesis pensi pri siaj oficialaj devoj. "Se mi estus vi mi ne reirus al Islando. Mi hejmiĝus en Danujo kaj edziniĝus. Aferoj iras bone por ni ĉi tie kaj estas agrabla la vivo. Dum mia tempo sovaĝa bestaro en la arbaro multiĝis ĝis tri centoj. Rigardu tiun kapon, ĉu ĝi ne estas bela?" – li ekstaris por montri al ŝi la plej grandan cervokapon sur la muro, – "la kornoj havas dudek naŭ branĉojn, hombre*. Tiun beston mi ĉasis mem. Eĉ Lia Reĝa Moŝto, mia parenco, ne ĉasas beston kun pli da kornobranĉoj."

"Certe ĝi estas bela kapo," diris la gasto. "Tamen mi konas unu beston kun pli da branĉoj. Ĝi estas la justeco. Mi venis al vi pro tiu justeco, kiu koncernas tutan landon; vian landon."

"Islandon, mian landon? Pfi deibel,"* diris Gyldenlöve, barono de Marselisborg.

Tamen li konsentis aŭkulti la leteron de sia servisto en Bessasta-ðir, se ŝi volus legi ĝin.

La letero diris komence ke la virino, kiu portis la leteron, estas la sola kiu vivas el tiu familio, kiu estis la plej granda aristokrata familio en Islando. La leterskribinto revokis al memoro la skanda-lon, kiu okazis sur la insulo kiam la patro de la virino, la plej dis-tinginda homo en tuta Islando, kaj fidela kaj amata servanto de Lia Reĝa Moŝto, estis devigita elporti la kalumnion de tiu stranga sendito Arnæus, kiu estis elnomita de la mortinta kaj la plej laŭdinde memorata Reĝa Moŝto por agi kiel Lia speciala komisaro en Islando. La letero priskribis la metodojn de Arnæus, kiel li tiranis la maljunan leĝiston kaj iujn liajn kolegojn, senvalidigante la juĝojn de la leĝisto longe post kiam ili estis faritaj, kaj konfiskante liajn posedaĵojn, ĝis tiu altaĝa kaj fidela servanto de la reĝo estiĝis senhonora sklavo kaj senhavulo, kaj estis metita sur sian mortbrankardon kelkajn semajnojn poste.

La regento tiam skribis, ke estis la firma intenco de la episkopo en Skálholt, la bofilo de la maljuna aristokrato, vojaĝi al Danujo por provi persvadi la plej superajn aŭtoritatojn en tiu lando rebonigi la situacion. Sed la variola epidemio trabalais la landon kaj entombigis trionon de la enloĝantoj, inter tiuj la pli grandan parton de la klerikoj. La episkopo en Skálholt, unu el la plej respektegindaj amikoj de la reĝo, estis unu el tiuj forpasintoj, kun sia honesta edzino, la ĝentila Madame Joesen.

El tiu familio restis staranta sola por daŭrigi la aferon de sia patro, la juna virino Snefreed, la vidvino post la malfeliĉa aristokrato Magnús Sívertsen. Tiu virino iris al Bessastaðir por renkonti la leterskribinton kaj informis lin, ke ŝia honoro pelas ŝin, malriĉan solecan virinon, ekvojaĝi tra la ventominaca oceano por prezenti al la Gubernatoro kaj eĉ la Reĝa Moŝto sian plej humilan peton, ke la tiel nomita Komisara Verdikto en la proceso kontraŭ ŝia patro estu reekzamenita de pli supera tribunalo. Rekomendante la honorindan virinon al la plej indulga bonvolemo de la Barono de Marselisborg kaj Gubernatoro de Islando, petante ke li ekzamenu zorge kaj konsideru la danĝerajn fluojn enportitajn al Islando per la konduto de komisaro Arnæus, kaj metu ĉeson al la agoj per kiuj vagantaj kavaliroj atingis gloron per distretado de aŭtoritas, molestantaj la servantojn de la reĝo, trompantaj la ordinarajn homojn, mi restas via plej humila kaj très obéissant serviteur.*

Gyldenlöve ŝovis la ŝargostangon en sian boton por grati sian maleolon. Li diris:

"Mi ĉiam diris al mia parenco, Lia Reĝa Moŝto: Sendu la Island-anojn al Jutlando kie abundas eriko por iliaj ŝafbestoj, hombre, kaj vendu Islandon al la Germanoj, al la Angloj, aŭ eĉ al la Holandanoj, ju pli baldaŭ, des pli bone, por kia ajn deca sumo vi povos havi, kaj uzu la monon por batali kontraŭ la Svedoj, kiuj kaptis de vi vian bonan landon Skanion."

Ŝi sidis silenta dum longa momento je tiu respondo.

"Estas versaĵo de antikva islanda poeto," ŝi fine diris, "kiu diras: kvankam oni perdas posedaĵojn kaj parencojn kaj fine mortas mem, li perdas nenion, se oni havas bonan nomon."

"Hew ick nich verstahn,"* diris la baron de Marsalisborg, gubernatoro de Islando.

Ŝi daŭrigis, iom hezitis komence, sed ŝia spirito kreskis dum ŝi parolis:

"Mi demandas Vian Ekscelencon: Kial ni estu senigitaj de nia honoro antaŭ senigo de nia vivo? Kial la reĝo de Danujo ne volas postlasi ĉe ni niajn bonajn nomojn? Ni faris nenion kontraŭ li. Ni ne estas malpli altdevenaj homoj ol li. Miaj prapatroj estis reĝoj super lando kaj maro. Ili velveturis per siaj ŝipoj tra ventabunda oceano kaj venis al Islando en la tempo, kiam neniu popolo en la mondo sciis velveturi. Niaj poetoj verkis poemojn kaj rakontis historiojn en la lingvo de Odino mem, reĝo de Ásgarður*, dum Eŭropo parolis en la lingvo de sklavoj. Kie estas tiuj poemoj, kie estas tiuj historioj verkitaj de vi Danoj? Eĉ al viaj antikvaj herooj ni Islandanoj donis vivon en niaj libroj. Vian antikvan lingvon, tiun danan lingvon, kiun vi detruis kaj perdis, ni konservas. Bonvolu, prenu la arĝenton de miaj prapatrinoj" – kaj nun ŝi malfiksis de sia mantela kolumo la arĝentan broĉon, kaj falis de ŝi la nigra mantelo, kaj ŝi estis vestita en bluo kun ora zono ĉirkaŭ la talio – "prenu tion tute. Vendu nin kiel brutaron. Transportu nin sur tiujn tervastojn de Jutlando, kie kreskas eriko. Aŭ, se al vi plaĉas, daŭrigu bati nin per vipoj hejme en nia propra lando: espereble ni meritas tion. Dana hakilo staras sur la kolo de episkopo Jón Arason dum eterneco, kaj tio estas bona. Dankojn al Dio, ke li meritis ĉiujn tiujn hakojn kiuj necesis por malfiksi disde la trunko tiun grizan kapon kun la malalta dika kolo, kiu ne sciis kiel kliniĝi. Pardonu mian paroladon, pardonu ke ni estas popolo de historioj kaj nenion povas forgesi. Tamen ne komprenu min tiel, ke mi bedaŭras, nek per vorto, nek per penso, ion kio okazis. Povas esti ke venkita popolo meritas ekstermon: ne per vortoj mi petas indulgon por mia popolo. Ni Islandanoj vere ne estas tro bonaj por morti. Kaj la vivo estas por ni plej ofte sen valido. Nur unu solan ni povas perdi dum unu homo, ĉu riĉa, ĉu malriĉa, staras rekta en tiu popolo; kaj eĉ mortintaj ni ne povas esti sen ĝi; kaj ĝi estas tio kion diras tiu malnova poemo, tio kion ni nomas bona reputacio; ke mia patro kaj mia patrino ne estas en sia polvo nomitaj senhonoraj ŝtelistoj."

La barono tiris malplenan kartoĉon el sia monujo kaj ekrigardis en ĝin per unu okulo.

"Se iuj senigis Islandanon je ilia honoro kaj reputacio, tiuj estas ili mem, ma chère madame,"* li diris, kaj ridetis tiel ke la okuloj sinkis, sed multaj flavaj elstarantaj dentoj aperis. "Kiam ilia pigreco kaj drinkado sekvigas malsategon, tiam mia parenco la Reĝo devas sendi al ili aldonan grenon. Se ili trovas ĝin ne sufiĉe bona, ili faras proceson kaj postulas oron kaj arĝenton. Kaj koncerne la justecon, ma chère, mi ne scias pli bone ol ke la Islandanoj ekhavis sian homon, tiun homon, kiun ili konsideris la plej bona. Kaj mi ne scias pli bone ol ke estis ĝuste tiu galanthomme, kiu kondamne senigis

— 338 —

tiun maljunan honestan leĝiston, vian patron, je siaj posedaĵoj kaj honoro. Tio estas la sama malnova historio pri Islandanoj. Eruditaj homoj informis min, ke en iliaj libroj legeblas, ke en antaŭaj tagoj ĉiuj pli bonaj homoj en Islando batis unu la alian ĝis morto ĝis nenio plu ekzistis krom drinkaĉuloj kaj barbaroj. Nun venas al mi por unua fojo islanda virino, kaj krome kun ora zono ĉirkaŭ la talio, kaj petas pri pli da justeco. Ne mirinde ke mi demandas; wat schall ick maken?"*

"Mi ne petas pri alio ol ke la honoro kaj la posedaĵoj, kiuj apartenis al mia patro, denove apartenu al lia nomo," ŝi diris.

Gyldenlöve demetis la ŝargostangon kaj elprenis la oran snuftabakujon.

Li diris: "Estas du potencoj en la Dana regno. Kiam tiu regas, kiu kaŝe kunlaboras kun sorĉistoj kaj ŝtelistoj, tiam multaj bonaj homoj estas devigitaj kliniĝi. Sed se tiu leviĝas en potenco sub mia parenco, la nova reĝo, kiu postulas plenan rajton por bonaj, altdevenaj homoj, tiam la vivo fariĝas pli bona; ankaŭ eble iuj bierfarantaj buboj kaj voluptuloj vidos la pendumilojn, kun la helpo de Dio. Ne ekzistas iuj kontraktoj inter malbonaj homoj kaj bonaj. Sed bedaŭrinde, ma chère, multaj devas atendi sian tempon."

"Ekzistas islanda krimulo kiu nomiĝas Jón Hreggviðsson," ŝi diris. "Li mortigis la pendumiston de la reĝo. La tuta lando scias tion. Mia patro kondamnis lin antaŭ dudek jaroj, sed infano amuzis sin per malligo de li en la nokto antaŭ lia senkapigo. Ankoraŭ la leĝo ne sukcesis plenumi la kondamnon de tiu homo. La reĝa commisarius kondamnis mian patron kulpa pro tiu afero, sed senkulpigis la krimulon. En la lasta Alþingi la kazo de tiu homo estis reekzamenita ankoraŭ unufoje kaj la oldulo kondamnita al enkarcerigo en Bremerholm. Sed li apenaŭ eniris la kastelon, kiam magnatoj eltiras lin kaj invitas lin al ŝirmejo. Kaj dum tiu multfoje kondamnita malliberulo, murdisto de servistoj de la reĝo, vivas en lukso en la ĉefurbo, miaj gepatroj kuŝas en sia tombo, markitaj kiel ŝtelistoj."

"Islandanoj estas, por tiel diri, homoj sagacaj kaj ruzaj koncerne leĝojn," diris la gubernatoro. "Ili lasas neniun ŝtonon neturnita por pruvi, ke tiu leĝartiklo laŭ kiu ili estas kondamnitaj, devenas el iu leĝara korpuso, kiun iu norvega stultulo de reĝo senvalidigis antaŭ multaj centoj da jaroj; aŭ el danaj leĝoj kiuj neniam estis agnoskitaj en Islando; aŭ ĝi estas en malakordo kun iuj validaj preskriboj donitaj en la leĝoj de Ólafur la Sankta;* aŭ el ilia Grágás, tiu kolekto de pure paganaj statutoj.* Ili diras ke nur tiuj leĝoj estas validaj ĉe ili, kiuj malkondamnas ilin de ĉiuj krimoj. Mi povas diri al vi la veron, madame, kaj multaj bonaj danaj oficistoj ŝvitis super la kazo de tiu malestiminda islanda kanajlo Regvidsen."

La sama oficiala mieno aperis sur la vizaĝo de la ĉasisto, kiam li komencis klarigi al ŝi, ke al malmultaj estis pli konate ol al li, kiel merite laŭdinda ŝia mortinta patro estis ĉe la reĝo kaj la registaro, kvankam li fakte estis iom tro fervora antaŭenigi siajn proprajn interesojn ĉe la Trezorejo, kaj tiel sukcesis alproprigi al si malmultekoste kelkajn grandbienojn, kiujn la dana reĝo ekhavigis al si dum la Reformacio. Sed en Kopenhago oni tion toleris al tiu bona maljuna sinjoro, ĉar li estis fidela homo. Kaj estis granda malĝojo ĉe liaj amikoj en la urbo, kiam informoj venis pri tiu kondamno, kiun li devis suferi en sia alta aĝo. Gyldenlöve diris, ke li esperas ke la filino de la leĝisto sciu, komprenu kaj agnosku, ke nek la registaro, nek li, Gyldenlöve, nek iu dana oficisto sub li, havis ian partion en tiu kazo; sed kiel li tion vortigis: "tiu sola homo kiun madame konas sendube pli bone ol mi."

Ŝi diris:

"Kvankam mia nomo estis malhonore konektita al tiu homo, al kiu Via Ekscelenco aludas, en protestinda proceso kiun kelkaj komercistoj trompis mian malriĉan edzon starigi, tiel nomita Bræðratunga-kazo, mi ne konas Arnas Arnæus. La honto kiun oni provis ĵeti sur min per tiu proceso havas neniajn konsekvencojn por mi, mi eĉ ne sentis la plej etan deziron protesti tiun galimation de drinkuloj – kiu ne fariĝas pli rimarkinda kvankam ĝi venas en tribunalajn dokumentojn ĉi tie en Danujo. Mi volas ke Via Ekscelenco komprenu, ke ne estas pro mi mem ke mi venas por peti pri justeco."

Kiam Gyldenlöve aŭdis, kion la gasto diris pri Arnæus, li volonte komencis esprimi sin pri tiu danĝera malamiko, kiun li proklamis plena de malamo kaj falsa laŭ naturo; ke li dumlonge pretendis esti amiko de la reĝo, sed samtempe planis perfidi lin en sia koro; li diris ke li pruvite scias, ke Arnæus diris en ĉeesto de atestantoj vortojn, ke en Islando neniam estis iu krimulo krom la dana reĝo. Li diris ke Arnæus malamas ĉiujn honestajn danajn homojn, kaj ne malpli tiujn siajn samlandanojn, kiuj montras sincerecon kaj puran menson en la servado de la Reĝa Moŝto; ke Arnæus deziras morton al tiuj kie ajn li estas trovitaj kaj pendumus ilin se cirkonstancoj permesus, por ke li povus kun siaj kunlaborantoj regi la lando ad arbitrium.* Li diris kiel sian konvinkon, ke ŝia mortinta patro ne rehavus sian honoron ĝis tiu homo kaj liaj kompanoj estus pendumitaj. "Unu el ili," li diris, "estas malprava in principio*, via mortinta patro aŭ Arnas Arnæus." Fine li demandis, ĉu la honoro de ŝia patro estus tiom valora, ke ŝi volus ke li, Gyldenlöve, subjugu tiun homon, kaj ŝi donus sian ateston kaj ĵurojn por lin subporti.

Ŝi silentis por kelka pripenso, poste respondis per voĉo pli profunda kaj malhele melankolia:

"Tamen mi ne donos falsajn atestojn kontraŭ iu ajn."

11

Pasis pli ol duona jaro post kiam Jón farmisto Hreggviðsson de Rein estis prenita el la kastelo, levita el la cirkonstanco de katenita krimulo al la funkcio de pacema akvoportanto kaj lignohakisto en la domo de la asesoro mem en la konsistorio kaj majstro de danaj antikvaj scioj. Kiam la erudita el Grindavík venigis lin hejmen al la domo el la kastelo, tiu alte erudicia majstro lin salutis kaj indulge ridetis kaj diris ke dum ne ekhaveblas solvo en lia afero, estus al li permesite tie manĝi kaj dormi, sed tiel nur se li kondutus honeste en ĉio; se ne, li estos sendita por servi sub standardo por batali en aliaj landoj kun la soldatoj de la reĝo.

Ĉiam kiam lia samlandano kaj dommastro lin renkontis en la korto, aŭ kun akvositeloj survoje de la puto, li salutis lin per nomo, demandis kamaradece pri lia farto kaj donis al li snuftabakon. Aliflanke, li estis traktata kun respekto de la danaj servistoj ne pli ol estis merite. Ĉar la Danoj trovis islandan odoron tiel malbona, ke ili ne eltenas esti sub la sama tegmento kun unu Islandano, al Regvidsen estis donita dormoloko en la fojnejo super la stalo. Tamen la ĉevalisto siaflanke malpermesis al li iri tro proksime al la ĉevaloj, ĉar li timis ke la bestoj ekhavus pedikojn aŭ alian malpuraĵon de la islanda farmisto de Kristo; sed tiel precizan prizorgon tiu veturigisto montris al siaj kvarpieduloj per lavado, tondado kaj kombado, frue kaj malfrue, ke apenaŭ troviĝus en Islando pli bone tualetitaj kaj ornamitaj tiuj fraŭlinoj, filinoj de la pli bonaj homoj, kiuj tiulande estas konsiderataj la plej dezirindaj kiel edzinoj. La farmisto komence, por trankviligi la homojn, tenis sin for de kunmanĝo ĉe la servista tablo, ĉar en Islando ne estis kutimo ke ordinaraj laboruloj manĝis ĉe tablo krom en grandaj festenoj, sed sidas ĉiu sur sia lito kun sia ligna manĝopelvo, kaj estis tial sendita servistino al la farmisto kun manĝajo en pelvo al la lignejo kie li restis dum la tago, aŭ ke li aliĝis al la grupo de almozuloj, ĉifonuloj kaj friponoj, kiuj estis servataj en la vestiblo ĉe la ĉefpordo dufoje en la semajno por subteni la reĝon.

Tiam tiel okazis en iu tago proksime al la fino de la somero, ke al tiu farmisto estis farita neatendita honoro, kiam al li iras en la lignejon ne malpli granda persono ol la dommastrino mem, lia manĝopatrino, eminente virta kaj honoroplena edzino de la aseroro, sinjorino Metta. Ŝi salutis la Islandanon. Post kiam tiu damo diris al Jón Hreggviðsson tra sia pordo iri al la infero en la germana soldatolingvo antaŭ dudek jaroj, ŝia mentono estis sinkinta konsiderinde, krome graso kolektiĝis sur la virino tiel, ke ŝi aspektis kiel argila statuo kiu falis de sur breto kaj kunpremiĝis en bulon antaŭ ol esti metita en bakujon. Ŝi estis frapinta sian vizaĝon per blanka pudro, sed portis sur la kapo grandan puntaĵon kiu atingis malsupren ĝis ŝia ĝibo, kaj surhavis nigran jupon vastan, longan ĝis la ŝuoj, tre krispigitan. Jón Hreggviðsson ektiris de si la ĉapon, viŝis sian nazon kaj diris ke li laŭdas Dion. Ŝi rigardis kun dommastrina mieno lian stakon de brulligno. Li demandis ĉu ŝi preferus havi la lignopecojn pli mallongaj ol ĉirkaŭ tri spanojn, aŭ proksimume, kun permeso diri, kiel longas unu mezgranda ĉevalpeniso, kaj ŝi diris ke tio estas taŭga longeco; pri la akvo li demandis ĉu ŝi preferas havi ĝin el tiu okcidenta puto en kiu dana knabeto estis dronigita lastjare, aŭ el la pli orienta el kiu germanaj virinoj estis elfiŝitaj en la printempo.

Ŝi deklaris akvon kaj lignon neriproĉeblaj, se estas tamen unu afero pli grava: ke lia konduto estis modela ĉi tie en la domo. Ŝi diris ke ŝia edzo Arnæus havis la kutimon peti iun gardosekvi novajn

homojn en la servistaro de la domo, ĉu ili estas nefidindaj aŭ ŝtele-
maj, kaj se tiel pruviĝis tiuj samaj estis tuj elpelitaj. Nun, ĉar Regvid-
sen montris dum la jaro ke li ne estas unu el tiuj, ŝi pensas ke jam
estas tempo ke ŝi venu kaj demandu pri lia farto. Jón Hreggviðsson
respondis ke li neniam havis ian farton, ĉu korpan, ĉu spiritan, ĉu
bonan, ĉu malbonan, li estas ja Islandano. Ĉio dependas de tio, kion
volas la reĝo. Li diris ke li esperas, ke al tiu bona reĝo, kiun li neniam
povos tro laŭdi, aperu la vizio ne lasi unu sensciulon el Skagi daŭri
dum la resto de liaj tagoj kiel ŝarĝo al kristanaj grafinoj kaj baroninoj
en Danujo, kaj al iliaj edzoj aparte, kio facile povus kaŭzi, ke altde-
venaj kaj honorplenaj ĉevaloj en Danmarko ekhavus pedikojn.

Ĉu la sinjorino komprenis pli aŭ malpli la ĝentilajn vortojn de la
farmisto, estis evidente ke ŝi volonte deziras paroli kun li, ne malpli
ĉar ŝia sinjoro kaj edzo apartenas al la sama nacia raso; ŝi diris ke
ŝi de longe deziras demandi Regvidsen pri novaĵoj el Islando, kiu
estas unu stranga lando, kaj ke iuj diras ke en tiu lando estas lokita la
Infero, sed ĉar ŝia plej kara, malgraŭ lia deveno, estas bona kristana
homo, ŝi ne volas tion kredi sen pliaj pruvoj.

Li diris, same kontinue modeste pro sia lando, ke lia elstare res-
pektinda grafino, baronino kaj sinjorino ne devas pensi, ke multaj
rimarkindaj novaĵoj devenas el tiu malbenita postaĵo de hundo, kiel
ili nomas Islandon; escepte tiu malnova, kiu estas kaj estos vero,
kvankam bonaj homoj hezitas uzi tiun vorton, ke tie en la lando
estas kaj estos la Infero mem dum eterna tempo, – por tiuj kiuj
meritas punon.

Tiam demandis la sinjorino: "Kiel fartas tiuj Islandanoj post kiam
nia Sinjoro sendis al ili la indulgan kaj benitan peston?"

"Ho, ili falis mortaj kiel karnomankaj ŝafoj kaj iris rekte al la
diablo," diris Jón Hreggviðsson.

"Iliaj pestomajstroj devis sangeltiri ilin," diris la virino.

"Ho, la sango malaperis el tiuj homaĉoj antaŭ longa tempo, bona
virino," diris Jón Hreggviðsson. "Post kiam ili mortigis mian paren-
con Gunnar de Hlíðarendi ne troviĝas sango en Islando."

"Kiu mortigis lin?" demandis la virino.

Li rigardis flanken kaj gratis sian kapon.

"Pri tio mi evitas paroli en fremdaj lokoj," li diris. "Kiam homo
estas morta li estas morta kaj iris al la Diablo. Neniel priplorinde.

Sed Gunnar de Hlíðarendi estis granda kaj respektinda homo dum li vivis."

"Jes, vi Islandanoj pensas ke ni Danoj mortigis vin ĉiujn," diris la virino. "Sed mi demandas: kiuj volis mortigi magistron Arnæus mian edzon, kiam li venis al ili por helpi ilin? Ne Danoj, sed la Islandanoj mem."

"Jes, vi vidas kiaj homoj ili estas," diris Jón Hreggviðsson. "Unue, mi ŝtelis ŝnuron. Poste, kiam mi ne povis toleri mian filon, mi mortigis lin. Iuj eĉ diras, ke mi dronigis oficulon de la reĝo en marĉa truo."

"Kvankam mia edzo estas nomita Islandano, li estas same bona kristana homo kiel kiu ajn dana homo," diris la virino.

"Jes, des pli malbone por li mem," diris Jón Hreggviðsson. "Li kuradis kiel senlaca hundo tra la loko provante savi tiujn Islandanojn, nun de la pendumilo, tiam de la hakilo; aŭ de tio manĝi danajn vermojn, kion mi miaparte opinias sufiĉe bona por ili kaj tro bona, se ili ne volas tion akcepti. Kaj kion li gajnis el tio? Hurlon kaj honton. Ne, virino, ne kredu ke mi kompatas la Islandanojn. Koncerne min, mi ĉiam provis sekrete konservi ŝnuron por fiŝfadeno. Tio estas sola kio valoras. Mi estus stariginta ioman funkciadon pri fiŝoj en bientero de Innrahólmur, defiante la terposedantojn. Sesremila boato, virino, tri remiloj ĉiuflanke, unu du tri kvar kvin ses. Mi nomis tion Hretbryggja, ĉu vi komprenas, virino? En la dana Reetbygge. Estas pro tio ke la sudokcidenta vento surfrapas la bordon tiuflanke. Sur la Skagi, virino, ĉu vi komprenas, Akranes, Rein, – sub la monto supre de Innrihólmur kiun posedas la Innrihólmanoj. Kiujn novaĵojn mi diru al vi? Jes, mi dufoje havis filinon. La unua, kun la larĝaj okuloj, kuŝis sur la mortotabuloj kiam mi revenis el la milito. La alia intencis vivi, la pesto ne.povis mortigi ŝin, ŝi jam komencis kuŝi kun mia laborulo de tempo al tempo en la vesperoj, kaj staris en la pordo kiam mi foriris. Tamen ŝi ne gardis la hundon sufiĉe bone tiel ke ĝi kuris post mi okcidenten al Ólafsvík. Ĝi estas bieno de Kristo, Jesukristo posedas la bienon, ĉu vi komprenas tion, virino?"

"Kiel bele de vi diri ke Jesuo Kristo posedas la bienon," diris la virino. "Tio montras ke vi pentis en via koro. Al tiuj kiuj pentas estas pardonitaj ĉiuj pekoj."

"Pekoj," diris Jón Hreggviðsson ekkolere. "Mi neniam faris iun pekon. Mi estas honesta krimulo."

"Dio pardonas ĉiujn kiuj konfesas ke ili estas krimuloj," diris la virino, "kaj la kuiristino multfoje diris al mi ke neniam mankis eĉ unu talera kvarono post kiam vi estis sendita al la bazaro. Tial mi parolas kun vi kiel al honesta homo kvankam vi estas Islandano. Nu, kion mi intencis diri? Ho jes, aliflanke, kiu estas tiu putino de Babilono kiu venis al Kopenhago de Islando?"

Jón Hreggviðsson rigardis flanken iom ŝafece kaj provis solvi tiun enigmon, sed ne trovis ian subtenon en tio kio estis dirita antaŭe, kaj rezignis.

"Babilono," li diris. "Nun mi matigis min, sinjorino. Nun mi ĉesos mensogi."

Ŝi diris: "Aj, tiu virino el Islando kiu neniel gravus kompare kun tio, se ili eĉ estus murdinta mian edzon; sed kompreneble ili sciis ke ŝi estas pli malbona ol murdo, tiel ke ili daŭrigis impliki lin kun ŝi ĝis la reĝo mem komencis kredi ilin kaj ordonis al ili kondamni bonan kristanan homon, kiu povus esti Dano aŭ eĉ Germano – estas tiu virino. Kiu estas tiu virino, aliflanke? Kaj kiel povus mia edzo, tiu kristana homo kiu ĉaim kuŝas inter malnovaj libroj en la noktoj, havi ian intereson postkuri ŝin?"

Jón Hreggviðsson gratis sin sur probablaj kaj neprobablaj lokoj dum li provis elkompreni la aferon, poste li komencis formi iun respondon.

"Kvankam libroj longe troviĝis en la familio de mia patrino, mi neniam legis eĉ unu libron," li diris. "Kaj skribi mi ne scias krom magiajn runojn. Sed mi ne riproĉus homojn, se ili interŝanĝus virinon kontraŭ libro, aparte tiujn kiuj sidas en la noktoj je studoj, ĉar neniuj du aferoj legiĝas tiel egale kiel ĉi tiuj."

"Ne estas ia pardono por islanda homo kokri danan virinon," ŝi diris. "Sed feliĉe, kiel diras mia karulo: nenio estas vera kio ne estas pruvita, kaj tial tio ne estas vera."

"Nu, koncerne min mem kaj mian personon, kiam mi estis en Roterdamo, tio estas en Holando de kie venas la velŝipistoj, tiam mi iam ekkonis pastran edzinon en la nokto. Nu, kion diri? Mi havis malbelan kaj tedan virinaĉon en Islando – "

"Se vi per tio subdiras ke mi estas malbela kaj teda por provi pravigi mian edzon pro lia kuŝiĝo kun la Babilona putino, mi diru al vi, Regvidsen, ke kvankam asesoro Arnæus pensas ke li estas grava homo, li ne elvenigas krimulon el Bremerholm-kastelo sen mia permeso. Kaj tion mi povas diri al vi, kiu estas Islandano kaj eligas tial fetoron de putra ŝarko kaj balena oleo kaj de ĉiuj malpuraĵoj de Islando, tiel ke ili ŝanĝas la perfumon de ĉiuj lavendoj de Danujo al senpotenca vaporo, ke mia antaŭa edzo, kiu estas reala homo kvankam li ne estis vokita por manĝi kun la reĝo, li diris ke mi scias plezurigi homon. Kaj kio estus tiu, kiu estas nomita mia edzo, se mi ne estus doninta la monon kaj la domon; kaj la kaleŝon kaj la ĉevalojn? Li posedus neniun libron. Tiel ke mi havas la plenan rajton, scii kia virino tiu estas el Islando kiu venis ĉi tien al Kopenhago."

"Ŝi estas maldika," diris Jón Hreggviðsson.

"Kiom maldika?" demandis la virino.

"Preskaŭ neniom," diris Jón Hreggviðsson. "Absolute neniom."

"Kiel kio do?" demandis la virino.

Li fermis unu okulon kaj rigardis la virinon.

"Kiel la vergo de kano, tiu planto kiu estas la plej maldika kaj la plej fleksebla el plantoj," diris Jón Hreggviðsson.

"Ĉu vi eble aludas ke mi estas dika?" diris la virino. "Aŭ ke eble ŝi estu iaspeca vergo por min frapi?"

"Mia nobla sinjorino manĝopatrino kaj baronino ne aljuĝu al unu islanda Bremerholmano pli da saĝo ol li havas; kaj ne ofendiĝu pro lia sensenca babilado. Se tiu ĉi sentaŭgulo ne havus buŝon, se buŝo ĝi estas nomebla, kiu multfoje faris falsĵuron antaŭ Dio kaj homoj, ĝi kisus ŝiajn respektindajn piedfingrojn."

"Nu, kial vi do babilaĉis pri vergo?" demandis la virino.

Jón Hreggviðsson diris: "Mi simple pensis pri tiaspeca vergo kiu ne rompiĝas, sed rektiĝas el la kurbo kiam la premo ĉesas kaj estas tiam same rekta kiel antaŭe."

"Mi ordonas al vi respondi," diris la virino.

"Estas pli bone demandi Grindavík-Jón," diris Jón Hreggviðsson. "Li estas erudita homo kaj saĝulo."

"Tiu freneza Joen Grindevigen," ŝi diris. "Tiaj homoj, kiujn Islandanoj nomas eruditajn homojn kaj saĝulojn, estas ĉi tie en Danujo nomitaj vilaĝidiotoj kaj malpermisitaj per leĝoj iri ekster siajn vilaĝojn."

"Aŭ tiam demandu Jón Marteinsson," diris Jón Hreggviðsson. "Li scias kiaj virinoj estas kaj en Islando kaj en Danujo, ĉar li kuŝis kun filinoj de episkopoj. Mi eĉ ne apartenas al homoj kompare kun li."

"Mia domo estas kristana domo – ŝtelistoj de kokinoj ne estas ĉi tie alpermesitaj, " diris la sinjorino. "Kaj se vi ne tuj kaj senevite diras al mi ĉion pri tiu virino, vi povas mem iri al Martinsen kaj lasi lin zorgi pri vi."

"Pri tiu virino mi nur scias tion, ke ŝi liberigis min de senkapigo ĉe Öxará kaj ligis min al ĉevalŝtono en Ólafvík."

"Ĉu ŝi posedas monon," demandis la virino."Kaj kiel ŝi estas vestita?"

"Ĉu vi diris monon? Ŝi posedas pli da mono ol iu ajn virino en Danujo," diris Jón Hreggviðsson. "Ŝi posedas la tutan monon de Islando. Ŝi posedas oron kaj arĝenton el ĉiuj pasintaj jarcentoj. Ŝi posedas ĉiujn grandbienojn de la lando kaj kun ili ĉiujn farmo-bienetojn, egale ĉu ŝi sukcesos reŝteli ilin de la reĝo aŭ ne; arbo-kreskajn terenojn kaj salmoriverojn; ĉiujn marbordojn plenajn de drivlignoj – oni povus rekonstrui Konstantinoplon el unu el tiuj arbotrunkoj, se oni nur posedus sagilon; marĉajn herbejojn kaj kareksajn malsekejojn; vastajn paŝtejojn atingantajn ĝis la glacejoj kun lagoj plenaj de fiŝoj; insulojn en la oceano mem, plenajn de marbirdoj kie vi povas vadi la molanasan lanugon ĝis la genuoj; vertikalajn birdkovritajn rokojn kie oni povas aŭdi gaje sakrantan ovkolektanton pendantan per ŝnurego super la abismo en mez-somera nokto. Sed tamen tio estas la plej malmulta, kion ŝi posedas – mi neniam finos tion elkalkuli. Sed plej riĉa ŝi tamen estas en tiu tago, kiam ĉio estis kondamne forprenita de ŝi kaj la murdisto Jón Hreggviðsson ĵetas al ŝi unu taleron, kie ŝi sidas ĉe la pado. Kiel vestita? Ŝi havas oran zonon ĉirkaŭ la talio, kie la ruĝa flamo brulas, virino mia. Ŝi estas vestita kiel feinoj ĉiam estas vestitaj en Islando. Ŝi venas en bluo kun oro kaj arĝento tien, kie unu nigra murdisto kuŝas batita. Kaj tamen ŝi estas la plej bele vestita kiam ŝi surhavas lanajn ŝtrumpojn kaj lanan jupon, kiel vagantaj almozulinoj kaj putinoj, kaj rigardas Jón Hreggviðsson per tiuj okuloj, kiuj regos Islandon en tiu tago, kiam la restaĵo de la mondo falas en ruinon sub la pezo de siaj misfaroj."

12

Malfruvespere en la aŭtuno en la gastodomo de la oraĵisto en Nyhavn vojaĝanta damo preparas sian foriron kun sia servistino. Ligitaj ŝipoj el malproksimaj lokoj milde balanciĝas sur la mallarĝa kanalo ekstere, iliaj pruoj tuŝas la bordon momente antaŭ svingiĝi for denove. Ili pakas siajn posedaĵojn, objektojn kaj vestaĵojn en skatolojn kaj kestojn, la sinjorino decidas lokon al ĉiuj aferoj, sed tamen distrite, eĉ forgesas sian taskon iafoje, turnas sin for kaj staras perdita en siaj pensoj ĉe la fenestro. Ŝia servistino mezaĝa tiam ankaŭ ĉesas sian laboron kaj rigardas sian mastrino kaŝe, kompate.

Fine, ĉio estas pakita, escepte de unu objekto. Ankoraŭ kuŝas sur la fenestrokornico, duone ĉirkaŭvolvita per ruĝa silka mantuko, antikva libro pergamena, ŝrumpinta kaj malhela pro fulgo, makulita de grasaj fingroj de homoj mortintaj antaŭ tiom longe, ke neniuj signoj ekzistas pri ilia surtera vivo krom tiuj fingrospuroj. Ree kaj ree la servistino hezite ekprenas tiun antikvaĵon, malvolvas de ĝi la ruĝan silkon kaj volvas ĝin denove, aŭ metas la libron sur alian lokon, aŭ remetas ĝin sur la lokon kie ĝi kuŝis antaŭe. Ankoraŭ la sinjorino nenion diris, kien tiu libro estu fine metita, neniu el ili du menciis ĝin eĉ per unu vorto. Kiam noktiĝas kaj kvietiĝas sur la strato, plimultiĝas la mevoj kiuj ŝvebas tien kaj reen ĉirkaŭ la rigilaro de la ŝipoj, kaj la sinjorino ankoraŭ staras ĉe la fenestro kaj elrigardas.

Ĝis la servistino fine ekparolas: "Ĉu vi ŝatus ke mi risku eliri sur la stratojn kvankam estas malfrue kaj liveru la libron tien, kie ĝi apartenas?"

"Ĉu vi pretendas scii la lokon al kiu tiu libro apartenas?" demandis ŝia mastrino mallaŭte kun ore malhela tono el malproksimo.

"Mi memoras ke vi diris antaŭ nia foriro de Islando, ke tiu libro apartenas al nur unu loko; hm; ĉe unu homo."

"Tiu homo pli distancas de ni en Kopenhago en aŭtuno ol en Islando en printempo," diris la sinjorino.

La servistino okupis sin pri iu tasketo aŭ alia en la ĉambro, kaj respondis sen rigardi supren:

"Mia forpasinta dommastrino, via benata patrino, rakontis ofte al ni servistinoj historion pri unu via prapatrino, kiu kisis neniun homon pli varme ol la malamikon de sia patro, nek traktis iun per pli grandaj donacoj, kvankam ŝi sendis homon post lin por lin mortigi, kiam li rajdis for el la domkampo."

Snæfríður ne rigardis al sia servistino, sed respondis nerapide el la profundo de sia distriteco: "Povas esti ke mia prahistoria prapatrino unue donis donacojn al la malamiko de sia patro, sed poste lin mortigis. Sed ŝi ne igis mortigi lin unue kaj donis poste al li donacojn."

"Kaj ne ankoraŭ iun mortigis la filino de mia forpasinta dommastrino," diris la servistino. "Kaj nun restas al ni en la urbo nur tiu unu nokto, kiu ne plu estas tuta, kaj jam venis aŭtuno kaj ĉiaj specoj de vetero estas atendeblaj, kaj en la frumateno ni devas veturi sur tiu freneza maro kiu plej kompareblas al la riveregoj de Sudlando. Kaj ĉu ni pereos aŭ ne, jam forkuras la tempo, kaj se vi ne fortigas vin kaj uzas tiun lastan noktan horon, vi neniam redonos al li la libron; lian libron."

"Mi ne scias kion vi sugestas," diris la sinjorino kaj rigardis al sia servistino kun miro. "Mi ne supozeble parolas pri tiu ŝnuregfaranto kiu iras tie antaŭen kaj reen, antaŭen kaj reen, la tutan tagon kaj la tutan tagon hieraŭ, kaj antaŭhieraŭ, la tutan nokton, en la ŝnuregfarejo trans la kanalo?"

La servistino nenion respondis, sed post momento ŝi kaptis la spiron kie ŝi staris klinita super malfermita kesto, kaj kiam la mastrino alrigardis, ŝi vidis larmojn fali.

"Mi sukcesis, ke li estos kondamnita de miaj amikoj Beyer kaj Jón Eyjólfsson ĉe Öxará en la printempo," diris tiam la sinjorino malvarme. "La reskripto de la reĝo estas en la fako de mia kesto."

"Li ne estas jam kondamnita," diris la servistino. "La dokumento venis nur hodiaŭ. Li aŭdos pri ĝi nur post via foriro. Vi povos doni al li la donacon ĉi-vespere."

"Infano vi estas, mia Guðríður, kvankam vi havas dudek-kvin vintrojn pli ol mi," diris la sinjorino. "Ĉu vi imagas, ke li ne scias ĉion pri mia celo post kiam mi iris sur tiun ĉi bordon en la somero? Falsaj donacoj ne trompos lin."

"Vi mem sciis tion plej bone por kio vi prenis kun vi tiun libron de Islando en la somero," diris la servistino.

"Se mi estus rifuzita kaj devigita reiri al Islando sen atingo de mia celo mi eble estus doninta al li tiun donacon," diris la sinjorino.

"Sed tiu kiu venkas ne povas doni al la alia donacon. Kaj fine mi preskaŭ donis la libron al tiu diablo Jón Marteinsson kiu montris sin ĉi tie dum vi estis ekstere, kaj volis trudpeti de mi monon: diris ke mi devas danki al li pro Bræðratunga."

"Dio estu kun ni, kion via forpasinta patrino estus dirinta," diris la servistino kaj vipis for la larmojn. "Mi estas certa ke vi preferus morti pli ol doni al tiu mizerulo donacon, kiu skribis vian nomon sur senfinajn dokumentojn ĉi tie en Kopenhago, ĉio por la amuzo de la Danoj."

"Ni lasu al Danoj ridi, mia Guðríður, kaj metu la malnovan libron sub la fermilon de la tiu kesto kaj fermu ĝin firme. Jam venis tempo pro ripozi por ni vojaĝontoj."

La flamo de la lampo jam malfortis, sed estis senutile pritondi la meĉon, ili gin estingos por mallonga tempo kaj poste ekdormos, sed foriros jam en la mateno. Ilia ĉambro estis dividita en du, la muroj de la antaŭa estis duone farbitaj per verda koloro, sed kalkitaj supre, kaj pendis sur la muroj kupraj bovloj kun reliefigitaj figuroj kaj emajlitaj teleroj ornamitaj per koloraj bildoj: ankaŭ du gravuraĵoj, unu kun romaj diinoj, la alia kun la katedralo de Sankta Marko en Venecio; en malfermita murŝranko ringformita staris sur bretoj iliaj teleroj, bovloj kaj kruĉoj kaj aliaj manĝiloj, ĉar la sinjorino ordonis porti tien sian manĝaĵon, sed ne manĝis ĉe la tablo de la gastigisto. La interna ĉambro estis dormejo kaj staris la lito de la sinjorino sub la fenestro, pretigita per neĝblanka kovrilo, sed la servistino kuŝis sur benko ĉe la pordo.

Kvankam la sinjorino diris ke jam estas tempo por enlitiĝi ŝi daŭrigis sian staron perdita en pensoj ĉe la fenestro kaj la servistino sian priumadon en la ĉambro por ne iri en liton pli frue. Estis meznokto. Kaj ju pli regis la silento, des pli ekskua estis la frapo sur la pordo, kiam la gardisto de la domo kun dormrigidaj okuloj anoncis al la sinjorino, ke malsupre staras eksterlanda ĝentilhomo kiu deziras paroli kun ŝia Ekscelenco.

Ŝi paliĝis kaj ŝiaj pupiloj vastiĝis, – "demandu al li, ke estas certe mi kiun li serĉas," ŝi diris, "kaj se tiel konduku lin ĉi tien."

Kiam li nun staris tie en ŝia pordo en tiu gastodomo en Kopenhago tiun lastan vesperon, post longaj forestoj kaj diversaj pasintaj eventoj, tio estis en tiu memkomprenebla maniero kvazaŭ li estus malaperinta de ŝi antaŭ unu horo por promeni en la parko de la reĝo en la bona vetero.

"Bonan vesperon," li diris.

Li portis sian ĉapelon en la mano. Liaj vestaĵoj havis la malnovan elegantan stilon, sed la homo estis pli korpulenta kaj liaj vizaĝaj trajtoj pli profundaj, la brilo de la okuloj tiel obtuziĝis kiel okazas pro laceco. Rebrilis lia arĝente blanka peruko zorge buklita.

Ŝi ne tuj respondis lian saluton kie ŝi staris ĉe la fenestro, sed rapide rigardis al ŝia servistino kaj diris:

"Iru malsupren al la kuiristino, via konatino, kaj ŝin adiaŭu."

Li atendis ekster la sojlo ĝis la servistino lin preterpasis, tiam li venis al ŝi en la ĉambron. Ŝi iris al la pordo kaj ĝin fermis, iris unu paŝon antaŭen kaj kisis sian gaston sen diri al li ion unue; ĉirkaŭprenis lian kolon per ambaŭ brakoj kaj metis sian vizaĝon al lia vango. Li karesis per siaj polmoj ŝian helan grandan hararon, kiu jam estis paliĝinta. Kiam ŝi estis enfosinta sian vizaĝon ĉe lia brusto dum kelka tempo, ŝi levis la kapon kaj lin rigardis.

"Mi ne pensis ke vi venos, Árni," ŝi diris. "Kaj tamen, mi sciis ke vi venos."

"Malfrue venas iuj,"* li diris.

"Mi havas por vi libron," ŝi diris.

"Tio estis atendebla de vi," li diris.

Ŝi petis lin sidiĝi sur benkon. Poste ŝi malfermis la keston kie estis la libro sub la fermilo, volvita en ruĝa silko, kaj donis al li.

"Tiu estis la plej kara al mia mortinta patro," ŝi diris.

Li komencis malvolvi la silkon kaj tamen senurĝe, kaj ŝi atendis scivoleme vidi denove en liaj okuloj tiun ekbrilon kiun nova antikva libro ĉiam lumigis antaŭe. Subite li paŭzis en la malvolvado, supren-rigardis, ridetis kaj diris:

"Mi perdis mian plej karan libron."

"Kiun?" ŝi demandis.

"Tiun libron kiun ni trovis kune," li diris, – "en la domo de Jón Hreggviðsson."

Poste li klarigis al ŝi per simplaj vortoj kaj senemocie kiel malaperis de li tiu libro *Skálda*.

"Tio estis granda perdo," ŝi diris.

"Plej peze," li diris, "estis perdi tiun amon kiun oni havis por kara libro."

"Tamen mi kredis, ke oni amas perditan trezoron tiom longe kiom oni sentas ĝian mankon," ŝi diris.

"Oni ne scias precize kiam malaperas tiu sento," li diris. "Estas iel simile al resaniĝo de vundo; aŭ kiel morti. Oni ne scias la momenton kiam la vundo ĉesas dolori; nek la momenton kiam oni mortas. Subite oni estas sana; subite morta."

Ŝi rigardis lin el malproksimo.

Fine ŝi diris: "Vi havas la aspekton de mortinta homo kiu aperis al sia amiko en sonĝo: estas li, sed tamen ne li."

Li ridetis. Kaj en la silento kiu nun estis, li komencis denove malvolvi la libron.

"Mi rekonas ĝin," li diris kaj kapsignis kiam la silko estis for. "Mi proponis havigi al via patro Holt ĉe Önundarfjörður interŝanĝe de tiu kompatinda leĝolibro, – ĝi nome estas konsiderata la plej grava dokumento ekzistanta koncerne ĝermanan socion, eĉ pli grava ol tiu antikva Lex Salica* de la Frankoj. Jes, tio estis en tiu tempo kiam miaj vortoj en la Trezorejo ne estis taksitaj de valoro de tegmenta traliko. Mi ankaŭ intencis atendi pri propono al li de Viðey,* se li konsiderus tion ne plene pagita por la kompatinda malnovaĵo. Sed kvankam li malofte rifuzis la oportunon akiri nemoveblan posedaĵon, se ĝi estus havebla kontraŭ prudenta pago, li ankaŭ bone sciis, ke ĉiuj grandbienoj en Islando valoris preskaŭ neniom kompare kun la antikvaj islandaj pergamenoj, tiel ke li ne permesus al si esti persvadita en tiu kazo. Poste mi skribis al li kaj proponis deponi en lian konton ĉe la Kompanio la sumon, kiun li decidus en arĝento aŭ oro por tiu malnova libro. Sekvan printempon li sendis al mi donace kopion de ĝi, faritan laŭ la kutima maniero tie hejme: se la skribisto mem ne mislegis, tiu ĉiam klopodas korekti la malnovan. Mi mem posedis multajn pli bonajn kopion de la libro."

"Ĉu vi ankoraŭ opinias ke Islando ne plu ekzistas krom tiu Islando, kiu estas konservita en tiuj malnovaj libroj?" ŝi diris. "Kaj estas ni, tiulandaj homoj, nur doloro kiun vi havas en la brusto kaj de kiu vi volonte volus eskapi iel ajn; aŭ eble ni ne estas plu eĉ tio?"

Li diris: "La animo de la nordaj popoloj estas konservita en islandaj libroj, sed nek en tiuj homoj kiuj nun vivas en Nordio, nek en Islando mem. Aliflanke, sibilo iam antaŭdiris, ke la oraj tabuloj de pratempo estos trovitaj en la herbo antaŭ ol ĉio finiĝas."*

"Mi aŭdis, ke estas onidiro ke ni estos transportitaj al la erikejoj de Jutlando," ŝi diris.

"Se vi volas, tio estos preventita," li diris kaj ridetis.

"Se mi volas," ŝi ripetis; "kion povas fari unu mizera virino? Lastfoje kiam mi vidis vin mi estis almozulino en Þingvellir ĉe Öxará."

"Mi estis en la servo de la sendefendaj," li diris. "Mi vidis vin kie vi sidis ĉe la pado –"

"– en la ĉifonoj de tiuj kiujn vi senkulpigis," ŝi aldonis.

Li parolis profundvoĉe, sen rigardo supren, kaj preskaŭ distrite kvazaŭ recitante malnovan refrenon:

"Kie estas la malaltaj, kiujn mi volis altigi? Ili estas pli malaltaj ol iam ajn. Kaj tiuj sendefendaj, kiujn mi volis defendi? Eĉ iliaj vespiroj ne plu aŭdiĝas."

"Vi havas Jón Hreggviðsson," ŝi diris.

"Jes," li diris. "Mi havas Jón Hreggviðsson. Sed tio estas la tuto, kiun mi havas. Kaj eble li estos prenita de mi kaj pendigita antaŭ la fino de la vintro."

"Aj ne," ŝi diris kaj venis pli proksime al lia flanko, kie ili sidis sur la benko. "Ne estas Jón Hreggviðsson pri kio ni volis paroli. Pardonu min, ke mi menciis tiun nomon. Nun mi iros kaj vekos la dommastron kaj petos lin porti al ni kruĉon da vino."

"Ne," li diris; ne la vinon de gastiganto; nenion de iu ajn. Dum ni ambaŭ sidas ĉi tie ni havas ĉion."

Ŝi klinis sin malantaŭen kaj ripetis mallaŭte la lastan vorton: "Ĉion."

"Ĉiuokaze nur unu afero ekzistas en nia vivo," li diris.

Ŝi flustris: Unu.

"Ĉu vi scias pro kio mi venis?" li diris.

"Jes," ŝi diris, "por ne plu disiĝi de mi."

Ŝi ekstaris, iris al mezgranda ferfortikigita kesto kaj elprenis el fako tie kelkajn dokumentojn grandformatajn kun alfiksitaj sigeloj de plej superaj aŭtoritatoj.

Ŝi tenis la dokumentojn antaŭ si inter dikfingro kaj montrofingro kiel homo tenanta raton per la vosto.

"Tiuj reskriptoj," ŝi diris, "tiuj dekretoj kaj juĝalvokoj, esceptoj kaj permesoj, ili estas nenio alia ol vantaĵoj kaj hipokrito."

Li iris al ŝi, kaj kun la samaj movoj kiel oni faras sub pendanta dom-araneo dirante supren, se vi aŭguras bonon, malsupren, se vi aŭguras malbonon, tiel li pesis en sia manplato la sigelojn de la reĝo, kiuj pendis en fadeno de sub unu el la dokumentoj.

"Vi bone sukcesis plenumi vian aferon," li diris.

"Mi venis ĉi tien en la espero renkonti vin," ŝi diris. "Nenio alia gravis. Nun mi disŝiros tiujn fipaperojn."

Li diris: "Neniel gravas ĉu tiuj paperoj estas sendifektaj aŭ ŝiritaj en partojn. Ĉiuj dekretoj de la dana reĝo estos senvalidaj en Islando antaŭ la venonta Alþingi kunvenos ĉe Öxará."

"Ĉu vi volas diri, ke sonĝo kaj aventuro estos nia leĝo post nun?" ŝi diris kaj lumo ekbriligis ŝian vizaĝon.

"Al mi estis proponite fariĝi lordo de Islando," li diris, "kaj ke vi estu mia lordino. Por diri tion al vi mi venis."

"Ŝtatperfido?" ŝi demandis mallaŭte.

"Ne," li diris. "La reĝo volas vendi Islandon. La danaj reĝoj ĉiam estis pli ol pretaj vendi aŭ lombardi tiun posedaĵon, nur estis tiel, ke eksterlandaj princoj ĉiam trovis tie malhelpojn. Sed nun venis al tio, ke aĉetonto estas trovita. Germanaj homoj en Hamburgo volas aĉeti la landon. Sed ili ne fidas al si teni la landon, krom se ili ekhavos gubernatoron popularan ĉe la popolo, kaj estas ilia ideo, ke mi estas tiu homo."

Ŝi rigardis lin dum longa tempo.

"Kion vi intencas fari?" ŝi diris.

"Regi la landon," li diris kaj ridetis. "La unua paŝo estos restarigi nian popolan rajton sur tiu fundamento, kiu estis metita siatempe per kontrakto kun Hakon la Maljuna en Norvegujo."

"Kaj la justico? ŝi demandis.

"Dua mia tasko estos forigi ĉiujn funkciulojn de la dana reĝo, iujn elpeli el la lando, inter tiuj Páll Beyer kaj la vicleĝiston Jón Eyjólfsson. Ni devas purigi la leĝojn de la dana polucio kaj establi novajn."

"Kaj kie vi intencas sidi?" ŝi diris.

"Kie vi volas ke mi sidu?" li diris.

Ŝi diris: "En Bessastaðir."

"Kiel vi volas," li diris. "La rezidentejo estu rekonstruita en ne malpli grandioza maniero ol la palacoj de kiu ajn landgrafo en la imperio. Mi konstruigos librejon el ŝtonoj kaj transportigos denove en sian hejmlandon la valorajn librojn kiujn mi savis de putriĝo tie en la mizero sub la Danoj."

"Ni havu grandan gastosalonon," ŝi diris. "Sur la muro pendu armiloj kaj ŝildoj de antikvaj herooj. Viaj amikoj sidu kun vi en la vesperoj ĉe kverka tablo kaj rakontu antikvajn historiojn kaj trinku bieron el kruĉoj."

"Islandanoj ne estu plu punitaj pro komerco por sia profito," diris Arnas Arnæus. "Komercejoj estu establitaj laŭ eksterlanda modelo ĉe havenoj kaj ŝipoj ekipitaj por fiŝado, kaj ni vendu sekfiŝojn kaj lantukojn al urboj sur la kontinento kiel antaŭe ĝis la tagoj de Jón Arason, sed aĉetu reciproke tiujn varojn kiuj decas al civilizitaj homoj. El la tero estu minitaj valoraj substancoj. La imperiestro montru al la dana reĝo la pugnon kaj postulu, ke li redonu al Islandanoj tiujn valoraĵojn, kiujn li ordonis ŝteli el la katedralo de Hólar, el la monaĥejoj de Munkaþverá, Möðruvellir kaj Þingeyri. Ankaŭ estu redonitaj tiuj antikvaj ĉefbienoj, kiujn la dana reĝo uzurpis post la falo de la islanda eklezio. Kaj estu starigita en Islando respektinda universitato kaj collegia* kie islandaj kleruloj povos vivi en digna maniero."

"Ni konstruos palacojn," ŝi diris, "ne malpli belajn ol tiuj, kiujn gubernatoro Gyldenlöve konstruis por si en Danujo per la impost-mono el Islando."

Li diris: "En Þingvellir estu konstruita granda leĝodomo kaj alia sonorilo almetita, pli granda kaj pli sonora ol tiu, kiun la reĝo postulis de Islando kaj la pendumisto ordonis al Jón Hreggviðsson dehaki."

"Tiu malvarma lunlumo kiu ekbrilas sur Drekkingarhylur ne plu estu la sola indulgo por malriĉaj virinoj en Islando," ŝi diris.

"Kaj malsataj almozuloj ne plu pendumitaj en la nomo de justeco en Almannagjá," li diris.

"Ĉiuj estos niaj amikoj," ŝi diris; "ĉar la homoj estos feliĉaj."

"Kaj la sklavokesto en Bessastaðir estu malkonstruita," li diris, "ĉar en lando, kie la homoj estas feliĉaj, krimoj ne estas faritaj."

"Kaj ni rajdos tra la lando sur blankaj ĉevaloj," ŝi diris.

13

La mevoj ŝebis ankoraŭ super stratoj kaj kanalo kaj la urbo dormis kiam el ekstere sonis pezaj hufklakoj kaj bruo de radoj, ĝis haltigo per grincantaj bremsoj. Mallonge poste estis frapite kviete sur la pordo. Snæfríður, vestita nur per noktorubo, ŝtelrigardis tra la porda apertaĵo. Ŝia viziĝo estis ruĝiĝa, la okuloj havis molan brilon, la haroj fluis libere sur ŝiaj ŝultroj.

"Vi frapas sur la pordon kaj staras kvieta ekstere," ŝi diris.

"Mi pensis ke mi eble farus ĝenaĵon," diris la servistino.

"Al kiu?"

"Ĉu vi estas sola?"

"Kiel alie?"

"Ili venis de la kompanio kun kaleŝo por preni la pakaĵojn," diris la servistino.

"Kie vi estis la tutan nokton, virino?"

"Vi diris al mi lastvespere, ke mi iru al mia kara Trine," diris la servistino. "Mi ne kuraĝis reveni. Mi pensis ke iu eble estus ĉi tie."

"Kion vi volas diri? Kiu eble estus ĉi tie?"

"Mi neniam aŭdis iun foriri."

"Kiu devus foriri?"

"Ĉu ne tiu kiu venis por akcepti la libron?"

"Kiun libron?"

"La libron."

"Neniu venis por akcepti tiun libron kiel vi vidos, se vi rigardos sub la fermilon de la kesto kien vi metis ĝin lastvespere."

La sinjorino malfermis la keston por tion pruvi al sia servistino, kaj tute ĝuste, tie kuŝis la libro envolvita per sia ruĝa silko.

"Tion oni neniam antaŭe aŭdis, ke li forgesis libron," diris la virino.

"Mi ne scias pri kiu vi parolas," diris la sinjorino.

"Pri kiu alia ol la viro kiu staris ĉi tie ĉe la sojlo kiam vi petis al mi iri eksteren lastvespere!"

"Tio estas vera, mi petis vin lastvespere iri malsupren por adiaŭi la kuiristinon de la gastiganto, kiu estas via amikino. Sed lasu al neniu aŭdi ke vi vidis ĉi tie viron, homoj facile ekpensus ke via prudento ne estas en ordo."

La masivaj konstruaĵoj de Islanda Komerca Kompanio sur Slotsholmen siluetis kontraŭ la matena heliĝo. Tie kuŝis ankrita preta por foriro la ŝipo, kiu nun devis porti aldonon de greno de la reĝo por helpi malpezigi la malsatmorton de la islanda popolo.

La homoj en la domo de la Oraĵisto jam ellitiĝis, kvankam estis tre frumatene. Servistoj elportis la pakaĵojn de la gastino en la kaleŝon kaj la dommastrino helpis al ŝi surmeti la vojaĝvestojn, plorante pro tio ke virino kun tiaj okuloj devas ekiri sur la teruran maron proksime al la vintro, kie neniu krom Dio regas, ekcele al lando, kie brulas Infero sub la glacio.

En tiu sama mateno asesoro Arnas Arnæus pli frue moviĝis en sia biblioteko ol estis jam dum konsiderinda tempo. Li vekis sian servistinon kaj ordonis meti fajron en la forno kaj porti al li varman teon, balai kaj ordigi en halo kaj antaŭĉambro, ĉar li atendas gaston, antaŭtagmeze.

Kiam li razis sian barbon kaj kombis la perukon, kaj surmetis tiujn ŝmiraĵojn kaj perfumojn kiel decas al bona homo, li komencis paŝi tien kaj reen sur la planko laŭ islanda kutimo, fumante grandan pipon.

Mezmatene granda kaleŝo eksterlanda haltis ekster la pordo kaj elstaris giganta homo en ege vasta mantelo, portante la ventron en la brakumo, sed la vangoj fluis sur la ŝultrojn: la Hamburgano Uffelen. Li estis invitita en la bibliotekan halon de la asesoro. La Germano komencis sin klini tuj ĉe la ĉefpordo. Arnas Arnæus kondukis lin pluen kaj petis lin sidiĝi. Ili interŝanĝis vortojn pri ĝeneralaj novaĵoj kaj laŭ konvencio eldiris komplimentojn reciproke. Poste la gasto turnis sin al la temo de sia vizito. Li estis veninta denove laŭ tio, kion ili menciis en konversacio antaŭ jaro, por akiri finan respondon en tiu afero, pri kiu li babilis kun lia sinjoro kelkfoje en tiu tempo, temante pri lia naskolando Islandia, precipe kaj speciale koncerne la insulon, kiun senditoj de la lia moŝto la dana reĝo ripete proponis al Hamburganoj, kaj nun preme postule pri rapidaj respondoj, ĉar milito kontraŭ la Svedoj ŝajnas ne plu longe prokrastebla. La Hamburgaj komercistoj zorge esploris, kiel okazoj permesis, variajn relationes* koncerne tiun landon kaj multfoje rekonfirmis la kondiĉon antaŭe konsentitan, ke ili nur plenumos la aĉeton, se haveblus tiu islanda homo por fariĝi ilia ĉefhomo super Islandia, kiun la malriĉaj loĝantoj de la insulo fidus kaj akceptus. Tiu homo devus ankaŭ havi tiujn kapablojn povi aperi kiel reprezentanto de tiu estonta respubliko al la Imperiestro, kiu formale estus nomita ĝia Supera Moŝto kiel de multaj aliaj landoj, loze alligitaj aŭ neligitaj inter si en la Sankta Romia Imperio. Uffelen diris, ke li mem kaj ankaŭ liaj collegae* provis laŭ konsiloj de la asesoro trovi iun alian homon inter Islandanoj, kiu estus pli multpromesa ol li aŭ egale multpromesa, sed pli pretema, preni sur sin la oficon de gubernatoro sur la insulo. Tian homon ili ne sukcesis trovi. Ili nek fidus danan eksoficiston por tia ofico, nek volus garni iun needukitan bienulon por servado, bone sciante, ke ĉiuj superuloj de la insulo estis laŭ malnova kutimo pere de ŝmirmono kaj promesoj pri favoroj, infektitaj de maloportuna fideleco al la dana reĝo. Aliflanke, ili havis fidindajn informojn, ke Sinjoro Assessor Consistorii estis favorato kaj amato de la loĝantoj de la ofte menciita insulo, nekapablaj senhelpe leviĝi morale.

Arnas Arnæus, kiu paŝadis tien-reen en la halo dum la Germano parolis, tiam demandis, ĉu tiu plano estis diskutata inter la Danoj, kiu tiam estis plej aktuala ĉe iuj en la Kanceliario, kvankam la letero ne estis trovebla: transporti tiun malsatan popolon kiu ankoraŭ ne estingiĝis, al la erikejo de Jutlando, sed poste vendi senhoman landon.

Uffelen diris, ke flanke de Germanoj la Hamburganoj rifuzas tiun planon, ĉar ili estas en nenia pozicio havi homfortojn necesajn por havi profitan uzon de la insulo. En Islando ne troveblas iuj ajn signoj de konsiderindaj konstruaĵoj, malgraŭ konstanta serĉado, sed homoj tie naskitaj havis la kapablon, kiu estas nekonata ĉe aliaj popoloj, vivi en torfbuloj kaj terkavoj anstataŭ en domoj; ne estas probable ke aliaj ol tiuj kutimintaj al tio ekde infanaĝo, povus elteni la vivon en tiaj kondiĉoj. Hamburganoj celas pliigi la prosperon de la popolo kaj krei por ĝi kiel eble rapide vivkondiĉojn ne malpli bonajn ol estis en la lando, kiam la Hansa regis tie la komercon en antaŭaj tempoj.

Arnas Arnæus demandis, ĉu la Hamburgaj komercistoj bone konsideris, ĉu ne estus konsilinde, ke la Islandanoj havu super si germanan gubernatoron, se por tio estus elektita milda kaj justa homo.

Al tio Uffelen diris, ke li havas la malnovajn respondojn trove-
blajn en leteroj kaj memorâjoj de Hinrik la Oka kaj liaj konsilantoj al
la persistaj proponoj de la dana reĝo pri la ofte menciita insullando
al la angla reĝo. Sed la Angloj respondis ke ili ne volas aĉeti landon,
kie ili devus havi tiel multekostajn gardistaron kiel en Islando,
por ke eksterlandaj landregantoj tenu sekura sian vivon. Laŭ
esploro, kiun konsilantoj de la angla reĝo faris pri la historio de
la insulo, la insulanoj estas famaj pro barbaraj atakoj kontraŭ tiuj
eksterlandaj senditoj kiuj ne plaĉis al ili. Jen estas la ĉefa kaŭzo de
kiom malfacile estis al la dana reĝo vendi la landon. Uffelen konis
la nomojn de famaj homoj eksterlandaj, kiujn islandaj plebanoj
ekzekutis ekster leĝo kaj kondamno, de reĝaj agentoj kaj registaraj
rajtigitoj, ŝtatestroj, episkopoj kaj regentoj, inter tiuj iuj nobeloj.
Islandaj virinoj kutime staris fronte en tiuj atakoj. Ne estas mallonge
memori pri tio, kiam iu islanda virino ordonis boligi en kaldrono
altrangan danan nobelon kune kun dek ses liaj servistoj, kaj neniam
sukcesis al la dana reĝo venĝi pro tiuj murdoj, nek procesi kontraŭ
la murdistoj laŭ la leĝoj. Unu alta germana barono, kiu estis en
servado de la dana reĝo, estis trovita entombigita en ŝtonaro kiel
hundo tuj ekster la episkopejo en Schalholt. Renoma altranga sveda
ĉefepiskopo, kies blazonŝildo pendas en la ĉefpreĝejo en Uppsala,
estis farita episkopo en Islando, sed la kanajlaro lin dronigis en sako
kiel hundon. "Ni Hamburganoj," diris Uffelen, "ne agas kun reĝa
aŭdaco, ni estas singardaj komercistoj, bonvolemaj al Islandanoj, kaj
deziras komerci kun ili pere de amikoj de ili mem."

Kiam li atingis tiun punkton Arnas Arnæus ĉesigis sian paŝadon
kaj haltis antaŭ la Germano kaj ekparolis ĉi tiel:

"Estas unu kaŭzo de tio, ke estas al mi neeble servi kiel via
reprezentanto en Islando, nome, ke tiu kiu proponas vendi la landon
ne estas ĝia posedanto. Estas vere, mi ja akceptis oficon, tamen sen
merito de mia flanko, el la mano de tiu reĝo, kiun neregeblaj eventoj
kaj akcidentoj faris reganto de mia naskiĝlando longe antaŭ mia
tempo; estus la posta eraro pli malestiminda ol la antaŭa, se mi
fariĝus nun konfidanto de tiuj al kiuj li maljuste volas vendi tiun
landon."

La Hamburgano respondis: "Ĉu mia sinjoro scias ke en Hamburgo
estas konservitaj en sekreta kaso tiuj leteroj, kiujn du plej altaj homoj

de la insulo siatempe, la episkopoj Augmundus kaj Jona Aronis*, tamen ĉiu aparte, skribis al nia imperiestro Karlo la Kvina, laŭdinde memorata, kie ili petis lin fariĝi ilia subportanto kontraŭ la dana reĝo, sed tiu reĝo sendis en tiu tempo soldatojn en militŝipoj por rabi moveblajn posedaĵojn kaj valoraĵojn de Islandanoj kaj konfiski la bienojn de la islanda eklezio. En siaj leteroj la islandaj sinjoroj episkopoj esprimas la dezirojn al la imperiestro ke li volu asisti kaj protekti ilian landon, kaj doni al ĝi statuson aŭ de konfederacia ŝtato en la Sankta Romia Imperio, aŭ alie de membro kun plenaj devoj kaj rajtoj en la respublikaj aliancoj de la Hansa-urboj. Via ofico sub germana protekto estus nur daŭrigo de la klopodo de tiuj elstaraj patriotoj de Islando el tiu fiera tempo, antaŭ ol Islandanoj estis fine rompitaj sub la jugon de dana rego."

Arnas Arnæus diris, ke en tiu tempo la aferoj estis tute aliaj: tiam la dana reĝo batalis kontraŭ forta potenco en Islando, enlanda kaj nacieca, la islanda eklezio, institucio kiu estis ia egalvaloro kaj komuna nomo kun islanda sendependeco, kaj tamen firma parto de la ĝenerala kaj internacia kristaneco, kiun simbolis la romkatolika eklezio; kaj tial la islanda eklezio havis kiel jesfraton la germanan imperiestron, kiu laŭ naturo kaj origino de la Imperio estis en alianco kun la sankta sidejo en Romo. Nun tia institucio ne plu ekzistas en Islando, ĉar la dana reĝo eliminis la islandan eklezion kiel sekularan potencon kaj forigis ĝian moralan potencon el la homaj koroj, sed enkondukis la tiel nomitan luteran herezon, kiu havas la celon fari ŝtelojn kaj rabojn de princoj leĝo de Dio. "Kaj tiel mi," diris Arnæus, "ne havus en Islando potencon, institucion, ĝeneralan popolan opinion, nek ian ajn aliajn fortojn por subteni min morale aŭ laŭlege pravigeble por servi sub nova eksterlanda supermoŝto."

Uffelen diris ke Islandano havu la devon memori, ke ambaŭ tiuj dignaj maljunuloj kaj plej grandaj Islandanoj de sia tempo, kiuj petis subtenon de imperiestro Karlo da Kvina, estis kaptitaj de la senditoj de la dana reĝo, unu sendita blinda kaj kaduka en ekzilon en fremda lando, la alia elkondukita sepdekjara el sia propra lando kaj senkapigita de la Danoj.

Arnas Arnæus diris: "Sinjoro Uffelen! Mia koro vere estas tuŝita aŭdi eksterlandan homon, kiu tiel bone scias aferojn okazintaj en Islando; sed kvankam nia Elaĉetinto fortenis de ni multajn siajn donacojn de amo, mi neniam pensis, ke mi devus dubi pri la memoro de miaj samlandanoj. La sortoj de Ögmundur episkopo de Skálholt kaj Arason episkopo de Hólar estas kaj estos konservitaj en la koro de ĉiu Islandano dum pasos jarcentoj. Kaj kvankam la dana reĝo malgraŭ bona intenco ankoraŭ ne sukcesis vendi nin en sklavecon, tamen sufiĉe multe okazis por ke lia ĉiomilda koro ekhavu en islandaj historioj kaj scioj sian meritan lokon.

Homo kiu intencas strangoli malgrandan beston en siaj manoj fine laciĝos. Li tenas ĝin je braka longeco for de si, plifortigas laŭeble la tenon ĉirkaŭ ĝia gorĝo, sed ĝi ne mortas; ĝi rigardas lin; ĝiaj ungegoj elstaras. Tiu besto ne atendas helpon, kvankam troloj venas kun milda mieno, dirante ke ili ĝin liberigu. La espero pri ĝia vivo estas, ke la tempo pruviĝos esti ĉe ĝia flanko kaj malfortigos la forton de ĝia malamiko.

Se sendefenda popoleto havos meze de sia malfortuno la bonan fortunon ekposedi konvene fortan malamikon, la tempo batalos ĉe ĝia flanko, kiel ĉe tiu besto, kiun mi menciis kiel ekzemplon. Se ĝi en mizero konsentas pri protekto de troloj, ĝi estos glutita kiel unu mordaĵo. Mi scias ke vi Hamburganj alportos al ni Islandanoj senverman grenon kaj ne konsideros tion valora la penon trompi nin per malĝustaj mezuriloj kaj pesiloj. Sed kiam sur la bordoj de Islando estos konstruitaj germanaj fiŝvilaĝoj kaj germanaj urboj, ne pasos longa tempo ĝis tie stariĝos germanaj kasteloj kun germanaj baronoj kaj soldatoj. Kio tiam estos la sorto de tiu popolo, kiu skribis famajn librojn? Islandaj homoj tiam fariĝos ne pli ol dikaj servistoj de germana marioneta ŝtato. Dika servisto ne estas granda homo. Batita servisto estas granda homo, ĉar en lia brusto loĝas la libereco."

14

Dum tiu aŭtuno kaj tiu sekvanta vintro Arnas Arnæus ne estis same trovebla en sia biblioteko kiel antaŭe. Li estis kontinue la plej frue ellitiĝinta el homoj, ofte jam eklaboris inter eklumiĝo kaj mezmateno, tamen ĉiam diris ke liaj matenoj apenaŭ sufiĉas por fari necesajn notojn por estontaj generacioj pri enhavo, origino kaj kunmeto de tiuj miloj de antikvaj verkoj de Islando, grandaj kaj malpli grandaj, kiujn li konservis. Nun tiel okazis en iuj tagoj, ke li ne estis trovebla en sia biblioteko ĝis longe post tagmezo, kaj en iuj tagoj tute ne, sed la servistoj diris, kiam demanditaj, ke li estas malsana, aŭ ke li malfrue enlitiĝis kaj ankoraŭ ne leviĝis. Okazis, ke doniĝis tiuj respondoj, ke li estis ekster la hejmo ekde hieraŭ, neklare kie. Li malmulte zorgis pri siaj oficoj, ĉu ĉe la eklezia kortumo, la Konsistorio, aŭ en la akademio, la universtato.

En la biblioteko sidas sola studiosus antiquitatum Grindvicensis, perlaborante sian panon, kopiante paliĝintajn pergamenajn librojn, sed tamen devas ofte fari paŭzon por skribi diversajn ideojn kaj notojn koncerne al tiuj instruaj verkoj kiujn li mem kunmetas en siaj liberaj horoj pri la diversaj naturoj de Islando, speciale ĝiaj misteraj fortoj. Krome li havas la konfiditan taskon, kune kun la peza respondeco kaj nenia paco ĉu nokte, ĉu tage, gardi la domon kontraŭ Jón Marteinsson. Malŝpariĝis multe la tempo de la Grindavikano kiam li devis kuri de la pupitro kaj ĉirkaŭrigardi, se moviĝo aŭdiĝis ĉe la ĉefpordo aŭ ĉe la malantaŭa pordo, aŭ paŝado ekster fenestro. Ofte en la nokto, se li suspektis ke tiu malbonvena gasto estis vaganta ie en la proksimaĵo, li nek deprenis siajn vestojn, nek iris supren al sia lito por dormi, sed etendis sin sur la planko en la biblioteko kun dika volumo en folianto sub la kapo, envolvis sin en lana kovrilo el Auðnir sur Vatnsleysuströnd, kaj duondormis aŭ maldormis ĉe tiuj libroj, kiuj estis la vivo de Islando kaj la animo de Nordio.

Iun vesperon li sidis super sia granda gramatika verko, pruvante ke la islanda lingvo, alinome la dana lingvo*, ne ekzistis en la fruktoĝardeno Edeno, sed formiĝis el la greka kaj la kelta baldaŭ post la diluvo, kaj li jam sentis dormemon super tiu granda klereco, kaj kun permeso, sin klinis antaŭen sur siajn manojn, kie li sidis ĉe la pupitro. La vento estis okcidenta en tiu vespero, iom forta kaj malvarma kun intermitaj neĝblovetoj, la fajro en forno jam mortis kaj estis malvarme en la domo. Loze fermita pordo frapiĝis kontraŭ fosto en la korto de la najbaro kaj neklaraj paŝoj kaj klakbruoj de vagonoj el alia strato, kie iuj el la militaj homoj estis rajdantaj hejmen aŭ la reĝo veturas por sia plezuro; kaj nenio suspektinda el iu ajn direkto; ĝis subite aŭdiĝas el la ĝardeno ia stranga lamenta krio, maldika kaj dika samtempe, raŭka kaj falsa. La Grindavikano elsalte leviĝis kaj estis tuj plene vekiĝinta.

"Ĉu iu kato povus estis en amoro en tiu ventego," diris studiosus antiquitatum timante kaj senvole komencis versaĵon el malnova himno por konsolo en danĝero, kiun li lernis ĉe la genuoj de siaj patrino:

Satano loĝas en nigra truo,
ŝrikanta akre kun alarm´,
mia Sinjor´ en Ĉiela Ĝuo
kun harpa lud´ kaj anĝela svarm´.

Poste li krucsignis sin por sekuro kontraŭ monstroj kaj rapide paŝis el la biblioteko el malantaŭe, levis la pordon de la fostoj kaj elrigardis. Kaj tiam kompreneble neniu estis tie krom Jón Marteinsson kun siaj artifikoj.

Kiam studiosus antiquitatum vidis kiu estis, li siblis tra la apertaĵo kontraŭ la vento:

"Abi, scurra."*

"Kopenhago brulas," murmuris la vizitanto en sian bruston, kaj la vento forportis liajn vortojn. Sed kiam la domano ĝuste estis komencanta la latinan serion, kiun li ĉiam havis preta por okazoj kiel tiu, kaj estis malferminta la buŝon por paroli, tiam marĝena ventblovo eniris la aperturon, portanta partojn de la vortoj de la vizitanto. Unu plian fojon Jón Marteinsson sukcesis surprizi Jón Guðmundsson.

"Ha, kion vi diras?" diris la laste nomita.

"Nenion," diris la vizitanto. "Krom ke mi diras ke Kopenhago brulas. Estas fajro en Kopenhago."

"Tiukaze, mi scias ke vi mensogas, vi fripono, krom se vi mem ĝin fajrigis," diris la Grindavikano.

"Transdonu la mesaĝon al Árni kaj diru ke mi volas havi pagon pro la informo."

"Unue diru kie estas Skálda, kiun vi certe jam vendis al la Svedoj por brando."

En tiu momento eklumis la aero; la fajro ne povis esti tre malproksima.

"Neniu brando," diris Jón Marteinsson. "Kaj al mi estis malvarme stari tiel ĉe la muro kaj rigardi. Jam estas preter meznokto. Mi enrigardis ĉe la Ora Leono por demandi pri Árni kaj ili diris ke li drinkos hejme ĉi-nokte, ĉar lia kaleŝo iris for kun li dormanta en la mateno."

"Se vi aŭdacas unu fojon pli ligi la nomon de mia sinjoro kaj majstro al tiu putinejo, mi alvokos la mastron de la gardistoj," diris studiosus antiquatatum.

"La loko tamen ne estas tiom malbona – la reĝo ĵus rajdis tien sur kvar ĉevaloj, kaj vi apenaŭ kutimis al pli bonaj lokoj en Grindavík," diris Jón Marteinsson.

"La reĝo ne rajdis sur kvar ĉevaloj, sed veturas per kvarĉevala kaleŝo," diris tiu el Grindavík. "Kiu kalumnias la reĝon estu skurĝata per okdek vergobatoj."

La eklumoj kontinuis briligi la cielan volbon, kaj en la okcidento oni povis vidi la tegmentojn de proksimaj domoj kaj la turon de la Preĝejo de Nia Sinjorino silueti sur malhela ruĝo de ardaĵo en la nigra nokto.

La Grindavikano fermis zorge la pordon, turnis la ŝlosilon. Li tamen ne iris unue al sia majstro por diri la novaĵon, sed tien kie kuŝis Jón Hreggviðsson, lin vekis, ordonis lin tuj leviĝi kaj iri en la ĝardenon por gardostari ĉe Jón Marteinsson, kiu metis fajron al la urbo Kopenhago, kaj nun intencas uzi la oportunon, kiam ĉio estis en konfuzo, por ŝteli librojn de la dommastro kaj kokidojn de la sinjorino. Li diris al la farmisto, ke la fajro jam minace aperas super la turo de la Preĝejo de Nia Sinjorino.

Poste la Grindavikano reiris en la domon kaj supren laŭ la ŝtuparo, ĝis li haltis antaŭ la dormoĉambro de la asesoro. La pordo estis ŝlosita. Li frapis kelkfoje, sed kiam li ricevis nenian respondon li vokis tra la ŝlosiltruo:

"Mia sinjoro, mia sinjoro, Jón Marteinsson estas veninta. Estas flamoj super la Preĝejo de Nia Sinjorino. Estas fajro en Kopenhago."

Fine ŝlosilo estis turnita el interne kaj la pordo fermita. En la dormoĉambro nur bruletis obtuza lumo. Arnæus staris en la pordo peza post dormo, ankoraŭ en siaj tagaj vestaĵoj. Li estis ne razita kaj ne portis la perukon. El la ĉambro odoris de alkoholo kaj malvarma tabaka fumo. Li rigardis el stranga malproksimo la homon en la pordo kaj komence sajnis nek aŭdi nek kompreni la vortojn de la Grindavikano.

"Mia sinjoro," diris ankoraŭ unufoje lia famulus: "Jón Marteinsson metis fajron al la urbo."

"Kiel tio koncernas min?" diris Arnas Arnæus en malhela baso.

"Estas fajro en Kopenhago," diris la Grindavikano.

"Ĉu tio ne estas unu el la mensogoj de Jón Marteinsson?" diris Arnæus.

La Grindavikano respondis sen doni al si tempo por pensi: "Mia sinjoro scias tion plej bone mem, ke Jón Marteinsson neniam mensogas."

"Ĉu ja tiel," diris Arnas Arnæus.

"Aliflanke, mi estas tute certa, ke li metis fajron al la urbo," diris tiu el Grindavík. "Mi mem vidis ruĝon trans la Preĝejo de Nia Sinjorino. Mi jam vekis Jón Hreggviðsson kaj ordonis al li supergardi Jón Marteinsson."

"Foriru nun kun via galimatio pri Jón Marteinsson," diris la asesoro kaj volis fermi la pordon.

"La libroj, la libroj," balbutis tiu el Grindavík en falseto kaj jam ploris. "Pro Dio kaj en la nomo de Jesuo: tiuj altvaloraj membrana*, vivo de Islando!"

"Libroj," diris Arnæus, "kion vi volas fari pri ili? Tiuj altvaloraj membrana, lasu ilin en paco."

"Ili brulos," diris la Grindavikano.

"Apenaŭ ĉi-nokte," diris Arnas Arnæus. "Ĉu vi ne diris ke la fajro estas transe de la Preĝejo de la Nia Sinjorino?"

"Sed la vento estas okcidenta, mia sinjoro. Ĉu mi ne provu transporti tuj la plejvaloraĵojn trans la kanalon por esti certa pri ilia saviĝo?"

Arnas Arnæus diris: "Skálda estas en la manoj de ŝtelistoj. Kaj la bonan leĝlibron mi lasis kuŝi, kvankam ĝi estis al mi donacita. Nun estas plej bone lasi ĉion al la dioj. Mi estas laca."

" Se la fajro atingos tutvoje al la preĝejo, tiam estas nur ŝtonĵeta distanco al ni," daŭrigis lia famulus.

"Ni lasu bruli la Preĝejon de Nia Sinjorino," diris Arnas Arnæus. "Iru supren al via lito kaj dormu."

15

La fajro havis sian komencon sube de Vesterport ĉirkaŭ la naŭa horo merkredvespere, kaj kaŭzis ĝin laŭdire malzorgo de infano pri kandellumo. La fajrobrigado baldaŭ venis al la loko, sed pro la forta vento la fajro disvastiĝis tiel rapide, ke nenio estis farebla, kaj saltis la fajro de domo al domo en la malvastaj stratoj. Unue la fajro sekvis nordan direkton laŭlonge de la muro, sed frapis oblikve al la urbo. Sed ĉirkaŭ la deka horo la vento ŝanĝis direkton, tiel ke la fajro estis direktita transversen en la urbon laŭ Vestergade kaj Studiestræde, kaj tiam la incendio estis nesuperebla per homaj fortoj. Pro malmulte kompreneblaj kaŭzoj aliaj fajroj ekbrulis en tiu proksimaĵo, ekzemple ĉe bierfarantoj en Nörregade en tiu nokto, kaj vastiĝis tiu nova fajro rapide je ambaŭ flankoj kaj fariĝis la laboro de la fajrobrigado ju pli malfacila, des pli kiom disvastiĝis la fajro. Ĵaŭdon matene je tagheliĝo brulis la domoj ambaŭflanke de Nörregade kaj blovis la vento tiam el la nordokcidento kaj pelis la fajron pli suben tra la urbo. La fajro, kiu brulis en Vestergade, jam tiam detruis tiun straton kaj la proksimaĵon tute ĝis Gammeltorv. Proksimume je la sama tempo la incendio atingis ĝis la sidejo de la episkopo kaj de tie al la Preĝejo de Sankta Petro, sed multaj urbanoj kredis, ke Dio protektos la preĝejojn kaj transportis al ili siajn posedaĵojn, tiel ke ili estis plenaj, sed multo el tio estis ekbrulema kaj nur pliigis la fajron. Ĉirkaŭ la deka en la mateno brulis la urbodomo kaj la orfanejo, ambaŭ samtempe, kaj estis la infanoj transportitaj al la ĉevalstalo de la reĝo, sed la ĉevaloj pelitaj al Frederiksberg. Je la dekunua horo la fajro atingis la Preĝejon de Nia Sinjorino. Antaŭ ol homoj sciis, densa fumo ĉirkaŭvolvis ĝian altan turon kaj tuj poste ŝprucis el ĝi masivaj flamoj; mallonge poste falis la turo kun la pinto. Samtempe brulis la akademio mem kaj la Lernejo de Nia Sinjorino. Per tio la incendio jam atingis la kvartalon, kie la altkleruloj havis siajn domojn. Je la tria posttagmeze oni povis vidi elstarajn malnovajn konstruaĵojn kaj domegojn de la urbo voritaj de la flamoj, la studentejojn kaj collegia, kaj tiel kontinuis dum la tago; ĉirkaŭ mezvespero brulis la Preĝejo de la Sankta Triunuo kaj mallonge poste la impona kaj neanstataŭigebla librarejo de la akademio, poste la Preĝejo de la Sankta Spirito kun sia superba orgeno. La tutan nokton brulis la fajro en Köbmagergade kaj poste la suba parto de la urbo tutvoje al Gammelstrand, tie ĝi fine estis haltigita per akvo el la kanalo.

La homoj kuris en paniko tra la stratoj, simile kiel en Islando abundo de vermoj rampas el la putrinta lumpfiŝo rostiĝinta sur arda cindro por la ŝafista knabo, iuj kun brakumataj infanoj, iuj portantaj sakojn kun siaj havaĵoj, aliaj nudaj kaj hontaj, malsataj kaj soifaj, aŭ perdintaj la prudenton, elkriantaj kun ŝrikoj kaj veoj; unu virino nur povis savi sian fajrostangon kaj staris tie nuda; multaj kuŝis kiel ŝafoj sur la muroj kaj ĉirkaŭ ili, kaj en la parko de la reĝo, en ventopelata pluvo kaj ŝtormo, kaj ne estus multaj restarantaj tie, se Lia Reĝa Moŝto ne kompatis la mizeron kaj suferon de tiuj malriĉaj homoj, kaj rajdis lia ĉiomilda koro tien, kie la homoj kuŝis plorantaj sur la tero, kaj ordonis disdoni al ili panon kaj bieron, kie li iris.

Je mateniĝo en la dua tago de la fajro kelkaj Islandanoj venis al domo de Arnas Arnæus, kaj filoj de altranguloj kiuj studis ĉe la universitato kaj kelkaj malriĉaj metiaj lernantoj, ankaŭ unu malriĉa maristo, kaj petis parolon kun la asesoro; ili diris ke la fajro rapide proksimiĝas al la Preĝejo de Nia Sinjorino kaj proponis sian helpon elsavi la famajn islandajn librojn. Sed Arnæus refuzis tion, diris ke tiu fajro baldaŭ estingiĝos, kaj proponis al ili bieron. Sed tiuj homoj estis maltrankvilaj kaj rifuzis trinki, mankis tamen al ili kuraĝo persisti pri la afero al tiel erudicia altrangulo, kaj foriris en malĝojo, tamen ne multe for, sed vagetis en la proksimaĵo ĉirkaŭ la domo de la aseroro en la varmo de la fajro kaj rigardis la fajron salti de domo al domo kaj ĉiam pli proksimiĝi. Fine, kiam la fajro kaptis la turon de la preĝejo kaj komencis flui sur la preĝejaj tegmentoj, ili revenis al la domo de Arnæus kaj nun sen ia ajn ĝentileco, sed kuris en la domon de malantaŭe, preter la timantan kuiristinon kaj ne haltis ĝis en la biblioteko, kie ili trovis Jón Guðmundsson el Grindavík en larmoj kantantan el latina preĝlibro. Unu homo serĉis la dommastron kaj trovis lin en ĉambro en la dua etaĝo, kie li rigardis la fajron. Tiu homo diris, ke li kaj liaj kamaradoj venis por elsavi. En tiu punkto de la historio kaj sinjorino kaj la servistoj rapide okupis sin per elsavo de la mebloj. Arnæus fine akiris sian prudenton kaj diris al la homoj elsavi tion, kion ili volas kaj povos.

La librobretoj en la biblioteko atingis de planko ĝis plafono sur ĉiuj kvar muroj, kaj krome estis libroj konservataj en du flankaj kupeoj, kaj tien kuregis la Islandanoj, ĉar ĉiuj sciis ke en tiuj anguloj estas konservataj en fermitaj ŝrankoj la trezoroj de la biblioteko. Kaj nun tiel okazis kiel ofte okazas en malbonaj sonĝoj, ke la ŝlosiloj de la ŝrankoj ne estis ĉe-mane, kaj iris Arnæus mem por ilin serĉi. Tiam le varmo de la fajro jam senteblis tra la muroj kaj ĉar la homoj timis ke la domo estas en fajro antaŭ ol la asesoro estis trovinta siajn ŝlosilojn, ili atakis la ŝrankojn kun batiloj, kaj kiam ili estis rompitaj, ili petis la sekretarion de la asesoro montri al ili tiujn librojn, kiuj estas plej valoraj, prenis en siajn brakojn kelkajn el tiuj plej famaj manuskriptoj en kiuj troviĝas skribitaj la historioj de antikvaj Islandanoj kaj la reĝoj de Norvegujo, kaj elportis. Ili iris nur unufoje en la domon. Kiam ili volis eniri por savi pli da libroj la fajro jam eniris la domon. Blua fumo tiam ŝprucis el la du flankaj kupeoj kaj baldaŭ etendiĝis malhelruĝaj fajrolangoj el la fumo. La homoj volis kapti tion, kio estis ĉemane el la bretoj de la ĉefa librosalono antaŭ ol ĝi estos detruita de la fajro, sed tiam Arnas Arnæus venis kun la ŝlosiloj de la ŝrankoj kiuj jam brulas neatingeblaj. Li haltis ĉe la pordo de sia biblioteko kaj svingis la manojn kontraŭ la homojn kaj malpermesis eniron. Simile kiel marondoj batadas kontraŭ vertikala roko, aŭ tiu planto parmelio, kiu enradikiĝas kaj sin etendas rapide en ĉiujn direktojn kaj velkas en la loko, kie ĝi estis semita, tiel prifluis la flamoj la altvalorajn spinojn de la libroj kiuj kovris la murojn de la salono. Arnas Arnæus staris en la pordo kaj enrigardis, la Islandanoj senkonsilaj en la vestiblo malantaŭ li. Poste li turnis sin al ili, montris tra la pordo al la brulantaj librobretoj kaj ridetis, dirante:

"Tie estas la libroj, kiuj neniam kaj nenie haveblos tiaj ĝis la tago de la lasta juĝo."

16

Nokto. Du islandaj Jónoj vagas senvojaj tra la brulanta urbo. La erudicia Grindavikano ploras kiel infano. La farmisto de Rein peze paŝas post li en silento. La fajro de Kopenhago postsekvas iliajn kalkanojn. Ili lasas sin drivi direkte al Nörreport. Kurantaj homoj aperas kiel siluetoj fone de la fajro, vivantaj fantomoj.

"Pro kio vi ploraĉas?" diris tiu el la Skagi, forgesante dece alparoli sian erudician samnomulon. "Apenaŭ vi funebras pro Kopenhago."

"Ne," diris la erudicia, "tiu urbo kiu estas konstruita per la sango de mia popolo, estis devigita perei. Ĉar Dio estas justa."

"Nu nu, vi do devus lin laŭdi," diris Jón Hreggviðsson.

"Multon mi volus doni por esti analfabeta kiel vi Hreggviðsson," diris la erudicia.

"Mi kredas ke sufiĉe multaj libraĉoj restas en la mondo kvankam viaj sensencaĵoj estas brulintaj, se estas tio kion mi funebras," diris la farmisto.

"Kvankam mia vivlaboro malaperis," diris studiosus antiqui-tatum, "tiuj erudiciaj verkaĵoj kiujn mi kolekte skribis dum kvar jardekoj, plej ofte nokte kiam mi finis mian taglaboron, mi priploras ne malriĉajn librojn de malriĉa homo. Mi priploras la librojn de mia sinjoro. En liaj libroj, kiuj nun forbrulis, estis konservitaj la vivo kaj animo de tiuj popoloj, kiuj en la Nordio parolis la danan lingvon el antaŭ la deluvo ĝis tiu tempo, kiam ili forgesis sian originon kaj germaniĝis. Mi ploras ĉar ne plu troviĝas libroj en la dana lingvo. La Nordio ne plu havas animon. Mi priploras la malĝojon de mia majstro."

Homoj aŭdis laŭ ilia parolo, ke ili estas eksterlandanoj kaj opiniis ilin svedaj spionoj kaj volis pendigi ilin sen prokrasto.

Tiam ili subite trafis la fronton de homo frakvestita kun cilindra ĉapelo kaj sako sur la dorso. Jón Hreggviðsson salutis lin kamarade, sed la erudicia el Grindavík pretendis ne vidi la homon kaj daŭrigis sian iradon plorante.

"He, Grindavík-idioto," postvokis lin Jón Marteinsson. "Ĉu vi ne deziras bieron kaj panon?"

La tria Jón, kiu nun aliĝis al ilia kompanio, estis same ruzrimeda kiel ĉiam, kie ajn li trovis sin. Ankaŭ ĉi tie sur Nörrevold li konis virinon kiu povas vendi al homoj bieron kaj panon.

"Sed mi diras tion al vi anticipe," li diris, "ke se vi ne rigardas min kiel batitaj hundoj dum vi trinkas la bieron kiun mi havigos al vi, mi ĝin reprenos de vi."

Li irigis ilin kun si en kuirejon al iu virina persono kaj sidigis ilin sur benkon. Jón Hreggviðsson observe grimacis en diversajn direktojn, sed tiu el Grindavík ne suprenrigardis.

La virino ploris kun grandaj preĝoj al Dio pro la fajro de Kopenhago, sed Jón Marteinsson kaptis ŝin kaj palpis ŝin supre de la genukavo kaj diris:

"Donu al tiuj maljunaj farmistoj platan bieron en kruda kruĉo kaj brandon en stanaj pokaloj; sed al mi freŝan Rostok-bieron en emajlita ŝtonkruĉo, prefere kun arĝenta kovrilo kaj surskribitaj obscenaj versoj de Lutero, kaj brandon en arĝenta pokalo."

La virino donis al li manfrapon, sed tamen ŝi gajiĝis iomete.

"Je via sano, knaboj, kaj diru al iuj mensogojn," diris Jón Marteinsson. "Kaj alportu por ni panon kaj kolbason, virino mia."

Ili englutis la bieron.

"Estas terure pensi," diris la virino, dum ŝi ŝmiris la panon, "kioman pezon Dio metas sur nian benatan reĝon."

"Mi fajfas pri la reĝo," diris Jón Marteinsson.

"Vi Islandanoj estas senkoraj," diris la virino.

"Donu al ni abunde per fumaĵita lardo sure," diris Jón Marteinsson.

Kiam ili kontentigis la plej akran soifon, li daŭrigis:

"Nu ja, fine sukcesis la maljuna Árni bruligi ĉiujn librojn de Islando –"

La erudicia el Grindavík rigardis per larmoplenaj okuloj al la vizaĝo de sia malamiko, kaj ne diris krom unu vorto: "Satano."

"– krom tiuj kiujn mi sukcesis savi sufiĉe frue en konservon de la sveda grafo du Bertelskiold kaj liaj fratoj," diris Jón Marteinsson.

"Vi havis komercon kun tiuj homoj, kiuj konsideras la librojn de Islando okcidentgotaj," diris la Grindavikano.

"Tamen mi havas ĉi tie en la angulo de mia sako tion, kio tenos en honoro la nomon de Jón Marteinsson dum daŭras la mondo," diris la alia.

Ili manĝis kaj trinkis en silento kelkan tempon, escepte de Jón Marteinsson, kiu maĉante direktis amindumajn komentojn al la virino. La erudicia el Grindavík ĉesis plori, sed pendis guto sur lia nazpinto. Kiam ili atingis duonfini la trian kruĉon, Jón Hreggviðsson jam sentis sin sufiĉe ebria kaj komencis elmemorigi strofojn el la pli malnovaj Rimoj pri Pontus kun akompanaj raŭkaj elblovoj.

Sed kiam ili sidis kaj drinkis kaj la bona festo proksimiĝis al sia fino, la gastiganto Jón Marteinsson komencis rigardi sub la tablon por ekzameni la ŝuojn de siaj gastoj, kiuj portis ŝuojn tipe islandajn kiel atendeble; li ankaŭ ekzamenis la butonojn de iliaj jakoj, sed ili nek estis el latuno nek el arĝento, sed nur el ostoj. Jón Marteinsson petis la virinon prunti al ili kartojn kaj ĵetkubojn. Ambaŭ gastoj rifuzis partopreni ĵetkubadon kun ilia gastiganto, sed Jón Hreggviðsson diris ke li ne kontraŭus braklukton. Li diris ke li estas tiel sobra, ke li malgraŭ sia alta aĝo povus defendi sin kontraŭ kiu ajn unu homo, kiun Jón Marteinsson sendus por depreni liajn ŝuojn. La dikulino, platpieda kaj kapridgenua, staris ĉe la kuirforno kaj rigardis la homojn. Baldaŭ ŝi komprenis, kiaj homoj tiuj estas, ĉesis lamenti la misfortunon de la reĝo kaj diris ke frenezaj Islandanoj estas ĉiam similaj al si mem, sed neniam al homoj, kaj ke tiu bedaŭros kiu etendas al ili la malgrandan fingron kvankam la urbo brulas kaj la Infero atendas malfermita; ŝi diris ke iliaj trompoj kaj intrigoj daŭros kvankam pereos la homa mondo. Ŝi ne gajiĝis plu kvankam Jón Marteinsson provis ŝin pinĉi, sed diris ke ŝi vokos la mastron de la gardistoj.

Fine Jón Marteinsson vidis ke ne estas alio por fari ol malligi sian sakon kaj proponi la enhavon por mono aŭ garantiaĵo por pagi la regalaĵojn, elprenis grandan pergamenan manuskripton antikvan kaj montris al la virino.

"Kion mi faru pri tio?" diris la virino kaj rigardis malestime tiun amason de nigraj ĉifitaj ŝrumpintaj felpecoj en la lumeto de la kuireja forno, "ĝi apenaŭ taŭgas por unu fojo sub la boligilo kaj ne mirigus min se en ĝi ne kaŝiĝas pesto."

La du Jónoj vaste malfermis la okulojn: unu vidis tien veninta la perdita ĉefvaloraĵo de sia Majstro, la alia kredis rekoni tie la pergamenajn paĝojn de sia forpasinta patrino. Tie estis veninta la libro *Skálda*. Ambaŭ deprenis de si la ŝuojn en silento.

17

La Alþingi kondamnis Jón Hreggviðsson en karceron en la kastelo de Bremerholm pro esti iufoje kaŝinta apelacion de la Plej Supra Tribunalo, eldonitan en lia kazo per letero de la reĝo. Arnæus havigis la maljunulon el la kastelo samtempe kiam li sukcesis argumenti, ke la originala kazo de la farmisto estu nun fine prezentita al la Plej Supera Tribunalo. Estis lia kazo ankoraŭ unufoje persekutata kaj defendata tra tuta tiu unua vintro, kiun la farmisto nun estis en Kopenhago, kaj tra la somero. Plejparte tiu proceso okazis ekster la ĉeesto de la farmisto krom unufoje kiam li estis vokita antaŭ la juĝiston. Li ripetis ĉiujn respondojn, kiujn li faris pri la malnova akuzo, nenio perturbis lian memoron pri tio. Li ankaŭ bone sciis montri sian mizeron antaŭ homoj: maljuna farmisto grizhara staras kun sinkintaj ŝultroj, larmoplena kaj tremanta antaŭ eksterlandaj juĝistoj en malproksima lando, supervenkita de grandaj kaj malfacilaj vojaĝoj antaŭe kaj poste pro misokazo antaŭ longe pasinta, kio faris lin senkulpa viktimo de la aŭtoritatoj.

La proceso kontinuis, tamen ne pro intereso reganta en Danujo pri la sorto de farmisto el Akranes, sed kiel parto en tiu konflikto, kiu okazis inter du potencoj interne de la ŝtato, ambaŭ proksimume same fortaj. Arnæus servis kiel procesanto por Jón Hreggviðsson kaj prezentis la kazon per tiu senkompromisa logiko kaj erudicia pedanteco, kiuj ĉiam estas la forto de Islandanoj kontraŭ danaj tribunaloj. En kazo kiel tiu, kie la akuzoj antaŭ longe arkaikiĝis, kaj probabloj ĝeneralaj, sed neniuj pruvoj leĝe fidindaj, estis por Arnæus pli facile ol kutime senvalidigi la persekuton per filozofio kaj logiko. Dokumentoj pri la afero, kaj antaŭe kaj nun, fariĝis tia amasego, ke ŝajnis ke tie estas enkarniĝinta la malbona tendenco de Islandanoj al ĉikaneco kaj subtilaĉaj juristaĵoj, kaj estis konsiderite absolute neeble por iu ajn, kiu faris pri tio provon, lerni el ili la veron pri tio, ĉu la ofte menciita Regvidsen estis antaŭ dudek jaroj elfininta sian pendumiston aŭ ne en nigra marĉotruo dum nigra aŭtuna nokto en tiu nigra Islando.

En la pasinta somero ŝajnis probable, ke la amplekso de tiu afero kontinuos ankoraŭ plu kreski kaj ke la konflikto inter la du potencoj pliseveriĝos, ankaŭ sur tiu kampo; ke la malnova implikaĵo transformiĝos en masivan nodon, kiu neniam solviĝos. La ĉefa kaŭzo de tio estis, ke la filino de leĝisto Eydalín el Islando insistis ke la afero de tiu Jón Hreggviðsson estu farita provŝtono por determini la integrecon de sia mortinta patro kiel juĝisto. Tiun nodon tratranĉis la plej superaj aŭtoritatoj, tiuj du aferoj estis apartigitaj laŭ dekreto de la reĝo: la Plej Supera Tribunalo juĝu laŭ la originala plano pri la kazo de farmisto de Rein, sed la severa juĝo de Komisara Tribunalo pri la kazo de la mortinta Eydalín kaj pliaj oficialuloj estu traktata de la tutlanda tribunalo ĉe Öxará.

Kiam proksimiĝis la printempo kaj la homvivo en Kopenhago returniĝis al normalo, okazis novaĵo kiun multaj apenaŭ kredis, kaj Islandanoj plej malmulte, ke en la Plej Supera Tribunalo de Nia Reĝa Moŝto estis farita fina verdikto en tiu multfoje malamata kaj ŝajne senfina kazo de Joen Regvidsen paa Skage.* Pro manko de pozitivaj pruvoj la homo estis absolvita de la malnova akuzo de la aŭtoritatoj pri murdo de la pendumisto Sivert Snorresen, kaj per tio liberigita de aliaj punoj faritaj al li pro tiu sia afero, kaj deklarita libera returni hejmen al la lando Islando de Nia Reĝa Moŝto.

Tiam okazas en iu tago en la printempo en Laxagade, kie Arnas Arnæus nun loĝis en malvastaj ĉambroj, ke li vokigas al si sian lignohakiston kaj donas al li novan jakon, pantalonon kaj botojn, kaj laste metas novan ĉapelon sur lian blankan nekombitan hararon, kun la vortoj ke hodiaŭ ili veturu kune al Dragør.

Tio estis unua fojo ke Jón Hreggviðsson veturis sen sidi fronte ĉe la veturigisto. Al li estis permesite sidi en la kaleŝo apud tiu erudicia el Grindavik, sed en la malantaŭa seĝo kontraŭ ili sidis ilia sinjoro kaj majstro kaj donis al ili snuftabakon, malavara pri komikaj vortoturnoj – tamen iom distrita.

"Nun mi instruu al vi unu enkondukan strofon el la pli malnovaj Rimoj pri Pontus kiun vi neniam antaŭe aŭdis" li diris.

Poste li recitis la strofon:

Homoj pri la novo miros
sur l'islanda bord',
kiam Hreggviðsson reiros
grizkapul'al nord'.

Post kiam la du Jónoj estis ambaŭ lernintaj la strofon, ĉiuj estis silentaj. La kaleŝo svingiĝis ambaŭflanken, ĉar la vojo estis malseka.

Post ioma tempo la asesoro reakiris sian penson, rigardis la farmiston de Rein, ridetis al li kaj diris:

"Jón Marteinsson savis Skálda. Vi estis la sola kiu entrafis en mian konservon."

Jón Hreggviðsson diris: "Ĉu mi ne devas porti mesaĝon, mia sinjoro?"

"Jen estas unu talero por via filino en Rein, kiu staris en la dompordo kiam vi rajdis for," diris Arnas Arnæus.

"Mi ne komprenas la diablan knabinon, ke ŝi permesis al la hundo eliri," diris Jón Hreggviðsson. "Kiel mi forte admonis ŝin gardi la hundon."

"Ni esperu ke la hundeto retrovis la vojon hejmen," diris Arnas Arnæus.

"Se eventuale io neordinara okazos en la paroĥo de Saurbær," diris la erudicia el Grindavík, "strangaj sonĝoj, troloj, elfoj, monstroj aŭ iuj rimarkindaj eventoj, mi petas vin diri al mia pastro Þorsteinn, kun mia saluto, ke li skribu pri tio kaj sendu al mi por ke mi povu aldoni tion al mia nove komencita libro de mirabilibus Islandiae: koncerne mirindaĵojn de Islando."

Poste ili venis al komercejo de Dragør. La ŝipo al Islando balanciĝis sur la ankrejo kaj jam hisis kelkajn velojn.

"Estas bonfortune ekveli al Islando de Dragør," diris Arnas Arnæus kaj etendis al Jón Hreggviðsson sian manon por adiaŭo kiam li ekpaŝis malsupren en la boaton kiu transportos lin al la ŝipo. "Ĉi tie disvagadas malnovaj amikoj de Islandanoj. Okazas, ke Ólafur la Sankta pruntas al Islandano sian pramboaton de ĉi tie, kiam aliaj ŝipoj jam forvelis, precipe se li opinias grava ke tiu atingos al Alþingi ĝustatempe. Se estus tiel, ke la sankta Ólafur volas, ke vi atingu hejmen antaŭ la dektria semajno de la somero, mi petas vin viziti la homojn en Alþingi ĉe Öxará kaj prezenti vin."

"Ĉu mi diru ion al ili?" demandis Jón Hreggviðsson.

"Vi povas diri al ili de mi, ke Islando ne estis vendita; ne ĉi-foje. Ili komprenos tion poste. Post tio prezentu al ili vian absolvon."

"Sed ĉu ne portu al iu saluton?" diris Jón Hreggviðsson.

"Tiu via maljuna vila kapo, ĝi estu mia saluto," diris professor antiquitatum Danicarum.

Facila venteto de Öresund blovis tra la blankaj vilharoj de tiu maljuna islanda fripono Jón Hreggviðsson, kie li staris en la boata popo mezvoje inter ŝipo kaj bordo sur la vojo hejmen, kaj svingis sian ĉapelon al tiu laca homo, kiu postrestis.

En unu loko en Almannagjá la rivero Öxará turniĝas el sia fluejo kvazaŭ konsternita, kaj trarompas sian vojon transverse el la ravino. Tie ĝi formas la grandan kavaĵon de la virinoj, Drekkingarhylur, sed iom fore estas mallarĝa pado supren sur la rokmuro.

Tie sur malgranda herbejo ĉe la kavaĵo sub la pado kelkaj krimuloj frotas la dormon el siaj okuloj en la matena suno. En la loĝbudoj de la altranguloj regis la dormo, sed el oriente tra la ebenaĵo nigraj ĉevaloj estis pelataj en direkton al la episkopa loĝbudo. Homo en dana jako, kun ĉapelo, kaj siaj botoj pendantaj de la ŝultroj, iras el sudo supren sur la malalta deklivo de la ravino kaj vidas kie la matena suno brilas sur la dormemaj krimuloj ĉe Drekkingarhylur.

Ili malfermas siajn okulojn vaste en miro: "Ĉu estas kiel ŝajnas, Jón Hreggviðsson veninta hejmen de la reĝo; kun nova ĉapelo; en jako."

Li estis veninta al Eyrarbakki la tagon antaŭe, kaj kiam li aŭdis ke nur restas unu tago de la Asembleo ĉe Öxará li petis iun en Flói fari por li ŝuojn, pendigis la botojn sur siajn ŝultrojn kaj piediris dum la nokto.

Ŝajnis al li ke la fortuno de liaj malnovaj amikoj, la krimuloj, faris malbonan turnon, kie ili kuŝas sub libera ĉielo; en la jaro kiam li estis kun ili nokte sur tiu loko, la reĝo loĝigis ilin en tendo kun stampita krono kaj reĝaj servistoj portis al li teon.

Sed ili ne plendis. Dio estis al ili milda kiel ĉiam. Juĝoj estis eldiritaj en la Alþingi hieraŭ. La nova sinjorino en Skálholt, edzino de la elektita episkopo Sigurður Sveinsson kaj filino de nia mortinta leĝisto, havigis lastsomere permeson de la reĝo por ke la afero de ŝia patro estus retraktita en la landa kortumo de Islando; hieraŭ regento Beyer de Bessastaðir kun dudek-kvar aŭtoritatuloj juĝis en la afero. La mortinta leĝisto Eydalin estis absolvita de ĉiuj akuzoj al li faritaj de la reĝa komisaro Arnæus, kaj lia honoro restarigita post lia morto, sed liaj posedaĵoj, inkluzive de liaj sesdek bienoj, kiuj antaŭe iris al la reĝo, estis redonitaj al li kaj per tio fariĝis laŭleĝa heredaĵo de Snæfríður, edzino de la episkopo. La tiel nomita komisara proceso en la kazo de la leĝisto estis deklarita morta kaj senvalida, sed la komisaro mem, Arnas Arnæus, kondamnita al pago de monpuno al la reĝo pro perforto kaj malsanktigo de la leĝoj. La plej multaj, kiujn Arnæus iam absolvis, estis de la landa kortumo kondamnitaj kulpaj denove, escepte de Jón Hreggviðsson, kiu havis beneficium paupertas* por prezenti sian kazon antaŭ la Plej Supera Tribunalo en Danujo. La kondamnoj de Eydalín en la tiel nomitaj abomenindaj kazoj, kiujn la komisaro nuligis, estis aŭ validigitaj denove aŭ konsideritaj ne aparteni al pritrakto de sekulara kortumo, inter tiuj la kazo de tiu virino, kiu graveda ĵuris ke ŝi estas virgulino; tiajn kazojn devus trakti la eklezio. Estis la kondamnoj nomitaj nekondamnitaj, kiujn la mortinta leĝisto deklaris en tiuj kazoj, kiuj fakte kuŝis ekster la limoj de lia jurisdikcio.

"Dio estu laŭdata, ke oni denove havas iun por respekti," diris tiu maljuna malĝoja krimulo kiu antaŭ kelkaj jaroj lamentis vidi tirataj antaŭ la kortumon kelkajn el tiu bonaj prefektoj, kiuj kondamnis lin al skurĝado.

Tiu sanktulo kiu ŝtelis el la malriĉula kesteto diris:

"Neniu estas feliĉa krom tiu kiu eltenis sian punon –"

"– tiu kiu rehavis sian krimon," diris la homo kiu dum kelka tempo estis sen sia krimo.

Kiam tiu homo estis krimulo dum dek jaroj la aŭtoritatoj deklaris, ke tute alia virino ekhavis kun tute alia viro tiun infanon, pro kio lia fratino estis dronigita en la akvokavaĵo, ekhavinte ĝin kun li. Ĝis tiu tempo ĉiuj volonte donis al li almozon. Sed post kiam li estis absolvita de la krimo, li estis ridindaĵo tra tuta Islando. Li estis pelata de hundoj. Nun la afero estis ekzamenita de alia kortumo: li nekontesteble faris tiun teruran krimon kaj estis nun denove pruvita krimulo en la okuloj de Dio kaj homoj.

"Nun mi scias ke neniu priridos min plu en Islando," li diris. "Hundoj ne estos pelataj kontraŭ mi, sed al mi estos donitaj pecetoj da fiŝo. Dio estu laŭdata."

La blinda krimulo, kiu sidis silenta ekster la grupo, aldonis vorton kiel antaŭe: "Nia krimo estas tiu ne esti homoj, kvankam nomitaj tiel. Aŭ kion diras Jón Hreggviðsson?"

"Nenion krom tio ke mi intencas iri trans Leggabrjótur hodiaŭ, hejmen," li diris. "Kiam mi venis hejmen lastfoje mia filino kuŝis morta sur la portilo. Eble tiu vivas kiu staris en la pordo kiam mi foriris lastfoje. Eble ŝi ekhavos filon kiu rakontas al sia nepo la historion pri ilia prapatro Jón Hreggviðsson de Rein kaj pri lia amiko kaj sinjoro majstro Árni Árnason."

Aŭdiĝis bruo de hufoj trans la orienta ravindeklivo, kaj kiam la krimuloj iris inter la rokoj ili vidis viron kaj virinon rajdi kun multaj ĉevaloj kaj servistoj laŭ teraj padoj tra la ebenaĵo en direkto al Kaldadalur, la limo inter la landopartoj. Ili ambaŭ estis nigre vestitaj kaj iliaj ĉevaloj ĉiuj nigraj.

"Kiuj rajdas tie?" demandis la blindulo.

Ili respondis: "Tie rajdas Snæfríður, suno de Islando, en nigro; kaj ŝia edzo Sigurður Sveinsson, latina poeto, elektita episkopo por Skálholt. Ili estas survoje okcidenten por taksi ŝian heredaĵon kiun ŝi rehavigis de la reĝo."

Kaj la krimuloj staris sub la rokoj kaj postrigardis la episkopajn geedzojn; kaj ekbrilis la roskovritaj nigrakolharaj ĉevaloj en la matena suno.

— FINO —

Notoj

Unua parto
Sonorilo de Islando

1

Estis sonorilo. Tiu sonorilo servas kiel simbolo de sendependa Islando, kiel ĝi estis antaŭ ĝia subiĝo al eksterlandaj potencoj.

Þingvellir ĉe Öxará. Þingvellir, 'Asembleaj kampoj', situas en sudokcidenta parto de Islando, 50 kilometrojn de Reykjavik. La loko estis la sidejo de la **Alþingi**, la ĝenerala asembleo de Islandanoj, kiu okazis dum du semajnoj en Junio ekde ĝia fondo en 930 ĝis 1798. En la historia tempo de la romano tiu asembleo konsistis preskaŭ sole el oficuloj de la leĝaj kaj juĝaj aŭtoritatoj, servistoj de la dana reĝo. La rivero **Öxará** (Öxar-rivero) trafluas la lokon, parte la ravinegon **Almannagjá** (Ravinego de la Publiko) kaj enfluas la lagon de Þingvellir. La tereno al nordo kaj okcidento de Þingvellir estis en antaŭaj tagoj nomita **Bláskógar** (Bluaj arbaroj), aŭ **Bláskógaheiði** (Altebenaĵo de *Bláskógar*).

milito, t.e. estas inter la Danoj kaj la Svedoj.

lafeja rando. Granda parto de Þingvellir estas malnova lafejo elfluanta antaŭ jarmiloj el la vulkano *Skjaldbreiður* (Larĝa Ŝildo) norde de Þingvellir.

Gunnar de Hliðarendi, unu el la ĉefpersonoj en *Njáls saga* (Sagao de Njal), kiun multaj konsideras la plej granda el la antikvaj islandaj sagaoj. *Gunnar* estis senegala heroo kaj renoma pro siaj braveco kaj kapabloj kiel batalisto. *Hliðarendi* (Fino de la Deklivo) estas nomo de lia bieno.

Akranes, duoninsulo kaj ĉirkaŭa regiono ĉe la sudokcidenta bordo.

Bessastaðir, la ĉefsidejo de la dana administracio en Islando, sur *Álftanes*, duoninsulo apud Reykjavík. La **sklavokesto**, tiutempa nomo de la labordomo, kie krimuloj estis devigitaj labori por la aŭtoritatoj.

Hólm-ŝipo, ŝipo kiu velis al kaj de la komercejo *Hólmur* (insuleto) situanta apud Reykjavík.

Orientuloj, Norvegoj, eltrovintoj kaj ekloĝintoj de Islando.

kruco, aludo al antikva legendo, ke irlandaj monaĥoj trovis Islandon antaŭ la norvegaj vikingoj.

Rimoj pri Pontus, la pli malnovaj. *Rimoj*, islandlingve *Rímur*, estas longaj rakontoj de rimitaj strofoj, bazitaj sur prozaj legendaraj historioj en prozo. *Rimoj pri Pontus* temas pri la aventuroj de galicia princo Pontus. La aldono "la pli malnovaj" estas fikciaĵo de Halldór Laxness, la strofoj kiujn kantas Jón Hreggviðsson kaj ne devenas el la *Rimoj de Pontus*, sed estas oportunaj por la okazo.

Siggi, karesa formo de la nomo Sigurður, la pendumisto.

Álftanes, duoninsulo kie situas Bessastaðir.

Axlar-Björn, fifama murdisto en la 16-a jarcento. Antaŭ lia ekzekuto liaj ostoj estis rompitaj, malsukcese je la unua frapo. Tiam li diris la cititajn vortojn.

Mosfellsheiði, altebenaĵo nomita laŭ la monto Mosfell, komuna irvojo de vojaĝantoj inter Reykjavík kaj Þingvellir.

2

Skagi, la plej okcidenta pinto de Akranes-duoninsulo. En la novelo la nomoj *Skagi*, *Akranes* kaj *Rein*, la nomo de farmbieno de Jón Hreggviðsson, estas uzataj interŝanĝeble kiel nomoj de lia hejmo. En la sama regiono troviĝas la bienoj *Kjalardalur*, la regiona asemblea loko, *Galtarholt* kaj *Saurbær*-preĝejo kaj la pastrejo *Garðar*.

ses bovinvaloroj (en la islanda *sex kúgildi*), valoro de farmbienoj estis taksitaj laŭ valoroj de bovinoj aŭ ŝafoj.

Skálholt, en suda parto de Islando, estis dum jarcentoj la sidejo de unu el du episkopoj. Tie okazas multo de la agado en la novelo, precipe en la dua parto. Alia episkopejo estis en *Hólar* en la norda landparto.

sekigitaj brutfekaĵoj estis uzataj kiel materialo por fajro en la tiutempaj farmbienoj.

3

beneficium (latina), asisto.

Njáll, la saĝulo laŭ kiu la *Sagao de Njal* estas nomita.

Graduale, libro de plejnkanto, ĉanto de kristanaj liturgioj, kutime kun latinaj tekstoj.

Örvaroddur, heroo de unu el la islandaj legendaraj historioj, *fornaldarsögur.*

auro carior (latina), pli valora ol oro.

involucra (latina), bindite envolvitaj.

Professor Antiqvitatum (latina), Profesoro de Antikvaĵoj.

membrana (latina), pergamenoj.

pretiosissima, thesaurus, cimelium (latina), plej valora, trezoro, gemo.

Skálda, nomo formita el *skáld,* poeto; la priskribo de Arnas Arnæus de la pergameno, kiun li trovas en la domo de Jón Hreggviðsson, sugestas ke ĝi enhavas la plej valorajn antikvajn poemojn, ordinare nomitajn *Edda-poemoj.*

minutisma particula (latina), la plej etaj pecetoj.

sine exemplo (latina), unika, senescepta.

literas post antiqui (latina), literaturo post antikva tempo.

4

Skerjafjörður, mallarĝa fjordo norde de duoninsulo *Álftanes,* kie situas *Bessastaðir.*

Jón Arason (1484-1550), la lasta katolika espiskopo de Hólar, la episkopejo en norda Islando, forta oponanto de la luteranoj. Danoj ekzekutis lin en Skálholt la 7-an de Novembro 1550.

Þórir Jökull, persono en la historio de la *Sturlungar*, potenca familio en la 13-a jarcento.

Bremerholm, tie danĝeraj krimuloj estis tenataj por sklava laboro en la militŝipa ŝipkonstruejo en Kopenhago.

Suðurnes, nomo uzata pri la plej sudokcidenta duoninsulo de Islando. En antaŭaj tempoj la nomo estis uzata pri la tuta suda landparto ĉirkaŭ la golfo Faxaflói.

5

transloĝiĝaj tagoj, kvar tagoj fine de Majo kiam laboruloj en Islando ŝanĝis siajn laborlokojn.

Grótta, la plej okcidenta pinto de duoninsulo *Seltjarnarnes* tuj okcidente de Reykjavík. (En la historia tempo de la romano en Reykjavík estis nur malmultaj farmbienetoj.)

altebenaĵo, la altlando *Hellisheiði*, komuna vojo inter la suda kaj surorienta landpartoj kaj la komercejo de *Hólmur*.

ili estis formanĝintaj la bovin-valorojn, t.e. ili perdis siajn farmbienojn (vd noton sub ĉap. 2).

Egill Skallagrímsson, ĉefpersono en *Egils saga* (Sagao de Egil), vikingo kaj la plej granda poeto de antikva Islando.

parce nobis Domine (latina), indulgu nin, Dio.

6

Bakka-ŝipo, komerca ŝipo kiu velis al kaj de la komerca loko *Eyrarbakki* en suda Islando.

reĝino de la Skotoj, Mary Stuart estis ekzekutita la 8-an de Februaro, 1587.

Virinon oni laŭdu matene ... Mi estas la virino, kiun oni laŭdas post ŝia bruligo – citaĵo, referenca aludo al la *Hávamál*, unu el la antikvaj *Edda*-poemoj.

8

Credo en unum Deum (latina), mi kredas je unu Dio.

amo (en ĉiuj) **modis kaj temporibus** (latina), mi amas (en ĉiuj) modoj kaj tempoj.

9

Hallgerður *Langbrók* (longpantalono), edzino de *Gunnar de Hlíðarendi*, estas unu el la ĉefaj virinaj karakteroj en *Sagao de Njal*, konata pro sia sendependa volo.

Drekkingarhylur, 'Droniga profundo', profunda loko en la rivero Öxará, kie virinoj estis dronigitaj (pro krimoj de adulto, incesto aŭ infanmurdo).

episkopo Brynjólfur, Brynjólfur Sveinsson (1605-1675) estis episkopo en Skálholt. Lia filino Ragnheiður havis filon kun homo nomita Daði Halldórsson, sed naŭ monatojn antaŭe la episkopo igis ŝin fari ĵuron ke ŝi estas virgulino.

curam, nom. **cura** (latina), zorgo.

10

Brennugjá, ravino de bruligoj, tiu interrokejo en Þingvellir, kie homoj estis bruligitaj pro sorĉado.

11

skyr (islanda), speciale islanda laktoproduktaĵo, kazeigita kaj fermentigita senkrema lakto.

nono, ĉ. la tria horo posttagmeze.

mezvespero, ĉ. la sesa horo; meze inter nono kaj mezvespero: la kvara kaj duono.

Illugi Gríðarfóstri ('nutrofilo de Gríður') estis granda heroo, kiu liberigis la trolvirinon Gríður kaj ŝian filinon Hildur el magia sorĉo, kiel estas rakontite en unu el la t.n. pratempaj historioj (isl. *fornaldarsögur*).

13

Valland, Francio, Normandio

15

Aus Ijsland buertig (platgermana), el Islando.

16

Doctus en veteri lingua Septentrionali (latina), doktoro en la pranordia lingvo.

scientia mirabilium rerum (latina), studado en eksternaturaj aferoj.

Assessor Consistorii, Professor Philosophiae et Antiquitatum Danicarum (latina), asesoro de la konsistorio, profesoro de filozofio kaj danaj antikvaĵoj.

famulus de antiquitatibus (latina), servisto en la studoj de antikvaĵoj.

hispana jako, torturilo.

mirabilia (latina), mirindaĵoj.

de gigantibus Islandiae (latina), koncerne islandajn gigantojn.

Physica Islandica (latina), Islanda Naturhistorio.

Hrafnista, loko en Norvegujo, fama antikve pro bravaj marvojaĝantoj.

Historia Literaria (latina), Historio de Literturo.

bibliothèque (franca), librejo.

18

Snæfríður Suno de Islando, ĉe tie Jón Hreggviðsson levas la junan virinon kiel simbolon de Islando en ĝia fundamenta beleco, konstraste al la mizera stato de la popolo.

Grímur kögur (franĝo) vivis en la tempo de la eklogado de Islando (naŭa kaj deka jarcentoj). Kiam certa ĉefo demandis al saĝulo, ĉu la "terpedikoj", la filoj de Grímur, lin mortigos, li respondis: "Malsataj pedikoj mordas forte".

20

Boto-Katrino, ŝerca aludo al unu el la amorantinoj de la reĝo.

salve conductum (latina), sekura konduto.

Dua parto:
La damo de lumo

1

Sigurður estas ĉefheroo en la *Völsunga saga* (Sagao de la Volsungoj) kaj en la ciklo de heroaj poemoj en la kolekto de la *Poezia Edda*. Lia plej fama grandfaro estis la mortigo de la drako *Fáfnir*. (*Sagao de la Volsungoj* aperis en Esperanto ĉe Mondial, 2012.)

Bakki. Mallongigo de *Eyrarbakki*, nomo de komerca loko sur la suda bordo.

Libro de la Sep Vortoj. Kolekto de predikoj de episkopo Jón Vídalín, presita en la presesjo de Hólar 1716.

2

grammatica (latina), gramatiko, lingvistiko, filologio.

Skallagrímur. Skallagrímur Kveldúlfsson, patro de la fama poeto kaj vikingo Egill Skallagrímsson, Skallagrimur estis priskribita en la *Egils saga* kiel elstara forĝisto (*Sagao de Egil*, aperis en Esperanto ĉe Mondial 2011).

hilarius. Aludo al drinkada ludo kaj la latinaj nomoj donitaj al la pokaloj (*Hilarius* estis la kvara el sep) de la studentoj en Kopenhago.

Gudda, karesa formo de la nomo *Guðríður*.

valanino, virino el la Okcidentaj Valoj, kie loĝas la familio Eydalín.

Quod felix (subkomprenite *faustumque sit*) (latina), estu tio por feliĉo.

monsjero, titolo de grandbienuloj.

versificaturam, nom. **versificatura** (latina.), poezio, versarto.

— 385 —

Brynhildur. En la *Sagao de la Volsungoj*, la valkirio Brynhildur dormas sorĉita sur monto, gardita per barilo de fajro, ĝis Sigurður liberigas ŝin.

3

Didrik de Münden estis regento en Islando frue en la deksesa jarcento, sed estis mortigita en Skálholt 1539.

4

skyr (islanda), vidu klarigon ĉe *Unua parto*, 11.

ke li tamen ne estis rajdinta sur grasa ĉevalo, ke li ne multe profitis.

Salutem (latina.), saluton.

in nomine domini amen salutem et officia (latina.), en la nomo de Dio, amen, mi atestas mian respekton kaj humilecon.

item (latina), kaj plue

5

la hundaj tagoj, la tempo inter la 13-a de Julio ĝis la 23-a da Aŭgusto.

gigant-bovo (isl. *jötunŭi*), la islanda nomo de la koleoptero *Creophilus maxillosus*.

apex perfectionis (latina), la pinto de perfekteco.

madame (franca), sinjorino

summum bonum (latina.), la plej alta feliĉo.

credo in unum deum (latina.), mi kredas je unu Dio.

doctor, dativo **doctoribus** (latina), erudicia homo.

doctori angelico (latina), aludo al la filozofo kaj teologo Thomas Aquinus (1225-74).

fianĉino de Kristo (isl. *brúður Krists*), la eklezio.

in civilibus ... in ecclesiasticis (latina.), laŭ civilaj kaj ekleziaj leĝoj.

Profetaĵoj de Merlin (isl. *Marlínuspá*). Poemo en la britaj historioj de Geoffrey de Monmouth (ĉ. 1100-1154).

Vizio de Duggal (isl. *Duggalsleiðsla*) rakonto de la homo Duggal pri la vizio de alia mondo.

in casu (latina), antaŭ tribunalo.

sacramentum (latina), sakramento.

spiritus mali (latina), spirito de la malbono.

6

igen (dana), denove.

Snjóka, karesa nom de **Snæfríður.**

8

Stórastofa, Granda salono

baccalaureus (latina), bakalaŭro, persono kun la plej malalta diplomo de universitato.

o tempora o mores (latina), kiaj tempoj, kiaj kutimoj.

plaisanterie (franca), afablaĵoj.

pecca fortiter (latina), peku brave.

status perfectionis (latina), stato de perfekteco.

naturaliter (latina), laŭ naturo.

imperfectiones (latina.), neperfektaĵoj.

praeclari et illustrissimi (latina), plej bonaj kaj noblaj.

in temporalibus ... in spiritualibus (latina), en mondanaj ... en spiritaj aferoj.

Inexorabilia (latina), neebla ekhavi per preĝoj.

Sebaóþ, nomo de Dio en la Malnova testamento.

9

Fabulae, nom **fabula** (latina), fabeloj, historioj.

Americam terram, nom. **America terra** (latina.), Ameríka.

codex (latina), manuskripto.

Hislant terra, Islando.

Liber Islandorum (latina), Libro de Islandanoj.

Breviarium Holense, meslibro skribita por la pastroj en la diocezo de Hólar.

memoranda (latina), notoj, memorpunktoj.

schedulae (latina) registroj, registrolibroj.

Vinlando la Bona. La vojaĝoj al *Vínlando la Bona* (Ameriko) estas rakontitaj en du islandaj sagaoj, *Sagao de la Gronlandanoj* (Grænlendinga saga) ke *Sagao de Eriko la Ruĝa* (Eiríks saga rauða).

Völuspá, (Profetaĵo de la Sibilo), la plej fama el antikvaj Edda-poemoj.

Sturla Sighvatsson (1199-1238) estas la ĉefa persono en *Sturlunga saga* (13-a jarcento), historia verko pri eventoj kaj konflikto, kiuj sekvigis subiĝon de Islando al la norvega reĝo en 1262.

musica (latina) muziko.

Te deum laudamus (latina), ni laŭdas vin, Dio.

autores (aŭtoroj), aŭtoroj, aŭtoritataj fontoj.

refomatores (latina), reformacianoj.

10

Venus hæc perjuria ridet (latina), Venuso ridetas pro tiu perfido **Lofn,** la diino de amo en la antikva norda mitologio.

coquetterie (franca), koketaĵoj

11

faldur (islanda), tipo de alta, tradicia kapvesto de virinoj.

collecta (latina) preĝo de la pastro antaŭ la altaro antaŭ la evangelio de la tago.

privatem (latina), private.

opera antiquaria (latina), antikvaj verkoj.

Grettir Ásmundarson, fama fortegulo, ĉefpersono de *Sagao de Grettir* (Grettis saga).

12

gens paene barbara (latina), raso de duoncivilizitaj barbaroj, duon-civilizitaj sovaĝuloj.

Volumina (latina), eldonoj.

Þorri kaj Góa, malnovaj islandaj nomoj pri la kvara kaj kvina monatoj de la vintro, proksimume Januaro kaj Februaro.

Bjarni-preĝoj kaj Þórður-preĝoj, preĝoj el du preĝlibroj de la pastroj Bjarni Arngrímsson kaj Þórður Bárðarsson.

ora pro nobis peccatoribus nunc et in hora mortis nostrae (latina), preĝu por ni pekantaj nun kaj en la horo de niaj mortoj.

nulla viro jurante femina credat (latina), neniu virino kredu viron kiu faras ĵuron.

13

La Granda Dekreto (isl. *Stóridómur*). Kortuma leĝo konfirmita en la Alþingi en 1564 (nuligita en 1838) devigita plej severajn punojn pro krimoj kontraŭ dececo kaj ĉasteco (kaj punoj de bruligo kaj pendumo al viroj kaj dronigo de virinoj priskribitaj en la romano estas rezultoj de tiuj leĝo).

Ragnheiður ..., vidu noton sub 9 (**episkopo Brynjólfur**) supre.

vulgaribus, nom. **vulgaria** (latina), vulgaraĵoj.

14

Deo gratias (latina), dankojn al Dio (saluto uzita de membroj de la Benediktana ordeno).

In cruce latebat... (latina), en la kruco kaŝiĝis la dieco sola, sed ĉi tie ankaŭ homeco estas kaŝita.

fac me plagis vulnerari, fac me cruce inebriari (latina), lasu min elporti la frapojn de la vipo, lasu mi ebriiĝi de la kruco. El la himno *Stabat mater dolorosa* de la itala franciskano Jacopone da Todi (m. 1306).

candide (latina), sincere.

de operatione daemonum (latina), koncerne la agoj de la demonoj.

mores (latina), kutimoj.

15

videlicet (latina), por diri.

charactera (latina), magiaj runoj.

Handelen (dana), la komerca kompanio.

in generali (latina), resume.

sine allegationibus juris vel rationum (latina), sen referencoj al leĝo kaj saĝo.

16

l'aero per falsoj difektita, citaĵo el la antikva poemo *Völuspá* kiu referencas al al antaŭtimo de la dioj koncerne militon kun la gigantoj, kondukantan al *Ragnarök,* la fino de la mondo.

17

sum, ergo loquor (latina), mi estas, tial mi parolas.

Hallgrímur Pétursson (1614-1674) estis pastro kaj la plej fama el islandaj religiaj poetoj. La virino Guðríður Símonardóttir estis forrabita de piratoj el Alĝerio kun kelkcent Islandanoj en 1627, sed estis elaĉetita kaj revenis al Islando kaj fariĝis lia edzino.

18

Almannagjá, Brennugjá, Drekkingarhylur. Vidu klarigojn pri la unua parto, ĉapitroj 1, 10 kaj 9.

Gálgaklettur, 'Pendumila Roko', loko en Þingvellir kie viraj krimuloj estis pendumitaj.

mensa (latina), tablo.

19

in praejudicio **Arnæi** (latina), en mallaŭdo al Arnæus

ars casuistica (latina), arto de kazuado (saĝumado).

in desperatione vitae (latina), en despero de sia vivo.

20

Spunahús, dane *Spindehus*. Malliberejo kaj ŝpinejo en Kopenhago, establita en 1662, kie konviktitaj virinoj laboris je ŝpinado da lano kaj teksado de vestoj por la dana armeo.

Tria parto:
Fajro en Kopenhago

1

Jægersborg estis la privata cervo-parko de la reĝo, ok kilometrojn ekster Kopenhago.

Ein land vom liebegott gesegnet (germana), lando benata de kara Dio.

Kommerzienrat (germana), komerckompania estro.

Furusjór, dane *Furesö*, la plej granda lago en Selando, Danujo.

volière (franca), birdejo.

Achja mein herr, das leben ist schwer (germana), Ho ja, mia sinjoro, la vivo estas malfacila.

Vallando, malnova islanda nomo de Francujo.

Galanthomme (franca), galantulo.

moquerie (franca), mokoj, ŝercoj.

justo dolore (latina), pro justa malĝojo, sufero.

termes (latina), vortoj, vort-elektoj.

item (latina), ankaŭ.

causa prima (latina), ĉefa kaŭzo.

jure talionis (latina), laŭ rajto pri repago, kompenso.

Maríusaga, 13-jarcenta islanda kompilaĵo de legendoj kaj mirakloj de virgino Maria.

Vivat crescat floreat – Martinus (latina), Vivu, kresku, floru – (Jón) Marteinsson.

Rasphus (dana), prizono en Kopenhago.

3

Gilitrutt, tiu nomo de trolino en islanda popolrakonto estas uzata de Jón Marteinsson por sugesti ke Árni povas nun divorci sian "troledzinon" kaj edziĝi al la "elfino" Snæfríðuir.

actis, petitionibus ... appellationibus (latina), (per miaj) agoj, petskriboj ... apelacioj.

Resquiescas ...., amen (latina), Ripozu en paco, kiu ajn vi estas, amen.

characteribus, dat. de charactera (latina), magiaj signoj.

4

impotentiae causa (latina), pro impotenco.

omnium rerum vicissitudo veniet (latina), ĉio baldaŭ sanĝiĝos.

5

Das ist eine schweinerei (latina), tio estas skandalo.

in classicis (latina), en klasika literaturo.

non facile emergunt quorum virtutebus obstat res angusta domi (latina), homoj de virtoj, kiuj estas implikitaj en komplikaj hejmaj aferoj, ne facile eliras el siaj situacioj.

Donatus, romia retorikisto vivanta en la kvara jarcento antaŭ Kristo.

Hörmangaroj, Elsenoranoj ... la Kompanio, societoj de komercistoj monopoligantaj la islandan komercon en diversaj tempoj.

6

La rivero ..., la rivero estas **Öxará,** laŭvorte Hakil-rivero.

7

Fenrir, monstro en la nordia mitologio.

8

Bergur Sokkason estis abato en la monaĥejo Munkaþverá en norda Islando en la malfrua dektria kaj la frua dekkvara jarcento. Li skribis sagaojn pri sanktuloj kaj reĝoj.

Moria, malsaĝeco, stulteco (personigita).

sine dubio (latina), sendube.

Memoranda (latina), notoj

scriba kaj **famulus** (latina), skribisto kaj servisto.

9

electus (latina), la elektita (ĉi tie la portempa episkopo)

bonum augurium, bona aŭspicio, (kio) **bonis auguriis** (dativo), kio pri bonaj aŭspicioj

vicarius (latina), anstataŭanto

Migranta poeto kaŝis knabineton en sia harpo ... En la *Völsunga saga* (Sagao de la Volsungoj) estas epizodo, kie homo nomita Heimir protektas Áslaug, la filinon de Sigurður kaj Brynhildur, kaŝante ŝin en granda harpo, kiun li faris por tiu celo. Kiam li knabino ploris, li ludis la harpon por konsoli ŝin.

rosam rosarum, virginem virginum (latina), rozo de rozoj, virgulino de virgulinoj.

virgo ante partum, in parto, post partum. (latina), virgulino antaŭ nasko, dum nasko, post nasko

pro forma (latina), formale.

suavium, (latina), kiso de pasio

fæces diaboli (laatina), feĉoj de la diablo

10

Durchlaucht (germana), Moŝto.

hombre (hispana), homo.

Pfi deibel (franca *débile*), sensencaĵo.

très obéissant serviteur (franca), plej lojala servanto.

Hew ick nich verstahn (basgermana), Tion mi ne komprenas.

ma chère madame (franca), mia kara sinjorino.

wat schall ick maken? (basgerma), kion mi povas fari?

Ásgarður, la hejmo de la dioj en la antikva nordia mitologio.

la leĝoj de Ólafur la Sankta, referenco al malnova tradicio koncerne leĝojn preskribitajn de Ólafur Haraldsson, reĝo de Norvegujo 1015-1028.

Grágás, nomo de kolekto la leĝoj en Islando antaŭ ĝia unuiĝo kun Norvegujo en 1262.

ad arbitrium (latina), laŭ sia plaĉo.

in principio (latina), en la komenco.

12

"Malfrue venas iuj", unua parto de islanda proverbo, kie dua parto estas **"sed tamen venas"**.

Lex Salica, leĝara korpuso de la loĝantoj de la Rejna regiono en Francujo en la kvina kaj sesa jarcentoj.

Viðey, insulo en Kollafjörður tuj antaŭ la norda bordo de Reykjavík. Ĝi estis konsiderita valora propraĵo tra la historio de Islando. Tie estis Aŭgustena monaĥejo 1225-1539.

Oraj tabuloj. La priskribo de la oraj tabuloj troviĝas en la antikva poemo *Völuspá* (vidu noton ĉe *Dua parto*, ĉap. 9).

Collegia, sing. **collegium** (latina), kolegioj.

13

relationes , sing. **relatio** (latina), aspektoj, cirkonstancoj.

collegae, sing. **collega** (latina), kolegoj, samprofesiuloj

Augmundus. *Ögmundur Pálsson* estis la lasta katolika episkopo en Skálholt kaj *Jón Arason* la lasta en Hólar.

14

dana lingvo, malnova nomo de la pratempa nordia lingvo.

Abi, scurra (latina), For, fripono.

membrana, sing. **membranum** (laina), pergamenoj.

17

paa Skage (dana), el Skagi (t.e. la hejmregiono de Jón Hreggviðsson en okcidenta Islando).

18

beneficium paupertas (latina), asisto al la malriĉaj.

LIBROJ DE BALDUR RAGNARSSON
APERINTAJ ĈE MONDIAL

Halldór Laxness:
Sendependaj homoj

480 paĝoj,
ISBN 9781595690562
Trad. Baldur Ragnarsson

Mondliteraturo en Esperanto:

La epika romano *Sendependaj homoj* (1934-35) amplekse kaj profunde rakontas pri la kulturaj kredoj kaj vivoj de islandaj kamparanoj komence de la 20-a jarcento ĝis iom post la unua mondmilito.

La romano temas pri Bjartur, evoluinta de farmlaboristo al fiera posedanto de propra ŝaf-farmo, pri lia lukto kontraŭ la detruaj fortoj de naturo kaj moderna socio kaj pri liaj klopodoj certigi daŭran sendependecon por si mem kaj sia familio. Laxness detale priskribas la kulturajn valorojn de la malriĉaj, pene kaj memsklavige laborantaj kamparanoj, iliajn kredojn, esperojn, etajn sukcesojn kaj grandajn perdojn, kaj iliajn ĉiutagajn vivojn.

Halldór Kiljan Laxness (1902-1998) estis la plej elstara inter la islandaj verkistoj en la 20-a jarcento. Li verkis dek tri grandajn romanojn kaj kvin dramojn, multajn novelojn kaj eseojn kaj rememorajn librojn. Liaj verkoj estas tradukitaj en 43 lingvojn.

esperantoliteraturo.com/baldur-ragnarsson.html

LIBROJ DE BALDUR RAGNARSSON
APERINTAJ ĈE MONDIAL

Originalaj Poemaroj:
- *La neceso akceptebla* (poemoj el 2007 kaj 2008)
  ISBN 9781595690968, 116 paĝoj
- *La fontoj nevideblaj* (poemoj el 2008-2010)
  ISBN 9781595691743, 124 paĝoj
- *laŭ neplanitaj padoj* (poemoj el 2011 kaj 2012)
  ISBN 9781595692566, 104. paĝoj
- *Momentoj kaj meditoj* (poemoj el 2015-2016)
  ISBN 9781595693136, 112 paĝoj

Islandaj sagaoj, *tradukitaj de Baldur Ragnarsson:*
- *La Edda* de Snorri Sturluson estas la ĉefa fonto pri la antikva mitologio de la nordiaj popoloj, skandinavaj kaj islanda. ISBN 9781595690784, 160 paĝoj.
- *Sagao de Egil* apartenas al la kvardek t.n. *Sagaoj de Island-anoj*. Ilia temo estas personoj kaj eventoj ekde la ekloĝiĝa tempo de Islando en la lasta triono de la 9-a jarcento ĝis la unuaj du jardekoj de la 10-a jarcento. ISBN 9781595691897, 222 paĝoj.
- *Sagao de la Volsungoj* estas la plej fama de la t.n. pratem-paj sagaoj, kiuj temas pri pranordiaj (ĝermanaj) mitologiaj herooj. ISBN 9781595692337, 252 paĝoj.

---

esperantoliteraturo.com/baldur-ragnarsson.html

www.ingramcontent.com/pod-product-compliance
Lightning Source LLC
Chambersburg PA
CBHW020254030726
47499CB00001B/203